U0430522

清代別集叢刊

陳檢討四六箋注

上

［清］陳維崧◎著　程師恭◎箋注

劉曉亮◎整理

華東師範大學出版社

·上海·

圖書在版編目(CIP)數據

陳檢討四六箋注 /（清）陳維崧著；劉曉亮整理.
上海：華東師範大學出版社，2024. —（清代別集叢刊）.
ISBN 978-7-5760-5179-7

Ⅰ. I214.92

中國國家版本館 CIP 數據核字第 2024ND9677 號

全國高等院校古籍整理研究工作委員會直接資助項目

陳檢討四六箋注

著　　者　［清］陳維崧
注　　者　［清］程師恭
整　　理　劉曉亮
策　　劃　鍾　錦
特約審讀　鍾　錦
責任編輯　時潤民
責任校對　時東明
封面題簽　谷　卿
裝幀設計　盧曉紅

出版發行　華東師範大學出版社
社　　址　上海市中山北路 3663 號　郵編 200062
網　　址　www.ecnupress.com.cn
電　　話　021－60821666　行政傳真 021－62572105
客服電話　021－62865537　門市（郵購）電話 021－62869887
地　　址　上海市中山北路 3663 號華東師範大學校内先鋒路口
網　　店　http://hdsdcbs.tmall.com

印　　刷　上海中華商務聯合印刷有限公司
開　　本　890 毫米×1240 毫米　32 開
印　　張　37.625
插　　頁　2
字　　數　645 千字
版　　次　2025 年 5 月第 1 版
印　　次　2025 年 5 月第 1 次
書　　號　ISBN 978－7－5760－5179－7
定　　價　298.00 元（全三册）

出 版 人　王　焰

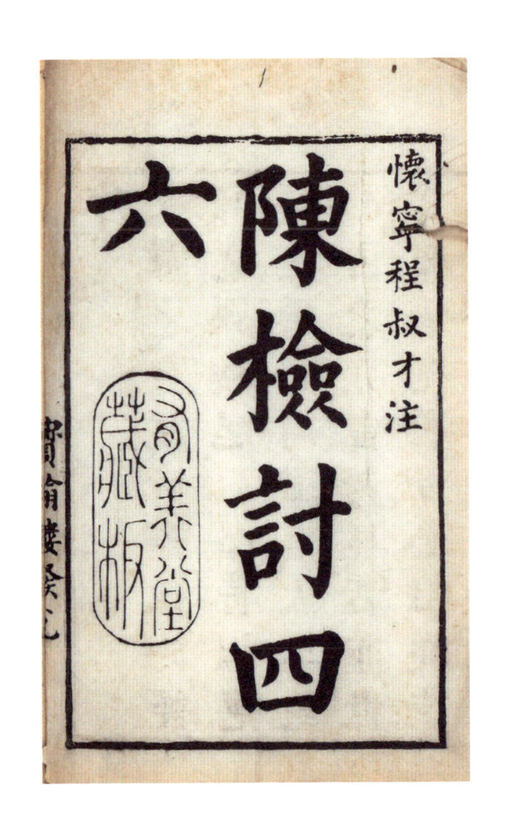
懷寧程叔才注
陳檢討四六
有美堂藏板

有美堂本《陳檢討四六箋注》書影

陳迦陵儷體文集卷一

宜興陳維崧其年譔

新城王士禛阮亭　　弟維岳緯雲

崑山徐乾學健菴選　　宗石子萬叅閱

男履端

姪洢校

賦

璿璣玉衡賦有序　御試第十名釋褐翰林院檢討

皇上御曆之十有八年閶澤覃敷湛恩汪濊剛柔克協配兩大之無私健順攸宜卜萬年之有祜瑤樞夜朗榮光上燭夫紫微珠斗宵澄瑞氣遙連夫黃道迢迢閶闔共戴堯天肅肅勾陳俱環禹甸洵所謂樞

迦陵文集卷一　賦　一

五柳讀書堂藏患立堂初印本《陳迦陵儷體文集》書影

目録

陳檢討集目録

卷五

卷六

卷七

卷十七

卷十八

卷十九

卷二十

附録 《陳檢討集》諸序

整理前言

劉曉亮

陳維崧(一六二六——一六八二),字其年,號迦陵,因多鬚,人號爲「陳髯」。江蘇宜興人。明末清初著名的詩人、詞人、古文家、駢文家。少即能文,十歲時,代祖父陳于廷作《楊忠烈像贊》,蔣景祁贊爲「娓娓可誦」。明崇禎十四年(一六四一)應童子試,名列第一,但此後屢困場屋。清順治十四年(一六五七),其父陳貞慧病亡後,家道中落,四方遊走,厄於貧困。曾於康熙七年(一六六八)秋冬之際,經龔鼎孳推薦,入河南學政史逸裘幕,做過短暫的幕僚。康熙十八年(一六七九)三月初一,應博學鴻詞科,獲第十名。五月十七日,被授爲翰林院檢討。康熙十九年(一六八〇)三月,入職史館,參與修纂《明史》。卒後無子,二弟陳維嵋子履端被立爲嗣子。

陳維崧雖一生清貧,但結交頗廣。早年曾與盧象觀、黄宗羲等舉「秋水社」,亦曾與顧貞觀等結「國儀社」。與明末清初之陳子龍、侯方域、吴偉業、王士禛、冒襄、朱彝尊等,均有深厚交誼。

陳維崧逝後有《陳檢討集》、《湖海樓全集》等傳世。生平事迹可見《清史稿》卷四八四「文苑傳」、徐乾學《陳檢討誌銘》、儲欣《陳檢討傳》、蔣永修《陳檢討傳》等。

陳維崧是明末清初「陽羨詞派」的領袖,與納蘭性德、朱彝尊并稱清初「詞壇三大家」,更被陳廷焯稱爲清初詞壇的「巨擘」,流傳至今的詞作一千六百多首。他擅長寫詩,早年師事陳子龍,中年浸淫於六季、三唐，到了晚年則達於韓愈、蘇軾的境界，具體可參其《湖海樓詩集》。他也創作了不少散體文，但更洋溢着濃郁的「儷體」情結，不僅創作了大量的「四六文」，而且一生都在爲駢文鼓吹。

陳維崧應該很早就曾親自編纂過自己的文集。侯方域《陳緯雲文序》謂：「吾曩序緯雲之兄其年之文，其年年十七。」惜侯方域爲陳維崧寫的這篇序文已佚。但可推測，十七歲的陳維崧應已有「文集」了。毛際可也曾爲陳維崧《儷體文集》作序，陸勇强先生《陳維崧年譜》將此事繫於康熙十八年（一六七九），毛序收於蔣景祁、曹亮武所刻《陳檢討集》卷首。若果如陸勇强先生之斷，則陳維崧在生前已經編定好了一部自己的駢體文集，只是未能付梓。故其在病篤之際，將「所著詩古文詞手授祁」，囑托給了問疾身邊的蔣景祁，所囑托之作，可能即爲毛際可所序之《儷體文集》的稿本。蔣景祁不負所托，於陳維崧去世後第二年（康熙二十二年，一六八三）的冬天，即與曹亮武一起編校出版了陳維崧的駢文集，定名爲《陳檢討集》（下省稱「蔣刻本」），卷首有康熙二十二年孟冬月（十月）余國柱所撰序言。此集一出，「吴門一時風馳紙踴」（陳維岳語）。此爲陳維崧駢文集的第一個刻本，共收陳維崧所作駢文一百三十篇，具體包括賦（十篇）、序（七十六篇）、啓（二十五篇）、書（一篇）、碑文（一篇）、頌（一篇）、記（一篇）、銘（一篇）、誄文（四篇）、哀辭（二篇）、祭文（六篇）、跋文（二篇）。

在囑托蔣景祁之後，彌留之際的陳維崧又囑托自己的三弟陳維岳、四弟陳宗石（未在陳維崧身邊）爲其刊行詩古文詞。陳維岳、陳宗石傾注心力爲乃兄搜集、校勘、刻印遺集，即陸續成於康熙二十六年（一六八七）至二十八年（一六八九）的患立堂本《陳迦陵文集》，具體包括《文集》六卷、《儷體文集》十卷、《詩集》八卷、《詞集》三十卷，總計五十四卷。其中，《陳迦陵儷體文集》（下省稱「患立堂本」）十卷不僅包括蔣刻本的一百三十篇，另多出了三十七篇駢文。民國時，商務印書館編輯出版《四部叢刊》，「初編」即影印了患立堂本《陳迦陵文集》。

乾隆六十年（一七九五），陳維崧從孫陳淮校刻《湖海樓全集》，具體包括《詩集》十二卷、《詞集》二十卷、《文集》六卷、《儷體文集》十二卷、詩補遺一卷，總計五十一卷。其中《儷體文集》十二卷（下省稱「浩然堂本」）包含蔣刻本的一百三十篇，另比蔣刻本多出二十九篇，但比患立堂本少了八篇。浩然堂本《湖海樓全集》影響很大，光緒十七年（一八九一）任光奇曾予以重刻，是爲弇山鐸署本。

正因爲陳維崧駢文的大名，所以在蔣刻本問世十年後，即康熙三十二年（一六九三），程師恭所箋注的《陳檢討四六箋注》即由有美堂鏤板行世（下省稱「有美堂本」）。

程師恭（一六五〇—一七一二），字叔才（蜀材），號梧村，程從大次子，江家嘴（今安徽懷寧）人。程師恭幼即聰穎，十歲通五經。康熙初，受知於江南督學孫胤驥，被拔爲府學第一名，上庠食廪。康熙二十五年（一六八六）以拔貢身份入京師，考取國子監教習，後被時任禮部尚書的桐城人張英延請爲家庭教師。康熙四十八年（一七〇九）銓選，外放四川重慶府永川縣知縣。程師恭學識淵博，吏部右侍郎仇兆鼇注解杜詩，曾與師恭證訛誤，極爲稱贊其學識，謂「學可吾師也」。師恭傳世著述有《歷朝史斷》、《韻府群書》、《梧村集》等。生平事迹見《（康熙）安慶府志》卷十九「文學傳」。

程師恭爲《陳檢討四六》作注的時間，正是其擔任家庭教師之時，故有美堂本《陳檢討四六箋注》卷首序即爲張英所作。《陳檢討四六箋注》共收陳維崧駢文一百三十篇，通過核對，可知程師恭用以箋注的底本，正是蔣刻本。

有美堂本《陳檢討四六箋注》刊刻後，程師恭仍有訂補，故乾隆三十五年（一七七〇）有新刻亦園本《陳檢討四六箋注》（下省稱「亦園本」）。相較於有美堂本，已有很多不同，且有美堂本卷首所附「例言」提到的「附注」内容，均可見於亦園本中。除了程師恭自己的訂補外，另有顧張思、鮑東里、王虛舟、王世樞等人予以訂補，足見此注本的影響。

也正因爲陳維崧駢文的大名，加之程注的影響，故《四庫全書》（文淵閣本）收録了庶吉士祝堃家藏本《陳檢討四六箋注》（下省稱「四庫本」）。但《四庫全書》的謄録人員在抄寫過程中有諸多訛誤以及改字，尤其是删去了《周櫟園先生尺牘新鈔序》和《贈陸翼王序》。

民國時，上海鴻章書局又以文瑞樓藏板《陳檢討四六箋注》爲底本石印出版（下省稱「文瑞樓本」）。

有關陳維崧駢文的輯佚、整理，可追溯至清乾隆時駢文大家曾燠，在其所編《國朝駢體正宗》中，收陳維崧駢文八篇，其中《劉沛玄詩古文序》一文，未見於此前任何陳集版本之中。二〇一〇年，上海古籍出版社出版了陳振鵬標點、李學穎校補的《陳維崧集》（下省稱「陳校本」）。該書以患立堂本爲底本，參考蔣刻本、康熙時程注本等完成，書末附陳維崧駢文佚文七篇（《陳賡民文稿序》、《謝景韓醉白堂集序》、《倡和集序》、《爲如皋李邑侯徵詩啓》、《王貽上先生壽序》、《冒巢民先生像贊》、《硯銘》），其中《陳賡民文稿序》、《謝景韓醉白堂集序》已見於患立堂本、浩然堂本（題目分別作

《椒峰弟詩經稿序》、《謝別駕景韓醉白堂集序》），故實際只輯得五篇佚文。另張明强、張釗偉二人曾輯得陳維崧佚文十篇（刊《古籍整理研究學刊》二〇一四年第一期），其中有駢文二篇《寒松操禪師像贊》、《禮庵上梁開堂疏》。故合患立堂本一百六十七篇，今可見陳維崧駢文總計一百七十五篇。爲明晰諸刊本收録情況，特製統計表如下：

序號	有美堂本（一三〇篇）	蔣刻本（一三〇篇）	浩然堂本（一五九篇）	患立堂本（一六七篇）	亦園本	四庫本	文瑞樓本
一	璿璣玉衡賦	√	√	√	√	√	√
二	滕王閣賦	√	√	√	√	√	√
三	銅雀瓦賦	√	√	√	√	√	√
四	述祖德賦	√	√	√	√	√	√
五	瑞木賦	√	√	√	√	√	√
六	憺園賦	√	√	√	√	√	√
七	半繭園賦	√	√	√	√	√	√
八	看奕軒賦	√	√	√	√	√	√

續表

序號	有美堂本（一三〇篇）	蔣刻本（一三〇篇）	浩然堂本（一五九篇）	患立堂本（一六七篇）	亦園本	四庫本	文瑞樓本
九	白丁香花賦	√	√	√	√	√	√
一〇	白秋海棠賦	√	√	√	√	√	√
一一	瀛臺賜宴詩序	√	√	√	√	√	√
一二	周櫟園先生尺牘新鈔序	√	√	√	√	無	√
一三	吴園次林蕙堂全集序	√	√	√	√	√	√
一四	陸懸圃文集序	√	√	√	√	√	√
一五	方素伯集序	√	√	√	√	√	√
一六	三芝集序	√	√	√	√	√	√
一七	續臞庵集序	√	√	√	√	√	√
一八	胡黄門其章先生葵錦堂集序	√	√	√	√	√	√
一九	宋楚鴻文集序	√	√	√	√	√	√

續表

序號	有美堂本（一三〇篇）	蔣刻本（一三〇篇）	浩然堂本（一五九篇）	患立堂本（一六七篇）	亦園本	四庫本	文瑞樓本
二〇	儲雪持文集序	√	√	√	√	√	√
二一	吴天章蓮洋集序	√	√	√	√	√	√
二二	董得仲集序	√	√	√	√	√	√
二三	吴天篆賦稿序	√	√	√	√	√	√
二四	佳山堂詩集序	√	√	√	√	√	√
二五	方渭仁都門懷古詩序	√	√	√	√	√	√
二六	汪季青詩稿序	√	√	√	√	√	√
二七	藝圃詩序	√	√	√	√	√	√
二八	琴怨詩序	√	√	√	√	√	√
二九	龔琅霞湘笙閣詩集序	√	√	√	√	√	√
三〇	董少楹詩集序	√	√	√	√	√	√

續表

序號	有美堂本（一三〇篇）	蔣刻本（一三〇篇）	浩然堂本（一五九篇）	患立堂本（一六七篇）	亦園本	四庫本	文瑞樓本
三一	周鷹垂詩集序	√	√	√	√	√	√
三二	戴無忝詩序	√	√	√	√	√	√
三三	婁東顧商尹集序	√	√	√	√	√	√
三四	歸田倡和序	√	√	√	√	√	√
三五	胡智修詩序	√	√	√	√	√	√
三六	王良輔百首宫詞序	√	√	√	√	√	√
三七	家皇士望遠曲序	√	√	√	√	√	√
三八	莊澹庵先生長安春詞序	√	√	√	√	√	√
三九	余鴻客金陵覽古詩序	√	√	√	√	√	√
四〇	鄧孝威詩集序	√	√	√	√	√	√
四一	葉井叔悼亡詩序	√	√	√	√	√	√

續表

序號	有美堂本（一三〇篇）	蔣刻本（一三〇篇）	浩然堂本（一五九篇）	患立堂本（一六七篇）	亦園本	四庫本	文瑞樓本
四二	林玉巖詩集序	√	√	√	√	√	√
四三	黃編修庭表宮詞序	√	√	√	√	√	√
四四	家子厚關中紀游詩序	√	√	√	√	√	√
四五	胡二齋擬古樂府序	√	√	√	√	√	√
四六	毛貞女隨樓詩序	√	√	√	√	√	√
四七	魏禹平詩序	√	√	√	√	√	√
四八	宮紫玄先生春雨草堂詩序	√	√	√	√	√	√
四九	陳集生影樹樓詩序	√	√	√	√	√	√
五〇	九日黑窑廠登高詩序	√	√	√	√	√	√
五一	萬柳堂修禊倡和詩序	√	√	√	√	√	√
五二	閔秀商嗣音詩序	√	√	√	√	√	√

續表

序號	有美堂本（一三〇篇）	蔣刻本（一三〇篇）	浩然堂本（一五九篇）	患立堂本（一六七篇）	亦園本	四庫本	文瑞樓本
五三	徐昭華詩集序	√	√	√	√	√	√
五四	茹蕙集序	√	√	√	√	√	√
五五	樂府補題序	√	√	√	√	√	√
五六	浙西六家詞序	√	√	√	√	√	√
五七	曹實庵詠物詞序	√	√	√	√	√	√
五八	錢寶汾詞序	√	√	√	√	√	√
五九	金天石吴日千詞稿序	√	√	√	√	√	√
六〇	葉桐初詞序	√	√	√	√	√	√
六一	閻牛叟貫花詞序	√	√	√	√	√	√
六二	蔣京少梧月詞序	√	√	√	√	√	√
六三	董舜民蒼梧詞序	√	√	√	√	√	√

續表

序號	有美堂本（一三〇篇）	蔣刻本（一三〇篇）	浩然堂本（一五九篇）	患立堂本（一六七篇）	亦園本	四庫本	文瑞樓本
六四	觀槿堂詞集序	√	√	√	√	√	√
六五	徐竹逸蔭緑軒詞序	√	√	√	√	√	√
六六	米紫來始存詞集序	√	√	√	√	√	√
六七	楊聖期竹西詞序	√	√	√	√	√	√
六八	吴初明雪篷詞序	√	√	√	√	√	√
六九	曹南耕吴天石天篆疊韻詞序	√	√	√	√	√	√
七〇	歲寒詞小序	√	√	√	√	√	√
七一	賀徐立齋先生新升總憲序	√	√	√	√	√	√
七二	送汪考功鍾如給假省親序	√	√	√	√	√	√
七三	賀周棣園先生南還廣陵序	√	√	√	√	√	√
七四	贈陸翼王序	√	√	√	√	無	√

續表

序號	有美堂本（一三〇篇）	蔣刻本（一三〇篇）	浩然堂本（一五九篇）	患立堂本（一六七篇）	亦園本	四庫本	文瑞樓本
七五	南耕席上送潘蒓庵入都序	√	√	√	√	√	√
七六	送汪存庵廣文出都序	√	√	√	√	√	√
七七	毛大可新納姬人序	√	√	√	√	√	√
七八	顧亓山印譜序	√	√	√	√	√	√
七九	壽閻再彭先生六十一序	√	√	√	√	√	√
八〇	壽徐健庵先生序	√	√	√	√	√	√
八一	壽季太翁八十序	√	√	√	√	√	√
八二	昆山盛逸齋六十壽序	√	√	√	√	√	√
八三	贈閻梓勤二十初度序	√	√	√	√	√	√
八四	徐母顧太夫人六十壽序	√	√	√	√	√	√
八五	葉母李太夫人六十壽序	√	√	√	√	√	√

續表

序號	有美堂本（一三〇篇）	蔣刻本（一三〇篇）	浩然堂本（一五九篇）	患立堂本（一六七篇）	亦園本	四庫本	文瑞樓本
八六	壽劉太母韓恭人九十序	√	√	√	√	√	√
八七	徵浙江總督李鄴園先生詩啓	√	√	√	√	√	√
八八	李映碧先生八十徵詩文啓	√	√	√	√	√	√
八九	徵大銀臺柯素培先生六十壽言啓	√	√	√	√	√	√
九〇	儲太翁九十徵詩啓	√	√	√	√	√	√
九一	徵田太翁八帙壽言啓	√	√	√	√	√	√
九二	爲溧陽彭太翁太母七十雙壽徵詩啓	√	√	√	√	√	√
九三	任丘龐先生七十徵詩文啓	√	√	√	√	√	√
九四	徵淮安張鞠存先生雙壽詩文啓	√	√	√	√	√	√
九五	徵吴太母六帙詩文啓	√	√	√	√	√	√

續表

序號	有美堂本（一三〇篇）	蔣刻本（一三〇篇）	浩然堂本（一五九篇）	患立堂本（一六七篇）	亦園本	四庫本	文瑞樓本
九六	徵孟太母王太夫人六十壽言啓	√	√	√	√	√	√
九七	徵松陵潘母六十壽言啓	√	√	√	√	√	√
九八	徵沈韓倬太史母周太孺人八十詩啓	√	√	√	√	√	√
九九	徵李母董太宜人六十壽言啓	√	√	√	√	√	√
一〇〇	徵毛太母黄太孺人八十壽言啓	√	√	√	√	√	√
一〇一	徵萬柳堂詩文啓	√	√	√	√	√	√
一〇二	請周翼微篆刻圖章啓	√	√	√	√	√	√
一〇三	徵刻今文選今文鈔啓	√	√	√	√、	√	√
一〇四	徵刻吴園次宋元詩選啓	√	√	√	√	√	√
一〇五	謝柯翰周惠爐扇啓	√	√	√	√	√	√
一〇六	代友謝送湖綿花褐選穎燈檠啓	√	√	√	√	√	√

續表

序號	有美堂本（一三〇篇）	蔣刻本（一三〇篇）	浩然堂本（一五九篇）	患立堂本（一六七篇）	亦園本	四庫本	文瑞樓本
一〇七	謝友人賚安石榴啓	√	√	√	√	√	√
一〇八	謝園次賚衣啓	√	√	√	√	√	√
一〇九	謝劉王孫示西洋諸器詩啓	√	√	√	√	√	√
一一〇	謝吴伯成明府賚酒米并炭啓	√	√	√	√	√	√
一一一	戲與李渭清索餅啓	√	√	√	√	√	√
一一二	上合肥先生書	√	√	√	√	√	√
一一三	靈巖寺重建大殿碑	√	√	√	√	√	√
一一四	醴泉頌	√	√	√	√	√	√
一一五	遂安方氏健松齋記	√	√	√	√	√	√
一一六	王母張宜人墓誌銘	√	√	√	√	√	√
一一七	楊俊三誄	√	√	√	√	√	√

續表

序號	有美堂本（一三〇篇）	蔣刻本（一三〇篇）	浩然堂本（一五九篇）	患立堂本（一六七篇）	亦園本	四庫本	文瑞樓本
一一八	宣城文學施公誄	√	√	√	√	√	√
一一九	嘉定侯掌亭先生誄	√	√	√	√	√	√
一二〇	尤母曹孺人誄	√	√	√	√	√	√
一二一	王母張孺人哀辭	√	√	√	√	√	√
一二二	顧夫人哀辭	√	√	√	√	√	√
一二三	祭王敬哉先生文	√	√	√	√	√	√
一二四	公祭同年陳子遜文	√	√	√	√	√	√
一二五	祭侯仲衡先生文	√	√	√	√	√	√
一二六	祭同學董文友文	√	√	√	√	√	√
一二七	公祭梁老師母吴夫人文	√	√	√	√	√	√
一二八	祭徐母顧太夫人文	√	√	√	√	√	√

續表

序號	有美堂本（一三〇篇）	蔣刻本（一三〇篇）	浩然堂本（一五九篇）	患立堂本（一六七篇）	亦園本	四庫本	文瑞樓本
一二九	益都馮相國壽詩跋	√	√	√	√	√	√
一三〇	跋余淡心所藏龔端毅公詩卷後	√	√	√	√	√	√
一三一	無	無	黄雲孫詩古文函青集序	√	無	無	無
一三二			董蒼水詩集序	√			
一三三			冒無譽詩集序	√			
一三四			錢寶汾詩集序	√			
一三五			龐霽公詩集序	√			
一三六			孫赤崖濬西草堂詩序	√			
一三七			今詞選序	√			
一三八			亦山草堂南曲序	√			
一三九			余澹心鴛鴦湖傳奇序	√			

續表

序號	有美堂本（一三〇篇）	蔣刻本（一三〇篇）	浩然堂本（一五九篇）	患立堂本（一六七篇）	亦園本	四庫本	文瑞樓本
一四〇	無	無	太史五叔祖集唐序	√	無	無	無
一四一			椒峰弟詩經稿序	√			
一四二			徵刻周鹿溪先生遺集啓	√			
一四三			徵贖十三經十七史毛氏書板啓	√			
一四四			公請靈機和尚住善權啓	√			
一四五			與吴駿公書	√			
一四六			與芝麓先生書	√			
一四七			與葛瑞五書	√			
一四八			與周子俶書	√			
一四九			答冒辟疆先生書	√			

續表

序號	有美堂本（一三〇篇）	蔣刻本（一三〇篇）	浩然堂本（一五九篇）	患立堂本（一六七篇）	亦園本	四庫本	文瑞樓本
一五〇	無	無	與周櫟園書	√	無	無	無
一五一			與吳漢槎書	√			
一五二			答毗陵友人書	√			
一五三			答周壽王書	√			
一五四			平滇頌	√			
一五五			楊忠烈像贊	√			
一五六			部方壺像贊	√			
一五七			胡牧長像贊	√			
一五八			相國寺重建藏經閣募疏	√			
一五九			公祭大司空在調周公文	√			
一六〇			無	與陳際叔書			

續表

序號	有美堂本（一三〇篇）	蔣刻本（一三〇篇）	浩然堂本（一五九篇）	患立堂本（一六七篇）	亦園本	四庫本	文瑞樓本
一六一	無	無	無	爲丁太公徵八十壽言啓	無	無	無
一六二	無	無	無	陸麗京文集序	無	無	無
一六三	無	無	無	謝别駕景韓醉白堂集序	無	無	無
一六四	無	無	無	劉逸民學經草堂制藝序	無	無	無
一六五	無	無	無	爲嘉禾闔郡士民募建羅天大醮疏	無	無	無
一六六	無	無	無	公祭封侍御王太翁文	無	無	無
一六七	無	無	無	祭周侍御母夫人文	無	無	無

本次整理以有美堂本爲底本。對陳維崧駢文原文的校勘，以蔣刻本、患立堂本、浩然堂本爲對校本，另參考亦園本、四庫本、文瑞樓本及陳校本。程師恭注文則以亦園本、四庫本、文瑞樓本爲对校本。

程師恭注文原以雙行小字夾注於正文之下，此次則按順序，全部移至文末。整理過程中，儘量保持有美堂本原貌；確能判斷有美堂本訛誤之處，則據對校本等改正。對於諸校本之誤，亦間有指出。對程注的標點，儘量少使用引號，第一層級的注引均不加引號，屬於注引内容中的對話類言語及其中轉引的詩文篇章文字則加引號。此外，全書異體、異形、異構字，除個别涉及校記者之外，一般改爲通行字，如「蚤」改「早」，「賓」改「實」，「為」改「爲」，「註」改「注」，「並、併、竝」统一作「并」，等等。此外，還有一些避諱字，如「丘」避諱爲「邱」，「玄」避諱爲「元」等，也未出校。

陳維崧的駢文沾溉後人無數，程師恭的注文又有助於今人「溯方流以窮玉水，沿圓折而討璿源」（張英序），故筆者致力董理，試圖爲今人閱覽呈現一個易讀本。本書整理過程中，得華東師範大學鍾錦教授提供校本及修訂意見，賜教良多。責編時潤民兄爲此書的出版費心費力，本書的書名題簽由好友谷卿題寫，均深表谢意。整理過程中還曾得到教育部全國高校古籍整理委員會的資助，對評審專家和秘書處的工作人員在此一并致謝。限於學識，本書難免錯誤之處，還請讀者是正，不勝欽敬與感激。

原序

文章之有注輯，蓋依於經師之訓故。逸以《騷》，善以《選》，幾與馬、鄭同風，然大抵施於古之立言者耳。若并世之杰，未遽肯降心相從、疏通證明之也。左太冲之《三都》，追配平子，爲六經鼓吹，於時乃有孟陽、淵林分爲之注。劉孝標則謂注即太冲自爲，姑托勝流，張其光價。今讀太冲賦序，其末亦云「聊舉一隅，攝其體統，歸諸詁訓」，則以注爲出自一人，理或然歟？豈不薄今人，固難厚望於斯世歟？昔北齊盧思道少讀友人劉松所作碑銘，多所不解，乃感激讀書。後復爲文示松，松亦不能甚解。文人相輕，特虛氣耳。張燕公去王子安未遠，猶不解「帝車南指，華蓋西臨」之語，訪於一公，僅悉其半。然則今人非不及於古，而文之成處，輒難盡辨由來也。

陽羡陳其年先生，名公之孫，早有鳳毛之目。以鴻詞入翰苑，爲檢討官，應用之體，尤推獨妙。好對切事，鏗鏘輝焕，流傳人口。當世服其博，而亦苦其奥。同里程生叔才，余通家世好侄也。逸才嗜學，以三餘之功，恣展四部書，條縷注輯，久而後成，將遍質同嗜，先以示余。余嘉生能掃滌虛氣，使孟陽、淵林之美談，真見於今日，乃不揆而爲冠篇之述。世之得是書者，泝方流以窮玉水，沿圓折而討璿源，坐獲食跖，無假祭獺，檢討之沾丐，不益溥乎！生之學亦自此懋矣。康熙癸酉季冬，桐山張英書於西華之賜第。

例言[一]

一、集中每注其事，不參己意，止録古書本文，庶無杜撰。

一、箋注必求原委，其事方悉，故寧詳毋略。

一、事實多有重出，已注於前者，後云「見某處」；或前係借用，宜實注於後者，前云「詳某處」。無事重注，以瀆觀覽。

一、見前詳，後有非四六中引用之語，其語乃注中連及者，則加一「注」字，便於查閲。

一、集内用四書者未注[二]，惟隱用者注之；其顯用五經者，止注經名於下，不復注其詞。

一、事有相類，間有兩説者，於正注之餘，偶附注焉。

一、有舊注數條，乃集中近事，以「原注」二字存之。

一、原集中剞劂錯誤之字，俱已改正。

一、注輯甫就，同人促之付梓，不無遺漏，有補注一册，嗣附於後。

一、事有已爲箋注，其詳在續册[三]者，仍繫以「補注」二字。

一、集中共廿卷，其各卷補注，在各卷之末；或每一篇附注於本篇之末，以便翻閱。[四]

【校記】

[一] 亦園本、四庫本均無此例言。

[二] 「未注」後，原衍「五經」二字，據文瑞樓本删。

[三] 「續册」，文瑞樓本作「卷末」。

[四] 此條例言，有美堂本脱，據文瑞樓本補。

陳檢討集卷一

宜興陳維崧其年撰　皖江程師恭叔才注

賦

璿璣玉衡賦并序[一]

皇上御曆[二]之十有八年，闓澤覃敷，湛恩汪濊（一）。剛柔克協，配兩大之無私（二）；健順攸宜，卜萬年之有祜（三）。瑶樞夜朗，榮光上燭夫紫微（四）；珠斗宵澄，瑞氣遥連夫黄道（五）。迢迢閶闔，共戴堯天（六）；肅肅勾陳，俱環禹甸（七）。洵所謂樞機在手，衡量在心者矣（八）。況夫御宿芒高，帝車色正（九）。朱皛[三]絶徼，咸歸覆幬之中（一〇）；金馬遐陬，仍隸版圖之内（一一）。烏空楚幕，已知妖眚之俱消（一二）；鵑去巴江（一三），共稔祲氛之不作（一四）。功符易簡，德媲高深（一五）[四]。凡兹撫世以誠民，悉本敬天而答昊。備搜紀牒，歷有規模。作訛成易，載於《古帝》之篇（一六）；流火授衣，志自《豳風》之什（一七）。太初洛下，甫創員儀（一八）；順帝張衡，旋新渾象（一九）。周髀即蓋天之説，既虞勾股之難精；術家傳宣夜之書，益患參稽之多繆。維兩説之無徵，祇渾天之足據(二〇)。璣衡之設，夐乎尚哉(二一)！

臣才非夢鳥，生同捫籥之愚(二二)；技止雕蟲，坐遜挈壺之智(二三)。矧授簡之自天(二四)，益措躬之無地。桃霏紅紙，親從三殿以頒來(二五)；柳染青鏤，遥向九重而捧至(二六)。丹墀賜坐，細草成茵(二七)；銀管分題(二八)，宫花似幄(二九)。期門四姓，森森鷫鷞之刀(三〇)；扈蹕千官，縵縵鳳皇之綬(三一)。既尚方之給札，復光禄以傳餐(三二)。詎意微才，躬逢盛事。揮毫月地，難形月館之清虚(三三)；掞藻天邊，莫悉天垣之瑋麗(三四)。較虞喜《安天》之論，多愧前賢(三五)；仿陸倕《刻漏》之銘，殊慚曩烈(三六)。其辭曰：

時惟季春，律中姑洗(三七)。天子方建翠葆於蘭宫，肅霓旌於蕙阪(三八)；命羲和以司晨，令保章而戒旦(三九)。瑶枝抽蓂莢之莖(四〇)，玉漏滴蓮花之箭(四一)。金徒則翼衛以逶迤，銅史則驂鑾而漫衍(四二)。既乃出日華之邃殿，升測景之崇臺(四三)。顧見渾儀陳於阼階(四四)，爰儐宫僚，駿奔走，召鄒陽，延枚叟(四五)，臨軒而命之曰(四六)：此即璿璣玉衡，有虞氏之所以齊七政也(四七)。爾諸臣其賦之，余一人將前席以聽焉(四八)。小臣固陋，不揣懵昧（四九），鞠膪螭坳，摛詞以對（五〇）。

夫何般總總以轇轕兮（五一），道則或赤而或黄也（五二）；鴻琳琳焉羃靂兮（五三），環則或單而或雙也（五四）。日月既出没於躔度兮，數則或弱而或强也（五五）；四游或［五］包絡以三辰兮，儀則或陰而或陽也（五六）。爾其剖異貝於鮫宫兮，采奇姿於大秦（五七）；弋明月於泉客兮，輸夜光於海民（五八）。聚之則璘煸而璀璨兮，散之則的爍而晶熒。溥溥［六］若新荷之擎曉露兮，纍纍若清歌之動微塵（五九）。爰徵巧曆（六〇），綴爲斯器，上應五行，旁羅四氣。貫天經於圓軸（六一），以聯黄赤之交（六二）；界天脊與地平，以厘子午之次（六三）。飛輪下墊（六四），扶鰲極以常安（六五）；激水生風，像蟻盤之不滯（六六）。爾乃絪縕緼，經縷［七］縱横，南北有秩，東西有程，赫乎若魮房琲甲，飾綏纓也（六七）。磊落崎崟（六八），崢嶸窈冥（六九），窅者成窊，凸者成陵，塊乎若畦分罫［八］布，限觚棱也（七〇）。縟堆綺岫，綉疊丹崖。灼同霜旭，駁若晴霞。邪延織女，横帶瓠［九］瓜（七一）。攝提置閏（七二），娵訾驗差（七三）。烜乎若金塘玉沼，茁鮮葩也（七四）。况復用若轉圜，形如欹案（七五）。雖刓方以爲圓，亦居卑而測遠。陳於廷陛之側，可以手摘星辰（七六）；列於彝鼎之旁，足以仰捫霄漢（七七）。然而蒼蒼太始，茫茫［一〇］兩儀，理窮象罔，事涉熹微（七八）。

往來嬴[一一]縮，或一行、守敬之所不能算(七九)；晦明弦望，或霍融、姚信之所不能知(八〇)。縱靡忒夫圭撮，猶懼失乎毫厘(八一)。翳璿璣之既設，藉玉衡以窺之(八二)。維彼玉兮，冰雪之精；維彼衡兮，準量之平。質本無瑕，形則同於簫筒(八三)；美何妨橢，價倍重於璜珩(八四)。衡貫璣中，聽低昂於南北；軸居環内，驗朒朓[一二]於虧盈(八五)。有玉於斯，晲而視之，星則玉繩匝布，天則翠幕低垂(八六)。直視則珠顆斑斕，綴銅丸之歷歷；遥挹則銀河清淺，點檀靨之離離(八七)。七曜分行，錯雜撒枰間之子(八八)；五星[一三]聚井，零星嵌軫畔之徽(八九)。羅以爲胸，昌谷囊中之句(九〇)；織之成樣，若蘭錦上之詩(九一)。我皇於是法古制，律天時，恢八紘，奠四維(九二)。翔濕烏於畫棟，踆玉兔於文樬(九三)。浮動如球，璐玘頳曜靈之景(九四)；輕圓比彈，瓊窗橫若木之枝(九五)。糾卿雲兮賡復旦，游化日兮洽重熙(九六)。置之靈臺，與大貝球刀而并重(九七)；藏之宗廟，共赤文緑字而俱垂(九八)。猗歟休哉！其綿億萬年之景運，而鞏八百載之丕基也哉。湛露濃兮朱顔酡(九九)，絙瑶瑟兮彈雲和(一〇〇)。曲終拜手，爲《璿璣玉衡之歌》，歌曰：

聿鑒世德，命維新兮[一四]。我皇合撰[一五]，備高深兮。不貴異物，遠技淫兮(一〇一)。渾儀肇始，寧自今兮。上天垂象，聖則欽兮(一〇二)。赫赫圓穹，高難諶兮(一〇三)。鯨鐘龍簴，湫則痻兮(一〇四)。夏鼎商杅，邈難尋兮(一〇五)。維形與器，不可以久任兮。辟王事天，單厥心兮(一〇六)。詎藉冬官(一〇七)，飾璆琳兮(一〇八)。小臣矢音(一〇九)，獻司箴兮。

【箋注】

(一)《相如傳》：昆蟲闓澤。注：《史記》作「凱澤」，與「愷」通。長卿《難蜀父老文》：湛恩汪濊。

(二)《記》：孔子謂子夏曰：「天無私覆，地無私載。」

(三)《詩》。

(四)《步天歌》：北極五星在紫微宫中，其第五星爲天樞。又北斗七星近紫微垣外，其第一星爲天樞，第七星爲摇光。一作「瑶光」。《淮南子》：紫微宫者，太乙之居也。張衡《靈憲》：紫微垣一十五星，在北斗之北。一曰大帝之座，天子之常居也。《五帝紀》：黄帝時，榮光幕河。《尚書中候》：帝堯即位，榮光出河。

(五)《天文志》：珠斗，北斗也。庚信《宗廟歌》：文昌氣似珠。黄道，詳篇下。

(六)《離騷》：倚閶闔而望予。注：天門也。張衡《西京賦》：表嶢闕於閶闔。《堯紀》：其仁如天。

(七)《漢書音義》：勾陳，紫微[一六]宫外營星也。宫衛之象亦如之，占以明則吉。《詩》：惟禹甸之。

（八）《天文志》：北斗，七政之樞機。《書》：同律度量衡。

（九）《天官星占》：北斗爲帝車，運於中央。《後漢・輿服志》：聖人視斗，魁方杓曲，以攜龍、角爲帝車。[一七]《柳子厚集序》：如繁星麗天，而芒寒色正。

（一〇）詳《尺牘序》[一八]。

（一一）《演繁露》：蜀二山，東碧鷄，西金馬。漢武使王褒祠二神於其地。按《輿志》，隸雲南。

（一二）《左傳》：楚子元伐鄭，諸侯救鄭，楚師夜遁。鄭人将奔桐丘，諜告曰：「楚幕有烏。」乃止。

（一三）詳《臞庵序》[一九]及《孟太母啓》[二〇]。

（一四）《周禮注》：祲氛，謂陰陽之氣相侵，乃妖氣也。

（一五）《易》。

（一六）《書》。

（一七）《詩》。

（一八）《益都耆舊傳》：漢初承秦，以十月爲歲首。武帝七年，改太初元年，始復用夏正。巴郡洛下閎等製渾天儀。按閎字長明。渾儀，一曰員儀。作《太初曆》。

（一九）《後漢書》：順帝時，張衡字平子，取顓頊渾儀更新之，鑄渾天儀，總序星經，謂之《靈

憲》、《筭罔論》。[二一]

（二〇）《晉書》：古之談天者三家：一曰周髀，即盖天也；一曰宣夜；一曰渾天。蔡邕言宣夜無師法，周髀多所違，惟渾天爲善。今候臺銅儀，即其法也。《周髀音義》有《勾股圓方圖》。注：算法有九，其九曰勾股。

（二一）《尚書注》：以璿飾機，所以象天體之轉運。横設玉管，所以窺機，猶今之渾天儀也。

（二二）《六帖》：晉羅含夢吞五色鳥，文益進。《志林》：生而瞽者不知日。或告之曰：「日之光如燭。」他日捫籥，以爲日也。

（二三）《揚雄[二三]傳》：揚子曰：「少而好賦，雕蟲篆刻，壯夫不爲也。」《周禮》：挈壺氏，下士六人。鄭玄注：挈壺水以爲漏也。《左傳》：人有言曰：「雖有挈瓶之智，守不假器，禮也。」注：謂不假人以器也。

（二四）謝惠連《雪賦序》：梁孝王授簡於司馬大夫，曰：「爲寡人賦之。」

（二五）桓玄《僞事録》：詔命平准，作青赤縹緑桃花紙，使極精。李義山詩：浣花箋紙桃花色。

（二六）《白帖》：紀少瑜夢陸倕以一束青鏤管授之，文益進。屈原《天問》：圜則九重。又：《南部[二四]新書》：麟德殿，其殿三面，名三殿。或以蓬萊、拾翠、紫微爲三殿。

（二七）《漢官儀》：尚書省，以丹朱漆地，曰丹墀、赤墀。傅毅《舞賦》：陳茵席而設坐兮。謝天之門兮九重。注：天子制，因之。九，陽數之極也。

萬春《游賦》：草靡靡以成茵。

（二八）詳《園次序》[二五]注。

（二九）陸機詩：密葉成翠幄。

（三〇）《漢書》：武帝與北地[二六]良家子期諸殿門，故有期門之號。《小學紺珠》：金日磾、張安世、衛青、霍去病，乃前漢外戚四巨姓。《後漢·明帝紀》：四姓小子[二七]侯。注：尚書以上爲甲姓，九卿方伯爲乙姓，散騎常侍爲丙姓，吏部正員郎爲丁姓。并詳《琅霞序》[二八]。又按：吴中四姓，詳《尺牘序》。内族四姓，詳《皇士序》[二九]。張正見詩：金門四姓聚。古詩：扈蹕劍瑩鷺鷀刀。杜詩：銛鋒瑩鷺鷀。注：鷺鷀膏，可瑩刀也。

（三一）《上林賦》注：從上曰扈。《周禮》：凡邦之事，蹕。注：蹕，止行人也。《漢武内傳》有「鳳文琳華綬」。

（三二）《司馬相如傳》：相如爲《天子游獵賦》，奏之。上許，令尚書給筆札。《漢紀》：武帝置光禄勛。

（三三）杜詩：詩成珠玉在揮毫。《開元遺事》：羅公遠秋夜侍主家玩月，取杖向空中擲之，化爲橋，請帝同登。遂至大城闕，榜曰廣寒清虚之府，乃月宫也。詳《良輔序》[三〇]。

（三四）左思《蜀都賦》：擒藻掞天庭。班固《答賓戲》：擒藻如春華。天垣，見上。按《天文志》：上垣太微，中垣紫微，下垣天市。

（三五）《晉書》：虞喜字仲寧，餘姚人，專心經傳，兼覽讖緯。晉太寧、永和間，屢徵不起，乃著《安天論》以難渾蓋。

（三六）劉璠《梁典》：陸倕字佐公。天監中，爲太子中舍人。詔爲《刻漏銘》，冠絶當世。《續漢書》：孔壺爲漏，浮箭爲刻，下漏數刻，以考中星、昏明星焉。

（三七）《月令》：季春之月，律中姑洗。

（三八）《上林賦》：建翠鳳之旗。注：以翠羽爲旗上葆也。《楚詞》：彷徨乎蘭宫。《上林賦》：拖蜺旌，靡雲旗。蕙版，補注。

（三九）《堯典》：乃命羲和。《廣雅》：日御曰羲和。堯於是立羲和之官。《周禮》：保章氏，掌五紀之變。陳琳《武軍賦》：啓明戒旦。

（四〇）《離騷》：折瓊枝而繼佩。《帝王世紀》：堯時，有瑞草夾階而生，每月朔日生一莢，望後日落一莢。

（四一）《雜記》：宫中玉壺爲漏，刻漏皆雕蓮花其上，故更籌皆稱蓮漏。按遠公弟子惠遠[三二]，以廬山不知更漏，乃取銅葉製漏器，狀如蓮花，亦稱蓮漏。

（四二）張衡《刻漏制》：盖上鑄金銅仙人，居左壺；爲胥徒，居右壺。皆以左手抱箭，右手指刻。陸倕《銘》：銅史司刻，金徒抱箭。

（四三）《漢宫闕疏》：日華爲東門。杜詩：我往[三三]日華東。測景，詳篇下。

（四四）《禮》。

（四五）謝惠連《雪賦》：召鄒陽，延枚叟。注：齊人鄒陽從梁孝王游。枚乘仕吴，諫吴王，不納，去之梁，尊爲上客。謝《賦》蓋假主客以爲詞也。

（四六）《漢書》：天子自臨軒檻。

（四七）《書》。

（四八）《漢書》：文帝召見賈生，前席以聽。

（四九）《漢書》：飾固陋之衷。謝莊《月賦》：昧道懵學。

（五〇）《史記》：淳于髡曰：親有嚴客[三三]，卷韝鞠膪，奉觴上壽。注：卷，收衣褏也。韝，臂捍也。鞠膪，小跪也。《會典》：唐左、右二史分立殿下，直第二螭首，和墨濡筆，至螭首坳處，號螭坳。

（五一）賈誼賦：般紛紛其離此郵兮。注：般，久也。《九歌》：紛總總兮九州。揚雄《甘泉賦》：齊總總以撙撙[三四]，其相膠輵兮。《莊子》：膠膠輵輵。注：交加也。

（五二）詳下。

（五三）枚乘《七發》：濤始起也，鴻琳琳焉。注：渥貌。唐豆盧田詩：羃壢野烟起。

（五四）《書集傳》：儀有三重，外六合儀。平置黑單環，側立黑雙環，斜倚赤單環[三五]。内三辰儀，側立黑雙環。其赤道爲赤單環，黄道爲黄雙[三六]環。又爲白單環以承其交。最内有四游儀，亦爲黑雙環。

（五五）《天文志》：日同天運，每日不及一度，月不及三十度奇，故行度有强弱。

（五六）見上《書集傳》：日、月、星辰於是可考，曰三辰儀。東、西、南、北無不周遍，曰四游儀。

（五七）《春秋運斗樞》：瑶光得江吐大貝。木華《海賦》：鮫人之室。注：鮫人，水底居，出則賣珠。《魏略》：大秦國出明珠。辛延年詩：耳後大秦珠。

（五八）《南海志》：海中有明月珠。李斯《上秦王書》：垂明月之珠。劉欣《交州記》：鮫，海人，一名泉客。《西京賦》：流懸黎之夜光。《南都賦》：隋珠夜光。按鄒陽稱夜光之璧，劉琨稱夜光之珠，乃珠玉通稱也。

（五九）《樂記》：纍纍如貫珠。劉向《别録》：漢興，善雅歌者魯人虞公，發聲清亮，拂動梁塵。

（六〇）《莊子》：巧歷不能得，而况其凡乎？

（六一）《書集傳》：天經之環，南北二極皆爲[三七]圓軸，虚中而内向。

（六二）見上。

（六三）《書集傳》：黑雙環，具[三八]刻去極度數，以中分天脊，直跨地平，使其半入地下，而結於其子午，以爲天經。

（六四）詳下。

（六五）《列子》：渤海有五山：岱輿、員嶠、方壺、瀛洲、蓬萊。隨波上下。帝命禺强使巨鼇十五舉首戴之。詳《佳山序》[三九]。

（六六）《書集傳》：爲白單環，使不傾墊。下設機輪，以水激之，使日夜隨天東西運轉，以象天行。《雜記》：蔡邕云：「天左旋，日月右轉。如蟻行磨上，磨左旋，蟻却右也。」

（六七）《山海經》：魮魚，房生珠玉。《吴都賦》：珠琲闌干。《廣雅》：綏纓，冠繫也。

（六八）詳《子厚序》[四〇]。

（六九）郭璞《方言注》：崢嶸，高峻也。《高唐賦》：窐寥窈冥。

（七〇）班固《西都賦》：上觚棱而栖金爵。注：物有廉角者曰觚棱。

（七一）《説文》：東西曰廣，南北曰袤。一云：東西曰徑輪，南北曰廣袤。《元命苞》：織女星主瓜。又瓠瓜，星名。

（七二）《爾雅》：太歲在寅曰攝提格。孔文祥曰：太歲正月出東方，攝列宿以爲歲月之首，起於孟陬。《曆書》：《太初曆》推上元甲寅攝提格之歲，日月如合璧，五星如連珠。置閏之法，積分起於上元。

（七三）《爾雅》：娵訾之口，營室東壁也。亦星次名。《曆書》：歲差，驗於日躔。孟春，日在營室，日月會於娵訾之次，而斗柄指寅，可驗歲差。注：舉歲首娵訾，以概其餘也。

（七四）張華《新荷詩》：照灼此金塘，藻曜君玉池。《説文》：葩，華也。

（七五）《漢書》：從諫若轉圜。《魏志》：曹操作欹案，卧視書。

（七六）《楊億傳》：億生數歲，吟曰：「危樓高百尺，手可摘星辰。」

（七七）《上林賦》：仰攀橑而捫天。

（七八）《莊子·天地篇》：黄帝游赤水之北，遺其玄珠。索之不得。乃使象罔，象罔得之。

（七九）《唐書》：開元中，僧一行精諸曆。玄宗令造新曆。《元史》：郭守敬《授時曆》，取二至遠近，日晷酌其中而用之。

《歸去來詞[四二]》：恨晨光之熹微。

（八〇）司馬彪《續漢書》：太史令霍融上言，刻漏或時差至二刻，不如夏曆密也。《曆志》：姚信《昕天論》言冬至極低，夏至極起。

（八一）《周禮》：土方氏，掌土圭之法，以致日景。《漢書》：推曆生律者，不失圭撮。應劭注：十黍爲圭，四圭曰[四二]撮。《易緯》：差若毫厘。

（八二）見上。

（八三）《律曆志》：玉衡以玉爲管，亦曰衡簫。《風俗通》：舜作簫，其形參差，象鳳翼。十管，長三尺。黄帝使伶倫制十二篇，爲律本。

（八四）《廣韻》：器狹而長者曰橢。東坡詩：璧美何妨橢。《毛詩傳》：珩、璜、琚、瑀，玉屬。

（八五）《書集傳》：環之内又爲小竅，以受玉衡要中之小軸，使衡既得隨環東西運轉，又可隨處南北低昂。

（八六）張衡《西京賦》：睹瑶光與玉繩。注：玉衡北两星爲玉繩。一作即玉衡，夜深則低。《説文》：朔而月見東方曰朒，晦而月見西方曰朓。謝莊《月賦》：朒朓警闕，朏魄示冲。

（八七）《古詩》：河漢清且淺。《酉陽雜俎》：婦人妝如月形，名黄星靨。《玉臺新詠》：飾面《摭言》：上下四方爲六幕。胡宿詩：六幕天空萬里心。

亭，妝成更點星[四三]。

（八八）《天文志》：五星金、木、水、火、土及日、月爲七曜。《禮經會元》：星羅棋布。

（八九）《漢·高帝紀》：元年冬十月，五星聚東井。《琴譜》：金徽玉軫。

（九〇）李賀詩：二十八宿羅心胸。按賀字長吉，一稱昌谷。每得佳句，以錦囊集[四四]之。

（九一）臧榮緒《晉書》：竇滔，扶風人，妻蘇氏，名蕙，字若蘭。滔爲苻[四五]堅時刺史，徙流沙。蕙織錦，爲迴文詩八百餘字寄滔，名曰《璿璣圖》。

（九二）《淮南子》：九州之外有八夤，八夤之外有八紘，八紘之外有八極。按東、西、南、北，天[四六]之四維。

（九三）《淮南子》：日中有踆烏。注：三足烏也。《袖中記》：李蘭《刻漏法》：用銅爲渴烏，狀如鉤曲，以引器中水，於銀龍口中吐入漏器。《五經通義》：月中有玉兔、蟾蜍。《西京賦》：鏤檻文梍。

（九四）《宣夜學》云：天無質，日月衆星，浮生虚空之中。《西京賦》：金戺玉階。《廣雅》：戺，砌也。屈原《天問》：曜靈安藏？皇甫謐《長曆》：日者，衆陽之宗，故日以晝明，曰曜靈。

（九五）王蕃《渾天説》：天體狀如鳥卵，天包地外，猶殼之裹黄。周圍如彈丸，其形渾渾也。京房《書》：日[四七]如彈丸，月似鏡體。《離騷》：折若木以扶[四八]日兮。《淮南子》：若木末有十日，其華四照。《山海經》：灰野之山有樹，名若木，生昆侖，附西極，其花光下照地。

（九六）《尚書大傳》：舜時，卿雲見，百工和歌，舜歌曰：「卿雲爛兮，糺縵縵兮。日月光華，旦復旦兮。」注：即慶雲。《史記·天官書》：卿者，嘉[四九]氣也。《潛夫論》：化國之日舒以長。《東都賦》：重熙而累洽。

（九七）《書》。[五〇]

（九八）《尚書中候》：堯時，龍馬[五一]銜甲，赤文緑色，有帝王興亡之數。《淮南子》：洛出丹書，河出緑圖。注：赤文成字，故曰丹書。蘭采朱文，故曰緑圖。

（九九）《詩》：湛湛露斯。《楚辭》：美人既醉，朱顔酡。

（一〇〇）屈原《九歌》：絙瑟兮交鼓。《周禮》：雲和、空桑、龍門之琴瑟。鄭玄注：三地名。

（一〇一）《書》。

（一〇二）《易》。

（一〇三）《詩》。

（一〇四）《東都賦》：發鯨魚，鏗華鐘。注：海邊[五二]有獸，名蒲牢，素畏鯨，鯨擊之，輒大鳴。凡鐘欲令聲大，作蒲牢於上，撞之者爲鯨魚。《詩集注》：簴，植木以懸鐘磬者。《倉公傳》注：瘖，失聲也。

（一〇五）《左傳》：昔夏之方有德也，鑄鼎象物。《博古圖》：杅，浴器，即湯盤之類。

（一〇六）《詩》。

（一〇七）《周禮》。

（一〇八）《禹貢》：球琳琅玕。注：球，美玉。璆即球，重文也。

（一〇九）《詩》。

【校記】

[一]「并序」，患立堂本、浩然堂本并作「有序」。患立堂本題下并有「御試第十名，釋褐翰林院檢討」二句注文。

[二]「曆」，浩然堂本避諱作「歷」。按下文同此者，不出校。

[三]「臯」，蔣刻本、浩然堂本并作「鳶」。

[四]「高深」，蔣刻本、患立堂本、浩然堂本并作「乾坤」。

[五]「或」，患立堂本、浩然堂本并作「復」。

[六]「溥溥」，原作「溥溥」，蔣刻本、患立堂本并誤，據浩然堂本等改。

[七]「縷」,亦園本、文瑞樓本并作「緯」。
[八]「罣」,患立堂本、浩然堂本并作「罫」。
[九]「瓠」,患立堂本、浩然堂本并作「匏」。
[一〇]「茫茫」,患立堂本、浩然堂本并作「芒芒」。
[一一]「羸」,原作「羸」,亦園本同,據浩然堂等本改。
[一二]「朒朓」,蔣刻本、患立堂本、浩然堂本并作「朏朒」。
[一三]「星」,蔣刻本、患立堂本、浩然堂本并作「奎」。
[一四]此二句,患立堂本、浩然堂本并無。
[一五]「合撰」,患立堂本、浩然堂本并作「撰德」。
[一六]「微」,原脱,亦園本、文瑞樓本并同,據四庫本補。
[一七]此爲節引,全文爲《後漢書·輿服志》:「后世聖人觀於天,視斗周旋,魁方杓曲,以攜龍、角爲帝車,於是廼曲其輈,乘牛駕馬,登險赴難,周覽八極。」
[一八]即卷三《周櫟園先生尺牘新鈔序》。按程注所謂「詳某處」或「見某處」,於篇名皆節取原題,故爲方便核查,均標識全名,後重複者不再標識。
[一九]即卷四《續朧庵集序》。
[二〇]即卷十六《徵孟太母王太夫人六十壽言啓》。

［二一］「罔論」二字原脱，亦園本同，據《後漢書》補。按《後漢書·張衡傳》載：「安帝雅聞衡善術學，公車特徵拜郎中，再遷爲太史令。遂乃研核陰陽，妙盡璿機之正，作渾天儀，著《靈憲》、《算罔論》，言甚詳明。」又程注并非引録《後漢書》原文。

［二二］「圓方」，四庫本作「方圓」。

［二三］「揚」，原作「楊」，徑改。按揚雄之姓，或「揚」或「楊」，殊不統一，全書統改爲「揚」。

［二四］「部」，原作「郡」，徑改。後文統改，不再出校。

［二五］即卷三《吴園次林蕙堂全集序》。

［二六］「地」，原作「門」，亦園本同，據《漢書》改。按《漢書·東方朔傳》：「八九月中，與侍中常侍武騎及待詔隴西、北地良家子能騎射者，期諸殿門，故有『期門』之號，自此始。」

［二七］「子」疑衍，亦園本同，《後漢書》作「四姓小侯」。按《後漢書·顯宗孝明帝紀》載：「是歲，大有年。爲四姓小侯開立學校，置《五經》師。」注引袁宏《漢紀》曰：「永平中崇尚儒學，自皇太子、諸王侯及功臣子弟，莫不受經。又爲外戚樊氏、郭氏、陰氏、馬氏諸子弟立學，號四姓小侯，置《五經》師。以非列侯，故曰小侯。」

［二八］即卷五《龔琅霞湘筀閣詩集序》。

［二九］即卷六《家皇士望遠曲序》。

［三〇］即卷六《王良輔百首宮詞序》。

[三一]「遠」，原脱，據四庫本補。
[三二]「住」，四庫本誤作「在」。
[三三]「客」，原作「容」，據亦園本、四庫本、文瑞樓本、《史記·滑稽列傳》改。
[三四]「撙撙」，原作「樽樽」，據四庫本、《漢書·揚雄傳》改。
[三五]此句，四庫本脱。
[三六]「雙」，原作「單」，亦園本、四庫本、文瑞樓本并同，據朱熹《朱文公文集》卷六十五《尚書·舜典》改。
[三七]「爲」，四庫本脱。
[三八]「具」，原作「背」，據朱熹《朱文公文集》卷六十五《尚書·舜典》改。
[三九]即卷五《佳山堂詩集序》。
[四〇]即卷七《家子厚關中紀游詩序》。
[四一]「詞」，文瑞樓本作「辭」。
[四二]「曰」，四庫本作「爲」。
[四三]「飾面亭，妝成更點星」，原作「飾面停妝更點星」，據《玉臺新詠》卷九徐君蒨《别益陽郡二首》其二改。
[四四]「集」，四庫本作「盛」。

［四五］「苻」，原作「符」，徑改，後同，不再出校。

［四六］「天」前，四庫本有「爲」字。

［四七］「日」，四庫本作「天」。

［四八］「扶」，四庫本作「拂」。

［四九］「嘉」，四庫本作「佳」。

［五〇］此條注，四庫本脱。

［五一］「龍馬」前，四庫本有「有」字。

［五二］「海邊」，四庫本作「東海」。

滕王閣賦

自昔沁水餘公主之園（一），清漳有王孫之第（二），藍田稱廢將之家（三），青門實故侯之地（四）。家居小巷，人傳丞相之賓（五）；田近南山，客言太后之弟（六）。或北接銅街，或南通［一］金市（七）。況夫長樂貴胤［二］，東阿幼王（八），苑齊博望，系自平陽（九）。出龍樓而婉娩，開朱邸以徜徉（一〇）。梁孝則廣通賓客，蕭繹則雅善文章（一一）。淮南則山名桂樹，楚國則臺號高唐（一二）[三]。頃之則秦宫草緑，魏殿烟黄。雖有子晉吹笙之場（一三），上黄侯之離臺别囿（一四），竟陵王之玉柱金觴（一五），亦復銷沉歇絶，仿佛徬徨。笙歌散兮風月盡，亭榭虚兮羅綺傷。沈初明之才情，上通天而下泣（一六）[四]；陸士衡之意氣，吊銅雀而沾裳（一七）。是知世何人之不促，人何世之能長？徒賦哀於景福，祇寄慨於靈光而已矣（一八）！

原夫滕王閣者（一九），地接衡廬（二〇），天分吴楚。漢灌嬰洗馬之城，晉殷羨投書之渚（二一）。南昌乃三江之咽喉，洪都亦五湖之門户（二二）。名藩既竹木爲園（二三），愛子復芙蓉爲府（二四）。徐、劉應教，依稀江上之簾櫳（二五）；潘、左陪軒，隱約樓頭之簫鼓（二六）。然而千年觀閣，百代江山，戴嬀大去，鄫子無還（二七）。哀美人兮淚盡，怨公子兮衣單（二八）。念繁華兮何極，悲花月兮難言。沿夫明季之將衰也，飛燕長安，李花河北（二九）。江陵之文武道消，洛下之衣冠運息（三〇）。千重白馬之軍，萬騎黑山之賊（三一）。倚弓於鸜鵒窗前，繫馬於鳳凰樓側（三二）。空餘玉樹之悲，猶見金人之泣（三三）。緊結綺與臨春，奚兹閣之如昔（三四）。無何而皇清[五]永奠，玉燭初調（三五）。吴明徹則投身周境，庾子山則辭迹梁朝（三六）。韓擒虎折衝軍壘，温子昇出入宫僚（三七）。斥堠少烽烟之警，士女多清晏之謡（三八）。妙選重臣，用綏江服。庾征西以重望，特鎮武昌（三九）；郄[六]太傅以名賢，坐備姑孰（四〇）。領軍則秩擬儀同，假節則位崇左僕（四一）。蓋我蔡公，實以御史大夫出領豫章，爲一時名節度使焉。時則四境無虞，一軍多暇。陶侃之姿制慷慨[七]，羊祜之標期儒雅（四二）。溯疇曩而神傷，顧景物而心寫（四三）。撫靈構於前人，嗣神功[八]於來者。眷斯閣以裴褢，獨藴情而瀟灑。爰乃召輸般，徵楩楠（四四），不煩將作之匠，寧費水衡之錢（四五）。結鷟鸑之窈窕，窮舞鳳之嬗娟（四六）。儼雕甍[九]之宛爾，恍綉闥之依然。伊左縈而右拂，羌前紆而後旋。爰乃朱樓綿亘，綺疏葱蒨（四七）。曲房窅窔，高臺婉轉（四八）。鑿桂樹之玲瓏，撰華檜之繾綣（四九）。勢未整而欲斜，狀將翔而又變。丹青圖畫，有若神仙。飾之翠羽，錯以金鈿（五〇）。鴛鴦起於梁上，玫瑰生於棟間（五一）。斜通闤闠，遥接平原（五二）。俗類數錢之市，地疑種玉之田（五三）。田竇之居縹緲，金張之宅嬋聯（五四）。則見夫紅妝美女，青驄少年，商民輻輳，錢貝喧闐（五五）。咿咿畫角之聲，江城夜市；歷歷紗窗之下，秋水晴川。一騎琵琶，彈來檻外（五六）；萬家燈火，照去闌前。於是闔府參佐之徒，蟬翼翩翻，丹輪的爍。輕俊則庾氏肩吾，雕華則劉家孝綽（五七）。飛羽觴而凌亂（五八），眄長空而横薄。陪公宴於中天，極勝游於高閣。維玉管與金簫，遂臨風而競作。則有澄波噴欱，洪濤渺茫（五九）。江名彭蠡，湖曰鄱陽（六〇）。賈客黄龍之舳，估師朱雀之航（六一）。蕩子以明珠作楫，倡家以白玉爲檣（六二）。又若南浦層巒，西山崇嶺（六三）。香爐幽邃以逶迤，石鏡礌砢而溟涬（六四）。洪崖虧蔽夫金梯，匡廬隱現夫丹井（六五）。朝輝無自匿之鮮，玄夜有長舒之景。猿言巖畔之寒，狖訝山間之冷（六六）。華榱與碧嶂俱懸，綺户與翠微相映。爰乃四［一一］開朱牖，盡啓羅幬。玉顔既醉，銀箏未收（六七）。幕府筵終，臨高臺而懷古（六八）；元戎晝静，列巨艦而悲秋（六九）。

思夫帝子旌旗兮，風流相賞（七〇）；江山文藻兮，賓朋俯仰。金棗長埋兮，銀蠶猶朗（七一）；朱門寂寞兮，緑池惆悵（七二）。惟物華之如故兮，悼斯人之一往。悲舞館與歌樓兮，但長天之明爽。思夫閻公棨戟兮，都督簪纓（七三）；子安詞賦兮，文章［一二］縱横。將軍愛士兮，年少能文；藝林勝事兮，末座知名（七四）。彼星移而物换兮，見水緑而山青（七五）；悵賢王之臺榭兮，想詞客之生平。於斯時也，悲不自勝，泣將何及（七六）？王長史之登山，悵眺極多（七七）；衛叔寶之渡江，蒼茫交集（七八）。矧復羈人憔悴，塞客參差，何年泣别，幾度相思。攀桃李兮三千里（七九），贈蘼蕪兮《十二時》（八〇）。目斷擣衣之信（八一），魂消織錦之詞（八二）。又或王粲從軍，徐陵負羽（八三），官道致[一三]餞，東門出祖（八四）。參軍之供帳傾城（八五），都護之刀環極浦（八六）。別蛾眉兮在二八，望龍額兮在三五（八七）。更或妾家燕趙，君住河汾（八八）；君憐紅粉，妾念羅裙。製艷曲兮未敢忘，懷異香兮不忍熏。抱衾裯兮獨宿（八九），冀砧杵兮相聞（九〇）。正復登高望遠，睹物懷人。倚危闌而躑躅，臨複閣而逡巡。公乃凭檻而歌，振衣而顧（九一）。對景兮移情，俯今兮吊古[一四]。授簡鄒枚（九二），使爲之賦。賦曰：

飛觀鬱嵯峨，平臺捫蔦蘿。罘罳還却月，屈戌正横波（九三）。金尊應對酒，玉貌恰當歌（九四）。絶殊三閣外，秋雨剪輕羅（九五）。

又曰：千秋聞此閣，形勢據名邦。檻下芙蕖并，樓頭蛺蝶雙。王侯不可見，花月爲誰長。朱闌七十二，面面落空江。

僕本恨人，遭逢苦辛（九六）。潘岳騎省之年，尚餘一歲（九七）；陸厥凋零之日，已過三齡（九八）。未躬逢夫宴會，徒馳想夫風雲。王門養炬，抽筆於茂弘之座；謝家覽舉，揮毫於安石之庭（九九）。遂乃終起而爲之亂曰：

滕王閣兮江之汜，作巨鎮兮奠方軌。邦之人兮康且喜，風俗醇兮政事美。公之德兮在南紀〔一〇〇〕，長無極兮永終祀。

此題作序易，作賦難；作滕王閣賦易，作重修滕王閣賦難。其年此製，體勢綿密，興會標舉，正復三河年少，意氣自豪，子安不得擅美於前矣。宋今礎先生評。

子安一序，文采彪炳。然初唐儷語，已屬徐庾下游，敢云賦家之囊括包舉耶！今讀其年大篇，擅閎攬之典物，抱清迥之明心，足使江記室慚其英蕤，鮑參軍恧其特秀。豈非南州之弁冕，洪都之巨麗乎！方外圻。

壬辰秋，余過章江，宿石亭寺者二旬。面對西山，比鄰滕閣。與王子白虹時時訪其遺址，惟蔓草荒烟，殘碑剩礎而已，求所謂畫棟珠簾無有也。惟秋水長天，迄今不改。聞蔡公更新後，草區禽族，咸發富宏，恨不得登眺其上。今讀其年賦，飄飄有凌雲之氣。其宮商朱紫，隨勢各配，使人如見建章千門萬户也。至乃發端道麗，神似仲宣；壯采來逢，不殊徐幹。縟理有餘，有景純之綺巧；情韻不匱，兼袁宏之梗概矣。弟吴錦雯。

予少游滕王閣，西山南浦，迷離烟月間。今屈指將二十年，章門風景，猶在夢寐。常賦《春感》詩，末句云：「夜游苦憶滕王閣，白月朱欄映彩衣。」今讀此篇，不勝滄海之感。至其含吐膏華，卷舒雲霧，卓然上掩六代，盧前王後，何足以位之！弟研德。〔一五〕

【箋注】

（一）《後漢書》：沁水公主，漢光武女也。後竇憲恃女弟爲皇后，以賤直奪公主之園。

（二）《地志》：漳水，一名清漳，一名濁漳。孔安國注：漳水入河，河濁漳清，故名清漳。《水經注》：魏武引漳流自城西入，徑銅雀臺下[一六]。王孫，補注。[一七]

（三）《史記》：李廣屏居藍田山中射獵。嘗夜從一騎出，從人田間飲。還至亭，霸陵尉醉，呵止廣。廣騎曰：「故將軍。」尉曰：「今將軍尚不得夜行，何故也？」宿廣亭下。

（四）《漢書》：邵平，廣陵人，故秦東陵侯。漢時，種瓜長安東門。瓜成，五色，世謂青門瓜，又謂東陵瓜。

（五）《漢書》：樓護家長安中。丞相王商爲大司馬時，欲候護，主簿諫：「將軍至尊，不宜入閭巷。」不聽，遂往至護家。家狹小，官屬立車下。

（六）《田蚡傳》：蚡，景帝王皇后同母弟也。孝景朝，蚡日貴盛。及武帝時，因蚡爲太后弟，位丞相，治宅甲諸第，田園極膏腴。

（七）《洛陽記》：銅駝街在洛陽城東關。漢置銅駝二於宫之南街四會道頭，兩銅駝東西夾路相對。諺語：「金馬門外拜群賢，銅駝陌上[一八]集少年。」言人物之盛也。又洛陽舊有三市：金市、羊市、馬市。詳《九日序》[一九]。《列子》：齊有欲金者，至鬻金所，攫[二〇]金而去。吏捕之，對曰：「取金之時不見人，徒見金。」附注。

（八）《宫闕疏》：漢高建長樂宫。《漢官儀》：帝母居長樂宫。《魏志》：黄初三年，立曹植爲鄄[二一]城王。太和三年，徙封東阿。六年，封陳王。

（九）《西京雜記》：戾太子既冠就宫，武帝爲立博望苑，使通賓客。《史記·外戚傳》：景帝王太后長女，號平陽公主。衛子夫出平陽侯邑，爲平陽主謳者。武帝悦子夫，生三女一男。

（一〇）《漢·成帝紀》：帝爲太子時，元帝嘗急召之，出龍樓門，不敢絶馳道。西至直城門，得絶乃度。上遲之，問其故，以狀對。上大悦，乃令太子得絶馳道。《史記》：諸侯朝天子，於天子之所立宅舍曰邸。

（一一）《漢書》：梁孝王，文帝子也。賓客有鄒、枚之屬。見《璿璣賦》[二二]。《梁書》：湘東王繹，武帝第七子也，善文章。武陵王謂僚佐曰：「七官文士。」《漢書》：諸侯王朱户，故曰朱邸。謝玄暉詩：黄旗映朱邸。

（一二）《漢書》：淮南王安與八公共登山，攀桂而賦。或稱大山、小山，如《詩》大雅、小雅，因以大、小山自號。《招隱士賦》曰：桂樹叢生兮山之幽。《自序》云：小山之所作也。宋玉《高唐賦》：昔者楚襄王[二三]與宋玉游雲夢之臺，望高[二四]唐之觀。注：雲夢中高唐之臺也。

（一三）《列仙傳》：王子喬名迴，周靈王太子晉也。好吹笙，作鳳鳴。游伊雒，道士浮丘公接以上嵩山，後仙去。七月七日，乘白鶴於緱嶺雲中，謝時人，數日方去。

（一四）補注。《梁書》：上黄侯曄[二五]，始興王憺之子。初封安陸侯，美才仗氣，官晉陵太守，特被簡文友愛。《西都賦》：離宫别館，三十六所。注：離、别，非一所也。

（一五）詳《祖德賦》[二六]。《齊書》：竟陵王蕭子良字雲英，武帝第二子也。袁淑[二七]《正情賦》：陳玉柱之鳴筝。韋誕詩：旨酒盈金觴。江淹《别賦》：掩金觴而誰御，横玉柱而沾軾。

（一六）《漢書》：武帝作通天臺以求神仙，去地百餘丈，望雲雨[二八]悉在其下。《南史》：梁沈炯，吴興人，約之後[二九]，字初明。仕梁，值侯景亂，妻子皆景害。後魏剋荆州，被擄，授儀同。以母在東，求歸。嘗獨行經通天臺，上表於漢武，陳己思鄉之意。詳《子厚序》。

（一七）陸機《弔魏武文》：登爵臺而群悲，貯美目其何望。覽遺籍以慷慨，獻兹文而凄傷。詳《銅雀賦》[三〇]。

（一八）《典略》：魏明帝將東巡，恐夏熱，故許昌作殿，名曰景福。既成，何晏賦之。《文選注》：靈光殿在曲阜縣，魯共王所建。及漢中微，宫殿皆毁，而靈光巍[三一]然獨存。後漢王延壽字文考，作《靈光賦》。

（一九）《輿志》：滕王閣，乃唐高宗子元嬰封滕王時所建，在南昌府章[三二]江門。

（二〇）王勃賦注：謂衡山、匡廬。

（二一）《南昌府志》：漢灌嬰討定南方，築城於此，至今有嬰之洗馬池。《晉書》：殷羡字洪喬，拜豫章守。縉紳多屬羡致書者，行次石頭渡，皆沉水中，曰：「沉者沉，浮者浮，我不作致書郵。」後遂號投書渚。

（二二）王勃《滕王閣序》：南昌故郡，洪都新府。又：襟三江而帶五湖。

（二三）《圖經》：梁孝王有修竹園。

（二四）詳《紫玄序》[三三]。《左傳》：趙括爲愛子。

（二五）《魏志》：孔融文舉、陳琳德璋、王粲仲宣、徐幹偉長、阮瑀元瑜、應瑒德璉、劉楨公幹，稱建安七子。按：諸王命曰應教。

（二六）梁鍾嶸《詩品》：晉太康中，三張、二陸、两潘、一左，勃爾復興。《通論》：洛陽才子，潘、左爲先覺。陪軒，補注。

（二七）《毛詩注》：莊姜無子，以陳女戴嬀之子完爲己子。完即位，州吁弑之，故戴嬀大歸于陳。《左傳》：宋公用鄫子于次睢之社[三四]，以屬東吴。

（二八）《少司命篇》：望美人兮未來。《山鬼篇》：怨公子兮悵忘歸。沈約詩：秋至客衣單。祖孫登[三五]詩：誰念客衣單？

（二九）《漢・五行志》：成帝時，童謡曰：「燕燕尾涎涎，張公子，時相見。木門倉琅根，燕飛來，啄皇孫。皇孫死，燕啄矢。」注：帝後與富平侯張放出游，過河陽主，見舞者趙飛燕而幸之，遂爲后。卒賊害諸王子。《迷樓記》：隋煬帝将再幸江都，有迷樓宫人抗聲夜歌，云：「河南楊柳謝，河北李花榮。楊花飛去落何處，李花結子自然成。」帝召宫女，問：「女自爲之耶？」曰：「道塗見兒都唱此歌。」帝默然，曰：「天啓之也。」

（三〇）《蕭梁紀》：蕭詧助魏襲江陵梁主繹，繹見西魏兵入，焚圖書十四萬卷，以寶劍擊柱折之，歎曰：「文武之道，今夜盡矣。」《晉書》：永嘉時，海内大亂，獨江東差安，洛下士民多南渡江。郎士元詩：避地衣冠盡向南。

（三一）《英雄記》：公孫瓚每聞邊警，輒厲色作氣。常乘白馬，又選數十白馬爲騎射之士，號曰白馬義從。《魏志》：袁紹遣顔良攻劉延於白馬。又詳《鴻客序》[三六]。《魏志》：張燕，常山人，慓悍捷速，軍中號爲飛燕。自黄巾始亂，燕賊[三七]河北，衆至百萬，號曰黑山賊[三八]。徐陵《爲貞陽侯書》：黑山白馬之卒。

（三二）《江夏志》：鸚鵡洲，即禰衡賦鸚鵡地。後黄祖殺衡於洲上，因名焉。《武昌志》：城北有鳳凰山。岑參詩：路指鳳凰山外雲，衣沾鸚鵡洲邊雨。按庾信《哀江南賦》：倚弓玉女窗扉，繫馬鳳凰樓柱。此似泛用。

（三三）《陳書》：後主諱叔寶，采新詩尤艷麗者爲曲詞，有《玉樹後庭花》、《臨春樂》等，大旨皆美張貴妃、孔貴嬪之容色。其略曰：「璧[三九]月夜夜滿，瓊樹朝朝新。」潘岳《關中記》：秦爲銅人十二，董卓壞以爲錢，餘二枚，魏明帝欲[四〇]詣洛陽，到霸城，重不可致。今在霸城大道南。《述異志》：魏明帝詔宫官牽車，西取漢孝武捧露盤仙人，欲置前殿。宫官既折盤，臨行淚下。《李賀集》有《金銅仙人辭漢歌》。

（三四）杜氏《通典》：陳後主建臨春、結綺、望仙三閣，自居臨春，張麗華居結綺，龔、孔二妃居望仙。

（三五）《爾雅》：四時和謂之玉燭。郭璞《注》：道光照也。

（三六）《陳書》：吴明徹字通昭。陳高祖深奇其才，居將帥之任，初有軍功。天嘉九年，與北周戰吕梁，敗績。明徹窮蹙，乃就執。《梁書》：庾信字子山，以梁人入仕西魏，爲開府，因仕於周。集中多入魏周之作。

（三七）《隋書》：韓擒虎容顔魁岸。文帝時，拜廬州總管，以輕騎五百直取金陵。陳平，進位至上柱國。魏收《魏書》：温子昇字鵬舉，晉大將軍嶠之後。北魏熙平中，補御史，時年二十二。臺中文筆，皆子昇爲之。後莊帝更加信任焉。

（三八）《左傳》：納斥堠。《廣雅》：邊方備警，作土臺，臺上作桔槔，頭上有夔岑，以新草置其中，有寇即燃火舉之，曰烽火。多積薪，寇至則燔。又望其烟曰燧。晝則燔燧，夜則舉烽。《拾遺記》：河清海晏，至聖之君以爲瑞。

（三九）《庾亮傳》：亮字元規，爲征西將軍，領江州軍。平蘇峻之亂，鎮武昌。童謡曰：「庾公上武昌，翩翩如飛鳥。」

（四〇）《郄鑒傳》：鑒字道徽，與王導、卞壼等受遺詔輔[四一]少主。咸和初，祖約、蘇峻反，進鑒都督揚州八郡軍事，討平之。年七十一薨，贈太傅。《輿志》：太平府，《禹貢》揚州之域，劉宋曰姑孰。

（四一）《官儀》：周制，太師、太傅、太保爲三公。秦則有太尉、司徒、司空。及漢安帝，以車騎將軍鄧隲爲開府，儀同三司，謂别開一府，得比三公。唐皇用開府爲散階令，有拜三公真秩者，反以開府儀同三司爲階。《通考》：晉制，都督諸軍爲上，監將軍次之，督諸軍爲下。使持節爲上，持節次之，假節爲下。使持節得殺二千石以下，持節殺無官位人。若軍士，得與使持節同。假節得殺犯軍令者。杜氏《通典》：僕射，秦官，漢因之。成帝建始元年，初置尚書五人，以一人爲僕射，主封門，掌授廩、假、錢、穀。後獻帝以執金吾榮邵爲左僕射，衛臻爲右僕射。《通考》：後魏[四二]二僕射，左居上，右居下。

（四二）《晉書》：陶侃字士行，以平蘇峻亂，拜大將軍。初，梅陶嘗謂人曰：「陶公機神明鑒似魏武，忠順勤勞似孔明，陸抗諸人不能及也。」《羊祜[四三]傳》：祜字叔子，博學能屬文，身長七尺三寸，美鬚眉，善談論。

（四三）《詩》。

（四四）《淮南子》：魯般，古之巧人。注：公輸班也，魯哀時人。《吴都賦》：楩楠豫章。注：四者皆大木。

（四五）《人官考》：将作監，掌土木工匠，總左校、右校、中校、甄官等署，官如少府。《周禮》：水衡之官。鄭玄注：川，流水也。衡，平其大小也。庾信《華林賦》：水衡之錢山積。應劭曰：水衡與少府，皆天子私藏。

（四六）《靈光殿賦》：旋[四四]室㛹娟以窈窕。

（四七）馮衍《顯志賦》：伏朱樓而四望。《天台賦》：炯晃於綺疏。李尤《東觀銘》：房闥内布，綺疏外陳。注：綺疏，窗也。《古詩》：交疏結綺窗。左思詩：峭蒨青葱間。注：鮮明貌。

（四八）《集韻》：窅窊，同「窈窱」，深遠也。《靈光賦》：蟠螭宛轉而承楣。《玉臺新詠序》：椒房婉轉。

（四九）《天台賦》：朱闕玲瓏于林間。繾綣，載《詩》。

（五〇）《潘妃傳》：帝爲潘貴妃起殿，窗間畫神仙形，皆以翡翠金玉[四五]飾之。《吴都賦》：圖以雲氣，畫以仙靈。《漢書》：昭陽舍，往往明珠翠羽飾之。《景福殿賦》：明珠翠羽，往往而在。《爾雅》：翠，鷸也。

（五一）《漢宫闕名》：長安有鴛鴦殿。《韻集》：玫瑰火，齊珠也。又石之美者。《子虚賦》：其石則赤玉玫瑰。

（五二）張衡《西京賦》：通闤帶闠。《説文》曰：市外門也。王粲《登樓賦》：平原遠而極目兮。

（五三）顧野王《艷歌行》：南市數錢歸。庾信《謝趙王啓》：遂令新市數錢，忽疑販彩[四六]。《寰宇記》：漢陽羊雍伯遇人，以石子遺之，云：「種此生美玉。」後雍伯求徐氏女，徐曰：「須白璧一雙可許聘。」雍于田中得白璧五雙，遂聘之。其地在順天府玉田縣。按撫州亦有玉田，稱蕭子雲種玉處。

（五四）班固贊：竇嬰、田蚡皆以外戚重。按竇嬰乃孝文皇后從父子。田蚡，見本篇上。《金日磾、張湯傳贊》：功名之後，惟有金氏、張氏，乃外戚之尤盛者。左思《詠史詩》：金張藉舊業。并詳《歸田序》[四七]。

（五五）《魏都賦》：内則街衢輻輳。

（五六）詳《海棠賦》[四八]。

（五七）《庾肩吾傳》：肩吾字慎之，八歲能賦詩。《梁書》：劉孝綽，小字阿士，舅王融稱爲神童，且曰：「天下文章，無我當歸阿士。」

（五八）逸《詩》：羽觴隨波。注：周公城洛邑，因流水泛酒，輕如鳥羽之飛。又爵形有頸尾、羽翼。

（五九）《東都賦》：欱野噴山。《西京賦》：欱澧吐鎬。注：猶吹吸也。

（六〇）《輿志》：彭蠡，一名匯澤，即今南康府宫亭湖。鄱陽，在豫章縣。今饒州有鄱水。一云彭蠡即鄱陽。

（六一）《穆天子傳》：乘鳥舟、龍舟，浮于大沼。注：以龍、鳥爲形也。《隋志》：煬帝遣陸士澄[四九]造朱鳥、白虎、玄武、飛羽、青鳧樓船。

（六二）古樂府：昔爲倡家女，今爲蕩子婦。補注。

（六三）載王勃《滕王閣詩》。

（六四）《輿志》：香爐峰，在南昌之東，上有許旌陽。石鏡山，其形如鏡，在武寧縣。逶迤，載

《詩》。《上林賦》：水玉[五〇]磊砢。《帝京譜》：天地初起，溟涬鴻濛。司馬彪曰：溟涬，元氣也。

（六五）《寰宇記》：南昌西有洪崖，石壁峭絶，激湍如雷。三皇時，洪厓先生得道于此，故名。《子虛賦》：崟崟[五一]參差，日月蔽虧。費昶詩：朝逾金梯上鳳樓。《南康府志》：周時，匡裕兄弟三人結廬山中。仙去，因名其山爲匡廬。上有金井玉淵，乃《道書》第八洞天。

（六六）屈原《九章》：乃猿狖之所居。庾信《小園賦》：龜言此地之寒，鶴訝今年之雪。

（六七）古詩：十五學彈箏，銀甲未曾卸。《通典》：秦蒙恬始作箏。《荆川稗編》：箏本頌琴，後世名曰箏。

（六八）《東觀漢紀》：衛青征北蕃，帝拜大將軍於幕中，因號幕府。

（六九）元戎，載《詩》。

（七〇）王勃詩：閣中帝子今何在。注：滕王嬰也。

（七一）葛洪《抱朴子》：吴景時，戍將於廣陵發一大冢，似公主之冢。棺中人兩耳及鼻孔皆有黄金，如棗許大。《括地志》：晉永嘉末，有人發齊桓冢者，得金蠶數十部[五二]。《南史》：南齊人發桓温女冢，有金蠶、銀繭等物。又宋王玄謨從弟象守下邳，發一冢，有金蠶銅人百數。棺中女子卧而言：「我東海王家女。」尋復死。庾信《蘭氏墓銘》：金棗長含，銀蠶永送。

（七二）晉《鼬游歌》：南開朱門，北望青樓。曹植詩：朱華冒緑池。宋玉《九辯[五三]》：惆悵兮而私自憐。

（七三）王勃序：都督閻公之雅望，棨戟遥臨。

（七四）《王勃傳》：勃字子安，六歲善文詞[五四]。高宗以作《鬥鷄檄》怒，斥之。勃往省父於交趾。至南昌，九月九日，都督閻伯嶼大會客於滕王閣。勃少年，廁坐末。閻出紙筆，令客作序，莫敢當者。勃受不辭。閻遣吏伺其文，至「落霞」二句，乃歎曰：「天才也！」

（七五）王勃詩：物换星移幾度秋。

（七六）《後漢書》：陸續悲泣不自勝。《詩》：何嗟及矣！庾信《哀江南賦》：燕歌遠别，悲不自勝。楚老相逢，泣将何及！

（七七）《王氏譜》：廞字伯輿，亦稱長史。嘗登茅山，大慟哭曰：「琅琊王伯輿，終當爲情死。」

（七八）《衛玠别傳》：叔寶仕晉，爲太子洗馬。初欲渡江，語云：「見此茫茫，不覺百端交集，未免有情，誰能遣此？」

（七九）詳《尺牘序》。

（八〇）《楚詞》：秋蘭兮蘼蕪。《廣志》：蘼蕪，香草，魏武以藏衣中。《樂略》：隋煬帝幸江都，創《十二時》等曲。

（八一）古樂府有《擣衣篇》。《古詩》：閨中有一婦，擣衣寄遠人。

（八二）見《璿璣賦》。《玉臺新詠序》：憶南陽之擣衣，笑扶風之織錦。

（八三）《魏志》：建安二十年，公西征張魯，侍中王粲作《從軍詩》以美其事。《梁書》：徐陵字孝穆，仕梁爲散騎常侍。及侯景寇梁，後仕陳，卒。《漢紀》：羽檄徵天下兵。江淹《别賦》：邊郡未和，負羽從軍。

（八四）《左傳》：祖而舍軷，飲酒于側曰餞，重始于道路也。《漢・疏廣傳》：廣字仲翁，以年老辭位，公卿設供張祖道都門外。按黄帝子名祖，不才而好游，死于道，故今出行者，祭郊次而後行曰祖。

（八五）《西京賦》：門衛供帳，官以物辨。

（八六）刀環，詳《無忝序》[五五]注。《九歌》：惟極浦兮寤懷。

（八七）補注。鮑照詩：蛾眉蔽珠櫳，玉鈎隔瑣窗。三五二八時，千里與君同。謝靈運《怨曉月賦》：昨三五兮既滿，今二八兮將缺。并詳《銅雀賦》。

（八八）《古詩》：燕趙多佳人。河汾，詳《天章序》[五六]。

（八九）《詩》。

（九〇）郭璞曰：砧，擣帛之質。謝惠連[五七]《擣衣詩》：櫩[五八]高砧響發，楹長杵聲哀。

（九一）王粲《七釋》：振衣乎高岳。

（九二）見《璿璣賦》。

（九三）師古曰：罘罳，連闕曲閣也。《博雅》曰：屏也。鮑照《吴歌》：夏口樊城岸，曹公却月城[五九]。又曰：曹公却月觀。《荆州記》：沔口北有却月城。梁元帝《玄覽[六〇]賦》：望却月而成眉。注：半月也。梁簡文詩：織成屏風金屈戌。《輟耕録》：人家窗户設鉸具，或鐵，或銅，名曰環紐，即古金鋪，北方謂之屈戌。傅毅《舞賦》：目流涕而横波。

（九四）魏武《短歌行》：對酒當歌。王樞詩：玉貌映朝霞。

（九五）補注。

（九六）詳《海棠賦》。

（九七）晉潘岳《秋興賦序》：余年三十有二，始見二毛。以太尉掾兼虎賁中郎將，寓直散騎之省。

（九八）《南齊書》：陸厥字韓卿，工詩，精聲韻。後[六一]因父閑被誅，感慟而卒，年二十八[六二]。

（九九）《宋書》：沈約嘗曰：「王有養、炬，謝有覽、舉。」按王泰字仲通，事梁武，刻燭賦詩，名與王筠并重。養爲泰小字。炬，筠小字也。謝覽與弟舉齊名。江淹一見欽挹，曰：「所謂馭二龍於長途也。」又按王導字茂弘，養炬其四世孫。謝奕弟安字安石，覽、舉其族侄云。原注：茂弘、安石，謂五叔祖實庵太史也。

（一〇〇）《詩》：滔滔江漢，南國之紀。

【校記】

［一］「通」，患立堂本、浩然堂本并作「連」。

［二］「亂」，浩然堂本避諱作「胄」。

［三］「唐」，患立堂本作「堂」。

［四］「泣」，患立堂本作「涕」。

［五］「皇清」，浩然堂本作「金甌」。

［六］「郄」，浩然堂本作「郗」。

［七］「慷慨」，患立堂本、浩然堂本并作「慨慷」。

［八］「功」，患立堂本、浩然堂本并作「工」。

［九］「甍」，患立堂本誤作「囊」。

［一〇］「泠」，蔣刻本作「冷」。

［一一］「四」，蔣刻本、患立堂本、浩然堂本并作「肆」。

［一二］「章」，蔣刻本、患立堂本、浩然堂本并作「箄」。

［一三］「致」，患立堂本、浩然堂本并作「置」。

［一四］「對景兮移情，俯今兮吊古」二句，患立堂本脱。

［一五］此篇末四人評語，只患立堂本有，今據補。

［一六］「下」，亦園本、四庫本并脱。

［一七］「王孫，補注」，四庫本無此條注。按亦園本、四庫本此處并多一條按語：「按漢有清

漳王、清河王。」

［一八］「上」，四庫本作「頭」。

［一九］即卷八《九日黑窑廠登高詩序》。

［二〇］「攖」，四庫本作「攫」。

［二一］「鄄」，原作「甄」，亦園本同，據四庫本改。

［二二］即卷一《璿璣玉衡賦》。

［二三］「王」，原脱，據四庫本及《文選・高唐賦》補。

［二四］「高」，原脱，據四庫本及《文選・高唐賦》補。

［二五］「曄」，四庫本作「玄」，亦園本、文瑞樓本并作「燁」。按《南齊書・高帝十二王傳》，當作「蕭曄」。

［二六］即卷一《述祖德賦》。

［二七］「淑」，原作「叔」，徑改。

［二八］「雨」，四庫本作「氣」。

［二九］「後」，四庫本作「子」。

［三〇］即卷一《銅雀瓦賦》。

［三一］「巍」，四庫本作「巋」。

[三二]「章」，文瑞樓本誤作「竟」。
[三三] 即卷八《宫紫玄先生春雨草堂詩序》。
[三四]「社」，原作「上」，據四庫本及《左傳・僖公十九年》改。
[三五]「孙登」，原作「登仕」，據郭茂倩《樂府詩集》卷二十四改。
[三六] 即卷六《余鴻客金陵覽古詩序》。
[三七]「賊」，文瑞樓本作「成」。
[三八]「號曰黑山賊」，四庫本作「號曰黑山」，亦園本、文瑞樓本并作「號黑山賊」。
[三九]「璧」，文瑞樓本作「碧」。
[四〇]「欲」，四庫本作「遷」。
[四一]「輔」，亦園本、文瑞樓本并作「傅」。
[四二]「魏」，四庫本作「漢」。
[四三]「祜」，原作「祐」，徑改。
[四四]「旋」，四庫本作「璿」。
[四五]「翡翠金玉」，四庫本作「金玉翡翠」。
[四六]「彩」，亦園本、文瑞樓本并作「采」。
[四七] 即卷六《歸田倡和序》。

[四八] 即卷二《白秋海棠賦》。

[四九] 「陸士澄」，當爲「于士澄」。按《隋書・煬帝紀》有「于士澄」。

[五〇] 「水玉」，四庫本作「玉水」。

[五一] 「崟崟」，四庫本作「岑崟」。按《文選》卷七《子虛賦》亦作「岑崟」。

[五二] 「部」，四庫本作「簿」。

[五三] 「辯」，原作「辨」，全書統改。

[五四] 「詞」，四庫本作「辭」。

[五五] 即卷六《戴無忝詩序》。

[五六] 即卷四《吴天章蓮洋集序》。

[五七] 「謝惠連」，原作「謝靈運」，據《文選》卷三十、逯欽立《先秦漢魏晉南北朝詩・宋詩卷四》改。

[五八] 「櫚」，文瑞樓本作「㵎」。

[五九] 「城」，《鮑照集》作「樓」。

[六〇] 「覽」，文瑞樓本誤作「賢」。

[六一] 「後」字，四庫本脱。

[六二] 「八」後，四庫本有「云」字。

銅雀瓦賦

魏帳未懸(一)，鄴臺初築(二)。複道袤延(三)，綺窗交屬(四)。雕甍[一]綉棟，矗十里之妝樓；金埒銅溝，響六宮之脂盝(五)。庭栖比翼之禽，户種相思之木(六)。駊娑前殿，遜彼清陰(七)；柏梁舊寢，嗤其局[二]蹴(八)。無何而墓田渺渺，風雨離離(九)。泣三千之粉黛(一〇)，傷二八之蛾眉(一一)。雖有彈棋愛子，傅粉佳兒(一二)，分香妙伎，賣履妖姬(一三)。與夫楊林之羅襪，西陵之玉肌(一四)。無不烟消灰滅，矢激星移(一五)。何暇問黄初之軼事，銅雀之荒基也哉(一六)？春草黄復緑，漳流去不還。只有千年遺瓦在，曾向高臺覆玉顔(一七)。

【箋注】

(一) 詳本篇下。

(二)《鄴中記》：銅雀臺，在彰德府臨漳縣，魏[三]操所築。上有樓，鑄大銅雀，高一丈五尺，置之樓巔。

（三）見《璿璣賦》。

（四）見《滕王賦》[四]。

（五）《晉書》：王濟尚武帝女常山公主，性豪侈，編錢爲馬埒，時謂之金溝。注：埒，短垣也。《説文》：榼匣小者爲盞。

（六）《爾雅》：南方有比翼鳥，不比不飛，名曰鶼鶼。《搜神記》：宋大夫韓馮娶妻而美，康王奪之。馮自殺，妻遂自投臺下而死。王使里人埋之，與夫冢相望也。宿昔，有文梓木生二冢之端，旬日而大合抱。又有鴛鴦栖樹上，交頸悲鳴。宋人哀之，遂號其木曰相思樹。一作梓木根交于下，枝連于上云。《吴都賦》：楠榴之木，相思之樹。并詳《庭表序》[五]注。

（七）班固《西都賦》：經駘蕩而出馺娑。注：漢武建章宫中二殿名。

（八）《漢書》：武帝柏梁臺，以香柏爲之，詔群臣，賦七言者賜上座。

（九）《魏略》：太祖臨終遺令，施繐帳于臺上，命婕妤、妓人歌吹帳中。月朝十五，望吾西陵墓田。按西陵，操所葬處。陸機《吊魏帝文》：悼繐帳之冥漠，怨西陵之茫茫。

（一〇）《楚詞[六]》：粉白黛緑，施芳澤些。《漢紀》：成帝時，諸王侈靡，有至粉黛三千者。《長恨歌》：後宫佳麗三千人。

（一一）《招魂》：二八侍宿，射遞代些。張正見[七]詩：二八秦樓婦。江總詩：三五二八佳年少。《神女賦》：眉聯娟以蛾揚兮。《釋名》：蛾，蠶蛾也。其眉細而長。

（一二）《藝經》：彈棋，對局二人，黑白棋各八枚，下呼上擊之，始自魏宫内妝奩戲也。陸機《吊魏武文序》：魏武將没[八]，持姬女而指季豹，示四子曰：「以累女[九]。」傷哉！曩以天下自任，今以愛子托人。《魏志》：何晏長於宫省，又尚公主，粉帛[一〇]不去手。初，晏七歲，明慧若神，魏武奇愛之。因晏在宫内，欲以爲子。《何晏傳》：晏字平叔，美姿容。文帝疑其傅粉，夏月賜熱湯餅，拭汗，而色愈鮮。後曹爽反，爲司馬宣王斬於東市。

（一三）《魏略》：太祖顧命曰：「餘香可分與諸夫人，諸舍中無所爲，作履組賣也。」

（一四）曹植《洛神賦》：容與乎楊林。又云：凌波微步，羅襪生塵。注：植思甄后，作《感甄賦》，後明帝改爲《洛神賦》。楊林，地名。凌波而襪生塵，言神人異也。《説文》：襪，足衣也。西陵，見本篇上。

（一五）《摭言》：水激則悍，矢激則遠。唐太宗詩：激箭流星遠。

（一六）《魏略》：文帝丕黄初七年。

（一七）《晉書》：鄴都銅雀臺，皆鴛鴦瓦。

【校記】

[一]「甍」，患立堂本誤作「囊」。

[二]「局」，患立堂本、浩然堂本并作「跼」。

[三]「魏」，亦園本、文瑞樓本并作「曹」。

[四] 即卷一《滕王閣賦》。
[五] 即卷七《黄編修庭表宮詞序》。
[六]「楚詞」，亦園本、四庫本、文瑞樓本并作「招魂」。按此二句實出《大招》。
[七]「見」，原脱，據逯欽立《先秦漢魏晉南北朝詩·陳詩卷二》補。
[八]「没」，亦園本、文瑞樓本并作「殁」。
[九]「女」，四庫本作「汝」。
[一〇]「帛」，四庫本作「白」。

述祖德賦并序[一]

爲安丘張杞園作也。杞園高、曾以來，代有盛德，維崧乃爲斯賦，賦曰：

牟山巃嵸，濰水汪洋(一)。華子魚擲金之所，趙邠卿賣餅之鄉(二)。則有天上張星，人間公子(三)。舊家漂母祠旁，夙住淮王城裏(四)。常負笈於中原，遂卜居於仁里(五)。龜因食墨以相攸(六)，鶯爲遷喬而戾止(七)。時則灣名凉水，莊號高柯。小沛則田廬不別，新豐則巷陌無訛(八)。陸氏之弟兄，宅惟列屋(九)；杜家之少長，郡夾長河(一〇)。椒聊衍以愈碩，瓜瓞綿而更多（一一）。蓋淮南張氏之在安丘者，遼乎眇乎？代不知其幾何也。恒逖览夫八垓（一二），更流[二]觀乎千禩。疇藝菽以得麻，疇[三]種松而遇枳（一三）。華門生執戟之郎（一四），戟户有負薪之子（一五）。廷堅之祀忽諸，若敖之鬼餒矣（一六）。雖天道之循環，實人謀之臧否。惟福善與禍淫，蓋鑒觀之甚恖。術寧尚假於筳篿，理更何煩夫卜筮（一七）？閱數葉而武安勢隆，隆其将起。且夫梗楠欲直，故屈其枝（一八）；雕鶚將翔，暫愚其色（一九）。老其拔地之材（二〇），厚厥培風之翼（二一）。以武安之窮經，暨東津之種德。徒誇翰墨之勛，未食詩書之力。固[四]履運之將亨，抑遭逢[五]之尚塞。惟嗇夫之終畝（二二），賴髦士之蒸蒸（二三）。彼前賢之演胙[六]，需式穀之繩繩（二四）。命以基而始固，福以斂而逾增（二五）。驗高門而若券，規近事以彌徵。粲粲文林，煌煌寰海，藝苑君宗（二六），人倫模楷（二七）。檢身則跬步矜莊，御物則丰棱耿介。恂恂執玉之容，抑抑循墻之戒（二八）。爾乃禮遵《内則》，卦揲《中孚》（二九）。笑史巫之紛若，秉忠信以威如（三〇）。少艾誰歡[七]，韞櫝保千金之璧（三一）；機祥不惑，揮鋤唾徑寸之珠（三二）。捐長物於生前，人安忍負（三三）；返遺貲於歿[八]後，信不能渝（三四）。此公細行之昭昭，而大端之皦皦者乎？於是天牖其衷（三五），夢呈其貌，五福齊臻，千祥并告。庭來賈氏之彪（三六），室有桓家之豹(三七)。蛇蟠笥上，知爲將貴之徵(三八)；蛟吐懷中，識是能文之兆(三九)。詎期千載而還，復得三張之號(四〇)。伯兮岳岳(四一)，季也觥觥(四二)。暨夫仲子，實號三張。時則族望淹華，門墻清峻。長兄既綉虎羅胸(四三)，季弟復高蟬陪鬢(四四)。客到集賢之里，鶴盖成圍(四五)；人過通德之坊，犢車成[九]陣(四六)。烏啼府畔，遥知御史之家(四七)；鷁畫船頭，群問孝廉之信(四八)。揮毫空齊魯之場，持斧下江淮之郡(四九)。緊次公之積學，屬時譽之推賢。才邁班揚之[一〇]上(五〇)，身居季孟之間(五一)。第五則何慚驃騎，盈川則詎愧盧前(五二)。射策而名喧日下(五三)，談經而聲溢天邊。況彼鯉庭(五四)，仍生驥子(五五)，階既名蘭，園還字杞(五六)。髫齡讀諸父之書，壯歲撰一家之史。思親則獨行深醇，述祖則高文清綺。夫乃愴孝廉之早殁，悲大阮之先零(五七)。僅馳情於想像，終結念於平生[一一]。園中之橘刺藤梢[一二]，游踪儼在(五八)；楮上之龍跳虎卧，手澤如生(五九)。抱蔓摘瓜，腸斷道旁之瓢(六〇)[一三]；求魚緣木，人傳樹下之羹(六一)。若夫遠泛淮揚，長驅恒代，企季父之勛名，訪清白[一四]之梗概(六二)。殘旗凍鼓，天雄之涕淚恒新(六三)；古戍空營，魏博之謳歌斯在(六四)。榷鹺而績奏熬波，轉餉而功成賦海。相逢南國之舊人，盡説西臺之遺愛(六五)。既而還轅稷下(六六)，返轡渠丘(六七)。懔明經之耆德，溯厥考之貽謀。嵇中散琴弦，餘音未沓（六八）；徐景山酒器，殘瀝仍留（六九）。四壁奇香，尚繪宣和之博古（七〇）；萬竿風竹，猶傳墨派於湖州（七一）。一聞松雪之名，情深杯棬（七二）；但見葡萄之樹，淚滴松楸（七三）。能不景前徽之未沫，而悟來軫之方遒也哉？眷此庭柯，臨風歎嗟。三辰急景（七四），四節流波。陶彭澤之田園，荒蕪已甚（七五）；庾子山之家世，惆悵如何（七六）！懼前修之莫紹，苦去日之孔多（七七）。然而于氏門邊（七八），千尋[一五]喬木（七九）；欒公社上，百尺藤蘿（八〇）。定知平子之遺，代皆擊轂（八一）；預決伯松之後，人盡鳴珂（八二）。家和在陰之鶴，塾留時術之蛾（八三）。染翰方終，已爲鳳由[一六]作賦（八四）；濡毫有待，爰因鵲起興歌（八五）。歌曰：

安丘之山，鬱然蒼兮。安丘之水，浩無方兮（八六）。疇爲寓公（八七），臨淮張兮。山高水深，并無疆兮。宜爾子孫，永悦康兮。

【箋注】

（一）《青州府志》：安丘縣，古渠丘地。漢安丘，隋牟山。有濰水，在安丘之界。韓信與龍且夾濰水之陣，即此。《上林賦》：從龍崔巍[一七]。《廣韻》：汪洋，水盛貌。

（二）《漢書》：華歆字子魚，高唐人。管寧字幼安，朱虛人。與邴原號爲三龍。歆與寧鋤菜見金，寧揮金不顧，欹捉而擲之。按安丘古迹有弃金[一八]坡。《後漢書》：趙岐字邠卿，爲京兆郡曹。時中常侍唐衡兄玹爲都尉，岐與從兄襲數貶議之。後玹爲京兆尹，盡殺趙家屬。岐逃難江淮間，匿名賣餅北海市中。買三十，賣亦三十。時孫嵩察岐非常人，曰：「我北海孫賓碩。」因藏岐複壁中數年，作《厄屯歌》三十三章。諸唐後滅，岐因赦乃免。

（三）《天文志》：張星乃二十八宿之一。徐陵詩：張星舊在天河上，從來張姓本連天。杜詩：天上張公子，宮中漢客星。

（四）《史記》：韓信釣於城下，有漂母見信飢，飯信。《淮安志》：漂母祠在山陽。淮安乃漢淮南王劉安故址也。

（五）《漢書》：蘇章負笈追師，千里不違。《楚詞注》：屈原《卜居》，問所以居身之道也。中原，詳《渭仁序》[一九]。

（六）《洛誥》：我乃卜澗水東，瀍水西，惟洛食。注：史先定墨而灼龜之兆，正食其墨也。

（七）《詩》。《詩》：爲韓姞相攸。

（八）《漢書》：沛國，故秦泗水郡，高帝改沛郡。《輿志》：徐州沛縣，漢稱小沛。《漢書》：高祖因太皇思故豐里，乃建城於關中，而徙豐人實之，曰新豐。凡街衢棟宇，一如豐里舊制，雖鷄犬亦[二〇]各識其家。

（九）《世説補》：蔡司徒在洛，見陸機兄弟住[二一]參佐廨中[二二]，三間瓦屋，士龍住東頭，士衡住西頭。

（一〇）《漢書》：杜周列三公，兩子夾河爲郡守。

（一一）《詩》。

（一二）《説文》：八垓，即八極地也。《國語》：王者舉九垓之田。

（一三）補注。《列子》：吴楚之國有大木，名櫾，齊國稱之渡淮而北，化爲枳焉。《六帖》：晏子對楚王曰：「橘生江北爲枳，水土異也。」

（一四）蓽門，詳《賀徐序》[二三]。執戟，詳《歲寒序》[二四]。

（一五）戟户，詳《看奕賦》[二五]。《史記》：叔敖之子負薪。詳《竹逸序》[二六]。

（一六）《左傳》：臧文仲聞六與蓼滅，曰：「皋陶庭堅，不祀忽諸。」杜注：蓼與六皆皋[二七]後。林注：庭堅，皋陶字。《左傳》：楚司馬子良生子越椒，子文曰：「是必殺之。是子也，熊虎之狀，而豺狼之聲。」子良不可，子文泣曰：「若敖之鬼，不其餒而。」杜注：而，助語，言必餒。

（一七）《離騷經》：索瓊茅以筳篿兮，命靈氛爲余占之。注：楚人名結草折竹卜曰筳篿。《書》：謀及卜筮。[二八]

（一八）見《滕王賦》。

（一九）《高唐賦》：鵰鶚鷹鷂，飛揚伏竄。《吴越春秋》：扶同曰：「鷙[二九]將搏，必卑飛戢翼。」

（二〇）補注。

（二一）《莊子·逍遥游》：風之積也不厚，則其負大翼也無力，而後乃今培風。

（二二）《書》。

（二三）《詩》。

（二四）《詩》。

（二五）《書》：基命定命。又：斂時五福。

（二六）《詩》：君之宗之。

（二七）《漢書》：天下模楷李元禮。

（二八）《禮·祭義》：孝子如執玉，如奉盈。《鼎銘》：循墻而走，亦莫余敢侮。

（二九）《禮·内則》，篇名。《易·中孚》，卦名。

（三〇）《易》：用史巫紛若，无咎[三〇]。又：厥孚交如，威如，吉。

（三一）《論語》。

（三二）詳《鷹垂序》[三一]。原注：霖海公嘗[三二]有還妾之事。又公平生[三三]不信禍福。嘗[三四]因卜宅，夢一老嫗，告曰：「庇公宇下久，幸勿遷我，當有以相報。」及起[三五]土見蛇，蜿蜒以千百計。公曰：「是疇昔之入夢者乎？雖明月之珠，我何愛焉？」卒移之野外[三六]。

（三三）詳《憺園賦》。

（三四）原注：公晚年以橐中千金裝付一族長者，曰：「吾兒幼，待其成立還之；不，則若自取之耳。」後諸孤長，長者卒不忍負，還[三七]金。

（三五）《左傳》。

（三六）《三輔决録》：漢賈彪字偉節，兄弟三人有高名，彪最優。時人語曰：「賈氏三虎，偉節最怒。」

（三七）桓冲子嗣，小字豹奴。

（三八）《後漢・許曼傳》：馮緄爲議郎，發綬笥，有两赤蛇，分南北走。許曼占之，曰：「君當爲邊將，以東爲名。」後如之。庾信《爲賀婁慈碑》：蛇盤綬笥。梁樂府：緑蛇銜丹[三八]珠。

（三九）《董仲舒别傳》：仲舒少治《春秋》，嘗夢蛟龍入懷，爲漢醇儒。

（四〇）《晉書》：張載字孟陽，與弟協景陽、弟亢[三八]季陽俱嫺詞賦，時號三張。

（四一）詳《黄門序》[四〇]注。

（四二）《郭憲傳》：人語曰：「關東觥觥郭子横。」注：剛直貌。

（四三）《曹植别傳》：子建七步成章，世目爲綉虎。

（四四）詳《半繭賦》[四一]及《銀臺啓》[四二]。

（四五）《唐書》：裴度字中立，聞喜人，封晉國公。請罷，後治第東都集賢里，作别墅。劉孝標論：鷄人始唱，鶴盖成陰。

（四六）《鄭玄傳》：鄭康成，高密人，杜門修業。孔融深敬之，告高密縣爲玄特立一鄉，名鄭公鄉，曰通德門。《晉書》：武帝賜汝南王彦皂蓋犢車。

（四七）《漢書》：朱博爲御史中丞，府中柏樹，烏集其上，朝去暮來，因號烏臺、柏臺。

（四八）晉張協《七命》：乘鷁舟[四三]兮爲水嬉。注：畫鷁於舟首，壓水神也。《晉書》：張憑字長宗，少舉孝廉，負其才氣。詣劉尹真長，同舉者笑之，劉竟留宿。至曉，憑還船。劉遣人覓張孝廉船，同侶惋愕。劉即薦爲太常博士。

（四九）《漢・暴勝之傳》：勝之爲直指使者，衣綉衣，持斧逐捕盜賊，威振州郡。

（五〇）沈約《宋書・傳論》：王褒、劉向、揚、班之徒。注：揚雄、班固也。

（五一）《論語》。

（五二）《世説》：晉何充爲驃騎將軍，弟準字幼則，充勸令仕，準曰：「第五之名，何減驃騎？」兄弟中準居第五，故云。後充居宰輔，準散帶衡門而已。《楊炯傳》：唐武后時，炯爲盈川令，與王勃、盧照鄰、駱賓王號四杰。炯曰：「吾愧在盧前，耻居王後。」

（五三）詳《琅霞序》。

（五四）《論語》。

（五五）《北齊書》：裴景鸞有逸才，河東呼爲驥子。梁文帝書：價匹龍媒，聲齊驥子。杜詩：驥子好男兒。注：次子宗武也。

（五六）《謝玄傳》：謝安問諸子侄：「子弟亦何預人事，而欲其佳？」玄曰：「譬如芝蘭玉樹，欲其生於階庭耳。」杞園，本篇，園名。

（五七）《史記·白起贊》：以致坳身。注：坳，終也。《晉書》：阮籍字嗣宗，爲大阮。侄咸字仲容，爲小阮。

（五八）詳《看奕賦》。

（五九）《書品》：王右軍書如龍跳天門，虎卧鳳闕[四四]。《禮》：父没而不能[四五]讀父之書，手澤存焉耳。

（六〇）《唐書》：李泌因肅宗殺建寧王倓，乃諷諫謂：「天后有四子，長曰弘，天后鴆殺之，立次子賢。賢内懼，乃作《黄臺瓜辭》，曰：『種瓜黄臺下，瓜熟子離離。一摘使瓜好，再摘使瓜稀。三摘猶自可，摘絶抱蔓歸。』」《廣雅》：瓜子謂之瓤。

（六一）《孟子》。原注：孝廉公瓜[四六]蓏將熟，必先奉母。嘗[四七]行圃中，見遺蓏在地，愀然曰：「誰先吾母食乎？」遂抱蔓歸。又一日獲嘉魚，將薦几筵。庖人不知，悮以入饌。公覆蘽瘞之，種樹其上，土人至今名[四八]爲魚樹焉。

（六二）清白，詳《歸田序》。《東京賦》：其梗概有如此。注：粗言也。

（六三）《大名志》：漢曰魏郡，唐曰天雄，宋曰大名。一作廣平府地。

（六四）《唐末藩鎮紀》：田承嗣，安、史之將，既降，以爲魏博五州都防禦使。二年，詔以魏博爲天雄軍[四九]。

（六五）《左傳》：子産卒，仲尼出涕曰：「古之遺愛也。」《官制》：御史爲西臺。《後魏書》：中書省爲西臺。

（六六）《青州志》：臨淄縣有稷下古迹。詳《九日序》。

（六七）見本篇上。

（六八）《晉書》：嵇康嘗游洛西，暮宿華陽亭，引琴而彈。有客取嵇琴，彈《廣陵散》以授，嵇誓不傳人。後康臨刑，索琴向日影彈之，曰：「《廣陵散》於今絶矣！」

（六九）《魏志》：徐邈字景山。魏國初，時科禁酒，而邈私飲沉醉。問以事，邈曰：「中聖人。」《齊書》：竟陵王蕭子良遺何點以徐景山酒槍。注：酒器也。一作：遺以嵇叔夜酒杯，徐景山酒鐺。《滑稽列傳》：淳于髡曰：「侍酒於前，時賜餘瀝。」

（七〇）《宋書》：元祐中，吴大臨裒三十六家所藏三代、秦、漢尊彝鼎敦之屬，繪之於幅，爲《考古圖》，凡十卷。黄伯思又撰《博古圖説[五〇]》十一卷。政和八年，又修《宣和博古圖》。按徽宗宣和七年。

（七一）《文同傳》：同字與可，善墨竹。嘗知湖州，世稱文湖州。《宣和畫譜》：《湖灘墨竹圖》，乃黄居寀字伯鸞所藏。《圖繪寶鑒》：吴王錢鏐善墨竹。郭崇韜伐蜀，得李夫人，亦能墨竹。

（七二）《禮》。

（七三）原注：明經公生時，有葡萄之兆，故字漢萄。晚又號松雪老人。仲長子[五一]《昌言》：古之葬者，松柏梧桐，以識其墳。

（七四）三辰，見《璿璣賦》。杜詩：不辭辛苦行，迫此短景急。

（七五）《陶潛傳》：潛爲彭澤令，八十餘日即解印綬，賦《歸去來辭》，有曰：「歸去來兮，田園將蕪，胡不歸！」

（七六）庾信《哀江南賦》有曰：信年始二毛，即逢喪亂。又曰：我之掌庾承周，以世功而爲族；經邦佐漢，用論道而當官。惆悵，見《滕王賦》。

（七七）魏武《短歌行》：譬如朝露，去日苦多。

（七八）詳《憎園賦》。

（七九）王充《論衡》：睹喬木，知舊都。

（八〇）《漢書》：文帝時，欒布爲燕相，至將軍，以功封俞侯。燕、齊之間皆爲立社，號欒公社。

（八一）平子，詳《園次序》注。《戰國策》：蘇秦説齊王曰：「臨淄之塗，車轂擊，人肩摩。」

（八二）補注。《唐書》：張嘉貞，開元中爲相，弟嘉祐任金吾衛將軍。每朝，軒蓋騶從盈閭巷，時號所居坊曰鳴珂里。[五二]

（八三）《易》：鳴鶴在陰，其子和之。《禮》：蛾子時術之。

（八四）染翰，詳《懸圃序》[五三]。《左傳》：初，懿氏卜妻敬仲。其妻占之曰：「吉。是謂鳳凰于飛，和鳴鏘鏘。五世其昌，并於正卿。」注：繇，卜兆辭。

（八五）《莊子》：鵲上高城之危，而巢於高榆之巔。城壞巢折，凌風而起。故君子之居世，得時則蟻行，失時則鵲起。

（八六）見本篇上。

（八七）詳《孝威序》[五四]。

【校記】

[一]「并序」，患立堂本無此二字。

[二]「流」，患立堂本誤作「疏」。

[三]「疇」，亦園本、文瑞樓本并作「孰」。

[四]「固」，蔣刻本作「因」。

[五]「逢」，患立堂本、浩然堂本并作「時」。

[六]「胙」，亦園本、四庫本、文瑞樓本并作「祚」。

[七]「歡」，蔣刻本、患立堂本、浩然堂本并作「忺」。

[八]「殁」，患立堂本、浩然堂本并作「没」。

[九]「成」，四庫本作「作」。

[一〇]「之」，患立堂本、浩然堂本并作「以」。

[一一]「平生」，患立堂本、浩然堂本并作「生平」。

[一二]「梢」，患立堂本誤作「稍」。

[一三]「瓢」，患立堂本、浩然堂本并作「瓠」。

[一四]「白」，蔣刻本作「香」，患立堂本、浩然堂本并作「卿」。

[一五]「尋」，蔣刻本作「門」，患立堂本、浩然堂本并作「年」。

[一六]「由」，亦園本、四庫本、文瑞樓本并作「繇」。

[一七]「嵸巃崔巍」，四庫本作「嵸嶐崔巍」，文瑞樓本作「嵸巃崔嵬」。

[一八]「金」，四庫本作「銀」。

[一九] 即卷五《方渭仁都門懷古詩序》。

[二〇]「亦」字，四庫本脱。

[二一]「住」，原作「在」，據亦園本、四庫本、文瑞樓本改。

[二二]「中」字，四庫本脱。

[二三] 即卷十一《賀徐立齋先生新升總憲序》。

[二四] 即卷十一《歲寒詞小序》。

［二五］即卷二《看奕軒賦》。

［二六］即卷十《徐竹逸蔭緑軒詞序》。

［二七］「皋」後，四庫本有「陶」字。

［二八］此條二「筵」字，原皆作「筵」，據亦園本、四庫本、文瑞樓本改。

［二九］「鷙」後，四庫本有「鳥」字。

［三〇］「无咎」，四庫本作「吉」。按《周易正義·巽·九二》曰：「巽在床下，用史巫紛若，吉，无咎。」

［三一］即卷五《周鷹垂詩集序》。

［三二］「嘗」，患立堂本作「常」。

［三三］「平生」，患立堂本作「生平」。

［三四］「嘗」，患立堂本作「常」。

［三五］「起」，患立堂本作「啓」。

［三六］「移之野外」，患立堂本作「移置中野」。

［三七］「還」後，患立堂本有「其」字。

［三八］「丹」，四庫本作「赤」。

［三九］「亢」，原作「元」，徑改。

[四〇] 即卷四《胡黄門其章先生葵錦堂集序》。

[四一] 即卷二《半繭園賦》。

[四二] 即卷十五《徵大銀臺柯素培先生六十壽言啓》。

[四三] 「舟」，四庫本作「船」。

[四四] 「闕」，四庫本作「閣」。

[四五] 「能」，文瑞樓本作「忍」。

[四六] 「瓜」，患立堂本、浩然堂本并作「果」。

[四七] 「嘗」，患立堂本作「常」。

[四八] 「名」後，患立堂本、浩然堂本并有「之」字。

[四九] 「軍」字，四庫本脱。

[五〇] 「説」，四庫本作「書」。

[五一] 「子」，四庫本作「統」。

[五二] 按亦園本、四庫本無「補注」二字。此條注，亦園本、四庫本并作：「《漢書》：張竦字伯松，與陳遵同傳。按唐相張嘉貞，弟嘉祐，每朝，軒蓋騶從盈閭巷，時號所居坊曰鳴珂里。」

[五三] 即卷三《陸懸圃文集序》。

[五四] 即卷七《鄧孝威詩集序》。

瑞木賦[一]

《瑞木賦》者，陽羨（一）陳維崧之所作也。壬寅夏四月之吉，少司農周櫟園先生葬其太翁如山先生、太母朱太夫人於鍾山北鎖石之陽。輀車既駕，虞歌將闋（二），司農痛音容之杳邈，眷廧翣以躊躇（三），凄戀徘徊，撫視備至。見太夫人匱底異紋鬱起，作奇石狀，其上卉木蓊翳，樛枝縈拂，嘉條攢布。觀者萬人，咸稱靈瑞。維崧乃殫思勘[二]慮，撰爲斯賦，以俟采風者録焉。其辭[三]曰：

胙[四]汝南之華胄兮（四），叶歸昌之姬德（五）。歷日月而揚聲兮，代羽儀於王國（六）。繄哲考懿鴻鈞之斡[五]運兮，允無頗其埏埴（七）。初緜瓞於大梁兮，既仁里[六]於南服。玉[七]姬撰吉[八]而厘之誕降兮，緬純淑之嘉則。纕余芳之菡萏兮，竦余身以正直（八）。館朝築夫穠李兮，頌夕獻夫椒華（一一）。攬百禮其靡愆降兮（九），詠蘋蘩之孔嘉（一〇）。奉盤匜而克相兮（一四），流徽音於笄珈（一五）。維坤儀之温兮（一二），紛總總其珩牙（一三）。皇覽錫厥祚胤[九]兮，芬昐[一〇]鑾於幽遐（一六）。孕星精而踐夢粹兮，爰降康之實多。餐翰墨以爲糧兮，紉夜兮（一七），摭若木以委佗（一八）。爾君子之端慤兮，獨懷仁而抱義。

珠以爲佩。既[一一]袒免以擗踊兮，且[一二]汍瀾以愴神(一九)。望鎖[一三]石之高岡兮(二〇)，蔚乎百年之佳城(二一)。背攝山而袤延兮，欲淮水以崢泓(二二)。墨人既協之以吉兮(二三)，筮氏復告之[一四]貞(二四)。嵚厥車於山椒[一五]兮，虞歌鏘其凄鳴(二五)。馬遲回而不前兮(二六)，旐差池而顧慕(二七)。裻衣揚而復停兮(二八)，清酤設而未御。倚墓門而悚惕兮，臨窀穴以沉思(二九)。撫録錯[一六]而抽裂兮(三〇)，淚覆面而沾頤。羌蛇行而鼠泣兮，流觀乎廧翣之周坻(三一)。埶折髂而不任趾兮(三二)，跽深墨焉其睨之(三三)。呼天只而無聲兮(三四)，旋至於母氏之玄堂。䁟[一七]奇理之鑱削兮，惝恍乎竹石之縱橫。其爲狀也，硲硲芊芊，非雲非烟(三五)。褰縐戍削，屈橈璘𤦲(三六)，難得而殫稱焉。鴻淋淋兮(三七)，詭汨汨兮(三八)。閜[一八]珂乎若深崖幽壑，霜皴雷剥(三九)，龍質而虎章；棧巇乎若枯椶病栝(四〇)，抗峰冠日，欲偃而難僵。溶兮沇兮，夏雲襹褷，披雲錦而下張(四一)；葳兮蕤兮，九苞勃窣，縹綉臆而高翔(四二)。爾其擢纖柯[一九]以婹娟兮(四三)，聳秀[二〇]條之髿髿(四四)，則孝子之《白華》也(四五)。爾其漱緑葉之澹淡兮，揚[二一]素花[二二]於陂陁(四六)，則詩人之《蓼莪》也(四七)。爾其挺虬龍之異姿兮(四八)，學松柏之遺直(四九)，則忠臣之屈軼也(五〇)。吾聞庶人之純孝兮，澤林茂而浮珍舒；怪草秀於階闥兮，瀵潛出其神魚（五一）。又聞先民之列傳兮，躬負土而爲塋；屹岧嶤之五[二三]尺兮，松竹蓊焉而自生（五二）。未若茲之顯瑞兮，心猶豫而狐疑（五三）。言握粟而出卜兮，召太人其占之。占曰：天錫公純嘏，苾苾芬芬，是剥是饗，神保其[二四]將，俾爾熾而昌。又曰：母氏之德，維其階矣（五四）。庶草蕃廡，答嘉祉矣（五五）。和氣致祥，靡所違矣（五六）。子孫篤之，是以有慶矣（五七）。

亂曰：非惟篤之，又氾布濩之（五八）。一家之吉，兆在萬方。帝開左个（五九），喬喬皇皇。爰立作相（六〇），之紀之綱（六一）。山出器車，藪游鳳凰（六二）。奇木效順，朱莖呈房（六三）[二五]。百靈調和，四民悦康。輔佐緝熙，比隆陶唐。

【箋注】

（一）《宜興志》：古陽羡地。

（二）《説文》：輀車，喪車也。《禮》：贈，而祝宿虞。葬日虞。注：贈，以幣送死者於壙。迎精而反，謂虞也。《左傳》：吴與齊戰，齊人公孫夏命其徒歌《虞殯》。注：示必死也。

（三）《檀弓》：周人墻置翣。《説文》：廧，椁衣也。翣，棺羽飾也，形如扇。

（四）詳《憺園賦》。

（五）《詩》。

（六）《易》：其羽可用爲儀，吉。

（七）《老子》：埏埴以爲器，當有器之用。

（八）張衡《思玄賦》：纗幽蘭之秋華。注：纗者，繫囊之繩也。江淹《愛遠山騷[二六]》：丹秀荔薀。

（九）《書義疏》：厘降，治裝下嫁也。《書》：一曰正直。

（一〇）《詩》。

（一一）《春秋》：築王姬之館於外。《詩》：何彼穠矣，華如桃李。《晉書》：劉臻妻陳氏，元日獻《椒花頌》，曰：「美哉靈葩，爰采爰獻。聖容[二七]映之，永壽千萬。」

（一二）《詩》：以洽百禮。

（一三）《雜録》：佩有二璜，作牙形於其中，以前衝之，使關而相擊。有穿孔罥繫處。

（一四）《國語》：越行成於吴，曰：「奉盤匜以隨諸御。」

（一五）《詩》。

（一六）《離騷》：皇覽揆余於初度兮。注：皇，考也。覽，睹也。揆，度也。《詩》：永錫祚胤。《師古録》：肸蠁，言聲繁會，如蟲飛肸然。蠁，赴也。相如《上林賦》：肸布寫於幽遐。

（一七）《風俗通》：東方朔，太白星精。《唐·李白傳》：白之生，夢長庚星入懷，因以命名。

（一八）見《璿璣賦》。

（一九）《檀弓》：袒免哭踊。注：袒免，去冠而加免也。《檀弓》：辟踊，哀之至也。注：撫心爲辟，跳躍爲踊。陸機《吊魏武文》：涕垂睫而汍瀾。息夫躬《絶命辭》：涕泣流兮萑瀾。

（二〇）見本篇上。

（二一）《博物志》：漢滕公夏侯嬰死，公卿送葬之東都門外，馬不行，踣地悲鳴。得石槨，有銘曰：「佳城鬱鬱，三千年見白日，吁嗟滕公居此室。」乃葬斯地，謂之馬冢。

（二二）《金陵志》：攝山在府東北，産攝生草，上有千佛嶺、栖霞寺。淮水在上元縣東南。王導使郭璞筮之，曰：「淮水絶，王氏滅。」即此。袠延，見《璿璣賦》。

（二三）見《祖德賦》。

（二四）《孝經》：卜其宅兆，而安厝之。簭，古筮字。

（二五）見本篇上。

（二六）見篇上注。

（二七）晉謝莊《宣貴妃誄》：望樂池而顧慕。

（二八）《説文》：襚衣，鬼衣也。

（二九）《詩》：墓門有梅。《周禮》：卜葬兆甫，竁亦如之。注：穿壙曰竁。

（三〇）《六書故》：以剛鐵交錯爲深理，磨厲金石者也。

（三一）《蘇秦傳》：蛇行蒲伏。《詩》：鼠思泣血。廧娶，見篇上。周坻，四旁上下也。

（三二）揚子《解嘲》：折脅拉髂。注：髂，腰骨也。

（三三）《孟子》。

（三四）《詩》：母也天只。

（三五）《説文》：山谷裕裕青也。潘岳《籍田賦》：碧草肅其芊芊[二八]。注：盛也。《史記·天官書》：若烟非烟，若雲非雲，郁郁紛紛，蕭索輪囷，是謂卿雲。

（三六）《子虚賦》：襞績[二九]褰縐，紛紛[三〇]裶裶。又：揚拖戍削。注：戍，鮮也。削，刻除貌，言其美也。《史記注》：橈，屈曲之意。《説文》：璘，玉文。斒，色雜也。

（三七）見《璿璣賦》。

（三八）枚乘《七發》：聊兮慓兮，混汩汩兮。《字林》：汩汩，亂也，没也，或曰遥。

（三九）《上林賦》：抗衡閜砢。注：「閜」與「砢」同，相扶貌。

（四〇）張衡《西京賦》：棧齴巉險。注：高峻貌。枯椶，詳《藝圃序》[三一]。《書》：杶幹栝柏。

（四一）相如《上林賦》：沇溶淫鬻。注：沇，水行貌。溶，水盛貌。王維詩：人立何襹褷。注：衣帶交結貌。韓愈[三二]詩：視物隔襹褷。注：目昏貌。揚雄《甘泉賦》：玻桂椒而鬱移楊。注：玻，張羽貌。又與「披」通。古詩：天孫織就雲錦裳[三三]。

（四二）《孫氏瑞應圖》：葳蕤，瑞草。又盛貌。陸機《文賦》：紛葳蕤以馺遝。《論語摘衰聖》：鳳有六象九苞。相如《子虛賦》：嫳𡸣勃窣，上乎金堤。《説文》：勃窣，從穴中卒出也。《山海經》：丹穴之山有鳥，五色而文，曰鳳。綷縩，詳《半繭賦》。

（四三）《雪賦》：初娗娟於廊廡。

（四四）《六書故》：鬖髿，垂散貌。

（四五）《詩》。

（四六）詳《瀛臺序》[三四]。

（四七）《詩》。

（四八）詳《瀛臺序》。

（四九）《禮》：如松柏之有心也。

（五〇）《通鑒》：黄帝時，有草生於庭，佞人入則指之曰：「屈軼。」

（五一）《孝經援神契》：天子孝，天龍負圖，地龜出書。庶人孝，澤林茂，浮珍舒，怪草秀，水出神魚。《列子》：禹治水，迷而失塗，謬之一國。濱北海之北，不知距齊州幾千萬里。其國有水涌出，名曰神瀵，臭過蘭椒。《爾雅》：瀵潽，水紋動貌。《白帖》：王延後母敕延求魚。延叩頭於水而哭，有一魚躍，長五尺。又姜詩母好江水，詩至孝，舍旁涌泉如江水，并雙鯉同出，以供母膳。

（五二）《孝子傳》：宗承父資喪，承負土爲塋，一夕而成。後墳土自高五尺，松竹自生。又漢武時，張融字思先，後漢方儲方聖明，晉許孜字季義，親没皆負土成墳。

（五三）《離騷》：心猶豫而狐疑兮，欲自適而不可。《爾雅》：猶如麂，善登木。常居山中，忽聞有聲，則恐人害之。每預上樹，久久無度復下，須臾又上。故不決者稱猶焉。一曰：隴西俗謂犬子隨人行，每預前，待人不得，又來迎候，故言猶豫。《述征記》：北風勁，河冰始合，要須狐行。云此物善聽，聽冰下水無聲，然後過河。師古曰：狐性多疑，每渡冰河，且行且聽，故言疑者稱狐疑。

（五四）《詩》。

（五五）《書》。

（五六）韓文：和氣致祥。

（五七）《詩》。

（五八）相如《封禪頌》：非惟雨之，又潤澤之。非惟遍之，又氾布濩之。《爾雅》：氾，岐流復還本水也。

（五九）《月令》：天子居青陽左个。

（六〇）《書》。

（六一）《詩》。

（六二）《禮運》：山出器車，河出馬圖。鳳凰麒麟，皆在郊陬。注：器車，若銀瓮丹甑。

（六三）《蔡邕傳》：邕母卒，廬於墓側，木生連理。《白帖》：孝童周智，六歲[三五]喪父，廬於墓，有紫芝之祥。《山海經》：赤芝，一名丹芝。黄芝，一名金芝。白芝，一名玉芝。黑芝，一名玄芝。紫芝，一名木芝。《天台賦》：五芝含秀而晨[三六]敷。《漢武紀》：甘泉宮内金芝，九莖連葉。元封中，芝生房，作《芝房歌》。

【校記】

[一]題下，蔣刻本有「并序」二字，浩然堂本有「有序」二字。

[二]「勘」，患立堂本、浩然堂本并作「尠」。

[三]「辭」，患立堂本、浩然堂本并作「詞」。

[四]「胙」，患立堂本、浩然堂本并誤作「昨」。

[五]「斡」，原作「幹」，亦園本、文瑞樓本同，并誤，據蔣刻本等改。

[六]「仁里」，蔣刻本、患立堂本、浩然堂本并作「里仁」。

[七]「玉」，患立堂本、浩然堂本并作「王」。

[八]「吉」下，患立堂本、浩然堂本并有「日」字。

[九]「胤」，浩然堂本避諱作「類」。

[一〇]「盻」，患立堂本、浩然堂本并作「肦」。

[一一]「既」，患立堂本、浩然堂本并作「夜」。

[一二]「且」，患立堂本、浩然堂本并作「旦」。

[一三]「鎖」，患立堂本、浩然堂本并作「瑣」。

［一四］「之」下，患立堂本、浩然堂本并有「以」字。

［一五］「椒」，原脱，據患立堂本、浩然堂本補。

［一六］「録錯」，蔣刻本、文瑞樓本并作「緑錯」，患立堂本、浩然堂本并作「緑鑽」。

［一七］「膷」，患立堂本、浩然堂本并作「臚」。

［一八］「閤」，四庫本、文瑞樓本并作「間」。按陳校本疑當作「間」。

［一九］「柯」，蔣刻本作「歌」。

［二〇］「秀」，患立堂本、浩然堂本并作「修」。

［二一］「揚」，原作「楊」，四庫本同，并誤，據蔣刻本、亦園本等改。

［二二］「花」，患立堂本、浩然堂本并作「莖」。

［二三］「五」，蔣刻本作「玉」。

［二四］「其」，患立堂本、浩然堂本并作「是」。

［二五］「房」，患立堂本、浩然堂本并作「芳」。

［二六］「騷」，四庫本作「賦」。

［二七］「容」，原作「客」，據亦園本、四庫本、文瑞樓本改。

［二八］「芊芊」，原作「竿竿」，據亦園本、四庫本、文瑞樓本改。

［二九］「績」，文瑞樓本作「積」。

[三〇]「衸衸」，四庫本作「紛紛」。

[三一]即卷五《藝圃詩序》。

[三二]「韓愈」，原作「崔斯立」，據《全唐詩》卷三百四十改。

[三三]按此句實出蘇軾《潮州韩文公庙碑》，原文作「天孫爲織雲錦裳」。

[三四]即卷三《瀛臺賜宴詩序》。

[三五]「六歲」二字，四庫本脱。

[三六]「晨」，文瑞樓本作「呈」。

陳檢討集卷二

宜興陳維崧其年撰　皖江程師恭叔才注

賦

憺園賦

東海先生，西清學士（一），砥信懷貞，處仁敦義。里名通德之鄉（二），居作華陰之市（三）。傳家而望本駒王，邁種而人呼麟子（四）。并跗則無林不桂，五竇寧賒（五）；連枝則何樹非瓊，雙丁詎擬（六）。有張氏之長公，乃楊家之伯起（七）。爾乃直對銅街（八），衺延綉陌（九），巷控三條，衢交五劇（一〇）。中高定國之閭，旁置當時之驛（一一），後包董相之園，前枕晏嬰之宅（一二）。於是入青瑣，度綠墀（一三），撼屈戌，摇罘罳（一四）。啓横門之窌窱，遵修弄之逶迤（一五）。巷緣折而多誤，徑以遼而轉疲。忽粉垣之娟然，援幽葝以障之。步履[一]將窮，漸近聽鸝之館（一六）；藥闌乍入，已親鬥鴨之陂（一七）。至則未暇數池臺之羃㕞也，而先彷彿乎[二]樹石之離奇。樹則枯杉十畝，老柏千章，皮皴半裂，腹豁全僵。黄偏着雨，丹只酣霜，支離囷蠢，跋扈昂藏（一八）。蝌蚪縱横，半程邈、李潮之隸（一九）；蛟螭拿攫，是竹王、木客之裝（二〇）。石則九點恒青（二一），一拳彌秀，篁借啼斑，玉由血綉（二二）。蘚蝕紅羊，苔纏碧獸（二三），嬴政鞭餘，媧皇煉就（二四）。怪同齊女之瘤，醜類丈人之傴（二五）。叱來仙子，堪爲韻士之供（二六）；射自將軍，可作高人之漱（二七）。然而既饒老木，須蔭澄潭，不遇清流，空堆錦石。此司州印渚，尤欣浩淼之觀（二八）；莊叟濠梁，酷愛淪漣之色也（二九）。爾則鏡行[三]一奩，縠紋半搦（三〇），浪滑如酥，波平類削。茭礙槳而絲柔，菱觸舷而蔓弱。凌冬而荻緯蕭蕭，涉夏而荷妝灼灼。半篙卵色，染四面之房櫳；萬片魚鱗，皺兩邊之樓閣（三一）。時則繚之綺舍，嵌以精廬（三二）。環池以憩，夾浦而居。紺榭鏤楹，視花光爲疏密；長欄[四]複道，依草態以縈紆。既燠房之奥窔，亦涼館之虚無（三三）。雲淡而篁粉松脂，盡粘帷幕；月上而簾鈎窗網，總落菰蒲。而或者臨河脉脉，一葦何從；隔水盈盈，終朝徒望（三四）。爰童烏鵲之毛，頓截虹霓之狀（三五）。爾乃雁齒齊排，鼉梁載上（三六）。鏡湖則卧以朱欄，沙檻則委之緑浪。修廊善縐，千迴機上之文（三七）[五]；短彴恒斜，四角盤中之樣（三八）。界破碧鷗之宅，常隔東西；派開紅藕之村，自成三兩。更橋畔以婆娑（三九），值東風之駘宕（四〇）。踠地而柳綫千絲，拂衣而楊花一桁(四一)。川觀甫歇，巖趣彌遒，乃攀峭閣，用眺層丘。倏八窗之競闢，已萬壑之爭流(四二)。春人遍野，春山滿樓，春荑被隴，春羽盈疇。冷節鞦韆，戲鼓酒旗之會(四三)；叢祠賽社，巫簫蠻管之游(四四)。茜袂成群，盡綿芊於嶺岫(四五)；黛衫作隊，頻掩映夫松楸。能不結遥情之亹亹，增[六]逸興之悠悠也哉？

夫其座列古歡，家慳長物(四六)，峻只書淫，預惟左癖(四七)。問樗蒲之幾齒，略未經心(四八)；詢奴價之若何，曾誰闢臆(四九)？絶無他嗜，寧吹潘岳之笙(五〇)；并鮮閒情，詎蠟阮孚之屐(五一)。錦軸則卷别朱黄(五二)，銀匱則厨分甲乙(五三)。左太冲之藩溷，置筆札以何疲(五四)；王仲任[七]之書籤，粘户庭而奚擇(五五)？四部五部，蘚駁苔斑(五六)；一瓻两瓻，蝸黄蠧碧(五七)。誰羡王根之邸第，翡翠千重(五八)；寧誇石尉之園亭，珊瑚七尺(五九)。積書巖下，津逮連翩(六〇)；太學碑前，肩摩絡繹(六一)。囊螢多借讀之人(六二)，懷餅有就鈔之客(六三)。道[八]類太丘(六四)，人如元禮(六五)，户罕雜賓，門盈好事(六六)。國僑季札，彬彬縞紵之交(六七)；任昉范雲，落落雲霞之氣(六八)。雍容宛雒之生徒(六九)，錯遝汝南之車騎(七〇)。麟衫艾綬，顧盼非常(七一)；檑具急裝，衣冠偉麗(七二)。風前綉幰，獨孤側帽而來(七三)；花外朱輪，丞相小車而至(七四)。至夫烟澄昃景，霜耀新曦，乍援棣蕚(七五)，或合荆枝(七六)。憩怡顔之子舍(七七)，經伏臘之家祠(七八)。情懭悢其不聊，心踟躕而自思(七九)。

繄昔經營，匪求厥寧。園因母構，憎以安名。慶芳萱之韶麗，欣寸草之敷榮(八〇)。奉板輿而登降，戲萊彩以將迎(八一)。歲月幾何，馳光逝波，星姬蝕昴，月姊沉河(八二)。纏悲曷極，茹痛何多？最怯鶹啼，似應臯魚之泣(八三)；尤憎[九]鶯哢，宜[一〇]賡原壤之歌(八四)。遂使春相無聞，祥琴輟御(八五)。橘垂園内，永無陸績之歡(八六)；莪在蒿中，彌廑王裒之慕(八七)。怪春花之萬朵，何事殷紅？訝秋月之一規，居然縞素(八八)。池邊躍鯉，貽向誰人(八九)？林際放麑，歸於何處(九〇)？朝朝毀瘠，蒼烏翔以還來(九一)；夜夜攀號，白鶴馴而不去(九二)。

【箋注】

(一)相如《上林賦》：象輿婉僤於西清。張揖注：西清，堂中清淨處也。

(二)見《祖德賦》。

(三)《高士傳》：漢張楷字公超，通《嚴氏春秋》、《古文尚書》，門徒常百人，賓客車馬填街。楷輒徙避，隱弘農山。學者從之，所居成市。後華陰山南遂有公超市。

（四）《檀弓》：容居曰：「昔我先君駒王西討，濟於河。」注：容居，徐國公族稱其先王也。《徐陵傳》：陵八歲能文，十三通《老》、《莊》。釋寶志摩其頂曰：「此天上石麒麟也。」《書》：皋陶邁種德。

（五）顔延年《曲水詩序》：并柯共穗之瑞。《竇禹鈞傳》：禹鈞仕周，五子儀、儼、侃、偁、僖相繼登科，時目爲燕山五桂。

（六）《晉中興徵祥記》：連理者，仁木也。或異枝還合，或兩樹共合。《莊子》：南方積石千里，名瓊枝，高百二十仞。《文士傳》：丁儀字正禮，魏武辟爲掾。弟廙字敬禮，爲黄門侍郎。曹植有異才，而儀、廙爲之羽翼。

（七）李詩：他日誰憐張長公？注：張摯字長公。［一一］《東觀漢紀》：楊寶子震字伯起，明經［一二］博覽，諸儒爲之語曰：「關西夫子楊伯起。」官太尉。子秉亦爲太尉，賜彪爲司空。

（八）見《滕王賦》。

（九）見《璿璣賦》。

（一〇）班固《西都賦》：披三條之廣路。《爾雅注》：一達曰道路，二達曰岐旁，三曰劇旁，五曰康，六曰莊，七曰劇驂，八達曰崇期，九達曰逵。

（一一）《漢書》：于公，郯人，里門壞，議共營之。公爲獄吏，高大其間門曰：「我治獄多陰德，子孫必有興者。」至定國爲丞相，永爲御史大夫，封侯傳世云。班固《列傳》：鄭當時字莊，以任俠自喜。景帝朝爲太子舍人，常置驛馬四郊，存問故人，惟恐不遍其知[一三]。

（一二）《漢書》：董仲舒下帷三年，不窺舍園，後爲江都相。《晏子春秋》：景公使更晏子之宅，曰：「子之宅近市，湫隘囂塵，請更居爽塏。」辭曰：「臣之先居此宅焉，臣不足以嗣之，于臣侈矣。」

（一三）《西京賦》：青瑣丹墀。庾信《爲長孫儉碑》：緑墀青瑣。孟康曰：以青畫户邊，鏤中，天子制也。師古注：以門刻連鎖文，而青塗之。可通用。

（一四）見《滕王賦》。

（一五）《西京賦》：望窗窱以徑庭。注：深遠也。《靈光殿賦》：洞房窗窱而幽邃。《説文》：弄，巷也。修弄，猶永巷之類。逶迤，載《詩》。

（一六）《晉書》：戴顒字仲若，安道之次子。每春日，携雙柑斗酒，人問「何之」，曰：「往聽黄鸝聲。」

（一七）《吴志》：建昌侯孫慮堂前作鬥鴨欄，頗工巧。按唐龜蒙亦有鬥鴨闌。晉蔡洪《鬥鴨賦》：振勁羽，竦六翮。抗嚴趾，望雄敵。忽雷起而電發，赴洪波以奮擊。并詳《琅霞序》。

（一八）《莊子》：支離疏者，頤隱于齊，肩高于頂[一四]。注：形不全正也。張衡《南都賦》：芝房菌[一五]蠢生其隈。注：盤戾貌。《漢書注》：跋扈，强梁貌。李泌詩：空作昂藏一丈夫。

（一九）吾衍[一六]曰：上古無筆墨，以竹挺點漆，書竹上，竹梗漆膩，畫不能行，故頭粗尾細，象蝦蟆子形，謂之蝌蚪書。注：蝌蚪，蝦蟆子也。《書苑》：秦時，隸人下邳程邈，改篆爲隸，始皇見而重之。草勢起於漢時，解散隸法。唐李潮善小篆，師李斯《嶧山碑》，見稱於時。《杜甫集》有《李潮八分小篆歌》。

（二〇）《九歌》：駕兩龍兮驂螭。注：如龍，而黄無角。《西京賦》：熊虎升而拏攫。柳宗元詩：林狙任攫拏[一七]。注：摶持也。《後漢·南蠻傳》：夜郎者，初有女子浣於遁水。有三節大竹流入足間，剖竹視之，得一男，歸養之。及長，有才武，自立爲夜郎侯，以竹爲姓。武帝賜以王印綬，後遂殺之，封其三子爲侯。死，配食其父。今夜郎縣有竹王三郎神是也。《華陽國志》：竹王祠，今在施州歌羅寨西，亦名夜郎侯祠。《吴越春秋》：勾踐令工伐木獻吴，久不得歸，工人作《木客吟》，後名木客村。又按鄱陽山中有木客，秦時造阿房者，食木實，得不死。《瓊州志》：木客，即山魈也。有「還山弄明月」之詩。皮日休詩：行遇竹王因設奠，居逢木客又遷家。

（二一）《名山志》：九華山有九峰，因名九子。又匡廬峰有九疊。[一八]

（二二）《博物志》：舜南巡不返，葬於蒼梧之野。堯二女娥皇、女英，追之不及。至洞庭之山，以淚揮竹，竹盡斑。妃死，爲湘水神。《山海經》：侖者之山有木，曰白蓉，可以血玉。注：染玉有光。

（二三）《述異記》：梓樹之精化爲青羊，五百年而爲紅羊。

（二四）《三齊略記》：始皇作石橋，欲過海看日出處。時有神人，能驅石下海，石去不速，神輒鞭之，皆流血，至今悉赤。陽城山石盡起立，嶷嶷東傾，狀如相隨行。《列子》：天亦物也，物有不足，故昔有女媧氏煉五色之石，以補其缺。

（二五）劉向《列女傳》：齊宿瘤女東郭采桑，齊閔王以其賢，聘爲妃。項有大瘤，故號宿瘤。

《莊子·達生篇》：仲尼適楚，見痀僂者承蜩，謂弟子曰：「用志不分[一九]，乃凝於神，其痀僂丈人之謂乎？」注：僂，短醜貌。

（二六）《神仙傳》：黄初平牧羊，見道士，因隨入金華山石室中。兄初起屢求之，始得晤。問所牧羊何在，初平曰：「在山東。」往視，但見白石。初平叱曰：「羊起。」石成羊數萬頭。

（二七）《漢書》：李廣出獵，見草中石，以爲虎，射之，没鏃。視之，石也。更射，終不能入。

《韓詩外傳》載楚熊渠子事同。《晉書》：孫子荆謂王武子曰：「當枕流漱石。」王曰：「石非可漱，流非可枕。」孫曰：「枕流欲洗其耳，漱石欲礪其齒。」

（二八）《王胡之别傳》：胡之字修齡，爲司州刺史。至吴興印渚中，歎曰：「非惟使人情開滌，亦覺日月清朗。」

（二九）《莊子·秋水篇》：莊子與惠子游於濠梁之上。

（三〇）《晉書》：王羲之言：「入山陰道，如行鏡中。」李詩：池開照膽鏡。《摭言》：浪細如縠紋。

（三一）張衡《南都賦》：房櫳對櫎。古詩：着雨[二〇]新添半篙水。陸游詩：殘霞蹙水魚鱗浪，薄日烘雲卵色天。

（三二）《儒林傳》：精廬暫建。

（三三）《名園記》：裴度午橋莊，具凉臺燠館。《答賓戲》：守窔奥之熒燭。注：深遠貌。

（三四）《古詩十九首》：盈盈一水間，脉脉不得語。《詩》：一葦杭之，跂予望之。

（三五）《淮南子》：七夕，烏鵲填河成橋，以度織女。《摭言》：七夕次日，烏鵲頭毛有秃處。周處《風土記》：陽羡縣前有大橋，其中高起似虹形。李詩：乘橋蹺彩虹。

（三六）《白帖》：橋有雁齒。《竹書紀年》：周穆王伐楚，至九江，黿鼉爲梁以度。《集仙録》：穆王駕黿鼉、魚鱉爲梁，濟弱水，而升昆侖，會西王母。

（三七）見《璿璣賦》。

（三八）《廣志》：獨木之橋曰榷，亦曰彴。注：今謂彴爲略彴。《樂府解》：漢蘇伯玉妻《盤中詩》，盤屈曲書之。傅休奕云：山樹高，鳥鳴悲。末云「當從中央周四角」是也[二一]。

（三九）《詩》。

（四〇）《莊子》：惠施之材，駘蕩而不得。謝玄暉詩：春物方駘蕩。

（四一）《海山記》：煬帝《望江南》有云：「綫拂行人春晚後，絮飛晴雪暖風時。」崔灝詩：萬萬[二二]長條拂地垂。

（四二）《禮》：五户八窗。《清虚真人歌》：八窗無常朗。《世説》：顧愷之言：「會稽山川，千巖競秀，萬壑争流。」

（四三）《歲時記》：寒食謂冷烟節。《開元遺事》：宮中寒食，立鞦韆爲樂，明皇呼爲半仙戲。高無際《鞦韆賦序》：武帝後庭之戲，本云千秋，訛傳轉爲秋千。後人失其義，又旁加革。山谷詩：未到清明先禁火，還依桑下繫千秋。

（四四）《國策》：應侯謂昭王曰：「亦聞恒思有神叢與？」注：恒思，地名。神叢，神祠叢樹也。梵語：叢林，譬如大樹叢叢。《禮·雜記》注：鄭康成謂：索[二三]鬼神而祭祀，州黨以禮屬民。今賽社則其事爾。

（四五）《貨殖傳》：千畝卮[二四]茜，比千乘之家。注：即今紅花，可染絳。《楚詞》：望遠兮阡眠。注：一作「阡綿」，與「綿芊」義同。

（四六）《王恭別傳》：王忱[二五]見恭六尺簟，謂有餘，求之。恭即送之。後忱見恭更無簟，恭曰：「生平固無長物。」

（四七）《劉孝標傳》：峻博極群書，聞人有異書，必往借之，人謂之書淫。《玄晏春秋》：人號余爲書淫。《晉書》：杜預字元凱，嘗稱王濟有馬癖，和嶠有錢癖。武帝謂預曰：「卿有何癖？」對曰：「臣有《左傳》癖。」

（四八）《葛洪傳》：稚川性寡欲，無所愛玩，不知棋局幾道，樗蒲幾齒。馬融《樗蒲賦》：排五木，散九齒。精誠一叫，十盧[二六]九雉。《晉書》：陶侃爲荆州刺史，取參佐蒱博之具投諸江，曰：「樗蒱者，牧猪奴戲耳。」按樗蒲，亦作「樗蒱」。

（四九）《世説》：苻[二七]朗初過江，王咨議問以奴婢貴賤，朗云[二八]：「謹厚有識中者，乃至十萬；無意爲奴婢問者，止數千耳。」按羲之第四子肅之爲驃騎咨議。《晉書》：祖訥自炊養母。王敦遺以两婢，辟爲從事中郎。戲曰：「奴價倍婢價[二九]。」答曰：「百里奚何必輕於五羖皮耶？」

（五〇）《潘岳傳》：安仁嘗作《笙賦》，有曰：「各守一以司應，統大魁而爲笙。」

（五一）《晉書》：阮孚性好屐。或有詣者，阮正自蠟屐，因自歎曰：「未知一生，當着[三〇]幾量屐。」

（五二）米芾[三一]《書史》：隋唐藏書，皆金題錦贉。注：金題，押頭也。贉，卷首帖綾。

（五三）《司馬遷傳》：紬金匱石室之書。甲乙，詳下。

（五四）《晉書》：左思作《三都賦》，構思十稔，門庭籓混皆着紙筆，每得一句，即疏之。

（五五）《漢・王充傳》：充字仲任，上虞人，師事班彪，好博覽，而不守章句。

（五六）臧榮緒《晉書》：李充字弘度，爲著作郎，分典籍爲四部：五經爲甲部，史記爲乙部，諸子爲丙部，詩賦爲丁部。五部，未詳。

（五七）《古諺[三二]》：借書一瓻，還書一瓻。注：瓻，酒器也。

（五八）《漢書》：成帝微行，過曲陽侯王根第，見園中土山、漸臺，類白[三三]虎殿，乃責問司隸校尉、京兆尹。知根驕奢僭上，赤墀青瑣，顧阿縱，不舉奏，二人頓首省户下。《説文》：翡，赤雀。翠，青雀。

（五九）《晉書》：石崇字季倫，爲尉，與貴戚王愷奢侈相尚。愷得珊瑚，高二尺，示崇。崇以鐵如意碎之，命[三四]取三四尺高者六七株以償之。按珊瑚，詳《映碧啓》[三五]。

（六〇）酈氏《經》[三六]：積書之石室有遺卷焉，世士罕津逮者。

（六一）《後漢書》：熹平中，蔡邕奏定六經，自書册鐫碑，立太學，觀視摹寫者車乘絡繹，一日千餘。

（六二）《晉・車胤傳》：胤字武子，少篤學。家貧，不常得油。夏月，囊螢照書。

（六三）《却掃編》：趙[三七]畯字德進，宋城人，治《易》，聞龔深甫《易解》新出，考城一士人家存之，徒步，獨携餅數枚以行。主人館之，畯晝夜寫録。飢，啖所携之餅，數日而畢。

（六四）《後漢書》：陳寔[三八]字仲弓。桓帝時，爲太丘長。許子將到潁川，不詣仲弓。或問其故，子將曰：「太丘道廣，廣則難周。」

（六五）詳《園次序》及《九日序》。

（六六）《南史》：謝譓不妄交接[三九]，門無雜賓。按譓祖莊、父朏，世族也。《緯略》：漢張竦以列侯居長安，貧無賓客，好事者從之論道。揚雄家貧嗜酒，好事者載酒饌從學。李楷《述身賦》曰：座有清譚之客，門多好事之車。

（六七）《左傳》：吴公子札聘於鄭，見子産如舊相識，與之縞帶。子産獻紵衣焉。

（六八）《梁書》：蕭衍、沈約、謝朓、王融、蕭深、陸倕、范雲、任昉爲西邸八友。按范雲字彦龍，爲吏部尚書。任昉字彦升，爲新安太守。

（六九）詳《雪持序》[四〇]注。

（七〇）詳《壽徐序》[四一]。《漢志》：南陽郡宛縣，故申伯國。光武起于宛，都于洛陽，遂以宛爲南都，曰宛洛。師古曰：《左傳》云：「遂至于雒。」光武改「雒」爲「洛」。李詩：遨游盛宛雒。《汝寧府志》：秦屬潁川，漢曰汝南。

（七一）焦贛《易林》：二千石官白艾綬。《東觀記》：馮魴孫石，襲母公主封獲嘉侯，安帝賜以紫艾綬。注：以艾草染之。

（七二）《事物考》：櫑具，起漢高困平城，陳平秘造木偶人，用機關，舞於陴間。又魁櫑即傀儡子，唐戲之首舞也。詳《二一齋序》。[四二]

（七三）《儀制令》：諸車，一品青油纁，通幰。六品以下，不得用幰。《後周書》：獨孤信美容儀，封魏國公。嘗因獵，日暮馳馬入城，帽微側，人咸慕之，遂爲側帽。

（七四）《前漢書》：武帝命田千秋代劉屈氂爲丞相。至昭帝時，年老，詔其得乘小車入宫，因號曰車丞相。

（七五）《詩》。

（七六）《續齊諧記》：漢田真同弟慶、廣三人分財。堂前有紫荆一樹，共議破之爲三。未已[四三]，枯死，真歎曰：「木本同株，因分析而摧悴，况兄弟乎？」相感復合，荆亦旋茂。

（七七）詳《貞女序》[四四]注。

（七八）楊惲《報孫會宗書》：歲時伏臘。《曆忌釋》：六月有伏日者，何也？四時代謝，皆以相生。至立秋以金代火，金畏火，故至庚日必伏。《風俗通》：夏曰嘉平，殷曰清祀，周曰大蜡，漢改爲臘，猶獵也，獵禽以祭先祖也。秦孝公始置伏祠，始皇改臘曰嘉平。

（七九）宋玉《九辯》：愴怳懭悢兮。注：悲也。《禮記·三年問》：躑躅焉，踟蹰焉。

（八〇）《詩》：焉得萱草，言樹之背。注：背，北堂也。母治北堂，故曰萱堂。孟郊《游子吟》：慈母手中綫，游子身上衣。臨行密密縫，意恐遲遲歸。難將寸草心，報得三春輝。

（八一）潘岳《閒居賦》：太夫人乃御板輿，升輕軒。《列士傳》：老萊子孝養二親，行年七十，作嬰兒戲，著五色斑爛之衣，舞于庭。

（八二）《拾遺記》：帝昊母皇[四五]娥處于璿宮。《帝王世紀》：禹母有莘氏修己，見流星貫昴，感孕生禹。《趙紀》：白起爲秦伐趙，破長平軍，遣衛先生説昭王益兵糧，應侯阻之。其精誠達天，太白爲之蝕昴。《春秋感精符》：人主[四六]父天母地，兄日姊月。李商隱詩：月姊曾聞下彩蟾。

（八三）《韓詩外傳》：孔子聞皋魚哭聲甚悲，問其故，曰：「樹欲靜而風不寧，子欲養而親不逮。往而不可返者，年也；逝而不可追者，親也。」立哭而死于是。孔子門人歸養其親者，一十三人。

(八四)《檀弓》：原壤母死，夫子助之沐椁。壤登木歌曰：「狸首之斑然，執女手之卷然。」

(八五)《曲禮》：鄰有喪，舂不相。注：相者，舂人歌以助舂也。《檀弓》：孔子[四七]既祥，五日彈琴而不成聲。注：期年爲小祥，再期爲大祥。《喪服四制》：祥之日，鼓素琴，告民有終也。

(八六)《陸績傳》：陸績六歲謁袁術，登筵，懷橘三枚以遺母，術大奇之。

(八七)《孝子傳》：王儀爲司馬，晉文帝以直言斬之。子裒字偉元，少有志操。痛父死于非命，廬于墓側，讀《詩》至「哀哀父母，生我劬勞」，每三復流涕，門人并廢《蓼莪》之篇。按顧歡亦廢《蓼莪》。

(八八)梁簡文帝詩：青山銜月規。注：日月圓曰規。《國策》：唐睢曰：「天下縞素。」《九章》：因縞素而哭之。

(八九)《孝子傳》：王祥後母，冬月思食魚。祥乃卧于堅冰之上。冰澌，忽有鯉躍出，祥取之。

(九〇)《韓詩外傳》：孟孫獵得麑，使秦西巴持歸以烹。麑母隨而號，西巴弗忍，放之。孟孫怒逐西巴。逾年，召傅其子，曰：「子不忍麑，子其忍余子乎？」

(九一)《禮》：居喪之禮，毁瘠不形。《北齊書》：蕭放字希夷。居喪，廬前有慈烏，各集一樹爲巢。每午前馴庭飲啄，午後不下樹，舒翼悲鳴，全似哀泣。

(九二)《晉書》：吴隱之執喪，過禮，家貧，無人助喪。每至哭卧時，常有雙鶴鳴叫。《陶侃傳》：侃居母憂，嘗有二客來吊，不哭而退，化爲雙白鶴。

【校記】

［一］「履」，患立堂本、浩然堂本并作「屧」。

［二］「乎」，蔣刻本、患立堂本、浩然堂本并作「夫」。

［三］「行」，患立堂本、浩然堂本并作「影」。

［四］「欄」，蔣刻本、患立堂本、浩然堂本并作「櫚」。

［五］「文」，蔣刻本、患立堂本、浩然堂本并作「紋」。

［六］「增」前，蔣刻本、患立堂本、浩然堂本并有「而」字。

［七］「任」，患立堂本誤作「壬」。

［八］「道」前，蔣刻本、患立堂本、浩然堂本并有「况復」二字。

［九］「憎」，患立堂本誤作「增」。

［一〇］「宜」，患立堂本、浩然堂本并作「疑」。

［一一］按此條注，亦園本、四庫本、文瑞樓本并作：《史記・張釋之傳》云：公有子張摯，字長公。

［一二］「明經」，原作「經明」，據四庫本乙正。

［一三］「不遍其知」，四庫本作「其不遍知」。

［一四］「項」，原作「頊」，據亦園本、四庫本、文瑞樓本改。

［一五］「菌」，原作「茵」，據四庫本、《文選》卷四改。亦園本、文瑞樓本并作「囷」，亦誤。

[一六]「吾衍」，當作「吾丘衍」。

[一七]「林狙任攫拿」，原作「林壬攫拿」，據《柳宗元集》卷四十二改。

[一八]此條注，亦園本、四庫本、文瑞樓本并作：九華九峰，匡廬九疊。又亦園本、四庫本、文瑞樓本并多「李賀詩：遥望齊州九點烟」十字。

[一九]「分」，四庫本作「紛」。

[二〇]「雨」，原作「南」，據亦園本、四庫本、文瑞樓本改。

[二一]「是也」二字，亦園本、文瑞樓本并脱。

[二二]「萬」，亦園本、文瑞樓本并作「柳」。

[二三]「索」，原作「縠」，據《禮記・雜記》改。

[二四]「巵」，文瑞樓本誤作「巵」。

[二五]「忱」，原作「悦」，徑改，下同。按《晉書》卷八十四《王恭傳》作「王忱」。

[二六]「盧」，文瑞樓本誤作「慮」。

[二七]「苻」，原作「符」，徑改，全書同。

[二八]「云」，文瑞樓本作「曰」。

[二九]「價」字，四庫本無。

[三〇]「着」，文瑞樓本作「作」。

［三一］「米芾」，原作「潘岳」，徑改。

［三二］「諺」，文瑞樓本作「書」。

［三三］「白」，文瑞樓本誤作「由」。

［三四］「命」前，四庫本有「乃」字。

［三五］即卷十五《李映碧先生八十徵詩文啓》。

［三六］「酈氏《經》」，四庫本作「《水經注》」。

［三七］「趙」，原作「起」，四庫本同，并誤，據亦園本、文瑞樓本改。

［三八］「寔」，四庫本作「實」。

［三九］「接」，文瑞樓本作「結」。

［四〇］即卷四《儲雪持文集序》。

［四一］即卷十三《壽徐健庵先生序》。

［四二］此條注，亦園本、四庫本、文瑞樓本并作：「《漢書·雋不疑傳》：帶櫑具劍。晉灼曰：古長劍，首以玉作轆轤形，上刻木作山形，如蓮花初生時。按急裝，戎服。陸游詩：我亦急服叨從戎。」

［四三］「已」，亦園本、四庫本、文瑞樓本并作「幾」。

［四四］即卷七《毛貞女墮樓詩序》。

[四五]「皇」，原作「星」，徑改。按星娥乃織女。

[四六]「主」，原作「生」，據四庫本改。

[四七]「孔子」，原作「子母喪」，據亦園本、文瑞樓本、《禮記正義》卷六改。又「檀弓」前，亦園本有「禮」字。

半繭園賦并序[一]

繭園者，昆山葉水部白泉先生别[二]墅也。水部公歿[三]後，園析而爲三。仲子九來於其所授[四]之半，葺而新之，名半繭園。維崧暇日偕二三賓侶游焉，遂援筆而爲之賦，賦曰：

將欲包沁水以爲園，控終南而建第(一)。規天上之鼉梁(二)，仿人間之鶴市(三)。王根則青瑣千門(四)，樊重則雕櫳百里(五)。嗤梓澤之非華，陋蘭亭之未麗(六)。然而逖覽龍編(七)，遐稽蛴昬(八)。臺邊之金爵能飛(九)，街上之銅駝善徙(一〇)。青天歷歷，虚無兔窟之毫(一一)；碧瀣茫茫，仿佛蜃樓之氣(一二)。何如巢父，巢中得偃息之鄉(一三)；豈若壺公，壺内有栖遲之地(一四)？則有文莊後裔，昆岑大儒(一五)，受廛鹿邑，呼名鳳雛（一六）。門來好事（一七），家多賜書（一八），貂蟬七葉，蘭錡三吴（一九）。遂乃性癖蕭栖，人耽高蹈，築室城隈，結廬溪隩。境以窄而彌幽，地當偏而益妙。阮籍則居鄰酒壚，嵇康則室餘鍛竈（二〇）。牖不飾以何松，棁非雕而奚藻。纔充魚鴨之租，僅足鶴猿之料。羃䍥青袍之草，粗可承裀（二一）；萋迷紅綬之桃，差能妨帽（二二）。森梢駊娑，崢泓坦迤，一瓢日月，十笏山河（二三）。參差硼岫，繚繞巖阿，蒙茸芳援［五］，斑駁晴莎。當其運風斤於匠石，宛若抽妙緒於媌娥（二四）。魯般則鏁［六］其鳳鑷（二五），郢人乃經彼龍梭（二六）。乍紛［七］糅而綺密，漸襞績而星羅（二七）。名曰薌園，於焉歗歌（二八）。

夫其蘭坡鬱律，蘅皋汜濩（二九），涉彴尋蹊（三〇），臨碕選路。渦濺沫以騰珠，瀑懸崖而振素。積百頃之澄潭，得千章之老樹（三一）。鶩湍則燠館凝霜，激瀨則晴檐拂［八］雨。洞開北牖，直面層岡。巘將頹而未落，磴欲仄以還翔。盤坳則三危鳥道，擁腫則九折羊腸（三二）。枯［九］柏則夔呿魅睒（三三），松杉則兕蹐熊僵（三四）。翩其反而，耀石華於粉壁；日之夕矣，渲嵐彩於閒房。爾乃繚曲徑以西遵，徼周欄而右轉。浮黛榭於緑［一〇］波，嵌青墻於鐵蘚。篁遮皂莢［一一］之橋，花隱葡萄［一二］之館（三五）。頹陽睨交網以澄鮮（三六），朏魄映綺疏而蹇産（三七）。更若横石梁而左渡，躋複道之崇臺。赤欄平而礙柳，金梯滑以扶梅。攀條而千枝近手，摘蕊而萬朵承釵。翩更涉夫殊庭，投霽目於林坰。攬稻畦之一碧，挹麥隴之遥青(三八)。樵琮琤而出谷，漁欸乃以揚舲(三九)。詢林端之白象青鴦，誰朝壞刹(四〇)?·問原上之金凫銀雁，疇氏荒陵(四一)。固已歎[一三]浮生之一致，能無慨大塊之殊形(四二)。日麗烟和，風光淡淹，東鄰秀髫(四三)，南國濃蛾(四四)。新妝下蔡，巧笑陽阿(四五)，人如初日，思比流波(四六)。亦復出瓊鋪而掩冉(四七)，入金谷以猗儺。髫臨風而緑偃，衫映水而紅拖。乍匿叢而展謔，或藉卉以聽歌(四八)。更有顑頷末賓，羈孤猥士(四九)。十年之書劍未成(五〇)，一夕之悲歌忽起。名久列夫瑶籤，遇難逢夫石髓(五一)。聊行國以相羊，暫窺園而徙倚(五二)。加以華陰道士，少室名僧(五三)。仙客則修琴三市，異人則賣藥諸陵(五四)。趙代之鳴箏躧屣，幽并之挾彈呼鷹(五五)。豪家借歌舞之場，紅么一曲(五六)；上日炫綺羅之會，緑醑三升(五七)。莫不綏袿綷縩，轊轂縱横(五八)。慕原嘗之意氣(五九)，托袁灌以生平(六〇)。於是俯清川，眺碧嶂，蔌蘭肴，斟桂釀(六一)。百驕[一四]激蓮子之壺(六二)，獨鹿舞蔗竿[一五]之杖(六三)。短簫則燭下淒清，長笛則闌邊寥[一六]亮(六四)。忽若木之將淪(六五)，已素娥之欲上(六六)。喟粉練之斜縈，攬[一七]沉思於夜情。撫長宵之烟月，追曩日之軒楹。墅尚未乞於羊曇，宅猶未割夫郈城(六七)[一八]。

洛下之機雲，則兄弟[一九]并宇（六八）；山陰之羲獻，則少長隨行（六九）。曾四節之如馳，匪昔年之盛時。燕分泥於故壘，鷗通夢於鄰池（七〇）。將毋類山間之圓魄，亦每因弦望以盈虧也耶（七一）？主人乃拂衣而起，憑軒而玩。屬坐客使盡觴，命鄙人而爲亂（七二）。觀乎止矣，何如[二〇]後算之全？顧而樂之，已復前游之半（七三）。

【箋注】

（一）見《滕王賦》。

（二）見《憺園賦》。

（三）《吴越春秋》：闔閭葬女，令鶴舞於市，萬人傳觀，謂之鶴市。《輿志》：古迹在閶[二一]門外。

（四）見《憺園賦》。

（五）《後漢書》：樊重所居廬舍，皆有重堂高閣，陂渠灌注。子弘乃光武舅，封壽庚侯。庾信《小園賦》：連闥洞房，南陽樊重之第；赤墀青瑣，西漢王根之宅。

（六）《石崇傳》：金谷别墅在河陽，一名梓澤[二二]。《輿志》：紹興蘭渚上有蘭亭，乃右軍修禊處。

（七）見《璿璣賦》注。

（八）《毛詩注》：蜉蝣朝生暮死，不能久存。

（九）《幽明録》：鄴城鳳陽門五層，安金鳳凰二頭于其上。一頭飛入漳河，清朗[二三]見在水底；一頭至今猶存。

（一〇）見《滕王賦》。《洛陽記》：晉索靖有先識，嘗指宫門銅駝歎曰：「會見爾在荆棘中。」未幾，果有五胡[二四]之亂。徐陵《與楊愔書》：銅駝之街，于我長閉。

（一一）見《璿璣賦》。《長楊賦》：西壓日域，東震月窟。

（一二）《漢・天文志》：海旁蜃氣成樓臺，廣野氣成宫闕。

（一三）《逸士傳》：堯時，巢父年老，以樹爲巢，寢其上，時人號曰巢父。

（一四）《後漢・方術傳》：費長房見市中老翁賣藥，懸一壺於肆。及市罷，輒跳入壺中。長房後隨翁俱入壺，惟見玉堂嚴麗，旨酒甘殽，盈衍其中，共飲畢而出。

（一五）原注：葉盛，昆山人，官至吏部侍郎，謚文莊。

（一六）《吴志》：昆山，一名鹿城。按歸德府有鹿邑縣，非是。《王劭别傳》：劭清貴簡素，桓温稱爲鳳雛。或稱鳳毛。詳《得仲序》[二五]注。

（一七）見《憺園賦》。

（一八）《漢書》：班彪幼與從兄嗣伯共游太學，家有賜書，好古之士自遠方至。

（一九）《漢官儀》制：侍中冠武弁大冠，亦曰惠文冠。加金璫，附蟬爲文，貂尾爲飾，故謂之金貂。侍中插左，常侍插右。注：金取堅剛，蟬取居高飲潔，貂取内勁外温。王筠《與諸兒書》：

史稱崔氏、應氏有文才，然不過兩三世耳。非有七葉之中，名位相繼，如吾門者也。左思詩：七葉珥漢貂。張衡《西京賦》：武庫禁兵，設在蘭錡。注：蘭，同「欄」，古通用。受兵曰欄，受甲曰錡。《寰宇記》：夫差都姑蘇，吴王濞都廣陵，孫權都建業，爲三吴。一以吴都、吴興、丹陽爲三吴。

（二一〇）王隱《晉書》：阮公鄰婦有美色，當壚沽酒。阮醉，便眠婦側。夫始疑之，伺察，終無他意。《嵇康傳》：康性好鍛，嘗夏月鍛大柳下。鍾會造之，康鍛如故，不交一言。

（二一一）古詩：青袍似春［二六］草，長條隨風舒。杜詩：汀草亂青袍。

（二一二）《漢官儀》：綬羽青地，桃花縹，長丈八尺。庾信《小園賦》：檐直倚而妨帽。

（二一三）《逸士傳》：許由隱箕山，以手捧水飲之。人遺一瓢，得以操飲。《高僧傳》：唐顯慶中，王玄策使西域。至毗耶離城，有維摩居士石室，以手极縱横量之，得十笏，故云方丈。

（二一四）《莊子》：郢人堊其鼻端，若蝇翼，使匠石斫之。匠石運斤成風，堊盡而鼻不傷。郢人立不失容。宋范泰《鸞鳥詩序》：昔鍾子破琴于伯牙，匠石韜斤於郢人。《列子》：處子，媌娥靡曼者。

（二一五）見《滕王賦》。

（二一六）郢人，見上。《陶侃别傳》：侃家貧，少漁雷澤，網得織梭，歸挂壁間，頃化龍去。

（二一七）襞績，見《瑞木賦》注。星羅，見《璿璣賦》注。

（二一八）《詩》。

（二九）《洛神賦》：稅駕乎蘅皋。氾濩，見《瑞木賦》。

（三〇）見《憺園賦》。

（三一）杜詩：百頃風潭上，千章夏木清。

（三二）庾信《枯樹賦》：拳曲擁腫，盤坳反覆。《輿志》：陝西汝州三危山，即竄三苗地。李詩：西瞻太白有鳥道。《莊子》：惠子曰：「吾有大樹，人謂之樗，擁腫而不中繩墨。」九折坂，詳《商尹序》[二七]。魏武《苦寒行》：羊腸坂詰屈，車輪爲之摧。《易林》：羊腸九縈。《隋紀》：崔賾字祖浚。煬帝問：「何處有羊腸坂[二八]？」曰：「按《漢書》，在上黨壺關縣。」帝曰：「非是。」又曰：「按皇甫士《安地書》，在太原北九十里。」帝曰：「此是。」注：趙險塞名。

（三三）《甘泉賦》：捎夔魖而抶獝狂。孟原曰：木石之怪曰夔，如龍有角，人面。《三皇紀》：卧則呿呿。注：息聲也。杜預[二九]《左傳注》：魅，怪物。《蕪城賦》：木魅山鬼。庾信《枯樹賦》：木魅晹睒。《文選注》：睒，眩惑貌。

（三四）《稗雅》：熊好舉木引氣。《爾雅注》：羆憨多力，能拔樹木。《詩》：匪兕匪虎。

（三五）晁補之詩：皂莢村南三里許。韓翃詩：細馬初過皂角橋。《晉宮闕名》：鄴有鳴鵠園、葡萄園。崔顥[三〇]詩：早來棠梨宮中燕，初至葡萄館裏花[三一]。

（三六）《楚詞》：日杳杳而西頹。又：網户朱綴，刻方連些。注：網户，綺文鏤也。

（三七）朏魄，見《璿璣賦》。綺疏，見《滕王賦》。屈原《九章》：思蹇産而不釋。張協詩：連岡巖以蹇産。注：産，與「嵼」同，皆曲促貌。

（三八）魏文帝《登城賦》：嘉麥被隴。

（三九）孟郊詩：隔林寒琮琤。注：聲也。柳宗元詩：欸乃一聲山水緑。注：摇櫓聲也。《涉江篇》：乘舲船余上沅兮。梁時王籍詩：揚舲横大江。

（四〇）《酉陽雜俎》：乾陁國有繫白象樹，花葉如棗。按佛臺有白象。《大藏經》：須彌山下有青鴛伽藍。王安石詩：青鴛幾世開蘭若。《釋名》：莊嚴差，别名之爲刹。西域以柱表刹，示所居處也。

（四一）《皇覽·冢墓記》：始皇葬驪山，以水銀爲大海，金銀爲鳧雁，人漁膏爲燭，度久不滅。墳高五十餘丈，周迴五里餘。後項籍燒其宫觀，關東賊發之。

（四二）《莊子》：夫大塊載我以形，勞我以生。

（四三）東鄰，詳《楚鴻序》[三二]。宋玉《招魂》：盛鬋不同制。

（四四）《神女賦》：眉連娟以蛾揚兮。《釋名》：蛾，蚕蛾也，其眉細而長。

（四五）宋玉《登徒子賦》：臣東家之子，嫣然一笑，惑陽城，迷下蔡。王逸注：楚二邑名。《淮南子》：足蹀陽阿之舞。《邊讓傳》：妙舞麗于陽阿。注：古名倡。

（四六）《神女賦》：耀乎如白日初出照屋梁。《莊子》：因以爲流波。

（四七）詳《雪持序》。

（四八）詳《鴻客序》注。

（四九）《離騷》：長顑頷其何傷。注：飢貌。《穀梁傳》：猥苦百姓。注：凡稱猥，卑詞也。

（五〇）《史記·項羽本紀》：學書不成去學劍。

（五一）《三元品戒經》：景林真人，勤感累世，念真期靈，皇，著名玉札。《列仙傳》：周義入蒙山，遇羨門子，曰：「子名在丹臺玉室，何憂不仙？」《仙經》：神山五百歲一開，其中石髓出，得而服之，壽與天相畢。《神仙傳》：王烈[三三]入太行山，忽見山破石裂，青泥流出如髓。烈取食如飴，餘半遺嵇康，皆凝爲石。烈歎曰：「叔夜志趣非常，而輒不遇，命也。」

（五二）《詩》：聊以行國。《離騷》：聊須臾以相羊。注：猶徜徉也。窺園，見《憺園賦》。《楚詞》：從[三四]徙倚而遥思。

（五三）《列仙傳》：修羊[三五]者，魏人也。華陰山下石室中有龍石，叚[三六]其上，取黄精食之，後去[三七]不知所之。江淹《别賦》：華陰上士，服食還山。《名山記》：中岳嵩山，東曰太室，西曰少室。有少林寺在少室之北麓，即達磨[三八]面壁九年處。僧惠可侍側，曾雪深至腰。

（五四）《琴書》：琴高以琴養性，初學于羅浮山，後游四海。徐陵《天台法師碑》：仙客彈琴，因不移於俄頃。三市，詳《九日序》。《韓康傳》：康，霸陵人，家世著姓，賣藥長安。詳《無忝序》。

（五五）《漢·雋不疑傳》：暴勝之躧屣起迎。《説文》：躧，舞屣也。曹植詩：借問誰家子，幽并游俠兒。

（五六）詳《雪持序》。

（五七）詳《藝圃序》注。

（五八）《漢官儀》：冠纓曰綏，上服曰絓。潘岳《籍田賦》：綃紈綷縩。注：衣聲。《方言》：車轄，齊謂之轆。《六書故》：輪中空處有轂，空其中，軸所貫也。

（五九）《過秦論》：齊有孟嘗，趙有平原。《西都賦》：節慕原嘗。

（六〇）補注。

（六一）詳《九日序》。

（六二）《西京雜記》：武帝時，郭舍人善投壺，以竹矢，不用棘。古之投壺，取中而不求還，故實小豆惡，矢躍而出也。郭舍人則激矢令還，一矢百餘反，語之爲驍。《顔氏家訓》：投壺之禮，今惟欲其驍。益善，乃有倚竿、帶劍、狼頭、豹尾、龍首之名。其尤妙者，有蓮花驍。按驍，一作「驍」，一作「嬌」。駱賓王詩：漏緩金徒箭，嬌繁玉女壺。

（六三）《晉・樂志》：《拂舞歌詩》，其三曰《獨漉篇》，有曰：「獨漉獨漉，水深泥濁。」注：疑是風刺之詞。漉，一作「鹿」，一作「禄」。曹丕《典論》：余嘗與奮威將軍鄧展等共飲宿。余與論劍良久，時酒酣耳熱，方食竿蔗[三九]，便以爲杖。下殿數交，三中展臂，左右大笑。

（六四）古樂府有《短簫鐃歌》。古歌辭：長笛續短笛。

（六五）見《璿璣賦》。

（六六）詳《良輔序》注。

（六七）《晉・羊曇別傳》：曇以謝安之甥，少爲安所重。苻堅次淝水時，安命駕出墅，與侄玄圍棋賭別墅。安常劣於玄。是日玄懼，而不勝。安顧曇曰：「以別墅乞汝。」《孔叢子》：郈成子自魯聘晉，過于衛，右宰穀臣止而觴之，送以璧。行三十里，而聞衛亂作，穀臣死之。成子于是迎其妻子，還其璧，割宅而居之。

（六八）見《祖德賦》。

（六九）《蘭亭序》：會于會稽山陰之蘭亭。群賢畢至，少長咸集。按羲之字逸少，子獻之字子敬。

（七〇）杜甫《過故斛斯校書莊》詩：燕入非旁舍，鷗歸衹故池。

（七一）李陵詩：安知非日月，弦望自有時。

（七二）《樂記注》：卒章爲亂。《離騷》：亂曰：「已矣哉！」

（七三）見本篇序。

【校記】

[一]「并序」，浩然堂本作「有序」，患立堂本無此二字。

[二]「別」前，患立堂本、浩然堂本并有「之」字。

[三]「殁」，患立堂本、浩然堂本并作「没」。

[四]「授」，患立堂本、浩然堂本并作「受」。

[五]「援」，患立堂本、浩然堂本并作「桜」，亦園本、文瑞樓本并作「樹」。

[六]「鏁」，患立堂本、浩然堂本并作「繅」。

[七]「紛」，患立堂本、浩然堂本并作「粉」。

[八]「拂」，患立堂本、浩然堂本并作「沸」。

[九]「枯」，蔣刻本、患立堂本、浩然堂本、四庫本并作「栝」。

[一〇]「緑」，患立堂本、浩然堂本并作「渌」。

[一一]「莢」，患立堂本、浩然堂本并作「筴」。

[一二]「葡萄」，患立堂本、浩然堂本并作「蒲桃」。

[一三]「歎」，患立堂本、浩然堂本并作「悟」。

[一四]「驕」，蔣刻本、患立堂本、浩然堂本并作「嬌」。

[一五]「竿」，原作「芊」，據諸本改。

[一六]「寥」，患立堂本作「嘹」。

[一七]「攬」，蔣刻本、患立堂本并作「攪」。

[一八]「城」，患立堂本、浩然堂本并作「成」。

[一九]「兄弟」，蔣刻本、患立堂本、浩然堂本并作「弟兄」。

[二〇]「如」，患立堂本、浩然堂本并作「須」。
[二一]「闠」，原作「闔」，據亦園本、四庫本、文瑞樓本改。
[二二]「澤」，文瑞樓本作「宅」。
[二三]「朗」，原作「浪」，據《幽冥録》改。
[二四]「五胡」，四庫本作「劉石」。
[二五]即卷四《董得仲集序》。
[二六]「春」，原作「青」，據四庫本改。
[二七]即卷六《婁東顧商尹集序》。
[二八]「坂」，原作「阪」，據四庫本、文瑞樓本改。
[二九]「杜預」二字，四庫本無。
[三〇]「顥」，原作「灝」，徑改。
[三一]此二句詩，當作「棠梨宫中燕初至，葡萄館裏花正開」。可參《全唐詩》卷二一四。
[三二]即卷四《宋楚鴻文集序》。
[三三]「烈」，原作「列」，徑改。
[三四]「從」，當作「步」。
[三五]「羊」，原作「芊」，亦園本、文瑞樓本同，并誤，據四庫本改。

[三六]「叚」，四庫本作「卧」。
[三七]「去」，原作「云」，亦園本、文瑞樓本同，并誤，據四庫本改。
[三八]「磨」，亦園本、四庫本同，文瑞樓本作「摩」。
[三九]「竿蔗」，原作「芉蔗」，據四庫本改。又亦園本、文瑞樓本并作「蔗竿」。

看奕軒賦

若夫北垞静深，南榮[一]蹇[二]嵼(一)。逶迤皂莢[三]之橋(二)，窈窕[四]辛夷之館(三)。藤梢礙帽以難[五]扶，橘刺牵衣而莫剪(四)。廬同諸葛，門前之桑已猗猗(五)；家類王陽，墻外之棗何纂纂(六)。花名躅忿以枝長(七)，竹號掃愁而節短(八)。何况宅區前後，街距東西。東方小婦，孺仲[六]賢妻(九)，壁帶則銀釭[七]不異，門楣則畫戟偏齊(一〇)。多子之石榴對結(一一)，相思之嬌鳥雙栖(一二)。楊子幼種豆之餘，缶箏互響(一三)；陶淵明采菊之暇，棗栗紛携(一四)。爰有韓[八]家阿買，李氏衮師(一五)，或挽鬟以問(一六)，或繞膝而嬉(一七)。膠東則五色之錦箋競劈(一八)[九]，醴陵則一枝之花管分題(一九)。洵可懷也，於胥樂兮(二〇)。既乃眺[一〇]長洲之鹿苑(二一)，惆悵絶多(二二)；張廷尉之雀羅，感愴不少（二三）。田單之功名何在，無意游齊（二四）；廉頗之慷［一一］慨猶存，還思用趙（二五）。燕丹往矣，賣漸離爲宋子家奴（二六）；卓氏依然，雜司馬於成都傭保（二七）。鬼［一二］哀韓愈之窮，天［一三］奪柳州之巧（二八）。矧復三湘浪駭（二九），六詔烟迷（三〇），田園烽火（三一），鄉關鼓鼙（三二）。嗟［一四］巢幕而爲燕，歎觸藩其類羝（三三）。杜老則堂無鵝鴨（三四），於陵則井有螬蠐（三五）。於是鮮焉寡歡，悄然不懌，爰葺斯軒，聊云看奕。然而寂寂虛堂，寥寥短几，既無坐隱之賓，復鮮手談之器（三六）。潛窺［一五］而不見爛柯，竊聽而誰聞落子（三七）？幾同莊叟之寓言，莫測醉翁之微意（三八）。嗚呼噫嘻！我知其旨，世一龍而一蛇（三九），運或流而或峙。彼賭宣城之太守者，公豈其人？而看棋局於長安者，古寧無是耶（四〇）？先生不應，欠伸而起（四一），亟命傳觴，頽然醉矣。

【箋注】

（一）王維詩有《南垞》、《北垞》題。注：與宅同。《禮·鄉飲酒義》：洗當東榮。注：屋翼曰榮［一六］。《上林賦》：暴于南榮［一七］。蹇嵼，見《半繭賦》。

（二）見《半繭賦》。

（三）屈原《九歌》：辛夷楣兮葯［一八］房。注：辛夷，北人呼木筆。夸即夷。［一九］

（四）杜詩：橘刺藤梢咫尺迷。

（五）諸葛亮表：成都有桑八百株，薄田五十頃，衣食自有餘饒。猗猗，載《詩》。

（六）《漢書》：王吉字子陽。東鄰有棗樹，垂吉庭中，吉婦取以啖吉，吉乃去婦。東家聞之，欲伐樹，鄰里共止之，因固請吉令還婦。里中語曰：「東家有樹，王陽去婦。東家棗完，去婦復還。」潘岳《笙賦》：棗下纂纂，朱實離離。《説文》：纂纂，赤貌。古樂府《咄唶歌》：棗下何攢攢。注：聚貌。又古「纂」、「攢」通用。

（七）嵇康《養生論》：合歡蠲忿，萱花忘憂。注：萱花，一名合歡，一名忘憂。《古今注》：合歡樹似梧桐，枝葉繁互，每風來，輒自離離，不相牽綴。樹之階庭，使人不忿。

（八）詳《琴怨序》[二〇]。

（九）《東方朔傳》：朔常用所賜錢帛，娶少婦長安市中，人皆[二一]笑之，朔曰：「如朔，所謂陸沉于俗，避世於朝廷間者也。」范曄《列女傳》[二二]：光武時，王霸連徵不仕。仝[二三]郡令狐子伯遣子奉書[二四]于霸。霸見令狐子容服甚光，舉措有適，己子蓬髮[二五]歷齒，未知禮則，因有慚色。妻曰：「子伯之貴，孰與君之高，奈何忘宿志，而慚兒女子乎？」霸笑曰：「有是哉！」遂共終身隱遁。淵明《誡子書》：嘗感孺仲賢妻之言。

（一〇）《漢書》：趙后横壁帶爲黄金釭。班固《西都賦》：金釭銜璧。《漢雜記》：漢制，假棨戟以代斧鉞。《隋書》：待制三品以上，門皆列戟。崔豹《古今注》：王公以下，通用之前驅。畫戟、綉戟，有衣之戟也。《唐書》：崔琳與弟珪、瑶俱列棨戟，世號三戟崔家。

（一一）《北史》：齊安德王延宗納趙郡李祖收女爲妃，母宗氏薦二石榴于帝，莫知其意。帝問魏收，答曰：「石榴房多子。王新昏[二六]妃，母欲子孫衆多。」帝大喜。

（一二）見《銅雀賦》。

（一三）《漢·楊惲傳》：惲字子幼，爲平通侯，以罪廢爲庶人。其《報孫會宗書》有曰：家本秦也，能爲秦聲。婦趙女也，雅善鼓瑟。酒後耳熱，仰天拊缶，而呼烏烏。其詩曰：「田彼南山，蕪穢不治。種一頃豆，落而爲萁。」

（一四）《淵明集》：采菊東籬下。又《責子詩》：通子垂九齡，但覓棗與栗。

（一五）《摭言》：杜牧有侄曰阿宜，韓退之有阿買。韓詩：阿買未識字，頗知書八分。李商隱詩：衮師我驕兒。又詩題云《楊本勝説于長安見小兒阿衮》。

（一六）杜詩：生還對童稚，似欲忘飢渴。問事競挽鬚，誰能即嗔喝。

（一七）按老萊子作嬰兒戲，見《憺園賦》注。又膝下，詳《貞女序》。

（一八）詳《尺牘序》。

（一九）劉璠《梁典》：江淹字文通，六歲能屬文，于梁天監中卒，贈醴陵侯。初令蒲城，夜宿郭外，夢人授以五色筆，文藻日進。按，李白夢筆生花。

（二〇）《詩》。

（二一一）《漢書》：枚乘諫吴王曰：上林不如長洲之苑。詳《園次序》。

（二一二）見《滕王賦》。

（二一三）《漢書》：文帝時，翟公罷廷尉，賓客皆去，門外可設雀羅。後復爲廷尉，賓客欲往，公大署其門曰：「一貴一賤，交情乃見。」

（二一四）《田單傳》：燕伐齊，盡降齊城，惟莒、即墨不下。田單用火牛策敗燕師，復齊七十餘城。齊襄王封爲安平君。

（二一五）《史記》：廉頗，趙之良將也。悼襄王立。頗奔魏，楚聞廉頗在魏，迎之。廉頗一爲楚將，無功，曰：「我思用趙人。」

（二一六）《史記·刺客傳》：燕王喜斬太子丹。秦卒滅燕。于是高漸離變名姓，爲人庸保，匿作于宋子。久之，作苦，聞其家堂上擊筑。乃退，出其裝匣中筑與其善衣，更容貌而前。宋子以爲上客。

（二一七）《史記·相如傳》：相如與文君俱之臨卭，盡賣其車騎，買一酒舍酤酒，而令文君當壚。相如身自着犢鼻褌[二一七]，與保傭雜作滌器于市中。卓王孫聞而耻之。

（二一八）《韓昌黎集》有《送窮文》，曰：三揖窮鬼而告之。柳子厚《乞巧文》略曰：抽黄對白，啽弄飛走。駢四驪六，錦心綉口。

（二一九）《寰宇記》：湘潭、湘鄉、湘原，謂之三湘。

（三〇）詳《竹逸序》注。

（三一）見《滕王賦》。

（三二）《家語》：由願得聞鼓鼙之音，上震于天。

（三三）《左傳》：吴公子札自衛如晉，將宿于戚，聞鐘聲曰：「異哉！夫子獲罪于君以在此，懼猶不足，而又何樂？其燕之巢于幕上也。」《易》：羝羊觸藩。

（三四）杜詩：鵝鴨宜常數。注：憶成都草堂也。

（三五）《孟子》。

（三六）《語林》：王中郎以圍棋爲坐隱，支道林以圍棋爲手談。《群仙傳》：待詔王積新[二八]夜宿村店，聞姑婦隔壁圍棋。及明視之，無棋局，問之，曰：「盖手談也。」

（三七）《晉書》：王質伐木，至信安石室山，見二人圍棋，看局未終，視斧柯已爛。歸，無復當時人矣。東坡詩：不聞人聲，時聞落子。紋楸對坐，誰究此味。

（三八）《莊子·寓言篇》：寓言十九，重言十七，巵言日出，和以天倪。注：寓言者，以己之言，借他人之名也。歐陽修《醉翁亭記》：醉翁之意不在酒。

（三九）東方朔《誡子書》：聖人之道，一龍一蛇。形見神藏，與物變化。

（四〇）沈約《宋書》：羊玄保爲黄門郎，善奕棋，棋品第三。太祖亦好奕。蒙引見，與太祖賭郡戲，勝以補宣城太守。杜詩：聞道長安似奕棋。

（四一）《禮》：君子欠伸，撰杖屨。

【校記】

［一］「榮」，原作「滎」，據諸本改。

［二］「蹇」，患立堂本、浩然堂本并作「巕」。

［三］「莢」，患立堂本、浩然堂本并作「筴」。

［四］「窈窕」，患立堂本、浩然堂本并作「窊窱」。

［五］「難」，患立堂本、浩然堂本并作「誰」。

［六］「孺仲」，患立堂本、浩然堂本并作「仲孺」。

［七］「缸」，蔣刻本作「釭」。

［八］「韓」，蔣刻本、患立堂本、浩然堂本并作「桓」。

［九］「劈」，浩然堂本作「擘」。

［一〇］「眺」，蔣刻本作「姚」。

［一一］「慊」，患立堂本、浩然堂本并作「忼」。

［一二］「鬼」，蔣刻本、患立堂本、浩然堂本并作「天」。

［一三］「天」，蔣刻本、患立堂本、浩然堂本并作「鬼」。

［一四］「嗟」，原作「歎」，四庫本同，據蔣刻本、亦園本等改。按下句首字亦爲「歎」，不應複。

[一五]「窺」，患立堂本、浩然堂本并作「闚」。
[一六][一七]「榮」，原作「滎」，據四庫本、文瑞樓本改。
[一八]「葯」，文瑞樓本作「藥」。
[一九]「注：辛夷，北人呼木筆。夸即夷。」亦園本、四庫本、文瑞樓本并作：「注：木筆。
《輞川十景圖》，一《辛夷塢》。」
[二〇]即卷五《琴怨詩序》。
[二一]「皆」，文瑞樓本作「多」。
[二二]范曄《列女傳》」，文瑞樓本作「《後漢・列女傳》」。
[二三]「仝」，亦園本、文瑞樓本并作「同」。
[二四]「子奉書」，文瑞樓本作「不可朔」。按文瑞樓本語義難通。
[二五]「髮」，文瑞樓本作「梟」。
[二六]「昏」，四庫本作「婚」。
[二七]「禪」字，四庫本無。
[二八]「新」，四庫本作「薪」。

白丁香花賦并序[一]

余居停主人蔣元虞，砌畔種有此花。三春欲暮，花開似雪。元虞隔墻呼飲，并言每歲有紫花半樹，交枝并跗（一），掩映殊佳。今紫者萎矣，屬余[二]有潘[三]騎省之悼（二）。一聆斯語，泫然不知涕泗之何從也。聊爲賦之，其辭曰[四]：

爾其花壓半檐，香籠一樹，苕小偏嬌，苞纖逾嫭（三）。墻邊寂寂，雪貍亂撲以疑無；月底瓏瓏，白燕深藏而易誤。何曾肥艷，閂門外之梨花；絶不輕狂，趁陌頭之柳絮。數枝暗折[五]，三更之銀漏同清；萬朵爭開，十丈之紅樓頓素。况復銅駝巷側（四），丹鳳城隈（五），春深緩去，夏淺徐來。訝雕櫳之鮮杏，憐綺閣之無梅。初掩冉以臨風，復跉跰而怯雨。候尚遲夫芍藥，節未届夫玫瑰。此花於是呈皓質，綻瓊腮，歌宛轉，舞毰毸（六）。春無霜兮霜泥泥，晝少月兮月皚皚（七）。越艷聞名，唤作枕邊之墜珥（八）[六]；燕姬耀首，折爲馬上之横釵（九）。何能不玩苕華而製賦（一〇），眄玉樹以停杯也哉（一一）？疇昔之年，雙花可憐，參差并媚[七]，攬抱交妍。倏紫姑之不見，俄紫玉之成烟（一二）。花謝兮紫臺難到，月沉兮紫府誰[八]圓（一三）。剩一堆之粉淚，濕萬縷之香綿。

桐是孤生，莫綰同心之結（一四）；藥名獨活，空思續命之緣（一五）。惜佌離於綺節，托[九]惆悵於哀弦（一六）。春去兮堂堂（一七），花開兮斷腸（一八）。願將花下土，燒作紫鴛鴦。

【箋注】

（一）見《憺園賦》。

（二）《潘岳傳》：岳爲騎省郎，妻去室，作有《悼亡詩》。詳《渭仁序》。

（三）《楚辭》：嫮目宜笑。揚雄《反騷》：知衆嫭之嫉妒兮。注：嫭，與「嫮」同，美色也。

（四）見《滕王賦》。

（五）詳《瀛臺序》。

（六）潘岳《射雉賦》：宛轉輕利。又：敷藻翰之陪鰓。注：同「毰毸」，鳥張羽貌。

（七）劉歆《遂初賦》：漂積雪之皚皚，涉凝露之隆霜。

（八）《風俗通》：南楚以美色爲娃，衛宋以美色爲艷。王昌齡詩：吴姬越艷楚王妃。《史記》：淳于髡謂齊威王曰：「前有墜珥，後有遺簪。」

（九）秦嘉《與婦徐淑書》：今致寶釵一雙，值價千金，可以曜[一〇]首。并詳《皇士序》。

（一〇）《詩》：苕之華。

（一一）見《滕王賦》。

（一二）《荆楚歲時記》：正月望日，其夕，迎紫姑以卜。劉敬叔《異苑》：有妾紫姑，爲大婦所妒。正月望日，感激而死。《搜神記》：吴王夫差女名紫玉，以未得童子韓重而死。後魂歸省母，母抱之，成烟而散。

（一三）江淹《恨賦》：明妃去時，仰天太息。紫臺稍遠，關山無極。杜詩：一去紫臺連朔漠。《述異録》：項曼都言：到天上，過紫府。《十洲記》：青丘有紫府宫，天真仙女多[一一]游于此。《六帖》：銀宫金闕，紫府清都。

（一四）《書》：嶧陽孤桐。梁武帝詩：腰間雙綺帶，夢爲同心結。隋煬帝《江陵女歌》：拾得娘裙帶，同心結兩頭。一作晉時歌。《隋紀》：隋文帝崩，太子賜陳夫人金盒，中有同心結數枚，遂烝焉。

（一五）《物性志》：羌活紫色，獨活黄色。獨活有風不動，無風則摇，故名獨活。《歲時記》：荆楚于五月五日，以彩綿[一二]結勝，謂續命絲。萬楚詩：誰道五絲能續命。

（一六）惆悵，見《滕王賦》。庾信《昭君詞》：哀弦更須張。

（一七）薛能詩：青春背我堂堂去。

（一八）詳《海棠賦》注。

【校記】

［一］「并序」，浩然堂本作「有序」，患立堂本作「有小序」。

[二]「余」，患立堂本、浩然堂本并作「予」。
[三]「潘」字，蔣刻本、患立堂本、浩然堂本并脱。
[四]「其辭曰」三字，患立堂本、浩然堂本并脱。
[五]「折」，蔣刻本、患立堂本、亦園本、四庫本、文瑞樓本并作「坼」，浩然堂本作「拆」。
[六]此句下，患立堂本、浩然堂本并有小注：「江左呼婦人耳璫爲丁香。」
[七]「媢」，文瑞樓本作「茂」。
[八]「誰」，患立堂本、浩然堂本并作「難」。
[九]「托」，患立堂本、浩然堂本并作「就」。
[一〇]「曜」，四庫本、文瑞樓本并作「耀」。
[一一]「多」，四庫本作「都」。
[一二]「綿」，四庫本作「綫」。

白秋海棠賦并序[一]

巢民先生齋中有白秋海棠花。余愛其姿制娟静，而神理柔楚，乃爲玆賦。賦曰：

有逍遥客卿者(一)，生於莫愁之村，長於忘憂之館(二)。懊儂之聲既輟，合歡之斝常滿（三）。放誕優游，蕭條閒散。藝棠［二］棣之翩翩（四），種棗樹之纂纂（五）。同心則梔子爲徒（六），蠲忿則萱花是伴（七）。一日者，過幽憂公子之廬而款焉（八）。公子門無車騎，室有琴書，夙喜野卉，雜蒔芳蔬，樹名貞女，木號隱夫（九）。靈均爲九畹之圃（一〇），泉明有五柳之居（一一）。於陵則灌園自食，倪寬則帶經而鋤（一二）。爰有一種，布於階砌，靡曼綿芊，柔明清麗。皎如好女，姿首異制（一三），施粉太［三］白，倚秋而綴（一四）。客卿見而問曰：「此非所謂秋海棠乎？」厥名斷腸，思婦所變，葉如其衣，花如其面。一云怨女淚染所成，生於墻下，海棠爲名（一五）。洵哀離之微物，而閨襜之幽情也。公子胡若是玩之，曷不徙於忘情之域，移於無何有之鄉（一六）？仰天歌烏，樂且未央（一七）。公子膝席而起，揖客而語曰：客何見之晚也。且夫僕本恨人，秋多悲氣（一八）。秋臨水以登山（一九），人懷讒而畏誹。扇凄馨以自攄，抱幽芳而相慰。才人以薄命稱珍，小物以傷心自［四］貴（二〇）。矧夫白者，迴出尋常。亭亭別館，泫泫迴廊。南朝妙伎，西曲名倡（二一）。蕙心緯繣（二二），紈質飄揚。輕紅初退，暈碧相當。無心約翠，息意安黄（二三）。顏如虢國，色配何郎（二四）。時披寶蒜（二五），斜傍銀墻。隔珠簾而幻［五］眇，入明鏡以微茫。秋雨則朝朝界粉，秋風則夜夜飛霜。莫［六］不悄焉魂與（二六），黯然神傷（二七）。鑒此凄清之色，憐其寂寞之妝。羌乃妾住江南，君家河北，君戀鉛華（二八），妾辭雕飾。臨銅黛以傷神，撫冰弦而沾臆。驗榴裙之泪點，不是胭脂（二九）；看薇帳之情人，都無顔色（三〇）。若夫班姬失寵，陳后辭恩，齊紈有恨，金屋奚言（三一）。着方空而歎息，挂曲瓊而煩冤（三二）。羅與綺兮嬌暮秋，珠與玉兮泣黄昏（三三）。化爲皓魄，宛爾芳魂。至於蔡琰[七]無家，王嬙作客，永訣京華，長依蠻貊（三四）[八]。寄血淚於琵琶，寫哀情於笳拍（三五）。紫臺則山河俱縞，青海則關城盡白（三六）。流玉箸之縱横，恐白頭之弃擲（三七）。倘作望夫之石，月是形容（三八）；如過妒婦之津，雪爲魂魄（三九）。若斯之類，賦不及誇，莫不懷貞抱慤，絶類離瑕（四〇）。怨良人之不見（四一），願廓處以長嗟（四二），倚微風而延佇（四三），恐白日之西斜。豈與夫櫻桃綺麗，豆蔻驕奢（四四）。桃李倡家之樹，菖蒲蕩子之花（四五）。松柏則年年繫馬，楊柳則夜夜藏鴉（四六）。所可方其婀娜，并此芳[九]華也哉！客卿曰善。湘吴既酎（四七），朱顔半酡（四八）。攀枝折條，相和而歌。歌曰：

秋既晏兮夜已沉，白露下兮青楓林（四九）。憺佳期兮悵難尋，玩幽姿兮思愔愔（五〇）。物猶如此兮，人何以任（五一）？

【箋注】

（一）《莊子》有《逍遥游篇》。揚雄《長楊賦序》：藉翰林爲主人，子墨爲客卿以諷。

（二）《承天府志》：漢江西盧家有女，名莫愁，善歌舞，嘗召入楚宫。故城西有莫愁村。《金陵志》：三山門外，昔有妓盧莫愁家此，名莫愁湖。《容齋隨筆》：莫愁，郢州石城人。宋樂府云「莫愁在何處，莫愁石城西」是也。近世周美成《西湖》一闋，專詠金陵，有「莫愁艇子曾繫」之語，豈非誤石頭城爲石城也？按莫愁湖以石城誤名。《鄴中記》：忘憂館，在歸德府曜華宫内，漢梁孝王嘗集諸游士各賦。詳《天篆序》[一〇]。

（三）《古今樂録》：《懊儂歌》，緑珠所作，惟「絲布澀難逢」一曲而已。後皆隆安初民間訛謡之曲。一作《懊惱歌》。《南齊書》：王敬則之子仲雍，于梁明帝前作《懊儂曲》。《易林》：酒爲歡伯。按酒以合歡。

（四）《詩》。

（五）見《看奕賦》。

（六）古樂府：梔子結同心。《玉臺新詠》：徐悱妻劉令嫺有《摘同心梔子贈謝娘詩》，云：「同心復何恨，梔子最關情。」

（七）見《看奕賦》。

（八）《莊子·讓王篇》：堯以天下讓許由，不受。又讓于子州支父，支父曰：「我適有幽憂之病，方且治之，未暇治天下也。」

（九）《樂録》：魯貞女見女貞木而作歌，謂之《女貞木歌》。蘇彦《冬青頌序》：清女欽其質，貞女慕其名，多植之階庭云。注[一一]：冬青，一名女貞，一名萬年枝。相如《上林賦》：隱夫薁李。并詳《竹逸序》。

（一〇）《屈原傳》：原别號靈均，著《離騷》，有曰：「余既滋蘭之九畹兮，更樹蕙之百畝。」

（一一）昭[一二]明《靖節傳》：淵明嘗著《五柳先生傳》以自况，曰：「宅邊有五柳樹，因以爲號焉。」

（一二）《列子》：陳仲子適楚，居於陵，因以爲號。楚王欲以爲相，遂同妻逃，爲人灌園。按仲子名定，字子終。《倪寬傳》：寬于漢武帝時治《尚書》，家貧賃作，帶經而鋤。束晰《讀書賦》：倪寬日誦而芸耨。

（一三）見《半繭賦》。

（一四）宋玉《登徒子賦》：東家之子，著粉則太白，施朱則太赤。

（一五）《采蘭雜志》：昔有婦人，思所歡不見，輒涕泣，恒灑淚于北墻之下。後洒處生草，其花甚媚，色如婦面。其葉正緑反紅。秋開。名曰斷腸花，又名八月春，即今秋海棠也。

（一六）王隱《晉書》：王戎喪子，悲曰：聖人忘情，最下不及情，鍾情正在我輩。《莊子·逍遥游篇》：莊子謂惠子曰：「子有大樹，何不樹之于無何有之鄉，廣莫之野？」

〔一七〕見《看奕賦》注〔一三〕。

〔一八〕江淹《恨賦》：僕本恨人。宋玉《九辯》：悲哉，秋之爲氣也！

〔一九〕《九辯》：登山臨水兮送將歸。

〔二〇〕《詩紀》：漢許皇后云：「奈何妾薄命。」曹子建因以「妾薄命」名篇。《庾信集》有《傷心賦》。阮籍詩：凄愴傷我心。

〔二一〕《古今樂録》：宋樂府有《西曲歌》。梁天監中改《西曲》，製《江南弄》七曲。《通典》：吴歌雜曲，并出江東。晉宋以來，稍有增廣。梁内人王金珠善歌吴聲西曲。

〔二二〕《離騷》：紛總總其相合兮，忽緯繣其難遷。注：緯繣，乖違也。

〔二三〕《登徒子好色賦》：眉如翠羽。庾信《鴛鴦賦》：京兆新眉遂懶約。李義山詩：約眉憐翠羽。庾信《舞媚娘歌》：額角輕黄細安。并見《璿璣賦》。

〔二四〕《明皇紀》：楊貴妃有娣三人，長封虢國，其二爲韓國、秦國。并承恩，出入宫掖。杜甫《詠虢國夫人》詩：却嫌脂粉污顔色，淡掃蛾眉朝至尊。何郎，見《銅雀賦》。

〔二五〕庾信詩：慢繩金麥穗，簾鈎銀蒜條。歐陽修詩：銀蒜鈎簾宛地垂。注：鑄銀爲蒜形，以押簾，曰寶蒜。

〔二六〕《上林賦》：色授魂與，心愉于側。

〔二七〕詳《渭仁序》。

〔二八〕詳《楚鴻序》注。

〔二九〕武后《如意曲》：不信比〔一四〕來常淚下，開箱驗取石榴裙。

〔三〇〕李賀詩：愁月薇帳紅。

〔三一〕《漢・成帝紀》：班婕妤因趙飛燕之譖，退居長信宮，作《怨歌行》，曰：「新製〔一五〕齊紈素，鮮潔似霜雪。裁爲合歡扇，團團似明月。」《外戚傳》：漢武陳皇后貴寵無子，聞衛子夫得幸，幾死者數焉。後罷，退歸長門宮。《漢武故事》：帝爲膠東王，年數歲，長公主指女阿嬌問之，帝笑曰：「若得阿嬌，當作金屋貯之。」

〔三二〕《後漢・章帝紀》：詔齊相省冰紈、方空縠、吹綸絮。注：方空，謂紗薄如空，即今方目紗。宋玉《招魂》：挂曲瓊些。注：曲瓊，玉鈎也。雕飾之，以懸衣服。《九章》：煩冤瞀容。

〔三三〕江淹《恨賦》：珠與玉兮艷暮秋，羅與綺兮嬌上春。詳《藝圃序》。

〔三四〕《初學記》：蔡琰字文姬，邕之女也。適河東衛仲道，夫亡無子。興平中，爲胡騎所獲。在胡中十二年，生二子。曹操痛邕無嗣，以金贖之，重嫁陳留董祀。《琴操》：王昭君名嬙，齊國王襄女也。年十七，獻元帝，後適匈奴。詳下注。石崇《明君辭〔一六〕序》：明君本昭君，以觸文帝諱，改〔一七〕之。

〔三五〕傅玄《琵琶賦序》：故老云：始于漢送烏孫公主，念其行道思慕，故知音者于馬上作之。《漢書》：王昭君初適匈奴，在路愁怨，遂于馬上彈琵琶，以寄其恨。注：至今傳之，謂《昭君怨》。《詩紀》：蔡琰妙音律，嘗自著《胡笳十八拍》，共十八章。

（三六）紫臺，見《丁香賦》[一八]。《隋·西域傳》：吐谷渾城，在青海西四十里。

（三七）《魏志》：文帝甄后面白，泪雙垂如玉箸。章碣《贈别詩》：樓上人垂玉箸看。《西京雜記》：相如將聘茂陵女爲妾，文君作《白頭吟》以自絶，略曰：「凄凄復凄凄，嫁女不須啼。願得一心人，白頭不相離。」相如感之，乃止。

（三八）劉義慶《幽明録》：武昌北山上有望夫石，狀若人立。傳昔有貞婦，于其夫遠役赴難，携弱子餞送此山，望夫而化爲立石，世因以名。

（三九）《雜記》：臨濟有妒婦津。相傳言晉太始中，劉伯玉妻段氏性妒。伯玉嘗于妻前誦《洛神賦》，曰：「娶婦得如此，吾無憾焉。」段氏怒，自沉水而死，托夢語伯玉曰：「君本願神，吾今得爲水神矣。」伯玉終身遂不渡水。有婦人渡此津者，皆壞衣毁妝，然後濟，不爾風波暴發矣。

（四〇）張衡《東京賦》：咸懷忠而抱慤。《淮南子》：明月之珠，不能無纇。注：纇，不平也。《説文》：纇，絲節，又疵也。《唐·李遜傳》：治條疏纇。《説文》：瑕，玉小赤也。又玷也，疵也。

（四一）《詩》。

（四二）《楚詞》：嗟寥廓而無處。

（四三）《離騷》：結幽蘭而延佇。又曰[一九]：延佇乎吾將反。

（四四）《吕氏春秋》：仲夏羞含桃。注：嬰鳥所含食也。後曰櫻桃。《十六國春秋》：石虎鄭后名櫻桃。樂府自是[二〇]有《鄭櫻桃歌》。《麗情集》：霍小玉侍兒名櫻桃。按侍兒以櫻桃名者甚衆。《物性志》：豆蔻，初如芙蓉，穗紅色，未開者名含胎花，喻妓美且少也。梁簡文詩：江南豆蔻生連枝。杜牧詩：娉娉裊裊十三餘，豆蔻梢頭二月初。

（四五）劉孝綽詩：是日倡家女，競逞桃李顏。古樂府《烏夜啼詞》曰：歌舞諸年少，娉婷無鍾則[二一]。菖蒲花可憐，聞名不相識。李賀《樂詞》：官街柳帶不堪折，早晚菖蒲勝綰結。

（四六）劉琨《扶風》詩：繫馬長松下。庾信《枯樹賦》：扶風則松柏繫馬。李商[二二]隱《隋宫》詩：終古垂楊有暮鴉。

（四七）《月令》：天子飲酎。注：重釀酒。謝惠連《雪賦》：酌湘吴之醇酎。

（四八）見《璿璣賦》。

（四九）《楚詞》：湛湛江水兮上有楓。

（五〇）《左傳》：祈招之詩曰：祈招之愔愔。

（五一）《世説》：蘇頲年五歲，裴談嘗過其父，頲方頌《枯樹賦》。舊賦云：「昔時楊柳，依依漢南；今看摇落，凄愴江潭。物猶如此，人何以堪？」頲避「談」字諱，因易曰：「昔時楊柳，依依漢陰；今看摇落，凄愴江潯。物猶如此，人何以任？」

【校記】

［一］「并序」二字，患立堂本無。

［二］「棠」，患立堂本、浩然堂本并作「唐」。

［三］「太」，患立堂本作「大」。

［四］「自」，患立堂本、浩然堂本并作「見」。

［五］「幻」，蔣刻本、患立堂本、浩然堂本、亦園本并作「幼」。

［六］「莫」，蔣刻本、患立堂本、浩然堂本并作「疇」。

［七］「琰」，浩然堂本避諱作「女」。

［八］「貊」，患立堂本、浩然堂本并作「貉」。

［九］「芳」，患立堂本、浩然堂本并作「芬」。

［一〇］即卷四《吴天篆賦稿序》。

［一一］「注」，原作「詩」，據亦園本、四庫本、文瑞樓本改。

［一二］「昭」，文瑞樓本誤作「淵」。

［一三］「注」，四庫本誤作「序」。

［一四］「比」，原作「北」，據亦園本、文瑞樓本、《全唐詩》卷二七改。

［一五］「製」，四庫本作「裂」。

[一六]「辭」，四庫本作「詞」。

[一七]「改」前，四庫本有「故」字。

[一八]即卷二《白丁香花賦》。

[一九]「曰」，原作「而」，據亦園本、四庫本改。

[二〇]「自是」，原作「曰是」，據四庫本改。又亦園本、文瑞樓本作「解題」。

[二一]「鍾則」，四庫本同，亦園本、文瑞樓本作「踵跡」。按逯欽立《先秦漢魏晉南北朝詩·宋詩卷十一》作「種跡」。

[二二]「商」字，原脱，據亦園本、四庫本、文瑞樓本補。又「李」前，亦園本有「又」字。

陳檢討集卷三

宜興陳維崧其年撰　皖江程師恭叔才注

序

瀛臺賜宴詩序

粵以歲次重光，支逢作鄂（一）。皇帝方居清暑之崇臺，御招凉之邃館，用頒大酺，式宴群工（二）。若夫路入東華，橋通西苑。沙［一］偏泥泥（三），秋未露以何晞（四）；樹只騷騷，夜不風而自響（五）。霏微殘月，銀弓猶挂於高城；錯落疎星，珠斗尚斜於遠岫（六）。坐平沙之似毯，肅侯傳呼；藉嫩卉以如羅，遥憑宣唤。少焉赤烏球躍（七），魚鑰爭鳴（八），丹鳳書銜（九），龍樓早闢（一〇）。鷄人喔喔，飛綉鞚以遄催（一一）；虎賁駪駪，翼珠珂而并入（一二）。紅門窗寮（一三），水面已維青雀之艘（一四）；紫掖逶遲（一五），柳絲先隱黄龍之舳（一六）。俄傳泛艇，盡許登舟。斯時也，太液波紅，一奩靺鞨（一七），上林烟碧，滿幢玻璃（一八）。黄頭擁畫楫以平摇（一九），長鬣撥蘭橈而競發（二〇）。千衫艾葉（二一），映水蓼以彌鮮；萬綬桃花（二二），雜風荷而倍嫮。鵁鶄唼呷，四圍皆王母靈禽（二三）；竹柏微茫，一片悉嫦[二]娥寶樹（二四）。中流遥矚，青爲好時之田（二五）；極浦凝眸（二六），黄是昭陽之瓦（二七）。誰知帝室皇居之畔，別自成村（二八）；未審南唐北宋之間，疇工此畫（二九）。行到瓊樓玉宇，天上晴多（三〇）；除將鳳舸龍艑，世間秋少（三一）。爰乃停彩筰，弭牙檣（三二），陟坡陀，沿峭蒨（三三）。屢遵輦路，距帳殿以非遥；幾折繚垣，隔幔城而不遠（三四）。山呼以拜，魚貫而前（三五）。時則曈曨綺旭，赭袍隨綉傘交輝（三六）；艴赫彤霞，御榻屹花磚相向（三七）。忽睹紛綸之狀，陳於殿廡之間。夫其疊繪成峰，吹紈散霧。千端霜雪，割完碧海之綃（三八）；百篚雲霞，販盡平陵之彩（三九）。鶴頭綾，織自尚衣局内（四〇）；球路錦（四一），漂從裂帛湖旁（四二）。雙心檀暈，三殿齎來；五福鈿窠，九重飛下（四三）。瓓瓏單複，擬綺毳以逾温（四四）；綷縩縱横（四五），笑豐貂之未暖。雖使量來玉尺，莫罄恩長（四六）；縱令負用銅仙，難勝貺重（四七）。何期晝永，月墮懷中；詎信秋初，春還袖底。擎來水涘，鴛鴦解妒以增啼（四八）；捧向林皋，孔雀生慚而輟舞（四九）。無何而雁翅筵排（五〇），魚鱗幄比（五一）。沙明水淨，飄揚張紈幕三千；天迴堤平，重疊列華裀十二。紅蘭壓架，恰照文廊（五二）；紫萼成叢，偏摇黼帳。銀罍告濯，翠釜云調（五三）。然而羊臑雉醢，未便稱珍（五四）；鴨糊鶏纖，何由示美（五五）？即或弋來紫鵠，落隽永於雲端；獵得黄獐，致膻薌於海外（五六）。羹湘錦帶，餅裹紅綾（五七）。牢丸既弱似飛綿，薄夜亦柔如積素（五八）。抑猶未足以誇禁臠之腴，而奪侯鯖之麗也（五九）。緊爾臣僚，夙厭江河[三]之味；惟兹卿尹，半居魚稻之鄉。倘遂庖虚魴鯉，曷用爲歡？若其俎乏鰽鯊，安能取飫？獻師芳餌，乍垂綸於百子池頭（六〇）；饔宰雕盤，旋斫膾於九成宫外（六一）。假之雷雨，銀鬐颭爽以能飛；劑以鹽梅，錦鬛軒騰而欲動（六二）。於是頻頒瑶斝，滿瀝金觥。百壺急送，風前之喝盞參差（六三）；三雅横飛，樹底之行杯絡繹（六四）。酒痕縹碧，都粘學士之袍（六五）；釀色鵝黄，齊上參軍之袂（六六）。漏沉虬箭（六七），尋日影之將斜；風捲鵷[四]班（六八），倏珮聲之早散。重申天語，倍荷皇慈。堯階抃[五]舞，冰藕堆空。文囿趨蹌，碧蓮委地。盈襟菱芡，横抛興慶之緋珠（六九）；一握葡桃[六]，亂灑平陽之銀豆（七〇）。馱裝寶馬，共鴛綺以繽紛（七一）；携出銅龍（七二），滿鳳城爲歡笑（七三）。九衢迎問，何來方朔之桃（七四）？萬户傳觀，不數河陽之果（七五）。臣綴微班，猥叨異數。才慚鮑俊，莒蒲賡燕鎬之詩（七六）；文遜班香，芍藥奏横汾之曲（七七）。

【箋注】

（一）《三皇紀》：十干内，辛爲重光。十二支内，酉爲作噩。

（二）《漢紀》：文帝賜酺五日。注：大酺，大飲酒也。後唐、宋皆因之。

（三）《詩》：零露泥泥。

（四）《詩》：湛湛露斯，匪陽不晞。

（五）張衡《思玄賦》：寒風淒其永至兮，拂雲岫之騷騷。庾信《小園賦》：風騷騷而樹急。

（六）見《璿璣賦》。

（七）見《璿璣賦》。

（八）《芝田録》：門鑰必以魚者，取其目不瞑，用以守夜之義。鑰，管鍵也。

（九）《春秋元命苞》：火離爲鳳皇，銜書游文王之都，故武王受鳳書之紀。

（一〇）見《滕王賦》。

（一一）《周禮》：雞人夜呼旦，以臨[七]百官。注：能歌雞鳴[八]之人也。劉禹錫詩：城中晨雞喔喔鳴。

（一二）《周官》：虎賁氏，掌領虎士八百人。軍旅會同，君宿于外，則守王閑。《詩》：駪駪征夫。《爾雅》：珂，飾馬具。梁簡文《行馬》詩：晨風白金絡，桃花紫玉珂。

（一三）見《憎園賦》。

（一四）見《滕王賦》。

（一五）《宫闕志》：天有紫微，人主象之，曰紫宫、紫禁、紫闥、紫掖。殿曰紫宸。京都之衢曰紫陌。透遲，載《詩》。

（一六）見《滕王賦》。

（一七）《宫闕志》：太液池在建章宫北。《唐寳記》：靺鞨國産紅寳石，大如巨栗，中國因名靺鞨。

（一八）衛[九]宏《漢舊儀》：上林苑離宫七十，所容千乘萬騎，名果樹二千餘種。按始皇建，在渭南苑内，漢因其名。黄山谷詩：畫出西樓一幢秋。注：猶一幅也。

（一九）《摭言》：舟師名黄頭郎，以土勝水，故名。《史記》：鄧通以棹船爲黄頭郎。

（二〇）《左傳》：吴伐楚，戰于長岸。楚師繼之，敗吴，獲其乘舟餘皇。吴使長鬛者三人，潛伏舟側，曰：「我呼餘皇，則對，師夜從之。」取餘皇以歸。《楚詞》：桂棹兮蘭枻。庾信詩：蘭橈避狄[一〇]洲。

（二一）見《懀園賦》。

（二二）見《半繭賦》。

（二三）相如《上林賦》：交精旋目。注：鵁鶄，睛交而孕。《説文》：唼呷，聲也。《海録碎事》：軒渠國多九色鳥，亦名錦鳳。其色青多紅少，謂之綉鸞。常從弱水西來。或云西王母之禽也。《漢武故事》：七月七日，忽有青鳥飛集殿前。東方朔曰：「王母欲來。」有頃，王母至，青衣相随，乃先二鳥也。

（二四）詳《徐母序》[一一]。

（二五）《秦紀》：始皇東游，祀八神于太山梁父。以天好陰雨祠之，謂之好時。注：時，封土而祀也。秦四時，漢五時。

（二六）見《滕王賦》。

（二七）詳《皇士序》。

（二八）孔融表：帝室皇居，必畜[一二]非[一三]常之寶。

（二九）《三唐紀》：前唐自高祖歷二十主，二百九十年；後唐自莊宗歷四主，三十九年；南唐烈祖都金陵，傳璟、煜，共三十八年。《宋紀》：北宋自太祖至欽宗，一百五十年；南宋自高宗至帝昺，一百五十二年。按南唐、北宋多名畫。

（三〇）王子年《拾遺記》：翟天師乾祐，嘗于江岸玩月。俄見月規半天，瓊樓玉宇爛然。數息移時，不復見矣。

（三一）《隋志》：煬帝遺陸士澄往江南采木，造龍舟、鳳艒等數萬艘。

（三二）漢《鼓吹曲》：桂樹爲君船，青絲爲君笮。《釋名》：引舟者曰笮。梁《黄淡思歌》：象牙作帆檣。注：檣，帆[一四]柱也。

（三三）《博雅》：陀，陂廣衺貌。《廣韻》：陀，不平貌。峭蒨，見《滕王賦》注。

（三四）沈約詩：帳殿臨春御。《石林燕語》：宋殿廬幕，行時撤而載之。帳殿、幔城，皆行幕也。

（三五）《漢紀》：武帝登嵩高山，御史屬車在旁，吏卒咸聞呼萬歲者三。注：後世稱「山呼」本此。《易》：貫魚，以宫人寵。

（三六）《廣韻》：織絲綾爲盖曰傘。《金志》：國王傘，或紅或黄。

（三七）《唐書》：學士入直，視花磚日影。

（三八）《述異記》：南海有鮫人，水居如魚，不廢機織。織輕綃于泉室，出以賣之。爲服，入水不濡。《北夢[一五]瑣言》：唐張建爲幽州司馬，往渤海，遇水神，遺之鮫綃，乃自齎以進明宗，于溽暑時如對霜雪。

（三九）見《滕王賦》。庾信《謝賚絲布啓》：平陵夜月，驚聞搗衣。《郡國志》：梁州女郎山，張魯女浣衣于石上，女便懷孕，生二龍。及女死，將殯，柩車忽騰此山，遂葬焉。其水旁浣衣石猶在。後平陵城有女郎山祠。按扶風及濟南郡歷城縣、山西汶水縣、江南溧陽縣俱稱平陵。

（四〇）庾肩吾《謝武陵王賚白綺綾啓》：圖雲緝[一六]鶴，郫市稀逢。謝惠連詩：客從遠方來，遺我鶴文綾。《晉・盧志傳》：帝賜志鶴綾袍一領。《輟耕録》：尚衣局，乃尚方所用也。

（四一）《齊東野語》：紹興御府書畫，有球路錦、袖[一七]錦玉軸。

（四二）補注。

（四三）三殿、九重，見《璿璣賦》。

（四四）《周禮》：毳毛，畫虎蜼毛。注：獸毛褥細者。

（四五）見《半繭賦》。

（四六）《晉書》：荀勖暗解律吕，因正雅樂。阮咸心謂不調，勖忌之。後有耕者得周時玉尺，荀以校己所製樂制，皆短一黍，于是服阮神識。并詳《九日序》。

（四七）見《滕王賦》注。

（四八）《古詩》：文彩雙鴛鴦，裁爲合歡被。

（四九）《齊書》：文惠太子織孔雀毛爲裘。又鎮州貢孔雀羅。

（五〇）補注。

（五一）《九歌》：魚鱗屋兮龍堂。

（五二）《别賦》：見紅蘭之受露。李義山詩：玉砌銜紅蘭。

（五三）杜詩：紫駝之峰出翠釜。

（五四）《説文》：肘下曰臑。肉醬無骨曰醢。

（五五）《説文》：糊，糝也，即今檄[一八]子。《九歌》：濡鷄醬醢。宋玉《招魂》：露鷄臛蠵。

（五六）《爾雅》：獐，麇屬，亦謂黄羊。《周禮注》：膻，羊脂。薌，牛脂。謂以脂膏煎和也。

（五七）杜詩：滑憶雕胡飯，香聞錦帶羹。注：荆湖有錦帶花，紅白如錦，苗嫩脆。《詩》：于以湘之。注：烹也。《唐紀》：帝幸南内興慶池，方食餅餤。時進士在曲江有聞喜宴，命御厨各賜一枚，以紅綾束之。徐演詩：莫欺老缺殘牙齒，曾吃紅綾餅餤來。

（五八）束晳《餅賦》：可以通冬達夏，四時咸宜者，其惟牢丸乎？爾乃弱如春綿，白若秋練。氣勃鬱以揚布，香飛散而遠遍。段成式《食品》有籠上牢丸、湯中牢丸，子瞻誤爲牢丸。荀氏《列饌傳》：春祠用饅頭，夏祠以薄夜代之。注：餅屬也。

（五九）《晉史》：初，元帝公私交窘，得㹠以爲美，項上一臠尤佳，輒以薦帝，呼爲禁臠。《西京雜記》：王氏五侯不相能，賓客不得來往。婁護傳食五侯間，盡得其歡心，競致奇膳，護合以爲鯖。《字林》：鯖，雜肴也，煎和五味之名。

（六〇）《周禮》：獻人，春獻王鮪。《陰符》：芳餌之下，必有懸魚。《三輔黄圖》：漢上林有池十五所。武帝于七月七日臨百子池，作《于闐樂》。

（六一）《唐書》：上賜學士食，曰蓬池膾。《山谷書跋》：元章爲余斫霜膾。《宫闕疏》：隋楊素作仁壽宫，後以犯隋文帝諱，改九成宫。唐太宗後修以避暑。

（六二）李詩：雙鰓呀呷鬐鬣張，撥剌銀盤欲飛去。

（六三）杜詩：百壺那送酒如泉。陶九成[一九]曰：宴享，衆樂皆作，謂之喝盞。元制有喝盞之儀。

（六四）《東觀漢紀》：今日歲首，請雅壽。注：雅，酒問也。曹丕《典論》：劉表子弟制酒器三雅：大者伯雅，次中雅，次季雅。

（六五）曹植賦：蒼梧縹清。注：緑酒也。劉楨賦：憑彤玉之几，酌縹碧之樽。《隋書》：王績待詔，日給酒一斗，號斗酒學士。

（六六）杜詩：鵝兒黄似酒。

（六七）補注。按桓温有主簿，善别酒，佳者青州從事，惡者爲平原督郵。附注。

（六八）張衡《刻漏制》：以玉虯吐漏，水浮箭爲刻。《説文》：似龍而有角曰虯。

（六九）詳《銀臺啓》。

（七〇）《宫闕志》：開元二年，以宅爲興慶宫，中有興慶池[二〇]。

（七一）平陽，見《滕王賦》。

（七二）見本篇上。

（七三）見《滕王賦》。龍樓，亦名銅龍。張晏[二一]注：門樓上有銅龍也。

（七四）《事原》：秦穆公女吹簫，鳳降其城，因號丹鳳城。其後，言京都之城曰鳳城。

（七五）陳暄詩：洛陽九衢上。《漢武内傳》：東郡獻短人，指東方朔曰：「西王母種桃，三千年結子，此兒已三過偷之矣。」[二二]

（七六）詳《藝圃序》注。按潘岳爲河陽令。[二三]

（七七）杜詩：清新庾開府，俊逸鮑參軍。《詩》：王在[二四]在鎬，豈樂飲酒？[二五]

（七八）杜牧詩：濃煎班馬香。李樓啓：宋艷班香。注：班固也。漢武《秋風辭序》：上幸河東而作詞，有曰：「泛樓船兮濟汾河，横中流兮揚素波，簫鼓鳴兮發棹歌。」按菖蒲、芍藥，錦名，詳《三芝序》[二六]。

【校記】

[一]「沙」，患立堂本、浩然堂本并作「莎」。

[二]「嫦」，患立堂本、浩然堂本并作「姮」。

[三]「河」，患立堂本、浩然堂本并作「湖」。

[四]「鵷」，蔣刻本、患立堂本、浩然堂本并作「鴛」。

[五]「抃」，患立堂本、浩然堂本并作「忭」。

[六]「桃」，患立堂本、浩然堂本并作「萄」。

[七]「臨」，四库本作「踮」。

[八]「鳴」字，文瑞樓本脱。

[九]「衛」，四庫本誤作「衡」。

[一〇]「狄」，文瑞樓本作「荻」。

[一一]即卷十四《徐母顧太夫人六十壽序》。

[一二]「畜」，文瑞樓本作「蓄」。

[一三]「非」，文瑞樓本誤作「其」。

[一四]「檣，帆」，四庫本誤倒爲「帆，檣」。

[一五]「夢」，原作「窗」，徑改。後同，不再出校。按張建，應爲張建章。

[一六]「緝」，原作「維」，據亦園本、四庫本、文瑞樓本改。按《全上古三代秦漢三國六朝文·全梁文》亦作「緝」。

[一七]「袖」，原作「袖」，徑改。後同，不再出校。按袖錦，《齊東野語》卷六原文作「衲錦」，應是。

[一八]「㰦」，亦園本、文瑞樓本并作「㰦」。

[一九]「九成」，原作「成九」，四庫本同，俱誤倒，據亦園本、文瑞樓本乙正。按元陶宗儀字九成。

[二〇]「池」，原作「地」，據亦園本、四庫本、文瑞樓本改。

[二一]「晏」，亦園本、文瑞樓本并作「宴」。

[二二] 此條注，四庫本脱。

[二三] 此條注，四庫本脱。

[二四]「王在」，文瑞樓本作「文王」。

[二五] 此條注，四庫本脱。

[二六] 即卷三《三芝集序》。又此條注，四庫本脱。

周櫟園先生尺牘新鈔序[一]

粵稽書名六庫，類有千端(一)；苑稱七略，義非一族(二)。纂華林之丹槧，文體彌新(三)；綜玄圃之綈緗，才鋒逾整(四)。謠歌騷賦，攄壯采於篇章；頌表箴銘，運英才[二]於述作。傷往則旨深於哀誄，切今則義[三]蔚於論策。以暨《九章》、《七啓》，靡非才子之流(五)；洎乎《賓戲》、《客難》，大有風人之致(六)。語其變態，巧曆不能窺(七)；測其繁思，哲匠莫能算(八)。今之尺牘，蓋其一也；彼夫體製，可得言焉。

若乃屨[四]及齊郊(九)，柝聞邾邑(一〇)，荀罃[五]不返，先軫難歸(一一)。既轍亂以旗靡，復主憂而臣辱(一二)。楚昭多難，悲三户之纍臣(一三)；許穆無援，痛阿丘之弱女(一四)。臨關歎息，願登子反之床(一五)；叩壘躊躇，冀射魯連之矢(一六)。事當呼吸，磨盾以書(一七)；變在須臾，縋城而下(一八)。亦有疏勒流官[六]，燉煌降將(一九)。蕭綜北去，憐宗[七]社以何依(二〇)；苻朗南奔，望鄉關[八]而不見(二一)。朱鳶路遠，魂銷[九]鑾海之旌旗(二二)；白馬營空，腸斷瘴江之鉦鼓(二三)。訣美人與愛子(二四)，贈明鏡與金環(二五)。子卿足下，疇昔可知(二六)；伯之君侯，生平已矣(二七)。若乃賤臣遘謗，庶女蒙冤（二八），江淹乃善恨之人，馮衍亦多愁之客（二九）。三千［一〇］獲譴，永無造請之期（三〇）；盡室遭俘，長罷歡娱之日。母兮天只（三一），臣不如人（三二），思刺血以陳情，念上書而訟枉。又有密親暫隔，懿友長離，感時物以流思，對景光而結想。尹班契闊，可無知己之言（三三）；樂衛暌違，寧乏相思之句（三四）？叙苦辛於一介，寄輾轉於數行，宛矣瓊函，居然蘭訊（三五）。更［一一］紅粉樓頭，青牛帳裏（三六），君居塞北，妾住江南（三七）。攀桃李以悲來，顧綺羅而泣下（三八）。吹簫公主，囀雅怨於朱唇（三九）；織錦姬人，論私情於纖手（四〇）。凡斯之類，皆藉於書。

時則北路名流（四一），南朝文士。阮元瑜之書記，久已流傳（四二）；蕭大圜之尺牘，益爲膾炙（四三）。爰乃擘［一二］此赫蹄，命兹側理（四四）。膠東河北，并馳五色之箋（四五）；大令中郎，互競連珠之格（四六）。爾其爲體也，或磊落以見才，或嵯峨以植旨，或首尾以温麗，或締構之縝密。或文詞［一三］簡要，情片語而已該；或思理淹通，氣百函而彌厲。或臨池詳慎，細蟠楮裏之蠅（四七）；或握管飛騰，横跳天門之虎（四八）。鏗鏘可聽，塗山之玉帛萬重（四九）；藻績堪觀，赤城之雲霞十丈（五〇）。入劉家之《世説》，即是蘭苕（五一）；登蕭氏之高齋，無非琬琰（五二）［一四］。挽近以還，此風不嗣，原其流弊，厥有三端。

顧陸華宗，潘楊妙族（五三）。金貂翠珥，望若神仙（五四）；坐褥隱囊，便爲卿相（五五）。寒暄筆札，都由呂覽之門生；故舊書箋，盡出桓温之幕客（五六）。且也貴僚雍雅，惟傳論性之篇；華札翩反，爭諱言情之牘。其有擬繁欽、應璩之書（五七），效邢邵、崔㥄之札者（五八），呵爲小子，目以外篇，其所爲難一也。且夫燕函越鏄，各有便安（五九）；秋奕僚丸，悉由熟習（六〇）。鮫紈自麗（六一），不歡北轍之夫；狐毳雖温（六二），難悦南轅之客。今者單門寒畯，縫掖素流（六三），祇工制舉之書，但慕集賢之院（六四）。即使才同孝穆，文類子山（六五），無益身名，徒資嗢噱（六六）。加之連遭[一五]踽踽，罕西園北府之游（六七）；徒侶寥寥，乏華屋緑[一六]池之彦（六八）。事迹不足以供鋪叙，爵里不足以寄選擇，其所爲難二也。古者飛書馳檄，盡箇戎旃；記室軍諮，雅多才俊。兩軍相遇，必以辭令爲長；一使相將，必[一七]以語言爲尚。今則三臺大帥，九姓名王（六九），行人無僑札之才（七〇），儐介缺向嬰之輩（七一）。紇庫干自署，不識姓名（七二）；曹景宗作歌，難諧競[一八]病（七三）。一時風會，殆何如乎；下至閨襜，又可知矣。其所爲難三也。

然而星移代換，何世無賢；璧坐璣馳，孰云非寶（七四）。此新都夫子，既顔麗製以清裁；鄴[一九]下先生，復選鴻文於賴古矣。嗟夫！曩游不再，自古爲悲；後聚難期，於今所歎。匪勞音譯[二〇](七五)，莫慰幽憂(七六)；不事箋繪[二一]，奚通繾綣(七七)。遂乃領諸家之秀采，熏以名香；録百氏之芳華，裝之異錦。寄來黄犬，半漆書竹簡之古文(七八)；損罷文鱗，悉篋衍巾箱之脞録(七九)。副諸記室(八〇)，掌以典籤(八一)。

【箋注】

(一)詳《園次序》。

(二)《漢書》：劉向子歆字子駿，爲中壘校尉，總群書，而奏其《七略》，故有《輯略》，有《六藝略》、《諸子略》、《詩賦略》、《兵書略》、《術數略》、《方技略》。

(三)《南史》：梁武集范雲、沈約之徒，策經史事，帝説其引短推長。乃劉孝標率性而動，帝惡之。及劉《類苑》書成，帝即命學士撰《華林編略》以高之。《漢・揚雄傳》：雄常懷鉛提槧，遠訪殊方之語，即以鉛刻之于槧。按斷木爲槧，後人通稱鉛槧，用以書經籍。

(四)《晉書》：葛稚川曰：「陸平原之文，如玄圃積玉，無非夜光。」注：玄圃，在昆侖，仙地也。綈緗，詳《園次序》。

(五)《楚詞注》：屈原放江南之野，復作《九章》。章，明也。言已所陳忠信之道，甚明著也。魏曹植《七啓》有玄微子、鏡機子之問答。

(六)《後漢・班固集[二二]》：著[二三]有《賓戲篇》。《漢・東方朔傳》：著[二四]有《答客難論》。

（七）見《璿璣賦》。

（八）杜詩：詞華哲匠能。

（九）詳［二五］《壽徐序》。

（一〇）《左傳》：魯擊柝，聞于邾。注：言其近也。

（一一）《左傳》：邲之戰，楚熊負羈囚智罃。注：即荀罃。其父荀首。《左傳》：箕之役，先軫曰：「匹夫逞志于君而無討，敢不自討乎？」免胄入狄師，死焉。

（一二）《左傳》：曹劌敗齊師于長勺，曰：「吾見其轍亂，望其旗靡，故逐之。」《史記》：范蠡曰：「臣聞主憂臣辱，主辱臣死。」

（一三）《春秋傳》：楚自昭王即位，無歲不有吴師。《古諺》：楚懷王爲張儀所欺，客死于秦，百姓哀之，爲之謠曰：「楚雖三户，亡秦必楚。」《史記索隱注》：《水經注》云：「漳水東經三户峽，爲三户津。」

（一四）《詩集注》：衛宣姜之女，爲許穆公夫人。閔衛之亡，爲之賦《載馳》。《詩》：陟彼阿丘，言采其虻。

（一五）《左傳》：楚子圍宋，宋人使華元夜入楚師，登子反之床，起之曰：「寡君使元以病告：『去我三十里，惟命是聽。』」

（一六）《史記·仲連傳》：齊田單攻聊城不下。魯連乃爲書，約之矢以射城中。燕將見書乃自殺。

（一七）《梁書》：荀濟負氣，每謂人云：「會楯上磨墨作檄文。」注：盾，兵器，所以蔽身。

（一八）《左傳》：鄭伯使燭之武見秦君。夜縋而出，言于秦伯，秦師乃還。

（一九）《西域志》：西統龜茲、于闐、焉耆、疏勒四國。一作月支。詳《歸田序》。《隋史》：萬年坐事，配爲燉煌戍卒，名讋北番。後突厥犯塞，問：「隋將非燉煌戍卒耶？」萬年追擊，大破之。按漢肅州地，武帝置燉煌郡，唐改沙州，今仍唐名，屬陝西。

（二〇）詳《翼王序》[二六]。

（二一）裴景仁《秦書》：苻朗字元達，苻堅從兄也。堅爲慕容冲所圍。朗渡江降謝玄，用爲員外散騎侍郎。

（二二）《後漢・郡國志》：交趾郡十二城，一曰朱鳶。《隋志》：隋末高儉字士廉，謫朱鳶。簿士彦以朱鳶瘴厲，母老不可行。庾信詩：南戍朱鳶城。徐陵詩：朱鳶別路遥。

（二三）補注。[二七]

（二四）《史記》：今太子請辭訣矣。《説文》[二八]：訣，別也。江淹《別賦》：燕趙歌兮傷美人。愛子，見《滕王賦》[二九]。《江[三〇]淹集》有《傷愛子賦》。

（二五）《北堂書鈔》：漢秦嘉《與婦徐淑書》，以明鏡[三一]餉之。淑答曰：「今君征未旋，鏡將何施行。明鏡鑒形，當待君至。」金環，詳《皇士序》注。

（二六）李陵《答蘇武書》：子卿足下。

（二七）劉璠《梁典》：天監五年，前平南將軍陳伯之率其衆，以壽陽歸降，後叛去。帝使呂僧珍寓書，乃丘遲之辭也。載《文選》。

（二八）詳《貞女序》。江淹《上書》：昔者賤臣叩心，飛霜擊于燕地；庶女告天，振風襲于齊堂。李詩：燕臣昔慟哭，五月飛秋霜。庶女號蒼天，震風擊齊堂。

（二九）《文選注》：江淹意古人不稱其情，皆飲恨而死，乃作《恨賦》。《東觀漢記》：馮衍字敬通。明帝抑而不用，衍説陰就以書曰：「懷抱不報，齎恨入冥。」

（三〇）杜詩：萬里傷心嚴譴日。《趙禹傳》：公卿相請造禹，終不行報謝[三二]。三千，詳《賀周序》。[三三]

（三一）《詩》。

（三二）《左傳》：燭之武曰：「臣之壯也，猶不如人，今老矣，無能爲也已。」

（三三）《東觀漢記》：尹敏與班彪甚善，相語，嘗晏[三四]暮不食。劉孝標論：尹班陶陶于永夕。《詩》：死生契闊。《後漢書》：朱暉字文季，與張堪同縣。張把臂語曰：「欲以妻子托朱生。」文季不對。張亡後，朱重賑贍之，曰：「堪嘗有知己之言。」

（三四）《晉書》：樂廣字彦輔，女適衛玠。時人以爲婦翁冰清，女婿玉潤。

（三五）謝混詩：通遠懷情語，采采標蘭訊。

（三六）《古詩》：盈盈樓上女，皎皎當窗牖。娥娥紅粉妝，纖纖出素手。杜审言詩：紅粉樓中應討日。《録異傳》：武都郡立大特祠，是大梓牛神也。今俗畫青牛障是。《玉臺新詠序》：青牛帳裏，餘曲既終。按扈累常隨青牛先生，得星曆術。後[illegible]非是。

（三七）張華《情詩》：君居[illegible]

（三八）[illegible]摯桃李兮不忍别，送愛子兮沾羅裙。

（三九）詳《藝圃序》。《神女賦》：朱脣的其若丹。

（四〇）見《璿璣賦》。《詩》：纖纖女手。

（四一）詳[三五]《壽徐序[三六]》。

（四二）《魏志》：阮瑀字元瑜。曹操受以司空軍謀祭酒，管記室，凡書檄多出于瑀。魏武嘗使瑀作書與韓遂，瑀從馬上具草。魏武欲有所定，而竟不能損益。魏文帝《與吴質書》：元瑜書記，翩翩致足樂也。

（四三）《梁書》：武帝子蕭大圜字顯仁，乃昭明之弟，四歲能誦《三都賦》及《論語》、《孝經》，後有尺牘傳世。

（四四）《漢・成帝趙后傳》：后發匣中藥二枚，以赫蹏裹之。按赫，赤也。蹏，猶地也。以藤染紙令赤。《西京記》：薄蹏，又作絶綈，其爲薄小紙一也。《拾遺記》：南越獻側理紙，以海苔爲之，其理倒側。漢人語訛謂之陟厘紙。晉賜張華寫《博物志》。

（四五）《鄴中記》：石虎詔書，以五色紙着鳳皇口中，令銜之飛下端門。徐陵《玉臺新詠序》：五色花箋，河北膠東之紙。

（四六）《王氏譜》：王珉[三七]代獻之爲中書令，二人素齊名，時謂獻之爲大令，珉爲小令。王坦之字文度，亦稱中郎。詳《壽閣序》注[三八]。傅玄《叙連珠》曰：漢章帝時，班固、賈逵、傅毅三子受詔作之，而蔡邕、張華又廣焉。其體，詞麗而言約，使歷歷如貫珠。宋沈約曰：始自子雲。明茅坤曰：兆于韓非。

（四七）詳本篇注。

（四八）見《祖德賦》。

（四九）《左傳》：禹會諸侯于塗山，執玉帛者萬國。

（五〇）孫綽《天台賦》：赤城霞起以建標，瀑布飛流而界道。

（五一）《世説序》：宋宗室子劉義慶愛佳事清言，采而編之，曰《世説新語》。至梁武時，劉峻字孝標注之，識者謂前無古人。

（五二）詳《素伯序》[三九]。《杜陽編》：梁武帝時，造佛寺，令蕭子雲大書一「蕭」字。李約自江淮買歸東洛，扁于山亭，曰蕭齋。此非是。[四〇]《書》：弘璧琬琰。[四一]

（五三）《小學紺珠》：吴中四姓，張文、朱武、陸忠、顧厚。潘岳作《楊仲玉誄》曰：潘楊之睦，有自來矣。

（五四）金貂，見《半繭賦》。《説文》：珥，瑱也。在旁兩對爲珥。

（五五）《顔氏家訓》：梁朝全盛時，貴游子弟駕長檐車，坐棊子方褥，斑絲隱囊，柔軟可倚耳。王維詩：隱囊紗帽坐彈棋。注：即方褥。

（五六）杜詩：虚名但蒙寒暄問。《史記·列傳》：吕不韋使其客人人著所聞，集論以爲《八[四二]覽》、《六論》、《十二紀》，二十餘萬言，號《吕氏春秋》。《晉書》：桓温辟郗超、王恂等爲府掾。温入朝，謝安與王坦之詣[四三]温，温令超卧帳中聽客語。風動帳開，安笑曰：「郗生可謂入幕之賓矣。」

（五七）《晉書》：繁欽字休伯，長于書記。《魏志》：應璩字休連，與兄瑒并文才顯。史稱汝南應氏，奕葉有文。

（五八）李百藥《齊書》：邢邵字子才，文章典麗，既贍且速。《北齊書》：崔㥄字長孺，北齊詔誥表檄，多㥄所爲。

（五九）《考工記》：粤之無鎛，非無鎛也，夫人而能爲鎛也。燕之無函，非無函也，夫人而能爲函也。

（六〇）《子華子》云：奕秋，通國之善奕者也。當奕之思，有吹笙過者，傾心聽之，將屬未屬之際，問以奕道，則不知也。《莊子·徐無鬼篇》：仲尼之楚，曰：市南宜僚弄丸，而两家之難解。《丸經》：稽古，《莊子》之書。楚莊王偃兵宋都，得市南勇士熊宜僚者，工于丸，當五百人。乘以劍而不動，捶九丸于手，一軍停戰而觀之。莊王免于敵而霸。

（六一）見《瀛臺序》。

（六二）見《瀛臺序》。

（六三）《儒行》：衣縫掖之衣。

（六四）杜氏《通典》：唐開元中，宴學士張悅[四四]等于集仙殿。于是改殿名集賢，改修書使爲集賢殿書院學士。

（六五）見《滕王賦》。

（六六）《魏志》：裴松之謂鍾繇得書嘔[四五]噱。注：大笑也。

（六七）曹植《公宴詩》：清夜游西園。注：西園，在河南陳州，張詠守郡時建。《後漢書》：西園成市。《梁書》：武帝集書記之士于北府。

（六八）詳《紫玄序》。

（六九）三臺，詳《壽季序》[四六]。按《水經注》：鄴城西有銅雀、金鳳、冰井三臺，皆魏武所起。《通典》：鄴縣有魏武、文帝、甄后三陵臺。石勒將攻之，張青曰：「三臺險固，未可卒下。」《齊・文宣帝紀》：天保中，營三臺，改銅爵曰金武，金鳳曰聖應，冰井曰崇光。《晉書・載紀》：慕容寶出奔于薊，時有謡云：「惟有德人據三臺。」附注：《九域志》：九姓羌中，吐谷渾別自爲一部落，别羌入細封氏、費聽氏、往利氏、頗超氏、野辭氏、房當氏、米擒氏、拓拔氏。張悅使朔方，九姓遂安。《唐書》：渾瑊，本鐵勒九姓之渾部也。歸順德宗。薛逢詩：九姓羌渾隨漢節。

（七〇）見《憺園賦》。

（七一）晉叔向、齊晏嬰皆名卿。

（七二）詳《園次序》。

（七三）《梁書》：曹景宗字子震。嘗于武帝前聯句，時用韻已盡，惟餘「病」、「競」二字。景宗援筆立成，云：「去時兒女悲，歸來笳鼓競。借問行路人，何如霍去病？」

（七四）補注。

（七五）詳《文鈔啓》[四七]。

（七六）見《海棠賦》。

（七七）《詩》。

（七八）《陸機傳》：機在京，久無吴中家信。犬名黄耳，陸顧之，曰：「能爲我取家信乎？」犬摇尾而去，卒達家信。《晉・束晳傳》：太康二年，汲郡民盜發魏安厘王冢，中得竹書、漆字，皆科斗之文，乃周時古文也。

（七九）古詩：客從遠方來，遺我雙鯉魚。呼兒烹鯉魚，中有尺素書。李商隱詩：枉緣詩札損文鱗。《漢書》：陳遵尺牘，人皆弆篋衍以爲榮。注：弆，藏也。《齊書》：衡陽王鈞嘗手自蠅頭細書寫《五經》，置巾箱中，以備遺忘。周必大《玉堂雜記序》：前後脞録，辭無詮次，厘爲三卷。

（八〇）見本篇。

（八一）《資暇録》：元和中，丞相李趙公權傾天下，四方緘翰日滿，多致誤答，因命書吏，籤記以送。

【校記】

［一］四庫本無此篇。

［二］「才」，蔣刻本、患立堂本、浩然堂本并作「裁」。

［三］「義」，蔣刻本、患立堂本、浩然堂本并作「議」。

［四］「屨」，原作「屢」，據諸本改。

［五］「鎣」，原作「瑩」，據蔣刻本、患立堂本、浩然堂本改。

［六］「官」，原作「宫」，據蔣刻本、患立堂本、浩然堂本改。

［七］「宗」，蔣刻本、患立堂本、浩然堂本并作「廟」。

［八］「闕」，蔣刻本、患立堂本、浩然堂本并作「園」。

［九］「銷」，患立堂本、浩然堂本并作「消」。

［一〇］「千」，患立堂本、浩然堂本并作「年」。

［一一］「更」后，患立堂本、浩然堂本有「有」字。

［一二］「擘」，患立堂本、浩然堂本并作「襞」。

［一三］「詞」，患立堂本、浩然堂本并作「辭」。

［一四］「琬琰」，浩然堂本避諱作「球璧」。

[一五]「連遭」，患立堂本、浩然堂本并作「遭逢」。

[一六]「緑」，患立堂本、浩然堂本并作「淥」。

[一七]「必」，患立堂本、浩然堂本并作「尤」。

[一八]「競」，患立堂本作「兢」。

[一九]「鄴」，患立堂本、浩然堂本并作「櫟」。

[二〇]「譯」，患立堂本、浩然堂本并作「驛」。

[二一]「箋繪」，蔣刻本、浩然堂本同，亦園本、文瑞樓本并作「繪箋」，患立堂本作「箋繒」。按陳校本校記謂「程注本作『繒箋』」，誤。

[二二]「集」，疑爲「傳」。

[二三][二四]「著」，文瑞樓本作「注」。

[二五]「詳」，文瑞樓本誤作「注」。

[二六]即卷十二《贈陸翼王序》。

[二七]此條注，亦園本、文瑞樓本并作：「《史記》：西南夷，自丹駹以東北，白馬最大，皆底類。」按「底」，當作「氐」。

[二八]「《史記》：今太子請辭訣矣。《説文》」，此十一字，亦園本、文瑞樓本并脱。

[二九]「愛子見《滕王賦》」六字，亦園本、文瑞樓本并脱。

[三〇]「江」前，亦園本、文瑞樓本并有「又」字。

[三一]「鏡」，原作「鋭」，據亦園本、文瑞樓本改。

[三二]「禹終不行報謝」六字，亦園本、文瑞樓本并脱。

[三三]此條注原脱，據亦園本、文瑞樓本補。按《賀周序》，即卷十二《賀周棣園先生南還廣陵序》。

[三四]「晏」，亦園本、文瑞樓本并作「宴」。

[三五]「詳」，文瑞樓本誤作「注」。

[三六]「序」，文瑞樓本誤作「賦」。

[三七]「珉」，文瑞樓本誤作「琅」。

[三八]即卷十三《壽閻再彭先生六十一序》。按「注」，文瑞樓本誤作「生」。

[三九]即卷三《方素伯集序》。

[四〇]「此非是」三字，原脱，據亦園本、文瑞樓本補。

[四一]「《書》弘璧琬琰」五字，亦園本、文瑞樓本并脱。

[四二]「八」，原作「入」，據亦園本、文瑞樓本改。

[四三]「詣」，文瑞樓本作「請」。

[四四]「悦」，當爲「説」。

[四五]「嘔」，文瑞樓本誤作「萌」。

［四六］即卷十三《壽季太翁八十序》。

［四七］即卷十七《徵刻今文選今文鈔啓》。

吴園次林蕙堂全集序

山名唐貢，峰接道場（一）；水號洮湖，波通上若（二）。吴雲入越（三），家家以茶笋爲生；魯柝聞邾（四），處處繞烟波成［一］市。惟彼常湖兩郡，夙稱脣齒之邦（五）；曾聞召杜名賢，出作吴興之守（六）。其人也，畫省望郎（七），金閨貴客（八）。鵲爐螭舫，推詩酒之總持；舞扇歌裙，擅湖山之宗主。時則秦川公子，爭願依劉（九）；西鄂文人，咸思御李（一〇）。白蘋洲上（一一），依稀通［二］德高門（一二）；碧浪湖頭（一三），仿佛華陰上市（一四）。銅蠡夜滴（一五），尚簇麟衫（一六）；鐵鳳晨闢（一七），便翻鶴蓋（一八）。三明七穆，槖鏤管以俱來（一九）；兩到雙丁，捧敦槃而狎至（二〇）。獨有鄙人，况居旁邑。調弦待奏，情含流水之中（二一）；滅刺難全［三］，客在亂山之外（二二）［四］。惟衆客實嗤其拙，乃先生正賞其愚。既而陶潛解組，仍住潯陽（二三）；梅福抽簪，偶來吴市（二四）。乃於失職之辰（二五），猥有下交之雅。殷勤訪戴，流連杵臼之間（二六）；慷［五］慨推袁，跋扈風雲之氣（二七）。時則鄙人（二八），方嬰痼疾（二九）。屬江花之就落（三〇），甫遘鍾［六］期（三一）；當潘鬌之將凋，方逢鮑叔（三二）。嗟乎文舉何人（三三），子卿足下（三四）。干戈載道，偏乘單舸以遄來；闤闠交衢，獨造寒門而徑去。君非有爲，僕豈無心？自此游從，彌淹歲月。東吴麋鹿，美人綺羅［七］之場（三五）；南國［八］鷓鴣，霸主繁華之窟（三六）。以及寒梅縞夜，瘦菊叢秋。藏鈎賭酒之場，刻燭分題之會（三七）。觴餘舞蔗（三八），紅燭熏天（三九）。奕罷横刀，赭羅颯地（四〇）。先生莫不踔踸此間（四一），賤子亦復激昂其末（四二）。

一日者水國斜陽，坐客半更衣而起（四三）；高臺古樹，群公皆載酒而從。君顧挽余，吾其語汝。昔者結繩而降，代有篇章（四四）；雨粟以還，人多撰述（四五）。自俗學之師心，致前型之偭矩（四六）。原其流失，厥有二端。紈庫干［九］運筆成錐（四七），斛律金署名類屋（四八）。宿儒老子，高譚《内則》、《歸藏》（四九）；末學小生，初［一〇］識《孝經》、《論語》（五〇）。上車不落，便尊唐宋而薄周秦；體中何如，輒譽開元而卑大曆（五一）。是則胸無故實，笥鮮縹緗（五二）。裸民誚霧縠爲太華，矉女憎西施之巧笑（五三）。此其爲弊一也。或則僅解虫鐫（五四），差工獺祭（五五），悔讀《南華》之卷，不精《爾雅》之篇（五六）。仿蘭成碑版之作，祇堪借面吊喪（五七）；效醴陵離别之言，僅可送人作郡（五八）。不知六詩三筆，每每以古鬱稱奇（五九）；四庫五車，往往以沉雄入妙（六〇）。徒組紃笙簧之是侈（六一），將風雲月露其奚爲（六二）？是則刻雲端之木雁，未必能飛（六三）；琢箭上之金徒，何曾解舞（六四）？成都粉水，弱錦濯而寧鮮（六五）；河北花箋，鈍筆描而失麗（六六）。益成撏扯（六七），劣得揣摩（六八）。此其爲弊二也。以此[一一]二弊，足曁諸[一二]家。今吾詎有是乎？惟子知其免矣。

且夫韓起雙環，俱蟠龍雀（六九）；干將兩劍，并截蛟犀（七〇）。粤沿古以迄今，羌無奇而不耦。是故珊瑚筆格，互説庾徐（七一）；翡翠書床，交推温李（七二）。晉家潘陸，梁氏[一三]陰何（七三）。南朝則江鮑齊名（七四），北府亦温邢競爽（七五）。歌樓麗句，元白同聲（七六）。酒舍香詞，周秦繼響（七七）。昔人所載，何代無賢。當斯世而有吾兩人也，寧集成而無子一言乎？僕愧其情，懼違所請。屢[一四]趣未應，既負諾以逾年；擬作難工，復含毫而彌日。屬當諷諭之再三，爰志揄揚之萬一（七八）。爲魏公藏拙數行，敢云金玉之投（七九）；惟惠子知余異日，亦望瓊瑶之報（八〇）。

【箋注】

（一）《常州志》：唐貢山，在宜興，其山産茶，唐時入貢，故名[一五]。《湖州志》：道場山，南唐有高僧寓此。

（二）《宜[一六]興志》：長蕩湖，一名洮湖，與溧陽、金壇接界[一七]。《宜興記》：上若村、下若村俱出美酒。

（三）《湖州志》：春秋屬吳越。

（四）見《尺牘序》。

（五）《左傳》：諺所謂「輔車相依，脣亡齒寒」者，其虞虢之謂也。

（六）《循良傳》：召信臣字翁卿，爲南陽太守，愛民如子，號曰召父。光武時[一八]，杜詩字公君，亦爲南陽太守。時人[一九]語曰：「前有召父，後有杜母。」《輿志》：湖州府，三國時吳曰吳興，隋、唐曰湖州。

（七）《漢官儀》：尚書省中，以胡粉塗壁，畫七賢烈士，故[二〇]曰畫省。一[二一]曰粉署。《魏書》：吏部郎，必使才望兼允[二二]者。[二三]李義山《代鄭謝表》：極望郎于南省。東坡詩：東川得望郎。

（八）江淹《別賦》：金閨之諸彥。注：金閨，金馬門也。東方朔曰：公孫弘等待詔金馬門。《史記注》：門旁有銅馬，故名。[二四]

（九）《後漢書》：王粲，山陽高平人。曾祖龔，祖父暢，皆漢三公。獻帝西遷，粲徙長安。蔡邕見而奇之，曰：「此王公孫也。」後以[二五]避亂，往依劉表于[二六]荆州。謝靈運《王粲詩序》：家本秦川，貴公子孫。遭亂流寓，自傷情多。《關中志》：自函谷至隴底[二七]，相去千里，曰關中，亦曰秦川。

（一〇）《輿志》：江夏鄂縣，乃東鄂。范曄[二八]《後漢書》：張衡字平子，南陽西鄂人也。少善屬文。駱丞《過張平子墓》詩：西鄂該通理，南陽擅德音。注：南陽府城北五十里[二九]有西鄂城。《漢·李膺傳》：膺性簡亢，惟以荀淑爲師。荀爽嘗謁膺，因爲其御。既還，喜曰：「今日得御李君矣。」

（一一）《兼明書》：蘋爲大萍，其花正白色。《湖州圖經》：霅溪東南有白蘋洲，人謂爲不滑之蒓。柳惲[三〇]詩：汀洲采白蘋，日落江南春。

（一二）見《祖德賦》。

（一三）補注[三一]。

（一四）見《憺園賦》。

（一五）徐陵《玉臺新詠序》：銅蠡晝靜。《漢書》：張衡《漏水制》：以銅爲器，寔[三二]以清水，各開孔。以玉虬吐漏水，入兩壺，右爲夜漏，左爲晝漏。

（一六）見《憺園賦》。

（一七）薛綜《西京賦》注：圓闕上作鐵鳳，令張兩翼，舉頭敷尾。陸倕《石闕銘序》：銅爵鐵鳳之工。

（一八）見《祖德賦》。

（一九）《漢書》：張安世持橐筆，事孝武數十年，稱忠謹。《中興書》：諸葛恢字道明，避難過江，與潁川荀[三三]道明闓、陳留蔡道明謨號中興三明。時人歌曰：「中興三明各有名，蔡氏儒雅荀葛清。」《鄭七穆世次》：鄭穆公十三子，靈、襄嗣位，餘十一子爲大夫，後餘七子各自爲氏。罕氏、駟氏、國氏、良氏、游氏、豐氏、印氏，號七穆。鏤管，見《璿璣賦》。

（二〇）《宋書》：到彦之長子元慶，益州刺史。次子仲慶，從事中郎。其曾孫洽與兄溉，以文學知名。武帝曰：「諸到可謂才子。」時以方二陸。又從弟沆名亦著云。雙丁，見《憺園賦》。梁元帝《贈到溉洽》詩：魏世重两丁，晉朝稱二陸。何如今两到，復似凌寒竹。《周禮·玉府》職：若合諸侯，則供珠盤玉敦。注：槃以乘牛耳，敦以乘血[三四]。

（二一）《吕氏春秋》：楚人伯牙善鼓琴，鍾子期聽之，意在高山，曰：「巍巍乎若泰山。」志在流水，曰：「蕩蕩乎若流水。」子期死，伯牙擗琴絶弦，不復鼓，以世無知音也。

（二二）《禰衡傳》：衡氣尚剛傲，矯時慢物。建安初，游許下，陰懷一刺。既而無所適，至于刺字漫滅。

（二三）見《祖德賦》，詳《儲太翁啓》[三五]。

（二四）《高隱傳》：梅福字子真，爲南昌尉，數上書言事。及王莽顓政，福一朝弃妻子去，人傳以爲仙。其後人有見福于會稽者，變姓名爲吴市門卒云。

（二一五）宋玉《九辯》：坎廩兮，貧士失職而志不平。

（二一六）《晉書》：王羲之子徽之字子猷，居山陰。夜雪初霽，忽憶戴逵在剡溪，便乘小舟，至門而返。《後漢書》：公沙穆游太學，無資糧，乃變服客傭，爲吴祐賃舂。祐與語，大驚，遂定交于杵臼之間。

（二一七）《晉·袁宏傳》：宏字彦伯。桓宣武命作《北征賦》，既成，咸嗟歎之。時王珣在坐，云：「恨少一句，得『寫』字足韻。」宏即攬筆，益云：「感不絶于予心，泝流風而獨寫。」公謂王曰：「當今不得不以此事推袁。」

（二一八）《國策》：五羖大夫，荆之鄙人也。

（二一九）詳《銀臺啓》。

（三〇）見《看奕賦》。按江淹夢過[三六]郭璞，曰：「吾筆在卿處多年，可見還。」江還之，後詩無美句，時人謂之才盡。

（三一）見本篇。

（三二）潘岳《秋興賦》：班鬢髟以承[三七]弁兮，髮素颯以垂領。《列子》：管仲曰：「生我者父母，知我者鮑子。」

（三三）詳《九日序》及《潘母啓》[三八]。

（三四）見《尺牘序》。

（三五）《國策》：子胥諫吴王曰：「臣恐姑蘇不久爲麋鹿所游。」

（三六）李白《越中懷古》：越王勾踐破吴歸，義士還家盡錦衣。宫女如花滿春殿，只今惟有鷓鴣飛。《異物志》：鷓鴣懷南，不思北徂。故鄭谷詩云：「坐中亦有江南客，莫向春風唱鷓鴣。」注：詞有《鷓鴣天》。《禽經》：子規啼必北向，鷓鴣飛必南翔。

（三七）辛氏《三秦紀》：昭帝母鈎弋夫人，手拳而有國色，武帝寵之，世人藏鈎法始此。《藝經》：藏鈎，即今藏鬮。《摭言》：張祐幕中賭酒。《南史》：江拱、蕭文琰、丘令楷以文并稱。竟陵王夜集賦詩，約四韻，刻燭一寸。并詳《三芝序》。

（三八）見《半繭賦》。

（三九）杜审言詩：殿前燈燭上薰[三九]天。

（四〇）補注。《西都賦》：紅羅颯纚，綺組繽紛。

（四一）陸機《文賦》：故踸踔于短韻。注：聲散貌。又行貌。

（四二）賤子，詳《禹平序》[四〇]。激昂，詳《天章序》注。

（四三）詳《藝圃序》。

（四四）《五帝編》：伏羲氏造書契，代結繩。

（四五）《淮南子》：蒼頡書，而天雨粟，鬼夜哭。

（四六）《離騷》：固時俗之工巧兮，偭規矩而改錯。注：偭，背也。

（四七）《北史》：紇狄干，北齊人，爲太宰，不知書。署名爲干字，逆上畫之，時人謂之穿錐。

（四八）《北齊書》：斛律金字阿六敦，朔州敕勒部人，善騎射，官汾州刺史。又：斛律敦不識字，苦其難署，改名金，從便易。猶以爲難，神武指屋角，令識之。陸渭南詩：屋角明金字，溪流作縠文。

（四九）補注。

（五〇）《隋書》：蔡王智積有五男，止教讀《論語》、《孝經》，恐諸子有才能，以致禍也。

（五一）《南史》：宋時用人乖實，有謡云：「上車不落爲著作，體中何如作秘書。」《唐紀》：玄宗開元二十九年，代宗大曆十四年。《詩品》：開元爲盛唐，大曆爲中唐。大曆十才子：盧綸、錢起、韓翃、吉中孚、苗發、崔峒、耿湋[四一]、夏侯审、李端、司空曙。

（五二）《隋書·經籍志》：秘書監荀勖曰：魏鄭默《中經》，更著《新薄》，盛以縹囊，書用緗素。《文選序》：文人才子，名溢縹囊。飛文染翰，卷盈緗帙。注：縹，青[四二]白色。緗[四三]，淺黄色。以縹爲囊，以緗[四四]爲帙。

（五三）《子虚賦》：雜纖羅，垂霧縠。師古曰：言其輕靡如霧也。《莊子·天運篇》：西施病心而矉其里，里之醜人亦捧心而矉其里，里之富人堅閉不出，貧人挈妻而去之。《吴越春秋》：越王得山中女子，鬻薪浣紗，爲世絶色。姓施，名夷光，居羅苧[四五]山若耶溪之西，故曰西子。注：

溪旁有東施家、西施家。

（五四）雕虫，見《璿璣賦》。韓詩：《爾雅》注虫魚。

（五五）《談苑》：李商隱爲文，多檢閱書册，左右鱗次，號獺祭魚。

（五六）《唐書》：令狐綯嘗以舊事訪温庭筠，答曰：「事出《南華經》，非僻書也。願相公燮理之，暇時一覽古。」綯怒，奏庭筠有才無行。筠有詩曰：「因知此恨人多積，悔讀《南華》第二篇。」注：莊子號南華真人。二篇，《齊物論》也。按温又有「孤負《南華》第二篇」之句。《世説》：蔡謨渡江，見彭蜞似蟹，烹之。既食，吐下，方知非蟹。後謝仁祖曰：「卿讀《爾雅》不熟。」

（五七）《庾信本傳》：信小字蘭成，所著多碑銘文。《魏紀》：人問禰正平：「荀令君、趙蕩寇足蓋當世乎？」禰曰：「文若可借面吊喪，稚長可監厨請客。」意以荀但有貌，趙健啖肉也。注：趙爲蕩寇將軍。

（五八）醴陵，見《看奕賦》。離别，詳《無忝序》。《渚宫故事》：晉羅友家貧，乞禄桓温，許而不用。同府人有得郡者，温爲坐序别。友亦被命，至尤遲。温問之，答曰：「臣出門，于中路見鬼揶揄云：『我只見汝送人上郡，何不見人送汝上郡？』」友始怖終慚，因遲至。」温笑其滑稽，以爲襄陽太守。

（五九）六詩，詳《天篆序》。《梁書》：元帝爲湘東王，嘗記録筆有三品：忠孝全者，用金管書之；德行純粹者，用銀管書之；文章贍麗者，用斑竹管書之。

（六〇）《唐書》：玄宗書分四部，甲、乙、丙、丁爲次。四庫，其本有副有正。《莊子・天下篇》：惠施[四六]多方，其書五車。

（六一）詳《素伯序》。

（六二）《隋書》：李諤上書曰：「魏之二祖，忽人君之大道，好雕虫之小技。連篇累牘，不出月露之形；積案盈箱，盡是風雲之狀。」

（六三）詳《藝圃序》。

（六四）見《璿璣賦》。

（六五）《華陽國志》：巴郡江西縣有清水穴，巴人以此水爲粉，皓曜鮮芳。《蜀志》：濯錦江，以水濯錦倍艷。按鄖陽房縣亦有粉水，源出房山，曰房陵粉水。蕭何夫人于此漬粉。

（六六）見《尺牘序》。

（六七）詳《徵文啓》[四七]。

（六八）《國策》：蘇秦簡煉，以爲揣摩。

（六九）《左傳》：韓宣子有玉環，其一在鄭。商宣子謂子産曰：「起請夫環。」注：同工共璞，自共爲雙也。《北史》：赫連勃勃造有龍雀大環。

（七〇）《張華傳》：華見豐城有紫氣，因補雷煥爲豐城令。煥掘獄基，得石函，有寶劍，一題曰龍泉，一題曰太阿。送一與張華，華曰：「此干將也，莫邪可復至否？」漢王褒頌：巧冶鑄干將之樸。水斷蛟龍，陸專犀象。《胡非子》：負長劍，赴榛薄，析兕豹。赴深淵，斷蛟龍。

（七一）詳《天篆序》。按錢思公有《珊瑚筆格》。《北史·文[四八]苑傳序》：徐陵、庾信，分路揚鑣。

（七二）《玉臺新詠序》：琉璃硯匣，終日随身。翡翠筆床，無時離手。《唐詩話》：温庭筠工爲辭章，與李商隱齊名，世號温李。

（七三）鍾嶸《詩品》：陸文如海，潘藻如江。謂陸機、潘岳也。陰鏗字子堅，善五言詩，爲梁湘東法曹參軍。何遜字仲言，爲梁揚州法曹水部員外郎。與陰鏗俱以能詩名世，號陰何。杜詩：試學陰何苦用心。

（七四）杜詩：流傳江鮑體。謂江淹、鮑照也。

（七五）《北齊書》：温子昇、邢邵與魏收稱北朝三才。競爽，詳《掌亭誄》[四九]。

（七六）《唐新書[五〇]》：元稹詩與白居易名相埒，天下傳諷，號元和體，往往播樂府。

（七七）《詞集》：周邦彦字美成，其詞撫寫物態，曲盡其妙，有《清真集》二卷、《後集》一卷。

（七八）《兩都賦序》：雍容揄揚。

（七九）《世説》：魏收録其文集，遺徐陵，令傳江左。徐悉沉于江，云：「吾爲魏公藏拙。」

（八〇）《莊子·秋水篇》：惠子曰：「子非魚，安知魚之樂？」莊子曰：「子非我，安知我不知魚之樂？」「既已知吾知之而問我。我知之濠上也。」曹植《與楊修書》：其言之不慚，恃惠子之知

秦少游，高郵人，豪俊慷慨，溢于文辭。按周必大字子充，亦著樂府詩。

我。《詩》：報之以瓊瑶。

【校記】

［一］「成」，原作「城」，據諸本改。

［二］「通」，蔣刻本作「道」。

［三］「全」，蔣刻本、患立堂本、浩然堂本并作「前」。

［四］此句下，患立堂本、浩然堂本并有小注：「梅村贈吴興詩，有『客比亂山多』之句。」

［五］「慷」，患立堂本、浩然堂本并作「忼」。

［六］「鍾」，患立堂本作「鐘」。

［七］「綺羅」，患立堂本、浩然堂本、亦園本并作「羅綺」。

［八］「國」，蔣刻本作「向」，患立堂本、浩然堂本并作「内」。

［九］「紇庫干」，浩然堂本作「庫狄干」。

［一〇］「初」，蔣刻本、患立堂本、浩然堂本并作「粗」。

［一一］「此」，患立堂本、浩然堂本并作「兹」。

［一二］「暨諸」，蔣刻本作「暨百」，患立堂本、浩然堂本并作「概百」。

［一三］「氏」，患立堂本、浩然堂本并作「代」。

［一四］「屨」，患立堂本、浩然堂本、四庫本并作「屢」。

［一五］「其山産茶，唐時入貢，故名」十字，四庫本脱。

［一六］「宜」，亦園本、四庫本、文瑞樓本并作「吴」。

［一七］「與溧陽、金壇接界」七字，四庫本脱。

［一八］「光武時」三字，四庫本脱。

［一九］「人」字，四庫本脱。

［二〇］「故」字，四庫本脱。

［二一］「一」字，四庫本脱。

［二二］「允」，文瑞樓本作「備」。

［二三］「魏書」條注，四庫本脱。

［二四］「史記注」條注，四庫本脱。

［二五］「以」字，四庫本脱。

［二六］「于」字，四庫本脱。

［二七］「底」，文瑞樓本作「西」。

［二八］「曄」，亦園本、文瑞樓本并作「燁」。

［二九］「城北五十里」五字，四庫本脱。

［三〇］「惲」，文瑞樓本誤作「渾」。

[三一]「補注」，亦園本、四庫本、文瑞樓本并作「湖州城南」。

[三二]「寔」，亦園本、四庫本、文瑞樓本并作「實」。

[三三]「苟」字，四庫本脱。

[三四]此條注中二「乘」字，四庫本皆作「盛」。

[三五]即卷十五《儲太翁九十徵詩啓》。

[三六]「過」，亦園本、文瑞樓本并作「見」。

[三七]「承」，文瑞樓本誤作「永」。

[三八]即卷十六《徵松陵潘母六十壽言啓》。

[三九]「薰」，文瑞樓本作「熏」。

[四〇]即卷八《魏禹平詩序》。

[四一]「耿湋」，原作「耿諱偕」，據《唐才子傳》卷四改。四庫本作「耿湋偕」，亦園本、文瑞樓本并作「耿偉偕」，皆誤。

[四二]「青」，原作「有」，據亦園本、四庫本、文瑞樓本改。

[四三][四四]「紬」，原作「細」，據亦園本、四庫本、文瑞樓本改。

[四五]「羅苧」，四庫本作「苧羅」。

[四六]「惠施」，原作「施惠」，徑乙。

[四七] 即卷十七《徵刻今文選今文鈔啓》。按此篇名亦有省作「《文鈔啓》」。

[四八] 「文」，原作「史」，據四庫本、文瑞樓本改。

[四九] 即卷十九《嘉定侯掌亭先生誄》。

[五〇] 「唐新書」，當爲「新唐書」。

陸懸圃文集序

將使江蕭染翰（一），弁龍門紀事之文（二）；潘左操觚（三），序鹿洞談經之作（四）。則筵前授簡（五），請以屬之他人；座上揮毫，願以俟夫君子。何則燕函越[一]鎛，逓有專家；北轍南轅，要難并詣（六）。一疎一密，既意隔[二]而靡宣；或質[三]或文，復情暌而罕儷。然而諸家立説，趣本同歸；百氏修辭，理惟一致。倘毫枯而腕劣，則散行徒增闒茸[四]之譏；苟骨騰而肉飛，則麗[五]體詎乏驚[六]奇之譽（七）。原非涇渭（八），詎類玄黃（九）。

先生姓陸氏，名廷掄，字懸圃，楊之興化人也。淮海逸民，天山遁客（一〇）。周燮[七]之結廬岡畔，髫鬌知廉（一一）；王丹之載酒田間，鄉閭致敬（一二）。尤耽墳籍（一三），雅嗜緗緗（一四）。高文通庭中雒誦，雖漂麥以奚傷（一五）；朱翁子道上嘔[八]吟，縱負薪而自若（一六）。博聞强記（一七），説經傳岳岳之名（一八）；起例發凡（一九），譚史得觥觥之號（二〇）。然而夙嬰板蕩，早會仳離（二一）。炎精乍燼，普天興銅馬之妖（二二）；姬籙將遷（二三），出地兆蒼鵝之釁（二四）。先生則土室繩床（二五），何知蛇門（二六）？楮冠葛屨，不驗狐祥（二七）。推其芒角，甘埋照以終年（二八）；息彼機樞，擬達生而用老（二九）。

既而興朝當璧，誼辟承乾（三〇）。六千來伯越之人，八百有歸周之國（三一），而君也敢離隱豹，竊比伏鸞（三二）。江流涪萬（三三），錦固［九］屢濯而逾鮮（三四）；火熠昆岡，玉以遭焚而倍潔（三五）。不改衡茅之業，依然山澤之游。於是縱横六藝，樂逾南面之榮（三六）；貫串諸家，氣歷萬夫而上（三七）。兔園半册，篆竹素以蟫紅（三八）；馬磨三間，翳蓬蒿而藟紫（三九）。左太冲作賦，筆札堆籓溷之間（四〇）；張壯武屬文，史籍載車箱之内（四一）。郝隆書在，腹經曬後以偏多（四二）；揚子經成，瓿縱覆焉而不盡（四三）。芸籤壓架（四四），知爲曹氏之倉（四五）；玉軸連雲（四六），識是杜家之庫（四七）。爾其枯杉怪石，貌以醜而能奇；瘦竹蒼藤，勢以危而得秀。么弦急拍，峽中無不叫之猿（四八）；獨澗停時，尚作潺湲之想（五一）。鷹雖就鏇以鵲（四九）。两山東處，不忘拿攫之心（五〇）；落木荒江，樹上有長飛之思飛（五二），虎至攀牢而必怒（五三）。郭翁伯形容眇小［一〇］，居然閭里之雄（五四）；嵇叔夜狀貌傀俄，信是仙靈之器（五五）。更有粘天蕩日，洋洋辨道之篇；裂石崩沙，杰杰哀時之論（五六）。發皇萬態（五七），風雷踸踔於行間（五八）；籠罩千秋，衮鉞砰�[一一]于字裏（五九）。龍馬抉三才之奥，緑水浮來（六〇）；龜蛇蟠八陣之圖，丹弧射下（六一）。手柔弓燥（六二），據鞍爲敕勒之歌（六三）；腦滿腸肥，斫陣作《普梨[一二]》之曲（六四）。幟張垓下，楚漢之卒皆驚（六五）；劍出室中，晉鄭之頭畢白（六六）。洵哉墨海之洪濤，展矣文峰之巨岳矣（六七）。

慨斯世之高文，有寧都之魏叔（六八）。偎因品隲之次，沿及鄙人；獨於駢偶之家，謬推蕪製。君也書淫（六九），亦爲痂嗜（七〇）。昔者吴陵握手（七一），殊感豫州知我之言（七二）；兹焉燕市郵書，頻叨敬禮定文之托（七三）。成言已久，食之慮涉於肥（七四）；宿諾難逋，頭也懼來其責（七五）。因其諈諉（七六），用以揄揚（七七）。敢曰韓非之附老子，傳還私幸其同（七八）；亦云江神之見秦王[一三]，貌則自嫌其寢云爾（七九）。

【箋注】

（一）見《園次序》注。

（二）《史記·序》：司馬遷，太史談之子，生于龍門，故稱龍門之史。

（三）潘左，見《滕王賦》。《文賦》：操觚染翰。注：觚，木之方者，古人用以書，猶今之簡。

（四）《輿志》：白鹿洞，在五老峰下，唐李勃與兄涉隱此洞中。嘗養一白鹿，故名。宋朱晦庵講學于此。

（五）見《璿璣賦》。

（六）見《尺牘序》。

（七）補注。

（八）潘岳《西征賦》：北有清渭濁涇。《西京賦》：帶以洪河、涇、渭之川。《史記》：涇水一石，其泥數斗。注：涇濁渭清也。俱在長安北。

（九）《易》。

（一〇）《書》：淮海惟揚州。《易》：天下有山，遁。

（一一）《汝南先賢傳》：後漢周燮，汝南人。始在髫鬌，知廉讓。陳蕃薦其學行深純，以羔幣聘之，不赴。有先人草廬結于岡畔，下有陂田。嘗奮力以自給，非身所耕種，不食。《內則》：子三月，擇日剪髮爲鬌。注：鬌也。男角女羈[一四]。

（一二）《後漢書》：王丹于哀、平時仕州郡，後隱居。王莽連徵不起。每歲農[一五]時，嘗載酒殽詣田間，以勞勤者，而勵其惰者。

（一三）詳《天篆序》注。

（一四）見《園次序》。

（一五）《漢書》：高鳳字文通，少耽學，家以農爲業。妻嘗之田，曝麥于庭，令鳳護鷄。時天暴雨，鳳持竿誦經，麥爲潦水所漂。妻還，怪問，鳳乃省。雒誦，詳《三芝序》注。

（一六）《朱買臣傳》：買臣字翁子，家貧，賣薪自給，行歌誦書。束晰《讀書賦》：買臣行吟而負薪。

（一七）《禮》。

（一八）見《祖德賦》。

（一九）杜預《左傳序》：經之條貫，必出于傳。傳之義例，總歸于凡。其發凡以立例，皆經國之常制。

（二〇）見《祖德賦》。

（二一）《詩》。

（二二）《漢書》：漢以火德旺。杜甫《太廟賦》：赤精衰歇。《後漢書》：銅馬賊亂關西，光武帝討平之。《存心録》：紹興年，成都郫縣出銅馬，高三尺。中宵風雨，忽聞嘶聲。附注。

（二三）詳《素伯序》注。

（二四）《五行志》：晉永嘉中，洛陽步廣里地陷，有蒼、白二色鵝出，蒼者飛去，白者不能飛。陳留董養歎曰：「步廣周之翟泉，會盟地。今二鵝，蒼者胡象，白者國家象也。」後劉曜、石勒相繼爲亂。

（二二五）詳《孝威序》。

（二二六）《左傳》：初，内蛇與外蛇鬥于鄭南門中，内蛇死。六年，而鄭厲公入。

（二二七）《家語》：原憲楮冠藜杖而應門。《詩》：葛屨五兩。《吕氏春秋》：禹年三十而未娶，行塗山，有白狐九尾造禹。塗山人歌曰：「綏綏白狐，九尾龐龐。成子家室，乃都攸昌。」遂娶之。《山海經圖》：《九尾狐贊》曰：「青丘奇獸，九尾之狐。有道翔見，出則銜書。作瑞周文，以標靈符。」

（二二八）《天官占》：太白，白帝之子，徑一百里，角摇則兵起。《史記》注[一六]：角，芒角也。

李賀詩：金星壓芒角。[一七]埋照，補注。[一八]

（二二九）《莊子·天地篇》：漢陰丈人曰：「有機械者必有機事，有機事者必有機心。」《六書故》：直爲橦，衡爲杠。詳《貞女序》。《莊子》有《達生篇》。

（二三〇）《左傳》：楚共王無冢適。曰：「當璧而拜者，神所立也。」乃密埋璧[一九]于庭，使五人入拜。康王跨之，靈王肘加焉，子干、子晰皆遠之。平王弱，抱而入，再拜，皆壓紐。[二〇]

（二三一）《國語》：越王中分其師，以爲左、右軍，以其私卒君子六千人爲中軍。《越世家》：勾踐發習流二千、教士四萬人、君子六千人、諸御千人伐吴。《周書》：不期而會孟津者八百國。

（二三二）劉向《列女傳》：陶答子治陶三年，家富三倍。其妻泣曰：「妾聞南山有玄豹，隱霧雨七日不下食，欲以澤其衣毛。至于犬豕，不擇食故肥。而見取，今能無禍乎？」《世説》：世目鄧士載爲伏鸞，陸士龍爲隱鵠。賈誼賦：鸞鳳伏竄兮，鴟翱翔[二二]。

（三三）杜詩：衆江會涪萬。注：涪、萬，峽中二郡名。涪江在梓州。

（三四）見《園次序》。

（三五）《書》：火炎昆岡，玉石俱焚。

（三六）《世説》：李謐字永和，弃産營書。每歎曰：「丈夫擁書萬卷，何假南面百城？」

（三七）《六韜》：太公曰：「屈一人之下，伸萬人之上。」

（三八）《劉岳傳》：馮道入朝，任贊、劉岳在後。道數反顧，贊問道：「顧何爲？」岳曰：「遺下《兔園册》耳。」按《漢書》，孝王卒，其兔園置宫，籍租稅供祀。其簿籍皆俚語，故田夫牧子所誦曰《兔園册》。譏詞也，此借用。《風俗通》：劉向爲成帝校書，皆先書竹，改易刊定，可繕寫者以上素。張景陽詩：游思竹素園。《廣雅》：蟫，一名蚋，俗呼蠹魚。

（三九）《蜀志》：許靖少與從弟邵俱知名，而情不協。邵與郡功曹，排擯靖不得齒序，以馬磨自給。《書斷》：索靖草書絶代，名銀鈎蠆尾。

（四〇）見《憺園賦》。

（四一）《晉書》：張華字茂先，博物洽聞，書三十乘，位司空，封壯武郡公。

（四二）《晉書》：郝隆字仕治。七夕日，人皆曬衣物，隆卧庭中。人問之，曰：「曬吾腹中書耳。」

（四三）《揚雄傳》：雄著《太玄》。劉歆曰：「恐后人用覆醬瓿也。」

（四四）詳《三芝序》及《澹庵序》[一二二]。

（四五）《拾遺記》：曹曾于光武時，從歐陽歙受《尚書》，積石爲倉以藏書，號曹氏書倉。

（四六）詳《三芝序》。

（四七）《晉·杜預傳》：預字元愷，多聞博學，朝野號曰杜武庫，言無所不有也。

（四八）《通俗文》：不長曰么。又小也。陸機《文賦》：猶弦么而徽急，故雖和而不悲。晉樂府：巴東三峽巫峽長，猿鳴悲，夜鳴三聲，淚沾衣裳。[一二三]

（四九）魏武《短歌行》：月明星稀，烏鵲南飛。繞樹三匝，無枝可栖。

（五〇）見《憺園賦》。

（五一）屈原《九歌》：觀流水兮潺湲。

（五二）《北史》：符秦權翼曰：譬如絛鷹，聞風飆起，常有淩[一二四]霄之志。杜甫《題畫鷹》詩：條鏇光堪摘。注：鏇，圓轆轤也。

（五三）補注。

（五四）《史記》：漢郭解字翁伯，爲人短小精悍。始以游俠睚眥殺人，後折節改行，救人之命，不矜其功。

（五五）《晉·嵇康傳》：康丰姿俊逸，醒若孤松獨立，醉若玉山將頽。導氣養性，著《養生篇》。

（五六）補注。

（五七）補注。

（五八）《書法要録》：謝靈運書，猶飛湍激矢，電流雷震。踸踔，見《園次序》。

（五九）《穀梁傳序》：一字之襃，榮于華衮之贈；一字之貶，嚴于斧鉞之誅。相如《上林賦》：砰磅訇磕。注：石聲。

（六〇）見《璿璣賦》。

（六一）詳《觀槿序》[二五]。《諸葛亮傳》：亮推演兵法，作《八陣圖》。天地風雲，飛龍翔鳳，虎翼蛇蟠也。庾信《賀婁慈碑》：兵書七卷，河水浮來；戰法三篇，天弧射下。

（六二）詳《藝圃序》。

（六三）《詩紀》：北齊無名氏作《敕勒歌》，有曰：「敕勒川，陰山下，天似穹廬盖四野。」《樂府廣題》：北齊神武攻周王璧。恚憤疾發，引諸貴，使斛律金唱《敕勒》。注：其歌本鮮卑語，易爲齊言。一作無名氏。

（六四）《北史》：斛律光曰：琅琊年少，腸肥腦滿。《山谷書跋》：米元章書，如快劍斫陣。《樂苑》：西番[二六]之樂名普黎。普，一音玻。黎，一云璃。北魏時，《横吹》又曰《雍離》。

（六五）《漢紀》：韓信出奇兵，馳入趙壁，皆拔趙旗，立漢赤幟。趙軍驚亂遁走。《史記》：項王軍壁[二七]垓下，漢軍圍之數重。夜聞漢軍四面皆楚歌，項王乃大驚。

（六六）《越絶書》：楚王令風胡子之吴，見越歐冶子、吴干將，使二人爲鐵劍，名泰阿。晉鄭求之，興師圍楚。王于是引泰阿之劍，登城而麾之。三軍破敗，士卒迷惑，流血千里，江水揚折，晉鄭之頭畢白。

（六七）《文房四譜》：黄帝得玉一紐，治爲墨海，其上篆文曰：「帝鴻氏之硯。」後漢李尤《墨硯銘》：書契既造，墨硯乃陳。文峰，補注[二八]。

（六八）原注：魏禧字冰[二九]叔，江西寧都人。

（六九）見《憺園賦》。

（七〇）《南史》：劉邕愛食瘡痂，以爲味似鰒魚。

（七一）《揚州志》：泰州，漢海陵，唐吴陵。

（七二）補注。

（七三）曹植《與楊修書》：昔丁敬禮嘗作小文，使僕潤飾之。敬禮謂僕曰：「後世誰相知，定吾文者耶？」

（七四）《離騷》：初既與余成言兮。《左傳》：哀公晏于五梧，孟武伯爲祝[三〇]，惡僕人郭重之貌，曰：「何肥也！」公曰：「是食言多矣，能無肥乎？」注：借此以激三桓之食言也。

（七五）《張敏集》：敏友秦子羽，雖有姊夫之尊，少而狎焉。有温顒、荀寓、張華、劉許、鄒湛、鄭詡，繼踵登朝，而此賢身處陋巷，爲之慨然。又怪諸賢違王貢彈冠之義，故因秦生容貌之盛，爲

《頭責子羽》之文以戲之，并以嘲六子焉。其略曰：「吾托子爲頭，萬有餘日矣。」《禮》：與其有諸責也，寧有已怨？

（七六）《爾雅》郭注：以言相屬曰諈諉。

（七七）見《園次序[三二]》。

（七八）《南史》：王儉與王敬則同拜三公，徐孝嗣嘲之曰：「今日可謂連璧。」儉曰：「不意老子遂與韓非同傳。」按《史記》，老、莊、申、韓同列傳，故儉以老子自喻。

（七九）《神異録》：秦皇于海中作石橋，乃敬通于海神，求與相見。神曰：「我形醜約，莫圖我形。」始皇乃從石橋入三十里，與神相見。按寢，醜也。

【校記】

[一]「越」，蔣刻本、患立堂本、浩然堂本并作「粤」。

[二]「隔」，蔣刻本、患立堂本、浩然堂本并作「滿」。

[三]「質」，蔣刻本作「盾」。

[四]「茸」，蔣刻本、患立堂本、浩然堂本并作「冗」。

[五]「麗」，蔣刻本、患立堂本、浩然堂本并作「儷」。

[六]「鶩」，患立堂本、浩然堂本并作「經」。

[七]「燮」，蔣刻本作「奕」。

［八］「嘔」，患立堂本、浩然堂本、四庫本并作「謳」。

［九］「固」，患立堂本、浩然堂本、亦園本、文瑞樓本并作「因」。

［一〇］「小」，蔣刻本作「少」。

［一一］「碯」，患立堂本、浩然堂本并作「鍮」。

［一二］「梨」，患立堂本、浩然堂本并作「黎」。

［一三］「王」，患立堂本、浩然堂本并作「皇」。

［一四］「羈」，亦園本、文瑞樓本作「笄」。

［一五］「農」，文瑞樓本作「帝」。

［一六］「注」，文瑞樓本誤作「共」。

［一七］「李賀」，當爲「李商隱」。按此句詩出自李商隱《謝往桂林至彤庭竊詠》。又此條注，亦園本、四庫本、文瑞樓本并脱。

［一八］「埋照，補注」，此條注，亦園本、四庫本、文瑞樓本并作：「顔延之詩：沉沉似埋照。注：照，光也。」又亦園本、四庫本，「沉沉」并作「沉醉」。

［一九］「璧」，文瑞樓本作「葬」。

［二〇］此條注，四庫本省作：「《左傳》：埋璧于庭，使五人入拜。平王弱，抱而入，再拜，皆壓紐。」

［二一］「翶翔」，文瑞樓本誤作「翔翔」。

[二二二]即卷六《莊澹庵先生長安春詞序》。

[二二三]「晉樂府」條，亦園本、文瑞樓本并作：「晉樂府《女兒子歌》：巴東三峽猿鳴悲，夜鳴三聲淚沾衣。」

[二二四]「凌」，文瑞樓本作「靈」。

[二二五]即卷十《觀槿堂詞集序》。

[二二六]「西番」，文瑞樓本誤作「酉再」。

[二二七]「壁」，文瑞樓本作「於」。

[二二八]「補注」，文瑞樓本誤作「袖記」。

[二二九]「冰」，原作「永」，據四庫本改。

[二三〇]「爲祝」，文瑞樓本誤作「爲爲神」。

[二三一]「序」，四庫本誤作「賦」。

方素伯集序[一]

粵自結繩而降，漸啓文明；書契以還，代傳謨誥[一]。孤桐浮磬，律既审於后夔[二]；黄竹白雲，韻復厘於穆滿[三]。卯金當璧，并熾才華[四]；典午膺圖，彌耽風藻（五）。大同天監，益去兩京之遺（六）；元和景龍，猶仍六季之習（七）。凡兹鉛槧（八），悉稔吟謡。不預斯流，何名才子？譬之枇杷盧橘，無非上苑所充（九）；霧縠冰紈，皆是後宫所御（一〇）。高陽殿内（一一），小侯之玳瑁千重（一二）；金谷園中，都尉之珊瑚十丈（一三）。作昭明之學士，尚有高齋（一四）；入記室之詩評，已多上品（一五）。東南孔雀，句裏皆金（一六）；西北浮雲，行間盡玉（一七）。

皖桐方素伯者，金龜壓紐，代有要人（一八）。黄雀投環[二]，世留陰德（一九）。陸士衡之祖父，累躋[三]台司（二〇）；劉孝綽之高曾，夙登鼎鉉（二一）。若乃少即清通，幼而岐嶷（二二）。徐孝穆綺才第一，晴訝其青（二三）；王威明妙譽無雙，胞傳其紫（二四）。童年揖客，解對楊梅（二五）；暇日揮毫，能題芍藥（二六）。命不由人，生逢多難（二七）。楊家德祖（二八），庾氏子山（二九），一則丁炎祚之將傾（三〇），一則值蕭家之既殄（三一）。關東蛾賊，白馬如風（三二）；河北鴉兒，青袍似草（三三）。辰傾岳圮，宋微子有《麥秀》之歌（三四）；國破家亡，周大夫有《黍離》之歎（三五）。時則尊府君密之先生，義激兵欄[四]，忠騰甲庫（三六）。攀車痛哭，誼切王琨（三七）；撫狄沾襟[五]，情均索靖（三八）。無何晉宗馬渡，不用王導之言（三九）；齊埭鷄鳴，惟任褚淵之輩（四〇）。先生既間關宵遁，素北[六]亦襁褓南奔(四一)。

亡命蠻邦(四二)，避仇嶺表(四三)。猿啼灘水，夜夜迴腸(四四)；雁阻衡陽，朝朝掩涕(四五)。魏安厘之母弟，質邯鄲而不歸(四六)；庾肩吾之愛子，望江東而難返(四七)。地名海角，人是客兒(四八)。時則素北[七]雖質亞生知，而年猶未學(四九)。迨乎王琳失路，事去南梁(五〇)；鄧艾縋兵，運移西蜀(五一)。廬江何胤[八]，遂返鄉園(五二)；吴興沈炯，言旋京國(五三)。年當毁齒，雅肴饌乎百家(五四)；時甫勝衣，已笙簧乎六籍(五五)。《齊諧》、《諾皋》之志，無不流連(五六)；《馬蹄》、《秋水》之篇，咸歸披覽(五七)。珠生合浦，便多結緑之名(五八)；劍出豐城，還擅干將之號(五九)。張正見冠世才情，五言尤[九]善(六〇)；左太冲軼群筆札，三賦猶[一〇]工(六一)。何殊翡翠之床(六二)，不異硨磲之碗(六三)。然而情深君父，齋種白楊(六四)；身歷興衰，曲多紅豆(六五)。蕭大圜書牘，頗聞辛惋居多(六六)；劉越石詩章，惟以悲凉爲主(六七)。况復文武道衰，衣冠數盡[一一](六八)。徐陵既老，誰説華宗(六九)？李廣不封，疇憐故將(七〇)。十齡公子，賣袖裏之明[一二]珠(七一)；七世王孫，露腰間之寶玦(七二)。借來秘本，悉皆市上之書(七三)；鑿得微光，不過鄰家之火(七四)。於是反袂以歌，臨文而歎(七五)。陳思王之上表，臣獨何人(七六)；陶泉明之自祭，將爲異物（七七）。吴歌魯酒，詎足忘憂（七八）；漢艷楚騷，差堪破涕（七九）。僕與諸方，交惟两世。誦謝家之妙製，尤喜阿連（八〇）；逢何氏之佳兒，絶憐第五（八一）。用爲兹序，聊申膠漆之歡（八二）；略寄斯懷，豈待鱗鴻之請（八三）！（八四）

【箋注】

（一）見《園次序》。

（二）《禹貢》：嶧陽孤桐，泗濱浮磬。《虞書》：夔命汝典樂，聲依永，律和聲。

（三）《穆天子傳》：天子游黄臺之丘，獵平澤。北風雨雪，有凍人，天子作《黄竹詩》三章以哀之。又天子觴西王母于瑶池之上，西王母爲《白雲謡》，曰：「白雲在天，山際自出。」

（四）《金樓子》：孔子夢豐沛市有赤飆起，呼顔回、子夏往觀之。見赤蛇化爲黄金，上有文曰「卯金刀」。後高祖起豐沛云。當璧，見《懸圃序》。

（五）《蜀志》：譙周常書版[一三]示文王曰：「典午忽兮。」典午者，謂司馬也。注：讔語也。

（六）《梁書》：武帝改元大同十一年。《齊書》：和帝寶融改天監元年。

（七）《唐紀》：中宗改元景龍四年，憲宗改元元和十五年。

張衡《東京賦》：膺籙受圖。

（八）見《尺牘序》。

（九）相如《上林賦》：于是乎盧橘夏熟。又：枇杷橪柹。唐子西《山園記》：枇杷盧橘一也。

（一〇）范曄《宦者傳論》：冰紈霧縠之積，盈牣珍藏。《漢書》：齊地織作冰紈。注：紈，細密如堅冰也。霧縠，見《園次序》。

（一一）補注。

（一二）詳《琅霞序》。

（一三）見《憺園賦》。

（一四）《梁書》：蕭統字德施，小字維摩，武帝太子也。注《文選》三十卷，又注陶詩，開麟趾殿，招集四方文士。時劉孝綽與陳郡殷芸、吴郡陸倕、琅琊王筠、彭城劉洽等同見賓禮[一四]，因[一五]起樂賢堂。統年三十一卒，謚昭明。高齋，見《尺牘序》。按揚州及襄陽俱有文選樓。

（一五）《梁書》：鍾嶸作《詩品》，分上、中、下位，終諸王記室。《唐書》：中和中，李途爲東州掌記。采摭故事，爲偶儷之句，分四百門，名《記室新書》。附注。

（一六）樂府《古辭》：孔雀東南飛，五里一徘徊。序云：漢末建安中，廬江小吏焦仲卿妻劉氏，爲仲卿母所遣，乃自誓不嫁，没[一六]水而死，仲卿亦自縊。時人傷之，作《仲卿妻詩》。按此其首二句也。

（一七）魏文帝《雜詩》：西北有浮雲，亭亭如車蓋。惜哉時不遇，適與飄風會。《文苑》：梁簡文帝《答新渝侯和詩書》云：「風雲吐于行間，珠玉生于字裏。」

（一八）《金稽録》：晉孔愉字敬康，見人籠龜，買而放之中流。龜左顧數四。及愉封侯，鑄金印，龜左顧者三。印工以告，愉悟而佩之。壓紐，見《懸圃序》注。《漢書》：黄金印，龜紐，文曰章。又云：漢二千石以上銀印，龜紐，文曰章。二千石以下銅印，龜紐，文曰印。

（一九）《續齊諧記》：漢弘農楊寶性慈愛，九歲至華陰山，見一雀爲鴞所搏墜地，螻蟻攢之。寶懷歸，置巾笥中，餌以黄花。百餘日，雀愈。朝去暮來，忽一夕變爲黄衣童子，以白玉環四枚與寶，曰：「令君子孫潔白，位登三公，當如此環。」後寶生震，震生秉，秉生賜，賜生彪，四世三公云。

（二〇）《陸遜傳》：吴主權拜遜偏將軍，以功封華亭侯。又拜輔國大將軍，後假黄鉞爲大都督。後拜相。次子抗襲封。抗六子，一子士衡，名機。《世説》：盧志于衆坐問士衡：「陸遜、陸抗是君何物？」答曰：「如卿于盧毓、盧珽。」因謂弟士龍曰：「我父祖[一七]名播海内，寧有不知？鬼子敢爾。」

（二一）《梁書》：劉孝綽字孝綽，彭城人，本名冉，仕梁。祖勔，宋司空忠昭公。父繪，齊從事中郎。并詳《三芝序》。《易》：鼎黄耳，玉鉉。

（二二）《詩》。

（二三）《陳書》：徐陵字孝穆，少即工文辭，又于釋經多所精解。目有青睛，時人以爲聰惠之相也。

（二四）《南齊書》：王敬則母爲女巫，生敬則，而胞衣紫色，謂人曰：「此兒有鼓角相。」按王規字威明，誤用。

（二五）郭子曰：楊彪子修字德祖。九歲時，孔君平詣父，父不在，乃呼修出。設果，有楊梅，孔戲曰：「此實君家果。」答曰：「未聞孔雀是夫子家禽。」按孔君平，一作文舉。

（二六）《王筠傳》：筠字元禮，年十六爲《芍藥賦》，甚美。

（二七）《詩》。

（二八）詳篇上[一八]。

（二九）見《滕王賦》。

（三〇）謂德祖。

（三一）謂子山。

（三二）《後漢書》：黄巾賊，亦名蛾賊。注：音同蟻，喻賊衆也。

（三三）《唐書》：黄巢陷京師。陳敬瑄遣黄頭軍部將李鋋、鞏成以兵萬五千，數敗巢。賊號蜀兵爲鵶兒，每戰輒戒曰：「毋與鵶兒鬥。」《五代史》：李克用將兵河北，賊憚之曰：「鵶軍至矣。」注：軍皆黑衣也。庾信賦：青袍如草，白馬如烟[一九]。并詳《鴻客序》。

（三四）庾信《哀江南賦》：山岳崩頹。《史記》：箕子朝周，過故殷墟，作《麥秀》之詩以歌之，其[二〇]略曰：「麥秀漸漸，禾黍油油。」《尚書大傳》云微子所作。

（三五）《詩集傳[二一]》：周既東遷，大夫行役，過故宗廟，宫室盡爲禾黍，而作是詩。

（三六）《項羽本紀》注：《索隱》曰：按天子門有兵欄，曰司馬門也。《考工記》：犀甲七屬，合甲五屬。注：甲庫所藏也。庾信《吴明徹銘》：更入兵欄，還輸甲庫。

（三七）《南齊·列傳》：王琨于宋永初中，武帝以其娶桓修女，除郎中駙馬都尉，歷仕進光禄大夫。元徽中，宋主下詔，遜位于齊。琨攀車慟哭，百官雨泣。後褚淵奉璽勸進。

（三八）《西京賦》：列坐金狄。注：金人也，亦稱銅狄。《晉書》：索靖字幼安，惠帝賜爵關内侯。洛陽將亂，靖指宫門銅駝而歎。并見《半繭賦》。

（三九）《晉書》：元帝與宗室五人渡江，惟帝得尊位。初，童謡云：「五馬浮渡江，一馬化爲龍。」《王導傳》：導渡江，見周顗諸人流涕，因變色曰：「當共戮力王室，克復神州。」張南軒曰：元帝「無慷慨謀國之誠」。言不能北伐也。

（四〇）《齊史》：武帝數幸琅琊城，常[二二]早發，至湖埭，鷄鳴，因號鷄鳴埭。注：與碌同。《南齊書》：褚淵字彦回，仕宋，受明帝顧托。及廢蒼梧王，淵曰：「非蕭公無以了此。」後求爲齊官，齊高帝曰：「吾有愧文叔，知公爲朱祐久矣。」

（四一）《淮南子》：成王幼在襁褓之中。《博物志》：襁，織縷爲之，約小兒于背上。韋昭《漢書注》：褓，若今時小兒腹衣。

（四二）《史記》：張耳嘗亡命游外黄。注：命，名也。

（四三）班固《通幽[二三]賦》：管彎弧欲避仇。注：管子射桓公，中鈎。

（四四）猿啼，見《懸圃序》，并詳《無忝序》。灕水，詳《李母啓》[二四]。史遷《報任安書》：腸一日而九迴。

（四五）《衡州志》：府城南有回雁峰。雁至衡陽則不過，遇春而回。或曰峰勢如雁之回，故名。《離騷》：攬蕙以掩涕兮。《别賦》：巡層楹而空掩。注：掩涕也。何遜詩：掩涕閉金屏。

（四六）《史記》：魏公子無忌，魏昭王少子，而魏安厘王異母弟[二五]也。魏王怒公子盜兵符，矯殺晉鄙，公子亦自知也。使將將其軍歸魏，而公子與客留趙。

（四七）《庾信傳》：信父肩吾，新野人，隱居天台。信後入仕北朝，雖位望通顯，嘗有鄉關之思。乃作《哀江南賦》，有云：「少微真士，天台逸民。」并見《滕王賦》。

（四八）《晉書》：謝靈運小字客兒。

（四九）任彦昇《竟陵王行狀》：道亞生知。

（五〇）《王琳傳》：琳字子珩，事梁，有忠義之節。及敗，爲陳軍所執。吴明徹欲全之，而其下將領多琳故吏，明徹忌之，故及于難。《梁書》：琳求援于齊，請納永嘉王莊，以主梁祀。抱忠于垂没。

（五一）《魏志》：景元中，大舉兵伐蜀。艾督軍自陰平道，以氈自裹。將士攀木沿崖，魚貫而進，遂平蜀。

（五二）《何胤傳》：胤字子季，盧江灊人，好學，師事沛國劉瓛。梁武帝時，與兄何求、何點皆隱遁，世稱何氏三高爲通隱。

（五三）見《滕王賦》。

（五四）鄭玄《周禮注》：齓，毀齒也。

（五五）《晉書》：賈午年十二，短小未勝衣。庾信賦：纔能勝衣，甫就小學。《抱朴子》：五典爲琴箏，百家爲笙簧。

（五六）《莊子・逍遥游篇》：齊諧者，志怪者也。《唐書》：段成式字柯古，乃段文昌子。著書，名《酉陽雜俎》，中有《諾皋記》上、下二卷。注：諾皋，太陰之名。

（五七）《莊子》，《馬蹄》、《秋水》二篇名。

（五八）《漢書》：孟嘗字伯周，順帝時爲合浦太守。郡出珠寶，前守貪穢，珠漸徙交阯界。嘗革前弊，去珠復還。《國策》：范子獻書秦王曰：「宋有結緑，梁有懸黎。」

（五九）見《園次序》。

（六〇）《陳書》：張正見字見頤。梁簡文帝在東宫，正見年十二，獻頌，簡文深贊之。歷仕梁、陳，有集十四卷行世，其五言詩尤善。

（六一）見《憎園賦》。按三賦，謂《蜀都》、《吴都》、《魏都》。

（六二）見《園次序》。

（六三）《廣雅》：硨磲石，次玉也。《梁簡文集》：車渠[二六]屢酌，鸚鵡驟傾。按魏文帝及王粲皆有《車渠碗賦》。

（六四）《齊書》：蕭思話子惠開除少府，意甚不得。寺内所住齋前種白楊，曰：「人生不得行胸懷，雖壽百歲，猶爲夭也。」又詳《逸齋序》[二七]。

（六五）《詩話》：王維有詞云：「紅豆生南國，春來發幾枝。」李龜年于江南[二八]筵上歌之。

（六六）見《尺牘序》。

（六七）《詩品》：劉琨既體良才，又罹厄運，故善叙喪亂，多感恨之辭。嵇康《琴賦序》：賦其聲音，惟以悲哀爲主。庾信《哀江南賦》：不無危苦之詞，惟以悲哀爲主。

（六八）見《滕王賦》。

（六九）《陳書》：徐陵自仕陳後，文檄軍書及禪授詔策，皆陵所製。終陳之世，七十七。

（七〇）《李廣傳》：廣之先李信，秦時爲將。廣世以能射知名。文帝曰：「惜廣不逢時，當高帝時取萬户侯，何難哉？」後以數奇，卒未封侯。

（七一）補注。

（七二）杜甫《哀王孫》詩：腰下寶玦青珊瑚，可憐王孫泣路隅。注：玄宗夜半出延秋門[二九]，諸王嗣在外者皆不及從。按高祖至玄宗之嗣，約七世云。

（七三）《王充傳》：充家貧，常于洛陽市閲所賣書，一見能誦。

（七四）《西京雜記》：匡衡好學，貧無燭，鄰家有燭而不逮，乃穿壁引其光，以書映光而讀。

（七五）《公羊》：麟者，仁獸也。孔子曰：「孰爲來哉？」反袂拭面，涕沾袍曰：「吾道窮矣。」

（七六）《魏志》：曹植抱利器而無所施，上疏求自試，其《自試表》有云：「臣獨何人，以堪長久。」

（七七）《陶靖節傳》：淵明卒于宋文帝元嘉四年，壽六十三，先自爲文以祭。賈誼《鵩鳥賦》：化爲異物兮，又何足患？

（七八）《莊子・胠篋篇》：魯酒薄而邯鄲圍。《淮南子》：魯、趙獻酒于楚王。主酒吏求酒于趙，趙不與，吏怒，乃以趙厚酒易魯薄酒，奏[三〇]之，楚遂圍邯鄲。庾信《哀江南賦》：楚歌非取樂之方，魯酒非忘憂之用。

（七九）補注。

（八〇）詳《無忝序》。

（八一）見《祖德賦》。《晉書》：山濤父爲濤娶韓氏，人謂之曰：「佳兒佳婦。」

（八二）《後漢書》：雷義字仲公，與陳重爲友。鄉里語曰：「膠漆雖謂堅，不如雷與陳。」

（八三）見《尺牘序》。

（八四）附注：漢艷，如樂府《三婦艷》等題。[三一]

【校記】

[一] 題下，有美堂本、四库本并有小注「一作北」，他本无。

[二]「環」，患立堂本、浩然堂本并作「鐶」。

[三]「躋」，浩然堂本作「陟」。

[四]「欄」，蔣刻本作「瀾」。

[五]「襟」，患立堂本、浩然堂本并作「衿」。

[六]「北」，四庫本同，他本皆作「伯」。

[七]「北」，四庫本同，他本皆作「伯」。

[八]「胤」，浩然堂本避諱作「季」。

[九]「尤」，浩然堂本作「最」。

[一〇]「猶」，患立堂本、浩然堂本并作「尤」。

[一一]「文武道衰，衣冠數盡」，四庫本作「紐散珠囊，歌殘玉樹」。

[一二]「明」，患立堂本、浩然堂本并作「紅」。

[一三]「版」，四庫本作「板」。

[一四]「同見賓禮」，亦園本、四庫本、文瑞樓本并作「號高齋學士」。

[一五]「因」字，亦園本、四庫本、文瑞樓本并缺。

[一六]「没」，四庫本、文瑞樓本并作「投」。

[一七]「父祖」，四庫本作「祖父」。

[一八]「篇上」，四庫本誤倒爲「上篇」。

［一九］「烟」，四庫本作「練」。按庾信《哀江南賦》，當作「練」。

［二〇］「其」，文瑞樓本誤作「曰」。

［二一］「傳」，四庫本作「序」。

［二二］「常」，四庫本作「當」。

［二三］「通幽」，當作「幽通」。

［二四］即卷十六《徵李母董太宜人六十壽言啓》。

［二五］「弟」，原脱，據四庫本、文瑞樓本補。

［二六］「車渠」，文瑞樓本作「硨磲」。

［二七］即卷十三《昆山盛逸齋六十壽序》。

［二八］「江南」，亦園本、四庫本、文瑞樓本并作「湘中」。

［二九］「門」，原作「間」，據四庫本及杜甫《哀王孙》「长安城头头白乌，夜飞延秋门上呼」改。

［三〇］「奏」，文瑞樓本作「察」。

［三一］此條附注，據亦園本、四庫本、文瑞樓本補。文瑞樓本作「閣」。

三芝集序

廣陵吳園次先生，天上謫仙（一），人間傲吏（二）。一麾出守，爲風月之主人（三）；獨往名亭，作烟霞之總管（四）。聽[一]屧於滄浪亭北，賃廡於臨頓橋西（五）。衡門則羅雀雙扉（六），都無雜客（七）；珊管則雕龍百幅（八），悉付佳郎（九）。於是家擅鳳毛，人誇犀角（一〇）。劉氏則孝綽孝儀之外，益以孝威（一一）；王門則僧虔僧辨之餘，加之僧孺（一二）。允矣德門之盛事，人珍[二]五寶，較燕山已獲其三；俗艷雙丁，笑鄴下尚輸其一（一三）。洵哉藝苑之美談。爾其黛管霏花，彩毫爛錦。夙鐘慧業，生天原與貝葉爲緣（一四）；産兆奇徵，墮地皆以芝蘭作字（一五）。當年崔珏，名是鴛鴦（一六）；此日魏收，體高蝴[三]蝶（一七）。固以[四]青牛帳裏（一八），聯篇芍藥之花（一九）；寧徒朱鳥窗前（二〇），滿篋葡萄之樹（二一）。若乃囊訴錢空，床嗟金盡（二二）。張平子歸田以後（二三），陶淵明解組而來（二四）。償井公之博進，負滿十千（二五）；貸謍室之聘錢，逋逾百萬（二六）。入室有詬租之吏，當軒聞戛釜之聲（二七）。時則閒坐鯉庭（二八），狂呼驥子（二九）。紙還對劈[五]，携兒登避債之臺(三〇)；韻可分鬮，掉臂入忘憂之館(三一)。千杯競勸，扶一老之頹唐(三二)；百韻爭飛，沸兩親之燀笑。行間織錦(三三)，大有萊衣(三四)；懷裏探珠，無非陸橘(三五)。更或鶯迫人啼，花催酒熟；一帆乍返，三徑繞晴(三六)。杜門却軌(三七)，趺宕於婦[六]人愛子之間(三八)；席地幕天，徜徉於麗日和風之候(三九)。藏鈎甫罷(四〇)，爇紅蠟以攤書；度曲將終，倚緑篝而隸事(四一)。抽五花之寶簟(四二)，長幼爭梨(四三)；製十錦[七]之蠻箋(四四)，弟兄奪棗(四五)。老子顧之而極樂，若翁見此以逾歡。又若總角迎賓(四六)，勝衣接[八]客(四七)。東都有道，雲霞意氣之交(四八)；南國人倫，玉帛衣裳之會(四九)。逢孟嘉於末座(五〇)，識楊修於早年(五一)。莫不珠玉爲心(五二)，蛟螭在手(五三)。玉簫始奏(五四)，已綉完機女之房(五五)；銅鉢方賡，便畫滿旗亭之壁(五六)。香詞麗製，約近千篇；玉軸牙籤，都爲一集(五七)。命小胥而繕寫(五八)，托副墨以流傳(五九)。嗟乎！我辰安在(六〇)，笑口難開(六一)。生世不諧(六二)，憂心曷極(六三)？棋上有不平之局(六四)，酒邊多懊惱之歌(六五)。寄語尊公，何勞永歎。弄紅珠於掌上，舍斯無取樂之方(六六)；玩翠羽於堂前，即此是消愁之物(六七)。

【箋注】

（一）《東方朔傳》：西王母謂：朔昔爲太乙仙宫[九]，令擅用雷電，遂謫人間。[一〇]《李白傳》：白至長安，賀知章見其文章，歎曰：「子謫仙人也。」

（二）郭景純詩：漆園有傲吏。

（三）顔延年《五君詠》其一《詠阮咸》云：屢薦不入朝，一麾乃出守。《唐書》：白居易以左拾遺貶江州司馬，曰：「今得青山緑水中，爲風月主人，幸甚！」

（四）補注。

（五）《吴郡志》：吴王作館娃宫，建廊虚，其下令西施步屧，繞之則有聲，後名響屧廊。又吴縣城南有滄浪亭。賃廡，詳《集生序》[一一]。按城東有臨頓橋。又有皋橋，因皋伯通名之。

（六）見《看奕賦》。

（七）見《憺園賦》。

（八）《史記·鄒奭傳》：齊人頌曰：「談天衍，雕龍奭。」劉向《别録》：鄒衍談天，若雕鏤龍文，故曰雕龍。《梁書》：劉勰字彦和，撰《文心雕龍》五十篇。

（九）見《素伯序》。

（一〇）《宋史》：謝超宗嘗作《殷淑儀誄》，宋武帝嗟賞曰：「超宗殊有鳳毛。」《王邵别傳》：導子邵字敬倫，風姿似父。桓温望之，曰：「大奴固自有鳳毛。」大奴，邵也。《管子》：子産日角，晏嬰月角，尾生犀角，柳下惠、史魚反角。《論語撰考讖》：回角額似月形。[一二]《漢[一三]·李固傳》：鼎角匿犀。

（一一）孝綽，見《滕王賦》。《梁書》：與五弟孝儀、六弟孝威俱著名。

（一二）《南史》：齊王僧虔，曇首之子，琅琊臨沂人。梁王僧辨，神念之子，太原祁人。梁王僧孺，魏王肅八世孫，東海郯人。非一族，亦非一時，不宜如此借用。

（一三）見《憺園賦》。

（一四）《南史》：孟顗事佛，爲謝靈運所輕，曰：「得道須慧業。丈人生天當在靈運前，成佛在靈運後。」顗恨之。《酉陽雜俎》：貝多葉出摩伽陁國，長六七尺，冬不凋。梵語貝多波力。又漢言西域寫經用此。

（一五）《左傳》：鄭文公妾燕姞，夢天使[一四]與己蘭。既而文公見之，與之蘭而御之。辭曰：「妾不才，幸而有子，將不信，敢徵蘭乎？」公曰：「諾！」生穆公，名之曰蘭。

（一六）《詩話》：唐崔珏賦鴛鴦詩甚佳，時人謂之崔鴛鴦。

（一七）《北齊書》：魏收字伯起，恃才使氣，人號爲驚蛺蝶。楊愔思出其短，往復數番。收忽大唱曰：「楊遵彦理窟已倒。」愔從容曰：「我綽有餘暇，山立不動。若遇當塗，恐翩翩遂逝。」注：當塗者，魏。翩翩者，蛺蝶也。

（一八）見《尺牘序》。

（一九）見《素伯序》。按芍藥，一作錦名。又按傅毅妻有《芍藥頌》[一五]，曰：曄曄芍藥，植此前庭[一六]。

（二〇）詳《天篆序》。

（二一）《西京雜記》：霍光妻遺淳于衍葡萄錦二十四匹。《鄴中記》：錦有葡萄文、桃核文，工巧百數，不可盡名。鮑昭詩：九華葡萄之錦衾。沈約詩：領上葡萄綉，腰中合歡綺。《玉臺新詠序》：清文滿篋，非惟芍藥之花；新製聯篇，寧止葡萄之樹。

（二二）杜詩：囊空恐羞澀，留得一錢看。李詩：床頭黄金盡。

（二三）范曄《後漢書》：和、順二帝之時，内豎專恣。張衡不得志，因作《歸田賦》以鳴意。

（二四）見《祖德賦》。

（二五）《穆天子傳》：天子與井公博，三日而決。《漢書》：宣帝微時，與陳遵父遂博奕。後即位，遂至太原太守，帝賜璽書曰：「尊官美禄，可以償博進矣。」注：進與償同。

（二六）補[一七]注。《天文志》：營室主宫室。又曰東壁星。

（二七）李賀詩：户乏詬租吏。戛釜，詳《集生序》。

（二八）《論語》。

（二九）見《祖德賦》。

（三〇）《通志》：周赧王雖居天子之位，爲諸侯所侵，多負債于人。乃上臺逃避，周人名曰避債臺。

（三一）見《海棠賦》。

（三二）《魏略》：李豐字安國。時人目夏侯太初如明月入懷，李頽唐如玉山之將奔。梁《地驅樂歌》：青青黄黄，雀石頽唐。

（三三）見《璿璣賦》。

（三四）見《憺園賦》。

（三五）見《憺園賦》。

（三六）詳《梧月序》[一八]。

（三七）《漢書》：隱居杜門却軌。注：杜門不出，却掃車軌，没其迹，不見人也。

（三八）詳《初明序》[一九]。

（三九）劉伶《酒德頌》：幕天席地，縱意所如。

（四〇）見《園次序》。

（四一）《廣雅》：篝，薰籠也。

（四二）詳《少楹序》[二〇]。

（四三）見《看奕賦》。

（四四）《寰宇記》：蜀中浣花溪有百花潭。大曆中，范寧鎮蜀，其夫人任氏本浣花溪人。後薛濤家其旁，以潭水造紙，爲十色箋。《談苑》：韓浦、韓洎能文。洎嘗輕浦文如草舍，予文乃造五鳳樓手。浦寄詩云：「十樣鸞箋出益州，寄來新自浣溪頭。老兄得此全無用，助爾添修五鳳樓。」一作「蠻箋」。

（四五）見《看奕賦》。

（四六）《詩》。

（四七）見《素北[二一]序》。

（四八）詳《雪持序》注。

（四九）《左傳》：子貢曰：盟所以周，信也，玉帛以奉之。《春秋傳》：齊桓[二二]衣裳之會九，兵車之會三。

（五〇）《晉・孟嘉傳》：嘉字萬年，少知名。太尉庾亮領江州，辟爲從事。亮嘗大會客，豫章太守褚裒問嘉安在，亮曰：「在座，卿但自覓。」裒目屬嘉曰：「此君小異亮。」由是益重嘉。

（五一）見《素伯序》。

（五二）見《素伯序》。按王阮曰：聽王景略談，咳唾皆珠璣。

（五三）見《璿璣賦》。

（五四）李詩：鳳女吹玉簫。詳《藝圃序》。

（五五）補注。

（五六）《梁書》：齊學士刻燭爲詩，四韻則刻一寸。蕭文琰曰：「無難。」乃與丘令楷等共擊銅鉢，響未絶，而詩已成。并見《園次序》。《風俗通》：漢明帝東巡泰山，到滎[二三]陽，有烏飛鳴乘輿上，虎賁中郎將王吉射中之。命作詞，吉應聲曰：「烏烏啞啞，引弓射，洞左腋，陛下壽萬年，臣爲二千石。」帝賜錢三百萬，令旗亭皆畫爲烏。《西京賦》：旗亭五重。注：市樓也。《詩話》：唐王昌齡、高適、王之涣[二四]，于旗亭酒舍聽妓歌其詩，每一章，各于旗亭壁上畫之。

（五七）《玉臺新詠序》：麗以金箱，裝之寶軸。韓詩：鄴侯家多書，架插三萬軸。一一懸牙籤，新若手未觸。

（五八）見《懸圃序》注。杜詩：抄書聽小胥。

（五九）《莊子·大宗師》：聞諸副墨之子，副墨之子聞之雒誦之孫[二五]。注：書之副墨也。

（六〇）《詩》。

（六一）詳《掌亭誄》。杜牧詩：塵世難逢開口笑。

（六二）詳《壽閻序》。

（六三）《詩》。

（六四）彈棋，見《銅雀賦》。《古今詩話》：《彈棋譜》，乃唐人所作。其局高二尺，中心高如覆盆。其顛爲小壺，四角微起。李商隱詩：莫近彈棋局，中心最不平。又云：玉作彈棋局，中心亦不平。

（六五）見《海棠賦》。

（六六）《列仙傳》：許遜字敬之。母夢金鳳銜珠，墮掌而生。晉初爲旌陽令，後仙去。宋封真君。江淹《傷愛子賦》：痛掌珠之愛子。杜詩：掌中探見一珠新。《西京賦》：取樂今日。曹植《鬥鷄篇》：衆賓進樂方。

（六七）補注。[二六]

（六八）附注：《道書》：牽牛取天帝二萬錢備禮，久不還，被驅在營室。《天文志》：天錢星十二，形如圓錢。[二七]

【校記】

[一]「聽」，患立堂本、浩然堂本并作「斫」。

[二]「珍」，患立堂本、浩然堂本并作「矜」。

[三]「蝴」，浩然堂本作「蛺」。

[四]「以」，患立堂本、浩然堂本并作「已」。

[五]「劈」，浩然堂本作「擘」。

[六]「婦」，患立堂本、浩然堂本并作「孺」。

[七]「製十錦」，蔣刻本作「掣十錦」，患立堂本、浩然堂本并作「掣十樣」。

[八]「接」，患立堂本、浩然堂本并作「揖」。

〔九〕「宫」，當作「官」。

〔一〇〕按此條注，非出自《東方朔傳》，實節自《漢武帝内傳》，「令」字後，原文有「到方丈」三字。

〔一一〕即卷八《陳集生影樹樓詩序》。

〔一二〕「論語撰考讖」條注，亦園本、四庫本、文瑞樓本并作：「《鄭語》：史伯言幽王惡犀角豐盈。」

〔一三〕「漢」字，亦園本、四庫本、文瑞樓本并缺。

〔一四〕「使」，四庫本作「賜」。

〔一五〕此句中，「又」、「頌」二字，四庫本脱。

〔一六〕「植此前庭」，四庫本作「植此庭前」，文瑞樓本作「值此前庭」。

〔一七〕「補」，亦園本、四庫本、文瑞樓本并作「下」。

〔一八〕即卷十《蔣京少梧月詞序》。

〔一九〕即卷十一《吴初明雪篷詞序》。

〔二〇〕即卷五《董少楹詩集序》。

〔二一〕「北」，文瑞樓本作「伯」。

〔二二〕「齊桓」後，文瑞樓本有「公」字。

［二三］「滎」，原作「榮」，四庫本同，據文瑞樓本改。

［二四］「之渙」，文瑞樓本誤倒爲「渙之」。

［二五］此句中「之子」、「之孫」四字，原脱，據文瑞樓本及《莊子》補。

［二六］此條注，四庫本作：「宋玉賦：眉如翠羽。《白鷴賦》：翠羽常低。」亦園本、文瑞樓本并作：「宋玉賦：眉如翠羽。」

［二七］此條附注，據亦園本、四庫本、文瑞樓本補。

陳檢討集卷四

宜興陳維崧其年撰　皖江程師恭叔才注

序

續臞庵集序

震澤湖邊，舊饒陂澤；垂虹亭畔，尤足林塘(一)。筆床茶竈，陸天隨泛宅之鄉(二)；雨箬烟簑，范少伯浮家之地(三)。爰有高人，於焉小築。聯就吟詩之社，宛爾漫郎(四)；行逢選佛之場，居然乞士(五)。才逾王粲，詎屑依人(六)；貧甚茅容，偏能養母(七)。奉慈緯[一]而出世(八)，擇隙地以逃虛(九)。衡門蕭寂，不打慈鴉(一〇)；修竹檀欒，惟生孝筍(一一)。蓋松之今日所居，即宋王君份臞庵故址也。昔君以吴地華宗，楚天清尹，詠桃花流水之句，解組遄歸(一二)；卜浮天釣雪之區(一三)，投簪終老(一四)。烟汀月嶼，秀極人間；竹屋花潭，甲於天下。於是雲山綿邈，大可清談；風日[二]輕妍，時逢勝友。水明樓榭，每留鬥奕之賓；柳暗簾櫳，慣隱銜杯之客。或揮毫而作賦，長把袂以臨風。此一時也，何其樂乎！既而鹿走吴中（一五），鵑啼洛下（一六）。兩宫大去（一七），五帥無歸（一八）。民間池館，淒同趙宋之江山；園内琴尊，寂若臨安之歌舞（一九）。凡此寒烟落照之縱横，非無綉户綺窗之仿佛。烏栖月下，已换樓臺（二〇）；燕到春餘，半迷門巷（二一）。過客有看花之恨，行人多折柳之悲（二二）。然而昔夢猶存，其人如在。竹林已盡，還傳阮籍之罏（二三）[三]；香草無多，尚説屈原之宅（二四）。恨古人之不見，知來者之爲誰（二五）。能無思舊之銘（二六），用當懷賢之作（二七）。僕與松之交非一日，居雖異縣，難忘者城北徐公（二八）；生幸同名，差别者小冠子夏（二九）。五湖在望，碧艫紅稻[四]之莊；百歲非遥，白酒[五]黄鷄之曲。君如不達，前歡已屬乎爽鳩（三〇）；僕尚能來，異日寧虞其題鳳（三一）。

【箋注】

（一）《吴郡志》：府城西南即震澤[六]。又曰：太湖曰具區，周三萬六千頃。垂虹亭在吴江東門外。

（二）《唐書》：陸龜蒙字魯望，寓居松江甫里，每升舟，齎束書、茶竈、筆床、釣具，自號江湖散人、天随子、甫里先生。以高士召，不至。

（三）《范蠡傳》：蠡字少伯，三户人。滅吴之後，辭勾踐曰：「君行令，臣行意。」乃泛輕舟，以游於五湖。按張志和浮家泛宅，詳《季青序》[七]。

（四）《元次山傳》：結字次山，居樊山，自稱曰酒徒，曰漫叟，亦曰漫郎。

（五）《傳燈録》：丹霞天然禪師初習儒，將應舉，道遇一禪客問：「仁者何往？」曰：「選官去。」禪客曰：「何如選佛？」曰：「選佛當何往？」曰：「江西馬大師出世，此選佛場也。」師乃往見馬祖。《善覺要覽》：方外乞士，謂上於佛乞法，益慧命；下於施主乞食資，益色身。

（六）見《園次序》。

（七）《漢書》：茅容字季偉。郭林宗宿其家。旦日，容殺鷄爲饌，泰意謂爲己[illegible]，而供母，自以草具與客共飯，林宗賢之。

（八）見上注。

（九）司空圖詩：逃難人多分隙地。逃虚，詳《同學文》[八]。

（一〇）杜詩：簾户每宜通乳燕，兒童莫信打慈鴉。

（一一）《孝子傳》：孟宗字公武，江夏人，性至孝。母嗜笋。冬時缺笋，宗入林哀泣，笋忽迸出。枚乘《兔園賦》：修竹檀欒夾池水。注：竹陰濃貌。

（一二）李白詩：桃花流水杳然去，別有天地非人間。

（一三）補注。[九]

（一四）《南史》：陶弘景《與從兄弟書》曰：「投簪高邁。」

（一五）見《園次序》。

（一六）《宋史》：邵雍字堯夫，號安樂先生，諡康節。嘗與客步天津橋，聞杜鵑聲，愀然曰：「天下將治，地氣自北而南；將亂，自南而北。今南方地氣至矣，禽鳥得氣之先，故知之。」

（一七）詳《樂府序》[一〇]。

（一八）李陵《答蘇武書》：五將失道，陵途[一一]遇戰。

（一九）《杭州志》：春秋屬吴越，秦屬會稽，陳曰錢唐，唐曰餘杭，宋南渡都此，曰臨安。詳《樂府序》。

（二〇）詳《鴻客序》。

（二一）詳《玉巖序》[一二]。

（二二）詳《萬柳啓》[一三]。

（二三）見《半繭賦》，并詳《雪持序》。

（二四）《楚詞注》：春蘭、秋蘭、石蘭皆曰香草。《水經注》：荊州府歸州秭歸縣，北有屈原宅，宅東北六十里有女嬃廟，擣衣石猶存。杜詩：何得山有屈原宅。

（二五）《世説》：張思光居嘗歎曰：「不恨我不見古人，所恨古人不見我。」陳子昂古詩：前不見古人，後不見來者。念天地之悠悠，獨愴然而涕下。

（二六）周庾信《思舊銘序》云：梁故觀寧侯蕭永卒，作此銘。

（二七）潘岳《懷舊賦序》：余十二而獲見於父友東武戴侯楊君，始見知名。今慨然懷舊而賦之。

（二八）《國策》：城北徐公，齊國之美麗者也。鄒忌入朝，見威王，曰：「臣誠不如徐公美。臣之妻私臣，臣之妾畏臣，臣之客欲有求於臣，皆以爲美於徐公。由此觀之，王之蔽甚矣。」

（二九）《釋常談》：《漢書》杜欽、杜鄴俱有大名，皆字子夏。欽眇一目，人呼盲子夏。欽惡之，乃自作一小冠戴之，時遂呼爲小冠子夏。

（三〇）《左傳》：齊侯至自田，晏子侍於遄臺。曰：「古而無死，其樂如何？」晏子曰：「昔爽鳩氏始居此地。古者無死，爽鳩氏之樂，非君所願也。」

（三一）《晉陽秋》曰：嵇康與吕安善。訪之，值康他往。康之兄名喜[一四]，相延，不入，題門上作「鳳」字而去。喜以爲善。康歸曰：「鳳字，凡鳥也。」

【校記】

[一]「緯」，蔣刻本、亦園本、四庫本、文瑞樓本并作「幃」，患立堂本、浩然堂本并作「闈」。

[二]「日」，患立堂本、浩然堂本并作「月」。

[三]「罏」，蔣刻本、患立堂本、浩然堂本并作「爐」。

[四]「稻」，患立堂本、浩然堂本并作「豆」。

[五]「酒」，患立堂本、浩然堂本并作「髮」。按李學穎校引東坡《浣溪沙》「誰道人生無再少，

門前流水尚能西，休將白髮唱黄鷄」，以「白髮」爲是。

[六]「澤」，原作「宅」，據亦園本、四庫本、文瑞樓本改。

[七] 即卷五《汪季青詩稿序》。

[八] 即卷二十《祭同學董文友文》。

[九]「補注」，亦園本、四庫本、文瑞樓本并作「見《季青序》」。

[一〇] 即卷九《樂府補題序》。

[一一]「途」，四庫本作「獨」。

[一二] 即卷七《林玉巖詩集序》。

[一三] 即卷十七《徵萬柳堂詩文啓》。

[一四]「喜」，文瑞樓本誤作「嘉」。

胡黄門其章先生葵錦堂集序

古者青瑣尚格人之訓，箕範哲謀（一）；黄扉弘國老之規，臯謨温塞（二）。納約自牖，義本乾坤（三）[一]；辰告遠猶，風傳比興（四）。誼關密勿，旨必繫於君王（五）；慮切風愆，言必歸於忠愛（六）。并揚華於紫極，胥騰譽於黃中（七）。

婁東胡其章先生，姿制清剛，風裁清[二]整。早年挾策，名動公卿；壯歲彈冠，任膺民社（八）。温侍讀淹長都雅，物望所歸（九）；薛司棣博洽嫺華，藝林所服（一〇）。屬有明之末葉，乃思廟之當陽（一一）。東朝之水火方平（一二），北寺之玄黃未息（一三）。中常張讓，大有責言（一四）；外戚何苗，絕無成算（一五）。況復三臺柱石，悉夷甫之風流（一六）；列鎮旌麾，盡深源之方略（一七）。南風不競（一八），楚幕多烏（一九）。雪壓賀蘭，傅介子之功名蕭瑟（二〇）；天低洴隴，吕婆樓之才調縱橫（二一）。既海水之群飛（二二），亦昆岡之失火（二三）。時則先生晉秩中朝，冠班左掖（二四）。潘安仁晉家騎省（二五），珥插華貂（二六）；沈初明梁殿侍中（二七），衣熏寶麝（二八）。硜硜以對，棣棣而談（二九）。於是署有梨花（三〇），望觚棱而封駁（三一）；垣多薇樹，對鹵簿以敷揚（三二）。絕多沈約之彈文，詎乏鮑宣之封事（三三）。森森白筆，無不批根（三四）；赫赫青蒲，因而折角（三五）。洎乎離亂，已賦《遂初》（三六）；沿及滄桑（三七），彌耽《招隱》（三八）。王右軍晚年肥遁，誓墓尤堅（三九）；謝康樂歲暮[三]栖遲，游山甚劇（四〇）。於是漁畋藝苑，鼓吹詞壇（四一）。效終軍奇木之篇，仿充國金城之奏（四二）。莫不書成《雜組[四]》（四三），經號《歸藏》（四四）。纚纚千言，洋洋百卷。然而庾開府之集，五存五亡(四五)；杜征西之碑，一山一谷(四六)。間多流軼，或有遺亡。今兹所存，如斯而已。

崧以春中，獲游珂里(四七)。三吴草長，訪張嵊之名園(四八)；二月花飛，過王珣之别業(四九)。猥荷先生，命爲兹序。彦升撰王公之集，珍爲國華(五〇)；伯喈愛《論衡》之書，私爲帳秘(五一)。深慚糠粃(五二)，何當瓊瑶(五三)。

【箋注】

(一)青瑣，見《憺園賦》。范雲詩：攝官青瑣闥。《商書》：格人元龜。《洪範》：明作哲，聰作謀。

(二)黄扉，詳《佳山序》。《左傳》：子爲國老，待之而行。《皋陶謨》：直而温，剛而塞。

(三)《易》。

(四)《詩》。

(五)古《詩》：密勿從事，不敢告勞。

(六)《書》：惟兹三風十愆。

(七)《易》：君子黄中通理。

(八)《漢書》：王陽爲益州刺史，貢禹彈其冠。待陽薦後，果召爲大夫。

（九）《唐書》：温大雅字彦弘，爲高祖黄門侍郎。五世孫温造字簡輿，姿表魁然，性嗜詩書。東都號處士。烏公薦之，爲御史[五]。彈李祐，祐[六]曰：「吾雪夜擒吴元濟，未嘗動心，今膽落於温御史矣。」

（一〇）《漢書》：薛司棣宣字贑君，郯人。爲郡，所至有聲。谷永薦其達於政事，舉措時當，經術文雅，足以斷王國。

（一一）《左傳》：寧武子曰：「賦《湛露》，則天子當陽。」注：匪陽不晞，言露見日而乾，猶諸侯禀天子命而行。

（一二）補注。

（一三）《漢・桓紀[七]》：下李膺於黄門北寺獄。注：北寺獄屬黄門署。

（一四）《宦者列傳》：靈帝時，張讓與趙忠、曹節、王甫等擅權。又與夏惲等十二人號十常侍。責言，詳《納姬序》[八]。

（一五）《後漢書》：何太后兄大將軍何進，與何苗同議誅[九]宦官張讓等。袁紹等爲畫策，召四方兵向京城。陳琳諫曰：「功必不成，祇爲亂階耳。」曹操笑曰：「一獄吏足矣，何至紛紛召外兵乎？」

（一六）三臺，見《尺牘序》。《陸凱傳》：宰人，國家柱石，不可不强。《晉書》：王衍字夷甫，戎從弟也。位居台司，雅宗拱默，以遺事爲高。後桓温入洛，慨然曰：「遂使神州陸沉，王夷甫諸人不得不任其責。」

（一七）《晉書》：殷浩字深源，時人擬之管、葛。庾翼勿之重也，曰：「此輩宜束之高閣，俟天下太平，然後徐擬其任耳。」

（一八）《左傳》：晉人聞有楚師，師曠曰：「無害。吾驟歌北風，又歌南風。南風不競，多死聲，楚必無功。」

（一九）見《璿璣賦》。

（二〇）《涇陽圖經》：賀蘭山在縣西，朔州地，山多白草，遥望青白如駁。北人呼駁馬爲賀蘭。鮮卑日多因山谷爲族氏。《前漢書》：傅介子字武仲，弃觚從軍。昭帝使至大漠，因使壯士刺殺樓蘭王，更其國名鄯善。還，封義陽侯。

（二一）《三秦記》：汧水在扶風汧縣西。隴西郡有隴山，上有水四注下。秦人西役，升此山，七日乃越，莫不回首悲泣，爲《隴頭水》之歌。《西征賦》：邪[一〇]界襃斜，右濱汧隴。《秦紀》：秦立，苻堅尚書吕婆樓有才略，凡事咨之。後薦王猛於堅。婆樓嘗曰：「僕刀環上人耳。」

（二二）漢揚雄《劇秦美新》：神歇靈繹，海水群飛。二世而亡，何其劇與？注：海水群飛，喻大亂也。庾信詩：成群海水飛。

（二三）見《懸圃序》。

（二四）《唐書》：含元殿後曰宣政，宣政左、右有中書省、門下省，如左、右掖。注：諫垣在左[一一]，名左掖。

（二五）見《滕王賦》。

（二六）見《半繭賦》。

（二七）見《滕王賦》。

（二八）鄭谷詩：風飄蘭麝暗和香。按唐尚書郎及侍中、御史奏事，含鷄舌香。始於漢侍中刁存年耆口臭，上給香含之，後爲制。

（二九）《詩義疏》：棣棣，間習貌。

（三〇）補注。

（三一）《夢溪筆談》：銀臺司兼門下，封駁乃給事中之職。《唐書》：諫垣，左、右拾遺六人，大事則廷論，小者上封事。又郭承嘏爲給事中，繼有封駁，能盡其職。觚棱，見《璿璣賦》。

（三二）《史・天官書》：上垣，太微十星；中垣，紫微十五星；下垣，天市二十二星。《唐書》：開元元年，改中書省爲紫薇省。省中植紫薇，取花久也。《漢志》：天子法從，次第爲鹵簿，其器仗不一。

（三三）吴均《春秋》：沈休文有《奏彈王源文》曰：「輒奉白簡。」班固《漢書》：鮑宣字子都，何武薦爲諫大夫。董賢貴幸，宣數上書切諫。

（三四）杜氏《通典》：魏置御史八人。當大會殿中，御史簪白筆，側陛而坐。《史記・灌将軍傳》：魏其侯竇嬰失勢，亦欲倚灌夫引繩批根。

（三五）《漢・史丹傳》：丹字君仲，以父蔭爲駙馬都尉、侍中。元帝寢疾，欲易太子。丹直入卧内，伏青蒲上，泣涕固諫，太子得不易。《漢書》：朱雲字游平，與五鹿充宗論《易》，辨折五鹿君。諸儒語曰：「五鹿岳岳，朱雲折其角。」

（三六）《晉・孫綽傳》：興公上表曰：「中宗飛龍，實賴長江，不然江東爲豺狼之場矣。」因賦《遂初》，陳止足之道。

（三七）詳《舜民序》[一二]及《壽閣序》。

（三八）見《滕王賦》。

（三九）《北堂書鈔》：晉王羲之爲會稽内史，稱疾去郡，於父墓作《自誓文》，曰：「止足之分，定於今日[一三]。若貪冒苟進，是有無尊之心，而不子也。」

（四〇）沈約《宋書》：謝康樂因父祖之資，生業甚厚。奴僕既衆，門生數百，鑿山浚河，尋山陟嶺，必造幽峻。

（四一）《唐書》：張鎬視經史猶漁獵。《晉書》：孫綽云：「《三都》、《两京》，五經之鼓吹。」

（四二）《漢書》：終軍字子雲，年十八，選博士弟子，世謂之終童。武帝時，有白麟奇木之瑞，終童乃爲文以對。年二十而卒，故曰終童。《趙充國傳》：充國字翁孫。宣帝元康初，羌人叛。充國年七十餘，馳至金城，圖上方略屯田十二事。羌破，振旅而還。

（四三）司馬相如賦：合纂組以成文。《宋詩紀》：王融有《五雜組》詩，云：「五雜組，慶雲發。」沈約諸人多和之。

（四四）《通志》：神農本氣墳而作《易》，曰《歸藏》。其書漢、魏不傳，至宋元豐中始出，乃張商英僞撰。

（四五）北周宇文逌序：庾信有集十四卷，百不一存。又有三卷，重遭軍火，所著僅存十二卷。開府，見《滕王賦》注。

（四六）《晉書》：征西將軍杜預好爲後世名。常言高岸爲谷，深谷爲陵，刻石爲二碑，紀其勛績，一沉萬山之下，一立峴山之上，曰：「焉知此後不爲陵谷乎？」

（四七）見《祖德賦》。

（四八）《南史》：張嵊字四山，吴郡人，張稷子也。有志操，能清言，好園林之樂。爲湘東王長史，後爲梁太守。三吴，見《半繭賦》。

（四九）《晉書》：王珣字文琳，小字法護，一云阿苽，一稱東亭。乃王導之孫，洽之長子。《吴志》：虎丘山，晉司徒王珣及弟司空王珉之别墅。

（五〇）《文選·任昉撰〈王儉文憲公集序〉》有云：豈非希世之俊民，瑚璉之宏器？《國語》：季文子曰：「吾聞以德榮爲國華。」

（五一）《蔡邕傳》：漢王充嘗著《論衡》八十五篇，中土未有傳者。蔡中郎至江東得之。及還北，諸公覺其談更遠。檢求帳中，果《論衡》一部。

（五二）《世説》：王文度、范榮期俱爲簡文所要。王在范後，王因謂曰：「簸之揚之，糠秕在前。」范曰：「洮之汰之，沙礫在後。」一作孫綽、習鑿齒言。

（五三）《詩》。

【校記】

［一］「乾坤」，恚立堂本、浩然堂本并作「坤乾」。

［二］「清」，他本皆作「英」。

［三］「歲暮」，恚立堂本、浩然堂本并作「暮歲」。

［四］「組」，恚立堂本、浩然堂本并作「俎」。

［五］「史」，原作「時」，據亦園本、四庫本、文瑞樓本改。

［六］「祐」，原作「佑」，四庫本作「祐」，是，改。底本凡人名中「祐」多作「佑」，後徑改，不再出校。

［七］「紀」，文瑞樓本作「記」。

［八］即卷十二《毛大可新納姬人序》。

［九］「誅」，原作「諸」，據四庫本、文瑞樓本改。

［一〇］「邪」，文瑞樓本作「左」。

［一一］「左」，原作「右」，據亦園本、四庫本、文瑞樓本改。

［一二］即卷十《董舜民蒼梧詞序》。

[一三]「日」，文瑞樓本誤作「目」。

宋楚鴻文集序

五茸[一]綺[二]麗，代産文人（一）；《九辯[三]》纏綿，世生才子（二）。客來南國，相傳金粉之篇（三）；居本東鄰，大有玉釵之句（四）。何况肩吾父子，遞擅雕華（五）；孝綽弟兄（六），俱稱麗則（七）。論家風於河北，此是崔盧（八）；叙門第[四]於江東，斯真顧陸者哉（九）！

我友楚鴻，當年舞象（一〇）。葡萄滿箧（一一），譽便起夫通都；芍藥盈箱（一二），名早傳於綺[五]歲（一三）。偏工綺密，寧患才多（一四）；妙解瀾翻，惟愁紙盡。固已安仁縣裏，千枝皆桃李之花（一五）；衛尉園中，七尺悉珊瑚之樹（一六）。洎乎運值家屯，時丁世梗。紅顔公子，彌深彈鋏之嗟（一七）；彩筆文人，祇切碎琴之感（一八）。劍以不平而慣綉[六]，竹因有恨而恒斑（一九）。是則崔駰罕樂，頗多憔悴之言（二〇）；馮衍眇歡，不乏愴恢之致（二一）。情區哀樂，境異平陂（二二）。覽吾友之生平，增達人之歎息。

僕與高門，久叨密契。記托紀群之雅（二三），實惟壬癸之交。爰以薄游，言過上郡。

吴王射雉之苑，詼笑彌旬（二四）；陸機唳[七]鶴之城，游從浹月（二五）。尊公愛客，開緑野以盤旋（二六）；賢從憐才，飛錦箋而贈答（二七）。楚鴻十歲，脱帽而爲《捉[八]搦》之歌（二八）；漢鷺七齡，揮毫而作擘窠之字（二九）。曾幾何時，此歡不再。王安期洛濱之戲，大類前生（三〇）；嵇叔夜竹林之游，直[九]同昨日（三一）。花飛鈿笛，已無擫笛之人（三二）；草没雕欄，并少憑欄之客。思君千里，别子十年。更披燕市之新編，益觸吴天之昔夢。既百端之交集（三三），且一語以相寬。須知書成《吕覽》，定懸市上之金（三四）；誰云璞獻荆王（三五），長韞櫝中之玉（三六）。

【箋注】

（一）《松江志》：五茸在華亭谷東，吴主獵所。

（二）《文賦》：誄纏綿而凄愴。宋玉《九辯序》：宋玉，屈原弟子。閔惜其師忠而放逐，故作《九辯》以述其志。

（三）《古今注》：紂燒鉛爲粉，名曰胡粉，又名鉛粉。蕭史煉飛雪丹，與弄玉塗之。後因曰鉛華，曰金粉。今水銀、膩粉是也。

（四）宋玉《登徒子賦序》：楚國之麗者，莫若臣里；臣里之美者，莫若臣東家之子。宋玉《諷賦》：臣嘗出行，僕饑馬疲。值主人門開，翁又到市。獨有主人之女，來勸臣食。以翡翠之釵，挂臣冠纓，臣不忍仰視。相如《美人賦》：臣之東鄰，有一女子[一〇]。玉釵挂臣冠，羅袖拂臣衣。

（五）唐令狐德芬撰《庾信本傳》：信父肩吾，同信出入禁闥，恩禮莫比。既有盛才，文并綺艷。徐陵《玉臺新詠序》：逸思雕華。

（六）見《三芝序》。

（七）揚子雲曰：詩人之賦麗以則。

（八）詳《皇士序》。《小學紺珠》：後魏四姓，崔、盧、鄭、王。唐四姓及七姓中，俱有崔、盧。

（九）見《尺牘序》。

（一〇）《内則》：十三，學樂，誦詩，舞勺。成童，舞象，學射御。注：十五，舞象，舞之樂。

（一一）見《三芝序[一一]》。

（一二）見《瀛臺序》。

（一三）詳《聖期序》[一二]。

（一四）《晉書》：張華謂陸機曰：「人患才少[一三]，而子更患其多。」

（一五）《潘岳傳》：岳字安仁。爲河陽令時，滿縣種桃李，人云河陽一縣花。

（一六）見《憎園賦》。

（一七）《國策》：馮驩（一作「暖」）見孟嘗君，得置傳舍。居有頃，自彈其劍曰：「長鋏歸來兮。」

（一八）《唐書》：陳子昂字伯玉。初入京，未遇。有賣胡琴者，子昂輦千緡市之，衆驚問[一四]，曰：「舍善此樂，明日可集宣陽里。」衆如期。飲畢，笑曰：「子昂文百軸，不爲人知，此樂賤工耳。」舉琴碎之，名震京師。

（一九）見《憺園賦》。

（二〇）《後漢・崔駰傳》：駰字亭伯。時竇憲爲車騎將軍，擅權驕恣。駰爲主簿，前後奏記，指切長短。憲不能容，出駰爲長岑長。駰不得意，未之官。歸，卒於家。《地理志》：樂浪郡有長岑縣。

（二一）見《尺牘序》。《西京賦》：慘則鮮於歡。

（二二）《易》：無平不陂。

（二三）《先賢行狀》：陳紀字元方，寔[一五]長子也。生子群，字長文，有英才，交者甚衆。

（二四）《吴志》：黄武初，在長洲苑較獵。唐孫逖詩：吴王初鼎峙，羽獵騁雄才。陸魯望詩：五茸春草雉媒嬌。見篇上。

（二五）《陸機傳》：成都王穎假機後將軍、河北大都督。爲孟玖等所譖，穎密使人收機，機歎曰：「華亭鶴唳，可復聞乎？」遂遇害。

（二六）《唐書》：裴晉國公請罷政。時具凉臺燠館，號緑野堂，與白居易、劉禹錫等把酒著文。

（二七）見《尺牘序》。

（二八）《舊唐書・韓琬傳》曰：不務省事，而務捉搦。梁樂府《捉搦歌四曲》有云：粟穀難春付石臼。又云[一六]：小時憐母大憐婿。

(二九)《書斷》：擘窠，古書法之巨者也。李賀詩：金窠篆字紅屈盤。

(三〇)虞預《晉書》：王承字安期，與諸名士共至洛水戲。後王丞相輕蔡公曰：「我與安期千里共游洛水邊，何處聞有蔡充兒？」注：丞相，王導。蔡公，蔡謨也。

(三一)《晉書》：阮籍與嵇康、山濤、向秀、劉伶、阮咸、王戎爲竹林之游。并詳《雪持序》。

(三二)《潘妃傳》：帝予潘貴妃以江左古玉律數枚，悉裁以鈿笛。按《文選》：彈琴擫籥。一作「厭」。《文子》：使倡吹竽，工厭竅。

(三三)見《滕王賦》。

(三四)《吕不韋傳》：不韋使其客人人著所聞，集論以爲《八覽》、《六論》、《十二紀》，號《吕氏春秋》。布咸陽市門，懸千金其上，有能增損一字者予千金。

(三五)《韓非子》：卞和得璞玉，獻懷王，王以爲欺，刖一足。後平王立，復獻之，又以爲欺，刖一足。平王死，子立爲荆王。和抱其璞而哭，涕盡，續之以血。王使工剖之，得寶玉。乃封和爲陵陽侯，辭不就。

(三六)《論語》。

【校記】

[一]「茸」，原作「葺」，據諸本改。

［二］「綺」，患立堂本、浩然堂本并作「崎」。

［三］「辯」，患立堂本、浩然堂本、四庫本并作「辨」。

［四］「第」，患立堂本、浩然堂本并作「地」。

［五］「綺」，浩然堂本作「幼」。

［六］「綉」，浩然堂本作「鏽」。

［七］「唳」，原作「淚」，據諸本改。

［八］「捉」，患立堂本誤作「促」。

［九］「直」，患立堂本、浩然堂本并作「真」。

［一〇］「一女子」，文瑞樓本作「主人子」。

［一一］「序」，四庫本誤作「賦」。

［一二］即卷十一《楊聖期竹西詞序》。

［一三］「少」，原作「多」，據亦園本、四庫本、文瑞樓本改。

［一四］「衆驚問」，亦園本、文瑞樓本并作「言於衆」。

［一五］「實」，文瑞樓本作「寔」。

［一六］「云」，四庫本作「曰」。

儲雪持文集序

僕與雪持儲子謝范素交（一），潘楊密戚（二）。洛濱之戲，君既獨步此間（三）；竹林之游，僕亦雅預其末（四）。日者春寒正冱，微霰載零（五），共爲曲室之談，聊作西窗之話（六）。用說生平，以資諧謔。語其枯菀，殆有數端（七）；叙彼平陂（八），殊非一致。

始者君方羈貫（九），僕甫勝衣（一〇）。衛郎昔日，潛游樂氏之門庭（一一）；逸少當年，遍謁郄家之群從（一二）。君則楊修食果之歲（一三），已舉茂才（一四）；黄琬對日之年，便呼博士（一五）。光延大宅，正蓄歌鐘（一六）；金谷園中[一]，方盈盛鬋（一七）。屬有陽阿之妙伎，能爲上蔡之新聲（一八）。紫簫紅笛，譜出龜兹（一九）；緑酒銀燈[二]，舞成《回紇》（二〇）。碧綾夜委（二一），偏留休沐之賓（二二）；絳蠟晨燃，不報當關之客（二三）。雕軒匝地，綺榭參天。君時出則乘羊，入而蠟鳳（二四）。於胥樂也，復何求哉！既[三]而地坼蒼鵝，人驅銅馬（二五）。猥以綺羅之日（二六），及乎離亂之晨。此則君之一變也。於是鐵籠宗人，雲昏晝伏（二七）；白衣公子，箐密宵行（二八）。修蛾曼睩，憐綺袖之難歸（二九）；金鎖[四]瓊鋪，君則幽痛高臺之易主(三〇)。《緑腰》歌罷,再聽何年(三一)?紅綬銜來,相逢奚日(三二)?漫罵亦憂不一(三三)[五],悁悵絶多(三四)。吹篪吴市,佯狂見伍員之才(三五);撾鼓漁陽,便作[六]彌衡之氣(三六)。屬百六之將終(三七),遂泰階之漸轉(三八)。纔離兕虎(三九),雕蟲(四〇);乍脱烏鳶,群修獻雉(四一)。四國續盤敦之事,三吴有盟會之言(四二)。長襘短袂,溢此門廬;列駟華綏,交於衢路。此則君之又一變也。無何而君之難弟(四三),長能廣期。鍔淬芙蓉(四四),躍張華之兩劍(四五);價侔結緑(四六),獻韓起之雙環(四七)。儀廙亢丁(四八),機雲耀陸(四九)。或銀螭壓紐(五〇),牢[七]燕趙之名城(五一);或紫艾懸腰(五二),牧并汾之劇邑(五三)。油幢絶麗,綉傘何都。而處姊歎未室[八]人,老驥悲猶伏櫪(五四)。三旬滅竈,五月披裘(五五)。長顑頷其何之(五六),行嘆啃而自悼(五七)。此則君之又一變也。

嗟夫!傅鶉觚之才調,俯首何堪(五八);庾蘭成之詞賦,傷心曷已(五九)?負井公之博進,壯不如人;逋營室之聘錢,憂維用老(六〇)。將欲排閶謁帝,馭氣求仙(六一),而皇娥無將子之娱,嫛女有詈予之懼(六二)。是以録成湘帙(六三),盡孫卿臏後之書(六四);庋以綈函,悉虞相愁時之作(六五)。爰以俟夫來者,亦焉用此文爲?僕也自[九]玩高文,已深愾慕；心惟昔夢，彌切徬徨。乃於匠石之前〔六六〕，不揣糠秕之導〔六七〕。譬之涓人奏曲〔六八〕，祇憐并鼓之簧〔六九〕。紅女繅盆，倍惜同功之繭云爾〔七〇〕。

【箋注】

（一）《宋史》：謝澹不營當世，與范泰爲雲霞之交。

（二）見《尺牘序》。

（三）見《楚鴻序》。

（四）《世説》：王浚沖[一〇]經黄公酒壚，曰：「吾與嵇叔夜、阮嗣宗共飲此壚，竹林之游，亦預其末也。」

（五）《左傳》：申豐曰：「涸陰沍寒。」《詩》：先集爲[一一]霰。

（六）《世説》：許詢嘗詣[一二]簡文。爾時月朗風恬，乃共作曲室中語。李義山詩：何當共剪西窗燭，却話巴山夜雨時。

（七）《國語》：晉優施《暇豫歌》：「人皆集於菀，己獨集於枯。」

（八）見《楚鴻序》。

（九）《穀梁傳》：羈貫成童，不就師傅，父之罪也。

（一〇）見《素伯序》。

（一一）見《尺牘序》。

（一二）詳《桐初序》[一三]注。

（一三）見《素伯序》。

（一四）《後漢書》：西漢以秀才取士，因避光武諱，改茂才。

（一五）《文學傳》：黄[一四]瓊孫名琬，字子琰。建和元年日食，京師不見。瓊爲魏郡太守，以狀聞。太后問所食多少，瓊未知所况。琬年七歲，在旁曰：「何不言日食之餘如月之初？」瓊大驚，即以其言應。後徵拜少府，歷仕封陽泉鄉侯。

（一六）唐崔令欽《教坊記》：開元中，東京右教坊在光宅坊，左教坊在延政坊。西京两教坊俱在明義坊。《左傳》：鄭人賂晉侯歌鐘二肆。

（一七）見《半繭賦》。

（一八）見《半繭賦》。

（一九）《涼州記》：咸寧中，盜發張駿冢，得赤玉簫、紫玉笛。古詞：紫簫聲斷倚樓人。《西域記》：龜兹國王與其臣庶知樂者，於大小山間聽風聽水之聲，均節成音。後翻入中國，如《伊州》、《涼州》、《甘州曲》，皆龜兹境也。《連昌宫詞》：色色龜兹轟録續。注：録續，番之樂名[一五]。

（二〇）《樂苑》：隋《回紇曲》，商曲調也。有曰：「陰山瀚海使難通，幽閨少婦罷裁縫。」

（二一）補注。

（二二二）《漢書》：律令，五日得一休沐。注：休息以洗沐也。

（二二三）嵇康書：晝卧，喜晚起，當關呼之不置。注：漢有當關之職，曉至呼門。李商隱詩：當關莫報侵晨客。

（二二四）《衛玠傳》：玠風神秀爽。總角，乘羊車入市，見者咸曰：「誰家璧人？」一作「玉人」。《晉書》：王弘與兄弟集會，任子孫戲。適僧達下地作虎，子僧虔正坐，采蠟燭珠爲鳳凰。弘歎：「僧達爽俊，然恐危吾家；僧虔當以名義見美。」後如其言。

（二二五）見《懸圃序》。

（二二六）《漢書》：班伯與王許子弟交，在於綺襦紈褲之間。

（二二七）《史記》：田單者，齊諸田疏屬也。燕使樂毅破齊。田單走安平，令宗人盡斷其車軸，末而傅鐵籠。已而燕軍攻安平，城壞，齊人爲燕所虜，惟田單宗人以鐵籠故得脱，乃東保即墨。

（二二八）杜詩：内人紅袖泣，王子白衣行。注：王子以避亂隱迹，爲白衣而行也。《國策》：子胥夜行晝伏。

（二二九）宋玉《招魂》：蛾眉曼睩。注：睩，目盼也。

（二三〇）《甘泉賦》：排玉户而揚金鋪兮。注：鋪，宫門環也。《景福殿賦》：青鎖銀鋪。桓譚《新論》：雍門周説孟嘗君曰：「高臺既已傾，曲池又已平。」

（二三一）《琵琶録》：《緑腰》，即《録[一六]要》。樂工進曲，録出要者，以爲名，誤爲《緑[一七]

腰》，又誤《六么》。又：貞元中，有康昆侖者，琵琶第一，手新翻羽調《緑腰》。時有女郎亦彈是曲，撥聲如雷。

（三二）《述略記》：吐綬鳥，其身如鸛，五色，出巴東。天晴則吐綬，長一尺，須臾還吞之。《説文》：紅綬[一八]，即朱紱維。白居易詩：鶻銜紅綬繞身飛。李商隱詩：願得化爲紅綬帶，許教雙鳳一時銜。

（三三）見《海棠賦》。

（三四）《高唐賦》：怊悵自失。

（三五）《國策》：子胥亡楚，奔至吴，乃被髮佯狂，鼓腹吹篪，乞食於吴市。按篪，一作「簫」。

（三六）《漢・禰衡傳》：衡字正平，曹操召爲鼓吏。衡爲《漁陽摻撾》，蹀躍而進，容態有異，聲節悲壯云。《後漢書》：衡往見操，坐大營門，以杖棰地，大罵。後黄祖大會賓客，衡言不遜，熟視罵曰：「死公！六等道。」祖恚，遂令絞殺，年二十四。

（三七）詳《俊三詸》[一九]。

（三八）《黄帝泰階六符經》：泰階者，天地之三階也。三階，即三台也，凡六星。泰階平，則陰陽和，風雨時。

（三九）《詩》。

（四〇）見《璿璣賦》。

（四一）《莊子》：人死，在上爲烏食，在下爲螻蟻食。《左傳》：魯穆子[二〇]立，所宿庚宗之婦人，獻以[二一]雉曰：「余子長矣，能奉雉而從我矣。」《閉户録》：五代時，三人爲朋，築壇，以丹雉、白犬歃血而盟。附《吴越春秋》：越王將入吴，越王夫人作《烏鳶歌》，有曰：「仰飛鳥兮烏鳶。」

（四二）《詩》：正是四國。盤敦，見《園次序》。三吴，見《半繭賦》。

（四三）詳《施公誄》[二二]。

（四四）王褒頌：干將之璞，清水淬其鋒，越砥斂其鍔。《越絶書》：歐治子善作劍。越王聘作五劍，一曰純鈎。薛燭曰：「光乎如芙蓉始生。」

（四五）見《園次序》。

（四六）見《素伯序》。

（四七）見《園次序》。

（四八）見《憺園賦》。

（四九）見《祖德賦》。

（五〇）壓紐，見《懸圃序》注。

（五一）《荀子》：皋牢天下而制之。注：猶牢籠也。

（五二）見《憺園賦》。

（五三）《輿志》：太原府，古并州地。汾州，詳《天章序》。《漢書》：張敞拜膠東相，自謂治劇郡，非賞罰無以勸懲。

（五四）《世説》：馬融女名倫，適汝南袁隗。隗問之，曰：「弟先兄舉，世以爲笑。今處姊未適，先行可乎？」答曰：「妾姊高行，未獲良匹，不似鄙薄，苟然而已。」魏武詩：老驥伏櫪，志在千里。烈士暮年，壯心不已。

（五五）陶潛詩：東方有一士，被服常不完。三旬九遇食，十年着一冠。《莊子》：曾子在衛，三日不舉火。《説苑》：子思居衛，三旬九食。《吴越春秋》：延陵季子出游，于齊見道傍遺金。有披裘采薪者，季子呼之，曰：「取彼金。」薪者曰：「吾當夏五月，披裘[一三]而薪，豈取金者哉？」

（五六）見《半繭賦》。

（五七）《史記》：信陵君曰：「晉鄙嚄唶宿將，往恐不聽。」按嚄唶，大呼也。唶，歎聲。古有《咄唶歌》。

（五八）補注。

（五九）《庾信集》著有《傷心賦》。并見《園次序》。

（六〇）見《三芝序》。

（六一）相如《大人賦》：排閶闔而入帝居。《長恨歌後序》：有仙能游神馭氣，出天界，没地府。

（六二）王子年《拾遺記》：少昊母曰皇娥。經窮桑滄茫之浦，時有神童，容貌絶俗，稱爲白帝之子，即太白之精。與皇娥宴戲而歌。《詩》：將子無怒。《離騷》：女嬃之嬋媛兮，申申其詈予。注：女嬃，屈原姊也。責其違衆見放也。又楚謂姊爲嬃。

（六三）見《園次序》。

（六四）《孫子傳》：孫臏與龐涓俱學兵法於鬼谷。涓爲魏將，嫉臏之將，以計斷其足。《太史公自序》[二四]：孫子臏足，而論兵法。

（六五）《禮》：大夫七十而有庋閣。注：庋，藏也。《西京賦》：木衣綈錦。《説文》：綈，厚繒也。《國策》：虞卿少貧，後[二五]説趙孝成王爲趙上卿，故號虞卿。著書八篇，世號《虞氏春秋》。太史公曰：卿非窮愁，不能著書以自見。

（六六）見《半繭賦》。

（六七）見《黄門序》。

（六八）《拾遺記》：衛靈樂工，涓人。過濮水，效爲新聲，晉平公悦之。并詳《琅霞序》。

（六九）《詩》。

（七〇）《禮》：夫人繅，三盆手。補注。

【校記】

［一］「園中」，蔣刻本、患立堂本、浩然堂本并作「名園」。

［二］「緑酒銀燈」，蔣刻本、亦園本同，患立堂本、浩然堂本作「渌酒銀燈」，四庫本作「緑酒紅

燈」，文瑞樓本作「録酒銀燈」。

［三］「既」，患立堂本、浩然堂本并作「繼」。

［四］「鎖」，患立堂本、浩然堂本并作「瑣」。

［五］「一」，患立堂本、浩然堂本并作「少」。

［六］「作」，蔣刻本、患立堂本、浩然堂本并作「隸」。

［七］「牢」，患立堂本、浩然堂本并作「宰」。

［八］「室」，患立堂本、浩然堂本并作「適」。

［九］「自」，蔣刻本、患立堂本、浩然堂本并作「目」。

［一〇］「浚冲」，文瑞樓本作「戎嘗」。

［一一］「爲」，四庫本作「維」。

［一二］「詣」，文瑞樓本誤作「謂」。

［一三］即卷九《葉桐初詞序》。

［一四］「黄」，文瑞樓本誤作「王」。

［一五］「番之樂名」，四庫本作「番樂之名」。

［一六］「録」，文瑞樓本作「緑」。

［一七］「緑」，文瑞樓本作「録」。

[一八]「綬」，文瑞樓本誤作「終」。

[一九]即卷十九《楊俊三誄》。

[二〇]「子」前，文瑞樓本有「公」字。

[二一]「以」字，文瑞樓本缺。

[二二]即卷十九《宣城文學施公誄》。

[二三]「披裘」原脱，據四庫本補。

[二四]「序」，四庫本作「叙」。

[二五]「後」字，四庫本脱。

吴天章蓮洋集序

今使酒酣以往，設爲鄒陽、宋玉之大言(一)；金盡之時，繆作徐福、欒巴之漫[一]語(二)。遂已室有園壓，家餘井碓。牛衣馬磨，僅足相容(三)；雁稅魚租，粗能自給(四)。碧畦半畝，便爲庾信之園(五)；素壠一區，即是潘尼之館(六)。頳縈弱蔓，花是恒春；紺裊柔柯，藥名半夏(七)。繞徑植繁欽之蕙(八)，隔籬栽馮衍之�府(九)。閒居徐邈，尚有酒鐺(一〇)；暇日陰鏗，非無𦼮銚〔一一〕。則鑿坏而遁〔一二〕，雖顑頷其何傷〔一三〕；帶索而歌，但寂寥其奚悔〔一四〕。而乃東都公子，歲歲依人；西鄂詞流，年年失職〔一五〕。果蓏嬴蛤，都無俯仰之資〔一六〕；廬舍陂池，總乏栖遲之所〔一七〕。寂寂梁家之竈〔一八〕，蕭蕭卓氏之壚〔一九〕。擬獻賦而未能，縱著書其何益。井公善博，索笑奚來〔二〇〕？韓子能文，送窮不去〔二一〕。所於是轉徙燕齊，崎嶇梁趙。鬚如猬磔，只欲横鞭〔二二〕；弩作鴟張，偏思縛褲〔二三〕。過碻磝古戍，殺𧙓空壕〔二四〕。赫連臺北，盡從來蝗鬥之場〔二五〕；禿髮城南，半昔日狐鳴之地〔二六〕。鵑花似血，營前之箽箑何多〔二七〕；斑竹如啼〔二八〕，帳後之琵琶不少〔二九〕。窮魚茹怨，凍雀銜悲〔三〇〕。紫臺無暫返之賓〔三一〕，白社有難歸之客〔三二〕。然而才性英奇，辭鋒卓犖。楯邊磨墨〔三三〕，彌工變徵之聲〔三四〕；驛裏題詩〔三五〕，大有陽春之調〔三六〕。車前騶卒，偕飲酒以何妨〔三七〕；塞下荒傖，共彈箏而亦可〔三八〕。千篇揮灑，同天馬之摩空〔三九〕；萬象淋漓，類巴船之出峽〔四〇〕。揚雄謇吃，雅擅攡經〔四一〕；梁肅重膇，尤精製賦〔四二〕。此蓮洋吴子〔四三〕，相傳《七發》之篇〔四四〕；而笠澤陳生〔四五〕，爲作《三都》之序也〔四六〕。

嗟乎！两戒河山，二陵風雨〔四七〕。上黨實九州之脊，河中爲四塞之雄〔四八〕。鴉兒峪口，美人與駿馬安歸〔四九〕？鸛雀樓前，廢寢共荒陵奚在〔五〇〕？行山日紫，憶百戰之旌旗〔五一〕；汾水波紅，想三秋之簫鼓〔五二〕。空尋斷碣，祇剔殘碑。所歎吾[二]賢，復生斯地。頗傳殿上，競誇才子之名；莫便山中，願息高人之駕。

【箋注】

（一）鄒陽，見《璿璣賦》。《楚詞·宋玉賦〈大言〉》曰：方地爲輿，天[三]爲盖。彎弓挂扶桑，長劍倚天外。

（二）《十洲記》：徐福、徐市等言東海祖洲上有不死之草，一株可活一人。始皇乃發童男女各三百人，率載樓船入海，遂不返。《述異記》：欒巴字叔元。漢桓帝時，正旦大會群臣，賜酒。巴含酒西噀，有司劾巴不敬。巴云：「成都有火患，故噀酒救之。」數日，成都果奏火災，云：「有雨從東北來，火息，有酒氣。」

（三）《食貨志》：董仲舒曰：「貧民常衣牛馬之衣。」盖簑衣類也。《漢書》：王章字仲卿。當貧病，卧牛衣中，泣與妻訣。妻正言曰：「京師誰逾仲卿？今不激昂，反涕泣，何也？」後貴顯。妻曰：「君忘牛衣對泣時耶？」馬磨，見《懸圃序》。

（四）見《半繭賦》。

（五）庾信《小園賦》：余有數畝敝廬，寂寞人外。

（六）《晉・潘尼傳》：尼字正叔，岳從子，性靜退，著《安身論》以明所守。其略曰：「寢蓬室，隱陋巷，環堵而居，易衣而出，苟存乎道，非不安也。」又作《東武館賦》曰：「飛甘瓜於浚水，撥素奈於清渠。」

（七）《埤史》：燕昭王種長春樹，葉如蓮花，樹身似桂，其花四時之象：春生碧花，春盡則落；夏生紅花，夏末則凋；秋生白花，秋殘則萎；冬生紫花，遇雪則謝。《物性志》：半夏，根相重生，上大下小，皮黄肉白，五月、八月采。

（八）見《尺牘序》。《繁欽集》欽有《詠蕙》詩，托興於失時也。

（九）補注。

（一〇）見《祖德賦》。

（一一）補注。陰鏗，見《園次序》。《茶經》：一曰茶，二曰檟，三曰蔎，四曰茗，五曰荈。注：荈，茶晚出者。《管子》：一農之事，必有一銚一耜。

（一二）《莊子》：顔闔却魯聘，穴垣逃去。揚雄《解嘲》：或鑿坏以遁。注：坏，墻垣也。《魏志》：管寧開山爲廬，鑿坏爲室。

（一三）見《半繭賦》。

（一四）《列子》：孔子游太山，見榮啓期鹿裘帶索，鼓琴而歌。《韓詩外傳》：楚丘先生被[四]簑帶索見孟嘗君。

（一五）俱見《園次序》。《東京賦》注：張衡《東京》謂洛陽，與班固《東都賦》意同。《蜀都賦》：西蜀公子言於東吴王孫。《博物志》：王孫公子，皆古人相推敬之詞。

（一六）《莊子》：果蓏有理。注：物之微者，其類不雜也。《史記·貨殖傳》：楚越之地，果隋蠃蛤，不待賈而足。

（一七）《詩》。

（一八）《世説》：梁鴻字伯鸞。少孤，嘗獨止，不與人同食。比舍先炊已，呼伯鸞及熱釜炊。伯鸞曰：「童子鴻不因人熱者也。」滅竈，更燃之。

（一九）見《看奕賦》。

（二〇）見《三芝序》。

（二一）見《看奕賦》。

（二二）《世説》：劉尹道桓温：「鬚如反猬皮，自是孫仲謀一流人。」注：猬，攢毛外刺。磔，裂也。横鞭，補注。

（二三）《梁書》：曹景宗既貴，謂所親曰：「我昔在鄉里，騎快馬，箭如䴏[五]鴟馳平澤中。」《世説》：桓宣武與殷劉談，不如甚，喚取黄皮褲褶，上馬舞矟數迴，意氣始雄。

（二四）《輿志》：碻磝，唐爲山東濟州治所。按兖州府有濟寧州。《寰宇記》：役䍐，古縣名，漢景帝置，今西安延安府地[六]。

（二二五）《夏載記》：赫連勃勃，右[七]賢王去卑之後，劉曜之族也。據朔方僭位，二傳，爲魏所滅。今寧夏地。《埤雅》：蟻善鬥，鬥輒酣戰不解，有行列隊伍。

（二二六）《南凉載記》：禿髮烏孤，河西鮮卑人也。其先與後魏同出入世，自塞北遷河西，至烏孤[八]盡有凉州之地。《史記》：叢祠中夜，篝火狐鳴。

（二二七）《容齋隨筆》：杜鵑花，即今映山紅，又名紅躑躅。詳《孝威序》。古詩：血淚染成紅杜鵑。《唐書》：九部夷樂有漆觱篥，胡部安國樂有雙觱篥。

（二二八）見《憺園賦》。

（二二九）見《海棠賦》。

（二三〇）束晰《擬客難辭》有曰：永戢琳琅之耀，匿首窮魚之渚。《唐書》：昭宗曰：「鄙語云：紇干山頭凍殺雀，何不飛去生處樂。」

（二三一）見《丁香賦》。

（二三二）《逸士傳》：董威隱居洛陽白社，以殘絮縷帛爲衣，號百結衣。《晉・董京傳》：逍遥吟詠，宿白社中。后山詩：白社雙林去，高軒二妙來。

（二三三）見《尺牘序》。

（二三四）詳下。

（二三五）詳《藝圃序》。

（三六）《楚詞·宋玉〈對楚王〉》曰：客有歌於郢者，其爲《陽阿[九]》、《薤露》，國中屬而和者數百人；其爲《陽春》、《白雪》，和者不過數十人；引商刻羽，雜以流徵，和者不過數人而已。

（三七）《晉書》：謝超宗之子幾卿，性通達，好飲。一日預游晏，不得醉而還。因詣道邊酒壚，停車褰幔，與車前三騶對飲。注：騶卒，以馬駕車之僕。

（三八）《晉陽秋》曰：吴人謂中州人爲傖，陸機呼左思爲傖父。注：賤稱也。《北齊書》：李元忠，趙郡人，拜南郡太守。好酒，無政績。及莊帝幽崩，元忠弃官，潛圖義舉。會齊神武東出，元忠便露車載素箏、濁酒以迎。

（三九）補注。李賀詩：作賦聲摩[一〇]空。

（四〇）《唐書》：裴延裕文思敏捷，號下水船。

（四一）《揚雄傳》：雄少好學，口吃，不能劇談。以經莫大於《易》，作《太玄》。

（四二）補注。《左傳》：韓獻子曰：「郇瑕氏之地，土薄水淺，於是有沉溺重腿之疾。」注：重腿，下重也。

（四三）《名山記》：華岳山下有蓮洋村。

（四四）《枚乘傳》：乘善屬文，嘗作《七發》進楚太子，見之，病即愈。

（四五）詳《潘母啓[一一]》。

（四六）《左思傳》：思作《三都賦》成，未重於世，乃詢求皇甫謐。謐爲作序，於是先相非貳之者，莫不贊述[一二]。按謚字士安，自號玄晏先生。三都，見《素伯序》。

（四七）《唐書[一三]》：僧一[一四]行以天下山河之象，存乎兩戒：北戒限狄，南戒限蠻。《左傳》：蹇叔之子與師，哭而送之，曰：「晉人禦師必於殽，殽有二陵焉。其南陵，夏后皋之墓[一五]也；其北陵，文王之所避風雨也。」

（四八）《潞安志》：戰國屬韓，後屬趙，秦爲上黨地。山川峻險，居天下之脊，當河朔之喉。河中，詳《皇士序》注。《鹽鐵論》：秦四塞以爲固。

（四九）補注。《國策》：駿馬養外厩，美人充下陳。《異同集》：酒徒鮑生以美人善四弦者，與外弟韋生換駿馬，名紫叱駁。

（五〇）李益詩：鸛雀樓西百尺檣[一六]，汀州雲樹共茫茫。《夢溪筆談》：河中府鸛雀樓，三層，前瞻中條，下瞰大河。唐人詠詩甚多，李益爲最。

（五一）《太行山志》：山在平陽府安邑縣西北，諸山皆其支脉。《左傳》：齊伐晉，逾孟[一七]門，登太行。《國策》：一軍臨太行，則韓請效上黨之地。高誘注：山在河内野王縣北。

（五二）見《瀛臺序》。《平陽志》：汾州太康縣，汾水所出。

【校記】

[一]「漫」，蔣刻本、患立堂本、浩然堂本并作「謾」。

[二]「吾」，文瑞樓本作「前」。

[三]「天」前，四庫本有「圓」字。

[四]「被」，文瑞樓本誤作「破」。

[五]「鵝」，四庫本作「餓」。

[六]「地」，文瑞樓本作「也」。

[七]「右」，文瑞樓本作「石」。

[八]「狐」，文瑞樓本作「孤」。

[九]「阿」，原作「和」，據亦園本、四庫本、文瑞樓本改。

[一〇]「摩」，文瑞樓本作「磨」。

[一一]「啓」，原作「序」，徑改。

[一二]「先相非貳之者，莫不贊述」，亦園本、文瑞樓本并作「都邑豪貴，莫不競相傳寫」。

[一三]「書」字，亦園本、文瑞樓本并脱。

[一四]「一」，原脱，據亦園本、四庫本、文瑞樓本補。

[一五]「墓」，文瑞樓本誤作「暮」。

[一六]「檣」，四庫本作「墻」。

[一七]「孟」，文瑞樓本誤作「孔」。

董得仲集序

聞之入郇君夫[一]之厨者，魚腊非珍（一）；睹杜弘[二]治之容者，閭娵[三]非美（二）。張帝子之樂，而眩師罔敢逞其奇（三）；彈寡女之絲[四]，而曼延靡所矜其巧（四）。雲間董得仲者，顧陸名家（五），阮嵇[五]逸侣（六）。遥遥華胄，史既名狐（七）；曄曄[六]詞宗（八），毛還稱鳳（九）。生值太平之日，地當吴會之衢。勝友如雲，清言何綺。花飛南陌，誰家宋玉之釵（一〇）；鶯囀西城，何處陳遵之轄（一一）。於是體如楊柳，目似[七]佳人（一二）。手執松枝，推爲都講（一三）。倡家寶瑟（一四），時過皂莢之園（一五）；戚里銀箏（一六），獨卧芙蓉之府（一七）。班騅小市，容彼荒淫（一八）；鸚鵡長廊，恣其歡宴（一九）。俄焉人哭秦庭，鬼謀曹社（二〇）。杞[八]侯不復，�子無歸（二一）。羌廓處以長愁（二二），荃閒居兮不樂（二三）。玉顔已變（二四），何心華屋之游（二五）；金竈難傳，息意神仙之術（二六）。徇烟霞而不返，托[九]泉石以終身。蓋李都尉之途窮箭盡，事業可知（二七）；亦向子期之人去罏[一〇]存，生平已矣（二八）。既而劍合無期，河清難俟（二九）。仰嗟時命，遂混迹於秦關（三〇）；俯恤田園，聊勉餐夫周粟〔三一〕。劉越石化爲繞指，悲不自勝〔三二〕；曹子桓身作轉蓬〔三三〕〔一一〕，泣將何及〔三四〕。爰乃燃脂暝寫，雜擬百家〔三五〕；弄墨晨書〔三六〕，廣搜《七略》〔三七〕。薔薇承盖，仿佛萬年公主之詞〔三八〕；桂樹扶輪，依稀西鄂王孫之作〔三九〕。彙爲别集，藏彼名山。屬於建業之城闉〔四〇〕，獲誦膠東之著述〔四一〕。吟謡靡已，披賞極多。嗟乎俗忌孤芳，世疵文雅。經傳蒙吏，庾子嵩譏爲了不異人〔四二〕；賦鍊左思，陸士衡誚以此間傖父〔四三〕。才高司馬，遇楊意以何年〔四四〕？博甚子雲，遘桓譚而奚日〔四五〕？行矣董君，勉旃自愛。不遇知音之輩，且食蛤蜊〔四六〕；倘逢識曲之人，定呼龍鳳〔四七〕。

【箋注】

〔一〕《唐書》：韋安石子陟字殷卿，襲封郇國公。厨中飲食甘美，人多飽飫，時人語曰：「人欲不飯筋骨舒，夤緣須入郇公厨。」按漢郇悉字君夫，誤用。《周禮》：腊人掌乾肉。

〔二〕《江右名士傳》：杜乂字弘〔一二〕治，王右軍見而歎曰：「面如凝脂，眼如點漆，此神仙中人。」荀卿《佹詩》：閭娵子奢，莫之媒也。韋昭《國策注》：梁王魏翟之美女。一作「閭姝」。

〔三〕《莊子》：北門成問於黄帝曰：帝張咸池之樂於洞庭之野。

〔四〕《説林》：蠶最巧，作繭，遇物成形。有寡女獨宿，倚枕不寐，私於壁孔中視鄰〔一三〕家蠶箔。明日，繭多類之，雖眉目不甚悉，而望去隱然如愁女。蔡邕見而奇之，市歸，繅絲製琴弦，彈之，有憂愁哀慟聲。問女琰，琰曰：「此寡婦絲也。」聞者墮泪。《釋名》：婆娑，舞態。曼延，舞綴也。

（五）見《尺牘序》。

（六）見《雪持序》。

（七）《梁書》：何昌㝢爲吏部，有姓閔者求官曰：「子騫後。」昌㝢笑曰：「遥遥華胄。」《太史令》：晉趙穿弑靈公，董孤書「趙盾弑其君」。孔子聞之曰：「董狐，古之良史。」

（八）《漢書》：華曄曄，固靈根。

（九）見《三芝序》。

（一〇）見《楚鴻序》。

（一一）《漢書》：陳遵字孟公，身長八尺。哀帝末，以功封奮威侯。性好客，每會飲，取客轄投井中，雖有急不得去。

（一二）《晉書》：王恭美姿容，人目之曰：「濯濯如春月柳。」《世説》：武帝植柳於靈和殿前，曰：「楊柳風流可愛，似張緒當年。」

（一三）《陳書》：張譏字直言。後主幸開善寺，召侍臣坐松樹下，敕譏豎[一四]議。時索麈尾未至，後主令譏執松枝，曰：「可代麈尾。」《栖雲寺記》：法師每談論，手執松枝，以爲談柄。《高逸沙門傳》：支道林、許掾諸人，共在王簡文齋頭。支爲法師，許爲都講。

（一四）梁蕭子範詩：斜筵照寶瑟。

（一五）見《半繭賦》。

（一六）《漢書》：萬石君徙其家長安戚里中。與上有親戚者，名曰戚里。銀箏，見《滕王賦》。

（一七）詳《紫玄序》。

（一八）晉樂府曲：陳孔驕媚白[一五]，陸郎乘班騅。注：騅馬，蒼黑雜色。李賀詩：陸郎去兮乘班。注：陸郎，後主狎客。楊惲《報會宗書》：頓足起舞，誠荒淫無度，不知其不可也。

（一九）詳《納姬序》。

（二〇）《左傳》：楚申包胥如秦乞師，立，依於庭墻而哭，日夜不絶聲，勺飲不入[一六]口七日。秦師乃出。《左傳》：宋人圍曹。初，曹人或夢衆君子立於社宫，而謀亡曹。曹叔振鐸請待公彊，許之。及彊執政，曹亡。

（二一）《春秋》：莊公四年，紀侯大去其國。《左傳》：鄅人藉稻。邾人襲鄅，鄅子曰：「余無歸矣。」從帑於邾。

（二二）見《海棠賦》。

（二三）詳《季青序》。《離騷》：羌内恕己以量人兮。荃不察余之忠情兮。注：羌，楚人語詞。荃，香草，以喻君也。

（二四）見《銅雀賦》。

〔二二五〕見《尺牘序》。

〔二二六〕《漢·郊祀志》：李少君言上：祠竈皆可致物，丹砂可化爲黄金，黄金成以爲飲食器益壽。庾信詩：何年金竈成。

〔二二七〕《漢書》：李陵拜騎都尉，將步騎五千，殺匈奴數千人。會有軍候管敢〔一七〕亡降匈奴，言陵無後援，矢且盡。單于乃引兵進，四面矢如雨下。陵曰：「臣無面目報陛下矣。」乃降。詳《賀周序》。

〔二二八〕《晉書》：嵇康被誅。向秀經其山陽舊廬，作《思舊賦》，有曰：「棟宇存而勿毁兮，形神逝其焉如。」

〔二二九〕《晉書》：雷焕掘豐城獄中兩劍，以一送張華，華曰：「天生神物，終當合耳。」及華被殺，失劍所在。焕卒，子華佩劍經延平津，忽自腰間躍出墮水，但見二龍各長數丈，華歎曰：「張公復合之語，信不誣矣。」《左傳》：鄭子駟曰：「周詩有之曰：『俟河之清，人壽幾何？』」

〔二三〇〕詳《翼王序》。

〔二三一〕《史記》：伯夷、叔齊耻食周粟。

〔二三二〕劉琨《贈盧諶》詩：何意百煉剛，化爲繞指柔。《輿志》：平望湖掘得一劍，屈之首尾相就，識者曰：「繞指柔也。」

〔二三三〕曹子建詩：轉蓬離本根〔一八〕，飄飄隨長風。子桓，疑誤。

（三四）《詩》。

（三五）《魏志・劉馥傳》：夜燃脂，照城外。《樹提伽經》：庶人燃脂，諸侯燃蜜，天子燃漆。

（三六）左思詩：弱冠弄柔翰。徐陵《玉臺新詠序》：於是燃脂暝寫，弄墨晨書。

（三七）見《尺牘序》。

（三八）補注。《周紀》：顯德五年，昆明國獻薔薇水。洒衣，至衣敝而香不減。潘岳《哀永逝文》：雲霏霏兮承盖。《晉書》：武帝女萬年公主薨，詔左芬作誄詞。

（三九）《孔叢子》：夫子謂晏子曰：「齊君失之已久，子雖欲挾其輈而扶其輪，良弗及也。」庾信《趙國公集序》：大雅扶輪，小山承盖。西鄂，見《園次序》。

（四〇）詳《鴻客序》。

（四一）《漢書》：董仲舒爲膠東相。

（四二）《陽秋》：《晉書》：庾敳字子嵩[一九]，讀《莊子》，開卷便放去，曰：「了不異人。」

（四三）《晉書》：陸士衡聞左思作《三都賦》，與士龍書曰：「此間有一傖父，欲作《三都賦》，須其成以覆酒瓿耳。」及左賦出，士衡歎伏。

（四四）《相如傳》：相如著《子虛上林賦》，武帝讀之，曰：「恨不得與此人同時哉。」時楊得意爲狗監，薦之，得召見。

（四五）《漢書》：司空王邑聞雄死，謂桓譚曰：「雄書能傳後乎？」曰：「必傳。顧君與譚不及見耳。凡人賤近而貴遠，親見子雲禄位、容貌不足動人，若遭時遇主，則必度越諸子矣。」

（四六）《梁書》：王融詣王僧祐，因遇沈昭略，未相識。昭略顧盼，謂主人曰：「是何年少？」融殊不平，謂曰：「僕出於扶桑，入於暘谷，照耀天下，誰云不知，而卿此問？」昭略曰：「不知許事，且食蛤蜊。」

（四七）《三國史傳》：孔明號伏龍，龐統號鳳雛。童謡云：「一龍并一鳳，將相到蜀中。」《陸雲傳》：閔鴻見雲而奇之，曰：「若非龍駒，當是鳳雛。」

【校記】

［一］「郇君夫」，患立堂本作「王君夫」，浩然堂本作「韋殷卿」。按程注，乃陳維崧誤用典，當爲「韋殷卿」。

［二］「弘」，浩然堂本、四庫本、文瑞樓本避諱并作「宏」。

［三］「娵」，蔣刻本、患立堂本并作「陬」。按《荀子》杨倞注：「閭娵，古之美女。」故蔣刻本、患立堂本誤。

［四］「絲」，原作「彩」，據諸本改。

［五］「嵇」，患立堂本作「稽」。

［六］「曄曄」，患立堂本作「燁燁」，浩然堂本作「奕奕」。

［七］「似」，患立堂本、浩然堂本、四庫本并作「以」。

〔八〕「杞」，亦園本、四庫本、文瑞樓本并作「紀」。按程注及《左傳》原文，當爲「紀侯」。

〔九〕「托」，患立堂本、浩然堂本并作「結」。

〔一〇〕「罏」，四庫本作「爐」，文瑞樓本作「廬」。按程注及《晉書》卷四十九《向秀傳》，當作「廬」。

〔一一〕「蓬」，患立堂本作「篷」。

〔一二〕「弘」，文瑞樓本作「宏」。

〔一三〕「鄰」，文瑞樓本誤作「憐」。

〔一四〕「竪」，文瑞樓本作「講」。

〔一五〕「媚白」，亦園本、文瑞樓本并作「赭白」。按《乐府诗集》卷四十七《神弦歌·明下童曲》其二有云：「陈孔骄赭白，陆郎乘班骓。」

〔一六〕「入」，原作「食」，據四庫本及《左傳·定公四年》改。

〔一七〕「敢」，文瑞樓本誤作「敗」。

〔一八〕「根」，文瑞樓本誤作「楊」。

〔一九〕「嵩」，文瑞樓本誤作「高」。

吴天篆賦稿序

四始以降，代嬗歌謡；六義而還，家沿雅頌（一）。后夔堂下，擅搏拊者三千（二）；孔子壇前，作［一］縵弦者十九（三）。列國大夫，灑灑登高之作（四）；宗邦公子，洋洋博物之稱（五）。楚疆善怨，屈原則景差、唐勒之師（六）；梁苑工文，喬如亦枚乘、鄒陽之亞（七）。莫不權輿比興（八），祖禰風騷（九）。班固以爲古詩之流，楊雄亦曰詩人之賦（一〇）。不歌而頌，曾聞玄晏之談（一一）；體物爲長，略見士衡之論（一二）。今夫茫茫大塊，燥濕攸分（一三）；渺渺寰［二］區，羿仁爰别（一四）。繩編《檮杌》，難詳九域之神奸（一五）；著揲《歸藏》，莫晰八紘之情狀（一六）。禹州饒厲，鼎不鑄而胡消（一七）；晉渚多妖，犀未燃而奚燭（一八）。桃姬狡麗，誰能自畫其儀容（一九）［三］；玉女幽閒，猶冀代傳其響像（二〇）。興酣采烈，即京都亦聽其雕鎪（二一）；骨俊才雄，雖江海還歸其歕欱（二二）。初咀華而纉態，終離器而存神（二三）。元始而來（二四），亶其然矣（二五）。况復翟泉鵝出，興替何多（二六）；陳寶鷄鳴，盛衰迭見（二七）。日輪恒昃，嗤夸父以徒奔（二八）；坤軸常摇，笑共工之慣觸（二九）。媧簧［四］乍弄，已看渤澥之枯（三〇）［五］；堯鶴纔飛（三一），又見咸陽之燼（三二）。

時則貞夫握瑾，腹轉車輪（三三）；誼士沐蘭，口銜石闕（三四）。欲緘恨而不能，縱含辭其未可（三五）。臧文仲書藏讔謎，頗多壹［六］鬱之思（三六）；郭舍人語集［七］俳諧，大有洸洋之志（三七）。從來文士，幾同女子之善懷（三八）；自昔悲歌，每類溺人之必笑（三九）。吾鄉門望，舊數州來（四〇）；近日文豪，尤推天篆。爾乃詞源綺互，筆陣葩流（四一）。搜古本之《九丘》（四二），識亡書之三篋（四三）。蕭思話流連翰墨，世曰無雙（四四）；曹不興游戲丹青，人稱第一（四五）。更厭雕華，尤耽玄簡。宵參绛斗，晨誦《黄庭》（四六）。九華爍煜，餉黄玉於安妃（四七）；三秀猗［八］儺，饋赤芝於許斧（四八）。青牛關上，時遇老聃（四九）；朱鳥窗前［九］，或逢方朔（五〇）。陶貞白隱居之暇，間涉篇章（五一）；郭弘農游仙之餘，偏精詞賦（五二）。文同東晰，學類仇香（五三）。伯喈曠逸，偶詠《青衣》（五四）；商隱瑰奇，曾吟《錦瑟》（五五）。於是借讀盈門，求觀接踵。人過市上，競詢《吕覽》之篇（五六）；客到枕間，便索王充之秘（五七）。鈔來小史，祇言手腕之疲（五八）；録自毛公，還笑中書之秃（五九）。則有焦［一〇］國王孫［一一］，爲謀剞劂（六〇）；荆南好事，代庀棗梨（六一）。入錢恐後，如酬字數之縑（六二）；解橐爭先，似醵博場之箭（六三）。頓令汲郡，又出新書（六四）；若在蕭齋，定登上選（六五）。洵可裝之玳瑁，真堪架以珊瑚（六六）。更有一言，竊爲三歎。昔者王褒論樂，宫人遍誦吹簫（六七）；司馬言愁，皇后下爲取酒（六八）。吟成《枯樹》，庾信既彯盩綬於關中（六九）；賦得《玄猿》，徐幹亦珥豐貂於鄴下（七〇）。并緣麗製，獲簉華班。而我吴子，盡室燃糠（七一），終朝曬麥（七二）。薦揚無路，盼楊意以何年；貧賤堪傷，俟桓譚而奚日（七三）。此則榮枯莫必，季主所以咨嗟（七四）；顯晦難期，唐舉於焉歎息者也（七五）。倘千秋而逢濟北，定閔勞薪（七六）；如四海而有中郎，須憐爨竹（七七）。

【箋注】

（一）《詩義疏》：四始者，《風》始《關雎》，《小雅》始《鹿鳴》，《大雅》始《文王》，《頌》始《清廟》。

卜商《詩序》：《詩》有六義：一曰風，二曰賦，三曰比，四曰興，五曰雅，六曰頌。

（二）《書》。

（三）《莊子》：孔子游乎緇幃之林，坐乎杏壇之上。

（四）《藝文志》：毛萇《詩傳》曰：「登高能賦，可以爲大夫。」

（五）《左傳》：晉侯聞子産之言，曰：「博物君子也。」

（六）《荆楚故事》：楚襄王與唐勒、景差、宋玉游雲陽之臺。王令各賦《大言》，又賦《小言》。唐勒、景差未如宋玉，於是賜玉以雲夢之田。

（七）《北堂書鈔》：梁孝王嘗集賓客，游忘憂館，使枚乘賦柳，路喬如賦鶴，公孫詭賦文鹿，鄒陽賦酒，公孫乘賦月，羊勝賦屏風，韓安國賦几[一二]不成，鄒陽代韓，罰酒，餘俱賜絹各五匹。

（八）《詩》：不承權輿。注：始也。造衡始權，造車始輿。

（九）沈約《楚詞評》：自漢至魏，詞人才子，原其飆流所始，莫不同祖風騷。

（一〇）孟堅《两都賦序》：賦者，古詩之流也。《漢書》：揚子雲嘗曰：「詩人之賦麗以則，詞人之賦麗以淫。」

（一一）皇甫謐《三都賦序》：古人稱不歌而頌謂之賦。

（一二）陸機《文賦》：賦體物而瀏亮。

（一三）陶潛《自祭文》：茫茫大塊，悠悠高旻。

（一四）補注。

（一五）《釋名》：九域，九州也。

（一六）見《璿璣賦》。

（一七）《左傳》：王孫滿曰：「昔夏之方有德也，鑄鼎象物，使民知神奸。故民入川澤山林，不逢不若。」

（一八）《温嶠傳》：嶠都督江州軍事，過牛渚，世傳多怪。嶠燃犀照之，奇形畢見。

（一九）見《琴怨序》。

（二一〇）《漢武内傳》：帝閒居承華殿，忽見一女子著青衣，美麗非常。帝愕然，女對曰：「我墉宫女王子登也。王母七月七日當暫來。」言訖，不見。

（二一一）《文苑》：張衡研京以十載，左思煉都以一紀。張衡，見《園次序》。左思，見《憺園賦》。

（二一二）見《滕王賦》。

（二一三）韓文：含[一三]英咀華。《東觀餘論》：張長史旭書猶擊劍者，交光飛刃，欻忽若神，而器不離身。

（二一四）《太玄真一本際經》：無宗無上，而獨能爲萬物之始，故名元始。

（二一五）《詩》。

（二一六）見《懸圃序》。

（二一七）《列異傳》：秦文公時，陳倉人掘地，得物如彘，將獻之。道逢二童子，曰：「此名爲猥猥。」亦曰二童子名陳寶，得雄者王，得雌者霸。人遂弃猥而逐二童子，俱化爲雉飛去。陳倉人以告文公，大獵，得其雌者，化爲石。因置汧渭閒立祠，曰陳寶。雄飛入南陽，秦欲表其符，名曰雉縣。按猥，一作「媦」。《三秦記》：秦武公都雍。陳倉，漢屬右扶風。

（二一八）《列子》：孔子東游，見兩兒論日遠近。一曰：「日出大如車蓋，日中如盤盂，此近者小而遠者大乎？」《列子》：夸父逐日，渴飲河渭，不足，北飲大澤。未至，道渴而死。郭璞《山海經注》：夸父，神人，言能反日景。

（二九）《春秋括地象》：地下有八柱，廣十萬里，有三千六百軸，互相牽制。名山大川，孔穴相通。《列子》：共工氏與顓頊爭爲帝，怒而觸不周之山，折天柱，絶地維。

（三〇）見《憺園賦》。《事原》：女媧始制笙簧。渤澥，見《半繭賦》。海枯，詳《琴怨序》。

（三一）詳《舜民序》。

（三二）《史記》：秦孝公作咸陽，徙都之。《漢書》：項羽屠咸陽，燒其宫室，火三月不滅。

（三三）屈原《九章》：懷瑾握瑜兮，窮不知所示。漢樂府：心思不能言，腸中車輪轉。梁《黄淡思歌》：心中不能言，腹作車輪旋。韓詩：别腸車輪轉。

（三四）屈原《九歌》：浴蘭湯兮沐芳。宋樂府《讀曲歌》：奈何許，石闕生口中[一四]，銜碑不得語。并詳《紫玄序》。

（三五）《洛神賦》：含辭未吐，氣若幽蘭。

（三六）《酉陽搜古》：文仲爲魯使齊，齊拘之。文仲微使人遺魯公書，而謬其辭曰：「斂小器，投諸台。食獵犬，組[一五]羊裘。琴之合，甚思之。臧我羊，羊有母。食我以同魚。冠纓不足，帶有餘。」公及大夫莫能知，召其母，對曰：「『斂小器，投諸台』者，言取郭外民，納之城中也。『食獵犬，組羊裘』者，言享戰士[一六]，而繕甲兵也。『琴之合』，言思妻也。『羊有母』，告妻善養母也。『食我同魚』，是有本治繫於獄矣。『冠纓不足，帶有餘』，頭亂不得梳，饑不得食也。」

（三七）《史記·滑稽傳》：武帝時，有所幸倡郭舍人者，發言陳詞[一七]，令人主和悦。《漢書》：郭舍人請東方朔隱語。

（三八）《詩》。

（三九）《左傳》：越圍吴。趙襄子使陪臣楚隆至吴，吴王與之一簞珠，曰：「溺人必笑，吾將有問也[一八]，史黯何以得爲君子？」注：溺人不知所爲而反笑，王以自喻所問不急也。晉史黯嘗謂吴當亡，王惑[一九]而問之。

（四〇）《春秋》：吴入州來。《姓氏譜》：州來，吴姓。

（四一）杜詩：詞源倒流三峽水，筆陣獨掃千人軍。《書斷》：衛夫人《筆陣圖》，如千里陣雲。《文賦》：藻思綺合。《晉書》：管公明與單子春談，文采葩流。

（四二）《左傳》：楚靈王謂左史倚相，能讀《三墳》、《五典》、《八索》、《九丘》。注：《三墳》，伏羲、神農、黄帝書。《五典》，少昊、顓頊、高辛、堯、舜之書。八卦之説爲《八索》，九州之志爲《九丘》。

（四三）《漢書》：張安世字子孺。上幸河東，嘗亡書三篋，安世具書其事。後購書相校，一字無遺[二〇]。

（四四）《宋書》：蕭思話，孝懿皇后弟也。年未知書，以博誕游遨爲事。後折節書史，能隸書，善音律，高祖以國器許之。

（四五）《吴志》：孫權使曹不興畫素屏，誤點墨，因就成蠅狀。權疑其真，以手彈之。嘗過青溪，見赤龍飛水上，寫獻孫皓。至宋時亢旱，得所畫龍置水上，雨大作，世稱絶藝。

（四六）绛斗，見《璿璣賦》。黄庭，經名。

（四七）補注。《列仙傳》：晉興寧三年六月夜，九華安妃與紫薇王夫人降金壇楊羲家。紫薇曰：「此上真元君金臺李夫人之少女也。道成太上書，署紫清上宫九華真妃，賜姓安，名鬱嬪，字靈簫。」

（四八）《離騷》：采三秀於山間。注：芝草一歲三秀。沈約詩：眷言采三秀，徘徊望九仙。

《晉·許穆傳》：穆爲護君長史，入華陽洞得道。王母第二十女紫薇夫人常降教之，後與穆書曰：「玉醴金漿，交生神梨。方丈火棗，元光靈芝。我當與山中許道士，不與人間許長史。」按道士，謂許穆之子，名宸。一作名翻，小字玉斧，爲侍班仙官。赤芝，見《瑞木賦》注。

（四九）《關令傳》：周無極元年，老子度函谷關。關令尹喜先敕門吏曰：「若有老翁從東來，乘青牛薄版車者，勿聽度關。」其日果至，關吏入白，喜曰：「我見聖人矣！」即帶印綬出迎，執弟子禮。

（五〇）《博物志》：王母降九華殿，時東方朔竊從殿南厢朱鳥牖中窺母。

（五一）《高士傳》：陶弘景字道[二一]明，讀書萬卷，得葛洪仙傳。齊高帝時，上表辭禄，隱句容勾曲山，號華陽真逸。年八十五歲無病而逝[二二]，謚貞白先生。或傳其仙去。

（五二）臧榮緒《晉書》：郭璞字景純，嘗作《游仙詩》。又嘗撰《洞林》、《新林》、《卜韻》、《爾雅注》數十篇。又注《三蒼》、《方言》、《山海經》、《楚詞》、詩賦數十萬言。卒後贈弘[二三]農太守。

（五三）《晉·束皙傳》：皙字廣微。太康中，歷尚書郎，後歸教授。所著有《五經通論》、《發蒙記》、《補亡詩》、《文集》數十篇。《漢書[二四]》：仇覽，一名香，字季智。延熹中爲蒲亭長，邑令王渙慕其賢，以一月俸資之入太學。郭泰與之同舍，下床拜曰：「君泰之師，非泰之友也。」

（五四）《漢書》：王允收邕，馬日磾馳謂允曰：「伯喈曠世逸才，多識漢事，當續成後史，爲一[二五]代大典。」蔡邕《青衣賦》略曰：「宜作夫人，爲衆女師。伊何爾命，在此賤微。」後漢張超有《誚青衣賦》。

（五五）《詩話》：李商隱詩文瑰邁奇古，世號爲三十六體。曾吟《錦瑟》詩，有曰「錦瑟無端五十弦[二六]」。

（五六）見《楚鴻序》。

（五七）見《黄門序》。

（五八）《唐紀》：蘇頲爲中書舍人。玄宗平内難，書詔填委，廷碩口所占授，輕重無差。吏白曰：「丐公徐之，手脱腕矣。」

（五九）昌黎《毛穎傳》：始皇嘗呼穎爲中書君。一旦，見其髮秃，上笑曰：「中書君老而秃，不稱吾用，今君不中書耶？」

（六〇）《廬州志》：巢縣有南譙城。一作焦。晉咸康中，置郡於此。按滁州，東晉曰南譙，北齊曰北譙。《甘泉賦》：般倕弃其剞劂兮。應邵注：剞，曲刀。劂，曲鑿也。傅毅《琴賦》：施公輪之剞劂。注：斧斤也。

（六一）《常州志》：周孝侯斬蛟處名荆溪。荆南山在宜興荆溪之南，故名。好事，見《憺園賦》。

（六二）詳《智修序》[二七]。

（六三）補注。

（六四）見《尺牘序》。

（六五）見《素伯序》。

（六六）李義山《謝河東公和詩啓》：思將玳瑁，爲逸少裝書；願把珊瑚，與徐陵架筆。

（六七）《漢書》：王褒字子淵，蜀人也。宣帝時，以太子體不安，詔褒娱侍太子。疾平，復乃歸。太子嘉褒所爲《甘泉》及《洞簫頌》，令後宫皆誦讀之。

（六八）相如《長門賦序》：武帝陳皇后得幸，頗妒。别在長門宫，聞相如之爲文，奉黄金百斤，爲相如、文君取酒，因得解悲愁之詞。後陳后復親幸。

（六九）《朝野僉論》：信初至北方，文士多輕之。示以《枯樹賦》，後無敢言者。《説文》：盭，赤色。彭綬，詳《九日[二八]序》。

（七〇）魏文帝《典論》：幹之《玄猿》、《漏卮》、《員扇》、《橘賦》，張、蔡不過也。張正見詩：豐貂入建章。

（七一）《南史》：顧歡家貧，無以受業。鄉中有學舍，於舍壁後倚壁聽，無遺亡者。夕則燃松節膏讀書，或燃糠自照。

（七二）見《懸圃序》。

（七三）見《得仲序》。

（七四）《史記·日者傳》：司馬季主者，楚人，卜長安東市。宋忠、賈誼謁之，季主曰：「卜者，導惑教愚也。愚惑之人，豈能一言而知之哉？」後宋抵罪，賈不食死，此務華絶根者也。

（七五）《蔡澤傳》：澤干諸侯，不遇，而從唐舉相，舉熟視而笑曰：「吾聞聖人不相，殆先生乎？」注：蓋戲之也。

（七六）《世説》：晉武帝賜荀勖食，勖曰：「此勞薪炊也。」帝密遣問，果用故車脚。按勖字公魯，封濟北郡公。

（七七）《文士傳》：中郎蔡邕經會稽柯亭，見椽竹，質可爲笛，斷爲兩節，吹之爲黄鍾之音。

【校記】

［一］「作」，蔣刻本、患立堂本、浩然堂本并作「操」。

［二］「寰」，患立堂本、浩然堂本并作「圜」。

［三］「儀容」，患立堂本、浩然堂本并作「容儀」。

［四］「簣」，原作「篁」，據諸本改。

［五］「枯」，原作「柱」，據諸本改。按程注謂「海枯，詳《琴怨序》」，知原文亦應爲「枯」。

[六]「壹」，四庫本作「抑」。

[七]「集」，患立堂本、浩然堂本并作「雜」。

[八]「猗」，患立堂本、浩然堂本并作「阿」。

[九]「前」，患立堂本、浩然堂本并作「中」。

[一〇]「焦」，患立堂本、浩然堂本并作「譙」。

[一一]此句下，患立堂本、浩然堂本并有小注「謂曹子南耕」。

[一二]「几」，原作「丸」，據四庫本、《西京雜記》卷四改。

[一三]「含」，文瑞樓本誤作「倉」。

[一四]「口中」，原作「中口」，據逯欽立《先秦漢魏晉南北朝詩・宋詩卷十一》乙正。

[一五]「組」，文瑞樓本誤作「紀」。

[一六]「士」，文瑞樓本誤作「匕」。

[一七]「陳詞」，文瑞樓本作「慷慨」。

[一八]「也」，文瑞樓本誤作「北」。

[一九]「惑」，四庫本誤作「感」。

[二〇]「遺」，文瑞樓本作「訛」。

[二一]「道」，亦園本、文瑞樓本并作「通」。

［二二二］「逝」，原作「之」，據亦園本、四庫本、文瑞樓本改。

［二二三］「弘」，文瑞樓本作「宏」。

［二二四］「漢書」，四庫本作「又注」。

［二二五］「一」，四庫本作「三」。

［二二六］此條注，亦園本、文瑞樓本并作：「李商隱、温庭筠、段成式齊名，號『三十六體』。商隱《錦瑟》詩有曰：錦瑟無端五率弦。」

［二二七］即卷六《胡智修詩序》。

［二二八］「日」，文瑞樓本誤作「月」。

陳檢討集卷五

宜興陳維崧其年撰　皖江程師恭叔才注

序

佳山堂詩集序

命扃分官以後，肇始篇章（一）；斷鰲立極而還，權輿述作（二）。姚庭吁咈，半臯夔渾噩之音（三）；姬代升歌，多旦奭春容之製（四）。揲蓍繫象［一］，理本元公（五）；緝雅稱詩，義緣上相（六）。莫不仰規天漢，俯察華蟲（七）。舒慘恊乎陰陽（八），清濁調乎律呂（九）。麟炳炳（一〇），裔裔皇皇（一一）。文字之興，由來尚矣。且夫言以旌心，文原載道（一二）。若使情弗篤乎君王，志不存乎民物。色工朱紫，徒成藻繢之容；韻合宫商，未便克諧之奏（一三）。縱復博綜正變，雜撰高深，审音者例之自檜［二］無譏（一四），觀禮者歎爲既灌而往（一五）。蓋自昔興文，要於養氣（一六）；從來立德，方許著書（一七）。辭須能達，此言啚自宣尼；思貴無邪，其説原於《魯頌》。必膏深而光沃，斯理沛而詞昌（一八）。往説雖多，斯言不易。

我夫子益都相國馮公（一九），光岳分靈，穆明一德（二〇）。樞機密勿，龍馬佐其苞符（二一）；參贊經綸，日月資其糾縵（二二）。孕灝博兩間之氣，有而不尸；匯汪洋百谷之墟，積而彌讓。亳都負俎，躬調五味之鹽梅（二三）；元子徂東，手補千章之袞繡（二四）。番番格人之貌（二五），泱泱大國之風（二六）。於是輝映三才，發皇萬有。龍文扛鼎，噌吰鞺鞳之聲（二七）；鴻筆摩空，拿攫連蜷之狀（二八）。周情孔思，杼軸吟謠（三〇）；夏鼎商盤（三一），雕鎪籀[三]篆（三二）。卿雲之麗碧落，卷舒本出無心（三三）；大海之生紫瀾，浩蕩仍歸何有（三四）。若乃九霄退食（三五），三殿書思（三六），蒿目時艱（三七）[四]，盡懷國是（三八）。歎密雲之不雨（三九），望切虹霓（四〇）；憫洚水之懷山，憂深昏墊（四一）。碧雞乍梗（四二），嗟戍卒之仳離（四三）；金馬旋開（四四），感征夫之况瘁（四五）。年年下瀨，樓船則楊僕遲歸（四六）；歲歲横江，澤國則盧循尚在（四七）。以致星飛紫孛，屢聞宵旰之朝（四八）；甚而地坼黄輿（四九），偏警殷憂之聖（五〇）。戀殷魏闕，思謝政以奚從（五一）；念結蒼生，欲引年而未可（五二）。謂予不信，爰作歌以告哀（五三）；問我何求，用賦詩而見志（五四）。蓋臣納牖（五五），語必纏綿；元老匡時，言皆忠愛。絶少憑虚之論（五六），原非謾興之言。然而秋盈緑野（五七），時致門生；春到黄扉（五八），恒招屬吏。或飛觴而命酒，每授簡以摛文（五九）。偏師一奮，砰礡[五]喧八月之濤（六〇）；險韻重捻，撇捩激萬鈞之弩（六一）。行間光怪，盤硬筆以横飛（六二）；楮上騰掀，蘸渴毫而突起（六三）。《客嘲》、《賓戲》，亦莊亦諧（六四）；西竺南華，半仙半佛（六五）。此則語多寄托，仍爲有謂而然；義屬興觀，詎是無因而作。陶融元氣，終難越其範圍；籠盖群倫，鮮能窺其涯涘也。

崧以菲材，獲承隆盼[六]。道旁苦李（六六），過蒙匠石之知（六七）；爨下焦桐（六八），謬荷鍾期之聽（六九）。雕慚宰予（七〇）[七]，鑄愧顔回（七一）。猥於鑽仰之餘，得與校讐之役（七二）。於是剖[八]厥紛繁，厘其前後。同西園之子弟（七三），商訂魯魚（七四）；偕東閣之生徒，整齊亥豕（七五）。懸之通國（七六），副在名山（七七）。極知卑不頌尊，愚難知聖。敢矜莛叩，思擬議夫淵深；遑恣管窺，冀稱揚夫高厚（七八）。祇以一堂請益，數載從游，敢略綴[九]夫俚言，敬敷陳乎末簡。竊比卜商，握管弁《毛詩》之首（七九）；粗同安國，濡毫序《書傳》之前云爾（八〇）。

【箋注】

（一）《左傳》：昭子問曰：「少皞氏鳥名官，何故也？」郯子曰：「五鳩，鳩民者也。五雉爲五工正，九鳸爲九農正。」

（二）《列子》：女媧氏斷鰲足以立四極。高誘注：天廢傾，以鰲足拄之。權輿，見《天篆序》。

（三）《書》。

（四）《詩義疏》：文王分岐周故地[一〇]爲旦奭采邑。武王遷鎬，克商，乃采文王時民俗之詩，得之國中，雜以南國者爲《周南》，其專得之南國者爲《召南》。《學記》：善待問者如撞鐘，待其春容，然後盡其聲。《韓詩》：春容乎太[一一]篇。

（五）《易》。

（六）《漢書》：陸賈謂陳平曰：「足下位爲上相。」

（七）《詩》：維天有漢。《書》：山龍華蟲。

（八）劉孝標論：陽舒陰慘，生民大情。

（九）《樂記注》：黄鍾、大[一二]簇、姑洗、㽔賓、夷則、無射爲六律，大吕、夾鍾、仲吕、林鍾、南吕、應鍾爲六吕。十二律聲分清濁。

（一〇）揚雄《美新論》：炳炳麟麟。注：與「燐」同。

（一一）見《瑞木賦》。

（一二）韓文：文者，所以載道也。

（一三）《書》：八音克諧。

（一四）《左傳》：季札觀樂，自檜以下無譏焉。

（一五）《論語》。

（一六）韓愈《答李翊書》：古之立言者，不可以不養也，氣盛則言之短長與聲之高下皆宜。

（一七）《左傳》：穆叔曰：「豹聞之太上有立德，其次有立功，其次有立言。」

（一八）《答李翊書》：根之茂者其實遂，膏之沃者其光華。

（一九）詳《益都跋》[一三]。

（二〇）《書》：穆穆在上，明明在下。

（二一）《論語讖》：仲尼曰：吾聞堯舜游首山，觀河渚，有五老。一老曰：「河圖將來告帝期。」一老曰：「河圖將來告帝謀。」一老曰：「河圖將來告帝書。」一老曰：「河圖將來告帝圖。」一老曰：「河圖將來告帝符。」龍銜玉苞，金泥玉檢封盛書，五老飛爲流星，入昴。

（二二）見《璿璣賦》。

（二三）《埤史》：湯思賢夢有人負鼎抗俎曰：「鼎爲和味，俎者割截，天下豈有人焉爲吾宰者乎？」《書》：用汝作鹽梅。

（二四）《詩》：我徂東山。我觀之子，衮衣綉裳。

（二五）《書》：番番黄髮。又：格人元龜。

（二六）《左傳》：季札觀樂，爲之歌《齊》曰：「泱泱乎！大風也哉！」

（二七）韓愈詩：龍文百斛鼎，筆力可獨扛。《石鐘山記》：有窾坎鏜鞳之聲，與向之噌吰者相應。

（二八）見《天章序》注。

（二九）拿攫，見《憺園賦》。屈原《九歌》：靈連蜷兮既留。注：長曲貌。

（三〇）唐李漢《韓文序》：日光玉潔，周情孔思。陸機《文賦》：雖杼軸於予懷，怵他人之我先。

（三一）見《璿璣賦》。

（三二）詳《亓山序》。

（三三）卿雲，見《璿璣賦》。碧落，詳《觀槿序[一四]》。

（三四）唐詩：大海迴風生紫瀾。[一五]

（三五）《詩》。

（三六）見《璿璣賦》。

（三七）《莊子·駢拇篇》：今世之仁人，蒿目而憂世之患。注：蒿目，半閉其目，坐生憂愁。

（三八）補注。

（三九）《易》。

（四〇）《孟子》。

（四一）《書》。

（四二）見《璿璣賦》。

（四三）《詩》。

（四四）見《璿璣賦》。

（四五）《詩》。

（四六）《漢書》：南越吕嘉爲亂。命楊僕爲樓船將軍，戈船下瀨，出零陵，往平之。

（四七）《晉書》：盧循娶孫恩妹。恩亡，餘衆推循爲主。元興二年，劉裕［一六］討循至晉安。循窘急，泛海到番禺，寇廣州。

（四八）《春秋傳》：星孛入北斗，邪氣所生也。《漢書》：宵衣旰食。

（四九）詳《琴怨序》。

（五〇）晉劉琨表［一七］：或殷憂以啓聖明。

（五一）《莊子·讓王篇》：公子牟謂瞻子曰：「身在江海之上，心居魏闕之下。」

（五二）《謝安傳》：士大夫相謂：「安石不出，將如蒼生何？」《詩》：以引以翼。

（五三）《詩》。

（五四）《書》：詩言志。《左傳》：鄭伯享趙孟于垂隴，子展、伯有、子西、子産、子太叔、二子石從。趙孟曰：「請皆賦，以卒君貺，武亦以觀七子之志。」

（五五）《詩》：王之藎臣。注：忠愛，盡無已也。《易》：納約自牖。

（五六）《西京賦》：憑虛公子。

（五七）見《楚鴻序》。戴埴《鼠璞》：裴度於唐文宗時留守東都，治緑野堂，雖野服蕭散，尚保厘留臺，非閒居事也。

（五八）《漢·百官》制：丞相聽事之閣，俱用黄扉，故稱黄閣。其制，天子以丹，丞相以黄。

（五九）見《璿璣賦》。

（六〇）見《懸圃序》。枚乘《七發》：將以八月之望，觀濤於廣陵之曲江。

（六一）《洞簫賦》：聯綿漂擻。韓愈《送窮文》：捩手翻羹。王右軍《書衛夫人筆陣圖》：鍾繇每作一戈，如百鈞之弩發。《書法要録》：李斯小篆，如千鈞强弩，萬石洪鍾。

（六二）杜詩：書貴瘦硬方通神。

（六三）《説文》：滔，蘸濕貌。補注。

（六四）《白帖》：子雲之《解客嘲》，孟堅之《答賓戲》。見《尺牘序》。

（六五）《後漢書》：明帝遣使求書天竺。按其國在西，故名西竺，一稱乾竺。南華，見《園次序》。

（六六）《世説》：王戎七歲與諸兒游，睹道邊李樹有子折枝，諸兒競取之，惟戎不動。人問之，答曰：「樹在道邊〔一八〕而多子，必苦李也。」取之，信然。

（六七）見《半繭賦》。

（六八）《搜神記》：吴人有燒桐以爨者，蔡邕聞其爆聲，曰：「此良桐也。」斷以爲琴，其尾焦，因名焦尾。

（六九）見《園次序》。

（七〇）《論語》。

（七一）《法言》：或曰：「人可鑄與？」曰：「孔子鑄顔回矣。」注：學猶鑄也。

（七二）《律曆志》：廣延召問，未能讐也。注：讐，對也。

（七三）見《尺牘序》。

（七四）《抱朴子》：文字之訛，以魯爲魚，以帝爲虎。

（七五）《漢書》：公孫弘爲相，封平津侯，開東閣，營客館，以招天下士。《家語》：子夏見讀史志者，曰：「晉師伐秦，三豕渡河。」子夏曰：「非也，己亥也。」問之魯史，果然。

（七六）見《黄門序[一九]》。

（七七）《史記》：藏之名山，傳之其人。

（七八）東方朔《答客難》：以管窺天，以蠡測海，以莛撞鍾，豈能通其條貫，考其文理，發其聲音哉？

（七九）《家語》：卜子夏有《詩序》。

（八〇）《漢書》：孔安國治《尚書》，定爲五十八篇，作序於前，爲武帝博士。

【校記】

［一］「象」，患立堂本、浩然堂本并作「象」。
［二］「檜」，患立堂本、浩然堂本并作「鄶」。
［三］「籀」，原作「籕」，徑改。全書同。
［四］「艱」，患立堂本作「難」。
［五］「碻」，患立堂本、浩然堂本并作「鎬」。
［六］「盼」，蔣刻本作「眄」。
［七］「予」，蔣刻本、患立堂本、浩然堂本并作「我」。
［八］「剖」，蔣刻本、患立堂本、浩然堂本、亦園本、文瑞樓本并作「部」。
［九］「敢略綴」，患立堂本、浩然堂本并作「略綴輯」。
［一〇］「地」，四庫本作「邑」。
［一一］「太」，亦園本、四庫本、文瑞樓本并作「大」。
［一二］「大」，四庫本作「太」。
［一三］即卷二十《益都馮相國壽詩跋》。
［一四］「序」，文瑞樓本誤作「賦」。

〔一五〕按此句非唐詩，乃明王世貞詩，程注誤記。
〔一六〕「裕」，文瑞樓本作「豫」。
〔一七〕「表」，四庫本作「傳」。
〔一八〕「邊」，文瑞樓本作「旁」。
〔一九〕「序」，四庫本誤作「賦」。

方渭仁都門懷古詩序

若夫五陵南去，地入中原（一）；三輔西來（二），河衝北戒（三）。軍都蒼莽，金遼則處處斜陽（四）；碣石沉雄，燕趙則年年蔓草（五）。一城木葉，霜未染以先紅；萬里邊墻，月既沉而愈白。井上之燈忽紫，蒯徹難逢（六）；市中之筑空豪，慶卿安在（七）？於是金笳夜嗷，和以曼聲（八）；鐵騎晨嘶，雜之長嘯（九）。揮毫颯沓（一〇），山迴故國之篇（一一）；潑墨淋漓（一二），火入荒陵之句（一三）。人則嵚嵚而歷落（一四），俗原慷慨以悲歌（一五）。金飆蕭屑，偏帶商聲（一六）；秦缶高涼，最含西氣（一七）。嗟乎！上客端憂，正奉倩傷神之後（一八）；故人工病，亦安仁悼婦之餘（一九）。古今大矣，何須代往昔以興悲〔一〕？賢達紛如，奚事向關河而寄慨？君如不樂，請高吟《蟋蟀》之章（二〇）；僕倘[二]能狂，願緩進鸕鷀之杓（二一）。

【箋注】

（一）《西都賦》：南望杜霸，北望五陵。注：漢高帝長陵、惠帝安陵、景帝陽陵、武帝茂陵、昭帝平陵爲五陵。庾信賦：五陵豪選。注：士人多宅於此。《晉書》：祖逖曰：「不清中原而復濟，有如[三]大江。」

（二）《西安志》：秦曰關中。漢武帝立京兆、左馮翊、右扶風爲三輔。

（三）見《天章序》。

（四）《漢書》：盧植隱於上谷。今昌平州軍都，即其隱處。《莊子》：適蒼莽者，三餐而反。

注：一望之地也。《輿記》：古幽薊之地，即遼、金、元舊都也。

（五）《禹貢》：夾石[四]碣石入於河。安國注：海畔山也，在北平，即驪縣城西南。《西京賦》：揚洪濤于碣石。

（六）補注。《列傳》：蒯通本名徹，涿陽人，以武帝諱，史易爲通，善口辨。詳《納姬序》。按《順天志》，徹墓門每見夜有紫燈，即方公詩題[五]之一。

（七）《刺客傳》：荆軻者，徙于衛，衛人謂之慶卿；而之燕，燕人謂之荆卿。高漸離擊筑，荆軻和而歌[六]于市中，旁若無人者。

（八）齊高帝《塞客吟》：金笳夜厲，羽轊晨征。

（九）《漢書》注[七]：鐵馬，介馬也。杜詩：鐵馬汗常趨。《晉書》：孫登字公和，隱蘇門。阮籍與商仙術，登不應，長嘯而起。至半嶺，聞聲如鸞鳳。

（一〇）張衡《羽獵賦》：輕車颯沓。李詩：颯沓如流星。

（一一）詳《初明序》。

（一二）《畫記》：王宰善潑墨。酒酣，先以墨潑絹，随其形爲山水，不見墨污之迹。

（一三）劉禹錫《懷古詩》：風吹落葉填宫井，火入荒陵化寶衣。《三輔故事》：始皇葬驪山後，牧羊兒亡羊，羊入藏中，覓羊，燔其郭。

（一四）《世説》：周伯仁道桓茂倫：「嶔嶔歷落可笑人。」

（一五）見《素伯序》。

（一六）《説文》：飆，扶摇風也。

（一七）詳《子厚序》。曹植詩：秦箏發西氣。

（一八）謝莊《月賦》：陳王初喪，應劉端憂多暇。《世説》：荀粲字奉倩，彧第六子。妻曹氏，有艷色。妻病熱，奉倩出中庭取冷，還以身熨之。妻亡，人吊不哭而神傷，尋亦卒。

（一九）《風俗通》：慎終悼亡。潘岳《悼亡詩》：之子歸窮泉，重壤永幽隔。

（二〇）《詩》。

（二一）謝氏《詩源》：金母召群仙宴于赤水，坐有碧玉鸚鵡杯、白玉鸕鷀杓。杯乾則杓自把[八]，欲飲則杯自舉。李詩：鸕鷀杓，鸚鵡杯，百年三萬六千日，一日須傾三百杯。

【校記】

［一］「悲」，蔣刻本、患立堂本、浩然堂本并作「愁」。
［二］「倘」，蔣刻本、患立堂本、浩然堂本并作「尚」。
［三］「如」後，文瑞樓本有「此」字。
［四］「石」，四庫本作「右」。
［五］「詩題」，四庫本誤倒爲「題詩」。
［六］「而歌」二字，文瑞樓本脱。
［七］「注」字，文瑞樓本脱。
［八］「把」，亦園本、文瑞樓本并作「挹」。

汪季青詩稿序

波喧江浙，緑繞千家；山界常湖，青連兩縣。則有藍溪仙客，舊籍桐川（一）；黃海文豪，新家顧渚（二）。尤耽詩賦，雅事交游。以余近百里之間，爲我命三秋之駕。褰裳譙國（三），只訪嵇康（四）；擔簦陳留，惟尋阮瑀（五）。然而雲時出岫，鳥善離巢。年年馮暖，嘗[一]聞[二]彈鋏依人（六）；歲歲鄒陽，不免[三]曳裾作客（七）。成都肆上，未見嚴遵（八）；洛陽城中，絶無蘇季（九）。率爾題門以去（一〇），逌[四]然擁楫而還（一一）。猶復眷佇爲勞，纏綿莫解。瑶緘鄭重，憑紅鯉以浮來；錦字分明，倩緑鱗而送至（一二）。齊紈作[五]疊，披襟而謖謖多風（一三）；秦鏡初圓，開篋而團團似月（一四）。一摇彩扇，便使身輕（一五）；每鑒華銅，頓憎形穢（一六）[六]。倏初心之莫遂（一七），溝水東西（一八）；俄舊雨之長乖（一九），浮雲南北（二〇）。空縻好爵（二一），文園則引疾偏多（二二）；徒點華班，騎省則閒居不少（二三）。忽接中山[七]之信，獲披瓦[八]上之編。按節狂歌，臨風卒讀。夫其才調彌遒，襟情更暢。劉孝威林檎之啓，字字英奇（二四）；張子布楠榴之章，言言綺密（二五）。五色膠東之紙，録此清文（二六）；千番巴蜀之箋，書其麗句（二七）。播之輦下，足當《騷》、《雅》之稱；弆以帳中，不忝風流之目（二八）。

僕也一官落拓（二九），恨與年增；三載羈栖，才因興減。藻思消歇，既輸君十倍之才（三〇）；宦況聊蕭，甘讓爾五湖之長（三一）。乃猶膏唇拭舌，序王裴輞水之思（三二）[九]；

舐墨含毫，弁皮陸《松陵》之集〔三三〕。多恐青猿獻誚，將毋白鶴騰譏〔三四〕。君縱忘言，僕猶知愧。或者久要有在，請待來年；昔夢難忘，遥申一語。竟獲右軍誓墓〔三五〕，平子歸田〔三六〕。紅簾白舫，往來苕霅之間〔三七〕；酒幔茶檣〔三八〕，滅没鳧鷖之隊。與君唱和，定自成聲〔三九〕；借[一〇]我流連，差堪作達〔四〇〕。謂余不信，姑留息壤之盟〔四一〕；於我何求，敢訂菟裘之約〔四二〕。

【箋注】

〔一〕《福寧州志》：大姥山下有藍溪。每八月中，溪水作藍，染帛最佳，俗傳大姥染衣水。又按金華府有藍溪縣。《嚴州志》：桐川即桐江，在桐廬縣，源出天目。

〔二〕《九域志》：新安黄山，有雲如海，稱黄海，一稱雲海。《湖州志》：顧渚在長興縣旁，有二山相對，號明月峽。昔夫差顧其渚可都，故名。其地産茶。

〔三〕見《天篆序》。

〔四〕虞預《晉書》：嵇叔夜先本上虞人，姓奚，以避怨，徙譙郡。家于銍邑之嵇山，因命氏焉。

〔五〕見《尺牘序》。《史記》：虞卿躡蹻擔簦。注：簦，禦雨具。《阮瑀傳》：瑀，陳留人。《通典》：陳留，嬀州之地，今河南府。

〔六〕見《楚鴻序》。

（七）《鄒陽傳》：景帝時，陽仕吴，以文辨著名。吴王陰有邪謀，上書諫曰：「蛟龍驤首，則霧雨咸集。今臣飾固陋之心，何王之門，不可長曳裾乎？」

（八）《漢・嚴遵傳》：遵字君平，卜筮於成都市，日得百錢，足以自養，則閉肆下簾，而讀《老子》。

（九）《蘇秦傳》：季子爲從約長曰：「使我有洛陽負郭田二頃，豈能佩六國相印乎？」

（一〇）見《臛[一二]庵序》。

（一一）即訪戴事。見《園次序》。

（一二）見《尺牘序》。

（一三）見《海棠賦》。

（一四）詳《無忝序》。《西京雜記》：始皇有方鏡，可照人心膽。杜審言《詠月詩》：好與鏡俱團。

（一五）《江淹集》有《扇上彩畫賦》。

（一六）漢辛延年詩：貽我青銅鏡。陸機《與弟書》：仁壽殿前有大方銅鏡，暗着庭中，向之便寫人形。《衛玠[一二]別傳》：玠舅王武子見甥玠，歎曰：「珠玉在側，覺我形穢。」

（一七）見《黄門序》。

（一八）《西京雜記》：文君《白頭吟》有曰：「今日斗酒會，明旦溝水頭。蹀[一三]蹀御溝上，溝水東西流。」

（一九）《少陵集》：卧病長安旅次，多雨，尋常車馬之客，舊雨來，今雨不來。

（二〇）詳《納姬序》。

（二一）《易》。

（二二）《漢書》：相如事孝景爲武騎常侍，後武帝拜爲孝文園令。有肺疾，免，居茂陵。詳《智修序》。

（二三）見《滕王賦》。潘岳賦序：于是覽止足之分，度[一四]浮雲之志，乃作《閒居賦》，以歌事遂情焉。

（二四）梁《劉孝威集·謝賚林檎書》有曰：生于玉井之側，出自金膏之地。上靈所貴，下士希逢。

（二五）《吴志》：張昭字子布，張紘字子綱，俱爲孫權參謀。紘嘗作《楠榴枕賦》。陳琳在河北持示人曰：「此吾鄉張子綱所作。」又與紘書曰：「足下與子布在，所謂小巫見大巫，神氣盡矣。」[一五]按子布誤用。

（二六）見《尺牘序》。

（二七）見《三芝序》。《資暇録》：元和初，薛濤尚松花箋，而好製小詩。乃減諸箋狹小之名薛濤箋。一作薛陶。[一六]

（二八）弆藏，見《尺牘序》注。帳中，見《黄門序》。

（二九）揚雄《客嘲》曰：何爲官之拓落也。

（三〇）《蜀漢書》：先主以後事屬亮曰：「君才十倍曹丕。」

（三一）《晉書》：桓温子玄補義興守，歎曰：「父爲九州伯，子爲五湖長。」弃官歸國。

（三二）《宦者傳》：吕强疏云：「群邪項領，膏唇拭舌。」《唐・列傳》：王維别墅在輞川，常與裴廸游。後《與裴書》曰：「多思曩昔，携手賦詩，步仄徑，臨清流也。」

（三三）《莊子》：宋元君畫圖，衆史舐筆和墨。按含毫，詳《藝圃序》。《唐書》：皮日休與陸龜蒙、羅隐、吴融爲益友，相唱和。陸著有《松陵集》十卷。

（三四）孔稚圭《北山移文》：南岳獻嘲，北隴騰笑。列壑爭譏，攢峰竦誚。

（三五）見《黄門序》。

（三六）見《三芝序》。

（三七）《高士傳》：張志和號烟波釣徒。顔真卿爲刺史，欲館之，謝曰：「願浮家泛宅，往來苕霅之間耳。」按苕溪、霅溪，屬湖州。

（三八）《韓非子》：宋人沽酒，懸幟甚高。即酒旗也。茶檣，即陸龜蒙事，見《臞庵序》。

（三九）《檀弓》：予之琴和之而和，彈之而成聲。

（四〇）《世説》：阮咸子渾，韻度似父，亦欲作達。

（四一）《國策》：秦武王與甘茂盟于息壤，攻宜陽，五月不能拔也。樗里疾、公孫衍爭之王，王将召甘茂而去之，對曰：「息壤在彼。」

（四二）《左傳》：魯隱公謂羽父曰：「使營菟裘，吾將老焉。」杜注：菟裘，魯邑。不居魯朝，別營外邑。

【校記】

［一］「嘗」，患立堂本、浩然堂本并作「常」。

［二］「聞」後，蔣刻本、患立堂本、浩然堂本并有「以」字。

［三］「免」後，蔣刻本、患立堂本、浩然堂本并有「以」字。

［四］「逌」，患立堂本、浩然堂本并作「適」。

［五］「作」，患立堂本、浩然堂本并作「乍」。

［六］此句下，患立堂本、浩然堂本并有小注「向有詩扇明鏡之寄」。

［七］「中山」，蔣刻本、患立堂本、浩然堂本并作「山中」。

［八］「瓦」，患立堂本、浩然堂本并作「霞」。

［九］「思」，患立堂本、浩然堂本并作「詩」。

［一〇］「借」，患立堂本、浩然堂本并作「偕」。

［一一］「臞」，文瑞樓本誤作「耀」。

［一二］「衛玠」前，四庫本有「晉」字。

［一三］「踥」，四庫本作「躞」。

［一四］「度」，四庫本作「庶」。

［一五］此段注中三「紘」字，四庫本均作「紭」。

［一六］此條注，亦園本、四庫本、文瑞樓本并作：「《資暇録》：元和初，薛濤尚松花箋，而好製小詩。一作薛陶。晉簡文帝集：謹奉紅箋二千番。」按「簡文帝集」，四庫本作「簡文帝録」。

藝圃詩序（一）

蓋聞夏鑴九鼎，原非旦夕所成（二）；漢起千門，初豈咄嗟能辨（三）？蜂釀花而作蜜，定費經營；狐集腋以成裘，恒資襞績（四）。宋人之鏤楮葉，請以三年（五）；魯客之造木鳶，期之數載（六）。借非蛟蜃，奚緣嘘俄頃之樓（七）；除是仙靈，或解熟逡巡之酒（八）。《三都》待煉，槁乍削以還焚（九）；《两賦》當研，毫縱含而每腐（一〇）。何來巧製，敏屬神輸；乃有華文，贍同夙構（一一）。爐熏未息［一］，千章盈芍藥之花；鉢響還留，百軸溢葡萄［二］之樹（一二）。在作者尚矜其極筆，至旁觀益侈爲美譚（一三）［三］。麗矣名篇，猗歟盛事。時則迢迢金谷（一四），直控鷄陂（一五）［四］；隱隱銅街（一六），衮通鶴市（一七）。零朱剩粉，是前代之空園；卧碣殘[五]碑，得昔賢之故第。袁太尉池亭[六]闃若，喬木斯存；文潞公閥閲巋然，平泉尚在(一八)。朱門换主，空餘故老之流傳；青瑣騎箕，彌切佳郎之顧慕(一九)。舊説萊陽仲子，幼便能文；爭誇天水次公，賢而好客(二〇)。則有晝省望郎(二一)，雄州名守。偶作墻東之客(二二)，潛爲垞北之游(二三)。攀條藉卉，嘉賓因適志[七]以忘歸；散帙攤書，賢主遂濡毫而請賦。

斯時也，紅鵝館裏，宿雨催晴；碧鴨闌邊，嫩凉滌暑(二四)。水明天淡，既駛騃以宜人(二五)；簟滑甌香，復蕭疏而稱意。爰披雪繭，用染霜鋒(二六)。沉思而風雨忽來，狂叫而蛟螭沓舞。五言十二，半微雲踈雨之吟(二七)；七律八章，多劍拔弩張之態(二八)。蓋其感慨在心，故爾宫商應手。問庾子山之第宅，能不興哀(二九)？過稽[八]叔夜之園林，可無流涕(三〇)。千尋玳瑁，一架珊瑚(三一)。織成寶罽，偏熏芸[九]葉之香(三二)；疊得花箋，更養成都之粉(三三)。飛揚跋扈(三四)，筆不能休(三五)；頓挫激昂(三六)，文無加點(三七)。曹子桓城南會獵，正獸肥草淺之時(三八)；管公明席上清談，是耳熱酒[一〇]闌之後(三九)。無何而日隱西崦，星翻北渚(四〇)。小胥腕脱(四一)，屢促更衣(四二)；上客神來(四三)，堅祈刻燭(四四)。於是盡敞席珍(四五)，縱陳櫝韞(四六)。恢奇俶[一一]詭，如觀伯翳之經（四七）；炫耀焜煌［一二］，疑入波斯之市（四八）［一三］。爰有蔡邕籀篆，曹霸丹青（四九）。銅肌蛀緑，獰如西極之辟邪（五〇）；玉暈皴紅，艷若南荒之鸚鵡（五一）。携來笻［一四］杖（五二），竹無淚以恒斑（五三）［一五］；結就焦團，棕未癭而先紫（五四）。六宫脂盝（五五），隱隱啼妝（五六）；七尺唾壺，茫茫［一六］冤氣（五七）。寧第漆園小吏，床頭之蝴蝶仍來（五八）；非徒管氏夫人，硯裏之鴛鴦不去（五九）。凡諸長物（六〇），悉付短歌。憑老興以淋漓，横秃衿而跳蕩（六一）。噌吰鞺鞳（六二），渴羌酒食［一七］之聲（六三）；狷鋭嫖姚，猛士斫營之狀（六四）。憑欄以眺，乍蟾魄之東升；擲筆而狂，驟蟲吟之西［一八］起。會且歸矣（六五），行當俟後之人；于胥樂兮（六六），詩亦如前之數。僕也匿影殘冬（六七），棲踪他縣。一緘索序，難尋避債之臺（六八）；五夜成篇（六九），聊附折梅之驛（七〇）。攬早謝之江花，徒憎余［一九］拙（七一）；蔭同行之潘果，彌覺卿妍（七二）。深愧續貂，奚堪引鳳（七三）。

【箋注】

（一）原注：藝圃者，姜如農先生仲子學在所居也。其先爲文文肅公清瑶嶼，又先爲袁憲副某堂。水木清幽，洲島閒曠［二〇］，最爲吴中勝處。學在讀書其中，旁列古彝鼎，及茶鐺［二一］酒董諸小物。一日，吾友吴園次過其齋頭，頃刻爲賦詩四十首。學在梓而傳之，并屬余爲序云。［二二］

（二）見《天篆序》。

（三）《漢・郊祀志》：漢武作建章宫，千門萬户。

（四）張璠《易注序》：蜜蜂以兼采爲味。任彦昇《薦士表》：非取製于一狐，諒求味于兼采。狐腋，見《歸田序》。襞績，見《瑞木賦》注。

（五）《列子》：宋人有爲其君以玉爲楮葉者，三年而成。亂之楮葉中，不可別也，遂以巧食宋國。列子聞之，曰：「使天地生物，三年而成一葉，物之有葉者寡矣。」

（六）《淮南子》：魯般爲木鳶而飛。《列子》：墨翟之飛鳶，自謂能之極也。《韓子》：墨子爲木鳶，飛一日而敗，曰：「吾不如爲車輗者巧也。用咫尺之木，不費一朝之事，而引三十石之任。今我爲鳶，三年成，飛一日而敗。」惠子聞之，曰：「墨子大巧，巧爲輗，拙爲鳶。」

（七）見《半繭賦》。

（八）《列仙傳》：韓湘子解造逡巡酒。

（九）見《素伯序》。

（一〇）范曄《後漢書》：張衡擬班固《两都》作《二京賦》，十年乃成。劉勰《神思賦》：相如含筆而腐毫。

（一一）《范雲傳》：雲爲文，每下筆立就，人謂爲宿構。

（一二）見《三芝序》。

（一三）《公羊傳》：魯人至今以爲美譚。

（一四）見《半繭賦》。

（一五）《吴志》：齊門外吴王畜鷄，城後名鷄陂。

（一六）見《滕王賦》。

（一七）見《半繭賦》。

（一八）俱見上原注。按袁太尉，詳《紫來序》[一二三]。《宋史》：文彦博字寬夫，出將入相五十餘年，以太師致仕，封潞國公，九十三年卒。《史記》：明其等曰閥，積日曰閲。注：門左爲閥，右爲閲，取此。《賈氏談録》：贊皇公平泉莊周迴十里，堂榭百餘，有自記。按李栖筠封贊皇男，子吉甫贊皇侯，孫德裕贊皇公。

（一九）《莊子·大宗師》：傅説相武丁，乘東維，騎箕尾，而比于列星。顧慕，見《瑞木賦》。

（二〇）見上原注。仲子即學在，其先萊陽人。姜屬天水郡。

（二一）見《園次序》。

（二二）《後漢書》：北海王君公遭新莽亂，儈牛自隱，時人語曰：避世墻東王君公。

（二三）見《看奕賦》。

（二四）見《憺園賦》。

（二五）揚雄《甘泉賦》：崇丘陵之駊騀。

（二六）《世説》：羲之書《蘭亭記》，用蠶繭紙，鼠鬚筆。按蠶繭紙，似繭而澤。

（二七）《孟浩然集序》：浩然間適秘省。秋月新霽，諸英華賦詩，浩然句曰：「微雲淡河漢，疏雨滴梧桐。」舉坐歎其清絶，咸閣筆。

（二八）袁昂《古今書評》：韋誕書如龍威虎振，劍拔弩張。

（二九）見《天章序》。杜詩：庾信羅含俱有宅。

（三〇）見《得仲序》注。

（三一）見《天篆序》。

（三二）詳《澹庵序》。古詩：芸葉香薰[二四]走蠹魚。

（三三）見《園次序》。

（三四）《東魏書》：高歡曰：「侯景常有飛揚跋扈之志。」杜詩：飛揚跋扈爲誰雄。

（三五）詳《少楹序》注。

（三六）頓挫，詳《南耕序》[二五]。激昂，見《園次序》。

（三七）詳《少楹序》注。

（三八）《魏志》：文帝諱丕，字子桓。《典論》文帝《自叙》曰：余少好弓馬。建安十年，濊貊貢良弓，燕代獻馬。時歲之暮春，和風扇物，弓燥手柔，草淺獸肥，與族兄子丹獵于鄴西。

（三九）《管輅傳》：輅年十五，從其父之琅琊太守。單子春聞輅名，請見。會客百餘人，皆才辨之士。管曰：「輅年少，膽未堅，請先飲三升清酒，然後可談。」魏文帝《與吴質書》：酒酣耳熱，仰而[二六]賦詩。

（四〇）《淮南子》：日入崦嵫。注：其山在西，亦名西嵫。《地理志》：秦州有崦嵫山，稱西崦。屈原《九歌》：夕弭節兮北渚。

（四一）見《三芝序》及《天篆序》。

（四二）《史記·灌夫傳》：坐乃起更衣。《外戚世家》：武帝起，更衣，衛子夫侍尚衣軒中。顔注：凡久坐者，皆起更衣，以寒暖或變也。

（四三）王勃《采蓮賦》：上客喧兮樂未已。王僧孺詩：上客强盤桓。《摭言》：文有三來：一曰神來。

（四四）見《園次序》。

（四五）《儒行》：儒有席上之珍以待聘。

（四六）《論語》。

（四七）《莊子·天下篇》：其辭雖參差，而俶詭可觀。《路史》：劉秀《表校〈山海經〉》云：夏禹治水，伯益與伯翳主驅禽獸。是則益、翳爲二人，非伯翳之即益也。按《山海經》，即[二七]《伯翳經》。

（四八）《隋書》：煬帝遣李昱通波斯，尋貢方物。按西方波斯國多寶，乃大月氏之别種。

（四九）《蔡邕傳》：邕爲中郎將，工八分書，上表求正定六經文字，靈帝許之。并見《憺園賦》。《唐書》：玄宗時，曹霸善畫。杜甫有《曹將軍畫馬圖引》及《丹青引》。

（五〇）《廣雅》：蛀，食木蟲。《古器評》：漢辟邪爐[二八]，此薰[二九]爐也，通體爲辟邪形。拆其半爲盖，其形小，可置懷袖。按辟邪，獸名。漢以金石爲其形，以鎮宫門。《褚載》：馮小憐有手爐曰辟邪，足爐曰皁藻。《五色綫》：唐肅宗賜李輔國玉辟邪，高一尺五寸。

（五一）《物性志》：鸜鵒，丹喙，緑毛，翠衿。又其毛或蒼緑，或紫。喙曲如鸮，而目深。行則以喙啄地，而足後随之。效人言。

（五二）《蜀志》：笻卭[三〇]高節，磥砢可爲杖。漢張騫使大夏，見蜀中卭竹杖，問之，曰：「從身毒國數千里得[三一]。」

（五三）見《憺園賦》。

（五四）《草木志》：椶木爲飲器，曰椶瓢，一曰癭瓢。又草舍曰團焦，俗作團瓢。庾信《枯樹賦》：戴癭銜瘤。《南方草木狀》：五嶺楓木，歲久則生瘤癭[三二]。

（五五）見《銅雀賦[三三]》。

（五六）詳《皇士序》注。江總賦：啼妝梁冀婦。

（五七）《西京雜記》：廣州王發魏襄王冢，得玉唾壺一枚。《拾遺記》：魏文帝納薛靈芸。芸别父母，升車時，以玉唾壺承淚，即紅色。及至京師，壺中淚凝如血。《焦氏易林》：冤煩屈詰。潘岳《寡婦賦》：愁煩冤其誰告兮。

（五八）《史記》：莊子者，蒙人，嘗爲漆園吏。《莊子·齊物篇》：昔莊周夢爲蝴蝶，栩栩然蝴蝶也。

（五九）補注。《趙孟頫傳》：子昂夫人管氏，亦工丹青。

（六〇）見《祖德賦》。

（六一）《漢書》：曹操忌孔融，令人枉奏云：「秃巾微行，唐突宫掖。」李賀詩：秃衿小袖調鸚鵡。《左傳》：楚師輕跳，易震蕩也。

（六二）見《隹山序》。

（六三）《晉書》：羌人姚馥嗜酒，渴于酒，呼爲渴羌。

（六四）《説文》：狷，疾跳也。《史記注》：嫖姚校尉，乃勁疾貌。《國策》：猛士如雨。斫營，見《懸圃序》。

（六五）《詩》。

（六六）《詩》。

（六七）吴質《與魏太子箋》：曜靈匿景。

（六八）見《三芝序》。

（六九）詳《顧哀辭》[三四]。

（七〇）《荆州記》：陸凱自江東遣使詣長安，寄梅花一枝與范蔚宗，并詩云：「折梅逢驛使，寄與隴頭人。」《學齋呫嗶》：劉向《説苑》已載越使諸發執一枝梅遺梁王，梁王之臣曰：「烏有一枝梅？」乃遺列國之君。則折梅不始陸凱也。

（七一）見《園次序》。

（七二）《語林》：潘安仁至美，每行，老嫗以果擲之滿車。張孟陽至醜，每行，小兒以瓦石投之。按《世説》，以左太冲絶醜，效岳遨游，群嫗亂唾之。

（七三）《晉書》：趙王倫僭位，諸黨皆登卿相，至厮役亦加爵位。每朝會，貂蟬盈坐，時人諺曰：「貂不足，狗尾續。」《列仙傳》：周蕭史善吹簫，秦穆公以女弄玉妻之。俱于樓中吹簫，作鳳鳴。鳳皇東止其屋，秦穆爲作鳳臺。後二人共乘鳳而去。一作弄玉乘鳳，蕭史乘龍，共飛升云。

【校記】

［一］「息」，患立堂本、浩然堂本并作「熄」。

［二］「葡萄」，患立堂本、浩然堂本并作「蒲桃」。

［三］「譚」，患立堂本、浩然堂本并作「談」。

［四］「陂」，蔣刻本作「坡」。

［五］「殘」，蔣刻本、患立堂本、浩然堂本并作「横」。

［六］「池亭」，蔣刻本、患立堂本并作「亭池」。

［七］「志」，蔣刻本、患立堂本、浩然堂本并作「興」。

［八］「稽」，蔣刻本、浩然堂本并作「嵇」。

［九］「芸」，蔣刻本、患立堂本、浩然堂本并作「石」。

［一〇］「酒」，蔣刻本、患立堂本、浩然堂本并作「杯」。

［一一］「俶」，患立堂本誤作「淑」。

［一二］「煌」，患立堂本、浩然堂本并作「熿」。

［一三］「市」，蔣刻本、患立堂本、浩然堂本并作「肆」。

［一四］「笷」，患立堂本、浩然堂本并作「筰」。

［一五］「斑」，患立堂本誤作「班」。

［一六］「茫茫」，患立堂本、浩然堂本并作「芒芒」。

［一七］「酒食」，患立堂本、浩然堂本并作「食酒」。

［一八］「西」，蔣刻本、患立堂本、浩然堂本并作「四」。

［一九］「憎余」，患立堂本、浩然堂本并作「增予」。

［二〇］「水木清幽，洲島閒曠」，此二句原脱，據蔣刻本、患立堂本、浩然堂本補。

［二一］「鐺」，患立堂本、浩然堂本并作「槍」。

［二二］此段，有美堂本冠以「原注」二字，附於題下作小注。蔣刻本置篇末，作小注，末并有「附記」二字。浩然堂本、亦園本同有美堂本，置於題下，亦無「附記」二字。患立堂本置於篇末作「附記」。

［二三］即卷十一《米紫來始存詞集序》。

[二四]「薰」，文瑞樓本作「熏」。
[二五]即卷十二《南耕席上送潘蒓庵入都序》。
[二六]「而」，文瑞樓本作「面」。
[二七]「即」，文瑞樓本作「又名曰」。
[二八]「燼」，文瑞樓本作「爐」。
[二九]「薰」，文瑞樓本作「熏」。
[三〇]「卬」，四庫本作「竹」。
[三一]「得」，文瑞樓本作「而得之」。
[三二]「瘤瘻」，文瑞樓本作「瘻瘤」。
[三三]「銅雀賦」，文瑞樓本作「銅雀臺賦」。
[三四]即卷十九《顧夫人哀辭》。

琴怨詩序[一]

若乃香熏江夏，黄郎雅號多才〔一〕；粉琢[二]清河，陸女尤工巧笑〔二〕。妾家射瀆〔三〕，相鄰漂母祠邊〔四〕；郎住吴陵〔五〕，不遠玉人橋下〔六〕。一自參媒氏妁，遠移稱意之花(七);遂令鳳舞鸞歌,競唱定情之曲(八)。迎來桃葉,空北部之胭脂(九);嫁得文鴦(一〇),壓南朝之金粉(一一)。奚㪍隔巷,更看新人(一二);詎必提筐,還逢故婦(一三)。樓固已極綺羅之勝事,寧徒艷花月之新聞(一四)。然而菱鑒難圓(一五),桂輪易仄(一六)。樓中嬴女,只想吹簫(一七);殿上羿妻,偏思竊藥(一八)。花何年而不落,鳥何事而恒啼(一九)?甚至南陽菊水,不見延齡(二〇);西域名香,焉能續命(二一)?蟲有可憐之號(二二),草無[三]獨活之名(二三)。以致黄泉白月,佳人留鍥臂之盟(二四);碧海青天,方士乏返魂之術(二五)。唾殷紺袂(二六),猶期鼓瑟於他生(二七);泪滴鮫盤(二八),還訂畫眉於再世(二九)。天乎已酷,人也奚辜,傷如之何,吁其甚矣!

時則窗下簸錢,時聞剩響(三〇);鏡中緪額,恍見殘痕(三一)。生憎翠竹,難掃愁蛾(三二);不分緋桃,偏描笑靨(三三)。緑珠一去,彌增衛尉之悲(三四);碧玉無歸,長抱汝南之恨(三五)。况秋風夜雨之經心,更斷墨零紈之觸眼。韭花一寸,依稀幄裏之香(三六);柳絮數行,散漫奩間之粉(三七)。此則達人齊物(三八),太上忘情(三九)。魯酒可以合歡(四〇),靈犀於焉蠲忿(四一),終無以弭彼幽憂(四二),療其疾疢者矣。

嗟乎!井公縱博,本無[四]行樂之方(四三);玉女投壺,孰是爲歡之具(四四)?茫茫[五]蒼昊，索笑何年(四五)？浩浩黄輿，埋愁無地(四六)。凍合銀河，將天上之消[六]魂更甚(四七)；買[七]來金碗，彼夜臺之含怨何多(四八)！盖自天荒地老而來，暨夫歷劫窮塵以後(四九)。傾城傾國，代有其人(五〇)；爲恨爲悲，古多斯事。僕也生亦情長，老而才盡(五一)。酒闌燭跋，偶披傷逝之吟(五二)；月落河斜，閒展悼亡之作(五三)。屬掇[八]蕪詞，用弁綺語。白楊齋畔(五四)，千秋《長恨》之歌(五五)；黄葉村中[九]，三尺小鸞之墓(五六)。

【箋注】

(一)《漢・黄香傳》：香字文强，博通經典，能[一〇]文章，京師號曰：「天下無雙，江夏黄童。」

(二)補注。按陸雲字士龍，爲吴王郎中令，出宰浚儀。嘗爲清河王長史，人多以「陸清河」稱之。有《贈婦詩》，乃爲顧彦先作，非陸女也。

(三)《淮安志》：射陽湖，即漢廣陵王射陂，後名射瀆。

(四)見《祖德賦》。

(五)見《懸圃序[一一]》。

(六)杜牧之詩：二十四橋明月夜，玉人何處教吹簫。

(七)《語林》：牛郎、織女以參、商爲媒，亢、氐爲妁，宜其終歲各天也。《本草》：夜合，一名稱意花。

（八）《山海經》：軒轅之丘，鳳鳥自歌，鸞鳥自舞。張衡《定情歌》：我既媚君姿，君亦悦我顔。按繁欽俱有《定情詩》。

（九）《金陵志》：王獻之字子敬，有愛妾名桃葉，其妹名桃根。子敬嘗臨渡，歌以送之，因名桃葉渡。《古今注》：紂以紅藍花汁凝作胭脂，以燕國所生，故名燕脂。塗之作桃花妝。徐陵《玉臺新詠序》：南都石黛，最發雙蛾；北地燕脂，偏開两臉。按臉，一作「靨」。

（一〇）李賀詩：尋常輕宋玉，今日嫁文鴦。詳《吴太母序[一二]》。按《晉書》，段匹磾弟亦名文鴦，破石勒于文石津者，非是。

（一一）見《楚鴻序》。

（一二）隋陳子良詩有：七夕看新婦，隔巷停車題。

（一三）《列女傳》：魯秋胡子納妻五日，而去宦于陳，五年乃歸。見路旁有美婦人，方提筐采桑，謂之曰：「吾有金，願與夫人。」婦曰：「采桑力作，紡績，不願人之金也。」後還家呼婦，知即向采桑者。婦曰：「慕色弃金而忘母，妾不忍見。」乃投河而死。

（一四）見《滕王賦》注。

（一五）《飛燕外傳》：飛燕加大號婕妤，奏賀三十六物，有七尺菱花鏡一奩。《白帖》：魏武帝有菱花鏡。李巨仁《鏡》詩：無波菱自動，不夜月恒明。

（一六）詳《良輔序》注。

（一七）見《藝圃序》。

（一八）張衡《靈憲》：羿請不死之藥于西王母。羿妻嫦娥竊以奔月，是爲蟾蜍。袁郊詩：嫦娥竊藥出人間，藏在蟾宫不放還。后羿遍尋無覓處，誰知天上亦容奸。

（一九）駱丞《蕩子賦》：花有情而獨笑，鳥無事而恒啼。

（二〇）《風土記》：南陽酈縣北，水旁悉芳菊，水極甘香，飲者多壽。

（二一）《内傳》：西海聚窟洲有樹，似楓，柏形。采根入釜中水煮，汁如漆，則香成。《博物志》：漢武時，西域月氏國進香三枚。值長安疫，西使請燒一枚，疫死未三日者，薰之皆活。《述異記》：洲有返魂樹，伐其根，剪取汁，令可丸，名驚精香，又名震靈丸，或名返生香，又名却死香。

（二二）梁樂府《古企喻歌》其四云：男兒可憐蟲，出門懷死憂。一作苻融詩。尸在地，開香即活。并詳《劉太母序》[一三]。

（二三）見《丁香賦》。

（二四）《左傳》：莊公見孟任，從之。割臂盟公。生子般焉。《史記》：吴起齧臂而盟。

（二五）《十洲記》：扶桑東有碧海。《漢書・外戚傳》：李夫人早卒，帝思念不已。方士齊人少翁，言能致其魂。乃夜張燈燭，令帝居帷帳。遥望見好女，如李夫人之貌。

（二六）《趙后外傳》：飛燕與其妹合德共坐，誤唾其袖，合德曰：「姊[一四]唾染衣，紺碧正似石上之花，令尚方爲之，未必能如此。」乃號石華廣袖。

（二七）《詩》。

（二八）《博物志》：鮫人從水出，曾寄寓人家，積日賣綃。臨去，從主人索器，泣而出珠滿盤，以謝主人。

（二九）詳《少楹序》。

（三〇）詳《劉太母序》。

（三一）補注。按吴宫有獺髓補痕。又唐韋固妻刺痕，以翠掩之。

（三二）《妝樓記》：梁冀婦改鴛翠眉爲愁眉。按翠竹，乃畫眉之筆，一稱掃眉。

（三三）曹植《洛神賦》：靨輔承權。注：靨，笑靨。權，頰也。《長恨歌》：桃花如面柳如眉。

（三四）《石崇傳》：崇字季倫，仕晉爲衛尉。嘗聘梁氏女緑珠，甚美。孫秀索之，不與，乃譖崇于趙王倫。收崇時，緑珠墜樓而死。李義山詩：露桃塗頰依苔井。

（三五）《樂府詩集·情人碧玉歌》，乃宋汝南王作也。有曰：碧玉小家女。又曰：碧玉破瓜時。《樂苑》：碧玉，汝南王妾名，寵愛之甚，所以歌之。

（三六）何遜《爲衡山侯與婦書》：雖帳[一五]前微笑，涉想猶存；而幄裏餘香，從風且歇。

（三七）《世説》：謝安嘗冬日内集，男女列次。俄而雪下，安曰：「雪紛紛何所似？」兄子朗[一六]曰：「撒鹽空中差可擬。」兄女道韞曰：「未若柳絮因風起。」

（三八）《莊子》有《齊物篇》。

（三九）見《海棠賦》。

（四〇）見《素伯序》。

（四一）《唐・同昌公主傳》：公主帶蠲忿犀、如意玉。其犀圓如彈丸，入土不朽爛，帶之令人蠲忿。

（四二）見《海棠賦》。

（四三）見《三芝序》。

（四四）《神異經》：東王公與玉女投壺，梟而脱誤不接者，天爲之笑。開口流光，今電是也。

（四五）見《天章序》。

（四六）《易》：坤爲大輿。魏仲長統《述志詩》：百慮何爲，至要在我。寄愁天上，埋憂地下。

（四七）《白帖》：天河謂之銀漢。亦曰銀河，曰[一七]絳河。

按統字公理。

（四八）孔氏《志怪》：漢盧充冢西有崔少府女一墓。女亡，有金碗著棺後。充至野狐落，與之幽婚，女贈金碗一枚。充往市賣之，崔女娣[一八]認其爲墓中物。陸機《挽歌》：送子長夜臺。

（四九）古樂府詞：地老天荒，海枯石爛。永劫同心，信誓旦旦。《李賀集[一九]》：天荒地老無人識。《廣異記》：儒謂之世，道謂之塵，釋謂之劫。《法華經》：如人以力磨三千大士，復盡末爲塵，一塵爲劫，此諸微塵數，其劫復過是。《蕪城賦》：委骨窮塵。《後漢書》：明帝鑿昆明池，底得異灰。西域竺法蘭至，問之，蘭曰：「世界終盡，劫火洞燒，此劫燒之餘灰也。」

（五〇）《漢書》：李延年歌曰：「北方有佳人，絶世而獨立。一顧傾人城，再顧傾人國。」

（五一）見《園次序》注[二〇]。

（五二）《禮》：燭不見跋。潘岳《哀永逝文》有云：逝日長兮生平淺，憂患衆兮歡樂鮮。

（五三）見《渭仁序》。

（五四）見《素伯序》，并詳《逸齋序》。

（五五）《長慶集・白樂天〈長恨歌〉》有曰：天長地久有時盡，此恨綿綿無盡期。序云：蓋述太真馬嵬之變，及仙去爲玉妃事也。

（五六）白樂天詩：櫻桃樊素口，楊柳小蠻腰。注：樂天二妓，小蠻善舞，樊素善歌。

【校記】

［一］題下，患立堂本、浩然堂本并有小注：「《琴怨詩》者，吴陵黄子天濤悼其亡姬陸小雲之作也。」

［二］「豕」，原作「豕」，據諸本改。

［三］「無」，患立堂本、浩然堂本并作「多」。

［四］「無」，患立堂本、浩然堂本并作「非」。

［五］「茫茫」，患立堂本、浩然堂本并作「芒芒」。

［六］「消」，患立堂本、浩然堂本并作「銷」。

［七］「買」，患立堂本、浩然堂本并作「賣」。

［八］「掇」，患立堂本、浩然堂本并作「綴」。

［九］「中」，蔣刻本、患立堂本、浩然堂本并作「前」。

［一〇］「能」後，文瑞樓本有「善」字。

［一一］「序」，四庫本誤作「賦」。

［一二］此當爲《吴太母啓》，即卷十六《徵吴太母六帙詩文啓》，該文有「文鴦匹騎」。

［一三］即卷十四《壽劉太母韓恭人九十序》。

［一四］「娣」，四庫本作「姊」。

［一五］「帳」，四庫本誤作「悵」。

［一六］「朗」，四庫本誤作「明」。

［一七］「曰」前，文瑞樓本有「又」字。

［一八］「娣」，文瑞樓本作「姊」。

［一九］「集」，四庫本作「詩」。

[二〇]「注」字，文瑞樓本脱。

龔琅霞[一]湘笙閣詩集序

原夫斷錦[二]梭龍（一），驚心奚極；哀弦[三]柱雁（二），蕩魄何言。文人生戎馬之中，詞客遘亂離之會。靈和前殿，小侯射楊柳之旗（三）；華林後園（四），公主試桃花之馬（五）。過雀臺而獻吊，亦有名流（六）；入馬邑而生悲，非無上將（七）。風月供其悵望，江山助其悲懷。

余友琅霞[四]龔子，四姓良家（八），五陵妙族（九）。朱門鬥鴨，識桓氏之家郎（一〇）；金市乘羊，訝衛家之年少（一一）。弱齡十五，愛此吹笙（一二）；上客三千（一三），驚其抽簟（一四）。家近長干之縣，夙解看花（一五）；人居蘭陵之街，偏能賣酒（一六）。無何[五]葛榮入北（一七），塵暗三臺（一八）；侯景投南，烽馳十郡（一九）。齊亡之日，誰知袁粲之子孫（二〇）；吳没之年，尚有陸機之兄弟（二一）。雕弧乍熄，遂射策於春官（二二）[六]；羌笛未終（二三），便計偕於易水（二四）。馬援辭隴，香犢如龍（二五）；庾信入關（二六），油車似霧（二七）。貂蟬盈座（二八），盡北魏之儀同（二九）；簫鼓當筵，遇西宫之協律（三〇）。衣薰胡粉（三一），還迎塞上之姬；鈿蘊宫香，或贈幽州之客（三二）。固已譽馳滕趙，名重幽并；况復性愛琵琶，尤工弦索（三三）。紫檀作撥，句句離鴻（三四）；金粟爲床，聲聲别鶴（三五）。鷄鳴埭上（三六），人傳子野之歌（三七）；庾家墓邊，仗識王郎之曲（三八）。才情第一，風調無雙。

嗟乎！碧草粘天（三九），盡是思鄉之客；黄塵匝地（四〇），誰非去國之人？袁大捨之妝臺，風飄蟬鬢（四一）；馮小憐之畫閣，月照燕釵（四二）。賦號《蕪城》（四三），文成《枯樹》（四四）。欣逢才子，快睹名篇；自愧陳人（四五），難忘新曲。當年宋玉，應有雄風（四六）；此日王筠，空吟雌霓云爾（四七）。

撮子山、義山之長，而能自標興會，不襲鉛華。四六家在今日，當推其年爲第一。吴梅村先生。[七]

【箋注】

（一）見《半繭賦》。曹松《贈方干》詩：先生織字得龍梭。

（二）《事原》：琴箏有雁柱。張子野《詠箏》：雁柱十三弦。王珪《宫詞》：寶柱一行秋雁横。

（三）《齊書》：武帝植柳靈和殿前，枝條柔若絲縷。《後漢書》：永平中，爲外戚樊氏、陰氏、郭氏、馬氏諸子弟立學，號曰四姓小學。以非列侯，故曰小侯。射楊，詳《商尹序》及《修禊序》[八]。

（四）詳《修禊序》。

（五）《洛中紀異》：大宛進汗血馬，有丁香叱撥、桃花叱撥。

（六）見《滕王賦》。

（七）《朔方記》：秦人築城數奔[九]。忽有馬旋走其地，因依以築城，立就，故名馬邑，屬大同府。《漢書》：漢使馬邑人賣馬，以誘單于。漢伏兵三十餘萬，將軍[一〇]衛青出上谷擊之。按馬邑多名將。

（八）見上注。

（九）見《渭仁序》。徐陵《玉臺序》：五陵豪族，四姓良家。

（一〇）見《憎園賦》。《世説》：桓南郡小時，與諸從兄養鵝共鬥。南郡以鵝不如爲忿，乃夜往諸兄弟鵝欄間，悉殺之。至曉，車騎曰：「當是南郡戲耳。」按玄稱南郡，冲稱車騎。鬥鴨，疑誤。

（一一）金市，見《滕王賦》。乘羊，見《雪持序》。

（一二）《南史》：謝孺子，景仁之孫，恂之子，特善音律，與王車騎張宴桐臺。孺子吹笙，自起舞，歎曰：「真使人飄飄有伊洛間意。」注：子晉吹笙，嘗游[一一]伊洛。

（一三）見《藝圃序》。

（一四）見《三芝序》，并詳《少楹序》。

（一五）左思《吴都賦》：長干延屬。注：建業南五里有山岡，江東謂岡爲干。其間平地，吏民雜居。東長干中有大長干、小長干。大長干在越城東，小長干在越城西。地有長短，故名。晉樂府：長干巷，巷長干。

（一六）李詩：蘭陵美酒鬱金香。《常州志》：城北有蘭陵城古迹。《方輿覽勝[一二]》：山東嶧縣稱東蘭陵，江南武進爲南蘭陵。按山東唐沂州承縣，亦稱蘭陵。

（一七）《東魏紀》：葛榮賊率元洪業之衆。魏孝昌二年，殺洪業，稱天子，國號齊，改元廣安。爾朱榮[一三]擒斬之。

（一八）見《尺牘序》。

（一九）《蕭梁紀》：東魏叛將侯景，以河内[一四]十三州内附武帝，納之。後景反，以勁兵犯闕。《續漢書》：大將軍該五部，部有校尉一人。部下有曲，曲有軍候一人。《晉書》：得劉弘一紙書，賢于十部從事。

（二〇）《袁粲傳》：粲字景倩，仕宋，出鎮石頭城。蕭道成遣戴僧靜等攻之，子最以身衛父。粲語最曰：「我不失爲忠臣，汝不失爲孝子。」俱死。《齊書》：沈約撰《宋書》，疑立《袁粲傳》。齊主曰：「粲自是宋室忠臣。」

（二一）《晉・陸機傳》：機年二十，而吴滅。太康末，與弟雲同入洛。《晉書》：苻堅曰：「晉代平吴，利在二陸。」謂以得二陸爲賢也。

（二二）《通典》：漢制，射策、對策兩科。射策者，謂爲問難疑義。有欲射者，隨其所得而釋之。蕭望之以射策甲科爲郎是也。對策者，顯問以政事經義，令各對之。董仲舒、公孫弘皆以是進。《唐書》：開元中，校士以郎官權輕，遂改用禮部侍郎，曰春官。

（二三）詳《觀槿序》注。

（二四）《漢武紀》：帝徵吏民，有明當世之務，習先王之術者，縣次續食，令與計偕。師古曰：計者，上計簿也。令所徵之人與上計者俱來，而縣次給之食。杜氏《通典》：漢制，歲盡，遣上計、掾吏各一人，條上郡内衆事，謂之計偕簿。

（二五）《後漢紀》：隗囂居隴右，遣馬援東方奉書，入見光武。注：光武都洛，在天水之東。香犢，見《祖德賦》。如龍，詳《壽徐序》注。

（二六）見《滕王賦》。

（二七）詳《鷹垂序》。

（二八）見《半繭賦》。

（二九）見《滕王賦》。《北魏紀》：後周伊婁穆字奴干。周文曰：「奴干面作儀同見我矣。」即拜儀同。

（三〇）《漢・外戚傳》：孝武李夫人兄延年善歌舞，帝愛之，以爲協律都尉。

（三一）見《楚鴻序》。

（三二）《廣雅》：鈿，金華也，用翡翠、丹粉爲之。梁樂府有《幽州馬客吟》歌。

（三三）《宫詞》：夜半月高弦索鳴。

（三四）《譚賓録》：開元中，有中官使蜀回，得琵琶以獻。其槽以邏䊹檀爲之。王建詩：黄金捍撥紫檀槽。《王子年記》：師涓當衛靈時，造四時之聲。《離鴻》、《去雁》、《蘋生》三曲，乃歌春也。潘岳《笙賦》：嚶嚶關關，若離鴻之鳴子也。

（三五）元《琅環記》：郭曖宴客，有婢鏡兒善彈箏，李端即席賦曰：彈箏金粟床。崔豹《古今注》：商陵牧子娶妻五年，無子，父母欲爲改娶。妻中夜悲嘯，牧子感之，作《别鶴操》。并詳《潘母啓》。

（三六）見《素伯序》。

（三七）《晉書》：桓伊字叔夏，小字野王，或稱子野。每聞清歌，輒唤奈何。并詳《掌亭誄》。

（三八）《世説》：王曇善歌，謝公欲聞之。而王名家少年，無由得聞。後公出東府，山上作妓樂，遇曇出庾家墓竹中，作一曲。於時秋月，王因舉頭看北林月，卒曲而去。諸妓白謝公曰：「此乃王郎歌也。」

（三九）見《懸圃序》。

（四〇）江淹《恨賦》：黄塵匝地，歌吹四起。

（四一）《陳書》：陳後主以宫人有文學者袁大捨等爲女學士。後主每引游宴狎客，共賦新詩。《中華古今注》：魏文帝宫人莫瓊樹始製爲蟬鬢，望之飄緲，如蟬翼然。

（四二）《北齊書》：馮淑妃名小憐，齊後主大穆后從婢也。穆后愛衰，以五月五日進之，號曰續命。後主立爲左皇后。周師取平陽[一五]，爲周武帝所獲[一六]，以賜代王達。達甚嬖之。燕釵，詳《皇士序》。

（四三）《文選·宋鮑明遠作〈蕪城賦〉》注：即古邗溝城，吴王濞故城也。今揚州地。

（四四）見《天篆序》。

（四五）《莊子》：人而無人道，是謂之陳人。

（四六）宋玉《風賦》：清清泠泠，愈病析酲，發明耳目，寧體便人。此所謂大王之雄風也。

（四七）《南史》：沈約作《郊居賦》，王筠讀至「雌霓連蜷」作入聲，約笑曰：「僕恐人讀『霓』作平聲。」《楚詞注》：遇雌霓讀入聲，遇雲霓則讀平聲。蔡邕《月令章句》：陰陽交接之氣，雄曰虹，雌曰霓[一七]。

【校記】

[一]「琅霞」，恵立堂本作「介眉」。

[二]「斷錦」，恵立堂本、浩然堂本并作「錦斷」。

[三]「哀弦」，恵立堂本、浩然堂本并作「弦哀」。

[四]「琅霞」，患立堂本作「介眉」。

[五]「何」後，蔣刻本、患立堂本、浩然堂本并有「而」字。

[六]「官」，蔣刻本、患立堂本、浩然堂本并作「而」字。

[七]此條評語，只患立堂本有，據以補入。

[八]即卷八《萬柳堂修褉倡和詩序》。

[九]「奔」，四庫本作「崩」。

[一〇]「將軍」，文瑞樓本作「名將」，亦園本誤作「將將」。

[一一]「游」後，文瑞樓本有「于」字。

[一二]當爲「方輿勝覽」。

[一三]「爾朱榮」，原作「朱爾榮」，據四庫本、文瑞樓本改。

[一四]「内」，四庫本作「南」。

[一五]「陽」原脱，據亦園本、四庫本、文瑞樓本補。

[一六]「爲周武帝所獲」，亦園本、文瑞樓本并作「周武帝獲之」。

[一七]「霓」，四庫本作「霓」。

董少楹詩集序

嵯峨金竈（一），人間無煉骨之方（二）；嗚咽銀箏，天上有銷魂之曲（三）。南都石黛，恒畫愁蛾（四）；北里胭脂（五），彌承泫臉（六）。張衡處機密而不樂（七），劉楨限掖垣以長愁（八）。地老天荒（九），猿猜鶴怨（一〇）。於是華堂失火，燕雀俱焚（一一）；滄海無波，蛟龍立盡（一二）。梁世之金樓半燼，陳家之玉樹何歸（一三）？故國王孫，淚灑腰間之玦（一四）；辭鄉公主，心傷屏上之詩（一五）。建業風流，一朝零落（一六）；江陵文武，千載淒凉（一七）。八王既自賊於中（一八），五帥復不歸於外（一九）。嵇康被議，撫愛子[一]以托人（二〇）；范曄臨刑，顧名倡而隕泣（二一）。食子都無下意，傷哉蕭賁之談（二二）；下官不解著書，達矣上黄之語（二三）。時則城名白紵，獨數董公（二四）；系本烏衣，尤推德仲（二五）。申包胥倚墻七日（二六），毛修之亡命三年（二七）。早歲聲華，便如潘陸；壯齡遭際，略數[二]庚徐（二八）。令子少楹，居然俊物（二九）。羨北朝之甲第，父是崔㥄（三〇）；問南國之門風，兒稱孫策（三一）。楊梅作對，傳是童年（三二）；《鸚鵡》成篇，由於半刻（三三）。銅盤會食（三四），炊金饌玉之家(三五)；丸髻行歌，换羽移商之伎(三六)。巷頭梔子，皆是同心(三七)；園内萱花，無非蠲忿(三八)。石尉之珊瑚碎後，衆譽豪奢(三九)；王郎之團扇擎來，人憐放誕(四〇)。畫眉京兆，比此非奇(四一)；使酒將軍，擬斯應遜(四二)。尤工文筆，酷擅才情。東海三何，時有緣情之作(四三)；西宫二應，不無累德之言(四四)。體格輕華，情文悱惻。頭陀寺裏，爭看才子之碑(四五)；景福殿前，競寫名流之賦(四六)。雲霞十丈，如游樊重之門；金粉千重，似入王根之宅(四七)。僕本恨人，生丁亂世。睹夷光之貌，憎類無鹽(四八)；讀君山之書，歡逾猗頓(四九)。舊有清河之癖，甘作狂夫(五〇)；新爲記室[三]之評，慚非杰作(五一)。不辭玄晏(五二)，願附青箱(五三)。(五四)

【箋注】

(一) 見《得仲序》。

(二)《神仙傳》：仙家有太陰煉形之法，能令日中無影。《晉書》：永嘉中，潘茂名入山，逢道士，曰：「子頂骨貫於生門，命輪齊於日月，若修煉，可輕舉。」授以服食之法，仙去。曹唐詩：惟有人間煉骨人。

(三) 詳《良輔序》注。

（四）《通俗文》：染青石謂之點黛。《留青日記[四]》：廣東始興縣溪中出石墨，婦人取以畫眉，名畫眉石。《釋名》：漢明帝宫人拂青黛蛾眉。黛，代也。滅去眉毛以畫，代其處也。愁蛾，見《琴怨序》。

（五）見《琴怨序》。

（六）杜甫《八哀詩》：每食臉必泫。注：淚目下頰上也。

（七）張平子《四愁詩序》：張衡不樂，久處機密。永嘉中，出爲河間相。

（八）劉公幹《贈徐幹》詩：誰謂相去遠，隔此西掖垣。拘限清切禁，中情無由宣。

（九）見《琴怨序》。

（一〇）李義山詩：猿啼鶴怨終年事。《北山移文》：蕙帳空兮夜鶴怨。

（一一）《國策》：初，秦伐趙，魏人皆以爲便。孔斌曰：「不然。先人有言：『燕雀處堂，棟宇將焚，不知禍之將及己也。』今子不悟趙破而患將及己，可以人而同于燕雀乎？」

（一二）《粲操》：乾澤而漁，蛟龍不游。

（一三）見《滕王賦》注。

（一四）見《素伯序》。

（一五）《詩紀》：後周宇文氏女嫁爲突厥沙鉢略妻，初名千金公主。隋滅周，沙鉢略歸隋，賜姓楊氏，改封大義公主。後平陳，以陳叔寶屏風賜主。主自傷宗祀絶滅，因書屏風爲詩，略曰：

「惟有明君曲，偏傷遠嫁情。」

（一六）詳《楚鴻序》注。

（一七）見《滕王賦》。

（一八）《西晉紀》：惠帝時，八王并興，自相魚肉。謂汝南王亮、趙王倫、成都王穎、長沙王乂、河間王顒、東海王越、楚王瑋[五]、齊王冏也。

（一九）見《臞庵序》。

（二〇）《晉書[六]》：嵇康子紹字延祖[七]，十歲而孤。李商隐詩：嵇氏幼男猶可憫。

（二一）《宋書》：范蔚宗臨刑，妓妾來别，蔚宗悲涕。甥謝綜曰：「舅殊不同夏侯色。」先是，曄在獄，有詩曰「庶同夏侯色」，故云。

（二二）《梁書》：蕭賁，竟陵王子良之孫。值侯景破臺城，湘東王繹淹留不進。時賁爲記室參軍，以繹不早下，心非之。嘗與繹雙陸，食子未下，賁因諷曰：「殿下都無下意。」繹深銜之。

（二三）補注。《梁書》：始興王憺子名曄，初封安陸侯，繼封上黄侯。言多激揚，美才仗氣，簡文帝爲友愛。見《滕王賦》。

（二四）《松江志》：城南地生野苧，環立如城，因名白苧城。

（二五）《丹陽記》：烏衣之起，吴時烏衣營處所也。《金陵志》：烏衣巷在秦淮南。王導、謝安居此，其子弟皆稱烏衣郎，故名。

（二六）見《得仲序》。

（二七）李延壽《南史》：毛修之字敬文，仕桓玄爲屯騎校尉。誘桓，令入蜀。宋武帝以其與斬玄之謀，頻加榮爵。後爲安西司馬，見俘于魏。值朱修之問南國事，悲甚。按亡命，見《素伯序》。

（二八）見《園次序》。

（二九）《宋書》：褚淵嘗謂任昉曰：「家有令子。」《晉書》：温嶠聞桓温啼，曰：「真英物。」

（三〇）《北齊書》：悛父休，魏七兵尚書，贈僕射。悛仕魏，一門婚嫁，皆衣冠之美。婁太后爲博陵王納悛妹爲妃，敕中使曰：「好作法用，勿使崔家笑人。」悛嘗入日侍魏帝宴，悛子瞻亦近御座，人咸曰：「今日之宴，并爲崔瞻父子。」

（三一）《漢紀》：孫堅生四男，策、權、翊、匡。策字伯符，年十餘，已交結知名。及堅死，策年十七，乃渡江，居江都，有復仇之志。并詳《鴻客序》。

（三二）見《素伯序》。

（三三）禰衡《鸚鵡賦序》：時黄祖太子射，賓客大會。有獻鸚鵡者，舉酒於衡，令賦之。衡因爲賦，筆不停綴，文不加點。

（三四）詳《鷹垂序》。

（三五）庾信《大祫賦》：齋宫饌玉，鬱鬯浮金。按駱賓王謂盛饌爲「炊金饌玉」。

（三六）《廣雅》：丸髻，童年之飾。《國策》：客有歌于郢者，引商刻羽，雜以流徵。

（三七）見《海棠賦》。

（三八）見《看奕賦》。

（三九）見《憺園賦》。

（四〇）《世説》[八]：王摛善屬文。時[九]王儉使賓客類事，多者賞之。何憲爲勝，賞以五花簟、白團扇。王摛至，操筆立成，文詞華美。乃命抽憲簟，掣取扇，登車而去。

（四一）《漢書》：張敞字子高。宣帝時，職[一〇]京兆尹，爲婦畫眉。帝知，問之，敞曰：「閨房之内，有過於此者。」

（四二）《史記·灌将軍傳》：灌夫剛直使酒，不好面諛。武安侯田蚡召長史劾灌夫，駡坐不敬。按史稱季布，亦使酒難近云。

（四三）《南史》：何參軍與族弟水部、散騎俱擅文名，時人語曰：「東海三何，子朗最多。」參軍曰：「故當推遜。」注：三何，思澄、遜與子朗也。緣情，詳《澹庵序》。

（四四）見《滕王賦》。《鄴中詩集》：應瑒，汝潁之士，流離世故，頗有飄薄之歎。《楚國先賢傳》：應璩作《百一詩》，譏切時事，皆怪愕，以爲應焚弃之。《玉臺新詠序》：時有緣情之作，非無累德之詞。按累，一作「詸」。

（四五）《姓氏英賢録》：齊時，王巾字簡栖，爲《頭陀寺碑》，文詞巧麗，爲世所重。并詳《靈巖碑》[一一]。

（四六）見《滕王賦》。

（四七）見《半繭賦》。

（四八）見《園次序》。《列女傳》：鍾離春者，齊無鹽邑之女也。其醜無雙。年三十，衒嫁不售。説齊宣王以四殆[一二]，因拜爲正后。《晉書》：周顗少有重名。庾亮曰：「諸君咸以君方樂廣。」顗曰：「何乃刻畫無鹽，唐突西施。」

（四九）《東觀記》：桓譚字君山。孝成帝以其多藏書，待詔門下，時人語曰：「玩揚子雲之篇，樂於居千乘之官；挾桓君山之書，富於積猗頓之財。」《孔叢子》：猗頓，魯之窮士，聞朱公富，往而問術。公告曰：「子欲速富，當畜五牸。」乃適河東，大畜牛羊于猗氏之南，滋息以興，故曰猗頓。班固《貨殖傳》：猗頓用盬鹽起。

（五〇）見《琴怨序》，并詳《顧哀辭》。

（五一）見《素伯序》。

（五二）見《天章序》。

（五三）《南史》：王准之字元魯，自曾祖彪之，四世御史中丞。練悉朝儀，諳江左舊事，緘之青箱。又以其博學所聞者，輒緘箱中，世謂王氏青箱學。[一三]

（五四）附注：山濤與嵇康友善。康臨刑，謂子紹曰：「巨源在，汝不孤矣。」[一四]

【校記】

［一］「子」，蔣刻本、患立堂本、浩然堂本并作「女」。

［二］「數」，蔣刻本、患立堂本、浩然堂本并作「類」。

［三］「記室」，患立堂本作「記書」，浩然堂本作「書記」。

［四］「留青日記」，四庫本作「始興縣志」。

［五］「瑋」，原作「諱」，亦園本、文瑞樓本同，并誤，據四庫本改。

［六］「晉書」前，亦園本、四庫本、文瑞樓本并有「詳下」二字。

［七］「嵇康子紹字延祖」，亦園本、四庫本、文瑞樓本并作「嵇紹字延祖」。

［八］「世説」前，亦園本、四庫本、文瑞樓本并有「王珉事，詳《鷹垂序》」七字。

［九］「王擒善屬文時」六字，亦園本、四庫本、文瑞樓本并脱。

［一〇］「職」，文瑞樓本作「爲」。

［一一］即卷十八《靈巖寺重建大殿碑》。

［一二］「殆」，文瑞樓本作「始」。

［一三］此條注，亦園本、四庫本、文瑞樓本并作「《南史》：王准之字元魯，自曾祖彪之，四世御史中丞。練悉朝儀，諳江左舊事，并博學所聞者，緘之青箱」。又亦園本、文瑞樓本，「所聞」作「所著」。

[一四] 此條附注，據四庫本、文瑞樓本、亦園本補。

周鷹垂詩集序

燕筑爲傭，流悲曷極（一）？吳簫作乞，屑涕何從（二）？姬人當大去之時（三），公子正不歸之日（四）。望將軍之樹，風月俱哀（五）；向帝女之桑，關河交愴（六）。將花比面，但掩啼痕；似鳥能歌，誰開笑靨（七）。則有家居小市，夙稱丞相之賓（八）；飲若漏卮，舊是諸王之友（九）。北齊才調，獨類[一]崔㥄（一〇）；東晉門風，共推王述（一一）。便令擲地，聲已應夫銅丸（一二）；假使凌雲，譽更[二]騰乎文陛（一三）。固已房中侍婢，難辭團扇之投（一四）；肆上游童，輒擬明珠之贈（一五）。而乃世丁不偶，數值多奇。痛徹青衣，蒼茫北路（一六）；冤深白帢，跋踄東藩（一七）。此則輟曲奚疑，彼亦摧弦不顧（一八）。乃若汝南望族，偏擅才情；江左名流，只鍾羅綺。六齡應客，已早辨夫楊梅（一九）；七歲爲兒，遂預知夫苦李（二〇）。闌邊鬥鴨，原冠諸童（二一）；字裏雕龍，還兼衆體（二二）。對於殿上，言叔父之非癡（二三）；索使[三]座中，覺此客之小異（二四）。交成㦛[四]杜（二五），半是金張（二六）；文出齊梁，無非江鮑（二七）。況復青春公子，白麈王孫（二八）。總角入關（二九），彩舞仙郎之省(三〇)；勝衣適洛(三一)，橘懷公主之園(三二)。四姓知名(三三)，上銀街而走馬(三四)；六朝遭亂，過綺陌以吹笙(三五)。好學楊愔，居列銅盤之食(三六)；小年衛玠，出乘油碧之車(三七)。有客能文，何人不羨？珊瑚作架，詩比徐陵(三八)；鸚鵡成杯，序來庾信(三九)。《箜篌》製引，家傳曹植之詞(四〇)；《芍藥》名篇，户説王筠之作(四一)。莫不玩同趙璧(四二)，握類隋珠(四三)。姹女數錢，只給碑文之價(四四)；卓家賣酒，欲消才子之愁(四五)。白玉當窗，黄金押角(四六)。訝冬缸之不暖，憐夏簟之非寒(四七)。絶似五車(四八)，差如《七略》(四九)。於是路出青溪(五〇)，人慚玄晏(五一)。懷人悵望，孫周横槊之鄉(五二)；吊古流連，張孔梳頭之閣(五三)。盼臺中之衰柳，消盡黄鸝(五四)；彈軫上之枯桐，飛歸白鶴(五五)[五]。

【箋注】

(一) 見《看奕賦》。

(二) 見《雪持序》。

(三)《春秋》。

(四) 詳《皇士序》。屈原《九歌》：怨公子兮悵忘歸。

（五）《後漢書》：馮異字公孫，爲人謙退，從光武徇河北，拜偏將軍。時諸將論功，異獨坐大樹下，軍中號[六]大樹將軍。杜詩：更識將軍樹，悲風日暮多。

（六）《廣異記》：南方赤帝女學道得仙，居桑上，銜桑作巢，或化白鵲。赤帝悲慟，女升天去。《山海經》：宣山有桑，名曰帝女之桑。郭璞《贊》：爰有洪桑，生濱淪潭。厥圍五丈，枝相交參。園客是采，帝女所蠶。

（七）見《琴怨序》。

（八）見《滕王賦》。

（九）《鹽鐵論》：川源不能實，漏卮不能滿。陳思王《與吴質書》：食若填巨壑，飲若貫漏卮，其樂固難量。

（一〇）見《尺牘序》及《少楹序》。

（一一）《晉書》：述字懷祖，性沉静，人謂之癡。王導以門第辟之，爲中兵屬。既見，無他言，惟問江東米價。述張目不答，導曰：「王掾不癡，人何言癡也！」

（一二）《中興書》：孫綽字興公，作《天台賦》示范榮期，期曰：「卿試擲地，當作金石聲。」

（一三）詳《實庵序》[七]。

（一四）《古今樂録》：王珉投白團扇與嫂婢謝芳姿有愛。嫂撻婢，王止之。芳姿素善歌，嫂令歌一曲當赦之，應聲歌曰：「團扇復團扇，持許自遮面。憔悴無復理，羞與郎相見。」

（一五）補注。

（一六）《晉書》：五湖之亂，懷、愍青衣行酒于狄庭。[八]

（一七）《晉書》：魏造白帢，横縫其前，曰顔。後去其縫，名曰無顔帢。無顔者，愧詞也。懷、愍不支，天下愧焉。《類篇[九]》：跐，跛蹴也。又蹺健貌。古詩：快馬須健兒，跐跛紅塵下。

（一八）《琴苑[一〇]要録》：秦時有倡屠門高，見秦奢淫宫女，幼妙寵麗，援琴而歌，曲未及終，琴折柱摧，弦音不鳴。舍琴，而更援他琴以續之。

（一九）見《素伯序》。

（二〇）見《佳山序》。

（二一）見《憺園賦》。

（二二）見《三芝序》。

（二三）《晉・王湛傳》：湛有隱德，人皆以爲癡。兄子濟輕之。嘗詣湛，談易入微。晉武帝後問濟曰：「卿家癡叔死未？」對曰：「臣叔殊不癡。」

（二四）見《三芝序》。

（二五）張衡《西都賦》：鄠杜濱其足。注：扶風有鄠縣、杜陵縣。

（二六）見《滕王賦》。

（二七）見《園次序》。

（二八）王維詩：狂夫富貴在青春。《六書故》：麈，似鹿而大，尾可拂塵。陸佃曰：群鹿從麈，視麈尾所揮而集。《事物窮源》：老子以麈尾談玄。

（二九）《詩》。

（三〇）見《憺園賦》。

（三一）見《素伯序》。

（三二）見《憺園賦》。

（三三）詳《皇士序》及《鴻客序》。

（三四）詳《壽閣序》。

（三五）見《琅霞序》。

（三六）《北史》：楊愔字遵彦，六歲受史書，十一歲受《詩》、《易》。季父暐[一一]爲獨葺一室，命處其中，以銅盤具盛饌而飯焉。

（三七）見《雪持序》。按油碧車，乃油其車帷[一二]也。

（三八）見《天篆序》。

（三九）見《渭仁序》注。《嶺表録異》：鸚鵡螺旋尖處屈而朱，如鸚鵡嘴，故名。其殼裝爲杯，奇而可玩。庾信《謝滕王啓》：琉璃泛酒，鸚鵡承杯。

（四〇）崔豹《古今注》：子高晨起刺船，見一狂夫墜河而死，其妻作《公無渡河》之曲。子高還，以語其妻麗玉，妻乃寫其聲，曰《箜篌引》。曹植《箜篌引》：置酒高殿上，親友從我游。中厨辦豐膳，烹羊宰肥牛。

（四一）見《素伯序》。

（四二）詳《歸田序》。

（四三）《搜神記》：隋侯行，見大蛇傷，救而活之。其後，蛇銜珠以報。盈徑寸，可以燭堂，世稱隋珠。

（四四）《漢書・五行志》：桓帝初，京師爲《城上烏》童謡，有曰：「河間姹女工數錢。」以錢爲室，金爲堂。杜詩：故人南郡去，去索作碑錢。

（四五）見《看奕賦》。

（四六）詳《天石序》[一三]。

（四七）見《茹蕙序》[一四]。

（四八）見《園次序》。

（四九）見《尺牘序》。

（五〇）詳《皇士序》注。《金陵志》：青溪發源鍾山，南朝鼎族多鱗次于此。

（五一）見《天章序》。

（五二）《宋書》：桓榮祖曰：「曹操父子上馬横槊，下馬談詠。」按孫權、周瑜，借用。

（五三）見《滕王賦》注。

（五四）荆公《柳》詩：弄日鵝黄裊裊垂。

（五五）《韓子》：師曠鼓琴，一奏之，有玄鶴二自南方來集。古樂府有《飛來雙白鶴篇》。《列仙傳》：蕭史善吹簫，能致白鶴。

【校記】

［一］「類」，患立堂本、浩然堂本并作「數」。

［二］「更」，原文脱，據諸本補。

［三］「使」，患立堂本、浩然堂本并作「彼」。

［四］「樗」，蔣刻本、患立堂本并同，浩然堂本、四庫本并作「鄠」。李學穎校謂「疑鄠杜之誤」。按程注引張衡《西都賦》：「鄠杜濱其足。」注：「扶風有鄠縣、杜陵縣。」似程主「鄠杜」。然對句云「半是金張」，則「交成樗杜」爲優，「樗杜」當指樗樹、甘棠。又陳維崧《念奴娇・十三夜大宗伯王敬哉先生招饮是夜无月七疊前韻》云：「曾記樗杜笙簫，長楊刀箭，從獵霜林豁。」亦用「樗杜」。

［五］「鶴」，患立堂本作「鵲」。

［六］「號」，文瑞樓本作「稱爲」。

［七］即卷九《曹實庵詠物詞序》。

［八］此條注，四庫本作：「《史記・李廣傳》：以爲李廣數奇，毋令當單于。」

[九]「篇」，四庫本作「書」。

[一〇]「苑」，文瑞樓本誤作「怨」。

[一一]「暐」，四庫本作「曜」。

[一二]「帷」，原作「惟」，四庫本同，并誤，據亦園本、文瑞樓本改。

[一三]即卷九《金天石吴日千詞稿序》。

[一四]即卷八《茹蕙集序》。

陳檢討集卷六

宜興陳維崧其年撰　皖江程師恭叔才注

序

戴無忝詩序

歷陽戴無忝者，鸝砭名家，鷄碑妙裔（一）。文章清麗，青霞紺雪之辭（二）；體製遥深，白鳳蒼龍之筆（三）。魏郎弄戟之歲，酷嗜風騷（四）；黄童對日之年，雅耽典籍（五）。南牙門地，預篞英流；西府人才，夙參華選（六）。加以地當軍馬，俗尚戎旃。山川崒嵂，盡齊梁戰鬥之場（七）；人物英多，本淮泗風雲之氣（八）。七齡結納，交塞外之文鴛（九）；千里馳驅，識中朝之擒虎（一〇）。黄皮作褲（一一），自許老兵（一二）；絳帓[一]當胸，偏呼健者（一三）。無如[二]八王相噬，五帥不歸（一四）。漢祀忽諸（一五），禍延粱冀（一六）；晉宗不祚[三]，釁兆張方（一七）。年年代馬嘶風，夜夜吴鈎蔽月（一八）。滄江淼淼，誰家精衛之魂（一九）？白晝漫漫，何處杜鵑之哭（二〇）？虎牢城上，盡護諸軍（二一）；熊耳山前，爭提一旅（二二）。時則王頎〔四〕綺歲，已作流風（二三）〔五〕；李燮〔六〕韶年，翻成孤子（二四）。賣珠乞活（二五），擊筑爲傭（二六）。時鬻畚於草中（二七），每弄丸於市上（二八）。烏生八九子，非無帶血之雛（二九）；猿叫兩三聲，大有斷腸之母（三〇）。何來女子，猶識韓康（三一）；除是友人，或憐豫讓（三二）。爰乃永弃鄉關，長辭婚宦。盧江孔雀，只愛單飛（三三）；都尉鴛鴦，恒憎生別（三四）。絲牽不斷（三五），半天荒地老之悲（三六）；珠落難圓〔七〕，總去國離鄉〔八〕之淚（三七）。刀頭明月，還照形容（三八）；山上蘼蕪，私悲手爪（三九）。若夫李膺乃景毅之師（四〇），趙至與嵇康爲友（四一）。江淹賦別，能銷世上之魂（四二）；沈約懷人，慣識夢中之路（四三）。水名九曲，即是愁江（四四）；閣號千重，皆成怨嶺（四五）。瘴來似墨，難聽蠻女之歌；水盡連天，不看巴童之舞（四六）。當年送別，猶有白衣（四七）；此日相逢，可無紅豆（四八）？於是悲哀不少，惆悵絶多。蠖伏聯篇（四九），則河北膠東之紙（五〇）；龍蟠累牘（五一），則宋風謝月之文（五二）。所謂辟惡時熏，不蝕羽陵之蠹（五三）；龍威私守（五四），直通博〔九〕望之槎也（五五）。

僕本衛玠之多愁（五六），近更屈平之被放（五七）。摯虞淪薄，已罷觴歌（五八）；束晳艱辛，久疎文筆（五九）。屬擊汰以將離（六〇），遂吮毫而撰序（六一）。吟成越弄，依稀莊舄之哀(六二);曲奏楚音,仿佛鍾[一〇]儀之調(六三)。歸逢康樂,行念陳琳(六四)。

【箋注】

(一)《世説》:戴顒往聽鸝聲,曰:「此俗耳針砭,詩腸鼓吹。」《戴逵傳》:逵總角時,以鷄卵汁溲白瓦屑作鄭玄碑,而自鐫之词丽器妙。唐丁用晦序云:学㡛鼠獄,智乏鷄碑。

(二)揚雄《甘泉賦》:噏青雲之流霞。《恨賦》:鬱青霞之奇意。紺雪,詳《任丘啓》[一一]。

(三)白鳳,詳《葉母序》[一二]。蒼龍,詳《歸田序》。

(四)《北齊書》:魏收少隨父赴邊,欲以武奮,鄭伯調之曰:「魏郎弄戟多少?」收慚,遂折節而學。

(五)見《雪持序》。

(六)《唐書》:蘇良嗣爲相,遇僧懷義,命左右批其頰。太后曰:「南牙宰相所往來,勿犯也。」按晉有西府,唐有南牙,皆宰相所居。

(七)《廣雅》:崒岏,高怪。《子虛賦》:隆崇嵂崒。

(八)《晉世説》:王武子、孫子荆各言其土地人物之美。孫云:「其山崋巍以嵯峨,其水泙[一三]渫而揚波,其人磊砢[一四]而英多。」

(九)見《琴怨序》。

（一〇）見《滕王賦》。

（一一）見《天章序》。

（一二）《世説》：謝奕爲桓温司馬，嘗以酒逼温，逃入所尚南康公主室内。奕遂升廳事，引一直[一五]兵共飲，曰：「失一老兵，得一老兵，何怪也？」

（一三）《説文》：幞，文帊也。《國策》：秦王謂甘茂曰：「楚客來，使者多健。」《唐書》：明皇幸蜀，裴士淹問姚崇何如，曰：「健者也。」

（一四）見《少楹序》。

（一五）見《祖德賦》。

（一六）《後漢書》：梁冀字伯卓，爲大將軍，專擅威柄。桓帝呼單超、左悺等入室，曰：「梁將軍兄弟專國，今欲誅之。」

（一七）《晉・惠帝紀》：河間王顒以張方爲都督，入京城大掠，劫遷車駕。東海王越討之，顒乃誅張方以解難。

（一八）《吴越春秋》：楚白喜奔吴，子胥謂吴大夫曰：「吾之怨與喜同。子不聞河上歌乎？胡馬望北風而立，越燕向日而嬉，誰不愛其所近，悲其所思者乎？」《吴都賦》：吴鈎越棘，純鈎湛盧。《吴越春秋》：吴人殺二子，以血釁金，成二鈎，獻闔閭。于王前向鈎呼二子名，曰：「吴鴻、扈稽。」聲未絶，兩鈎俱飛著父胸。王大驚，乃賞之。師古注：似劍而曲，所以鈎殺人。

（一九）《述異記》：炎帝之女溺死東海，化爲精衛。每銜西山木石填東海。一名冤禽。

（二〇）詳《孟太母啓》。李群玉詩：落日山深哭杜鵑。

（二一）詳《仲衡文》[一六]。《輿志》：漢滎陽成臯地，昔周穆王豢虎于此，名虎牢。後以避高祖父諱，改武牢。許渾詩：武牢關下護龍旗。

（二二）《寰宇記》：熊耳山，两峰相并如熊耳，故名。在西安府商州。又衡州府亦有此山名。《左傳》：有衆一旅。

（二三）《晉書》：王頒少聰慧，善屬文，人咸重之。著作甚富，校書多所裁定，有文集行世。

（二四）詳《賀周序》。

（二五）見《素伯序》。

（二六）見《看奕賦》。

（二七）《晉中興書》：王猛家貧，鬻畚爲事。

（二八）見《尺牘序》。

（二九）古樂府歌：烏生八九子，端坐秦氏桂樹間。劉孝威《烏生八九子篇》：城上烏，一年生九雛，毰毛不自暖，張翼强相呼。

（三〇）《宜都山川記》：猿善啼，一鳴三聲。啼數聲，衆猿騰躑。《世説》：桓温入蜀，至三峽，部伍中有得猿子者。其母緣岸哀號，行百餘里不去，遂跳船上，至便即絶。破視腹中，腸皆寸斷。

（三一）《漢書》：韓康字伯休，賣藥長安市，不貳價三十餘年。時有女子從康賣藥，康守價不貳。女子怒曰：「公是韓伯休耶？」康歎曰：「我本避名，女子皆知，何用藥爲？」遂隱霸陵山中。

（三二）《刺客列傳》：豫讓欲爲智伯報仇，漆身爲癩，吞炭爲啞，行乞于市，其妻不識也。其友識之，曰：「汝非豫讓耶？殘身苦形，不亦難乎？」豫〔一七〕讓曰：「將以愧天下，懷二心，以事其君者也。」

（三三）見《素伯序》。

（三四）蘇武《答李陵詩》：昔爲鴛與鴦，今爲參與辰。按李陵爲騎都尉。《通論》：李都尉「鴛鴦」之詞，纏綿巧妙；班婕妤「霜雪」之句，發越清迴。

（三五）《唐書》：郭元振美丰姿，宰相張貞嘉欲娶之，曰：「吾五女各執一絲幔後，子牽之，得者爲婦。」元振牽一紅絲，得第三女，遂婚焉。孟郊詩：妾心藕中絲，雖斷猶牽連。杜詩：死別已吞聲，生別常惻惻。

（三六）見《琴怨序》。

（三七）見《琴怨序》。

（三八）樂府詩：何時大刀頭，破鏡飛上天。注：刀頭有環，問何時還也。破鏡，言月半時還也。杜詩：滿目飛明鏡，歸心折大刀。

（三九）古詩：上山采蘼蕪，下山逢故夫。長跪問故夫，新人復何如？新人雖云好，未若故人姝。其色類相似，手爪不相如。新人從門入，故人從門出〔一八〕。新人工織縑，故人工織素。織縑日一匹，織素五丈餘。持縑將比素，新人不如故。

（四〇）《後漢書》：景毅字文堅，蜀郡人。李膺坐黨禁，門生故吏皆株及。毅子碩不與，毅慨然曰：「膺故賢者，遣汝師之，豈可僥[一九]脱？」遂自表免歸。

（四一）《逸士傳》：晉趙至年十四入太學。時嵇康在學，寫石經訖。至隨之，問其姓名，嵇曰：「少年何以問我？」至曰：「觀君風器非常，故問耳。」後便逐嵇歸山陽。

（四二）文通《别賦》：黯然銷魂，惟别而已矣。

（四三）《韓非子》：六國時，張敏與高惠爲友。每相思，便于夢中往尋，但行至半途，即迷不知路，遂迴。如此者三。沈約詩：夢中不識路，何以慰相思？

（四四）詳《考功序》[二〇]。

（四五）《蜀志》：小劍山去大劍山三十里，連山險道，飛閣相通，故曰劍閣千重。

（四六）詳《竹逸序》。柳子厚詩：桂嶺瘴來雲似墨，洞庭春盡水如天。

（四七）《史記》：荆卿之秦，太子及賓客知其事者，皆白衣冠以送之。

（四八）見《素伯序》。

（四九）《宣和書譜》：皇象字休明，官至侍中，工八分、篆、草，世以書聖稱。以比龍蠖蟄啓，伸盤腹行。《玉臺新詠序》：龍伸蠖屈之書。

（五〇）見《尺牘序》。

（五一）見上。

（五二）宋風，見《琅霞序》。沈約《宋書》：謝莊字希逸，七歲能屬文，所著四百餘首行世。嘗作《月賦》，甚佳。

（五三）《博物志》：辟惡必栗香，取其木爲書軸，白魚不損書，爇之能殺蟲。并詳《澹庵序》。《穆天子傳》：仲秋甲戌，天子東游，次雀梁，因蠹書于羽陵。《玉臺新詠序》：辟惡生香，聊防羽陵之蠹。

（五四）《靈寶要略》：吴王闔閭游包山，見一人，自言姓山，名隱居。入洞庭，取秦書一卷，文不可識。令人齎之問孔子，孔子曰：「丘聞童謡云：『吴王出游觀震湖，龍威丈人山隱居。北上包山入靈墟，乃入洞庭竊禹書。』」亦載《吴越春秋》。

（五五）詳《孝威序》。按張騫封博望侯。

（五六）見《滕王賦》。

（五七）《楚詞·卜居》：屈平既放，三年不得復見。

（五八）《晉書》：贊虞字仲治，少事皇甫謐，才學通博，武帝重之。後惠帝幸長安，奔散亂離。及歸洛陽，歲[二二]饑，人[二三]相食。虞素清貧，遂以餒卒。

（五九）《文苑傳》：晉束晳，漢疏廣之後。王莽末，廣曾孫避難，因去踈之足，遂改姓焉。晳博學多聞，舉茂才不就，後歸教授生徒。并見《天篆序》。

（六〇）屈原《九章》：乘舲船[二三]余上沅，齊吴榜以擊汰。

（六一）見《藝圃序》。

（六二）《國策》：陳珍對惠王曰：「越人莊舄仕楚，猶尚越聲。今臣雖弃逐之楚，豈能無秦聲哉？」

（六三）《左傳》：晉侯觀于軍府，見楚囚鍾儀，問其族，曰：「伶人也。」與之琴，操南音。范文子曰：「樂操土音，不忘舊也。」

（六四）《宋書》：謝玄封康樂縣公。孫靈運仕宋，爲永嘉太守，襲祖父封爵，故世稱康樂。每對從弟惠連，輒得佳句。《魏志》：陳琳字孔璋，初爲何進主簿，後歸曹操，軍國書檄多出琳手，乃建安七子之一也。

【校記】

[一]「幞」，患立堂本、浩然堂本并作「袙」。

[二]「如」，蔣刻本、患立堂本、浩然堂本并作「何」。

[三]「祚」，患立堂本、浩然堂本并作「祀」。

[四]「頗」，患立堂本、浩然堂本并作「頞」。

[五]「風」，患立堂本、浩然堂本并作「人」。

[六]「燮」，蔣刻本作「奕」。

［七］「言」，蔣刻本作「圓」。

［八］「鄉」，蔣刻本、患立堂本、浩然堂本并作「家」。

［九］「博」，患立堂本、浩然堂本并誤作「北」。

［一〇］「鍾」，患立堂本誤作「鐘」。

［一一］即卷十五《任丘龐先生七十徵詩文啓》。

［一二］即卷十四《葉母李太夫人六十壽序》。

［一三］「泙」，文瑞樓本作「浬」。

［一四］「砢」，文瑞樓本作「落」。

［一五］「直」，四庫本誤作「真」。

［一六］即卷二十《祭侯仲衡先生文》。

［一七］「豫」字，四庫本脱。

［一八］「出」，文瑞樓本作「去」。

［一九］「僥」後，文瑞樓本有「倖」字。

［二〇］即卷十一《送汪考功鍾如給假省親序》。

［二一］「歲」字，文瑞樓本脱。

［二二］「人」前，文瑞樓本衍「人」字。

〔一三〕「舲船」，四庫本誤倒爲「船舲」。

婁東顧商尹集序〔一〕

夜郎蒼莽，有地皆黔（一）；參井鈎連，無天不漏（二）。千村玀犵，銅脛出没之鄉（三）；百種蠻獠，鐵額縱横之地（四）。野花似血，略不成妝；小鳥如啼，何常〔二〕是曲？羈客因兹而憤恨，離賓遘此以迴翔。詎意吾賢，乃殊所料。黄皮縳褲（五），請爲陶侃之護軍（六）；絳幞〔三〕纏腰（七），願作劉琨之從吏（八）。夕陽亭下（九），叱馭而行（一〇）；上東門邊，横刀以去（一一）。毅然揮手，都無離别之顔；率爾論心，大有慨慷〔四〕之致。亦曰健者（一二）〔五〕，吁嗟壯哉〔六〕！蓋其思致雕華，才情清綺。野王門内，夙多螭豹之才（一三）；婁子城中，大得虬龍之氣（一四）。千篇芍藥（一五），直空北部之胭脂（一六）；百幅葡萄（一七）〔七〕，竟洗南朝之金粉（一八）。何況身偕計吏（一九），譽已鴻騫（二〇）；射策〔八〕春官（二一），名偏鵲起（二二）。花箋乍擘，高文已播於寰中；麝墨纔乾，麗製競傳於都下。但論文筆，足壓温邢（二三）；若數聲華，可羞袁伏（二四）。洵所謂江東獨步（二五），河内無雙者矣（二六）。適當天畔之遐征，大出筐〔九〕中之奇作。送君萬里，序子一言。

嗟乎！事大可爲，時猶多難。陣雲忽起，正英賢報主之秋；邊馬成群，尤志士立功之會。榴花染綬，願君著績於本州；柳葉彎弓，期爾垂名於輿[一〇]國(二七)。勉旃大業，早建銅標(二八)；行矣故人，遄揮羽扇(二九)。此日參軍出牧，長憶君於鸚鵡洲前(三〇)；他時飲至策勛，重揖我於鳳凰闕下(三一)。

【箋注】

(一)《函史》：古夜郎國在蜀郡徼外，東接交趾，西鄰滇國。唐蒙説之，聽漢約以爲犍爲郡。今雲南曲靖府，貴州普安州，四川馬湖、敘川二府，皆其地。晉夜郎，今遵義府綏陽縣地。唐名播州。《瓊州志》：秦昭襄王使司馬錯略取楚地，爲黔中郡。注：今湖廣辰州、貴州思南、四川酉陽等處。

(二)《天文志》：雲南井鬼分野，貴州參井分野。李白《蜀道難》：捫參歷井仰脅息。又：天梯石棧相勾連。《寰宇記》：邛都縣，夏秋嘗雨[一一]。僰道有大漏天、小漏天。一云在敘州宜賓縣。二山四時沾霖，故云。杜詩：誰能補天漏？

(三)明田汝成《炎徼紀[一二]》：玀犵種有五，蓬頭赤脚。

(四)《廣雅》：獠，古八蠻種。《後漢書》：更始時，諸賊銅馬、大彤、鐵脛，所在寇掠。

(五)見《無忝序》。

（六）詳《歸田[一三]序》。

（七）見《無忝序》。

（八）詳《歸田序》。

（九）《後漢書》：楊震遺歸故郡，至城西夕陽亭。按《晉書》：王餞賈充于夕陽亭。注：郵亭也。

（一〇）《漢書》：王陽守益州，至卭崍九折坂，見道險，遂返車。王尊至是，叱其馭曰：「驅之！王陽爲孝子，王尊爲忠臣。」

（一一）賈誼書：高帝立諸侯于洛陽上東門之外，一名建春門，一名上升門。《地理通釋》：顔氏云：雒陽十二門，上東門東面最北。横刀，見《園次序》。

（一二）見《無忝序》。

（一三）《陳書·别傳》：顧野王字希馮，吴郡人也。九歲能屬文，天文、地理、卜筮、篆隸、丹青無不通。

（一四）《吴志》：華亭縣，漢婁縣地，乃古婁子國。按太倉州稱婁東。今秀州有顧亭湖、野王讀書堆。

（一五）見《三芝序》。

（一六）見《琴怨序》。

（一七）見《三芝序》。

（一八）見《琴怨序》。

（一九）見《琅霞序》。

（二〇）吴質《魏都賦》：我太公鴻飛衮豫。沈約碑文：鴻騫舊吴。

（二一）見《琅霞序》。

（二二）見《祖德賦》。

（二三）見《園次序》。

（二四）《世説》：袁虎、伏滔同在桓公府。桓公每游燕[一四]，輒命袁、伏，袁甚耻之。桓歎曰：「公之厚意，未足以榮國士，與伏滔比肩，亦何辱如之？」

（二五）《南史》：晉文帝詔群臣賦赤鸚鵡，袁淑作賦畢，以示謝莊。及見莊賦，歎曰：「江東無我，卿當獨步。我若無卿，亦一時之杰。」遂隱其賦。按王文度亦稱獨步。

（二六）《漢書》：馬融嘗推敬許慎，時人語曰：「五經無雙許重叔。」《晉書》：任昉謂伏挺曰：「此子日[一五]下無雙。」

（二七）《國策》：楚有養由基善射，去柳葉百步而射之，百發百中。按《史記》作「楊葉」。

（二八）《後漢書》：馬援征南蠻、交趾，樹銅柱于分茅嶺，以表漢界，紀功而歸。按遺迹在南寧府，今南安境[一六]。

（二九）詳《賀周序》。裴啓《語林》：諸葛武侯與晉宣武戰于渭濱，持白羽扇指揮三軍。

（三〇）見《滕王賦》。

（三一）《左傳》：入而振旅，歸而飲至。《三朝舊事》：魏文帝歌曰：「長安城西有雙闕，上有一雙銅雀宿[一七]。一鳴五穀生，再鳴五穀熟。」王維詩：雲裏帝城雙鳳闕。

【校記】

[一]「集」前，蔣刻本、患立堂本、浩然堂本并有「詩」字。

[二]「常」，浩然堂本作「嘗」。

[三]「幞」，患立堂本、浩然堂本并作「帕」。

[四]「慨慷」，患立堂本作「慷慨」。

[五]「者」，患立堂本、浩然堂本并作「哉」。

[六]「哉」，蔣刻本、患立堂本、浩然堂本并作「矣」。

[七]「萄」，患立堂本、浩然堂本并作「桃」。

[八]「射策」，患立堂本、浩然堂本并作「策射」。

[九]「筐」，患立堂本、浩然堂本并作「篋」。

[一〇]「興」，患立堂本、浩然堂本并作「異」。

[一一]「雨」字疑脱，據《太平寰宇記》卷八十補。

[一二]「紀」，四庫本、文瑞樓本并作「記」。

[一三]「歸田」，亦園本、四庫本、文瑞樓本并作「賀周」。按此句用陶侃事，應指《歸田倡和序》之「百里金甌，詎事南征戰艦」。

[一四]「燕」，文瑞樓本作「宴」。

[一五]「日」，文瑞樓本作「目」。

[一六]「境」，四庫本作「界」。

[一七]「宿」字，原脱，據亦園本、文瑞樓本補。

歸田倡和序[一]

貝丘畢載積先生(一)，青社名家(二)，烏衣巨閥(三)。系傳姬籙，宗倍亢於毛郕(四)；姓著齊封，族更華於高國(五)。若乃緑碑突兀，秦丞相之所[二]登封(六)；朱邸崔巍，王文考於焉作賦(七)。三千伎[三]擊，水朝百谷[四]之王(八)；十二諸侯，地扼中原之吭(九)。青州國勢(一〇)，首重淄川(一一)；天上星精，尤推畢宿(一二)。江東顧陸(一三)，隴右崔韋(一四)，聯茵則綉轄[五]齊褰，列宅則戟門對啓(一五)。大兄康樂(一六)，晨游朱雀之門(一七)；小弟清河(一八)，暮宿蒼龍之闕(一九)。竇長君意氣，名冠東京(二〇)；桓元子風流，姻連北闕（二一）。然而井涌忠泉（二二），庭多［六］孝笋（二三）。于公子弟，衆盡識其高門（二四）；石氏家風，無不稱爲長者（二五）。陸機舊德，祇事詩書（二六）；顔峻清規，不譚權要（二七）。洎乎大司農白陽先生，出珥貂蟬（二八），入升鼎鉉（二九）。班資并茂，蕭相國之元功（三〇）；品地逾崇，宋尚書之素望（三一）。於是瑞協金環，祥呈珠樹（三二）。東國華宗，知次公之早貴；南朝妙族，識仲孺之先榮（三三）。司農公三子，先生其第二也。幼即明通，長而岐嶷（三四）。麒麟爲目，果天上之佳兒（三五）；鸚鵡成篇，信人間之才子（三六）。無何甫號勝衣，便逢多難；纔離毁齒，洊歷百憂（三七）。當我先生拜衮之年（三八），即令府君騎箕之歲（三九）。斯時也，伯起預亡（四〇），少孤尚幼。先生隻身郵緯，中夜茹荼（四一）。弱必致哀，貧能備禮。西園賜鏹，置守冢之千家（四二）；北府爲塋［七］，給鐃歌之十部（四三）。傾都以送，相此歌虞（四四）；繞墓而觀，憐其嘔血（四五）。至夫武安見螫，博陸相傾（四六）。安厘母弟，懼兵革之飄離（四七）；田單宗人，痛鄉廬之轉播（四八）。先生閲歷，故未易覼縷述也（四九）。

既而策名闕下，受爵朝端。綰組高粱，卓異推於朝議（五〇）；牽絲絳縣，清白洽夫輿情（五一）。尋以新恩，遷之今秩。原夫崇川之城郭也者（五二），雄關夙抱，既歲久而磚傾；

天塹新開（五三），又移時而潮嚙。先生飭此干掫（五四），勞其版築（五五）。星言而出，參佐陪庾亮之床（五六）〔八〕；露坐以臨，城角奏劉琨之笛（五七）。千尋雉堞（五八），寧勞下瀨戈船（五九）；百里金甌（六〇），詎事南征〔九〕戰艦（六一）。軍則已名君子（六二），城應祇號呂公（六三）。又崇川之土地也者，民鮮奇贏（六四）〔一〇〕，田多斥鹵（六五）。六月志大雨雹，百里書無麥苗（六六）〔一一〕。甚而家亡户絶，鬼類夏畦（六七）；抑且岸圻沙坍，人同魚鱉（六八）。公灑血上書，單車入告。叩閽有路，願除已去之丁；竊禄何情，冀緩難供之餉。兩年惠政，人思以賈姓名兒（六九）；一郡仁聲，衆共曰杜公吾母（七〇）。詎民生〔一二〕之不猶（七一），值君門之甚沮〔一三〕。謗生一篋，誰明良吏之冤（七二）？釁起二桃，孰辨遠臣之枉（七三）？先生乃失馬不驚，掇蜂無懼（七四）。珠生字裏，淮南《招隱》之篇（七五）；霞蔚行間，平子《歸田》之賦（七六）。傳之宫閣，播此通衢。凡兹食息之倫，疇忘生成之感。或鄴都耆宿，素蒙鮑叔之知（七七）；或吴國英年，久動蔡邕之歎（七八）。或金閨貴客（七九），手題慕德之碑；或石户逸民，口誦銜恩之作（八〇）。或金張許史之姓，庇宇車前（八一）；或東西南北之人（八二），擔簦閣下（八三）。甚至談風論月，休上人之才情（八四）；綉虎描鸞，曹大家之述作（八五）。人爲四詠，緒有千〔一四〕端。

某以菲材〔一五〕，屬〔一六〕公隆遇。珠枯滄〔一七〕海，久無照乘之期（八六）；玉碎昆岡（八七），永斷償城之望（八八）。幸高軒之不弃（八九），乃下士之俱收。爰於兹集之成，重命鄙人爲序。裘稱狐腋，慚兹麻枲爲緣（九〇）；琴號龍唇，愧以柷圉作倡（九一）。敢誇流水（九二），用景高山（九三）。

【箋注】

（一）《濟南志》：唐曰臨淄，古營丘地有淄川縣，乃劉宋貝丘。

（二）《括地志》：周公建大社于國中，取五方土爲社。東方青土。今稱齊地爲青社。

（三）見《少楹序》。

（四）《書義疏》：畢公，高文王十五子。康王命畢公厘東郊。《左傳》：富辰諫王曰：「管蔡郕霍，魯衛毛聃，文之昭也。」又鄭子叔曰：「吉焉能亢宗？」注：亢，蔽也。

（五）《姓氏譜》：畢姓，望出東平太原。《左傳》林注：高子、國子，天子命爲齊守臣，皆上卿。

（六）《濟南志》：泰安州泰山，高四十餘里，頂有石表，云秦時無字碑。其古迹曰封禪臺，秦李斯篆。按鄒縣嶧山亦有李斯篆碑。

（七）見《滕王賦》。《魯靈光殿賦》：嵯峨嶵嵬。又云：朱闕巖巖而雙立。

（八）《莊子》：水擊三千里。《國語》：蒼頭伎擊甲天下。《老子》：江漢所以能爲百谷王者，以其無不受之。

（九）《史記·十二諸侯年表》贊曰：譜十二諸侯，自共和訖孔子。《地理通釋》：十二諸侯，魯、齊、燕、蔡、曹、陳、衛、宋、晉、楚、鄭、秦也。

（一〇）《輿志》：濟南爲《禹貢》青州之域。

（一一）見上。

（一二）《天文志》：畢爲二十八宿之一。

（一三）見《尺牘序》。

（一四）《史記》：天水隴西與關中同俗[一八]。注：今鳳翔府。《小學紺珠》：唐隴西稱崔盧爲巨姓。又稱城南韋杜，亦稱崔韋。

（一五）詳《閨秀序》[一九]。

（一六）見《無忝序》。

（一七）《漢官儀》：宮中不畜鷄，衛士候于朱雀門外，專待鷄唱。鮑照詩：朱爵[二〇]文窗韜綺疏。

（一八）見《琴怨序》。

（一九）《三朝舊事》：未央宮東有蒼龍闕，北有玄武闕。建章宮亦有雙闕。注：朱鳥，南方中星。蒼龍，東方中星。命名取此。

（二〇）《漢書·竇長君傳》：文帝竇皇后之兄字長君，有盛名，與弟廣國字少君，人稱爲退讓君子，不敢以富貴驕人。

（二一）《晉書》：桓温字元子，尚南康公主，拜駙馬都尉。庾翼常薦于明帝曰：「温少有雄略，願陛下勿以常婿畜之，宜委以方召之仕。」

（二二）《後漢·耿恭傳》：恭引兵，據疏勒城傍，穿井十五丈，不得泉，乃整衣冠再拜。有頃，泉水奔出。庾信《陸逞碑》：忠泉暗滿。又燕歌：山間涌水忠誠見。

（二三）見《臞庵序》。

（二四）見《憺園賦》。

（二五）《前漢書》：景帝時，石奮爲九卿。長子建、次子慶皆以馴行孝謹，官至二千石。帝號奮爲萬石君。《世説》：潘岳作《家風》詩。

（二六）陸機《文賦》：詠世德之駿烈，誦先人之清芬。按集中又有《祖德》、《述先》二賦。

（二七）《宋書》：顔延之字延年。子峻從宋武帝討逆邵[二二]，以功封右將軍，貴重無比。延之蕭然如故。嘗乘羸牛笨車，逢峻鹵簿，即屏往道側。嘗語峻曰：「吾生平不喜見要人，今不幸見汝。」

（二八）見《半繭賦》。

（二九）《易》。

（三〇）韓文：計班資之崇卑。《東觀漢紀》：和帝詔曰：「高祖功臣，蕭曹爲首。」《史記》：惟祖元功。

（三一）詳《寶汾序》[二二]注。

（三二）《羊祜别傳》：祜方五歲，令乳母于鄰家李氏園桑樹下探取金環。李氏驚曰：「此吾亡兒所失。」乃知即祜前身也。珠樹，詳《徐母序》。《山海經》：三珠樹生赤水上，樹柏葉皆爲珠。《淮南子》：海外三十六國，三珠樹在其東北方。

（三三）補注。

（三四）《詩》。

（三五）見《憺園賦》。

（三六）見《少楹序》。

（三七）見《素伯序》。

（三八）《周禮》：三公命衮，不過九命。若有加，則賜也。注：三公八命矣，復加一命，以服衮龍。後有賜服，非命服也。《晉書》：袁淑字陽元，年二十四任吏部郎，才氣高奇。王義康問其年，曰：「鄧仲華拜衮之歲，陸機入洛之年。」

（三九）見《藝圃序》。

（四〇）見《憺園賦》。

（四一）《左傳》：子太叔對范獻子曰：「人亦有言：『嫠婦不卹其緯，而憂宗周之隕，爲將及焉。』」《詩》：誰謂荼苦。

（四二）《晉陽春秋》：張悛字士然。元康中，代吴令謝詢表，求爲孫氏置守冢人。

（四三）任昉《爲蕭公行狀》：前後部羽葆鼓吹，挽歌二部，虎賁班劍百人。

（四四）見《瑞木賦》。

（四五）《晉書》：阮籍性至孝，居喪，嘔血數升。

（四六）《史記》：太史公曰：「魏其侯竇嬰誠不知時變，灌夫無術而不遜。武安侯田蚡負貴而好權，陷彼兩賢。命亦不延，禍所從來矣。」

（四七）見《素伯序》。

（四八）見《雪持序》。

（四九）王延壽《王孫賦》：嗟難得而覼縷。

（五〇）《水經》：高粱出自并州，黄河之別源。《順天志》：水東徑昌平沙澗，又東南經高粱店，流入都城海子[一一三]。

（五一）應璩詩：不悮[一一四]牽朱絲。謝靈運詩：牽絲及元興，解龜在景年。《左傳》：晉遷于新田。注：今平陽絳縣。《漢書》：楊震爲涿郡守。有勸置産以遺子孫者，震曰：「使後世稱爲清白吏，子孫所遺，不厚乎？」

（五二）《吴志》：崇明，一稱崇川。

（五三）詳《鴻[二五]客序》注。

（五四）《左傳》：陪臣[二六]干掫。注：夜戒守有所擊也。

（五五）《詩》。

（五六）《庾亮傳》：亮鎮武昌時，諸佐吏殷浩之徒，乘秋夜登南[二七]樓。亮忽至，諸人起，避之。曰：「老子于此，興復不淺。」便據胡床，與浩等談詠竟夕，其坦率類此。

（五七）《晉・劉琨傳》：越石在晉陽爲胡[二八]騎所圍，乃乘月登樓清嘯，中夜奏胡笳。敵有懷土之思，弃圍去[二九]。

（五八）《左傳》：鄭祭仲曰：「都城過百雉，國之害也。」注：方丈曰堵，三堵曰雉。

（五九）見《隹山序》。

（六〇）《梁紀》：武帝曰：「我國家如金甌，無一欠缺。」

（六一）《晉・陶侃傳》：侃爲江夏太守，又加督護，與諸軍并力拒陳恢。侃乃以運船爲戰艦，所向必破。庾信詩：荆門戰艦浮。

（六二）見《懸圃序》。《晉書》：劉超爲校尉，統衆宿衞，號君子營。

（六三）《武昌志》：吕蒙城，孫權征零陵時築。

（六四）《貨殖傳》：操其奇嬴。

（六五）《書》。

（六六）《春秋》：昭公四年，大雨雹。莊公七年，大水，無麥苗。

（六七）柳文：雖馬醫夏畦之鬼。

（六八）《説文》：水衝岸壞曰坍。《左傳》：康公曰：「微禹，吾其魚乎？」

（六九）《後漢書》：桓帝時，賈彪爲新息長。時小民多不養子，彪嚴爲之制。數年，人養子者以千數，皆曰：「此賈父所生，名曰賈子。」

（七〇）見《園次序》。

（七一）《詩》。

（七二）《國策》：樂羊子爲魏文侯伐中山，三年拔之。文侯示以謗書盈篋，封之靈壽。

（七三）《晏子春秋》：齊公孫捷、田開疆、古冶子事景公，勇而無禮。晏子言于公，饋之二桃，謂[三〇]曰：「三子計功而食。」三子爭功，公孫捷、田開疆以功不若冶，刎頸而死。冶曰：「二子死之，冶獨不逮。」亦自刎。諸葛亮《梁甫吟》：一朝被讒言，二桃殺三士。

（七四）《淮南子》：北塞之人，有馬亡入胡中[三一]。人皆吊之，其父曰：「此何詎知非福？」居數月，其馬將胡[三二]駿馬而歸。人皆賀之，其父曰：「此何詎知非禍？」家富馬良，其子好騎，墮馬折髀。人皆吊之，其父曰：「此又詎知非福？」居一年，胡夷大出虜[三三]，壯者皆控弦而戰，死者十九，此子獨以跛故，子父相保。《説苑》：王國君尹吉甫前妻子伯奇，後妻子伯封。後妻欲其子爲太子，言于王曰：「伯奇好妾。王若不信，王上臺觀之。」後母取蜂，去其毒，而置衣領之中，使伯奇前。奇欲去之。王見之，使讓伯奇。使者見袖有死蜂，以白王。王使追之，已[三四]投于河矣。陸機詩：掇蜂滅天道，拾塵惑孔顔。

（七五）見《滕王賦》。

（七六）見《三芝序》。

（七七）見《園次序》。

（七八）《魏志》：蔡邕才學顯著，常車騎填巷。聞王粲在門，倒屣迎之。粲年方幼，邕歎曰：「有[三五]異才，吾不如也。吾家書籍，盡當與之。」

（七九）見《園次序》。

（八〇）陸雲詩：銜恩非望始。劉峻《絶交論》：銜恩御，進款誠。

（八一）金張，見《滕王賦》。《漢書》：孝宣許皇后生元帝，封外祖父廣漢爲平恩侯。衛太子史良娣，宣帝祖母，兄恭。宣帝立，恭已死，封恭長子高爲樂陵侯。《蓋寬饒傳》：寬饒得罪，歎曰：「上無許史之属，下無金張之托。」

（八二）《檀弓》：丘，東西南北之人也。

（八三）見《季青序》。

（八四）沈約《宋書》：沙門惠休善屬文，世祖命還俗。本[三六]姓湯，位至揚州從事。

（八五）范曄《列女傳》：扶風曹世叔妻者，同郡班彪之女也。名昭，字惠班，一名姬。博學高才。世叔早卒，有節行法度。兄固著《漢書》，未竟而卒。詔昭就東藏書閣，踵而成之。帝數詔入宫，令皇后、諸貴人師事焉。號曰大家。

（八六）《史記》：魏王曰：「寡人有徑寸之珠，照乘車前後各十二乘者十枚。」

（八七）《書》。

（八八）《史記》：趙惠王得楚和氏璧，秦昭王請以十五城易之。

（八九）詳《合肥書》[三七]。

（九〇）《慎子》：狐白之裘，非一狐之腋。王褒《四子講德論》：千金之裘，非一狐之腋。

（九一）《琴賦》：琴有龍唇鳳足。孟浩然詩：拂拭龍唇琴。《書》：合止柷敔。注：同「圉」。

（九二）見《園次序》。

（九三）《詩》。

【校記】

［一］「序」前，患立堂本、浩然堂本并有「詩」字。

［二］「之所」，患立堂本、浩然堂本并作「所以」。

［三］「伎」，患立堂本、浩然堂本并作「技」。

［四］「谷」，患立堂本、浩然堂本并作「國」。

[五]「轄」，患立堂本、浩然堂本并作「轄」。

[六]「多」，蔣刻本、患立堂本、浩然堂本并作「生」。

[七]「瑩」，原作「瑩」，亦園本、四庫本同，皆誤，據蔣刻本等改。

[八]「床」，原作「休」，據諸本改。

[九]「南征」，蔣刻本、患立堂本、浩然堂本并作「征南」。

[一〇]「嬴」，蔣刻本、患立堂本、浩然堂本并作「嬴」。

[一一]「麥苗」，蔣刻本作「黍苗」，患立堂本作「黍禾」，浩然堂本作「麥禾」。

[一二]「生」，蔣刻本、患立堂本、浩然堂本并作「命」。

[一三]「沮」，患立堂本、浩然堂本并作「阻」。

[一四]「千」，蔣刻本、患立堂本、浩然堂本并作「百」。

[一五]「材」，蔣刻本、患立堂本、浩然堂本并作「才」。

[一六]「屬」，患立堂本、浩然堂本并作「辱」。

[一七]「滄」，患立堂本、浩然堂本并作「蒼」。

[一八]「俗」字，文瑞樓本脱。

[一九]即卷八《閨秀商嗣音詩序》。

[二〇]「爵」，文瑞樓本作「雀」。

[二一]「邵」，文瑞樓本作「劭」。

[二二] 即卷九《錢寶汾詞序》。

[二三]「海子」二字，文瑞樓本脱。

[二四]「悮」，文瑞樓本作「誤」。

[二五]「鴻」，四庫本誤作「鶴」。

[二六]「臣」，亦園本、文瑞樓本誤作「城」。

[二七]「南」字，文瑞樓本脱。

[二八]「胡」，四庫本作「敵」。

[二九]「去」前，文瑞樓本有「而」字。

[三〇]「謂」，原作「曰」，據亦園本、文瑞樓本改。又四庫本脱。

[三一]「入胡中」，四庫本作「出塞外」。

[三二]「胡」，四庫本作「狄」。

[三三]「胡夷大出虜」，四庫本作「狄人大入塞」。

[三四]「已」前，文瑞樓本有「而」字。

[三五]「有」前，文瑞樓本有「此子」二字。

[三六]「本」字，文瑞樓本脱。

［三七］即卷十八《上合肥先生書》。

胡智修詩序

南朝金粉，夙標綺麗之名；北地胭脂，雅擅雕華之譽（一）。則有沙堤妙胄（二），畫省望郎（三），裁碧艾以成衫（四），纈紅桃而製綬（五）。人操玳管，聯翩江鮑之才（六）；代典黄扉（七），赫奕韋平之拜（八）。新居燕市，舊籍越城。易水既荆高慷慨之場（九），耶溪尤種蠡悲歌之地（一〇）。談諧興劇，攬帝京烟月之奇；顧盼風生，得伯［一］國江山之氣。於是温邢才調，幼即登朝（一一）；王謝門風（一二），少而筮仕（一三）。騎省熏香之暇（一四），便自［二］含毫（一五）；倉曹傅粉之餘（一六），還思弄［三］墨（一七）。郎君官貴，盈床堆翡翠之箋；公子才高，繞架插珊瑚之筆（一八）。清辭不少，麗句偏多。

僕也十載清狂，兩年羈宦。白團扇上，常［四］披柳惲之詩（一九）；金水橋頭，乍識李邕之面（二〇）。屬同官爲傳語，命賤子以定文（二一）。不揣揄揚，用承諉諈（二二）。敢曰文如皇甫，累君酬買字之縑（二三）；庶云病類相如（二四），爲我取忘憂之酒（二五）。

【箋注】

（一）見《琴怨序》。

（二）《國史補》：唐故事，拜相，府縣載沙填路，自私第至城東街，名曰沙堤。

（三）見《園次序》。

（四）見《憺園賦》。

（五）見《半繭賦》。

（六）見《園次序》。

（七）見《佳山序》。

（八）韋玄成，詳《儲太翁啓》。《漢書》：平當字子思。哀帝朝，以明經爲相。子晏以明經歷位大司徒。漢興，惟韋、平二氏父子宰相。《北夢瑣言》：令狐綯繼有韋平之拜。

（九）《輿志》：易州，乃易水所經之地。《刺客傳》：荆軻之秦，至易水。高漸離擊筑，歌曰：「風蕭蕭兮易水寒，壯士一去兮不復還。」爲羽聲忼慨。

（一〇）《輿志》：若耶溪，在紹興府諸暨縣，西施采蓮地。《越世家》：勾踐已平吴，范蠡遂去，遺大夫種書曰：「蜚鳥盡，良弓藏；狡兔死，走狗烹。」《國策》：子胥諫吴王曰：「種蠡良臣。」

（一一）見《園次序》。

（一二）見《少楹序》注。

（一三）《左傳》：畢萬筮仕于晉。

（一四）見《滕王賦》。

（一五）見《藝圃序》。

（一六）見《銅雀賦》。按倉曹，今稱户部。

（一七）見《得仲序》。

（一八）見《天篆序》。

（一九）《宋書》：柳世隆第三子名惲，字文暢，長于詩。劉宋時，官太子洗馬。王融讀惲《擣衣篇》，至「亭皋木葉落，隴首秋雲飛」，因以白團扇書之。

（二〇）《唐書》：李邕早負盛名。人傳其眉目秀異，觀者如堵，車不得前。

（二一）見《懸圃序》。

（二二）見《懸圃序》。

（二三）《唐書》：皇甫湜字持正，與李翺、張籍齊名。裴度辟爲判官。度修福先寺，湜爲碑文，晉公酬以千緡。湜曰：「碑文三千字，每字一絹，減不得也。」公笑而足之。

（二四）《史記》：相如常有消渴疾，稱病閒居，不慕官爵。

（二五）見《天篆序》。施肩吾詩：茶爲滌煩子，酒爲忘憂君。

【校記】

[一]「伯」，蔣刻本、患立堂本、浩然堂本并作「霸」。

[二]「自」，患立堂本、浩然堂本并作「事」。

[三]「弄」，原作「美」，據諸本改。

[四]「常」，蔣刻本、患立堂本、浩然堂本并作「曾」。

王良輔百首宫詞序

三千窈窕(一)，競進丁年(二)；二八婠娙，俱陪甲帳(三)。巫山西眺，荆臺多行雨之人(四)；漳水東流，魏殿盛分香之客(五)。九天春曉，傳妙曲於才人(六)；三閤分[一]明(七)，艷新妝於學士(八)。宫名長樂(九)，人號小憐(一〇)。爾乃年年竊藥，只恨蟾孤(一一)；夜夜吹簫，惟愁鳳杳(一二)。瓊樓玉宇，稔高處以偏寒(一三)；冰井銅鋪，較外邊而倍冷(一四)。莫不結眉表色，破粉成痕(一五)。衛莊姜多太息之言(一六)，陳皇后有不平之曲(一七)。且夫丹闈晝寂，并若雲霄；紫禁晨嚴，非同閭巷。問樹名於温室，詎必前[二]知(一八)；記曲疊於《霓裳》，將毋小誤(一九)。縱復含情渲染，極意賡揚。侈仙家之亭館，總涉描摹；誇海上之樓臺，終無事實。然而白頭宮女，能説開元（二〇）；隔水商船，善談江左（二一）。或緣自佩蘭之誦述，或得諸樊嬺所傳流（二二）[三]。西京雜事（二三），譜在琵琶；《南郡[四]新書》（二四），弆之篋衍（二五）。則有主文譎諫者，綴以吟謡（二六）；驗往察來者，形之比興（二七）。語皆寄托，夙工宋玉之微詞（二八）；事屬虚無，不繫劉楨之平視（二九）。貞夫抱慤，無非自擬其騷愁；誼士懷芳，寧至或傷於怨悱（三〇）。於今爲烈，自古而然。

三韓王良[五]輔先生（三一），七葉金貂（三二），一門綉戟（三三）。葡萄[六]滿幅（三四），空北地之胭脂（三五）；翡翠聯箱（三六），洗南都之金粉（三七）。人居洛浦，慣解吹笙（三八）；家在扶風，原精織錦（三九）。此千篇嗣出，將懸市上之華文（四〇）；而一卷先傳，早播宫中之雅製也。緬昔陝川[七]司馬，仲初表[八]綺麗之稱（四一）；孟蜀夫人，花蕊擅清新之譽（四二）。以暨李珣之小妹，亦留百首之宫詞（四三）。何意吾賢，獲符往哲。後有人焉，聆斯曲也。悠揚嘽緩，疑聞百囀之鶯啼（四四）；感慨沉雄，似聽千年之鶴語（四五）。

【箋注】

（一）見《銅雀賦》。

（二）李陵書：丁年奉使。

（三）二八，見《滕王賦》。《列子》：處子，娥媌靡曼者。《漢書》：武帝所幸邢夫人，號娙娥。《事原》：漢武以珍寶爲甲帳，其次爲乙帳。

（四）宋玉《高唐賦序》：昔楚襄王夢見一婦人，曰：「妾在巫山之陽，旦爲朝雲，暮爲行雨，朝朝暮暮，陽臺之下。」

（五）見《銅雀賦》。

（六）《離騷》：指九天以爲正兮。注：中央、八方也。一云：數起于一，立于三，成于五，盛于七，故天去地九萬里曰九天。《魏・嬪妃紀》：魏以美人、才人、良人爲散職。

（七）見《滕王賦》。

（八）見《琅霞序》，并詳《鴻客序》。

（九）見《滕王賦》。

（一〇）見《琅霞序》。

（一一）見《琴怨序》。

（一二）見《藝圃序》。

（一三）見《瀛臺序》。蘇子瞻詞：又恐瓊樓玉宇，高處不勝寒。

（一四）《後漢書》：琅琊有冰井，厚丈餘。銅鋪，見《雪持序》。

（一五）《文苑》梁簡文帝《答新渝侯和詩書》云：高樓[九]懷怨，結眉表色，長門下泣，破粉成痕。

（一六）《詩義疏》：莊姜不見答于莊公而作詩。

（一七）見《海棠賦》。

（一八）《漢·孔光傳》：或問光：「温室省中樹皆何木也？」光嘿不應。其慎如此。

（一九）《龍城録》：開元中，八月望夜，明皇與申元之登女几山。因游山月宫，見素娥十餘人，皆皓衣，乘白鸞，笑舞于廣庭大桂樹下。上皇歸，製爲《霓裳羽衣曲》。按從游者，一作葉靜能，一作羅公，凡三見。《王維别傳》：有以按樂圖示維者，曰：「此《霓裳》第三疊拍也。」按曲乃信。《吴志》：周瑜精音樂，雖三爵之後，其有闕誤，瑜必知而顧之。時人語曰：「曲有誤，周郎顧。」

（二〇）元稹《行宫》詩：寥落古行宫，宫花寂寞紅。白頭宫女在，閒坐説玄宗。開元，見《園次序》。

（二一）《琵琶引序》：居易爲九江郡司馬。送客湓浦口，聞舟中夜彈琵琶者。問其人，本長安倡女，年長色衰，爲賈人婦。遂命酒，使快彈數曲。曲罷，自叙少時歡樂事，今轉徙江湖間。

（二二）《西京雜記》：戚夫人侍兒賈佩蘭，多稱述在宫之事。《飛燕外傳序》：漢伶玄之妾樊通德，趙飛燕女使也，能道飛燕宫中事。玄曰：「俱灰滅矣。」通德掩袖視燭影，以手擁髻，凄然泣下。玄因作《飛燕傳》，有云：飛燕特幸後宫，其姑妹樊嫕爲丞光司帟者。帝居[一〇]鴛鴦殿，飛燕便房省帝簿，嫕上簿云。

（二二三）《葛洪傳》：《西京雜記》六卷，皆洪所集。《東觀餘論》：《跋西京雜記》云：「此書中事，皆劉歆所記，葛稚川采之，以補班《史》之缺耳。」

（二二四）《唐書》：錢希白作《南部新書》。

（二二五）見《尺牘序》。

（二二六）卜子夏《詩序》：主文而譎諫，故曰風。注：主文，與宫商相應也。譎諫，不直諫也。

（二二七）《史記序》：驗往事，思來者。

（二二八）宋玉《登徒子賦序》：大夫[一二]登徒子侍于楚王，短宋玉曰：「玉爲人體貌閒麗，口多微詞，願王勿與出入後宫。」

（二二九）《典略》：建安十六年，世子爲五官中郎將，妙選文學，使楨隨侍太子。酒酣坐歡，乃使夫人甄氏出拜，坐上客多伏，而楨獨平視。他日，公聞，乃收楨。復減死，輸作部，復赦之。

（二三〇）《淮南子》：《小雅》怨悱而不亂。

（二三一）按三韓，即遼東地。

（二三二）見《半藟賦》。

（二三三）詳《閨秀序》。

（二三四）見《三芝序》。

（二三五）見《琴怨序》。

〔三六〕見《智修序》。

〔三七〕見《琴怨序》。

〔三八〕見《琅霞序》。

〔三九〕見《璿璣賦》。

〔四〇〕見《楚鴻序》。

〔四一〕《詩話》：唐王建字仲初，爲陝川司馬時，劉禹錫、白居易皆有詩送之。所著《宮詞》最爲綺麗。集十卷行世。

〔四二〕《輿志》：灌縣有花蕊夫人宅。五代時，費氏以才色入蜀宮，後主嬖之。效王建作《宮詞》百首。《能改齋漫録》：僞蜀主孟昶。徐匡璋納女于昶，拜貴妃，别號花蕊夫人。王師下蜀，太祖聞其名，命别護送之。有《宮詞》傳[一二]世。《輟耕録》：夫人或以姓費氏，誤矣。

〔四三〕補注。

〔四四〕《禮》：其樂心感者，其聲嘽以緩。賈至詩：百囀流鶯繞建章。

〔四五〕八公《相鶴經》：鶴七年小變，十六年大變，百六十年變止，千六百年形定。白香山詩：聲來枕上千年鶴。

【校記】

〔一二〕「分」，患立堂本、浩然堂本并作「花」。

[二]「前」，患立堂本、浩然堂本并作「全」。
[三]「傳流」，患立堂本、浩然堂本、文瑞樓本并作「流傳」。
[四]「郡」，患立堂本、浩然堂本并作「部」。
[五]「良」，患立堂本、浩然堂本并誤作「元」。
[六]「葡萄」，患立堂本、浩然堂本并作「蒲桃」。
[七]「川」，患立堂本、浩然堂本并作「州」。
[八]「表」，患立堂本、浩然堂本并作「標」。
[九]「樓」，原作「而」，據亦園本、四庫本、文瑞樓本改。
[一〇]「居」，原作「舟」，據亦園本、四庫本、文瑞樓本改。
[一一]「大夫」，原誤倒爲「夫大」，據四庫本乙正。
[一二]「傳」，文瑞樓本作「行」。

家皇士望遠曲序[一]

嘗觀蕩子從軍(一)，明鏡有刀環之賦(二)；吴姬織素(三)，飛龍生藥店之悲(四)。郎食鯉魚之尾，授色恩情(五)；妾燒玳瑁之簪，傷懷訣絶(六)。廬江小吏，愁孔雀之東南；鄰下名王，恨浮雲之西北(七)。莫不手褰寶帳，速望人來(八)；坐擁金屏，恐令春去(九)。則有四姓良家(一〇)，三河妙族(一一)。幼住石城之下(一二)，長貯金屋之中(一三)。趙家姑妹，本姓爲樊(一四)；楊氏諸姨，賜名爲虢(一五)。檀黄染靨(一六)，人傳巧笑之方(一七)；石黛添娥(一八)，家有莫愁之曲(一九)。金蓮擬步，誰讓潘妃(二〇)？白雪如人，何殊甘后(二一)？芙蓉承輔(二二)，豈煩傅粉之妝(二三)？蘭麝沾膚，奚假熏香之術(二四)？蝤蠐粉項(二五)，偏宜白燕雙釵(二六)；楊柳纖腰(二七)，解映緑狸重席(二八)。兄居協律，原識佳人(二九)；姊在昭陽，新稱皇后(三〇)。誠可謂天上無雙，宫中第一者也。然而弃妾鳳城之南，思子狼河之北(三一)。歲歲征遼，空爲天子(三二)；年年服散，徒作姬人(三三)。妾齡十五，已爲離别之時(三四)；郎路三千，大有相思之曲(三五)。看銅街之走馬(三六)，息意櫻桃(三七)；聽珠閣之吹簫(三八)，忘情豆蔻(三九)。人傳虎帳，新移光禄塞邊(四〇)；客曰牙旗，舊駐胭脂山下(四一)。妝臺疑惑，綉户徘徊。寄摩敦之紫襖，心傷周室之宇文(四二)；贈妃子以金環，目斷齊朝之斛律(四三)。王孫質趙，何日言歸(四四)？公子留秦，無時云返(四五)。其人也如此，其遠也如彼。於是盤龍綰髻，獨上高臺；墮[二]馬明妝，廣開寶埭(四六)。青天碧海，竟無桂樹之期(四七)；白晝黄昏，又下槁砧之泪(四八)。餘香不斷，自洗溽衣（四九）；剩粉猶存，私留窮褲（五〇）。三春永巷，豈有恨於君王（五一）？萬里長城，復何心於歌舞（五二）。庶幾化石，猶存[三]道上之夫（五三）；莫便升天，竟竊月中之藥（五四）。爰命江南幼女，河内嬌娥（五五），繪以丹青，圖之紈素。紫綃不定，佇瓊觀以卷衣（五六）；羅帶將移，睨碧虛而垂手（五七）。漢武帝之徬徨帳後，是也非耶（五八）？衛宣姜之仿佛君前，天乎帝矣（五九）！所以西陵松柏，不無歎息之言（六〇）[四]；禾水鴛鴦，嗣擬綢繆之作也（六一）。

吾家閥閲（六二），亦有新聲（六三）。此日封胡，遂填別體（六四）。敢曰難兄惟法護（六五），著此青箱（六六）；或云愛弟有清河（六七），屬之玄晏（六八）。嗟乎！蛺蝶成灰（六九），別歡五載（七〇）；珊瑚製枕，待子三年（七一）。處姊尚未適人（七二），小姑何嫌獨處（七三）。須知新婦，難配參軍（七四）；豈有才人，乃歸厮養（七五）。抱衾裯於星下，誰適爲容（七六）？浣粉黛於窗前，各言其志云爾。

《香奩》上官二序，不能獨勝。曲終奏雅，出乎忠孝，使人讀之慨然。吴梅村先生。

作賦之家，意在言外。不得唱歎餘情，即屬俯仰靡麗。其年留心今古，嘗有獨立之時。情深而文，此序徵之矣。伊璜評。[五]

【箋注】

（一）見《滕王賦》。《駱丞集》有《蕩子從軍賦》。漢枚乘詩：蕩子行不歸。杜牧詩：蕩子從征夢寐稀[六]。

（二）見《無忝序》。

（三）見《無忝序》注。

（四）宋樂府《讀曲歌》：自從别郎後，卧宿頭不舉。飛龍落藥店，骨出只爲汝。李賀詩：骨出似飛龍。《列仙傳》：喬順二子璋、瑞，師事仙人盧子期于栖霞谷，服飛龍藥一丸，千年不飢。

（五）古樂府：郎食鯉魚尾，妾食猩猩唇。

（六）古樂府：何用問遺君，雙珠玳瑁簪。聞君有他心，拉雜摧燒之。王筠詩：空貽玳瑁簪。吴均詩：還君玳瑁金雀釵，不忍見此使心危。

（七）見《素伯序》。

（八）《隋紀[七]》：煬帝建迷樓，上設四寶帳，皆雜寶所成。《杜陽編》：寶曆二年，浙東國貢舞女二人，一曰飛鸞，一曰輕鳳。上令藏金屋寶帳中。宫中語曰：「寶帳香重重，一雙紅芙蓉。」

（九）補注。梁劉遵詩：金屏障翠帔。

（一〇）《北史》：魏文帝宏雅，重内族，以范陽盧敏、清河崔宗伯、滎陽鄭義、太原王瓊四姓，衣冠所推，咸納其女，以充後宫。《玉臺新詠序》：四姓良家，名馳永巷。

（一一）《地理通釋》：唐都河東，殷都河内，周都河南。三河在天下之中。

（一二）《金陵志》：府西有孫權石城，乃據石頭上爲城。諸葛亮稱石城虎踞。

（一三）見《海棠賦》。

（一四）見《良輔序》。

（一五）見《海棠賦》。

（一六）見《璿璣賦》。《酉陽雜俎》：宫妝多以黄塗面。李賀詩：宫人面靨黄。荆公詩：漢宫嬌額半塗黄。

（一七）《中華古今注》：段巧笑，魏文帝宫人，始作紫粉拂[八]面。

（一八）見《少楹序》。

（一九）見《海棠賦》。《唐書·樂志》：《莫愁樂》者，石城有女子名莫愁，善歌謡。《樂府題解》：古歌亦有《莫愁》。洛陽女，與此不同。

（二〇）《蕭齊史》：寶卷嗣明帝位，鑿金爲蓮花貼地，令潘妃行其上，曰：「此步步生蓮花也。」

（二一）《拾遺記》：蜀先主甘后玉質柔肌。先主置白綃帳中，如月下聚雪。河南獻玉人，置后側，晝則講説軍謀，夕則擁后而玩玉人。后與玉人潔白齊潤，寵者非惟妒后，亦妒玉人也。後甘后[九]卒，與玉人共坑。

（二二）《西京雜記》：卓文君眉如遠山，臉際若芙蓉。

（二二三）見《銅雀賦》。

（二二四）梁武帝《游女曲》：氛氲蘭麝體芳滑。《飛燕外傳》：飛燕女弟合德爲婕妤。帝嘗私語樊嫕曰：「后雖有異香，不若婕妤體自香也。」

（二二五）《詩》。

（二二六）《洞冥記》：漢武帝起昭靈閣，有神女留玉釵與帝。至昭帝時，宫人猶見此釵，謀欲碎之。開匣，惟見白燕飛去。後凡宫人作釵，因名玉燕釵。

（二二七）見《琴怨序》。

（二二八）《飛燕外傳》：趙婕妤以二十六物爲趙后壽，中有含香緑毛狸藉一鋪。《西京雜記》：飛燕女弟設緑熊席，毛一尺餘，眠而擁毛自蔽，望之者不得見也。坐則没膝，雜薰[一〇]諸香，百日不散。

（二二九）見《琅霞序》注。

（二三〇）《飛燕外傳》：飛燕特幸後宫，號趙皇后，居昭陽宫。樊嫕因進言飛燕有女弟合德，帝大悦，謂爲温柔鄉，號趙婕妤。後益貴幸，號昭儀。姊弟專寵十餘年。

（二三一）沈佺期詩：白狼河北音書斷，丹鳳城南秋夜長。

（二三二）《隋紀》：煬帝幸江都，以詩留别宫人曰：「我愛江都好，征遼亦偶然。」

（二三三）《文苑英華》江總詩有《姬人怨服散篇》，云：薄命夫婿好神仙，逆愁[一一]高飛向紫烟。金丹欲成猶百煉，玉酒新熟幾千年。

（三四）劉琨詩：如何十五女，含笑酒壚前。徐陵《詠舞》詩：十五屬平陽。唐人有「十五嫁王昌」之句。

（三五）見《滕王序[一二]》。

（三六）銅街，見《滕王賦》。走馬，詳《壽閣序》。

（三七）見《海棠賦》。

（三八）見《藝圃序》。

（三九）見《海棠賦》。

（四〇）古詩：虎帳夜談兵。《漢書》：武帝使光禄徐自爲出五原，築城障，列亭至盧朐爲塞，因名光禄。庾信《昭君詞》：斂眉光禄塞。

（四一）《釋名》：牙，軍中大旗。發號令者，以鍵[一三]立牙于帳前，謂之牙門。《東京賦》：牙旗繽紛。注：以象牙飾之。後呼公府爲牙門，訛爲衙。杜审言詩：胭脂山下莫經年。詳《觀槿序》注。

（四二）《周・晉蕩公護傳》：宇文護母閻氏，與皇第四姑及諸戚幽摯在齊。至是，并許還朝。保定四年，皇姑至，齊主以護權重，乃留其母，仍令人爲閻作書報護曰：「汝與吾别之時，年尚幼小，呼我作阿摩敦。今又寄汝小時所著錦袍表一領，知吾含悲多歷年祀。」護報書齊朝，不即遣，往返再三[一四]，後母方至。

（四三）《北齊書》：齊主湛召故太子樂陵王百年，百年知不免，留玉玦與其妃斛律氏爲别。及百年死，妃把玦哀號月餘，亦死。玦把在手，拳不可開，時年十四。

（四四）見《素伯序》。

（四五）《怨[一五]録》：楚王之子質於秦，不得歸，作《王子思歸歌》，有曰：「去千乘之家國，作咸陽之布衣。」庾信《思舊銘》：楚公子之留秦。

（四六）《梁冀傳》：冀妻孫壽色美，而善爲妖態，作盤龍釵、愁眉、啼妝、墮馬髻、折腰步，以爲媚惑。《玉臺新詠序》：裝鳴蟬之薄鬢，照墮馬之垂鬟。姚崇詩：扇掩將雛曲，釵分墮馬鬟。《説文》：隷，通作隸，偃堤也。

（四七）見《良輔序》注。李義山詩：嫦娥自悔偷靈藥，碧海青天夜夜心。

（四八）古樂府：槁砧今何在？山上復有山。注：槁砧，夫也。山上復有山，言夫出也。

（四九）見《琴怨序》。《月令》：季夏，土潤溽暑。《説文》：溼也。補注。

（五〇）《漢紀》：昭帝上官皇后，霍氏外孫女。欲后擅寵有子。帝時不安，左右醫者阿意，言宜禁内寵，雖宫使令皆爲窮褲，多其帶，後宫莫有進者。注：窮褲，前後有襠，不得交通。古樂府：護惜加窮褲，堤防托守宫。

（五一）《通鑑》：周宣王姜后待罪永巷。《史記》：范睢見秦王，佯爲不知永巷，而入其中。《正義》曰：宫中長門永巷，乃幽閉宫女之有罪者，後改名掖庭。《唐書》：郭子儀永巷家人三千。

按此亦天子、公侯之通稱。

（五二）《史記·蒙恬傳》：恬築長城臨洮，延袤萬餘里。

（五三）見《海棠賦》。

（五四）見《琴怨序》。

（五五）《玉臺新詠序》：本號嬌娥。

（五六）《漢紀》：成帝爲趙后設紫綃雲氣帳。《列仙録》：橘叟輸紫綃被一副。《杜陽編》：元載得南洞[一六]鮫綃帳，冬風不入，盛暑自凉，隱然不知爲帳，見卧内紫氣而已。白樂天詩：紅綃信手舞，紫綃隨意歌。

（五七）《樂苑》：吴均賦樂府，得《大垂手》、《小垂手》，有曰：「垂手忽迢迢，飛燕掌中嬌。羅衣恣風引，輕帶任情摇。」又：「且復小垂手。」注：舞也。《樂府題解》有《秦女捲衣》。注：解衣以贈所歡也。

（五八）漢武《李夫人歌》：是耶非耶，立而望，翩姍姍其來遲。并見《琴怨序》。

（五九）《詩》。

（六〇）樂府《蘇小小歌》：妾乘油壁車，郎騎青驄馬。何處結同心，西陵松柏下。注：西陵在錢塘之西。蘇小小，錢塘名倡，南齊時人。

（六一）《嘉興志》：三國時曰嘉禾，縣有鴛鴦湖，在城南，一名南湖。

（六二）見《藝圃序》。

（六三）《史記》：李延年善歌，爲變新聲。《南史》：陳後主采詞之尤艷者，被以新聲。

（六四）詳《壽閣序》。按封胡，謝韶小字。遏末，謝淵小字。韶字穆度，萬之子。淵字叔度，奕之子。或曰：封謂郎，胡謂淵，遏爲玄，末謂韶。

（六五）《王氏譜》：王導孫王珉字季琰，小字僧彌。少有才藝，善行書，出兄珣之右。時人語曰：「法護非不佳，僧彌難爲兄。」法護，珣小字也。

（六六）見《少楹序》。

（六七）周宇文逌撰《庾信集序》：似陸機之愛弟。見《少楹序》。

（六八）俱見《少楹序》。

（六九）詳《庭表序》。李賀詩：灰蝶生松陰。

（七〇）古詩：能不懷所歡。注：女謂男爲歡。

（七一）李賀詩：今朝香氣苦，珊瑚澀難枕。

（七二）見《雪持序》。

（七三）晉樂府有《青溪小姑曲》，云：開門泉，側近橋梁。小姑所居，獨處無郎。《搜神記》：廣陵蔣子文嘗爲秣陵尉。青溪小姑，其第三妹也。

（七四）《世説》：王渾妻鍾氏，字琰，生子濟。幼時趨庭而過，渾正與琰坐，渾欣[一七]然曰：「生子如此，足慰人心。」琰笑曰：「若使新婦得配參軍，生子故不翅如此。」注：參軍，渾中弟淪也。

（七五）《公羊傳》：厮役扈養。注：析薪爲厮，炊烹爲養。《樂府題》：趙邑古歌有《邯鄲才人嫁爲厮養卒婦》。

（七六）《詩》。

【校記】

［一］題下，患立堂本有小注：「和陸麗京、計甫草韻。幀首有十三女子繪《望遠圖》。」浩然堂本無「和陸麗京、計甫草韻」八字。

［二］「墮」，患立堂本、浩然堂本并作「墜」。

［三］「存」，患立堂本、浩然堂本并作「尋」。

［四］「言」，蔣刻本、患立堂本、浩然堂本并作「人」。

［五］此二條評語，僅見患立堂本，據以補入。

［六］「寐稀」，文瑞樓本作「裹歸」。

［七］「紀」，文瑞樓本作「記」。

［八］「拂」，文瑞樓本作「塗」。

［九］「后」，文瑞樓本作「夫人」。

［一〇］「薰」，文瑞樓本作「熏」。

［一一］「愁」，文瑞樓本作「忘」。

［一二］「序」，當爲「賦」。

［一三］「鍵」，四庫本作「犍」。

［一四］「三」，文瑞樓本誤作「王」。

［一五］「怨」，疑作「苑」。

［一六］「南洞」，原作「絹洞」，據亦園本、四庫本、文瑞樓本改。

［一七］「欣」，亦園本作「然」，文瑞楼本作「突」。

莊澹庵先生長安春詞序

遲遲春日（一），青陽總四序之先（二）；藹藹長安，紫蓋會五都之極（三）。宮開閶闔（四），夙擅神皋（五）；節屆勾芒，還饒淑氣（六）。惟天時地利之交榮，斯短什長謡之競叶。王勃著《春思》之賦，歲在咸亨二年（七）；徐陵成《春興》之篇，時則洛陽三月（八）。則有柄指東皇，晷窮北陸（九）。頻捲蝦鬚之帳，爲放冬歸（一〇）；漫圍龜甲之屏，須令臘去（一一）。裁紅暈碧，春已到於幡邊（一二）；滴粉搓［一］酥（一三），花漸盈於勝裏（一四）。織錦坊南之路，鳳子先知（一五）；吹簫巷外［二］之街，蛾兒早覺（一六）。浮浮新霽，訝殘雪之旋融；曖曖微曛[三]，笑輕冰之乍[四]釋。檻前晝暖，已春鳥之能歌；鏡裏年芳，更春人之似織(一七)。加以從來燕子，只舞昭陽(一八)；自昔蘼蕪，偏叢長信(一九)。彼春日固穠花[五]之候，況長安尤佳冶之鄉。九華殿上(二一)，鳥必雙栖(二二)；百子池頭，花非一色(二三)。參差裙幄，糊頳壤以纓崖(二四)；暗靄球堂，嵌花[六]榱而耀谷(二五)。翩其綿羽(二六)，行行逢叔寶之車(二七)；騖彼圓吭，處處遇安仁之彈(二八)。小侯玳轂，外戚珠軿。妖童挾瑟於觀津(二九)，蕩婦數錢於新市(三〇)。何必爲歡百計，方邀息嬀之片言(三一)；詎須行樂千端，始博賈妻之一笑(三二)。無煩萱草，便已忘憂(三三)；靡假靈犀，居然蠲忿(三四)。豈比夫崔駰不樂(三五)，吴質工愁(三六)。蓬門鮮長樂之花(三七)，樵徑乏駢柯之樹(三八)。田園寂寞[七]，難尋鬥鴨之欄(三九)；姓氏單寒，疇隸飛龍之籍(四〇)。名不挂於春官(四一)，世共嗤爲秋士者乎(四二)？

於是蘭臺貴客，芸閣華卿(四三)。鶴禁多閒(四四)，灑南朝之金粉(四五)；鸞坡偶暇(四六)，譜北地之胭脂(四七)。曈曨[八]甲折[九]，姿肖物以屢遷(四八)；駘宕芊綿(四九)，體緣情而善變(五〇)。二十四番之花信(五一)，無勞花蕊新聲(五二)；一百廿闋之春詞，自有春坊麗製(五三)。播之後代，謾誇崔珏鴛鴦(五四)；詢彼前身，仍是莊周蝴蝶(五五)。

【箋注】

（一）《詩》。

（二）《爾雅》：春爲青陽。

（三）《廣雅》：藹藹，盛也。張協詩：藹藹東都門。梁元帝《玄覽賦》：黄旗紫蓋，域中爲天地之所合。《西都賦》：五都之貨殖，三選七遷。

（四）見《璿璣賦》。

（五）張衡《西京賦》：實爲地之奥區神皋。注：神皋，神明之界局。

（六）《月令》：孟春之月，其神勾芒。

（七）王勃《春思賦序》：咸亨二年，余春秋二十有二。于時春也，屈平有言「極千里傷春心」，因作《春思賦》云。

（八）徐陵《洛陽道》詩：緑柳三春暗，紅塵百戲〔一〇〕多。按陵又有《春情》詩題。

（九）《尚書緯》：春爲東皇，又爲青帝。《淮南子》：斗柄東而天下春。宋傅亮《冬至》詩：星昴殷仲冬，短晷窮南陸。按虚星，亦名北陸。

（一〇）蘇易簡詩：蝦鬚半捲天香散。

（一一）郭子横《洞冥記》：上起神明臺，上有金床象席，雜玉爲龜甲屏風。

（一二）詳下。

（一三）詳《浙西詞序》[一一]。

（一四）《事原》：彩勝起于晉，賈充夫人所作。後立春日，士女爲小旛春勝以戲。

（一五）《古今注》：蛺蝶大如蝙蝠者，或黑色，或青斑，名曰鳳子，一名鳳車。沈約《詠領邊繡》詩：縈絲飛鳳子，結縷坐花兒。

（一六）鬧蛾，詳《庭表序》。《廣志》：有蚕蛾，有天蛾。凡草木蟲，以蛹化爲蛾者甚衆[一二]。

（一七）張衡《思玄賦》：庸織路于四裔兮。注：路涉東西如織也。

（一八）見《滕王賦》，并詳《昭華序》[一三]。

（一九）見《滕王賦》。

（二〇）《三輔黄圖》：從洛門至周廟門，漢立長信宫在[一四]其中。

（二一）《西京雜記》：漢掖[一五]庭有雲光殿、九華殿。《洛陽宫殿簿》：魏有明光、徽音、式乾、九華之殿。

（二二）見《看奕賦》。

（二三）見《瀛臺序》。

（二四）《風土記》：長安士女游春，遇名花則藉草而坐，解裙四圍，謂之裙幄。《蕪城賦》：糊頳壤以飛文。

（二五）補注。《初學記》：蹴鞠曰戲球，古用毛糾結。今以胞爲裏，嘘氣閉而蹴之。或以韋[一六]。

（二六）王元長《曲水詩序》：雜夭采于柔荑，亂嚶聲于綿羽。

（二七）見《雪持序》。

（二八）、《世説》：潘岳少時，挾彈出洛陽道，婦人遇者，莫不連手共縈之。

（二九）《史記・外戚傳》：竇太后，趙之清河觀津人也。《正義》注：在冀州武邑縣。《地理通釋》：觀津鎮，趙地。

（三〇）見《滕王賦》注。《輿志》：真定府新樂縣，漢曰新市。按漢江夏郡亦曰新市，非是。《玉臺新詠序》：亦有潁川新市，河間觀津。

（三一）《左傳》：蔡哀侯繩息嬀以語楚子。楚滅息，以息嬀歸，生堵敖及成王焉，未嘗一言[一七]。楚子問之，對曰：「吾一婦人，而事二夫，縱弗能死，其又奚言？」楚子以蔡侯滅息，遂代蔡。

（三二）《左傳》：晉叔向曰：「昔賈大夫惡，娶妻而美，三年不言不笑。御以如皋，射雉，獲之，其妻始笑而言。」

（三三）見《楚鴻序》。

（三四）見《琴怨序》。

（三五）見《楚鴻序》。

（三六）《魏略》：吴質字季重，南皮人，爲魏文帝所喜。帝奔，質作詩曰：「愴愴懷殷憂，殷憂不可居。徙倚不能坐，出入步踟躇。」尋卒。庾信《小園賦》：崔駰以不樂損年，吴質以長愁養病。

（三七）晉傅咸《紫花賦序》：紫花，一名長樂華，舊生于蜀地，中國奇而種之。余嘉其華純素[一八]耐久，故爲之賦。

（三八）見《愴園賦》。

（三九）見《愴園賦》。

（四〇）吴質《答魏文帝箋》：曹烈、曹丹，加以公室枝庶，骨肉舊恩，其龍飛鳳翔，實其分也。一詳《紫玄序》。

（四一）見《琅霞序》。《廣絶交論》：道不挂于通人。

（四二）《淮南子》：春女[一九]愁，秋士哀，知物化矣。

（四三）《别賦》：蘭臺之群英。《唐六典》：歷代蘭臺秘書省，與御史愛鄰。并詳《賀徐序》。

《宫闕志》：漢宫有麒麟、天禄之閣，藏秘書。唐改爲麟臺秘書監。一曰芸臺。魚豢《典略》：芸香辟紙蠹，故藏書閣曰芸閣。《六帖》：芸香草能辟蠹，故書曰芸編。

（四四）《漢宫闕疏》：白鶴，太子所居之地，凡人不得入，故云鶴禁。

（四五）見《楚鴻序》。

（四六）《唐書》：學士院移于鸞坡之西，故曰鸞坡視草。

（四七）見《琴怨序》。

（四八）《説文》：曈曨昧爽，欲明未明也。《易》：草木甲拆。陸機《文賦》：其爲物也多姿，其爲體也屢遷。

（四九）見《憺園賦》。

（五〇）《文賦》：詩緣情而綺靡。

（五一）《演繁露》：《吕氏春秋》曰：「春之風不信，則花不成。」故三月花開時，風名花信風。唐徐師川詩：一百五十寒食雨，二十四番花信風。《歲時記》：一月二氣六候。自小寒至穀雨，四月八氣，二十四候。每候五日，以一花之風信應之。

（五二）見《良輔序》。

（五三）官制：唐有春坊正字官。李賀《春坊劍歌》：莫教照見春坊字。

（五四）見《三芝序》。

（五五）見《藝圃序》。

【校記】

［一］「搓」，患立堂本誤作「槎」。

［二］「外」，患立堂本、浩然堂本并作「北」。

［三］「曛」，患立堂本、浩然堂本并作「薰」。

［四］「乍」，原作「年」，據諸本改。

[五]「花」，患立堂本、浩然堂本并作「華」。

[六]「花」，患立堂本、浩然堂本并作「華」。

[七]「寂寞」，蔣刻本、患立堂本、浩然堂本并作「寥落」。

[八]「曈曨」，蔣刻本、患立堂本、浩然堂本并作「朣朧」。

[九]「折」，文瑞樓本同，蔣刻本、浩然堂本、亦園本、四庫本并作「拆」，患立堂本作「柝」。

[一〇]「戲」，文瑞樓本作「歲」。

[一一]即卷九《浙西六家詞序》。

[一二]「衆」，文瑞樓本作「多」。

[一三]即卷八《徐昭華詩集序》。

[一四]「在」，文瑞樓本作「于」。

[一五]「掖」，原作「液」，據文瑞樓本改。

[一六]「韋」後，文瑞樓本有「亦可」二字。

[一七]「未嘗一言」，原作「未言」，脱「嘗一」二字，據文瑞樓本補。

[一八]「素」字，文瑞樓本脱。

[一九]「女」，原作「南」，據亦園本、四庫本、文瑞樓本改。

余鴻客金陵覽[一]古詩序

原夫珠囊入漢，嬴秦鑿淮水之年（一）；玉璽歸袁，孫策拜丹陽之守（二）。六朝宮闕，盡屬臺城（三）；四姓衣冠（四），半居板渚（五）。若其[二]西曲之子弟（六），家有[三]貂蟬（七）；南渡之君臣，人多[四]金粉（八）。衛叔寶[五]永嘉名士，實始過江（九）；王茂弘[六]江表重臣，用先開府（一〇）。緣[七]夫討逆將軍以後，溯厥鍾山隱士之前（一一）。臨春結綺（一二），以及後主之澂[八]心（一三）；《讀曲》、《烏啼》，爰暨南唐之小令（一四）。是曰妖浮之極致，允爲艷冶之大凡。況夫青絲白馬，地界壽陽（一五）；虎踞龍蟠（一六）[九]，鎮連姑孰（一七）。江通荆益，南兖州既地接滑臺（一八）；星是女牛，小長干復山連[一〇]幕府（一九）。四百八十寺，冶號梅根（二〇）；三萬六千場（二一），渡名桃葉（二二）[一一]。然而南風不競，難以稱雄（二三）；北帥有人，自然飛渡（二四）。王敦祖約，時憂跋扈之强籓（二五）；國寶佃夫，恒患荒淫之貴倖（二六）[一二]。周公瑾之不作，吕子明之已亡（二七）。殿上則金蓮步步，非無今昔之悲（二八）；江頭則鐵鎖年年，不乏廢興之感（二九）[一三]。是[一四]則城稱舊内，定爾[一五]銷魂（三〇）；客到新亭，居然[一六]流涕者也（三一）[一七]。於是路出烏衣（三二），惟多枯樹（三三）；橋經紅板[一八]，止剩荒臺（三四）。陸慧曉之山林，郗僧施之風月（三五）[一九]。竟陵王讀書之邸（三六），貞陽侯躍馬之場（三七）。潘妃沽酒，閱武堂前（三八）；孔嬪飛箋，望仙閣後（三九）。無不眷此飄風，鞠爲茂草（四〇）。百年社稷，徐僕射所以悲哀（四一）；滿目關山，劉賓客因而悼歎（四二）。何常不愁攀玉樹，泣望[二〇]銅街（四三），撫錦瑟以言情（四四）[二一]，托鈿箏而寄意[二二]者乎（四五）？

君也人如張耳，偶贅外黄（四六）；父是肩吾，乃[二三]生小庾（四七）。屬在亂離之後（四八），矧當謡詠之辰（四九）。用吟眺以攄愁，乃躊躇而吊古。李廣對軍中之簿，今何時乎（五〇）？江淹上獄中之書，君其是矣（五一）！

【箋注】

（一）《揚子》：秦亥失珠囊，二世而亡天下。《金陵志》：相傳始皇初鑿淮水，故名秦淮。見《瑞木賦》。

（二）蔡邕《獨斷》：秦以來，天子獨以印稱璽。又「獨玉」也。《後漢書》：黄門張讓劫天子璽，投井中，後井有五色。孫堅得之。袁術以讖言「代漢者，當塗高」，自以字公路應之。聞孫堅得傳國璽，拘其妻，奪之。《吴志》：孫堅死。策至壽春，見袁術曰：「惟使君之所之。」術大喜，謂之曰：「丹陽精兵地，可往募。」策奉母詣丹陽。後以兵少，袁乃還其父兵，表爲懷義校尉。《地理志》：漢以寧國爲丹陽郡。晉、宋、齊、梁、陳以金陵爲丹陽郡。《金陵志》：秦曰棱陵，屬鄣郡；漢屬丹陽；吴曰建業；晉曰建康，亦曰丹陽。《括地志》：丹陽郡，故在潤州東南五里，即今鎮江府。山多丹柳，故名。

（三）《輿地圖》：晉成帝七年，作新宫，乃臺城，地在鍾山側，即晉建康宫城。一名苑城。《容齋隨筆》：晉宋後謂朝廷禁省爲臺，故稱禁城爲臺城。

（四）見《琅霞序》注及《皇士序》。

（五）《金陵志》：李白《秋夜泛板橋浦》有「耿耿對金陵」之句。

（六）見《海棠賦》。

（七）見《半繭賦》。

（八）見《楚鴻序》。

（九）《衞玠别傳》：玠辭王敦，過建業，都下聞其姿容，觀者如堵。

（一〇）見《滕王賦》注，并詳下注。

（一一）《金陵志》：漢末，棱陵尉蔣子文討賊，死事于鍾山，封爲蔣侯，立廟。孫權因避祖諱，改爲蔣山。《吴志》：孫討虜將軍堅破董卓，見袁術曰：「上爲國家討賊，下慰民心。」梁簡文帝《草堂傳》：汝南周顒字彦倫，昔在蜀，以蜀草堂寺林壑可懷，乃于鍾嶺立寺，名草堂。《北山移文》：鍾山之英，草堂之靈。

（一二）見《滕王賦》。

（一三）《南唐史》：烈祖諱昪[二四]，都金陵，傳璟。璟傳煜，稱後主，善詩詞。金陵建有澄心堂。

（一四）《宋書·樂志》：《讀曲歌》者，民間爲彭城王義康作也。其歌云：「死罪劉領軍，誤殺劉第四。」《古今樂録》：《讀曲歌》者，元嘉中袁后崩，百官不敢作聲歌。或因酒宴，止竊聲讀曲，相吟而已。《樂苑》：宋臨川王義慶爲文帝所徵，家人大懼。妓妾夜聞烏啼，憂思成曲，其辭[二五]曰：「籠葱窗不開，烏夜啼，夜夜望郎來。」《詞集》：南唐後主李煜善小令。并見《瀛臺序》。

（一五）《南史·侯景傳》：大同中，童謡云：「青絲白馬壽陽來。」于是景乘白馬，以青絲爲轡，欲以應兆。《壽州志》：秦壽春縣，至東晉以鄭皇后諱，改壽陽，後名壽州。按太原府亦有壽陽縣，非是。

（一六）《三國志》：孔明曰：「鍾山龍盤虎踞，帝王居也。」《金陵形勝志》：鍾山龍盤，石城虎踞。

（一七）見《滕王賦》。

（一八）李益詩：江通荆益原分晉。《唐·地理志》：揚州名南兗州，亦名邗州。《括地志》：滑臺本鄭之廩延邑，今滑州。

（一九）《分野志》：揚州屬牽牛婺女。《金陵志》：天文斗分野。小長干，見《琅霞序》。《金陵志》：晉元帝初渡江，丞相王導建幕府于城西之山，後名幕府山，絶頂有虎跑泉。

（二〇）杜牧詩云：南朝四百八十寺。《地理志》：南陵有梅根冶。《宋書·百官志》：冶鑄多在江北，江南有梅根及冶塘二冶。庾信賦：南陵以梅根作冶。

（二一一）補注[二六]。

（二一二）見《琴怨序》。

（二一三）見《黄門序》。

（二一四）《晉紀》：王濬、杜預克荆門。吴都督孫歆懼曰：「北來諸軍，乃飛渡江也。」又按孔範曰：「長江天塹，限隔南北，敵軍豈能飛渡耶？」

（二一五）《晉書》：永昌元年，王敦率衆内向，以誅劉隗爲名，逼近帝室。祖約字士少。永嘉末，隨兄逖過江。逖卒，代爲平西將軍，後與蘇峻舉兵爲逆。跋扈，見《憺園賦》。

（二一六）《晉・安帝紀》：王國寶，平北將軍坦之第三子。太傅謝安，國寶婦父也，惡而抑之不用。安薨，國寶輔政，權傾内外。《宋書・恩幸傳》：阮佃夫，諸暨人。元嘉中，出身爲臺小[二七]史。太宗初，出閤，選爲主衣，歷累世，日見恩幸。

（二一七）《吴志》：周瑜字公瑾，年三十六卒。吕蒙字子明，疾發，權置内殿治護，不愈而卒。

（二一八）見《皇士序》。

（二一九）《晉書》：王濬爲益州刺史，武帝令伐吴。吴人以鐵鎖横截江路，濬作火炬燒之，須臾，融液斷絶。濬直抵石頭，孫皓出降。

（二二〇）《金陵志》：舊内在三山街，即宋建康府。高宗南渡，以此爲行宫。俗傳孫權宅，誤。

（三一）《晉書》：江東諸名士登新亭，藉卉晏游，周顗歎曰：「舉目有江河之異。」相視流涕。

（三二）見《少楹序》。

（三三）見《天篆序》。

（三四）白居易詩：紅板[二八]江橋青酒旗。劉禹錫《烏衣巷》詩：朱雀橋頭[二九]野草花，烏衣巷口夕陽斜。

（三五）《南史》：陸慧曉字叔明，吴人，玩之玄孫，不雜交游。同郡張緒稱之曰：「江東裴樂也。」仕齊高帝。詳《紫玄序》。《晉書》：郗超從弟子僧施字惠脱，弱冠與王綏、桓胤齊名。

（三六）《齊書》：竟陵王嘗曰：「余稟性端踈，屬愛閒外。」其《行宅》詩有云：訪宇北山阿，卜居西野外。幼賞悦禽魚，早性羨蓬艾。并見《滕王賦》。

（三七）《梁書》：武帝以貞陽侯淵明分督諸將。後東魏慕容紹宗擊敗之，獲淵明。

（三八）《蕭齊紀》：寶卷嗣位，以閱武堂爲芳樂苑，苑中立店肆，潘妃爲市令，自爲市吏。百姓歌云：「閱武堂，種楊柳。至尊屠肉，潘妃沽[三〇]酒。」

（三九）見《滕王賦》。《陳書》：後主令龔、孔二貴嬪及女學士，與狎客共賦新詩，互相贈答。

（四〇）《詩》。

（四一）《晉書》：恭帝詔禪劉裕，秘書監徐廣流涕哀痛，謂謝晦曰：「君爲宋朝佐命，身是晉室遺老，悲歡之事，固不可同。」又按《徐陵傳》：陵爲廣之孫，仕陳。太[三一]建元年，除尚書右僕射。二年，遷左僕射。

（四二）《詩話》：劉夢得爲太子賓客，嘗與元微之、韋楚老在白傅第各賦《金陵懷古》詩。

（四三）見《滕王賦》。

（四四）見《天篆序》。

（四五）見《天章序》。

（四六）《史記》：外黄富人女甚美，嫁庸奴。亡其夫，聞張耳賢，嫁之。女家厚奉給張耳，乃宦魏，爲外黄令，名益著。《括地志》：外黄，漢屬陳留。

（四七）見《楚鴻序》。

（四八）《詩》。

（四九）《離騷經》：衆女嫉余之蛾眉兮，謡諑謂余以善淫。注：謡諑，毁也。

（五〇）《史記・李廣傳》：廣與右將軍合軍出東道。軍亡道。大將軍青使長史責廣之幕對薄。廣曰：「諸校尉無罪，乃我自失道，吾今自上簿。」遂自刎，一軍皆哭。

（五一）《梁書》：宋建平王景素好士，淹隨至南兖州。廣陵令郭彦文得罪，辭連淹，繫州獄中。上書。景素覽書，即出之。

【校記】

［一］「覽」，患立堂本、浩然堂本并作「詠」。

［二］「其」，患立堂本、浩然堂本并作「夫」。

［三］「家有」，患立堂本、浩然堂本并作「處處」。

［四］「人多」，患立堂本、浩然堂本并作「篇篇」。

［五］「叔寶」，患立堂本、浩然堂本并作「洗馬」。

［六］「茂弘」，患立堂本、浩然堂本并作「始興」。

［七］「緣」，浩然堂本作「原」。

［八］「澂」，患立堂本、浩然堂本并作「澄」。

［九］「蟠」，患立堂本、浩然堂本并作「盤」。

［一〇］「連」，患立堂本、浩然堂本并作「迴」。

［一一］「渡名桃葉」，患立堂本、浩然堂本并作「桁名竹格」。

［一二］「幸」，患立堂本、浩然堂本并作「近」。

［一三］「感」，患立堂本、浩然堂本并作「恨」。

［一四］「是」，患立堂本、浩然堂本并作「此」。

［一五］「爾」，患立堂本、浩然堂本并作「許」。

［一六］「居然」，患立堂本、浩然堂本并作「惟工」。

［一七］「者也」，患立堂本、浩然堂本并無。

［一八］「板」，原作「版」，亦園本、四庫本、文瑞樓本同，據蔣刻本、患立堂本、浩然堂本改。按程注引白居易詩：「紅板江橋青酒旗。」故應爲「板」。

［一九］「陸慧曉之山林，郗僧施之風月」，患立堂本、浩然堂本并作「明山紹之山園，雷次宗之學舍」。

［二〇］「望」，患立堂本、浩然堂本并作「上」。

［二一］「撫錦瑟以言情」，患立堂本、浩然堂本并作「拊鈿瑟以舒情」。

［二二］「托鈿箏而寄意」，患立堂本、浩然堂本并作「托銀箏而叙恨」。

［二三］「乃」，患立堂本、浩然堂本并作「聿」。

［二四］「昇」，原作「昪」，徑改。

［二五］「辭」，文瑞樓本作「詞」。

［二六］「補注」，四庫本、文瑞樓本并作「東坡詞」。

［二七］「小」，文瑞樓本作「卜」。

［二八］「板」，文瑞樓本作「版」。

［二九］「頭」，文瑞樓本作「邊」。

［三〇］「沽」，文瑞樓本作「賣」。

［三一］「太」，原作「大」，徑改。

清代別集叢刊

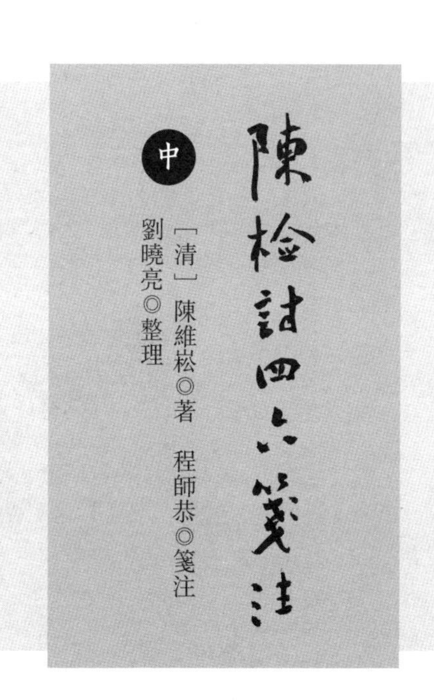

華東師範大學出版社
·上海·

陳檢討集卷七

宜興陳維崧其年撰　皖江程師恭叔才注

序

鄧孝威詩集序

臺君土室，漢世目之逸民（一）；劉氏彩毫，梁室官爲庶子（二）。遐稽曩史，兩見孝威；詎意同時，又逢我友。序閥閱則鄧仲華簪組之族，門户清通（三）；譜邑里則吴夫差花月之都，山川綺麗（四）。籍雖茂苑（五），産實吴陵（六）。諸侯傳寓公之名（七），才子擅客兒之字（八）。馬卿慕藺，便號相如（九）；傅奕懷賢，爰更幼起（一〇）。爾其才情遒艷，文藻英新。釋寶志識徐陵於早歲，呼以麒麟（一一）；陸修靜知張融於綺年，遺之鷺羽（一二）。東京公子，許以經過（一三）；西鄂王孫，嘉其延攬（一四）。於是臨風授簡，入夜揮毫（一五）。等白璧之一雙（一六），似朱霞之十丈（一七）。鏗鏘金石，能驚趙鞅之魂（一八）；煜爚烟雲，可致賈妻之笑（一九）。書之彤管（二〇），緣以牙籤（二一）。僕也激賞高風[一]，徘徊麗緒。陸平原之詩賦，道路居多（二二）；庾開府之生平，亂離不少（二三）。若夫魏主虛帳（二四），韓王故臺（二五）。昆陽虎門之城，涿鹿龍爭之地（二六）。才人失職，幼即辭家；烈士依人，長而去國（二七）。三秋作客，徒悲峽裏之黄牛（二八）；五夜思鄉，難忘關前之白雁（二九）。況復燕昭臺畔，猶有遺官（三〇）；嬴政山頭，非無疑冢（三一）。青桐緑竹，盡諸王帶礪之鄉（三二）；玉雁金鳧，亦列祖衣冠之地（三三）。而乃墮名藩之愛子（三四），損長陵之一抔[二]（三五）。此也十七世之金甌（三六），彼也千百王之玉體，莫不竄之狐兔，薦以荆榛（三七）。見草中之馬耳，能不悲號（三八）？攀天上之龍胡，可無痛哭（三九）？於是觸目蒼凉，緣情凄厲。或臨文而永慕，乍搦管以微謡。絶非愉懌之音，惟以悲哀爲主（四〇）。縱使縣名聞喜，豈便爲歡（四一）？即令草字[三]忘憂，焉能不歎（四二）？

嗟乎！蘭因芳殞，膏以明煎（四三）。自古文人，皆嬰兹[四]患。羈雌啁哳，豈有意於謳吟（四四）？怨鳥蕭騷，聊自言其辛苦（四五）。屬以風高銅柱，因[五]使者以乘槎；月冷珠江，共客星而泛棹（四六）。聽蠻方之秦吉，食炎徼之檳榔（四七）。過嶺一編，乃孝威之近集也。

【箋注】

（一）《漢書》：臺佟字孝威，鄴人，隱於武安山，鑿穴爲居，采藥自業，州辟不就。

〔二〕見《三芝序》。

〔三〕《鄧禹傳》：禹字仲華，年二十四封鄧〔六〕侯，後封高密侯，子十三人。後累世貴寵，爲侯爲公者三十一人。將軍以下及州牧郡守九十八人。其餘侍中等官，不可勝數。《晉書》：吏部闕人。帝問鍾會，會曰：「王戎簡要，裴楷清通。」

〔四〕詳《舜民序》。

〔五〕左思《吴都賦》：佩長洲之茂苑。庾信《哀江南賦》：連茂苑於海陵。按虞世南詩：高臺臨茂苑。非指吴地，亦通稱之。

〔六〕見《懸圃序》。

〔七〕《禮》：諸侯不臣寓公。注：猶寄公。今人以寄居之官爲寓公。

〔八〕見《素伯序》。

〔九〕《史記》：司馬相如，蜀郡成都人也，字長卿，慕藺相如之爲人，更名相如。

〔一〇〕補注。

〔一一〕見《憺園賦》。

〔一二〕《宋書》：宋武帝時，張融字思光，善草書，玩涉百家。道士陸修静以白鷺羽扇遺之，曰：「此異物，當奉異人。」

〔一三〕見《天章序》。

（一四）見《園次序》。

（一五）見《璿璣賦》。

（一六）《史記》：虞卿見趙王，賜白璧一雙。

（一七）詳《掌亭誄》。

（一八）《史記》：趙簡子病，七日而寤，曰：「我之帝所甚樂，與百神游于鈞天，廣樂九奏萬舞。」徐陵《與李那書》：鏗鏘并奏，難驚趙鞅之魂。

（一九）見《澹庵序》。

（二〇）《詩》。

（二一）見《三芝序》。

（二二）見《尺牘序》。《陸機傳》：成都王穎表機爲平原内史。《松江志》：平原村，二陸讀書處。

（二三）見《滕王賦》。

（二四）見《銅雀賦》。

（二五）詳《翼王序》注。徐陵《與李那書》：魏主虚帳，韓王故臺，自古文人，皆爲詞賦。

（二六）《東觀漢紀》：光武徇昆陽，遂殺王尋。城中鼓噪而出，莽兵大潰。會大雷風，屋瓦皆飛，雨下如注，溵川盛溢，士卒溺死者萬數。《輿志》：昆陽，屬河南開封府。《漢書》：光武謂寇恂、賈復曰：「两虎安得私鬥乎？」《保定州志》：涿鹿山，黄帝破蚩尤於此。《漢書》：文帝曰：「高祛數言趙將李齊，戰于巨鹿。」注：順德府地。《左傳》：龍門于時門之外洧淵。《玄覽賦》：門二虎于江干，爭兩龍於修坂。

（二七）見《園次序》。

（二八）《水經注》：峽中有灘，如人負刀牽牛，名曰黄牛。加江湍紆迴，雖途經信宿，猶見之。行者爲《三峽謡》曰：「朝發黄牛，暮宿黄牛，三朝三暮，黄牛如故。」

（二九）《夢溪筆談》：北方有白雁，似雁而小，色白。深秋則來，白雁至則霜降，河北人謂之霜信。《輿志》：太原府有雁門關，德安府有白雁關。

（三〇）詳《九日序》。

（三一）見《滕王賦》。《三輔故事》：始皇葬驪山，起墳，高五十丈，下周三泉。

（三二）《周本紀》：成王削桐葉爲珪，予叔虞曰：「以唐封汝。」《史記》：高祖封爵之誓曰：「使黄河如帶，泰山如礪，國以永寧。」

（三三）見《半繭賦》。

（三四）見《滕王賦》。

（三五）《前漢書》：有盜高廟玉環者，文帝欲族之，張釋之曰：「假令愚民取長陵一坯[七]土，陛下何以加其法乎？」注：高祖陵。

（三六）見《歸田序》。

（三七）詳《井叔序》[八]。潘岳詩：荆棘成榛。

（三八）補注。《齊民要術》：黍苗生如馬耳，則鏃鋤。諺曰：「欲得穀，馬耳鏃。」按悲號，疑即黍苗之感。[九]

（三九）《史記》：皇帝采首山銅，鑄鼎于荆山下。鼎既成，龍垂胡髯，下迎皇帝。帝騎龍乃上去。《九域志》[一〇]：皇帝騎龍上天，小臣不得上，乃悉攀龍髯而墮。

（四〇）見《素伯序》。

（四一）《平陽志》：聞喜縣，舊名桐鄉，即伊尹放太甲之地。漢武帝過此，聞破南粤，因名聞喜。

（四二）見《看奕賦》。

（四三）《漢書》：龔勝死，有父老來吊曰：「熏以香自燒，膏以明自銷。」遂趨而出，不知其誰。

（四四）《瑞應圖》：雄曰鳳，雌曰凰。鸞凰，即鸞雌也。謝靈運詩：鸞雌戀舊侶。李商隱詩：鸞雌長共故雄分。《楚詞》：鳴鵾啁哳而悲鳴。注：奮翼呼鳴也。

（四五）《函史物性志》：怨鳥曰子規，一名秭歸。春分乃鳴，夜啼達旦。其吻有血，漬草木不止。啼苦則倒懸於樹，自呼謝豹，故名怨鳥。零陵地曰思歸[一一]，其音似「不如歸去」。并詳《孟太母啓》。

（四六）銅柱，見《商尹序》。《成都志》：江中有光，夜見，人以爲珠，名曰珠江。《荆楚歲時記》：漢武令張騫使大夏，尋河源。乘槎經月，至一處，見城郭如州府。室内有一女織，又見一丈夫牽牛飲河。騫問曰：「此何處？」曰：「可問嚴君平。」織女取楮機石與騫而還。後至蜀，君平曰：「某年某月，客星犯牛女。」《博物志》：舊説天河與海通，居海渚者，年年見八月有浮槎去來。人有奇志，立飛閣於槎上，多齎糧，乘槎而去。十餘月，至一處，遥望宫中有織婦，見一丈夫牽牛，渚次飲之。還問君平，曰：「某日客星犯牵牛宿斗。」正此人到天河時也。

（四七）《格物總論》：秦吉了，形似鸜鵒，而色白，心慧舌[一二]巧，人言無不通。《異物志》：檳榔樹無華，而爲實大如桃李。

【校記】

[一]「風」，患立堂本、浩然堂本并作「文」。

[二]「抔」，原誤作「坯」，徑改。蔣刻本、患立堂本、浩然堂本等并作「坏」。

[三]「字」，患立堂本、浩然堂本并作「是」。

[四]「玆」，患立堂本、浩然堂本并作「此」。

[五]「因」，患立堂本、浩然堂本并作「同」。

[六]「鄧」，原作「酇」，據四庫本改。按酇侯乃蕭何封爵。

[七]「坯」，四庫本、文瑞樓本并誤作「坏」。

[八] 即卷七《葉井叔悼亡詩序》。

[九]「悲號，疑即黍苗之感」，四庫本作「山有名馬耳，此非是」。

[一〇]「九域志」，文瑞樓本誤作「尤域詩」。

[一一]「思歸」，四庫本作「周韓」。

[一二]「舌」，四庫本作「言」。

葉井叔悼亡詩序

寒風寥泬（一），揚雄但解客嘲（二）；晏歲嶒[一]嶸（三），孫楚新除婦服（四）。祥琴乍鼓（五），暗驚四節之如馳（六）；莊缶載賡（七），倍覺寸心之若結（八）。方圖[二]寬譬（九），姑酌金罍（一〇）；正擬逍遥（一一）[三]，聊彈玉局（一二）。何意楚狂（一三），猥遺越調（一四）。春蠶死後，重牽繚繞之絲；蠟燭燒餘，再灑潺湲之淚（一五）。疇云痛定，秖益悲來（一六）。蓋自俗異狌榛（一七）[四]，人非太上（一八）。空林有鳥，尚傳并命之禽（一九）；絶壑多枝，猶説同生之木（二〇）。何况弱齡井臼，洊歷流離；早日虀鹽，曾經迍賤（二一）。黔婁之梱内，荼苦居多（二二）；冀缺之田間，艱辛不[五]免（二三）。而乃迢迢彩石（二四），青天無不恨之時；寂寂瓊鈎（二五），白月鮮長圓之夜。楄柎何物（二六），空悲女手之卷[六]然（二七）；筐筥奚情，猶記桑條之沃若（二八）。緬虛無之遺挂，愁仿佛於餘熏（二九）。此則何須海上，伯牙亦遂以移情（三〇）；不待雍門，孟嘗亦於焉承睫也（三一）。

嗟乎！樊湖烟水，故國依然（三二）；少室雲山，舊游如昨（三三）。望楚天之似黛，轉憶膏鬟；盼湘水以如羅，還憐巾帶。假非鰥侣，誰知此曲之悲？況屬恨人，詎識有生之樂。晉荀粲撫新[七]編而惆悵，惄矣傷神（三四）；魏吴起聆是集以軒渠，褎[八]如充耳（三五）。（三六）

【箋注】

（一）宋玉《九辯》：泬寥兮天高而氣清。

（二）見《佳山序》。

（三）鮑照賦：歲崢嶸而催暮。

（四）孫子荊《除婦服》詩：時邁不停，日月電流。神爽登遐，忽已一周。王武子見之曰：未知文生於情，情生於文。

（五）見《憺園賦》。

（六）見《半繭賦》。

（七）《莊子·至樂篇》：莊子妻死，惠子吊之。莊子方箕踞鼓盆而歌，謂惠子曰：「人方偃，然寢於巨室，而我噭噭[九]然隨而哭之，自以爲不通乎正命，故止也。」潘岳《悼亡詩》：庶幾有時哀，莊缶猶可擊。師古曰：缶，盎也，即今之盆。

（八）《詩》。

（九）補注。

（一〇）《詩》。

（一一）見《海棠賦》。

（一二）見《三芝序》。

（一三）《高士傳》：陸通字接輿，即楚狂也。却楚昭王聘，變姓名入蜀，隱峨嵋山中。

（一四）見《無忝序》。

（一五）李商隱詩：春蠶到死絲方盡，蠟燭成灰泪始乾。陸游詩：蠟泪成堆又一時。屈原《九歌》：横流涕兮潺湲。注：流貌。

（一六）古諺：痛定思痛。王勃序：興盡悲來。

（一七）柳宗元《封建論》：彼其初，草木榛榛，鹿豕狉狉。

（一八）見《琴怨序》。

（一九）詳《逸齋序》。

（二〇）見《銅雀賦》。

（二一）韓愈《送窮文》：太學四年，朝虀暮鹽。《説文》：迍，同「屯」。

〔二二二〕《高士傳》：周威王時，齊隱士黔婁子守道不屈。卒時覆以布被，覆頭則足露，覆足則頭露。曾西曰：「斜其被則斂矣。」其妻曰：「斜而有餘，不若正而不足。」

〔二二三〕《左傳》：初，臼季使，過冀，見冀缺耨，其妻饁之，敬，相待如賓。

〔二二四〕見《憺園賦》。

〔二二五〕枚乘《月賦》：隱圓巖而似鈎。李賀詩：天上分金鏡，人間望〔一〇〕玉鈎。

〔二二六〕《左傳》：楄柎所以藉幹。注：棺中笭床也。

〔二二七〕見《憺園賦》。

〔二二八〕《詩》。

〔二二九〕潘岳《悼亡詩》：幃屏無仿佛，翰墨有餘迹。流芳未及歇，遺挂猶在壁。

〔二三〇〕《説苑》：伯牙嘗學琴於成連先生，三年不成，成連云：「吾師方子春在東海中，能移人情。」乃俱往。留伯牙曰：「子居習之，吾去將迎之。」刺船而去，旬日不返。伯牙延望無人，但聞海水洶涌，山〔一一〕林窅冥，歎曰：「先生移我情矣！」

〔二三一〕桓譚《新論》：雍門周以琴見孟嘗君。先曰：「臣竊悲千秋萬歲後，墳墓生荆棘，狐兔穴其中，樵兒牧豎，躑躅而歌其上。」孟嘗君承睫涕出，泪下衣襟。劉向《説苑》：雍門子周引琴鼓之，徐動宫徵，微揮羽角。孟嘗君雪涕闌干，曰：「令文立若破國亡邑之人也。」

〔二三二〕詳《考功序》。

〔三三〕見《半繭賦》。

〔三四〕見《渭仁序》。

〔三五〕《吴起傳》：起，魏人，仕魏，後適楚，殺妻求將。《蓟子訓傳》：兒識父母，軒渠笑悦。注：笑聲。《後漢·方技傳》：軒渠笑自若。《詩集注》：褎，多笑貌。充耳，耳聾之人恒多笑。〔一二〕

〔三六〕附注：《漢史》：秀自縊死，泣，馮異寬譬之。〔一三〕

【校記】

〔一〕「嶒」，四庫本作「崢」。

〔二〕「圖」，蔣刻本、四庫本并作「圓」。

〔三〕「遥」，患立堂本、浩然堂本并作「摇」。

〔四〕「榛」，四庫本同，他本皆作「獉」。

〔五〕「不」，蔣刻本、患立堂本、浩然堂本并作「未」。

〔六〕「卷」，患立堂本、浩然堂本并作「拳」。

〔七〕「新」，患立堂本、浩然堂本并作「斯」。

〔八〕「褎」，蔣刻本作「裒」。

〔九〕「噭噭」，四庫本作「嗷嗷」。

〔一〇〕「望」，四庫本作「卑」。

〔一一〕「山」，四庫本誤作「出」。

〔一二〕「褎，多笑貌。充耳，耳聾之人恒多笑。」此條注，亦園本、四庫本、文瑞樓本皆省作「耳聾人多笑」。

〔一三〕此條附注，據亦園本、四庫本、文瑞樓本補。

林玉巖詩集序

若乃星入女牛，疆開甌粵（一）。梅還作漈，仙人種菜之園（二）；鯑欲成山，龍女升天之島（三）。碧蒲滿縣，洞壑崢泓；紅荔垂街，人文光麗。則有門風簡劭，才地瑰奇。驍騰彩筆（四），人居延壽村中（五）；的爍丹輪（六），家傍望壺樓畔（七）。韶齡釋褐（八），夙箸金閨（九）；綺歲登朝（一〇），旋簪銀筆（一一）。蔚然名位，洵稱九牧高甍（一二）；藉〔一〕甚聲華，詎數四門博士（一三）。無何而星〔二〕搖犀浦，浪激蛟宮。王审知既豕突於南荒（一四），陳寶應復鯨呿於炎海（一五）。無諸城上，萬帳蠻雲（一六）；歐冶池邊，一軍毒霧（一七）。家分兩地，信斷三年。王仲宣之邑井，一半凋殘；庾子山之關河，大都蕭瑟（一八）。吟成莊舄，愁斷[三]鍾[四]儀（一九）。姑染翰以告哀，或援毫而寫恨。既而降王就縛，蜃市長消（二〇）；叛帥遭擒，鷁帆大去（二一）。文人返國，重尋甘蔗之州（二二）；才子還鄉，再訪桄榔之樹（二三）。而乃君謨舊宅，一片斜陽（二四）；漁仲空園，無邊蔓草（二五）。披葛謁九仙之廟，斷鏃猶紅（二六）；攀蘿緣雙闕之峰，沉戈半紫（二七）。縱復相逢蛋[五]户，一問蚶田（二八），而巷陌徒存，山河頓異。上幔亭而躑躅，老籛難認曾玄（二九）；撫榕蔭以躊躇，阿囝空呼郎罷（三〇）。越禽向暖，不知栖何樹之枝（三一）；海燕歸巢，未審上誰家之壘（三二）。獨流連而自惜，長顑頷以疇依（三三）。假兹側理，以眷宗邦（三四）；藉彼隃糜，而瞻故國（三五）。一山一壑，盡平生射獵之場（三六）；某水某丘，咸羈貫游從之地（三七）。吟謡不少，篇籍遂多。况復京華仕宦，厥有羊何（三八）；臺閣翱翔，頗多潘陸（三九）。一門標令，王家則渾浚聯鑣（四〇）；群從風華，阮氏亦籍咸并轡（四一）。何常[六]不吟盡林巒，賞窮烟月，疊縹囊於珊架（四二），緣翠帙以珠繩也乎（四三）？且夫玉巖山者，固閩疆之巨嶂，而烏石之靈源也（四四）。金膏玉乳，瀑皆觸石以斜飛；石屋珠扉，樹盡摩空而怒拔。洵塵寰之初地，信欲界之仙都（四五）。爰將二酉之山，勒作一家之集（四六）。携之嶺上，赤烏迴繞以群來（四七）；藏向船中，錦鯉盤旋而不去（四八）。

【箋注】

（一）《職方氏注》：閩爲天文牛女分野。《漢書》：尉陀上書云：「蠻夷中，西有西甌，東有閩粤。」

（二）《興化志》：莆田縣城西有梅花漈。相傳鷄峰人陳清牧牛於此，有白衣老人叱之曰：「此仙人菜園也，勿飲牛，污吾水。」

（三）《一統志》：興化府鯑山，在莆田大海中，與琉璃國相望。上有黑白石可爲棋子，有田可耕。五代閩王時，都巡簡林願第六女歿而爲神，賜號天妃。《廟記》云：「生時預知休咎，長能乘席渡海，乘雲游島。衆呼爲神母，亦呼龍女。」雍熙四年，升化。按《越絶書》：闔廬旦食䱵山。乃吴地，非是。

（四）見《看奕賦》。

（五）補注[七]。

（六）見《滕王賦》。

（七）《閩志》：興化府治[八]内有望壺樓。

（八）《宋朝會要》：興國二年，始賜吕蒙正等釋褐，後遂爲例。

（九）見《園次序》。

（一〇）詳《聖期序》。

（一一）銀筆，見《園次序》注。簪筆，見《黄門序》注。

（一二）《左傳》：貢金九牧。《吴都賦》：飛甍舛互。[九]

（一三）補注。

（一四）《五國故事》：僞閩王审知以唐末起兵，爲黄巢部伍。巢敗，乃領其衆入泉州，復入福州。子延翰襲位，逾年而終。次子延鈞僞稱大閩皇帝[一〇]。

（一五）《梁書》：陳寶應據關中，與錦異潛有異謀，遂起兵反。《漢書》：王莽時，北蕃寇邊，募天下丁男，名曰猪突狶勇。又：匈奴猖獗，謂之豕突鴟張。按鯨呿，詳《鄴園啓》[一一]。

（一六）《閩志》：漢初，封無諸爲閩越王，因都閩地。

（一七）《閩志》：昔歐冶子鑄劍之地，至今有歐冶池，在福州府治，周數里。每風雨大作，烟波晦冥[一二]。

（一八）見《滕王賦》。

（一九）見《無忝序》。

（二〇）見《半繭賦》。

（二一）《山海經》：海中有介魚，眼在背上，口在腹下。牡負牝行[一三]，狀如便面，俗呼鱟帆。

（二二）《福州府志》：府城西有甘蔗州。

（二三）《漢書》：牂牁句町縣有桄榔木，可以爲麵，百姓資之。按桄榔，閩中俱産。

（二四）《宋史》：蔡襄字君謨，文章精粹，工小楷、草書，官至端明殿學士，卒謚忠惠。嘗知福州，又知泉州，有惠政，閩人勒碑頌之。

（二五）《宋·鄭樵傳》：樵字漁仲，莆田人，博學强記，過目不忘。紹興中，召對，授樞密院編修。著書凡五十八部，有《通志略》行世。嘗居夾漈山，人稱夾漈先生。

（二六）《列仙傳》：何氏兄弟九人游湖側，丹成，各乘赤鯉去。莆田人爲之立廟，其湖名九里湖。《爾雅》：金簇羽，謂之鏃。唐吴融詩：金鏃有苔人拾得。

（二七）補注。

（二八）《輟耕録》：廣東采珠之人，懸絙于腰，沉入海中。得珠，撼其絙，舶上人絜出之。多葬蛟龍腹者。有司名曰烏蛋户。《異物志》：蚶之大者，徑四寸，肉味佳。今浙東以近海田種之，謂之蚶田。又有蚶山。

（二九）《武夷山古記》：秦始皇二年八月十五，武夷君魏子騫會鄉人于幔亭，作樂宴飲。《列仙傳》：籛鏗封于彭，即彭祖，古陸終氏第三子，顓頊之玄孫也。隱雲母山，歷虞、夏至商末，壽已七百餘歲而不衰。按籛之後，去竹爲錢。

（三〇）《閩志》：榕枝[一四]著地即生根，其蔭最廣。柳詩：榕葉滿庭鶯亂啼。《青箱雜記》：閩人呼子曰囝，呼父曰郎罷。顧況《哀囝篇》：囝生閩中，乃絶其陽，爲臧爲獲，金玉滿堂。又有《囝别郎罷》詩以寓諷。

（三一）見《無忝序》注。

（三二）《宋書》：文帝元嘉中，魏人所過郡縣，赤地無餘。春燕歸來，巢于林木。劉禹錫詩：舊時王謝堂前燕，飛入尋常百姓家。

（三三）見《半繭賦》。

（三四）見《尺牘序》。

（三五）《漢官儀》：尚書郎作文書，月賜隃糜墨一枚。注：隃糜，漢地名，屬鳳翔府。

（三六）《晉書》：明帝問謝鯤：「以君方庾亮何如？」曰：「端委廟堂，鯤不如亮。一丘一壑，自謂過之。」

（三七）韓愈《送揚少尹序》：楊侯之歸曰：「某水某丘，吾童子時所釣游也。」羈貫，見《雪持序》。

（三八）《宋書》：謝靈運、荀雍、羊璿、何長瑜四友，共爲山澤之游。東坡詩：悲吟相對惟羊何。

（三九）見《園次序》。

（四〇）《魏志》：王渾字玄冲，浚字士治。武帝使同領兵伐吴。渾以功封大將軍，録尚書事。浚後加封鎮大將軍。

（四一）見《祖德賦》。

（四二）縹囊，見《園次序》。珊架，見《天篆序》。

（四三）劉向《别録》：《孫子》書以殺青簡，編以縹絲繩。鮑照賦：直如朱絲繩。歐詩：寫之朱絲繩。

（四四）《閩志》：烏石山在[一五]興化府，産荔枝，爲莆中第一。

（四五）《楞嚴經》：於大菩提善得通達，覺通如來，盡佛境界。名歡喜地，即初地也。《珠林》：欲界天有蕊珠宫。《十洲記》：滄浪海島中有石室，九老仙都治處，仙官數萬人。

（四六）《圖經》：穆天子藏異書于大酉山、小酉山。《方輿記》：秦人隱學于小酉山石穴中，藏書千卷。梁湘東王賦：訪酉陽之逸典[一六]。《孝經鈎命决》：盡二酉之秘奥。按酉山在辰州府西北。

（四七）補注。

（四八）見《尺牘序》。

【校記】

[一]「藉」，患立堂本、浩然堂本并作「籍」。

[二]「星」，患立堂本、浩然堂本并作「烽」。

[三]「斷」，患立堂本、浩然堂本并作「極」。

[四]「鍾」，患立堂本誤作「鐘」。

[五]「蛋」，患立堂本、浩然堂本并作「蜑」。

[六]「常」，浩然堂本作「嘗」。

[七]「補注」，四庫本作「莆田」，亦園本、文瑞樓本并作「莆山」。
[八]「治」，亦園本、文瑞樓本并作「志」。
[九]此條注，亦園本、四庫本、文瑞樓本并作：「《莆田志》：林披子九人，俱刺史，號九牧林氏。」
[一〇]「僞稱大閩皇帝」，四庫本作「僭竊僞號如故」。
[一一]即卷十五《徽浙江總督李鄴園先生詩啓》。
[一二]「冥」，文瑞樓本作「溟」。
[一三]「牡負牝行」，四庫本誤作「牝負牡行」。
[一四]「枝」，文瑞樓本作「葉」。
[一五]「在」，四庫本誤作「有」。
[一六]「典」，四庫本誤作「興」。

黄編修庭表宮詞序

武擔山下，即是[一]望妃之樓(一)；役祤城邊(二)，便是宜君之縣(三)。祖中[二]淯上，灌壘居多(四)；鄴下坊頭(五)，叢祠不少(六)。雲昏張掖，沮渠蒙遜之都(七)；草冷蘭州，禿髮烏孤之地（八）。羈[三]臺突兀，綉瓦猶存（九）；聖井踈蕪（一〇），銀床斯在（一一）。然而多成往迹，半屬前塵。是皆然矣，無容[四]俟來者以申哀；何代無之，詎必向前賢而獻吊（一二）。至夫千門萬户（一三），專稱漢主離宮（一四）；暮雨朝雲，衹曰[五]荆王別館（一五）。胭脂縱麗，無非北地之花（一六）；孔雀雖妍，不過南方之鳥（一七）。而乃濫相撏扯（一八），恣用編排。越艷爲吴娥而製恨，總涉虚無；嬴姬假趙娣以言情，羞[六]無事實。徒充漫録，僅助叢談（一九）。雖[七]云作賦之才，未見著書之益。則有運逢典午（二〇），身本吴人；官在黄初（二一），生於漢季。曾作彼都人士（二二），大有流傳；親爲勝國衣冠（二三），能無記憶？加之珠囊紐散，尚剩遺民；玉壐函沉，還餘故老（二四）。蜀人楊得意，夙直漢廷（二五）；醫者夏無且，精知秦事（二六）。西風江上，有人善濕青衫（二七）；南國花前，此客解歌紅豆（二八）。舊時阿監，暮年恰值湖湘；昔日宫娥，寒夜偏談天寶（二九）。鬭蛾撲蝶，輦下新聞（三〇）；消九咬春，官家瑣事（三一）。何况東京坊陌，未乏成書（三二）；南部笙簫，相沿故典（三三）。三聲《玉樹》（三四），偶譜自搊擋綫篋之餘（三五）；一卷《金縷[八]》，半搜於狼籍牙郎之手（三六）。溝邊暗立（三七），記來烟月千門（三八）；墻外潛行，偷得琵琶一段（三九）。天如有恨，月豈常圓（四〇）？海若多愁，石應早爛（四一）。薊子訓撫銅仙而歎息，亶其然乎(四二)?魏東阿睹玉枕以悲哀,良有以也(四三)。猗歟江夏(四四),最擅才情;孌彼宫詞,尤推綺麗。以我同官之雅,矧爾齊年;遂於校史之餘,屬之撰序。從來《雅》、《頌》,義仍取乎《春秋》;自昔編摩,事未妨於〔九〕吟弄。范蔚宗《后妃傳》竟,綴此數章(四五);班孟堅《外戚篇》成,附兹一卷(四六)。以彼意匠清新(四七),詞調〔一〇〕雅暢。屈原忠愛,聊寄興於虙妃玉女之間(四八);陶令清高,姑托言夫翠簟鴛幬之事(四九)。豈比中唐王建,競新聲於大曆年間(五〇);寧同花蕊夫人,結妍唱於摩訶池上(五一)。嗟乎!人孰無情,古皆有此。野狐落千〔一一〕春金碗,齊化鴛鴦(五二);内人斜萬載羅裙,都成蝴蝶(五三)。

【箋注】

(一)《蜀記》:武都山精化爲女子,蜀王納爲妃,卒,王遣武丁于武都山擔土爲冢,故名。蜀王思妃,作樓望之,相傳有望妃樓。

(二)見《天章序》。

(三)《延安志》:宜君縣,古宜州地,有没祤古迹,與西安相對。

(四)補注。梁元帝《玄覽賦》:途經灌壘,水分當利。

（五）《彰德府志》：戰國爲魏，秦爲上黨、邯鄲二郡，漢曰魏都，曹操封爲鄴都。《通典》：衛州衛縣界，謂之淇水口。漢建安九年，曹公于水口下大坊水以成堰，人號爲枋[一二]頭。注：今浚縣西南。

（六）見《憎園賦》。

（七）《寰宇記》：漢月支國地。武帝時，置酒泉、武威、張掖三郡。後魏曰西涼。按張掖河在陝西司行都司城西，其山有石如張掖字。後掖字漸滅，張字分明。《北凉載記》：沮渠蒙遜臨松盧水，胡人也。先世爲匈奴左沮渠[一三]，遂以官爲氏。蒙遜博群史，曉天文，稱兵邊塞。義熙八年，僭位。宋元嘉十年，死。子茂虔爲魏所擒。

（八）《九邊志》：設蘭州衛于金城，在甘肅地。秃髪，見《天章序》。

（九）補注。

（一〇）《輿志》：邯鄲縣有聖井，二月二日祀之。遇旱祈禱，輒驗。又保定亦有聖井。

（一一）見《靈巖碑》。

（一二）見《滕王賦》。

（一三）見《藝圃序》。

（一四）見《滕王賦》，詳《子厚序》。

（一五）見《良輔序》。

〔一六〕見《琴怨序》。

〔一七〕見《皇士序》。

〔一八〕詳《徵文啓》。

〔一九〕王孝逸啓：談叢理窟。《容齋題跋》：後山陳無己著《談叢》，高簡有力[一四]。

〔二〇〕見《素伯序》。

〔二一〕見《銅雀賦》。

〔二二〕《詩》。

〔二三〕見《滕王賦》。

〔二四〕見《鴻客序》。

〔二五〕見《得仲序》。

〔二六〕《史記》：荆軻以匕首逐秦王。是時，侍醫夏無且以所奉藥囊提荆軻。秦王論功，賜黄金二百鎰，曰：「無且愛我。」

〔二七〕見《良輔序》。白樂天《琵琶引[一五]》：江州司馬青衫濕。

〔二八〕見《素伯序》。

〔二九〕見《良輔序》。

〔三〇〕《玉燭寶典》：洛陽人家，上元造火蛾兒，食玉粱糕。《金門事節》：上元戲爲撲燈蛾，亦云鬧蛾兒。康伯可《上元詞》：鬧娥兒滿路，成團打塊，簇著冠兒鬥轉。《開元遺事》：三月三日，宫中諸妃悉撲蝶以爲戲。

〔三一〕載《錢謙益集》[一六]。按升平之日，長安冬至後，内家戚里，競傳《九九消寒圖》。又按燕京立春日，宫中食生蘿蔔，爲咬春。《緑窗女史》：吴薛素素有《花瑣事録》。

〔三二〕見《素伯序》注。

〔三三〕見《良輔序》。

〔三四〕見《滕王賦》。

〔三五〕補注。《説文》：摒擋，收拾也。一作「屏當」。詳《逸齋序》注。

〔三六〕《侍兒小名録》：唐杜秋娘爲李錡[一七]妾，有《金縷詞》，歌曰：「勸君莫惜金縷衣。」《爾雅翼》：狼貪聚物，不整，故稱狼籍。《釋文》：狼藉草而卧，去則穢亂，爲狼籍也。牙郎，補注。

〔三七〕《詩話》：唐僖宗時，學士于祐於御溝拾紅葉，有詩云：「流水何太急，深宫盡日閒。」

〔三八〕見《藝圃序》。

〔三九〕元微之《連昌宫辭》：李謩[一八]擫笛傍宫墻，偷得新翻數般曲。

〔四〇〕《詩話》：李賀詩：「天若有情天亦老。」有屬對者曰：「月如無恨月常圓。」

〔四一〕見《琴怨序》注。《拾遺記》：泰山[一九]爛石，燒之有香烟。

〔四二〕《漢書》：建安中，薊子訓在長安。人見與一老翁摩挲銅人曰：「適見鑄此，近百歲矣。」時號爲薊先生。

（四三）《魏記》：東阿王植，初求甄逸女不遂，廢寢與食。黄初中，入朝，帝示植甄后玉鏤金帶枕。植見之，泣下，時已爲郭后讒死。帝意亦尋悟，仍以枕賚植。植還洛水上，作《洛神賦》。

（四四）見《琴怨序》。

（四五）《宋書》：范曄字蔚宗，删《後漢書》，自爲一家之作。按書内有《后妃傳》。

（四六）《班固傳》：固字孟堅。明帝時，典校秘書，纘成父彪所著《西漢書》。中載《外戚列傳》。

（四七）陸機文：意司契而爲匠。杜詩：意匠慘淡經營中。

（四八）《楚詞·天問》：羿射乎河伯，而妻彼雒嬪。注：洛水神，虙妃也。《遠游》：騰告鸞鳥迎宓妃。《漢書音義》：宓羲氏女，溺[二〇]洛水爲神。《甘泉賦》：玉女無所眺其清矑兮，宓妃曾不得施其蛾眉。

（四九）陶潛《閒情賦序》：張衡作《定情賦》，蔡邕作《靜情賦》。始則蕩以思慮，而終則歸閒止。《閒情賦》：願在管而爲席兮，安弱體於三秋。悲文茵之我御兮，方經年而見求。

（五〇）見《良輔序》。大曆，見《園次序》。

（五一）見《良輔序》。《方輿覽勝》：隋蜀王秀有池，胡僧見之，曰：「摩訶宫毗羅。」蓋梵呼摩訶爲大，宫毗盧爲龍。謂池廣大有龍，後因爲龍躍池。

（五二）見《琴怨序》。《禽經》：雄鳴曰鴛，雌鳴曰鴦。養雛于土窟、破冢之間，能使狐衞其子。

《魏志》：文帝問周宣曰：「吾夢殿屋内瓦墜地，化爲鴛鴦，何也？」宣對曰：「後宫當有暴死者。」

（五三）《揚州志》：宫人斜，乃隋葬宫人之地。一稱内人斜。《酉陽雜俎》：顧非熊少時，嘗見鬱栖中壞緑裙幅，旋化爲蝶。《冥通記》：木蠹生蟲，羽化爲蝶。

【校記】

〔一〕「是」，患立堂本、浩然堂本并作「爲」。

〔二〕「祖中」，李學穎疑爲「沮中」，并云：「參上下文，武擔山、湔水，蜀地也；杸栩、宜君、沮水，秦地也。」

〔三〕「羈」，蔣刻本、患立堂本、浩然堂本并作「霸」。

〔四〕「容」，患立堂本、浩然堂本并作「庸」。

〔五〕「曰」，患立堂本、浩然堂本并作「目」。

〔六〕「羞」，患立堂本、浩然堂本并作「差」，四庫本作「羌」。

〔七〕「雖」，蔣刻本、患立堂本、浩然堂本并作「難」。

〔八〕「金縷」，李學穎疑爲「金樓」，并云：「《金縷》，曲名，詞調名，無稱『卷』者。《金樓子》，書名，梁元帝著，後散佚。清修《四庫》，始輯得十四篇，爲六卷。」

〔九〕「於」，蔣刻本、患立堂本、浩然堂本并作「夫」。

〔一〇〕「調」，患立堂本、浩然堂本并作「條」。

[一一]「千」，原作「于」，據諸本改。

[一二]「枋」，文瑞樓本作「坊」。

[一三]「胡人也。先世爲匈奴左沮渠」，四庫本作「其先世，漢時爲匈奴左沮渠」。按亦園本，「左」作「佐」。

[一四]「力」，文瑞樓本作「法」。

[一五]「引」，文瑞樓本作「行」。

[一六]「載《錢謙益集》」，四庫本作「陶宗儀《輟耕録》」。

[一七]「錡」，四庫本作「鈎」。

[一八]「摹」，文瑞樓本作「謩」。

[一九]「山」，原作「出」，據亦園本、四庫本、文瑞樓本改。

[二〇]「溺」後，文瑞樓本有「于」字。

家子厚關中紀[一]游詩序

潼關六[二]扇，擘出蓮花（一）；綪[三]道千盤，矗成箭栝（二）。咸陽原冷，百王之剩壘連雲（三）；盩厔城空，千古之殘碑蝕土（四）。星分井鬼，陋吴越之輕華；地踞雍凉，笑燕齊之迂怪（五）。千家板屋（六），人多以擊缶相娛（七）；一曲《車轔》（八），俗盡以彈箏爲業（九）。自戰國張儀而後，競誇天府之雄（一〇）；至嬴家成蟜而還，都説關中之勝（一一）。吴季札觀風而夏之，審厥聲乎（一二）？賈長沙吊古而過焉，論其世耳（一三）！然而地雖莽闊，成敗偏多；氣實高蒼，興亡不少。軹道乃降王之祖（一四），驪[四]山爲竊國之魁（一五）。邯鄲南走，既從來惻愴之鄉（一六）；灞滻東流，亦自古嶔嶔之地（一七）。閒愁疊疊，紛於太華之旒（一八）；歷劫綿綿（一九），多似櫟陽之韭（二〇）。千年綉嶺，墮珥遺鈿（二一）；一派温泉，殘脂弃粉（二二）。雨淋蜀道，偏愁阿犖之來（二三）；月照鎬池，獨惜祖龍之去（二四）。遂使長陵寶碗，恒隨鸜鵒以宵啼（二五）；徒令小市金箱，每共獾狐而晝舞（二六）。我之懷矣，慎毋爲汧渭之行人（二七）；卿欲愁乎，何事作郊岐之游子（二八）？然而吾家南阮，饒有才情（二九）；昨歲西行，偏多慷慨。三輔則宫中行樂之窟，羅綺紛褘（三〇）；二陵則霸朝酣鬥之場，旛幢撞擊（三一）。姚萇殿上，一種斜陽（三二）；赫連城前，幾番蔓草（三三）。銅琵劈裂，消磨異代之悲（三四）；鐵撥沉雄，淘洗前朝之恨（三五）。字如枓大（三六），揮毫而漫興猶顛（三七）；墨似鴉粗，擲筆而老狂欲旋（三八）。嗟乎！美人鐘鼓，阿房則昔事都非（三九）；劍客弓刀，嶢關則其人安在（四〇）？黄沙浩浩，空圍漢主離宫（四一）；碧海茫茫（四二），長挂[五]秦時明月（四三）。是用倚馱鞍而製恨（四四），和鈴柝以言哀（四五）。隴禽解唱，定翻成《突厥》之鹽（四六）；秦女如花（四七），須采入《西京》之記（四八）。

【箋注】

（一）《西安志》：古桃林寨，東漢名潼關，後周更名潼谷關。按潼谷三關：大散、仙人、箭筈。唐詩：日射潼關四[六]扇開。《西岳記》：華山上有蓮花、明星、玉女三峰，尤勝。

（二）詳《祭徐文》[七]。杜[八]氏《通典》：七盤十二綷，藍關之險路也。

（三）見《天篆序》。《輿志》：咸陽原，漢長陵、平陵在焉。

（四）《輿志》：盩厔縣屬西安府，漢扶風地。《廣川[九]書跋》：唐都關中，盩厔在畿内，爲望至重，而尉大[一〇]爲要任，選人方得補。其取名，水曲曰盩，山曲曰厔。

（五）《西安志》：秦曰關中，唐曰關内，《禹貢》雍州之域，天文井鬼分野，自周、秦、漢、西魏、後周、隋、唐俱都此。《史記·孝武本傳》：海上燕齊怪迂之方士多相效，更言神事矣。

（六）《詩》。

（七）李斯《諫逐客書》：夫擊瓮扣缶，彈箏搏髀，而歌呼嗚嗚，真秦之聲也。

（八）《詩》。

（九）見上。

（一〇）《史記》：張儀者，魏人也，仕于秦爲相。《戰國策》：蘇秦説秦惠王，曰：「此所謂天府，天下之雄國也。」

（一一）補注。

（一二）《左傳》：吴季札來聘，請觀于周樂。爲之歌《秦》，曰：「此之謂夏聲。夫能夏則大，大之至也。」

（一三）《賈誼傳》：誼爲大中大夫，後出爲長沙王太傅，嘗作《過秦論》。

（一四）潘岳《西征賦》：健子嬰之果决，敢討賊以紓禍。勢土崩而莫振，作降王于路左。《輿志》：軹道亭在雍州萬年縣，去灞水百步。秦王子嬰降處。

（一五）詳下。《漢·英布傳》：布反，薛公曰：「布以驪山之徒，自致萬乘。」《莊子》：竊鈎者誅，竊國者侯。《唐書》：敬帝幸温湯，張權輿曰：「昔周幽王幸驪山，爲戎[一一]所殺；始皇幸驪山，而國亡；玄宗營驪山，而禄山叛；先帝幸驪山，而享年不長。」

（一六）《史記》：文帝行至灞陵。是時，慎夫人從，上示之曰：「此走邯鄲道也。」張晏曰：慎夫人，邯鄲人。地屬古趙都，今廣平府。

（一七）潘岳《西征賦》：南有玄灞素滻。注：二水在西安府城東。嶔嶔，見《渭仁序》。

（一八）《名山記》：太華山華即西岳。太華神君之旒數，多于[一二]十二。

（一九）見《琴怨序》。

（二一〇）《西安志》：櫟陽城古迹在臨潼縣，漢高祖時名萬年城。古諺：櫟陽家家種韭。注：言其多也。

（二一一）《長安志》：臨潼縣驪山有綉嶺宫。《楊妃外傳》：兄銛、錡、國忠，諸姊治錦綉、琢金玉者千人。帝每幸清華[一三]宫，五家隊合。遺鈿墮舄，琴瑟珠翠，狼籍于道。

（二一二）《方輿覽勝》：秦始皇遇神女，神女吐之發瘡。始皇乃出温泉，吐之即愈。漢武于驪山建温泉宫。《阿房宫賦》：渭流漲膩，弃脂粉[一四]也。

（二一三）《樂府雜録》：明皇自西蜀返，樂人張野狐製《雨霖鈴》曲。按安禄山，番名阿犖山。

（二一四）《秦始皇紀》：秦使者從關東夜過華陰道，有人持璧遮使者曰：「爲吾遺鎬池君。」因謂曰：「今年祖龍死。」忽不見。服虔注：鎬池，水神。秦水德王，其君將亡，故先告之。蘇林注：祖，始也。龍，君象。謂始皇也。

（二一五）補注。按長陵，見《渭仁序》注。《南史》：沈炯《過通天表》云：「甲帳朱簾，一朝零落。茂陵金碗，遂出人間。」杜詩：空餘金碗出，無復繐帷輕。夢弼注：金碗，即用玉盆事，非用盧家金碗也。后山詩：初聞橋山送弓劍，寧知玉碗人間見。

（二一六）《西京雜記》：武帝崩，遺詔，以雜道書四十卷置棺中。至延康二年，河東功曹李及入上黨抱犢山，采藥于巖室中，得此書，盛以金箱，後題日月。出武帝時，河東太守張純上之。宣帝愴然，以書付茂陵，安合如故。《南史》：江夏王鋒發桓温女冢，得金箱。《爾雅》：豶，野豕。又曰狼之牡者。餘補注。

（二七）《史記》：非子養馬汧、渭之間，孝王分土爲附庸。按汧水，見《黄門序》。渭水，見《懸圃序》。

（二八）《輿志》：鳳翔府，古邠岐地。

（二九）《世説》：阮咸與藉居道南，諸阮居道北。北阮富，南阮貧。七夕日，北阮曝衣，錦綺熇目。咸以竹竿挂犢鼻，裩於庭曰：「未能免俗，聊復爾耳。」

（三〇）見《渭仁序》。

（三一）見《天章序》。

（三二）《後秦載記》：姚弋仲，南安赤亭羌人也。第五子名襄。襄第二十四子名萇，字景茂，從苻堅征伐。後弑堅，遂僭帝號。襄之寇洛陽也，萇服衮衣，升御坐，後僭位。八年傳興，興傳泓。義熙十三年，劉裕滅之。

（三三）見《天章序》。

（三四）詳《蒓庵序》注。按推手前曰琵，引手却曰琶。

（三五）見《琅霞序》。《唐書》：賀申善琵琶，以石爲槽，以鵾鷄筋作弦，用[一五]鐵撥彈之。

（三六）《廣韻》：柈，同「盤」。按昔人作《南史》，有稱其字如柈大者。

（三七）《張旭傳》：旭善作書，每大醉，呼叫狂走乃下筆，或以頭濡墨而書。及醒，自以爲神，因呼爲顛。按米顛，詳《紫來序》注。

（三八）《詩話》：唐盧仝舉子，名添丁。其幼喜於塗抹詩書，往往令黑。仝戲爲詩曰：「忽來案上翻墨汁，塗抹詩書似老鴉。」杜詩：令我手脚輕欲旋。注：旋，舞也。

（三九）《史記》：始皇每破諸侯，仿其宫室，作之咸陽北坂上。殿屋複道，周閣相通。所得美人、鐘鼓，以充入之。《三輔故事》：秦阿房宫在上林苑中，東西三里，南北五百步。

（四〇）《西安志》：藍田關，秦名嶢關。

（四一）見《滕王賦》。李華《弔戰場文》：浩浩乎平沙無垠。王維詩：漢主離宫接露臺。

（四二）見《琴怨序》。

（四三）李白詩：秦時明月漢時關。[一六]

（四四）《雜記》：駱駝背上肉形如鞍，故名馱鞍。

（四五）詳《葉母序》。

（四六）見《藝圃序》。《物性志》：鸚鵡出隴西，效人言，能度曲頌經。《通考》：疏勒部東有一臺鹽、昔昔鹽、突厥鹽之類。鹽者，途歌引曲之類也。《夢溪筆談》：唐曲有《突厥鹽》、《阿鵲鹽》。施肩吾語云：「顛狂楚客歌成雪，媚軟吴娘笑是鹽。」

（四七）詳《貞女序》。

（四八）見《良輔序》。

【校記】

［一］「紀」，原作「記」，亦園本同，據蔣刻本等改。按原目録亦作「紀」。

［二］「六」，四庫本誤作「一」，亦園本、文瑞樓本并誤作「四」。

［三］「綷」，患立堂本、浩然堂本并作「棧」。

［四］「驪」，原作「藏」，據諸本改。按此句程注曰「詳下」。觀後引《唐書》載張權輿言周幽王、始皇帝、玄宗、先帝四人幸驪山而遭身死國亡事，知原文應爲「驪」。

［五］「挂」，原作「桂」，據諸本改。

［六］「四」，原作「六」，據亦園本、文瑞樓本改。按唐韓愈《次潼關先寄張十二閣老使君》有云：「荆山已去華山來，日出潼關四扇開。」又清王士禎《秦中凱歌六首其二》有云：「遥看丞相行營去，日射潼關四扇開。」

［七］即卷二十《祭徐母顧太夫人文》。

［八］「杜」，原作「林」，徑改。

［九］「川」，四庫本誤作「州」。

［一〇］「大」，疑爲「尤」。按《廣川書跋》卷八《盩厔尉題名》，此句作「而尉尤爲要任」。

［一一］「戎」前，文瑞樓本有「犬」字。

［一二］「于」，文瑞樓本作「子」。

〔一三〕「清華」，當爲「華清」。

〔一四〕「粉」，文瑞樓本作「水」。

〔一五〕「用」前，文瑞樓本有「而」字。

〔一六〕按此乃王昌齡詩，非李白。

胡二齋擬古樂府序

文章政事，人少兼科；循吏儒林，史無同傳。栽〔一〕花仙縣（一），非關筆底之花（二）；製錦名邦（三），詎繫懷中之錦（四）。蓋以手批粉墨，既虞掾〔二〕吏之紛煩；腰綰銀黄，復患簿書之稠疊（五）。諸成鳳尾，寧容旁涉乎吟謡（六）；綬吐桃花（七），奚暇他營夫鉛槧（八）？由來不異，自昔而然。乃有起而爲吏，邑鮮游民（九）；出以圖君（一〇），案無留牘。展也〔三〕循良之宰，綽乎〔四〕慈惠之師。而復原隰行春之暇，不廢咿唔；都亭聽訟之餘，彌勤繕寫。整齊嵬瑣，仿佛華陽士女之編（一一）；攟拾散亡，依稀汝潁名賢之部（一二）。釀陶作液，萩謝成葅（一三）。彼坐兔園而挾册，自愧迂疏（一四）；即飛梟舄以出疆，徒慚武健（一五）。豈若龔黄合轍（一六），庾鮑齊驅（一七）。既擅文藻之翩翩，復極風規之落落者乎？且所云古樂府者，别歌行趨艷之名，岐晉魏齊梁之體（一八）。《企喻》、《讀曲》，是不同聲（一九）；《子夜》、《歡聞》，羌無定製（二〇）。夫使聱牙拗顙，調必妃豨（二一）；襲謬沿訛，字多帝虎（二二）。則作文仲羊裘之讔語（二三），聽者咍臺（二四）；學莊姬龍尾之廋詞（二五），聞而嗢噱（二六）。幡綽祇效顰之技（二七），郭郎爲借面之裝（二八）[六]。何如别裁僞體（二九），直舉天懷。緯昔事以今情，傳新聲於古意，絶無依傍，略少撫摹。此高人老鐵，於焉矜能事於元朝（三〇）；而相國茶陵，所以負大名於明代也（三一）。藉甚吾賢（三二），不圖爲樂。掣丹鯨於碧海，此是古人；騎黄鶴於青天，誰爲作者（三三）？（三四）

【箋注】

（一）見《楚鴻序》。

（二）見《園次序》。

（三）《左傳》：子皮欲使尹何爲邑。子産曰：「子有美錦，不使人學製焉。大官大邑，身之所庇，而使學者製焉。其爲美錦，不亦多乎？」

（四）詳《梧月序》。

（五）《漢書》：上以書敕責楊僕曰：「懷銀黄，垂三組，夸鄉里。」《廣絶交論》：早綰銀黄，夙昭民譽。注：印綬也。

（六）《齊書》：蕭鋒方五歲，高帝使學鳳尾諾，一學即工。帝大悦，以玉麒麟賜之。注：自晉迄梁、陳，諸侯箋奏皆批曰諾，而草書若鳳尾形。

（七）見《半繭賦》。

（八）見《尺牘序》。

（九）《史記·滑稽傳》：優孟歌曰：「起而爲吏，身貪鄙者餘財。」

（一〇）《檀弓》。

（一一）詳《昭華序》。

（一二）補注。《史記》：荀卿、韓非之徒，捃摭《春秋》之文。

（一三）《抱朴子》注：天仙、流霞，酒名。金漿玉液。《詩》：其蔌維何。郭璞注：蔌，菜茹總名。菹，酢菜，以米粒和醯漬菜也。《禮·祭義》：水草之菹。注：與「葅」同。

（一四）見《懸圃序》。

（一五）《風俗通》：漢明帝時，王喬以尚書出爲葉令。漢法，畿内長吏，節朔還朝。喬每月朔來朝，不見車騎。帝令太史伺。將至，見其有雙鳬從南來，舉網張之，得一舄，乃所賜尚書履也。《史記》：武健嚴酷。

（一六）《前漢·循吏傳》：龔遂字少卿，爲渤海太守。黄霸字次公，爲潁川太守。治爲天下第一。

（一七）見《瀛臺序》。

（一八）古樂府有《吴趨曲》。崔豹《古今注》：吴人以歌其地也。陸機《吴趨行》：四座并清聽，聽我歌吴趨。《樂府解題》有《艷歌行》。艷歌也，宋南平王鑠擬古爲《三婦艷》，後多和之。庾信《哀江南賦》：吴歈越吟，荆艷楚舞。

（一九）讀曲，見《鴻客序》。梁樂府《企喻曲》：男兒欲作健，結伴不須多。注：企喻，本北曲，其曲有四。

（二〇）《唐書·樂志》：《子夜歌》者，晉曲也。晉有女子名子夜，造此聲，過哀苦。後人更爲四時行樂之詞。《古今樂録》：吴聲十曲：一曰《子夜》，二曰《上柱》，三曰《鳳將雛》，四曰《上聲》，五曰《歡聞變》，七曰《前溪》，八曰《阿子》，九曰《丁督護》，十曰《團扇郎》。注：一作王金珠所製。梁樂府武帝《歡聞歌》云：艷艷金樓女，心如玉池蓮。

（二一）下注。

（二二）見《佳山序》注。

（二三）見《天篆序》。

（二四）《吴都賦》：東吴王孫，囅然而咍。注：咍臺，笑聲。

（二五）後注。《國語》：范文子曰：「有秦客廋詞于朝。」注：匿詞也。《國策》：齊靖郭君將城薛，客有能爲廋詞者，趨而進曰：「海大魚。」劉勰曰：伍〔七〕舉言大鳥，齊客言海魚，莊姬托龍尾，臧文仲書羊裘，皆讔也。注：隱通。

（二六）見《尺牘序》。

（二七）《樂府雜録》：開元中，優人有黄幡綽、張野狐諸人。《襄陽記》：劉季和謂：「我何如荀令君？」主簿張坦曰：「古有好婦人，患而捧心嚬眉，見者皆以爲好。其鄰醜婦法之，見者皆走。公便欲下官遁走耶？」

（二八）《顔氏家訓》：或問：「俗名傀儡子爲郭秃，有實乎？」答曰：「《風俗通》云：『諸郭皆諱秃。』當是前世有姓郭郎病秃者，滑稽調戲，故後人爲其象，呼唤郭秃爾。」注：郭秃，曰郭郎，即傀儡也。唐詩：鮑老當筵笑郭郎，笑他舞袖大琅璫。按借面，見《園次序》。

（二九）杜詩：别裁僞體親風雅。

（三〇）《楊維禎[八]傳》：禎字廉夫，諸暨人，任提舉。元末，携家華亭。博學，嫺詞賦，世稱鐵厓先生。按胡瑞讀其《南高峰》詞云：瑰崛[九]長吉莫過。又云：金荃、竹枝、香奩，唐人各擅，而老鐵庵有四家，好異者須從此過也。

（三一）《長沙志》：茶陵州，古漢縣，以地居茶山之陰，故名。《明紀》：李相國東陽字西涯，謚文正公，茶陵人，有樂府行世。

（三二）《陸賈傳》：賈游公卿間，聲名藉甚。

（三三）補注。[一〇]

（三四）附注：古樂府《有所思》：妃呼豨，秋風颯颯晨風颸。注：妃呼，方言。豨，走也。附注：《晉·閻纘傳》：昔楚國處女諫其王曰：「有龍無尾。」言年四十未有太子也。[一一]

【校記】

[一]「栽」，原作「裁」，四庫本同，并誤，據亦園本等改。

[二]「掾」，原作「椽」，誤，徑改。

[三]「也」後，蔣刻本、患立堂本、浩然堂本并有「號」字。

[四]「乎」後，蔣刻本、患立堂本、浩然堂本并有「稱」字。

[五]「庾」，原作「瘦」，亦園本、文瑞樓本并作「庚」，皆誤，據蔣刻本、患立堂本、浩然堂本改。

[六]「裝」，患立堂本、浩然堂本并作「粧」。

[七]「伍」，四庫本作「布」。

[八]「禎」，文瑞樓本作「正」。

[九]「崛」，原作「掘」，據四庫本、文瑞樓本改。

[一〇]此條注，亦園本、四庫本、文瑞樓本并作：「杜詩：未掣鯨魚碧海中。黄鶴，疑用崔顥題詩事。」

[一一]此兩條附注，據亦園本、四庫本、文瑞樓本補。

毛貞女墮樓詩序（一）

三辰霜[一]塞，爰徵不二之心（二）；九曜烟霾，方表靡他之節（三）。海波澒洞（四），乃有冤禽（五）；雨雪漂搖（六），翻生恨竹（七）。臣出身而事主，委贄將誠（八）；女離家而適人，摩笄見志（九）。紅顏赴義，雄於一劍之師（一〇）；縞袂趨風，凜若萬夫之特（一一）。然或盈門以後，展也於歸（一二）；見廟而還，全乎爲婦（一三）。牛衣對泣，已幾閱夫春秋（一四）；鴻案相莊，復洊更夫寒暑（一五）。甚者室中爛熳，粗有諸雛（一六）；膝下團圞，差多群稚（一七）。庾氏則苟娘在抱（一八），陶家則通子離懷（一九）。畫眉窗裏，身極分明（二〇）；織錦梭邊，情歸繫屬（二一）。中人以上，疇無砥礪之操（二二）；賢智之流，詎少皭然之志（二三）。未有秦樓跨鳳（二四），即逢綿綴[二]之辰（二五）；楚國委禽，便遘彌留之會（二六）。困冉耕之瘵疾（二七），珊枕空陳（二八）；患荀偃之癉疽（二九），玉釵虛挂（三〇）。雙星尚格（三一）[三]，能無鞅掌[四]之私（三二）；百歲方賒，終鮮綢繆之雅（三三）。恒情不免，變彼何知？而貞女則厠牏褻器，手也摩挲（三四）；袒服中單，躬焉挪撋（三五）。不辭淟涊，寧羞衞婦之三言（三六）；備歷艱辛，每爲杞梁而一慟（三七）。聞而歎息，見者咨嗟[五]，遂踐孤鸞，俄成寡鵠（三八）。但使畢生鬖髾，亦足酬素志於賢雄（三九）；假令没世蒿簪，便足副所期於靈匹（四〇）。

且夫飄飄乃奔月之人（四一），空空實下天之狀（四二）。瑢臺千[六]仞，寧媚控鶴之方（四三）；綺閣千層，詎曉驂鸞之術（四四）。而乃奮身以擲，自投玉女之扉（四五）；瞑目而呼，甘觸媧皇之石（四六）。驚鴻大去，翻同緣橦[七]之嬉（四七）；墮馬長辭（四八），幾類鞦韆之戲（四九）。悲逾裂脰，酷擬屠腸（五〇）。此則宋王臺畔，略可儷其堅貞（五一）；董相車邊[八]，適足形其芳潔（五二）。斯時也，筋骸瘲瘛，絶意偷生（五三）；口鼻喎唆，無心乞活（五四）。何意趙宫白璧，偏經睆柱以還全（五五）；奚圖秦國連環，縱值揮椎而不碎（五六）。天哀志氣，遂逢續命之膠；人護孤芳，早給返魂之藥（五七）。翩其尚在，宛爾猶存。於是刻彼苕華，鐫之琬琰（五八）[九]。詢貞姬之邑里，居鄰浙水曹娥（五九）；問淑媛之門楣，人是華池毛女（六〇）。

【箋注】

（一）原注：貞女，祥符令毛會侯女，許字方渭仁子奕昭。奕昭死，貞女墮樓以殉，遇救獲甦。詳西河大可序中。[一〇]

（二）三辰，見《璿璣賦》。《列女傳》：東海孝婦以冤死，六月飛霜。《淮南子》：鄒衍盡忠，燕惠王信讒而繫之。衍仰天而哭，夏月爲之降霜。

（三）《烈女傳》：齊寡婦，庶賤之女也。無子，不嫁，事姑謙敬。姑無男，有女，利母財，令婦嫁夫，婦不肯。女殺母以誣婦，婦冤結叫天，天作雷電，擊景公堂。《見聞後録》：西漢時，東海[一一]孝婦，夫死不嫁。姑曰：「我老，久累汝。」遂[一二]自縊死。姑女告婦，婦竟死，郡旱三年。後太守祭其家，乃雨。東漢時，有姑以老壽終，而夫女弟証婦鴆之。其事同，范曄《後漢書》未及，何也？

（四）《淮南子》：未有天地，鴻濛澒洞。

（五）見《無忝序》注。

（六）《詩》。

（七）見《憺園賦》。

（八）《左傳》：策名委贄，貳乃辟也。

（九）《禮》：女子十五而笄。注：許嫁乃笄也。《國策》：張儀謂燕王曰：「昔趙王以其姊爲代王妻。後請代王，使厨人操銅斗殺之。其娣聞之，摩笄以自刺也。故至今有摩笄之山。」

（一〇）《晉·列女傳》：劉遐娶邵[一三]續女，驍果有父風。遐爲石季倫所圍，妻單將數騎，拔出遐于[一四]萬人中。

〔一一〕《張茂傳》：茂爲吴郡守，江充害之。茂卒，茂妻陸氏傾産，率部曲爲先登討充。充敗，爲陸所殺。《詩》：百夫之特。

〔一二〕《詩》。

〔一三〕《禮》：婦人三月告廟上墳，謂之成歸〔一五〕。

〔一四〕見《天章序》。

〔一五〕《後漢·梁鴻傳》：妻孟光爲鴻具食，不敢鴻前仰視，舉案齊眉。臯〔一六〕伯通異之，曰：「彼傭能使其妻敬之如此？非凡人也。」乃舍之於家。

〔一六〕《子虚賦》：麗靡爛熳於前。《爾雅》：生噣雛。注：謂鳥子初生，能自啄食，總名曰雛也。古樂府：一母將九雛。

〔一七〕《孝經》：親生之膝下，以養父母。晉左九嬪詩：自我去膝下。

〔一八〕庾信《傷心賦序》：一女成人，外孫孩稚。《小名録》：庾有苟娘。〔一七〕

〔一九〕見《看奕賦》。《陶靖節别傳》：淵明五子，曰阿舒、阿宣，曰雍、曰端、曰通子。

〔二〇〕見《少楹序》。杜詩：妾身未分明，何以拜姑嫜？

〔二一〕見《璿璣賦》。

〔二二〕《論語》。

〔二三〕《屈原傳》：皭然泥而不滓。

（二一四）見《藝圃序》。

（二一五）《詩》：憂心惙惙。劉夢得《代裴相表》：一朝被病，遂至綿綴。

（二一六）《左傳》：鄭徐吾犯之妹美，公孫楚聘之矣。公孫黑又使强委禽焉。《左傳》：楚公子圍聘於鄭，且娶于公孫段氏。《顧命》：病日臻，既彌留。

（二一七）《史記》：冉耕字伯牛，癩卒。

（二一八）見《皇士序》。

（二一九）《左傳》：諸侯還自沂上，荀偃癉疽，生瘍於頭。濟河及雍，病目出。

（二二〇）見《楚鴻序》。

（二二一）《史記》：牽牛爲犧牲[一八]，其北織女，天女孫也。周處《風土記》：七夕祠牽牛、織女。此二星當會天漢中，奕奕有白氣，光曜五色，人見之多所乞。

（二二二）《詩》。

（二二三）《詩》。

（二二四）《萬石君傳》：建爲郎中令，每謁親，入子舍。常私問侍者，取親中裙廁牏，身自浣滌，不令[一九]親知。注：中裙，近身衣。廁牏，受糞器。摩挲，詳《存庵序》[二〇]。

（二二五）《漢書注》：内服爲衵服。《古今注》：《禮》曰：「中單，祭服，其内明衣，乃三代之襯衣也。」漢初改名汚衫。《六書故》：挪，按揉[二一]也。阮孝緒《字略》：煩撋，猶挪挲。

〔三六〕張衡《思玄賦》：澄洪泂而爲清。注：洪泂，垢濁也。《國策》：衛人迎新婦，婦上車，問：「驂馬，誰馬也？」車至門，教送母曰：「滅竈，將失火。」入室見臼曰：「徙之牖下。」此三言皆至言也，而不免爲笑者，早晚之時失也。

〔三七〕《左傳》：文公艱難辛苦〔一二二〕，備嘗之矣。《琴操》：杞殖字梁，戰死。妻曰：「上無考，中無夫，下無子，人之苦至矣！」乃求夫尸於城下，抗聲大哭，十日而城奔。

〔三八〕《琴歷》：蔡琰善琴，爲《離鸞》、《别鶴操》。陶詩：上弦驚别鶴，下弦離孤鸞。《列女傳》：魯陶嬰者，陶明之女。少寡，養幼孤，作《黄鵠歌》以明己之不更二庭也。其略曰：「悲夫黄鵠之早寡兮，七年不雙。」

〔三九〕《左傳》：臧紇救鄫，侵邾，敗於狐駘。國人逆喪者皆髽。魯于是始髽。注：髽，麻髮合結也。遭喪者多，不能備凶禮服，髽而已。《檀弓》：魯人之髽而吊也，自敗臺駘始〔一二三〕也。

〔四〇〕《東觀漢紀》：梁統《與杜林書》曰：「君非隗囂，不降志辱身，至簪蒿席草，不食其粟。」

〔四一〕見《琴怨序》注。

〔四二〕補注〔一二四〕。

〔四三〕《天台賦》：王喬控鶴以冲天。事見《滕王賦》。張僧鑒《豫章記》：洪井有鸞岡，洪崖乘鸞所憩處也。西有鶴嶺，王喬控鶴經過處。

〔四四〕《列仙傳》：梅福遇空同仙君，授丹法，乘青鸞飛升。江淹《别賦》：駕鶴上漢，驂鸞騰天。

（四五）《靈光殿賦》：玉女窺窗而下視。注：刻玉女形於窗上也。王袞詩：陽窗臨玉女。宋之問詩：窗摇玉女扉。

（四六）見《憺園賦》。

（四七）《教坊記》：舞者樂之容，或象驚鴻，或如燕飛。《西京賦》：都盧尋橦。注：體輕善緣。橦人於長木上，自以手緣繩而度也。《鄴中記》：額上緣橦，左回右轉。

（四八）見《皇士序》。

（四九）見《憺園賦》。

（五〇）《左傳》：晉射殖綽，中肩，兩矢夾脰。[二五]注：頸也。《公羊傳》：絶其脰。注：項也。《史記》：聶政刺殺韓相，因破面抉眼，自屠出腸而死。《列女傳》：至正十五年，有周人婦毛氏爲賊所執，罵賊不屈，賊遂刳其腸而去。

（五一）見《銅雀賦》。《古詩紀》：戰國時，韓憑爲宋康王舍人，妻何氏美。王欲之，築青陵臺。何氏見[二六]《烏鵲歌》以見志，遂自縊死。

（五二）《列女傳》：安定皇甫規妻者，不知何氏女也。善屬文，時爲規答書記。及規卒，董卓强聘之，立罵卓，遂死車下。後人圖畫，號曰禮宗。

（五三）《説文》：小兒瘲瘛病也。

(五四)《説文》：喝唆，小兒相應聲。

(五五)《藺相如傳》：相如奉璧至秦，視秦無意償城，持其璧，睨柱，欲以擊柱。秦王恐其破璧，乃辭謝固請。相如使從者於徑[二七]道亡去，歸璧於趙。

(五六)《國策》：秦昭王遺齊君王后玉連環，曰：「齊多智，而解此環不[二八]？」群臣不知解。君王后引錐椎破之，謝秦曰：「謹以解矣。」

(五七)見《琴怨序》。

(五八)《竹書紀年》：桀伐岷山，得二女，曰琬、曰琰。刻其名于苕華之玉，苕曰琬，華曰琰。《摭言》：黄帝二女，曰琬、曰琰。刻於彤管，飾以金玉。

(五九)范曄《列女傳》：孝女曹娥者，會稽上虞人也。父旴，爲巫祝。溺死，不得尸。娥年十四，乃沿江哭不絶聲。旬有七日，遂投江而死。

(六〇)《列仙傳》：毛女字玉姜。秦亡，入深山，餌松柏，遍體生緑毛，能飛舉。華陰山中獵人，往往見之。自言始皇宫人，而不老。

(六一)附注：《庾信集·謝趙王啓》云：某息荀娘。注：按本傳，信子名立，荀娘疑即立小字。荀，一作「苟」。附注：《劍仙傳》：有空空兒能飛身，千里斬人。[二九]

【校記】

[一]「霜」，患立堂本、浩然堂本并作「霧」。

［二］「綴」，蔣刻本、患立堂本、浩然堂本并作「惙」。

［三］「格」，患立堂本、浩然堂本并作「隔」。

［四］「掌」，患立堂本、浩然堂本并作「望」。

［五］「咨嗟」，患立堂本、浩然堂本并作「嗟咨」。

［六］「千」，患立堂本、浩然堂本并作「十」。

［七］「橦」，原作「撞」，蔣刻本、浩然堂本、亦園本、文瑞樓本同，并誤。據患立堂本、四庫本改。

［八］「邊」，患立堂本、浩然堂本并作「前」。

［九］「琬琰」，浩然堂本避諱作「金石」。

［一〇］此段注，有美堂本首有「原注」二字。亦園本、四庫本、文瑞樓本皆無起首「貞女祥符令」五字及末尾「詳西河大可序中」七字。李學穎校謂程注本首及末尾亦無此十二字，然核有美堂本，并未脱。

［一一］「東海」後，文瑞樓本有「有」字。

［一二］「遂」，原作「壯」，據文瑞樓本改。

［一三］「邵」，原作「郡」，據亦園本、四庫本、文瑞樓本改。

［一四］「于」，原作「千」，據亦園本、四庫本、文瑞樓本改。

［一五］「歸」，文瑞樓本作「婦」。

［一六］「皋」，四庫本誤作「皇」。

［一七］《小名録》：庾有苟娘。」亦園本、文瑞樓本、四庫本并作：「按苟娘非女，詳篇後。」又四庫本，「非」誤作「一」。

［一八］「牡」，四庫本作「牲」。

［一九］「令」字，四庫本脱。

［二〇］即卷十二《送汪存庵廣文出都序》。

［二一］「按揉」，文瑞樓本作「揉按」。

［二二］「艱難辛苦」，亦園本、文瑞樓本并作「險阻艱難」。

［二三］「始」，文瑞樓本作「死」。

［二四］「補注」，亦園本、四庫本、文瑞樓本并作「後注」。

［二五］「《左傳》：晉射殖綽，中肩，两矢夾脰。」亦園本、四庫本、文瑞樓本并作：「《史記》：燕入齊，王蠋自奮絶脰死。」

［二六］「見」，疑爲「作」。

［二七］「徑」，四庫本誤作「經」。

［二八］「不」字，四庫本誤作「衆」。

［二九］此二條附注，據亦園本、四庫本、文瑞樓本補。

陳檢討集卷八

宜興陳維崧其年撰　皖江程師恭叔才注

序

魏禹平詩序

滿城柳色，笛聲已入陽關（一）；二月花朝，天氣漸逢寒食（二）。屬文通之賦別（三），令敬禮以定文（四）。且盡餘杯，爲譚往事。竊述二［二］家之舊德，聊充四座之新聞（五）。昔在前朝，正丁末季。奄人竊柄，普天馳節甫之門（六）；元子委裘，薄海拜聖嬈之座（七）。時則余祖少保公，諤諤東朝（八）；君家忠節公，棱棱左掖（九）。膺滂何罪，同飛告密之章（一〇）；喬固奚辜，俱置同文之獄（一一）。碧血長埋於牢户（一二），丹書深刻其姓名（一三）。不其然乎？彼一時也。既而下宫難息，孤出褲中（一四）；北海冤消，人還壁裏（一五）。則有余父贈檢討公，風度鴻騫（一六）；君叔庶常公，儀觀鵠舉（一七）。江深故國，相逢石子岡頭（一八）；花落空宫，并坐瓦官閣下（一九）。而乃社猶竄鼠，城尚憑狐（二〇）。

華林半部，多是佃夫之伎人（二一）；建業三更，齊唱總持之艷曲（二二）。於是筵畔徵歌，風前命酒。張髯奮擲，盖寬饒醒後原狂（二三）；戟手轟豗（二四），禰正平怒而工駡（二五）。宵人籍籍（二六），指爲鈎黨之子孫（二七）；異類紛紛，奉以東林之衣鉢（二八）。僕猶憶此，君豈忘諸？

無何而鶗啼西錐，昔夢宵迷（二九）；鶂出東周，舊家晨散（三〇）。空留先澤，鄙人則遠遜孔璋（三一）；綽有門風，賢從則群推交讓（三二）。都緣世講，欣聯袁灌之交（三三）；頗怪時流，謬作曹劉之目（三四）。問［二］燕吴之異路，偶出處之分途。然而故人知我，寧來割席之言（三五）；賤子懷人，長記班荆之日（三六）。是則魏里之與荆溪，交非一日（三七）；而寒門之與［三］貴族，誼并千秋。乃者吾賢，猶［四］爲杰出。詞場獨霸，跌宕於練裙紈扇之場（三八）；文陣稱雄，激昂於鐵撥銀箏之隊（三九）。從來才子，必生孝笋之鄉（四〇）；自古文人，半産忠泉之里（四一）。僕非阿好，謝砌原開樹樹之花（四二）；世所同知，王門定韞家家之玉（四三）。僕也久從吴會，披異采之繽紛；近在幽燕，捧名篇之絡繹（四四）。詎意灞橋草碧，遽理歸裝（四五）；何圖韋曲花紅，難牽别袂（四六）。遂題數語，爰集百端（四七）。君其姑去，送子在緑波南浦之前（四八）；僕亦遄歸，俟我於黄葉西風之後。

【箋注】

（一）《輿地[五]廣記》：陽關在沙州壽昌縣西六里。王之涣詩：羌笛何須怨楊柳，春風不度玉門關。

（二）見《澹庵序》注。《荆楚歲時記》：過冬至一百五日，即有疾風甚雨，謂之寒食。

（三）見《無忝序》。

（四）見《懸圃序》。

（五）見《二齋序》注。

（六）《後漢書》：靈帝繼立，曹節、王甫輩以卑品賤人，摇弄國柄。

（七）《漢・安帝紀》：帝封乳母[六]王聖爲野王君。《漢・靈帝紀》：時乳母趙嬈讒諛驕溢。

（八）《國策》：趙良曰：「千人之諾諾，不如一士之諤諤。」《新序》：周舍對趙簡子曰：「願爲諤諤之臣。」

（九）《蕪城賦》：稜稜霜氣。左掖，見《黄門序》。

（一〇）《後漢書》：李膺與范滂齊名。後宦者坐膺以黨錮免官，范滂亦以鈎黨繫獄。《唐書》：太后垂拱二年，自徐敬業之反，疑天下多圖己，乃命鑄銅爲匭，置之朝堂，受天下密奏，盛開告密之門。詳《賀周序》注。

（一一）《漢書》：李固於順帝朝爲泰山太守。杜喬爲八使之一，按察兖州，奏固政爲第一。

後帝奔[七]，竇憲、梁冀誣固與妖賊通，收固下獄，死。《宋書》：紹聖四年，章淳、蔡卞用事，治同文館獄，将悉誅元祐舊臣。

（一二）《左傳》：魯哀三年，周人殺萇弘。注：弘，資中人，周大夫萇叔。晉趙鞅讓周，以弘爲討也。《莊子》：弘死於蜀，藏其血三年，化爲碧。

（一三）補注。

（一四）《史記·趙世家》：屠岸賈與諸将攻趙氏於下宮，殺趙朔，滅其族。朔妻成公姊有遺腹，走公宫匿。生武。賈索之。夫人置兒褲中，祝曰：「趙宗滅乎，若號；即不滅，若無聲。」及索，兒竟無聲。

（一五）見《祖德賦》。

（一六）見《商尹序》。

（一七）詳《儲太翁啓》。

（一八）《吴志》：孫峻殺諸葛恪，投于石子岡。先是，童謡云：「諸葛恪，何弱弱。蘆葦单衣，篾鉤絡。於何相求，成子閣。」注：成子閣，反語，石子岡也。

（一九）《金陵志》：梁昇元閣改名瓦棺寺。西晉時，地産青蓮二朵。掘之，得瓦棺，内見一老僧，花從舌底出。詢及父老，曰：「昔有僧誦《法華經》，卒葬此地。」

（二〇）《説苑》：管仲對桓公曰：「夫社束木而塗之，鼠因往托焉。熏之，則恐燒其木；灌之，則恐敗其塗。國有社鼠，人主左右是也。」沈約《恩幸傳》：城狐不灌，社鼠不熏。謂得所憑依也。

〔二一一〕見《尺牘序》及《鴻客序》。

〔二一二〕見《鴻客序》。《江總傳》：總字總持，爲浮艷之曲，日與後主游宴後庭，共陳暄等十餘人，謂之狎客。

〔二一三〕《漢書》：蓋寬饒字次公，魏人，擢司隸校尉，彈劾不避權貴。嘗過平恩侯許伯，曰：「無多酌我，我乃酒狂。」丞相魏侯笑曰：「次公醒而狂，何必酒也。」

〔二一四〕韓愈詩：衆樂驚轟豗。

〔二一五〕見《雪持序》。

〔二一六〕《漢·江都易王傳》：國中口語籍籍。

〔二一七〕見上注。

〔二一八〕《高僧傳》：沙門慧永居西林，與慧遠同門，游好遂邀止。刺史桓伊以學徒日衆，更爲遠建東林寺，後結白蓮社於此。《明史》：顧憲成字叔時，無錫人，學者稱涇陽先生。領銓事，以忤執政，削籍歸里。修東林書院，與弟允成、高〔八〕憲公等講學其中。東林之名，遂滿天下。《語録》：五祖弘忍以法寶及所傳袈裟付六祖盧惠能，謂傳衣鉢。《唐書》：和凝權登第在十三名。及知貢舉，以范質爲十三人。後俱登相位，人謂之傳衣鉢。

〔二九〕見《臞庵序》。

〔三〇〕見《懸圃序》。

〔三一〕見《無忝序》。

〔三二〕《蜀都賦》：交讓所植。注：兩樹相對，一樹枯，則一樹生，故名。交讓，按魏交讓，禹平群從也。乃以近人對昔人。〔九〕

〔三三〕見《半繭賦》。

〔三四〕杜詩：目短曹劉墻。朱注：子建、公幹也。

〔三五〕《漢書》：管寧與華歆同席讀書。有乘軒冕過門者，寧讀如故，歆廢書出看。寧割席分坐，曰：「子非吾友也。」

〔三六〕《漢書》：主邑請召賓邑，自稱賤子。《左傳》：楚伍舉與聲子相善。舉奔晉。聲子將如晉，遇之於鄭郊，班荊相與食，而言復故。

〔三七〕《嘉興志》：嘉善縣有魏里。荆溪，見《天篆序》。

〔三八〕練裙，詳《紫來序》。紈扇，見《海棠賦》。

〔三九〕鐵撥，見《子厚序》。銀箏，見《滕王賦》。

〔四〇〕見《臞庵序》。

〔四一〕見《歸田序》。

〔四二〕見《祖德賦》注。

〔四三〕詳《益都跋》。

〔四四〕張衡《南都賦》：絡繹繽紛。

〔四五〕詳《萬柳啓》。

〔四六〕詳《紫來序》。杜詩：韋曲花無賴。

〔四七〕見《滕王賦》。

〔四八〕江淹《别賦》：春草碧色，春水緑波。送君南浦，傷如之何？

【校記】

［一］「二」，患立堂本、浩然堂本并作「两」。

［二］「問」，患立堂本、浩然堂本并作「間」。

［三］「與」，患立堂本、浩然堂本并作「於」。

［四］「猶」，患立堂本、浩然堂本并作「尤」。

［五］「輿地」，四庫本誤倒爲「地輿」。

［六］「母」，原作「君」，據文瑞樓本改。

［七］「奔」，文瑞樓本作「崩」。

［八］「高」後，亦園本、文瑞樓本并有「忠」字。

［九］此條注，亦園本、文瑞樓本并作：「《蜀都賦》：交讓所植。注：兩樹相對，一樹枯，則一樹生，故名。出岷山，在今安都縣。今禹平從兄字交讓，取此。」又四庫本同文瑞樓本，然多訛誤，「故名」誤作「枝名」，「字」誤作「家」。

宫紫玄先生春雨草堂詩序

蓋聞嚴霜賈葉，寄迹何由（一）；滄海横流，客［一］身無所（二）。志士抱羈孤之戚，貞臣興轉徙之嗟。然而莊名白石，猶有故侯（三）；家近藍田，非無舊將（四）。卯金劍去（五），張平子以此歸田（六）；典午星移（七），王逸少於焉誓墓（八）。競説愚公之谷（九），相傳處士之廬（一〇）。僕以客游，時焉浪迹，偶過海陵之郭（一一），獲登春雨之堂。

其堂也，歷落嵯峨，嶒泓蕭瑟。接天睥睨，依稀潘岳之面城（一二）；撲地閭閻，仿佛晏嬰之近市（一三）。蘭橑夾峙，望若鴛鴦（一四）；複道中迴，形如螮蝀（一五）。文廊棋布，綺館星羅（一六）。珠簾共鶴露齊垂，綉帳［二］與雁風同捲（一七）。況復關通南海，雲水一區；地號西湖，烟波萬頃。鵁鶄鳧鴇（一八），真同鏡裏之裝（一九）；蒲稗菇蔣，不異空中之市（二〇）。王司州流連印渚，欣賞絶多（二一）；謝太傅嘯傲剡溪，襟情不少（二二）。爰乃被以紫莖，繚之紅藥（二三）。王家仲寶，府種芙蓉（二四）；陸君慧[三]曉，門栽楊柳（二五）。文禽翔於緑水，翠羽拂於朱軒。固已石留貞女之形（二六），寧徒果得隱夫之號（二七）。時則風吹鍜竈，人是稽[四]康（二八）；月冷匡床，主稱向栩（二九）[五]。披鹿裘而泮涣，載鶴氅以婆娑（三〇）。手中麈尾（三一），皆過江支許之談（三二）；案上牛腰（三三），悉入洛機雲之作（三四）。隱囊紗帽，宛矣流風（三五）[六]；屐齒巾箱，翩其姿致（三六）。若夫故都玉樹，感不忘心；舊事金盤，悲難去口（三七）。聽關河之笳篥，既足嬰情（三八）；見鄉國之旌旗，奚堪拭涕（三九）。心如饑雀，墮此空倉（四〇）；骨似飛龍，落來藥店（四一）。三年石闕，豈無懊惱之歌（四二）？五夜弾棋，大似[七]不平之局（四三）。時則憑檻悲歌，登樓慷慨。王敦閣內，惟多缺盡之壺（四四）；陶侃齋頭，祇有運來之甓（四五）。於是東都好事，南國名流（四六），并贈詩章，咸投卷牘。宋風謝雪（四七），龍虎跳於行間（四八）；何粉荀香（四九），珠玉生於字裏（五〇）。珍逾趙璧（五一），光媲隋珠（五二）。

崧樗櫟庸材（五三），菇蘆下士。當年龍厩，差有姓名（五四）；舊日射棚，頗多儔侶（五五）。訪羅含之宅，幸覲斯堂（五六）；銜山簡之杯，乃爲茲序（五七）。所喜虬鸞在後，悉高山流水之音（五八）；深慚糠秕當前（五九），對[八]《白雪》、《陽阿》之曲（六〇）。言歸二

西〔六一〕，兼慰雙丁〔六二〕。〔六三〕

【箋注】

〔一〕《春秋》：隕霜不殺草。《説文》：與「隕」同。

〔二〕《世説》：王孝孫早歲喪妻，有子，貧無居宅，惟畜露車，共宿車上。嘗歎曰：「滄海横流，處不安也。」

〔三〕補注。

〔四〕見《滕王賦》。

〔五〕見《素伯序》。《漢書》：高祖曰：「吾提三尺劍取天下。」〔九〕

〔六〕見《三芝序》。

〔七〕見《素伯序》。

〔八〕見《黄門序》。

〔九〕《説苑》：齊桓公獵，逐鹿入山谷中，見父老，問：「此何谷？」曰：「昔有翁畜牸牛，子大，賣之置駒。少年曰：『牛不生馬。』遂持去。人以爲愚，因名愚公谷。」

〔一〇〕見《海棠賦》注。

〔一一〕《地理志》：揚州府領三州七縣，皆漢海陵地。今南通州曰海陵。

（一二）《釋名》：城上垣謂之睥睨。一云女牆。潘岳《閒居賦》：退而閒居於洛之涘，陪京泝伊，面郊後市。庾信《小園賦》：潘岳面城。

（一三）鮑昭《蕪城賦》：廛閈撲地，歌吹沸〔一〇〕天。《字林》：閭里，門也。閻里，中門也。《左傳》：景公欲更晏子之宅，辭曰：「小人近市，朝夕得其所欲，敢煩里旅。」

（一四）見《滕王賦》。屈原《九歌》：桂棟兮蘭橑。

（一五）《阿房宫賦》：複道行空，不霽何虹。

（一六）見《璿璣賦》。

（一七）《風土記》：白鶴性警，至八月，露降至草木上，滴滴有聲，則高鳴相警，移徙宿處，慮有變害也。《摭言》：秋風爲送雁風。

（一八）見《瀛臺序》。

（一九）見《憺園賦》。

（二〇）見《半繭賦》。

（二一）見《憺園賦》。

（二二）《謝安傳》：安常住臨安山中，游賞必以妓女從。《紹興志》：東山在上虞縣西南，謝安隱此，携妓以游。按剡溪在嵊縣，皆屬紹興。

（二三）《楚詞》：秋蘭兮青青，緑葉兮紫莖。謝玄暉詩：紅藥當階翻。

〔二四〕蕭子顯《齊書》：王僕射名儉，字仲寶，琅琊人，每自比李膺。嘗以庾景行爲長史。蕭沔與儉書曰：「盛府元僚，實難其選。庾景行泛緑水，依芙蓉，何其麗也。」時以儉府爲蓮花池。韓偓詩：蓮花幕下風流客。

〔二五〕《南史》：慧曉與張融并宅，其間有池，池上有二株楊柳。何點歎曰：「此池便是醴泉，此木便是交讓。」并見《鴻客序》。

〔二六〕《寰宇記》：貞女石，在叙州府宜賓舊小州岸。昔有貞婦，夫没無子，事姑甚謹。身没，所居室有一大石涌出，人號貞婦石。并見《海棠賦》。

〔二七〕見《海棠賦》。

〔二八〕見《半繭賦》。

〔二九〕《漢·獨行傳》：向栩字甫〔一一〕興，向子平之後。桓靈時，少爲書生，性卓詭不倫，恒讀《老子》。嘗於竈北坐板床上，如是積久，板乃有膝踝足指之處。不好語言，而喜長嘯。

〔三〇〕《晉·隱逸傳》：瞿硎先生者，太和末，嘗居宣城郡界文脊山。山有瞿硎，因以爲名。大司馬桓温往造之，見先生披鹿裘，坐於石室，神無忤色。《晉書》：王恭嘗披鶴氅，涉雪而行。孟昶見而歎曰：「真神仙中人。」

〔三一〕見《鷹垂序》。

〔三二〕《高逸沙門傳》：支道林與許掾共談。支通一義，四坐莫不厭心；許送一難，衆人莫不抃舞。

（三三）李詩：書禿千兔筆，詩載两牛腰。潘邠老詩：詩束牛腰藏書稿。注：束書具，形如牛腰也。

（三四）見《祖德賦》。

（三五）隱囊，見《尺牘序》。《北史》：秦王歸彦平北齊。齊制，惟天子紗帽，臣下戎帽。特賜歸彦紗帽。

（三六）屐齒，見《憺園賦》。巾箱，見《尺牘序》。

（三七）見《滕王賦》。

（三八）見《天章序》。

（三九）見《素伯序》。

（四〇）蘇伯玉妻《盤中詩》：空倉鵲，常苦饑。吏人婦，會夫稀。

（四一）見《皇士序》。

（四二）宋清商曲《古辭》：将懊惱，石闕晝夜題，碑淚常不燥。宋樂府《讀曲歌》：三更書石闕，憶子夜啼碑。并見《海棠賦》及《天篆序》。

（四三）見《三芝序》。

（四四）《王敦傳》：敦字處仲，每酒後，輒詠魏武「老驥伏櫪」四語，以如意擊唾壺，壺口盡缺。

（四五）《陶侃傳》：士行嘗爲廣州刺史。在州無事，輒朝運瓮於齋外，暮運於齋内。人問其故，答曰：「吾方致力中原，過爾優逸，恐不堪事，故自勞爾。」

（四六）見《憺園賦》。

（四七）宋風，見《琅霞序》。沈約《宋書》：謝惠連十歲能屬文，爲《雪賦》，以高厲見奇。

（四八）見《祖德賦》。

（四九）何粉，見《銅雀賦》。《典略》：荀彧字文若。劉季和嘗言：「荀令君之衣皆香。每至人家坐處，嘗三日香。」

（五〇）見《素伯序》。

（五一）見《歸田序〔一二〕》。

（五二）見《鷹垂序》。

（五三）楟，見《半繭賦》注。櫟，詳《逸齋序》注。

（五四）《唐書》：天駟監，御左右，分二廐，一曰祥鳳，二曰鳳苑。其後禁中又增飛龍廐。唐學士例借飛龍廐馬。李詩：朝天數換飛龍馬。

（五五）詳《儲太翁啓》。

（五六）《晉書》：羅含字君章，莱陽人，爲尚書郎致仕。所居南恩有羅琴山，以含常携琴於此，故名。《羅含傳》：含辭桓温别駕，立茅作舍以居，布衣蔬食。

（五七）《襄陽記》：晉山簡字季倫，鎮襄陽，每游習郁池輒醉。人歌曰：「山[一三]公何所詣，往詣高陽池。日暮倒載歸，酩酊無所之[一四]。」杜詩：愛酒晉山簡。

（五八）見《園次序》。

（五九）見《黄門序》。

（六〇）見《天章序》。

（六一）見《玉巖序》。

（六二）見《憺園賦》。

（六三）附注：《漢書》：斬白蛇劍，七彩珠、九華玉爲飾，五色琉璃爲匣。[一五]

【校記】

[一]「客」，患立堂本、浩然堂本并作「容」，四庫本作「處」。

[二]「帳」，患立堂本、浩然堂本并作「障」。

[三]「慧」，蔣刻本、患立堂本并作「惠」。按李學穎校謂：「《南齊書》及《南史》本傳作『慧曉』；《陳書・陸繕傳》、《南史・張邵傳》及《南史・齊武帝諸子竟陵王子良傳》作『惠曉』」。

[四]「稽」，蔣刻本、浩然堂本并作「嵇」。

[五]「栩」，蔣刻本、患立堂本、浩然堂本并誤作「詡」。

[六]「流風」，患立堂本、浩然堂本并作「風流」。

〔七〕「似」，患立堂本、浩然堂本并作「是」。

〔八〕「對」，蔣刻本、患立堂本、浩然堂本并作「愧」。

〔九〕此條注，亦園本、四庫本、文瑞樓本并作：「《張華傳》：晉武庫火，劍穿棟去。李賀詩：漢劍當飛去。詳下。」

〔一〇〕「沸」，四庫本作「拂」。

〔一一〕「甫」，原作「子」，據文瑞樓本改。

〔一二〕「序」，亦園本、四庫本、文瑞樓本并誤作「賦」。

〔一三〕「山」，四庫本誤作「人」。

〔一四〕「之」，文瑞樓本作「知」。

〔一五〕此條附注，據亦園本、四庫本、文瑞樓本補。

陳集生影樹樓詩序〔一〕

梁溪陳生〔一〕，幼遇艱難，生遭孤露。成童失怙〔二〕，已罷《蓼莪》〔三〕；羈貫思親〔四〕，便悲風木〔五〕。邴根矩傷心之語，酸感旁人〔六〕；中山王聞樂之時〔二〕，哀纏行路〔七〕。況復門單户冷〔三〕，外鮮期功；祚落宗衰，内無萼附。裝蘆作絮，依稀閔子之愁〔八〕；刻木爲人，仿佛丁蘭之恨（九）。出有燃萁之歎，入逢[四]櫟[五]釜之傷（一〇）。淒惻何窮，纏綿曷已？然而陳情令伯，尚有白頭（一一）；賃廡梁鴻，猶無青案（一二）。於是湛情作述[六]，肆志纂搜。文通好學，漂麥寧妨；翁子讀書，負薪不輟（一三）。大有蘭臺之聚（一四），絶多梓澤之游（一五）。

時則銅樓清夜，厠迹應徐（一六）；金市熙春（一七），方驅潘夏（一八）。櫻桃初熟，騰[七]詩句之清新；豆蔻方垂，訝[八]才思之驚寤（一九）。用鳩一集，不亞千篇。僕愧不文，無能爲力。以余一日之長，謬邀九品之評（二〇）。嗟乎！同是孔璋之後裔，豈乏家風（二一）？矧稱正則之門徒，寧無流泒（二二）？莫以羈孤而廢著[九]，勿因隳弱以摧毫（二三）。須知詞賦，自有知音；若説風騷，原多定價。殷芸吮墨，遘貧賤以奚嗟（二四）；陸厥懷鉛，沮讒疑而何恤（二五）。羊叔子不如[一〇]銅雀伎，雖有是言（二六）；小家女嫁得汝南王，詎無其日（二七）。老余江總，勖爾侯芭（二八）。

【箋注】

（一）《常州志》：無錫梁溪，源出慧山。梁時重浚，故名。

（二）《詩》。

〔三〕見《憺園賦》。

〔四〕見《雪持序〔一一〕》。

〔五〕見《憺園賦》。

〔六〕《漢·邴原傳》：原字根矩，少孤。數歲時，過書舍而泣，師問曰：「童子何泣也？」原曰：「凡得學者，有親也。一則願其不孤，二則羨其得學。中心感傷，故泣耳。」

〔七〕《漢書》：武帝懲吴、楚七國之變，欲削弱宗室。時中山靖王勝來朝，天子作樂置酒。勝聞樂而泣。問其故，以所聞對，有曰：「臣心結日久，每聞幼眇〔一二〕之聲，不知泣涕之横集也。」

〔八〕《孝子傳》：閔子性孝。後母衣〔一三〕損蘆花，衣己二子絮。父知，欲去妻，損曰：「母在一子寒，母去三子單。」母感悟，遂成慈母。

〔九〕《漢書》：丁蘭幼喪母，刻木像，事之若生。鄰〔一四〕人張叔醉，詈木像。蘭歸，見母像若不懌。妻告以故，蘭奮擊張叔。吏至，捕蘭，木像垂泪。郡嘉其孝感神明，奏之，詔圖其形。

〔一〇〕《魏志》：曹植善屬文。帝素忌其才，欲害之，令作詩，限七步成。植應聲曰：「煮豆燃豆萁，豆在釜中泣。本是同根生，相煎何太急？」《史記·楚元王世家》：高祖微時，嘗與賓客過巨嫂食。嫂厭叔與客來，佯爲羹盡，櫟釜。賓客以故去。已而，視釜中尚有羹，繇此怨嫂。後封其子爲羹頡侯。注：櫟，歷也。以杓歷釜有聲，詐爲無羹也。羹頡，山名，借以鄙之。按《漢書》，一作丘嫂，一作轑釜。

（一一）《晉書》：李密字令伯，父早亡，母更適人，鞠於祖母劉氏。武帝徵爲太子洗馬，詔書屢下，密上《陳情表》，帝聽其終養。

（一二）《高士傳》：鴻依皋伯通居廡下，爲人賃舂。張衡詩：美人遺我青玉案。舉案，見《貞女序》。

（一三）見《懸圃序》。

（一四）見《澹庵序》。

（一五）見《半繭賦》。

（一六）見《滕王賦》注。

（一七）見《滕王賦》。

（一八）《晉書》：潘安仁、夏侯湛同行，時人謂之連璧。

（一九）見《海棠賦》。

（二〇）詳《壽季序》。

（二一）見《無忝序》。

（二二）《離騷經》：名余曰正則兮，字余曰靈鈞。注：屈原名正則，謂平正可法則也。

（二三）《管子》：上聾則下瘖，上惛則隳不計。

（二四）《梁書·列傳》：殷芸字灌蔬，陳郡長平人。博洽群書，幼而廬江何憲見之，深相歎賞。後爲昭明太子侍讀。

（二五）陸厥，見《滕王賦》。懷鉛，見《尺牘序》注。

（二六）《世説》：王子敬語王孝伯曰：「羊叔子自復佳耳，然亦何與人事？故不如銅雀臺上伎。」劉注：謂羊公德自佳，不如妓可娛人，此正墮淚之言。

（二七）見《琴怨序》。梁元帝《采蓮歌》：碧玉小家女，來嫁汝南王。庾信詩：定知劉碧玉，偷嫁汝南王。

（二八）姚思廉《陳書》：江總七歲而孤，及長，篤學有詞采。仕梁、陳、隋。時年七十六，嘗自叙其略，時人謂之實録。《漢·侯芭傳》：芭少肆力於學，壯游四方，師揚雄，授以《太玄》、《法言》，悉得其旨。

【校記】

［一］題「陳集生」前，患立堂本、浩然堂本并有「門人」二字。

［二］「時」，患立堂本、浩然堂本并作「辭」。

［三］「冷」，患立堂本作「泠」。

［四］「逄」，患立堂本作「逢」。

［五］「櫟」，患立堂本作「鑠」。

［六］「作述」，患立堂本、浩然堂本并作「述作」。

[七]「騰」前，蔣刻本、患立堂本、浩然堂本并有「便」字。
[八]「訝」前，蔣刻本、患立堂本、浩然堂本并有「夙」字。
[九]「著」，患立堂本、浩然堂本并作「箸」。
[一〇]「如」，蔣刻本作「知」。
[一一]「序」，四庫本誤作「賦」。
[一二]「眇」，四庫本作「渺」。
[一三]「衣」，文瑞樓本誤作「依」。
[一四]「鄰」，原作「憐」，據亦園本、四庫本、文瑞樓本改。

九日黑窑廠登高詩序

若夫赤車聘士，京都開碣石之宫(一)；黄屋招賢，輦轂闢翹材之館(二)。高冠長劍，結軥而至者三千；廣厦細旃，抵掌而談者十九。昭王臺畔，夙稱買駿之鄉(三)；元禮門前，新有登龍之客(四)。時則太史趙鐵源先生，天水名家，營丘望姓(五)，金閨掞藻(六)，玉尺量才(七)。西園既文舉開樽(八)，東郭復當時置驛(九)。則有敦牂紀歲，金虎司晨(一〇)。商飆激於蕭林，灝景凝其素節。渾河一色(一一)，雲中之雙闕常紅(一二)；落葉三關(一三)，塞上之千峰忽紫。霜曦縞晝，耀橘柚之金穰(一四)；月魄澄宵，綴茱萸之彩纈(一五)。斯時也，稷下游譚之士，弭節高秋(一六)；梁園詞賦之賓(一七)，彯纓上國(一八)。文成《騷》、《辨》，莫平楚客之心(一九)；景直蒓鱸，易入吴人之夢(二〇)。非無魯酒，寧使[一]銷愁(二一)；不有燕歌，何能遣興(二二)？先生乃練兹時日，載蔌蘭肴；召我賓朋，爲斟桂醑(二三)。然而九衢車馬，誰爲泛菊之名區(二四)？三市塵囂，不稱題糕之韻事(二五)。匪尋僻地，曷暢雅游？於是長楊直去，竟得空臺(二六)；下杜斜臨，還逢古樹(二七)。水雲曠淼，樹颯颯以吟風；沙嶼清蒼，葦蕭蕭而捲雪。爰乃幽人藉卉(二八)，上客攀條(二九)。乍敷衽以論心，或憑欄而送目(三〇)。人逢高會，幾忘異地之關河(三一)；天放新晴，不送滿城之風雨(三二)。飛觥鬥斝，賢主既逌然[二]而成吟；拂素題箋，嘉賓亦斐然而嗣詠。詩分各體，人限二章。嗟乎！桓南郡賦詩横槊，參佐風流(三三)；劉彭城戲馬高臺，賓徒慷慨(三四)。於今不再，自古空傳。黄花插鬢，徒添落帽之狂(三五)；白雁横空(三六)，祇切悲秋之感(三七)。年年漉酒，惟存陶令之巾(三八)；歲歲尋花，慣作駱丞之序(三九)。僕也恭聆逸响，知紀勝之重逢；遥隔名筵，悵從游之有待。爲平原而買綉，千秋公子之絲（四〇）；過燕市以登高（四一），一卷大夫之賦（四二）。

【箋注】

（一）《史記》：騶子之燕，昭王擁篲先驅，築碣石宫，親往師之。

（二）《漢書》：項羽圍漢滎陽。紀信誑楚，乘王車蓋，黄屋，以故王得遁。注：黄繒，蓋裏也。

（三）《燕世家》：昭王欲招賢，郭隗曰：「昔有求千里馬者，馬已死，五百金買其骨，不期年，千里之馬至者三。王欲招賢，請從隗始。」王乃築臺，置金以師之。

《西京雜記》：公孫弘爲相，分三館：欽賢館以待大賢，翹材館以待大材，接士館以待國士。

（四）《李膺傳》：膺字元禮，潁川人，以聲名自高。士有被其容接者，名爲登龍門云。

（五）見《歸田序》注。

（六）見《園次序》。

（七）《唐書》：趙光逢以文行知，時人謂之玉界尺。

（八）《孔融傳》：融字文舉，後爲北海相。嘗曰：「座上客常滿，樽中酒不空，吾無憂矣。」

（九）見《憺園賦》。

（一〇）《天皇紀》：十二支中，午爲敦牂。《黄庭要旨》：兑之氣，金之精，其色白，其象如懸磬，其神如白虎。

（一一）《順天志》：府西南盧溝河，本桑乾河也。俗又呼渾河。
（一二）見《商尹序》。
（一三）《保定志》：雄縣瓦橋關，乃三關之一。
（一四）《南都賦》：穰橙鄧橘。古詩：經霜柑橘綴金丸。
（一五）《續齊諧記》：汝南桓景随費長房游學，長房謂曰：「汝家有灾厄，令家人作絳囊，盛茱萸，繫臂，登高山，飲菊花酒，可免。」
（一六）《史記》：齊宣王喜文學游説之士，不治而議，是以稷下學士復盛，且數千百人。注：齊有稷門，城門也。談説之士，期會城門下。《新序》：齊稷下先生，喜議政事。《正義》曰：魯連子云：「齊辨士田巴，服徂丘，議稷下。」《離騷》：吾令羲和弭節兮。
（一七）見《璿璣賦》。
（一八）《廣絶交論》：彫組雲臺者摩肩。《文選》：彫纓天閣。
（一九）見《楚鴻序》。
（二〇）《晉書》：張季鷹仕齊王冏爲東曹，知亂将作，見秋風起，思吴中蒓菜羹、鱸魚膾，歎曰：「人生貴適志耳！」遂命駕歸。
（二一）見《素伯序》。
（二二）見《渭仁序》及《智修序》。韓文：燕趙多慷慨悲歌之士。

（二二三）《離騷》：苟余情其信姱以練要兮。注：練，擇也。漢樂府古辭有題云「練時日」。邊讓《章華臺賦》：蘭肴山聳，椒酒淵流。屈原《九歌》：蕙肴蒸兮蘭藉，奠桂酒兮椒漿。

（二二四）《天問》：靡蓱九衢。《山海經》有四衢、五衢。《西京雜記》：九日飲菊酒，令人長壽。

（二二五）《周禮》：大市日昃而市，朝市朝時而市，夕市夕時而市。《洛陽記》：晉都洛有三市：一在城西南，一在城東，一在城南。見《滕王賦》注。《邵氏聞見録》：劉夢得作《九日》詩，欲用「糕」字，以五經中無此字，輒不復爲。宋[三]子京《九日食糕有詩》云：「劉郎不敢題糕字，空負詩家一代[四]豪。」

（二二六）詳《舜民序》。

（二二七）補注。

（二二八）見《鴻客序》注。

（二二九）詳《萬柳啓》注。

（二三〇）《離騷》：跪敷衽以陳辭。沈約《謝靈運傳論》：敷衽論心，商榷前藻。《漢書》：周亞夫趨出，上以目送之。嵇康詩：目送歸鴻。江總詩：去雲目徒送。

（二三一）見《鴻客序》注。

（二三二）《潛確類書》：謝無逸以書問潘大臨：「近作詩否？」答曰：「昨日清臥，聞攪林風雨聲，遂起題壁，曰：『滿城風雨近重陽。』忽催租人至，敗意，止此一句奉寄。」

（三三）《晉書》：桓温九日游龍山，僚屬畢集。《九域志》：太平治當塗有龍山。横槊，見《鷹垂序》。

（三四）《南齊書》：劉裕爲宋公時，在彭城，九日出游項羽戲馬臺，至今相承爲故事。

（三五）杜牧詩：菊花須插滿頭歸。《晉書》：孟嘉爲桓温參軍，九日從游龍山，風吹落帽，嘉不之覺。温謂賓客勿言，令座中孫盛作文嘲嘉。嘉請紙作答，了不容思。

（三六）見《孝威序》。

（三七）見《海棠賦》。

（三八）沈約《宋書》：陶潛在家，取頭上葛巾漉酒。漉畢，還著。值鄰家招飲，酒有滓，即脱衣漉之。

（三九）《駱賓王集》有《九日冒雨尋菊序》。

（四〇）李賀《浩歌》：買絲綉作平原君[五]，有酒惟澆趙州土。

（四一）見篇上。

（四二）見《天篆序》。

【校記】

［一］「使」，患立堂本、浩然堂本并作「便」。

［二］「然」，患立堂本、浩然堂本并作「爾」。

［三］「宋」，四庫本誤作「朱」。

［四］「代」，四庫本作「世」。

［五］「君」，四庫本作「名」。

萬柳堂修禊倡和詩序

蓋聞歲紀上除（一），詩詠秉蘭於洧溴（二）；春惟元巳，史標讌柳於華林（三）。都下盛洛濱之戲，千里安期（四）；山陰流曲水之觴，興公逸少（五）。顔特進騁華文於劉宋，花在毫端（六）；王寧朔騰玉藻於蕭齊，春生楮裏（七）。三月三日，水面麗人（八）；一詠一觴，林邊名士（九）。亦云在昔，以迄於今。則有韋曲名莊（一〇），平泉別業（一一）。黄扉上相（一二），欣逢祓浴之辰（一三）；緑野元公（一四），喜屆祈蠶之序（一五）。鶯遷郛外，高閣仍開（一六）；蝶舞花間，小車隨到（一七）。裙屐簇謝庭之子弟（一八），輜軿溢馬帳之生徒（一九）。

時則上陽宮外，積靄初晴（二〇）；宣曲觀前，游氛乍斂（二一）。天裝卵色（二二），皴成雙闕之紅（二三）；岫抹雲藍，滴作萬家之翠（二四）。綿羽既蹁躚乎綺陌，新荑亦溶漾夫銅溝（二五）。鞭絲帽影，爭窺白傅之池臺（二六）；松韻泉鳴，競和東山之絲竹（二七）。蘭肴載蕤，桂醲新[一]篘（二八）。我師爰呼四座而言（二九），此樂實駕千春而[二]上。生民之始，厥有豪雄；自我而前，非無賢達。間復流連節物，撫弄景光。然而星移物换，竊或因身世以停歌；樂往哀來，究且眷關河而罷酒。縱復放懷清曠，陶情詎遂以忘情；寄意洸洋，齊物亦何能遺物？曷若鄭子産之池内，長有生魚；周茂叔之階[三]前，雅多青草（三〇）。流行坎止，悟大造之無心（三一）；今是昨非，笑前賢之多事（三二）。詩成七律，人各二章。庶幾南樓清興，老子何減於諸君（三三）；依稀東魯高風，狂士偕游乎童冠云爾（三四）。

【箋注】

（一）《歲時記》：三月節，巳日爲上巳，月建辰，則巳爲除日，以除不祥也。魏以後但用三月三日，不復用巳矣。上巳，一曰上除，一曰元巳。

（二）《鄭風》。

（三）《魏志》：魏明帝建芳林園，以避少帝諱，後改曰華林。按宋武帝、齊明帝及周明帝皆禊飲於此，屬河南府。又按，梁簡文所游華林園在鍾山側。見《琅霞序》。《庾信集·三月三日華林射馬賦》有云：落花與芝盖同飛，楊柳共春旗一色。按躡柳，踐柳營以游也。

（四）見《楚鴻序》。

（五）《晉書》：王羲之字逸少，作《蘭亭臨河叙》，有云：「會於山陰之蘭亭，修禊事也。於時流觴曲水，列坐其次。」又列序時人，右将軍孫丞等二十六人賦詩於左。謝勝十五人不能詩，罰酒各三斗。按孫丞名綽，字興公，有《蘭亭後序》。

（六）《宋略》：文帝元嘉十一年三月丙申，禊飲於樂游苑。顔延之應詔，宴曲水，作詩八章，俱四言，甚工。按延之卒贈特進，謚曰憲。

（七）《齊書》：武帝永明九年三月三日，幸芳林園，禊飲朝臣，敕王融作序，文藻富麗。《王融傳》：融字元長，僧達之孫也。仕齊，爲寧朔将軍。

（八）杜詩：三月三日天氣新，長安水邊多麗人。

（九）見上。《蘭亭序》：此地有崇山峻嶺，茂林修竹。一觴一詠，亦足以暢叙幽情。

（一〇）詳《紫來序》。

（一一）見《藝圃序》。

（一二）見《隹山序》。

（一三）《歲紀》：記上巳日修禊，戒浴，以除不祥。

（一四）見《楚鴻序》。

（一五）《成都記》：三月三日，遠迎祈蠶於龍橋，命曰蠶市。

（一六）見《隹山序》。

（一七）見《憺園賦》。

（一八）見《祖德賦》。

（一九）《漢書》：桓帝時，馬融字季長，著述甚富。坐高堂，施絳帳，前授生徒，後列女樂。盧綰、鄭玄其徒也。輜軿，詳《合肥書》。

（二〇）《洛陽記》：上陽宫，在東都苑内。李郢詩：上陽深鎖寂寥春。

（二一）《華陽國志》：上林苑中有臨高、凌雲、宣曲、廣武、閬風、萬世、修齡、總章、聽治凡九觀，皆高六七十丈。按《上林賦》：西馳宣曲。張揖注：宣曲，宫名，在昆明池西。

（二二）見《憺園賦》。

（二三）見《商尹序》。

（二四）《語林》：夏日山藍欲滴。

（二五）見《澹庵序》注。

（二六）《洛陽名園記》：白樂天居東都履道坊，治園池亭榭，與元微之、劉禹錫、韋楚老等往來唱和，自著有《池上篇》。

（二七）《晉書》：謝安舊隱會稽東山，後於金陵築山擬之，營治樓館、松竹甚盛。好音樂，期喪不廢絲竹。

（二八）見《九日序》。

（二九）見《二齋序》注。

〔三〇〕《宋書》：周敦頤字茂叔，别號濂溪先生。吟風弄月，意味洒然。窗前草不除去，言與自家意思一般。

〔三一〕《易》。

〔三二〕《歸去來辭》：覺今是而昨非。

〔三三〕見《歸田序》。

〔三四〕《論語》。

【校記】

［一］「新」，蔣刻本、患立堂本、浩然堂本并作「斯」。

［二］「而」，蔣刻本、患立堂本、浩然堂本并作「以」。

［三］「階」，患立堂本、浩然堂本并作「窗」。

閨秀商嗣音詩序［一］

從來福命，大抵相妨；自昔身名，何嘗俱泰〔一〕？有我友之高才，際興朝之盛典。嚴終接軌，揮毫於鳷鵲觀前〔二〕；枚馬聯鑣，授簡於鳳凰闕下〔三〕。辭章温麗，九［二］重亦悉其名〔四〕；體致［三］雕華〔五〕，兩［四］省盡傳其賦〔六〕。會遭逢之未偶，遽行李之將歸（七）。西風落葉，别子三秋；北渚微波（八），送君千里。爰於酒半，自説生平；并倚風前，爲言鄉里。乃知高柔室内，正有賢妻（九）；荀粲房中，非無令婦（一〇）。示我《玉臺》之詠（一一），玩其《錦瑟》之章（一二）。蓋嗣音商夫人者，即君之德配，而前太傅商公之季女也。爾其族望通華，門楣清綺。扶風宅第，惠班則才擅大家（一三）；金卯家庭，令嫺則名高三妹（一四）。冬缸夜暖（一五），援彩筆以吟椒（一六）；春陌晨鮮，展蠻箋而詠絮（一七）。固勝洛陽道上，只解采桑（一八）；非徒蜀郡壚頭，惟能賣酒（一九）。洎乎降阼，以暨同牢（二〇）。張子高畫眉之暇，即事觀書（二一）；楊子幼鼓瑟之餘，便思染翰（二二）。加以娣原[五]道韞，標名德於區中（二三）；女是左芬，扇風華於膝下（二四）。一門才媛，商雲衣獨矜秀善之稱；两姓賢甥，祁湘君早得清新之譽（二五）。階前鄭婢，并習《風》詩（二六）；座上濟尼，尤長辭令（二七）。篇章間作，燃脂而玳瑁千函；倡和時聞，拂素而琉璃萬軸。傅粉熏香之暇[六]，字字庾徐；玉釵羅袖之中，人人江鮑（二八）。况復翟泉鵝出，關河之愀愴何多；陳寶鷄鳴，身世之感傷不少（二九）。夜月歸寧，則太傅之池臺安在？秋風憶舊，則尚書之棨戟都非（三〇）。涉緑野之空園（三一），入烏衣之短巷（三二）。殘山剩水，頓成今曩之規[七]；伯姊諸姑，略説興亡之事。借斑管以描愁（三三），托銀箏而訴恨（三四）。此則韓娥蕩魄，聲因激楚而彌工〔三五〕；衛女消魂，詩以悲哀而入妙也〔三六〕。因語故人，君真奇福。假令淇泉無巧笑之人〔三七〕，魯國有宿瘤之女〔三八〕。孝標膴仕，偏逢轗軻之妻〔三九〕；馮衍封侯，長守嗷咷之婦〔四〇〕。中懷已盡，人世奚堪？此則對風月以增欷，抑且遘綺羅而成痗。即使室非交謫，家有同心；然或妾住河南［八］，君官淄右〔四一〕。盛年紅粉，響砧杵於天邊〔四二〕；異國青衫，聽琵琶於亭下〔四三〕。悲哉南國之佳人，逖矣東方之夫婿〔四四〕。年年計吏，頻緘徐淑之書〔四五〕；歲歲香［九］閨，長寄竇滔之字〔四六〕。難同弄玉，雙吹鳳竹以成仙〔四七〕；翻羨王章，共卧牛衣而灑泣〔四八〕。在彼何辜，在君何幸！行矣長征，何必預人家國〔四九〕；歸與此日，猶能樂爾妻孥〔五〇〕。種玉［一〇］實英雄兒女之鄉〔五一〕，耶溪尤粉黛烟霞之窟〔五二〕。左携嬌女〔五三〕，姑消憤懣於詩歌〔五四〕；右擁孺人，且浣牢愁於文史〔五五〕。遠峰眉際〔五六〕，何須看馬上之西山〔五七〕？閬苑人間〔五八〕，底事戀雲中之北闕〔五九〕？還鄉甚樂，去國何傷？君曰有諸，斯言良是。藉卿弁語，縱倚馬以奚辭〔六〇〕？貽我細君，遂揚鞭而竟去〔六一〕。

【箋注】

（一）《晉書》：石崇曰：「士當身名俱泰，何至處瓮牖哉？」

〔二〕《漢書》：嚴助爲中大夫，與朱買臣并在左右。終童，見《黄門序》。《漢書注》：鳷鵲觀，在雲陽甘泉宮。

〔三〕枚馬，見《璿璣賦》。《謝靈運集·詩序》：楚襄王時，則有宋玉、唐、景；梁孝王時，則有鄒、枚、嚴、馬。鳳闕，見《商尹序》。

〔四〕《西京雜記》：枚皋捷疾，長卿淹遲。長卿首尾温麗，枚皋時有累句，故知疾行無善迹矣。九重，見《璿璣賦》。

〔五〕見《楚鴻序》。

〔六〕两省，見《黄門賦〔一二〕》注。

〔七〕《左傳》：行李之往來。杜預注：李，或言理，或言李，皆謂行使也。

〔八〕見《藝圃序》。

〔九〕孫統《爲高柔集序》：柔字世遠，樂安人，婚泰山胡母氏女。年二十，既有倍年之覺，而姿色清惠，近是上流婦人。柔愛玩賢妻，有終焉之志。何充取爲冠軍參軍，僶勉應命，不能相舍，相贈詩書，清婉辛切。按隋高柔字文惠，乃爲刺奸刺史者。

〔一〇〕見《渭仁序》。

〔一一〕徐陵《玉臺新詠序》：撰録艶歌，凡爲十卷。

〔一二〕見《天篆序》。

〔一三〕見《歸田序》。

〔一四〕《世説》：劉孝綽三妹嫁琅琊王叔英。吴郡張嵊、東海徐悱并有文才，徐妻尤爲清拔。《孝綽傳》曰：悱妻字嫺，所謂劉三娘者也。悱卒，妻爲祭文，辭甚淒愴。

〔一五〕詳《茹蕙序》。

〔一六〕見《瑞木賦》。

〔一七〕鸞箋，見《三芝序》。詠絮，見《琴怨序》。

〔一八〕梁武帝歌：河中之水向津流，洛陽之女名莫愁。十三能織錦，十四采桑南陌頭。

〔一九〕見《看奕賦》。

〔二〇〕《郊特牲》：舅姑降自西階，婦降自阼階，授之室也。《昏義》：共牢而食。注：牢，俎也。

〔二一〕見《少楹序》。

〔二二〕見《看奕賦》。

〔二三〕見《琴〔一二〕怨序》。

〔二四〕《外戚傳》：左貴嬪名芬，雍之子，思之妹。善綴文。晉武帝聞而納之。姿陋無寵，以才德見禮。每有方物異寶，必詔爲賦頌，以是屢獲恩賜焉。

〔二五〕按祁夫人，山陰前商太傅公之女，即嗣音之娣也。字雲衣，因嬪于祁人，稱祁夫人。夫人之女字湘君，亦善詩，有集行世，俱載《山陰閨秀集》中，乃近時名媛也。〔一三〕

泥中。須臾，復有一婢來，問曰：「胡爲乎泥中？」答曰：「薄言往訴，逢彼之怒。」

（二六）《世説》：鄭玄家奴婢皆讀書。嘗使一婢，不稱旨，將撻之，方自陳説，玄怒，使人曳著泥中。須臾，復有一婢來，問曰：「胡爲乎泥中？」答曰：「薄言往訴，逢彼之怒。」

（二七）《世説》：謝遏絶重其姊，張玄常稱其妹。有濟尼者并游二家，人問其優劣，答曰：「王夫人神情散朗，故有林下風氣；顧家婦清心玉映，自是閨房之秀。」注：王乃謝姊，顧乃張妹也。

（二八）見《園次序》。

（二九）見《得仲序》。

（三〇）桀戟，見《看奕賦》。

（三一）見《楚鴻序》。

（三二）見《少楹序》。

（三三）見《園次序》注。

（三四）見《滕王賦》。

（三五）《列子》：秦青[一四]曰：昔韓娥東之齊，匱糧，過雍門，鬻歌假食。既去，餘音繞梁三日，左右以其人弗去。過逆旅，逆旅人辱之。娥因曼聲哀哭，一里老幼悲愁垂涕，三日不食。《列女傳》：無鹽女諫齊王曰：「聽《激楚》之遺風。」按《激楚》、《流風》，二舞曲名。

（三六）《琴苑要録》：《思歸引》者，衛女之所作也。衛侯有女，邵王聞其賢，聘之。未至而王薨。太子欲留之，女不聽，拘於深宮。援琴歌曲，縊而死。

（三七）《詩》。

（三八）見《憺園賦》。按宿瘤，齊女。

（三九）劉孝標《自序》：峻字孝標。天監中，詔掌石渠閣，以病乞隱金華山。余嘗自比馮敬通。敬通有忌妻，至於身操井臼；余有悍室，亦令家道轗軻。

（四〇）《馮敬通集》：敬通有一婢。妻任酷妒之，擊婢無所不至，乃弃遣之，因與婦弟任武達書曰：「吾數奇命薄，端相遭逢。」按衍封曲陽侯。沈約詩：爲君含噭咷。

（四一）江淹《别賦》：君居淄右，妾家河陽。

（四二）見《滕王賦》。杜牧詩：佳人力杵秋風外。

（四三）見《良輔序》及《庭表序》。

（四四）曹植詩：南國有佳人，華容若桃李。韋莊詩：南國佳人號莫愁。樂府《陌上桑》：東方千餘騎，夫婿居上頭。

（四五）《漢詩紀》：秦嘉字士會，渭城人，爲郡上計掾，有《贈婦徐淑書》及詩傳世。

（四六）見《璿璣賦》。

（四七）見《藝圃序》。

（四八）見《天章序》。

（四九）《世説》：桓公欲遷都，孫綽上表諫桓，令人致意曰：「君何不尋《遂初賦》，而强知人家國事？」

（五〇）《詩》。

（五一）見《滕王賦》。

（五二）見《智修序》。

（五三）詳《茹蕙序》。

（五四）《禮》：志懑氣盈。《説文》：懑，悶也，煩也。江淹詩：投袂既憤懑。

（五五）《禮》：大夫妻曰孺人。《恨賦》：左對孺人，顧弄稚子。《子雲傳》：雄於屈原《痛惜[一五]》以[一六]下，至《懷沙》一卷，反其詞，曰《畔牢愁》。

（五六）見《皇士序》注。

（五七）《順天志》：西山爲京師八景之一。每大雪初霽，積素凝華。

（五八）《集仙録》：王母居昆丘之國，閬風之苑，非飆輪不可到。《述異志[一七]》：閬苑在大海中，神仙所居。

（五九）見《商尹序》。

（六〇）《晉書》：桓宣武北征，會須露布文，唤袁宏，倚馬前令作。俄得七紙，殊可觀。

（六一）《東方朔傳》：漢武帝於社日賜從官肉。大官未至，朔割肉以歸。帝令自責，朔再拜曰：「受賜不待詔，何無禮也；拔劍自割，何壯也；割之不多，何廉也；歸遺細君，又何仁也！」

古詩：不待曲將終[一八]，揚鞭看花去。

【校記】

[一]題下，蔣刻本、患立堂本、浩然堂本并有小注：「友人徐仲山夫人。」

[二]「九」前，蔣刻本、患立堂本、浩然堂本并有「至」字。

[三]「致」，患立堂本、浩然堂本并作「製」。

[四]「两」前，蔣刻本、患立堂本、浩然堂本并有「即」字。

[五]「娣原」，蔣刻本、患立堂本、浩然堂本并作「姊如」。

[六]「暇」，蔣刻本、患立堂本、浩然堂本并作「什」。

[七]「規」，患立堂本、浩然堂本并作「觀」。

[八]「南」，患立堂本、浩然堂本并作「陽」。

[九]「香」，患立堂本、浩然堂本并作「空」。

[一〇]「玉」，患立堂本、浩然堂本并作「山」。

[一一]「賦」，應爲「序」。

[一二]「琴」，原作「瑟」，徑改。

[一三]此條注，亦園本、四庫本、文瑞樓本并作：「商嗣音名景徽，乃冢宰季女。適已未徵，聘徐咸清，號仲山先生。生女昭華。商雲衣名彩，冢宰孫女。祁湘君名德茝，父大中丞諱彪佳，

謚忠愍。母商氏，冢宰長女。」又四庫本「景徽」誤作「景徐」。

[一四]「青」，四庫本作「清」。

[一五]「痛惜」，應爲「惜誦」。

[一六]「以」，四庫本誤作「一」。

[一七]「志」，四庫本作「録」。

[一八]「不待曲將終」五字，亦園本、四庫本、文瑞樓本并脱。

徐昭華詩集序（一）

瀨中夫子，偕游細柳之倉（二）；毛穎先生，并轡長楸之館（三）。銅溝清泚（四），嘯詠方遒；綺陌輕陰，談諧甫暢。相與數朋游於故國，抑且論人物於當年。顧謂毛君，卿家於越（五）。學揚雄之奇字，定有侯芭（六）；傳正則之《離騷》，寧無唐勒（七）？君笑而言：居，吾語汝。頻年濩落（八），比歲幽憂（九）。人屑瑟而在蘆（一〇），壇蕭條而無杏（一一）。籃[二]輿寂寞，半諱言陶令之門生（一二）；絳帳飄零，疇自引馬融之弟子（一三）。爰有一人，猗與獨立，詎圖徐淑（一四），知有毛公（一五）。隔紗屏而請受經文，濡彩筆而願爲都講（一六）。擬之賢媛，不愧竇妻鮑妹之間（一七）；其在詞流，何慚宋艷班香之輩（一八）。余也側聆高論，竊慕驚才。神惝怳以靡寧，心狐[二]疑而未果（一九）。倘其善謔（二〇）[三]，姑好大言（二一）；如謂非誣，求觀麗製。

若乃《椒花》新句（二二），探自枕中（二三）；《香茗》清文，出之袖裏（二四）。散葡萄之帙，約有千篇（二五）；解玳瑁之裝，都爲一卷（二六）。於是微吟永晝，密詠逾時。晨爐熆麝，渾忘綺旭之將斜（二七）；宵箭沉虬（二八），頓覺素靈之欲上（二九）。藉之索粲，何煩再投玉女之驍（三〇）；假以蠲愁，詎須更射大夫之雉（三一）。解頤不少（三二），撫掌絶多（三三）。時則僕也玩豆蔻窗前之集，諸什咸工（三四）；覽茱萸帳底之篇，古詩尤妙（三五）。蓋自殷淳作集，遍輯裙笄（三六）；常璩成編，間傳閨閫（三七）。戴嬀莊姜而後，世擅《風》詩（三八）；諸姑伯娣[四]之儔（三九），代沿製作。循環纖手，豈盡[五]習夫琵琶；掩抑丹唇，寧第耽夫笙管。珊瑚架北（四〇），曾[六]翻五色之花箋（四一）；翡翠窗南（四二），競織千行之錦字（四三）。莫不文縹黄絹，曲譜烏絲（四四）。仿陳后不平之句（四五），破粉成痕（四六）；效班姬善恨之詞（四七），結眉表色（四八）。然或新妝甫竟，粗曉之無（四九）；巧笑餘閒，略諧競病（五〇）。答曹洪之箋啓，未免倩人（五一）；嫁韓偓之《香奩》，將無贋作（五二）。歌喉乍囀，便號綿駒（五三）；舞袖纔迴，遽誇飛燕（五四）。紅初暈頰，得艷雪以逾融（五五）；翠欲成螺（五六），擬春山而無别（五七）。正須點綴，還藉游揚（五八）。亦有夙敏才情，素耽文史。贏館吹簫之暇，即弄新聲（五九）；楊家挾瑟之餘，偏摹舊曲（六〇）。然而祇工近體，但辨唐音。托興則贈别[七]懷人而外，曾未經心；擬古則龍標供奉而還，都無涉筆（六一）。不知前者，乃有陰鏗（六二）；猥類時賢，妄嗤庾信（六三）。仲卿孔雀，從未入其籓籬（六四）；都尉鴛鴦，何自窺其堂奥（六五）。絮因風而正弱，花裛露以偏慵。緣斯两者之談，暨[八]彼諸家之失。此則綺歲揮毫（六六），非關姆教（六七）；髫齡握槧（六八），綽有門風。小鬟桂子，揄薄袂以求題（六九）；短幅桃花，障輕綃而乞試（七〇）。母原道韞[九]，發函而私訝其情（七一）[一〇]；父則徐陵，伸紙而彌嗟其妙（七二）。固已才高擊鉢（七三），何難譽起連城（七四）。况復别裁律絶，極擅清新；上溯齊梁，尤多風骨。緑楊幔捲，魂消《贈妓[一一]》之篇；新月蛾長，色艷《催妝》之句。坐久則梅開鬢上，眠遲而衣寄邊頭（七五）。索來畫燭，體學丁娘（七六）；倚罷朱欄，情同劉媛（七七）。温邢掩嫮（七八），定空北部之胭脂（七九）；鮑謝慚工（八〇），直壓南朝之金粉（八一）。吴都士女，從前枉説綺羅；越國山川，自此不生花草。傳向《妝梳[一二]記》内，共許無雙（八二）；選歸《才調集》中，還推第一（八三）。

僕也天涯薄宦，惜潘鬢之徒凋；故國難歸，悵江花之早謝（八四）。酒無玉[一三]藥（八五），聊憑彤管以消愁（八六）；花少青棠，謾[一四]托緗奩而釋忿（八七）。願爲逸少，長學書於茂漪（八八）；詎意毛萇，反授經於伏氏（八九）。羨誠有是，妒亦宜然。爰綴俚言，用題新詠。問其桑梓（九〇），千春西子之鄉（九一）；詢彼絲羅（九二）[一五]，四杰駱丞之婿（九三）。（九四）

【箋注】

（一）《山陰閨秀集》：昭華字伊璧。《贈三嫂詩》云：「妝樓春色曉，捲幔緑楊間。」又《贈雲衣詩》：「羨汝雙蛾似初月，不須留待畫眉人。」又爲雲衣作《催妝詩》，序中因及之。[一六]

（二）《吴越春秋》：子胥過溧陽瀨水之上。注：即今溧水。《漢宫闕疏》：細柳倉有柳市。詳《萬柳啓》。

（三）《毛穎傳》：秦蒙恬南伐楚，次中山。圍毛氏之族，拔其毫[一七]，載穎而歸。曹植《名都篇》：走馬長楸間。《復齋漫録》：古人種楸於道，故館曰長楸。

（四）見《銅雀賦》。

（五）詳《鄴園啓》。

（六）見《集生序》。按《漢書》：劉棻從揚雄學奇字。

（七）正則，見《集生序》。唐勒，見《天篆序》。

〔八〕《廣雅》：布濩，流散也。

〔九〕見《海棠賦》。

〔一〇〕《吴越春秋》：伍員奔吴，有漁父欲渡，因歌曰：「日月昭昭乎寢已馳，與子期乎蘆之漪。」既渡，漁父爲持麥飯餉[一八]之，因歌曰：「蘆中人，蘆中人，豈非窮士乎？」

〔一一〕見《天篆序》。

〔一二〕《陶潛傳》：王弘[一九]欲識淵明。嘗往廬山，弘令淵明友龐通之齎酒具，於半道栗里要之。淵明有脚疾，使一門生、二兒舉籃輿。既至欣然，便共飲酌。俄頃弘至，亦無忤色。

〔一三〕見《修禊序》。

〔一四〕見《閨秀序》。

〔一五〕詳篇下。

〔一六〕見《得仲序》。

〔一七〕竇妻，見《璿璣賦》。《詩品》：齊鮑昭字令暉，嘗答孝武云：「臣妹才自亞於左芬，臣才不及太冲爾[二〇]。」

〔一八〕見《瀛臺序》。

〔一九〕見《瑞木賦》。

〔二〇〕《詩》。

（二一）見《天章序》。

（二二）見《瑞木賦》。

（二三）《漢書》：淮南王有《枕中鴻寶苑秘書》，言神仙使鬼巫爲金之術。

（二四）補注。

（二五）見《三芝序》。

（二六）見《天篆序》。

（二七）李義山詩：融麝暖金釭。《纂要》：日初出曰旭日。

（二八）見《瀛臺序》。

（二九）見《良輔序》注。

（三〇）見《半繭賦》及《琴怨序》。《西京雜記》：投壺言驍，如博之拿梟於皃中，爲驍杰也。按《雉歌》有《驍壺》，隋煬帝所造，以投壺躍矢爲驍，與「梟」通。

（三一）見《澹庵序》。

（三二）《前漢書》：匡衡字稚圭，深經術。諺曰：「無説《詩》，匡鼎來。匡説《詩》，解人頤。」

（三三）詳《樂府序》。

（三四）見《海棠賦》。

（三五）梁簡文《燭賦》：茱萸幔裏鋪錦筵。張正見《艷歌》：并捲茱萸帳，爭移翡翠床。劉瑶詩：吴刀剪破機頭錦，茱萸花墜相思枕。

（三六）《宋書》：殷景仁弟淳少好學，有美名，歷仕在秘書閣。撰《四部書目》，凡四十卷。[二一]

（三七）《晉書》：常璩叙蜀事，撰《華陽國志》十二卷，《漢書義》十卷。有《華陽士女編[二二]》。

（三八）見《滕王賦》。

（三九）《詩》。

（四〇）見《天篆序》。

（四一）見《尺牘序》。

（四二）見《滕王賦》。

（四三）見《璿璣賦》。

（四四）《楊修傳》：修爲曹操主簿，從操至江南，讀《曹娥碑》，背有八字曰：「黄絹幼婦，外孫虀臼。」修曰：「黄絹，色絲[二三]，絶字；幼婦，少女，妙字；外孫，女之子，好字；虀臼，受辛，辭字。乃是『絶妙好辭』也。」《國史補》：宋亳間有紙織成界道，名烏絲欄。《麗情集》：霍小玉出烏絲欄。素叚李生，援筆成章。

（四五）見《海棠賦》。《玉臺新詠序[二四]》：寵聞長樂，陳后知而不平。

（四六）見《良輔序》。

（四七）見《海棠賦》。

（四八）見《良輔序》。

（四九）元稹《白氏序》：居易生七月，姆展書，指「之」、「無」二字示之，百試不差。《唐·文學傳》：樂天云：「僕生七月，乳母抱弄於書屏下，有指『之』、『無』二字者，口未能言，心默識之。」

（五〇）見《尺牘序》。

（五一）陳琳《爲曹洪與魏文書》云：欲令陳琳作報，琳頃多事，不能得爲。又云：怪乃輕其家丘，謂爲倩人。《魏文集》曰：上平定漢中，族父都護還書於余，觀其辭，如陳琳所叙爲也。《魏志》：曹植曰：「言出爲論，下筆成章，顧當面試，奈何倩人？」

（五二）《夢溪筆談》：和魯公凝有《籯金集》，又有《香奩》艷詞。後貴恐褻，乃嫁其名爲韓偓。世傳韓偓《香奩集》，乃凝所爲也。《韓非子》：齊伐魯，索讒鼎。魯以其贋往。注：一作「雁」，非真也。

（五三）《孟子》。

（五四）《漢書》：趙后以體輕，故名飛燕。爲掌上舞，如流風迴雪。體不勝風，製七寶避風臺。

（五五）補注。

（五六）《南部烟花録》：煬帝宫女降仙爭畫長娥，司宫日給螺子黛五升，號娥子緑，又號蛾緑螺。

（五七）見《皇士序》注。

（五八）庾信賦：終朝點綴，分夜吟呻。《史記·季布傳》：曹丘生揖季布曰：「僕游揚，足下之名於天下，顧不重耶！」

（五九）見《藝圃序》。

（六〇）見《看奕賦》。

（六一）《唐書》：王昌齡字龍標，有詩名，應草澤遺逸詔。按昌齡曾左遷龍標尉。《李白傳》：玄宗見白於金鑾殿，有詔供奉翰林。

（六二）見《園次序》。《詩評》：陰鏗之作，體用兼優。

（六三）見《滕王賦》。

（六四）見《素伯序》。

（六五）見《無忝序》。

（六六）詳《聖期序》。

（六七）《内則》：姆教婉娩德[二五]從。注：姆，女師也。婦人五十無子，出不復嫁，以婦道教人者。

（六八）見《尺牘序》。

（六九）《麗情集》：浣紗、桂子，皆霍小玉侍兒之名。

（七〇）桃花紙，見《璿璣賦》。

（七一）見《琴怨序》。

（七二）見《憺園賦》。

（七三）見《三芝序》。

（七四）魏文帝《與鍾會書》：不損連城之價。又《送玉玦書》：價越萬金，貴重連城。注：秦欲以十五城易趙王和氏璧，故號連城。

（七五）《演繁露》：宋武帝女壽陽公主，人日卧含章殿檐下。梅花飄着額上，成五出之花，因撫仿之，以爲妝樣。按含章，起名後漢。古樂府有《寄邊衣曲》。張藉詩：織素縫衣獨苦辛，遠因回使問征人。

（七六）《緑窗女史》：梁丁六娘有《十索詩》，「從郎索花燭」、「從郎索衣帶」之句，其二也。

（七七）見《閨秀序》。

（七八）見《園次序》。

（七九）見《琴怨序》。

（八〇）《古今詩評》：爲詩欲詞格清美，當如鮑昭、謝靈運。

（八一）見《楚鴻序》。

（八二）補注。

（八三）《書目》：蜀人韋縠著有《才調集選》。

（八四）見《園次序》。

（八五）《世説》：白子高好仙術，嘗爲美酒，以藥雜之。遇四仙人，云：「予有仙藥。」於是子高服之，随仙人飛去。

〔八六〕《詩》。

〔八七〕嵇康論：合歡蠲忿。注：欲蠲人之忿，則贈以青棠合歡也。《通雅》：欻，即奩也。

〔八八〕《書斷》：衛夫人名茂漪，廷尉展之弟，汝南太守李矩之妻，王逸少之師。善鍾法，能正書，入妙能品。《法帖》：衛夫人書云：「衛有弟子王逸少，甚好學衛真書，咄咄逼人。」

〔八九〕《漢・列傳》：毛萇，趙人，河間獻王博士，精《詩》學，稱《毛詩》。《通考》：《毛詩》，始於毛公，言大毛公萇也。别有小毛公。《漢書》：文帝求專治《尚書》者。伏勝老不能行，使晁錯往受之。勝復口吶，令幼女傳言教錯，《今文尚書》是也。

〔九〇〕《詩》。

〔九一〕見《園次序》。

〔九二〕古樂府：與君爲婚姻，兔絲附女蘿。

〔九三〕見《祖德賦》注。按賓王爲義烏丞。今昭華婿乃諸暨駱生如采，故云。〔二六〕

〔九四〕附注：鮑照妹字君徽，作《香茗賦》。附注：遼后有《妝梳記》。〔二七〕

【校記】

〔一〕「籃」，患立堂本、浩然堂本并誤作「藍」。

〔二〕「狐」，患立堂本、浩然堂本并作「然」。

〔三〕「詎」，原作「詎」，據諸本改。

[四]「娣」，蔣刻本、患立堂本、浩然堂本并作「姊」。

[五]「盡」，患立堂本、浩然堂本并作「僅」。

[六]「曾」，患立堂本、浩然堂本并作「爭」。

[七]「别」，患立堂本、浩然堂本并作「遠」。

[八]「暨」，患立堂本、浩然堂本并作「概」。

[九]「韞」，患立堂本、浩然堂本并誤作「藴」。

[一〇]「情」，患立堂本、浩然堂本并作「精」。

[一一]「妓」，蔣刻本同，他本皆作「嫂」。

[一二]「妝梳」，蔣刻本、患立堂本、浩然堂本并作「梳妝」。

[一三]「玉」，患立堂本、浩然堂本并作「紅」。

[一四]「謾」，蔣刻本、患立堂本、浩然堂本并作「漫」。

[一五]「羅」，蔣刻本、患立堂本、浩然堂本并作「蘿」。

[一六]此段注，原脱，據亦園本、四庫本、文瑞樓本補。

[一七]「毫」，原作「毛」，據劉真倫、岳珍《韓愈文集彙校箋注》卷二十六改。

[一八]「餉」，四庫本誤作「飼」。

[一九]「弘」，文瑞樓本作「宏」。

〔二〇〕「爾」，四庫本作「耳」。

〔二一〕此條注，亦園本、四庫本、文瑞樓本并作：「《宋書》：殷景仁弟淳，編《婦人集》三十卷。仕在秘書閣，撰《四部書目》，凡四十卷。」

〔二二〕「編」字，四庫本脱。

〔二三〕「色絲」，四庫本誤倒爲「絲色」。

〔二四〕「序」，四庫本誤作「集」。

〔二五〕「德」，四庫本作「聽」。

〔二六〕「今昭華婿乃諸暨駱生如采，故云」，此句原脱，據亦園本、四庫本、文瑞樓本補。

〔二七〕此二條附注，據亦園本、四庫本、文瑞樓本補。

茹蕙集序

吾宗無垢者，曹則大家〔一〕，左爲嬌女〔二〕。描鸞刺鳳，空北部之胭脂；綉虎雕蟲，壓南朝之粉黛〔三〕。十三織素，宛爾無雙〔四〕；二八稱詩，居然第一〔五〕。馺娑館内〔六〕，寧誇巧笑之名；道政坊前，不尚新妝之號〔七〕。若夫品第清華，門風綺麗。紅牙作筆，則劉氏之三娘（八）；白玉爲堂，乃盧家之少婦（九）。霍驃騎卯金巨族（一〇），張尚書典午名流（一一）。天邊列宅，處處銅街（一二）；春日乘車，人人玉埒（一三）。屈大夫之騷賦，常説姊嬃（一四）；衛莊姜之比興，時稱戴嬀（一五）。於是弱即知書，生而習禮。東鄰美女（一六），爭傳詠絮之篇（一七）；西邸佳人（一八），競仿簪花之格（一九）。琉璃硯匣（二〇），既綉閣之庾徐（二一）；玳[一]瑁筆床（二二），亦香閨之潘陸（二三）。加以性情道素，靡事鉛華（二四）；儀度幽貞，壹遵禮法。青牛帳捲（二五），絶無累德之篇（二六）；朱鳥窗開（二七），時録緣情之作（二八）。當春而感，楊柳之綿；入秋而怨，芙蓉之粉（二九）。冬缸氍毹，映雪彌勤；夏簟氤氲，囊螢不輟（三〇）。凡彼燃脂，如是而已；其他弄墨，略無聞焉（三一）。然而命實不猶，人兮鮮淑（三二）。蘼蕪道左，愧手爪之難如（三三）；磐石塘前（三四），識錢刀之可用（三五）。青年織錦，悲竇氏之機殘（三六）；玄夜熏香，悵秦嘉之鏡遠（三七）。鑿鄰火以腸迴，攬嫁衣而淚落（三八）。則又衛洗馬所以言愁（三九），江醴陵於焉賦恨者矣（四〇）。

嗟乎！羲和沉湎，剪鶉首以何辭（四一）；玉女飄颻[二]，懷鴆媒而終老（四二）。離家公子，命已儷夫纖腰（四三）；失路才人，恨終齊於齲齒（四四）。古人之怨千年，地下之愁萬里（四五）。沉之碧海，纍纍鮫妾之珠（四六）；鐫以青天，歷歷媧皇之石（四七）。

【箋注】

（一）見《歸田序》。

（二）左思《嬌女詩》略曰：吾家有嬌女，皎皎頗白晰。小字爲織素，口齒自清歷。

（三）見《琴怨序》。

（四）見《閨秀序》注。

（五）二八，見《滕王序》。

（六）見《銅雀賦》。

（七）補注。

（八）見《閨秀序》。

（九）古樂府《相逢行》：黄金爲君門，白玉爲君堂。堂上置樽酒，作使邯鄲娼。李商隱詩：又入盧家妒玉堂。沈佺期詩：盧家少婦鬱金堂。詳《納姬序》注。

（一〇）詳《徐母序》。

（一一）《晉·張華傳》：詔曰：「張尚書關内侯與前太尉陶侃，功在王室。」典午，見《素伯序》。

（一二）見《滕王賦》。

（一三）見《銅雀賦》注。

（一四）見《雪持序》。

〔一五〕見《滕王賦》。

〔一六〕見《楚鴻序》。

〔一七〕見《琴怨序》。

〔一八〕詳《壽徐序》。

〔一九〕《書断》：衛夫人從姊名恒。袁昂評其書法如插花美女。

〔二〇〕見《園次序》注。

〔二一〕見《園次序》。

〔二二〕見《天篆序》。《樹萱録》：南朝呼筆管爲床。又以四管爲一床。

〔二三〕見《園次序》。

〔二四〕見《楚鴻序》注。曹植《洛神賦》：鉛華弗〔三〕御。

〔二五〕見《尺牘序》。

〔二六〕見《少楹序》。

〔二七〕見《天篆序》。

〔二八〕見《少楹序》。

〔二九〕杜詩：生憎柳絮白如綿。《雜録》：紙有柳綿紙。又養紙以芙蓉粉，惜其色也。

〔三〇〕江淹《别賦》：夏簟清兮晝不暮，冬釭凝兮夜何長。江總詩：向崖雲鬟鬟。《晉書》：

孫康好學，家貧無油，於冬月嘗映雪讀書。性清介，後官至御史大夫。囊螢，見《憎園賦》。

（三一）見《得仲序》。

（三二）《詩》。

（三三）見《無忝序》。

（三四）補注。

（三五）《西京雜記》：卓文君《白頭吟》有曰：「男兒重意氣，何用錢刀爲？」

（三六）見《璿璣賦》。

（三七）見《尺牘序》。

（三八）《國策》：甘茂去秦，且之齊。出關，過蘇子曰：「夫江上之處女，有家貧而無燭者，處女相與語，欲去之。家貧無燭者將去矣，謂處女曰：『妾以無燭之故，嘗先掃室布席，何愛餘明之照四壁者？』處女以爲然，留之。」秦韜[四]玉《貧女詩》：每恨年年壓金綫，爲他人作嫁衣裳。

（三九）見《滕王賦》。

（四〇）見《尺牘序》。

（四一）《書》：惟時羲和顛覆厥德，沉亂於酒。張衡《西京賦》：昔者天帝悦秦穆公而覲之，饗以鈞天廣樂。帝有醉焉，乃錫用此土，而剪諸鶉首。注：自井至柳，鶉首之次，秦之分也。剪，盡也。盡取鶉首之分爲秦境也。蓋憤亂疾世，若《詩》所謂「視天夢夢」者。[五]

（四二）玉女，見《天篆序》。《離騷》：吾令鴆爲媒兮，鴆告余以不好。注：鴆，毒鳥也。

（四三）詳《壽閻序》。

（四四）《後漢書》：梁冀妻孫壽，能作齲齒笑。注：若齒痛不忻忻也。《説文》曰：齲，蠹也。

（四五）見《琴怨序》。

（四六）《述異記》：南海有鮫人，水居如魚，不廢緝織，眼能泣珠。《吴都賦》：泉室潛織而卷綃，淵客慷慨而泣珠。

（四七）見《憺園賦[六]》。

【校記】

[一]「玳」，患立堂本、浩然堂本并作「瑇」。

[二]「飖」，患立堂本作「姚」。

[三]「弗」，四庫本作「勿」。

[四]「韜」，四庫本作「滔」。

[五]「蓋憤亂疾世，若《詩》所謂『視天夢夢』者。」此句，四庫本作：「按南方朱鳥七宿，曰鶉首、鶉火、鶉尾。」

[六]「賦」，原作「序」，徑改。

陳檢討集卷九

序

樂府補題序

宜興陳維崧其年撰　皖江程師恭叔才注

《樂府補題[一]倡和》，作者爲玉笥王沂孫聖與、蘋洲周密公謹、天柱王易簡理得、友竹馮應瑞祥父、瑶翠唐藝孫英發、紫雲吕同老和甫、篔房李彭老商隱、宛委練恕可行之、菊山唐珏玉潛、月洲趙汝鈉真卿、五松李居仁師吕、玉田張炎叔夏、山村仇遠仁近，共十三人，又無名氏二人。題爲《宛委山房賦龍涎香》、《浮翠山房賦白蓮》、《紫雲山房賦蒓》、《餘閒書院賦蟬》、《天柱山房賦蟹》，調則爲《天香》，爲《水龍吟》，爲《摸[二]魚兒[三]》、《齊天樂》、《桂枝香》，凡五，共詞三十七首，爲一卷。嗟乎！此皆趙宋遺民作也。

粤自雲迷五國(一)，橋識啼鵑(二)；潮歇三江，營荒夾馬(三)。壽皇[四]大去，已無南内之笙簫(四)；賈相難歸，不見西湖之燈火(五)。三聲石鼓，汪水雲之關塞含悲(六)[五]；

一卷《金陀》，王昭儀之琵琶寫怨（七）。皋亭雨黑（八），旗摇犀弩之城（九）；葛嶺烟青，箭滿錦衣之巷（一〇）。則有臨平故老（一一），天水王孫（一二）。無聊而別署漫郎（一三），有謂而竟成逋客（一四）。飄零孰恤，自放於酒旗歌扇之間；惆悵疇依，相逢於僧寺倡樓之際。盤中燭灺，間有狂言（一五）；帳底香焦，時而讕語（一六）。援微詞而通志（一七），倚小令以成聲（一八）。此則飛卿麗句（一九），不過開元宮女之閒談（二〇）；至於崇祚新編，大都元［六］老夢華之軼事也（二一）。乃瓿間覆醬，偶剩殘縑（二二）；而市上懸金，從無雕本（二三）。蓋赤文緑字（二四），幾經嬴政之灰餘（二五）；而玉軸牙籤（二六），久患江陵之道盡（二七）。盈篇亥豕（二八），既粉黦而鉛昏；滿幅烏焉，亦紙渝而墨敝（二九）。韭花已蝕（三〇），蠆尾長鬆（三一），徒存鼎上之一臠（三二），僅現雲中之寸爪（三三）。於是竹垞朱子，搜於里媪之筐；梧月蔣生，鋟以國門之板。頓成完好，足任流傳。譬之折釵出後，再鐫龍鳳之形（三四）；破鏡歸時，重鑄蛟螭之狀（三五）。雖或楮上缺文，間同夏五（三六）；行中脱簡，略類呼稀（三七）［七］。古錢掘得，銅蚨則輪廓槎牙（三八）；斷碣捫來，石獸則觚棱缺［八］齾（三九）。然而墻邊擫笛，猶能仿佛其聲（四〇）；海上刺船，尚可低徊是曲（四一）。周公瑾聞兹妍唱，定屬賞心（四二）；桓子野聆此清歌，要爲撫掌云爾（四三）。

【箋注】

（一）《程史·哀欽廟疏》：二帝之駕，終於五國城。注：徽、欽爲金人逼[九]之北行，殂[一〇]於五國城，沙漠地也。

（二）見《臞庵序》。

（三）《宋書》：恭帝時，錢塘江潮三日不至。時元軍分住江沙，杭人方幸之，而潮汐不至。《輿志》：三江源，在台州府城西，三江合流爲靈江。《宋書》：太祖生於夾馬營，有異香滿室。

（四）《唐史》：肅宗劫遷明皇於西南[一一]，不復居南内。《宋紀》：光宗遭后悍妒，逆于其父，受内禪即位，尊孝宗爲壽皇。按其事與肅宗遷帝不居南内同，此借用。

（五）《宋紀》：度帝時，以賈似道爲太師，賜第西湖之葛嶺。起樓臺亭榭，作半閒堂，與姬妾游樂。至恭帝時，貶循州安置。監押官鄭虎臣誅之。《史斷》：西湖自紹興建都，君相競嬉游。金主亮聞之，起投鞭渡江之志。

（六）《晉·五行志》：吴興長城夏架山有石鼓。《郡國志》：吴王離宫在石鼓山，越王獻西施于此。按石鼓鳴即兵起。《宋史》：汪元量字大有，號水雲，以善琴事謝后。[一二]

（七）《宋史》：王清惠，宋昭儀。宋亡爲黄冠南歸，有《湖山類稿》，多紀北徙事。昭儀入元爲女道士，號冲華。按金陀，即入道語也。[一三]

（八）補注。

（九）詳《合肥書》。

（一〇）《地理志》：杭州新城縣有葛溪，乃稚川煉丹地。按湖州德清葛山亦有稚川迹。紹興府城葛山，乃勾踐種葛，使越女作布獻吴，故名。《杭州志》：臨安縣石鏡山，唐昭宗封爲衣錦山。錢鏐嘗于此宴故老，大石皆覆以錦衣，號其幼所戲水，曰錦衣將軍。

（一一）《圖經》：臨平湖在鹽官縣。晉武帝時，占者云：「此湖開，天下寧。」《杭州志》：仁和縣，即漢鹽官，五代錢江。

（一二）見《藝圃序》。

（一三）見《臞庵序》。

（一四）《北山移文》：爲君謝逋客。

（一五）《莊子·知[一四]北游》：無所發予之狂言。

（一六）《摭言》：江南李主帳中香法，以鵝梨蒸沉香用之。《春秋元命苞》：醜聢聢，言讕讕。《漢·文三王傳》：王陽病詆讕，置詞驕慢。

（一七）見《良輔序》。

（一八）見《鴻客序》。

（一九）詳《竹逸序》。

（二〇）見《良輔序》。

〔二一〕補注。《東京夢華録》宋孟元老自序云：僕昔從先人游京師，卜居金梁橋西，夾道之南。古有夢游華胥之國，其樂無涯者。僕今追昔，回首悵然，目之曰《夢華録》。

〔二二〕見《懸圃序》。

〔二三〕見《楚鴻序》。

〔二四〕見《璿璣賦》。

〔二五〕《始皇紀》：李斯請天下藏《詩》、《書》、百家語者，悉詣守尉，雜燒之。

〔二六〕見《三芝序》。

〔二七〕見《滕王賦》。

〔二八〕見《佳山序》。

〔二九〕《古諺》：字經三寫，烏焉成馬。

〔三〇〕見《琴怨序》。

〔三一〕見《懸圃序》。

〔三二〕《後魏書》：崔浩曰：「嘗肉一臠，知鼎中之味。」

〔三三〕補注。

〔三四〕《拾遺記》：魏文帝納美女薛雲芸，有獻火珠龍鸞釵者。杜詩：蛟龍半缺落，猶得折黄金。注：得井中斷釵遺珥，如蛟龍之狀也。

〔三五〕《神異經》：昔有夫婦將别，破鏡，各執其半。後妻與人通，鏡化鵲，至夫前。後鏡背鑄鵲始此。《陳書》：徐德言尚叔寶妹。陳亂，破鏡，各分其半。後妻爲楊越公所得。徐作《破鏡詩》，楊還其妻。

〔三六〕胡安國《春秋傳》：夏五，傳疑也。

〔三七〕補注〔一五〕。

〔三八〕《搜神記》：南方有虫，名青蚨。生子，依草葉。潛取其子，母即飛來。以子血母血各塗錢，或先用子錢，或先用母錢，皆復飛歸，故名青蚨。亦名子母錢。

〔三九〕觚棱，見《璿璣賦》。《説文》：齾，缺齒也。又凡器缺之稱。

〔四〇〕見《庭表序》。

〔四一〕見《井叔序》。

〔四二〕見《良輔序》。

〔四三〕《世説》：桓伊字子野，每聞清歌，輒喚奈何。《國策》：鄭同撫手，仰天而笑之。《晉書》：陸士衡初聞左思賦三都，撫掌大笑。

【校記】

［一］「題」，原脱，據蔣刻本、患立堂本、浩然堂本補。

［二］「摸」，原作「模」，徑改。

[三]「兒」，患立堂本、浩然堂本并作「子」。

[四]「皇」，蔣刻本作「王」。

[五]「悲」，亦園本、文瑞樓本同，他本皆作「愁」。

[六]「元」，原作「才」，徑改。李學穎疑爲「元」，并案：「孟元老，宋人，著有《東京夢華録》。」按程注引《東京夢華録·宋孟元老自序》，知確爲孟元老，顯係刻誤。

[七]「稀」，蔣刻本同，他本皆作「豨」。

[八]「缺」，患立堂本、浩然堂本并作「闕」。

[九]「逼」，四庫本作「挾」。

[一〇]「殂」前，四庫本有「先後」二字。

[一一]「南」，疑爲「内」。

[一二]此條注，亦園本、四庫本、文瑞樓本并作：「《晉·五行志》：吴興長城夏架山有石鼓，鳴即兵起。《文山傳》：文山在獄，汪元量抱琴訪之，文山爲題《水雲詩》。《宋史》：汪元量字大有，號水雲，以善琴事謝后。」又亦園本，「后」誤作「石」。

[一三]此條注，亦園本、四庫本、文瑞樓本并作：「《宋史》：王清惠，宋昭儀，入元爲女道士，南歸。《湖山類稿》，多紀北徙事。按岳忠武孫珂著《金陀粹編家集》五十八卷。」

[一四]「知」，原文脱，徑補。

［一五］「補注」，亦園本、四庫本、文瑞樓本并作：「見《二齋序》。」

浙西六家詞序

錦衣倉北，六朝之山色千堆（一）；驃［一］騎桁南，萬古之江流一幅（二）。猘［二］兒去後，大有新亭（三）；燕子飛時，還存空巷（四）。則有彩毫公子（五），粉署郎官（六）。續漢上之題襟（七），效機中之織錦（八）。衙香薰罷，只顧箋愁；掾燭燒餘，惟圖製恨。玉玲瓏小閣，滴粉搓［三］酥（九）；紅菡萏山莊，啼花怨鳥。更值公叔華宗，相君貴胄，常栖蓮幕（一〇），别署竹坨。杜紫薇［四］掌書記之日，艷體偏多（一一）；韓君平知制誥之年，宫詞不少（一二）。醉卧鳳凰橋上，曾翻十院琵琶（一三）；狂游鷄鹿塞邊（一四），慣聽一軍篳篥（一五）。書之粉壁，譜在羅裙。况復柘湖既咸籍同居（一六），秋錦亦機雲不别（一七）。共説隴西才地，有謫皆仙（一八）；俱誇家令門風，無腰不瘦（一九）。金戟則臨風對拓，感激沉雄（二〇）；玉笙則帶月交吹，淋漓頓挫（二一）。僰僮破悶，訴萬里之飄零（二二）；燕女尋歡，序十年之淪落。溺人必笑，姑流浪於［五］酒旗戲鼓之間（二三）；亡子思歸，長嚄唶於殘月曉風之下（二四）。疇能惠我，定遘知音；假曰華予（二五），寧無好事（二六）？於是捻來犀管，匣用琉璃(二七);劈得蠻箋(二八),裝成玳瑁(二九)。地則錢塘檇李,家山只兩郡之間(三〇);詞如白石梅溪,風格軼群賢而上(三一)。匣爲一卷,約有六家。從此井華汲處,都吟柳永之章(三二);自今紈帕貽來,半織元稹之曲(三三)。屬有陳琳(三四),寄言龔遂(三五)。僕也紅牙顧誤(三六),雅自托於伶官(三七);綉幔填詞,長見呵於禅客(三八)。銅官玉女(三九),邑居不百里而遥;小令長謡(四〇),卷帙實千篇有羡。倘僅專言浙右,諸公固是無雙;如其旁及江東,作者何妨有七。聊資諧噱,幸恕清狂(四一)。

【箋注】

(一)見《樂府[六]補序》。

(二)《晉史》:成帝沿淮設航二十四,有竹格桁、票騎桁、舟陽桁等名。

(三)《晉紀》:桓温來朝,謝安、王坦之迎于新亭。温大陳兵衛,延見朝士。坦之流汗沾衣,倒執手板。按温小名猘兒。《金陵志》:新亭在府南,俯瞰江渚。

(四)見《少楹序》及《玉巖序》。

(五)見《看奕賦》。

(六)見《園次序》注。

(七)補注。

（八）見《璿璣賦》。

（九）《詞評》：曉風殘月柳三變，滴粉搓酥左與言。

（一〇）見《紫玄序》。

（一一）《唐書》：武帝時，杜佑孫名牧，字牧之，號爲小杜，以别杜甫。牧生平不拘小節，詩情豪邁，多艷體。嘗客牛奇章幕，爲書記。後爲睦州刺史，豪右屏迹。號紫薇太守，終中書舍人。

（一二）詳《梧月詞序》。

（一三）《杭州志》：鳳凰山，南宋建都，嘗環入内苑，有鳳皇橋。十院，補注。

（一四）《竇憲傳》：憲爲車騎將軍，出朔方鷄鹿塞，與北单于戰于稽落山，大破之。登燕然山，刻石，記漢威德，詔班固爲銘。

（一五）見《天章序》。

（一六）《吴地志》：華亭南有湖，周五千一百一十九頃。中有小山，生柘樹，故湖山皆以柘名。按柘湖非一處。咸籍，見《祖德賦》注。

（一七）補注。按機雲，見《祖德賦》。

（一八）見《三芝序》。《輿志》：漢隴西郡，唐隴右道，今鞏昌府。

（一九）詳《逸齋序》。《齊書》：沈約爲太子家令。

（二〇）見《無忝序》。

〔二一〕《見聞後録》：李文饒曲云：仙女〔七〕，董雙成，桂殿夜凉吹玉笙。萬户千門空月明。

〔二二〕明田汝成《炎檄紀》：僰人，在漢爲犍爲郡，唐爲于矢部，盖南詔東鄙也。

〔二三〕溺人，見《天篆序》。

〔二四〕庾信《哀江南賦》：咸陽布衣，非獨思歸。亡子，見《皇士序》。柳三變詞：今宵酒醒何處？楊柳外曉風殘〔八〕月。按嘍啅，見《雪持序》。

〔二五〕屈原《山鬼篇》：歲既晏兮孰華予？

〔二六〕見《憺園賦》。

〔二七〕見《園次序》注。

〔二八〕見《三芝序》。

〔二九〕見《天篆序》。

〔三〇〕《杭州志》：秦屬會稽，東漢屬吴，陳曰錢塘，隋曰杭州。《春秋》：於越敗吴于檇李。按檇李城，今在嘉興府西南地。

〔三一〕《詞集》：宋姜夔字堯章，有《白石詞》。《宋史》：王十朋字龜齡，樂清人，著有《梅溪集》。高宗時，廷對第一。

〔三二〕《宋·柳永傳》：永字耆卿，有《樂章集》九卷。葉少藴云：「嘗見一西夏歸朝官，云：『凡有井水飲處，能歌柳詞。』」

（三三）補注。

（三四）見《無忝序》。

（三五）見《二齋序》。

（三六）見《良輔序》。

（三七）《詩集注》：賢者不得志，托于伶官。

（三八）補注。

（三九）詳《梧月序》。

（四〇）見《鴻客序》。

（四一）《昌邑王賀傳》：賀清狂不慧。《魏都賦》：僕黨清狂。［九］

【校記】

［一］「驃」，蔣刻本、患立堂本并作「票」。

［二］「獮」，蔣刻本、患立堂本、浩然堂本并作「獅」。

［三］「搓」，患立堂本誤作「槎」。

［四］「薇」，患立堂本、浩然堂本并作「微」。

［五］「於」，原作「子」，據諸本改。

［六］「府」，四庫本誤作「序」。

［七］「仙女」後，應脱「侍」字。

［八］「殘」，原作「曉」，據文瑞樓本改。

［九］此條注，亦園本、四庫本、文瑞樓本并脱。

曹實庵詠物詞序（一）

霜凋魏帳，月中之剩瓦何多（二）；水咽秦關，地上之殘城不少（三）。天若有情，天寧不老（四）；石如無恨，石豈能言（五）？銅駝觳觫，恒逢秋至以偏啼（六）；銀雁觽沙，慣遇天陰而必出（七）。山當雨後，易結修眉（八）；竹到江邊，都斑細眼（九）。溯夫皇始以來，代有不平之事。千年關塞，來往精靈（一〇）；萬古江［一］山，憑陵鬼物（一一）。縱復人稱恨甚，事奈愁何。江淹工愀愴之辭（一二），鮑照擅蒼凉之賦（一三）。正恐世閲世以成川，年復年而作谷。捧黎陽［二］之土，堙此何窮（一四）？積函谷之泥，封來不盡（一五）。然而劍鋒盡缺，總爲旁觀（一六）；壺口新殘，只因細故（一七）。青史則幾番劉項，誠然與［三］我何堪（一八）；黄河則滿地袁曹，遑曰干卿奚事（一九）？或蝦蟆陵上，暮年紅袖所閒談（二〇）；或鸛雀樓前［四］，故老白頭之夜話（二一）。或武擔過客（二二），曾看石鏡於成都（二三）；或鼇匧[五]居民（二四），偶得銅盤於渭水（二五）。苟非目擊，即屬親聞（二六）。事皆磊砢以魁奇，興自顛狂而感激。槌床絶叫，蛟螭夭矯於胸中（二七）；踞案横書，蝌蚪盤旋於腕下（二八）。誰能鬱鬱，長束縛於七言四韻之間；對此茫茫（二九），姑放浪於减字偷聲之下（三〇）。吟成十首，事足千秋。趙明誠《金石》之録，遜此華文（三一）；郭弘農《山海》之篇，慚斯麗製（三二）。

嗚呼！烟霾天水，囂官既蔓草千堆（三三）；浪打章門，灌廟亦殘陽一片（三四）。悲哉季札，劍影徒青（三五）；逝矣劉郎，奩痕尚紫（三六）。銀槎泛斗，難追博望之勛名（三七）；彩筆凌雲，空羡馬卿[六]之詞賦（三八）。何况長平綉鏃，恨血全紅（三九）；大食冰瓷，愁雲半黑（四〇）。織成魚素，粘海氣以猶腥（四一）[七]；掣得龍髯，鼓天風而倍怒（四二）。豈非嘻嘻出出（四三），《諸皋》之所未收（四四）；怪怪奇奇（四五），《齊諧》之所不載者哉（四六）？僕每怪夫時人，詞則呵爲小道，倘非杰作，疇雪斯言。以彼流連小物之懷，無非淘洗前朝之恨。人言燕市，實悲歌慷慨之場（四七）；我識曹君，是文采風流之裔（四八）。狂歌颯沓（四九），聊憑鳳紙以填來（五〇）；老興淋漓（五一），亟命鸞笙爲譜去（五二）。

【箋注】

（一）按十詠：一隗囂官瓷杯，一灌嬰廟瓦硯，一延陵季子劍，一未央宮銅奩，一朱碧山銀槎，

一司馬相如玉印，一長平遺鏃，一大食瓷茶杯，一魚苔箋，一龍髯。〔八〕

（二）見《銅雀賦》。

（三）《隴水歌》：隴頭流水，嗚聲嗚咽。遥望秦川，肝腸斷絶。注：在關西隴川。

（四）李賀詩：天若有情天亦老。

（五）《左傳》：石言于晉魏榆。晉侯問師曠云：「石何故言？」對曰：「石不能言，或憑焉。不然，民聽濫也。臣聞：『作事不時，怨讟動於人，則有非言之物而言。』」

（六）見《滕王賦》及《看奕賦》。

（七）詳《徐母序》。按艢沙，楊慎曰：披張貌。

（八）見《皇士序》。

（九）見《憺園賦》。

（一〇）傅毅《舞賦》：釋精靈之所束。

（一一）《左傳》：鄭王子伯駢告于晉曰：馮陵我城郭。

（一二）見《尺牘序》。

（一三）見《瀛臺序》。《詩品》：鮑照，一作「昭」，仕宋爲臨海王參軍。詩源于張景陽及茂先。歎其〔九〕才秀人微，故取湮當代。

（一四）《東觀漢紀》：鄧訓故吏，知訓好青泥封書，從黎陽步推鹿車過易陽，載青泥一襆，至上谷遺訓。庾信詩：故人倘書札，黎陽土足封。《後漢紀》：朱浮《與彭寵書》曰：「河濱之人，捧土塞孟津，多見其不知量也。」按黎陽山，在大名府。

（一五）《東觀漢紀》：隗囂将王元説囂背漢，曰：「元請一丸泥，爲大王封函谷關。」

（一六）補注[一〇]。《廣異記》：有農夫耕地得劍，賈胡售以百萬，約明旦取之。農夫夜歸，庭中有石，偶以劍指之，石遂中斷。詰旦，賈胡載鏹至，視之，歎曰：「劍光已盡，不復買矣。此名破山劍，惟可一用，吾欲持之破寶山耳。」

（一七）見《紫玄序》。

（一八）詳《彭太翁啓》[一一]。《世説》：桓温曰：「人何以堪？」詳《萬柳啓》注。

（一九）《袁紹傳》：田典説紹曰：「與公爭天下者，曹操也。」庾信《傷心賦》：地鼎沸于袁曹。

（二〇）《國史補》：舊説董仲舒墓門，人至皆下馬，謂之下馬陵，語訛爲蝦蟆陵。《世説》：桓玄謂王大服曰：「犯我家諱，何預卿事？」

（二一）見《天章序》。

（二二）見《庭表序》。

（二三）揚雄《蜀記》：蜀王葬妃于成都，作石鏡一枚，徑二丈，高五尺，以表其墓。

（二四）見《子厚序》。

（二五）見《滕王賦》。

（二六）《莊子·田子方篇》：仲尼見温伯雪子，曰：「若夫人者，目擊而道存矣。」

（二七）見《三芝序》。

（二八）見《憺園賦》。

（二九）見《滕王賦》。

（三〇）《詞譜》：詞有減字偷聲調。按《木蘭花》，五十字。《減字木蘭花》，四十四字。

（三一）《宋書》：趙明誠同妻李易安善藏古，有《金石録》。

（三二）見《天篆序》。

（三三）見《琅霞序》。《鞏昌志》：秦屬隴西郡，漢曰天水，魏秦州。《漢書》：隗囂，成紀人，素豪俠。爲上将軍，名震西川。據隴西，後歸光武。杜詩：秦州城北寺，傳是[一二]隗囂宫。

（三四）見《滕王賦》。

（三五）《吴世家》：季子聘魯過徐。徐君好季札劍，札心知之，爲使上國，未獻。及使還至徐，徐君已死。解劍，繫徐君冢樹而去。

（三六）《列仙傳》：漢明帝永平中，劉晨與阮肇入天台山，見二女，止宿，行夫婦禮。後求去，指示原路。至家，子孫已七世矣。[一三]

（三七）見《無忝序》及《孝威序》。

（三八）《史記》：相如既奏《大人》之頌，武帝大悦，飄飄有凌雲之氣，似游天地之間意。

〔三九〕長平，見《翼王序》。綉鏃，見《玉巖序》。

〔四〇〕《杜詩集》有《大食刀歌》，注：大食，西方國名。《九域志》：舜奔蒼梧山，山有九峰，常有愁雲浮罩，莫辨陵寢所在。按宋牧仲得茶杯，曰「大食冰瓷也」，實庵因填此詞。

〔四一〕見《瀛臺序》注。

〔四二〕見《孝威序》。《九域志》：黄帝騎龍上天，小臣攀龍髯。龍髯拔，墮黄帝弓。乃抱其弓而號，因名其地曰鼎湖，弓曰烏號。

〔四三〕《左傳》：或叫于宋太廟曰：「嘻嘻出出。」後鳥鳴〔一四〕于亳社，如曰「嘻嘻」。注：火妖也。

〔四四〕見《素伯序》。

〔四五〕《國語》：申生之僕人曰：奇生怪，怪生無常。

〔四六〕見《素伯序》。

〔四七〕見《渭仁序》。

〔四八〕杜甫《曹霸丹青引》：將軍魏武之子孫。又曰：英雄割據雖已矣，文采風流今尚存。

〔四九〕見《渭仁序》。

〔五〇〕見《尺牘序》。

〔五一〕見《渭仁序》。〔一五〕

〔五二〕見《滕王賦》。李詩：雙吹紫鸞笙。

【校記】

[一]「江」，患立堂本、浩然堂本并作「河」。

[二]「陽」，原作「揚」，據諸本改。

[三]「與」，蔣刻本、患立堂本、浩然堂本并作「於」。

[四]「前」，患立堂本、浩然堂本并作「邊」。

[五]「屋」，原作「屋」，據諸本改。

[六]「卿」，原作「鄉」，據諸本改。

[七]「腥」，患立堂本誤作「醒」。

[八]此段題下小注，原脱，據亦園本、四庫本、文瑞樓本補。

[九]「其」，文瑞樓本誤作「曰」。

[一〇]「補注」二字，亦園本、四庫本、文瑞樓本并脱。

[一一]即卷十五《爲溧陽彭太翁太母七十雙壽徵詩啓》。

[一二]「是」，四庫本作「爲」。

[一三]「行夫婦禮。後求去，指示原路。至家，子孫已七世矣。」此句，亦園本、四庫本、文瑞樓本并作：「後至家，子孫已七世。按上注，指未央銅奩，非劉晨。」

[一四]「鳴」，原作「鳥」，據《左傳·襄公十三年》改。

［一五］此條注，四庫本脱。

錢寶汾詞序

五陵烟月，最説長安；三輔笙簫[一]（一），尤推鄠杜（二）。縣名盩厔[二]（三），樓前多織錦之妻（四）；殿是駁娑（五），闕下有横鞭之客（六）。於是貂蟬年少（七），金粉仙郎（八）。衛叔寶之體，不勝綺羅（九）；王夷甫之手，詎離珠玉（一〇）。時則柳衣染緑，荔帶垂青（一一）。鳴箏而過公主之園，挾瑟而上将軍之第（一二）。臺前故[三]仗，見南苑之參差（一三）；閣下傳餐（一四），望西山之葱鬱（一五）。李嶠爲秋雁之吟（一六），王維有紅豆之作（一七）。寫之玳瑁（一八），知才子之情多（一九）；譜以箜篌（二〇），驗佳人之巧笑（二一）。而[四]蛾眉善怨（二二），時懷故里之鶯花；蟬鬢工啼（二三），恒憶微時之娣姒。雲中射雁，偏愴晨風；花[五]後釣魚，常悲流水。絶憶稽[六]康之鍛（二四），慣思張翰之鱸（二五）。是則柳郎中小令，麗句雖多（二六）；牛給事新聲，愁端不少者矣（二七）。僕類楚狂（二八），偶來燕市（二九）。一聲《河滿》，憐司馬之青衫（三〇）；三疊《陽關》，羨尚書之紅杏（三一）。不揣題詞之贈，矧當判袂之時。逐秋風而竟去，余是愁人；望明月以相思，君真健者（三二）。

【箋注】

（一）五陵、三輔，見《渭仁序》。

（二）見《鷹垂序》。

（三）見《子厚序》。

（四）見《璿璣賦》。

（五）見《銅雀賦》。

（六）見《天章序》。

（七）見《半繭賦》。

（八）見《銅雀賦》及《楚鴻賦》。

（九）《晉書》：王丞相見衛洗馬曰：「居然有羸形，雖復終日調暢，若不堪羅綺。」[七]《西京賦》：似不任[八]乎羅綺。

（一〇）見《黄門序》。《王衍傳》：衍爲元城令，終日清談，而縣務亦理，每捉玉柄麈尾于手。同邑衍從兄戎嘗曰：「衍神姿高徹，如瓊林瑶樹云。」

（一一）《三峰集》：李固言行柳下，聞弹指聲，固言問之，應曰：「吾柳神九烈君，已用柳汁染子衣矣。果得藍袍，當以棗糕祠我。」後果臚傳[九]第一。《楚詞》：薜荔爲帶。

（一二）補注。

〔一三〕《儀衛志》：仗，劍戟總名。唐制，殿下兵衛曰仗。《漢舊儀》：始皇上林苑在渭南，後因名南苑。杜詩：憶昔霓旌過南苑。《大政記》：明南苑，方一百六十里，中有按鷹臺、三海子，皆元之舊也。

〔一四〕見《璿璣賦》。

〔一五〕見《閨秀序》。

〔一六〕《唐書》：李嶠字巨山。少時，夢人饋雙筆，自是有文名。與杜審言等爲文章四友。天寶末，明皇乘月登花萼樓，有進李嶠《水調》者，曰：「山川滿目淚沾衣，富貴榮華能幾時。不見祇今汾水上，年年惟有秋雁飛。」帝凄然曰：「嶠真才子也。」是年幸蜀，登白衛嶺，又歌是詩，悲不自勝。

〔一七〕見《素伯序》。

〔一八〕見《天篆序》。

〔一九〕見《海棠賦》。

〔二〇〕見《鷹垂序》。

〔二一〕《詩》。

〔二二〕《詩》。

〔二三〕見《琅霞序》。

〔二四〕見《半繭賦》。

〔二五〕見《九日序》。

〔二六〕見《浙西序》，詳《金天石序》。

〔二七〕《牛嶠傳》：牛嶠字松卿。王建鎮蜀，辟判官。後復仕蜀爲給事中，有詞行世。

〔二八〕見《井叔序》。

〔二九〕見《渭仁序》。

〔三〇〕《教坊記》：開元中，滄州歌者臨刑，進《河滿子》一曲以贖死。《劇談録》：武宗孟才人，每于御前歌《河滿子》一曲，聞者莫不涕零。後宫車宴駕，才人自縊。張祜詩：却爲一聲河滿子，下泉須吊孟才人。

〔三一〕王維詩：勸君更盡一杯酒，西出陽關無故人。《詩話》：唐人送别，每唱「渭城朝雨」之什。其法，下三句皆重唱，故曰三疊。或曰先唱七言，後除上二字唱五言，又除上四字唱三言，一步急一步，故云三疊也。又唐詩有《梁州歌》，第一疊則二疊者，猶今第一隻曲耳。《詩話》：宋祁〔一〇〕字子京，稱小宋。往見張子野曰：「欲見『雲破月來花弄影』郎中。」子野屏後呼曰：「得非『紅杏枝頭春意鬧』尚書耶？」

〔三二〕見《無忝序》。

【校記】

〔一〕「簫」，原作「承」，據諸本改。

［二］「厔」，原作「屋」，據諸本改。

［三］「故」，患立堂本、浩然堂本并作「放」。

［四］「而」前，蔣刻本、患立堂本、浩然堂本并有「然」字。

［五］「花」，患立堂本、浩然堂本并作「苑」。

［六］「稽」，蔣刻本、患立堂本、浩然堂本并作「嵇」。

［七］「羸」，原作「嬴」。又「日」，原文脱。均據《世説新語・容止》改、補。

［八］「任」，四庫本作「勝」。

［九］「臚傳」，四庫本誤倒爲「傳臚」。

［一〇］「祁」，原作「祈」，徑改。

金天石吴日千詞稿〔一〕序

嘗考夫聲音之道，自有淵源；詞賦之宗，遞爲泛濫。《白鳩》、《黄督》，曲調以短斷爲工〔一〕；《子夜》、《莫愁》，節奏以敏諧爲〔二〕聖〔二〕。是知齊梁之樂府，即唐宋之倚聲也〔三〕。自名花傾國，供奉擅俊逸之才〔四〕；金縷提鞋，後主秉綺羅之質〔五〕。教坊簾幕〔六〕，試艷曲於清狂〔七〕；平樂樓臺，弄新聲於輕薄〔八〕。詞有千家，業歸二李〔九〕。斯則綺袖之專門，紅牙之哲匠矣。若易安之婉孌清新，屯田之温柔倩媚〔一〇〕，雖爲風雅之罪人，實則閨房之作者。由斯以降，我無譏焉〔一一〕。

嗟夫！北怨馬嵬，空留羅襪〔一二〕；南悲鳳閣，不見秦樓〔一三〕。聲聲玉樹，終傷南國之魂〔一五〕；步步金蓮，長下東昏之淚〔一六〕。相逢家令，猶有内人〔一七〕；問説玄宗，豈無宫女〔一八〕？三千小妾，思唱李花〔一九〕；二八妖童，誰餐桃子〔二〇〕？哀傷奚極，悱惻何言。况復紫塞琵琶〔二一〕，盡是帝城之蕩婦〔二二〕；黄沙觱篥〔二三〕，都爲朱邸之名姬〔二四〕。笙上《金蛾》〔二五〕，半翻《回紇》〔二六〕；弦前《火鳳》〔二七〕，别譜龜兹〔二八〕。於是抱撥捍〔三〕而私彈〔二九〕，撫箜篌而暗操〔三〇〕。岐王宅裏，豈知北地之歌〔三一〕？胡后宫中，不類南朝之曲〔三二〕。時則有家居盩厔〔四〕〔三三〕，幼富才情；縣近金陵，長憐歌舞〔三四〕。自誇善曲，不事金吾〔三五〕；慣倚能仙，思調玉女〔三六〕。遂乃巧製珊瑚之扇，初成琥珀之床〔三七〕。流蘇以縷彩〔五〕爲絲〔三八〕，壓角以明珠作押〔三九〕。被之小令，度以名倡。五侯馳才子之名，七貴虚上賓之席〔四〇〕。吹簫夜出，挾瑟晨歸。洵可以矜天上之弄臣，廢人間之宫體矣〔四一〕。爰命狂夫，起而爲序。卸輕紅之衫子，親展銀箏〔四二〕；擲雜彩之帩頭〔四三〕，坐移寶柱〔四四〕。須知天涯落魄〔四五〕，無非傅粉之人〔四六〕；地角流連，總屬熏香之客爾〔四七〕。

【箋注】

（一）《南齊・樂志》：晉詞有《白鳩篇》，略曰：「翩翩白鳩，載飛載鳴。」晉清商曲詞有《黄督》二曲，略曰：「喬客他鄉人，三春不得歸。」

（二）子夜，見《二齋序》。莫愁曲，見《皇士序》。

（三）《詩品》：陸務觀云：「倚聲製詞，起于唐之季世。」《漢書》：戚夫人抱琴而歌，曰倚歌。

（四）《唐・李白傳》：白爲翰林供奉，嘗作《清平調》，有曰：「名花傾國两相歡，常得君王帶笑看。」

（五）《五代十國詞集》：南唐後主李煜作《子夜調》，其略曰：「花明月暗籠輕霧，今霄好向郎邊去。刬襪步香階，手提金縷鞋。」

（六）見《雪持序》注。

（七）艷曲，見《禹平序》。清狂，見《浙西序》。[六]

（八）《東京賦》：其西則有平樂都城，視遠之館。注：漢明帝永平五年，至長安，悉取飛簾并銅馬，置之西門外，爲平樂館。曹植詩：我歸宴平樂。新聲，見《皇士序》。《北史》：魏收在京洛，輕薄尤甚。

（九）見篇上。

（一〇）《詞集》：李清照字易安，格非之女，嫁趙明誠，有《漱玉詞集》一卷。《柳永傳》：永爲景祐元年進士，官至屯田員外郎。嘗好爲淫冶之曲，傳播四方。

（一一一）見《佳山序》。

（一一二）《國史補》：楊妃死于馬嵬黎樹下。店嫗得錦襪一隻，過客傳玩，每出百錢，由此致富。

（一一三）見《商尹序》。

（一一四）見《藝圃序》注。

（一一五）見《滕王賦》。

（一一六）見《皇士序》。按齊寶卷廢爲東昏侯。

（一一七）古樂府《陌上桑》序：王仁爲趙王家令，娶秦女，名羅敷。詳《納姬序》。〔七〕

（一一八）見《良輔序》。

（一一九）見《滕王賦》。

（一二〇）《韓非子》：彌子瑕食桃而甘，不盡，而奉衛君。

（一二一）見《海棠賦》。

（一二二）梁元帝《蕩婦賦》：愁縈翠眉斂，啼多紅粉漫。

（一二三）見《天章序》。

（一二四）朱邸，見《滕王賦》。

（一二五）補注。

（二六）見《雪持序》。

（二七）《春秋元命苞》：火離爲鳳。《唐會要》：貞觀中，有裴神符者，妙解琵琶，作《勝蠻奴》、《火鳳》、《傾杯樂》三曲，太宗愛之。李義山詩：撥弦驚火鳳。

（二八）見《雪持序》。

（二九）《樂府雜録》：琵琶，以蛇皮爲槽，以楸木爲面，其捍撥以象牙爲之。《海録碎事》：琵琶面上當弦，或以金塗爲飾，所以捍護其撥，名金捍撥。見《琅霞序》。

（三〇）見《鷹垂序》。

（三一）《唐書》：惠文太子範，睿宗第四子，封岐王，好學工書。《世説補》：李龜年嘗至岐王宅，聞琴曰：「此秦聲。」良久，又曰：「此楚聲。」後問之前弾者，隴西沈妍；後弾者，楊州薛滿。杜詩：岐王宅裏尋常見。

（三二）《梁書》：北魏楊白華，武都仇池人。胡太后逼幸之，白華懼禍，奔梁。太后追念，乃作《楊白花之歌》，有云：「陽春二三月，楊柳齊作花。」令宮人歌之，其聲凄楚云。按柳宗元詩：楊白花，風吹渡江水。即擬胡后曲也。

（三三）見《子厚序》。

（三四）《金陵志》：楚威王望秣陵有黄氣，埋金鎮之，曰金陵。

（三五）補注。《古今注》：金吾，車軸棒也，以銅爲之，金塗两末。[八]御史大夫、司隸校尉亦得執焉。光武曰：「仕宦當爲執金吾。」辛延年《羽林郎》詩：胡姬年十五，春日獨當罏。男兒愛後婦，女子重前夫。多謝金吾子，私愛徒區區。

（三六）《天上玉女記》：魏濟北從事掾弦超字義起，以嘉平中夜獨宿，有神女來從之，自稱天上玉女，遣令下嫁。張茂先爲作《神女賦》。

（三七）補注。《釵小志》：楚娘，名妓也。江都王寵之，寢玳瑁之床，翡翠之帳。徐陵詩：正應私将琥珀枕，暝暝來上[九]珊瑚床。江總詩：盈盈扇掩珊瑚唇。

（三八）《北史》：石虎冬日施熟錦流蘇斗帳，安純金龍頭，銜五色流蘇，四角安金香爐。徐陵詩：流蘇錦帳挂香囊。

（三九）《漢武故事》：以白珠爲簾箔，玳瑁押之。

（四〇）《前漢書》：成帝舅氏王譚、王根、王立、王商、王逢五人，同日封侯。潘岳《西征賦》：窺七貴于漢庭。庾亮表：西京七族。注：李、霍、上官、趙、丁、王、傅也。江總詩：五侯新拜罷，七貴早朝歸。李詩：五侯七貴同杯酒。

（四一）補注。

（四二）補注。

（四三）《樂録》：舊俗賞歌人，以錦彩置之頭上。凡宴賞加惠，借以爲詞。有《錦纏頭》曲。

（四四）見《琅霞序》。

（四五）《漢書》：酈食其家貧落魄。

（四六）見《銅雀賦》。

（四七）徐陵詩：風流荀令好兒郎，偏能傅粉復熏香。庾信詩：荀令熏鑪更换香。

【校記】

［一］「詞稿」前，患立堂本、浩然堂本并有「二子」二字。

［二］「爲」，患立堂本、浩然堂本并作「稱」。

［三］「撥捍」，患立堂本、浩然堂本并作「捍撥」。

［四］「屋」，原作「屋」，據諸本改。

［五］「縷彩」，蔣刻本、患立堂本、浩然堂本并作「彩縷」。

［六］此條注，亦園本、四庫本、文瑞樓本并作：「按《魏都賦》：僕倘清狂。見《浙西序》。」

［七］此條注，亦園本、四庫本、文瑞樓本并作：「《齊書》：沈約爲太子家令，文惠宫人與語齊事。又家令王仁，詳《納姬序》。」

［八］「補注。《古今注》：金吾，車軸棒也，以銅爲之，金塗两末。」此一段注，亦園本、四庫本、文瑞樓本并作：「李頴詩：題聞金吾，妓唱梁州。《古今注》：金吾，車軸，銅爲之。」又四庫本，「李頴」作「李頻」。

［九］「上」，原文脱，據逯欽立《先秦漢魏晉南北朝詩・陳詩卷五》補。又「止」，應作「衹」。

葉桐初詞序

門邊蕙葉，葉盡生花（一）；車裏璧人，人皆有集（二）。則有齒逾終賈（三），文邁班張（四）。黄童既門第無雙（五），謝客復詩名第一（六）。而乃丁年孤露（七），丙舍凋殘（八）。少依舅宅，魏舒實寧氏之甥（九）；長贅婦家，樂廣以衛郎爲婿（一〇）。鷄籠山下，新移坦腹之床（一一）；鴛水湖頭，舊築渭陽之館（一二）。緯蕭托業，少賤奚堪（一三）；采梠爲生，長貧不免（一四）。然且桐號孤生，還思向日；藥名獨活，只欲摇風（一五）。千篇綉虎（一六），揮完河北之箋（一七）；五夜雕龍（一八），擘盡膠東之紙（一九）。月明湓浦，非無灑[一]酒之篇（二〇）；花落臺城，亦有隔江之曲（二一）。風中弄笛，吟九派之銀鼉（二二）；山半調笙，舞一天之彩鳳（二三）。固已聲華藉甚，才調斐然者矣。

憶僕年時，逢君客裏。鮑照[二]城在臨河，則面面朱欄（二四）；蕭統樓存夾巷，則家家瓊樹（二五）。加以陶士行政[三]之官北上（二六），王茂弘適晝室南來（二七）[四]。千官祖餞，舸舳迷[五]津；百里追陪，衣冠滿座。與君此日，頗多嬉笑之言；顧我何人，亦有激昂之作。别幾何時，歡真不再。詎意風寒易水，盡遺[六]荆軻(二八)；何圖草蔓燕臺，忽逢樂毅(二九)。遂班荆而叙舊(三〇)，爰敷衽以論心(三一)。示我以詞，命爲之序。

嗟乎！曾聞長者，呵《蘭畹》爲外篇；大有時賢，叱《花間》爲小技(三二)。十年艷製，坐收輕薄之名(三三)；一卷新詞，横受俳優之目(三四)。人譏周勃，僅解吹簫(三五)；世笑禰衡，惟工撾鼓(三六)。噬臍莫及(三七)，捫舌難追(三八)。乃猶甐不更弦，老偏見獵(三九)。恣情標榜，何能增才子之名；竭力賡揚，衹恐益小人之過。然而結習寧忘，鄙懷有在。遇成連於海上，情終以此而移(四〇)；見美麗於山中[七]，口遂不能無道云爾(四一)。(四二)

【箋注】

(一)見《祖德賦》。何遜詩：階蕙漸翻葉。

(二)見《雪持序》。

(三)終童，見《黄門序》。賈誼，詳《賀周序》。

(四)《晉書》：張華見左思《三都賦》而歎曰：「張、班之流也。」注：班固、張衡也。

(五)見《琴怨序》。

(六)見《素伯序》。

(七)見《良甫序》。

〔八〕補注。

〔九〕《晉書》：魏舒字陽元，少爲外家寧氏所養。寧氏起宅，相宅者云：「當出賢甥。」舒曰：「當爲外氏成此宅相。」

〔一〇〕見《尺牘序》。

〔一一〕《金陵志》：府治東北覆舟山之石，舊名鷄籠山，後名鷄鳴山。雷次宗開館于此。《世説》：郗鑒使人求婿于王導，令遍覩子弟。歸謂鑒曰：「王氏諸少并佳，然聞信至，咸自矜式，惟一人東床坦腹，卧食胡麻餅，獨若不聞。」鑒曰：「此佳婿也。」訪之，乃羲之也，以女妻之。

〔一二〕鴛水，見《皇士序》。《世説》：魏明帝爲外祖母築館于甄氏，既成，謂左右曰：「當何以名？」侍中繆襲曰：「陛下此館之興，情鍾舅氏，宜以渭爲名。」

〔一三〕《莊子》：河上有家貧，恃緯蕭而食者。注：緯，織也。蕭，蒿也。

〔一四〕《晉·隱逸傳》：夏統字仲御，會稽人，幼孤貧，事母孝。每采梠求食，不肯〔八〕仕。太尉賈充怪之，曰：「此是吴兒，木人石心。」後不知所終。

〔一五〕見《丁香賦》。

〔一六〕見《祖德賦》。

〔一七〕見《尺牘序》。

〔一八〕見《三芝序》。

（一九）見《尺牘序》。

（二〇）詳《梧月序》。

（二一）見《鴻客序》。

（二二）詳《觀槿序》注。《晉書》：桓伊聞王徽之名，踞胡床而作《笛聲三弄》。注：《笛譜》有《梅花三弄》。郭璞《江賦》：源二分于崌崍，流九派于潯陽。注：江于此分爲九道。《書》所稱「九江孔殷」是也。[九]銀黿，補注[一〇]。

（二三）見《滕王賦》。

（二四）《文苑》鮑照作《蕪城賦》，有云：登廣陵故城。

（二五）《一統志》：揚州文選樓，梁昭明太子集名士于此撰《文選》。

（二六）見《滕王賦》。

（二七）見《鴻客序》。

（二八）見《智修序》。

（二九）詳《田太翁啓》。

（三〇）見《禹平序》。

（三一）見《九日序》。

（三二）詞選有《蘭畹集》、《花間集》。歐陽炯《花間序》：唐衛尉少卿字弘基，集詞十卷，爲

《花間集》。

（三三）見《金天石序》。

（三四）詳《觀槿序》。

（三五）《史記》：周勃微時，常爲人吹簫給喪事。

（三六）見《雪持序》。

（三七）《左傳》：鄧騅甥、聃甥、養甥請殺楚子，曰：「彼君噬臍，其及圖之乎？」注：若噬腹臍，喻不可及。

（三八）《詩》。

（三九）董仲舒策：譬之琴瑟不調，必取而更張之，乃可鼓也。《語録》：大程夫子曰：「少好獵，後戒之。」十餘年，見獵復心喜。

（四〇）見《井叔序》。

（四一）《國策》：趙王欲請中山陰姬，司馬喜曰：「臣竊見其佳麗，口不能無道爾。即欲請之，非臣所敢議。」

（四二）附注：鍾繇帖：墓田丙舍，欲使一孫于城西，一孫于都尉府，此繇家嫡正之良者也。［一二］

【校記】

［一一］「灑」，患立堂本、浩然堂本并作「釃」。

［二］「照」，蔣刻本、患立堂本、浩然堂本并作「昭」。

［三］「政」，浩然堂本作「正」。

［四］此句後，患立堂本、浩然堂本并有小注：「余昔與桐初作客廣陵，正值合肥龔夫子以大司馬還朝。」

［五］「迷」，患立堂本、浩然堂本并作「彌」。

［六］「盡遺」，患立堂本、浩然堂本并作「重遘」。

［七］「山中」，患立堂本、浩然堂本并作「中山」。

［八］「肯」，原作「背」，據亦園本、四庫本、文瑞樓本改。

［九］「《書》所稱『九江孔殷』是也。」此句，亦園本、四庫本、文瑞樓本并缺。

［一〇］「銀鼉，補注」，亦園本、四庫本、文瑞樓本并作：「李賀詩：山潭晚霧吟白鼉。補注。」

［一一］此條附注，據亦園本、四庫本、文瑞樓本補。

陳檢討集卷十

宜興陳維崧其年撰　皖江程師恭叔才注

序

閻牛叟貫花詞序(一)

昔言新婦，宜配參軍(二)；共説傾城，足當名士(三)。唐家白傅，園留楊柳纖腰(四)；宋室坡公，坐擁雲藍小袖(五)。咸哀窈窕(六)，并縱清狂(七)。雖老去而恒然，在詩人爲尤甚。適遭[一]渦河之遠使，郵來淮上之新聞(八)。云有蛾眉，歸於牛叟。時則南朝親懿，北府朋游(九)，爭裁却扇之詞，競製催妝之曲(一〇)。文成綺密，述才子之鍾情(一一)；旨托新清[二]，敘狂奴之故態(一二)。縱《易》言生稊，未[三]可深嘲(一三)；況《詩》美夭桃，能[四]無遥妒(一四)。獨是七載恒鰥，終年獨宿。盆纔罷鼓，尚餘愀愴之思(一五)；簫已重吹，忽作柔靡之想(一六)。何來曼倩，頻娶小妻(一七)；豈有安仁，頓忘大婦(一八)？常情爲之揣度，俗士加以然疑。不知思纏故劍，所貴明其本懷(一九)；誼篤遺簪，尤在全其初志(二〇)。若使一乖伉儷之歡，長隔房幃[五]之愛(二一)。則是斷謝公之絲竹，觸景蒼涼(二二)；遺陶令之琴樽，暮年蕭瑟(二三)。牙籤粉軸，疇事校讎；茗碗笛床，誰爲總管。徒增逝者之悲，轉掩前人之德。何况含弘雅量，昔已賡樛木於生前；誰云婉孌深恩(二四)，不願接桃根於歿[六]後(二五)。此泥雖粘絮，原非太上之忘情(二六)；而蚌必生珠，堪作詞場之佳[七]話也(二七)。斯語未終，先生曰善。《貫花》輯罷，敢重祈玄宴之篇(二八)；《兑閣》吟餘，慎[八]莫厭發棠之請(二九)。

【箋注】

（一）原注：牛叟向有悼亡之戚，曾爲賦《兑閣遺徽詞》十首。今新納小姬，同人贈句，顔以《貫花》，仍爲製序。[九]

（二）見《皇士序》。

（三）見《琴怨序》。《梁詩紀》：劉長史有名士，悦傾城詩，同時多和之。

（四）見《琴怨序》。

（五）《侍兒小名録》：東坡侍妾曰朝雲，字子霞，姓王氏，錢塘人。又有榴花。後朝雲死海外，榴花獨存。

（六）《詩》。

（七）見《浙西序》。
（八）《水經注》：渦河水東流。經鳳陽與淮谷。
（九）見《尺牘序》。
（一〇）《通鑒》：中宗戲竇從一，以老乳母王氏嫁之，令從一誦《却扇詩》數首。注：唐人成昏之夕，有《催妝詩》、《却扇詩》。
（一一）見《海棠賦》。
（一二）《嚴光別傳》：子陵與侯司徒書曰：「君房足下，懷仁輔義天下悦，阿諛順旨腰領絶。」侯得書奏之，帝笑曰：「此狂奴故態。」
（一三）《易》：枯楊生稊。
（一四）《詩》。
（一五）見《井叔序》。
（一六）見《藝圃序》。
（一七）見《看奕賦》。
（一八）見《渭仁序》。
（一九）《漢·宣帝紀》：帝即位，公卿議立皇后，皆心擬霍将軍女。上乃詔求微時故劍，大臣知指，白立許婕妤爲皇后。

〔二〇〕《韓詩外傳》：少原之野有婦人，刈蓍薪而失簪，哭甚哀。孔子曰：「何悲也？」婦人曰：「非傷亡簪也。吾所以悲者，不忘故也。」并見《丁香賦》注。

〔二一〕《五帝編》：伏羲始制嫁娶，以儷皮爲禮。注：古者衣皮，雙皮取伉儷之義。《左傳》：齊侯請繼室於晉，叔向曰：「寡君未有伉儷，君有辱命，惠莫大焉。」

〔二二〕見《修禊序》。

〔二三〕晉《陶潛集》〔一〇〕：清琴横床，濁酒半壺。

〔二四〕《詩》。

〔二五〕見《琴怨序》。

〔二六〕參寥《贈妓詩》：禪心已作粘泥絮，不逐東風上下狂。忘情，見《海棠賦》。

〔二七〕詳《潘母啓》。

〔二八〕見《天章序》。

〔二九〕《孟子》。

【校記】

〔一〕「遭」，患立堂本、浩然堂本并作「遘」。

〔二〕「新清」，患立堂本、浩然堂本并作「清新」。

〔三〕「未」前，患立堂本有「而」字。

［四］「能」前，患立堂本有「而」字。

［五］「幃」，患立堂本、浩然堂本并作「帷」。

［六］「歿」，患立堂本、浩然堂本并作「没」。

［七］「佳」，患立堂本、浩然堂本并作「嘉」。

［八］「慎」，原脱，據蔣刻本、患立堂本、浩然堂本補。

［九］此段注，有美堂本、亦園本、蔣刻本、浩然堂本、四庫本、文瑞樓本皆作題下小注，且有美堂本、亦園本、四庫本、文瑞樓本并冠以「原注」二字，只患立堂本作「序」，置於正文前。又「製序」，患立堂本、浩然堂本并作「製叙」。

［一〇］「集」，四庫本作「傳」。

蔣京少梧月詞序

銅官崎麗（一），将軍射虎之鄉（二）；玉女崢泓（三），才子雕龍之藪（四）。城邊水榭，迹擅樊川（五）；郭外釣臺，名標任昉（六）。雖溝塍蕪没，難詢坡老之田（七）；而隴樹蒼茫，尚志方回之墓（八）。一城菱舫，吹來《水調歌頭》（九）；十里茶山，行去《祝英臺近》（一〇）。

鵝笙象板(一一)，户習倚聲(一二)；苔網花箋(一三)，家精協律(一四)。居斯地也，大有人焉。僕也十年作賦，愧遜陳琳(一五)；三徑論交，欣逢蔣詡(一六)。其人也九侯第宅(一七)，四姓衣冠(一八)。家風通顯，東京蕭育之家(一九)；門第清華，北魏崔倰[一]之宅(二〇)。夫其幼敏才情，早耽經史。行間芍藥(二一)，盈箱潘岳之花(二二)；字裏葡萄(二三)，滿篋丘遲之錦(二四)。王恭逸態，濯楊柳於月中(二五)；謝朓清文，爛芙蓉於日下(二六)。文兼各體，傅鶉觚博奧之宗(二七)；詩備諸家，劉越石清剛之選(二八)。而乃名同小宋，妙解音聲(二九)；系出竹山，尤工樂府(三〇)。於是温家助教，紅蠟填詞(三一)；薛氏侍郎，銀箏製曲(三二)。阿灰善怨，不乏畫簾微雨之吟(三三)；花蕊工愁，相傳馬上鵑聲之作(三四)。櫻桃隔葉(三五)，時遇順郎(三六)；簫鼓逢場，還迎車子(三七)。年年麗製，溯北里之羅裙(三八)；夜夜香詞，灑東鄰之粉壁(三九)。蓋《摸魚》、《戀蝶》，即是《皇[二]華[三]》、《赤雁》之遺音(四〇)；而《六醜》、《三臺》，依然《白苧[四]》、《紅鹽》之換調(四一)。審其格律，直追屈宋風騷(四二)；揆厥源流，詎雜金元爨舞(四三)。

且也黄香純孝，屢歲從親(四四)；庾信多才，頻年去國(四五)。大江西上，長空之樓櫓何多；烏鵲南飛，獨夜之關山不少(四六)。琵琶亭下，三更逢商婦之船(四七)；章貢門前，千里斷降王之信（四八）。霜纏綉戟，依稀陶侃之空營（四九）；雨洗珠鈿，仿佛灌嬰之剩瓦（五〇）。遥攀九疊，羡匡續之成仙（五一）；極眺雙孤，笑彭郎之未嫁（五二）。躊躕已甚，憤恨何言（五三）！無何而盆浦迴帆，仍過澧浦（五四）；潯陽捩柁，復上衡陽（五五）。銀瀧珠沫（五六），庾元規開府之鄉（五七）；白日青天，甘興霸横戈之地（五八）。檣飛湖口，一片神鴉（五九）；席挂湘中，數聲山鷓（六〇）。楚天染黛，只想成烟（六一）；巫嶺銜丹，還思行雨（六二）。細腰宫内，問羅綺以何年（六三）；墮淚碑前，悵繁華之不見（六四）。黄蘆苦竹，偏傷羈客之心；碧杜紅蘭，例入騷人之詠。時則《竹枝》乍唱，已付船娘（六五）；《囉嗊》纔歌，便填瑟部（六六）。援毫以賦，題名赤帝之宫（六七）；擁楫而吟，托興黄陵之廟（六八）。况復飄飄短鋏，再涉金臺（六九）；落落单衫，重窺石鼓（七〇）。野鷹臺迴，恒邀朔客以呼盧（七一）；墮馬妝妍，聊過燕姬而貰酒（七二）。

嗟乎！霜零碣石（七四），樹何葉以非黄；日匿漁陽（七五），山無峰而不紫。《霓裳》拍散（七六），人間無擫笛之賓（七七）；《穆護》歌殘（七八），天上少吹笙之侣（七九）。乃李謩江上，尚剩遺宫（八〇）；而賀老筵前，還留舊本（八一）。遂移商而刻羽，約有千篇（八二）；爰滴粉以搓酥，厘爲一卷（八三）。綿駒善唱，要爲自訴其生平（八四）；《阿鵲》成歌，祇以代陳其辛苦（八五）。如傳紫塞，龍城綉李益之詞（八六）；倘播紅樓，鳳紙寫韓翃之句（八七）。

【箋注】

（一）《述異録》：漢時，陽羨長袁玘常言「死當爲神」。一夕，痛飲卒，風雨失其柩。夜，荆山有數千人啖聲，鄉人往視，棺已成冢。俗呼銅官山，屬宜興。按湖州武康縣、蜀之卭州俱有銅官山。長沙有銅官渚。西安同官縣，古曰銅官。附辨於此。

（二）《晉書》：周處，陽羨人，不修細行。父老曰：「南山虎、橋下蛟并子，爲三害。」處遂入山射虎，投水斬蛟。乃造見二陸，士龍勉以力學，官中丞。今宜興有周将軍廟。

（三）《宜興志》：張公洞西南有玉女潭，舊傳玉女修煉于此。

（四）見《三芝序》。

（五）《杜牧之傳》：牧，萬年人，乃樊噲所封地，昔稱樊川，人因號牧爲杜樊川。嘗寓宜興荆溪，上有水榭，題句云：「他年雪中棹，陽羨訪吾廬。」

（六）《常州志》：任昉嘗爲郡守。宜興荆溪上有任公釣臺。

（七）《東坡别傳》：公嘗買田陽羨，欲于此間種橘，構一亭，名曰楚頌。後卒宜興，傳有東坡書院。

（八）《一統志》：宋人賀鑄字方回，墓在陽羨。《述異志》：南北時，方回爲人所劫，欲其道。

回化身而去，更以一丸泥封其户，以方回印印之。

（九）《樂苑》：《水調歌》，始隋煬帝鑿汴河，製此曲。唐用其名。《外史檮杌》：王衍泛舟，自製水調《銀漢曲》。《明皇雜録》：禄山犯闕，帝欲幸蜀，時有進《水調歌》，唱李嶠「山川滿目淚沾衣」是也。

（一〇）《常州志》：善卷洞，即祝英臺故宅。南有祝臺，其讀書處也。《詞譜》：詞有《祝英臺近》一調。或無「近」字，又名《月底修簫譜》。

（一一）李長吉詩：天君夫人踏雲語，冷風颯颯吹鵝笙。又：王子吹笙鵝管長。

（一二）見《金天石序》。

（一三）見《尺牘序》注。

（一四）見《琅霞序》。

（一五）見《無忝序》。

（一六）《高士傳》：漢蔣詡字元卿，嘗于舍前竹下開三徑，惟故人求仲、羊仲從之游。哀帝時，爲兖州刺史。後王莽居攝，歸卧不出。

（一七）《招魂》：九侯淑女，多迅衆些。

（一八）見《璿璣賦》注。

（一九）《後漢書》：蕭育字次君，爲執金吾，乃蕭望之之子也。

（二〇）見《少楹序》。

（二一）見《三芝序》。

（二二）見《楚鴻序》。

（二三）見《三芝序》。

（二四）《江淹別傳》：淹罷政，時泊禪靈寺渚，夢張景陽，謂曰：「前以匠錦相寄，今可見還。」探懷數尺，與之。此人大恚曰：「那得割絶都盡？」顧丘遲曰：「餘此以遺君。」

（二五）見《得仲序》。

（二六）《詩話》：謝脁字玄暉，文章清麗，善草隸，長五言。鮑照曰：「謝五言詩，如初日芙蓉，自然可愛。」一作鮑照稱謝靈運，詳後《竹逸序》。

（二七）見《雪持序》。

（二八）見《素伯序》。

（二九）見《寶汾序》注。

（三〇）《人物志》：蔣勝欲字竹山，義興人，有《竹山詞》。

（三一）見《樂府補序》。按温飛卿仕終國子助教，集中有詞云：「玉爐香，紅蠟淚，偏照畫堂秋思。」

（三二）《五代十國詞》：薛昭藴仕至侍郎。銀箏曲，補注。

（三三）《詞綜箋》：張曙小字阿灰，侍郎禕子，工于詞，嘗作《浣溪紗》詞，云「黄昏微雨畫簾垂」。

（三四）花蕊，見《良輔序》。《詞譜》：花蕊夫人有《采桑子》半闋，云：「纔離蜀道心将碎。離恨綿綿，春日如年，馬上時時聞杜鵑。」

（三五）見《海棠賦》。按唐人春日有櫻桃會。

（三六）《唐詩絶》：劉禹錫有《聽田順郎歌》絶句。

（三七）補注。按《鬼神志》：周犨家貧，司命曰：有張車子財可假之。［五］又《洞仙傳》：車子候者，扶風人，爲侍中，一朝仙去。漢武帝思之，作《車子候歌》。附注。

（三八）唐孫棨《北里志》：平康里入北門，諸妓所居。

（三九）見《楚鴻序》。

（四〇）《教坊記》：唐明皇製《摸魚子》調，一名《摸魚兒》。《詞譜》：《蝶戀花》，乃采梁簡文帝樂府「翻階蛺蝶戀花情」爲名也。皇華，補注。《漢書》：孝武幸東海，獲赤雁，作《朱雁》之歌。

（四一）《詞綜箋》：詞有《六醜》一調。又今之《啐酒三十拍曲》名《三臺》。按王建詩有《宫中三臺》、《江南三臺》題。漢樂府有《白苧歌》，元曲譜有《烏角鹽》、《紅鹽》。《通考》：鹽者，途引歌曲。見《子厚序》。

（四二）見《楚鴻序》注。

（四三）《輟耕録》：院本五花爨弄。或曰：宋徽宗見爨人來朝，衣装鞋履巾裹，傅粉墨，舉動如此，使優人效之以爲戲。諸雜院爨如《三跳澗爨》、《百果爨》、《百花爨》，不一其名。
（四四）《孝子傳》：漢黄香年九歲失母，事父盡孝。夏月扇枕席，冬則以身温被。
（四五）見《滕王賦》。
（四六）見《懸圃序》。
（四七）見《良輔序》。
（四八）《吉安志》：府城東，章、貢二水相合流，至萬安界，凡十八灘。降王，見《子厚序》。
（四九）《陶侃别傳》：侃爲江夏太守，加督護諸軍。後以荆州刺史移鎮沔口，卒于武昌樊口。士民立廟府城北。
（五〇）見《滕王賦》。按南昌府灌嬰城古迹，相傳雨後有拾珠鈿者。
（五一）見《滕王賦》。
（五二）《九域志》：大、小孤山，俗誤爲姑。澎浪磯，誤爲彭郎。云彭郎、小姑婿也。坡詩：舟中賈客莫謾狂，小姑前年嫁彭郎。
（五三）見《懀園賦》。
（五四）《郡國志》：昔有人洗銅盆，墮水，見一龍負水而出，因名湓浦，在九江德化縣。《水經注》：澧水，由慈利達石門澧州。

（五五）《九江志》：府城北有潯江。《衡州志》：衡陽縣屬郡郭。

（五六）《廣韻》：急流謂之瀧。馬融賦：瀑滈噴沫。郭璞《江賦》：揮弄洒珠，拊拂瀑沫。

（五七）見《滕王賦》。

（五八）《吴志》：甘寧字興霸，巴西人。奔吴，謂權曰：「宜定荆襄，漸規巴蜀。」遂西擊黄祖，破斬之。後攻曹操于烏林，攻曹仁于南郡。詳《銀臺啓》。《三國志》：甘寧随魯肅鎮益陽〔六〕，拒關羽，曰：「羽聞吾咳唾，不敢涉水。」

（五九）《風土記》：甘寧戰死，神鴉翼覆其尸。有遺壘。至今田家鎮上下三十里神鴉乞食，集桅頂，得則飛去。杜詩：迎棹舞神鴉。

（六〇）杜甫詩：挂席拾海月。鄭谷《鷓鴣詩》：相呼相唤湘江曲。

（六一）見《井叔序》。

（六二）見《良輔序》。

（六三）《後漢》：馬賡疏：諺曰：「楚王好細腰，宫中多餓死。」《岳州志》：華容縣有細腰宫，楚靈王貯美人于此。

（六四）《襄陽記》：祜嘗游峴山，襄陽人建碑立廟于峴首。後祜卒，歲時祭祀。望其碑者，無不流涕，因謂之墮淚碑。

（六五）《樂録》：竹枝之音起於巴蜀。唐人所作，皆言蜀中風景，後人因效其體，于各地爲之。

（六六）《全唐詩話》：《囉嗊曲》，作於唐妓劉采春，一名《望夫歌》。元稹《贈劉詩》：「更有惱人腸斷處，選詞能唱望夫歌。」即此曲也。囉嗊，猶言未囉。又金陵有囉嗊樓。

（六七）《夔州志》：先主卒永安宫，故有先主廟。按黄州府亦有永安城。按漢爲赤帝。

（六八）《荆州志》：黄牛峽神嘗佐禹治水，有功。諸葛亮建黄陵廟于夷陵州。《長沙志》：劉漢表祀舜二妃，建黄陵廟，在湘陰縣北四十里。

（六九）見《九日序》。

（七〇）《書斷》：石鼓文，諷周宣王畋獵之作，周太史史籀書之。《事原》：宣王岐陽之獵，有碣石籀篆，其形似鼓。初，在陳倉野中，鄭餘慶遷之鳳翔，元移燕京，今在國子監中。

（七一）《劉表别傳》：表好鷹，常登臺歌《野鷹來曲》。宋玉《招魂》：成梟而牟，呼五白兮。《貴耳集》：牟，即盧也。五白盧、梟雉，犢塞博齒也。《宋書》：劉毅于東府聚樗蒱。毅次擲得雉，大喜。劉裕惡之，因援五木，既而四子俱墨，其一子躍未定。裕厲聲唱之，即成盧。《北史》：慕容寶與韓黄、李根等摴蒱，誓願得三盧。于是三擲盡盧，袒跣大叫曰：「呼盧。」李翺《五木經注》：雉爲二，梟爲六，盧爲四。按盧，如今之博采有猪有豹。

（七二）見《皇士序》。

（七三）詳《納姬序》。

（七四）見《九日序》。

（七五）曹植詩：白日忽西匿。《順天志》：秦爲上谷漁陽地，晉、唐曰范陽。

（七六）見《良輔序》。

（七七）見《楚鴻序》。

（七八）《詞品》：樂府有《穆護砂》，隋朝曲也。與《水調》、《河傳》同時，皆隋開汴河時，辭人所製勞歌也。

（七九）見《滕王賦》。

（八〇）見《素伯序》注。

（八一）見《子厚序》。《連昌宫詞》：賀老琵琶定場屋。

（八二）見《天章序》。

（八三）見《浙西詞序》。

（八四）《孟子》。

（八五）見《子厚序》注。

（八六）崔豹《古今注》：秦築長城，土色皆紫，漢塞亦然。或曰草生紫色。龍城，補注。《唐書》：李益長于詩，每一篇成，樂工爭求之。至《征人早行篇》，天下皆施之繪圖。

（八七）《詩話》：韓翃字君平，能詩，善宫詞，號大曆才子。德宗召還爲駕部郎中，知誥詔。時有兩韓翃，奉旨者請之，帝寫其詩，曰乃「日暮漢宫傳蠟燭，青烟散入五侯家」者，因以君平應詔。李義山詩：收将鳳紙寫相思。見《尺牘序》。

【校記】

［一］「悛」，原作「悛」，據蔣刻本、患立堂本、浩然堂本改。

［二］「皇」，患立堂本、浩然堂本并作「黄」。

［三］「華」，浩然堂本誤作「花」。

［四］「苧」，患立堂本作「紵」。

［五］「補注……可假之。」此段注，亦園本、四庫本、文瑞樓本并作：「繁欽箋：都尉薛訪車子，年十四，能歌囀引聲。注：車子，御者。」

［六］「陽」，四庫本作「都」。

董舜民蒼梧詞序［一］

若使人間罷長恨之歌（一），天上少銷魂之曲（二）。井公多暇，惟解投壺（三）；彭老無愁，未嘗觀井（四）。則秦缶不弹，燕歌遂歇（五）。石何言於晉國（六），鶴無語於堯年（七）。無如海水長乾，蓬池易淺（八）。趙厠有不平之客，吴關多可惜之人（九）。此則大夫思告其哀，匹士願歌其事。言之不足，悲矣如何？且夫鳩豈善于爲媒〔一〇〕，魚寧可以作媵〔一一〕？子虛無［二］是，詎常［三］真有其人〔一二〕；暮雨朝雲，要亦絶無之事〔一三〕。然而宋玉以寄其形容，相如以成其比興。固知情難蹠［四］實，事比鏤塵。托讔謎以言愁〔一四〕，借謿詠以寫志〔一五〕。凡兹抹月披［五］風之作，悉類詛神駡鬼之章〔一六〕。達者喻之空花〔一七〕，愚夫求之楮葉〔一八〕。

今有豢龍華胄〔一九〕，綉虎雄才〔二〇〕。名已動於春官，身甫偕夫計吏〔二一〕。而楚國亡猿〔二二〕，塞翁失馬〔二三〕。叩丹霄而無路，攀紫闥以誰階［六］？泣不成聲〔二四〕，逝将安適〔二五〕？於是［七］四海誰容〔二六〕，三年不笑〔二七〕。西游盩厔〔二八〕，聽鷄渡函谷之關〔二九〕；東返轘轅，立馬望咸陽之坂〔三〇〕。北風拉沓，高臺颯其無人〔三一〕；南内荒凉〔三二〕，夜烏咽而誰［八］語〔三三〕。此皆扶荔遺基，長楊廢館〔三四〕。金戈夜響，則群雄蹴踏之鄉；鐵壘晨摩，則悍帥奮揚之地。漢高皇大風置酒，起舞悲來〔三五〕；唐玄宗夜雨聞鈴，沾襟淚下〔三六〕。既美人駿馬之安在〔三七〕，亦故宫陳迹之極多。於是萬感風生〔三八〕，千端猬集〔三九〕。蘸杯盤而狂嗷，墨欲成龍〔四〇〕；濡頭髮以作書〔四一〕，字皆成蚪〔四二〕。每於鐘鳴燈炧之餘，恒作劍拔弩張之勢〔四三〕。狂時漫寫，定屬神來〔四四〕；醒後詳觀，不知誰作（四五）。又或挂玉筵前（四六），絶纓坐[九]上（四七）。一雙紅綬（四八），見隔巷之新人（四八）；半夜青衫，遇下江之故伎（四九）。《夢華》小録，仿佛生前（五〇）[一〇]；花月新聞，依稀故事（五一）。亦復曲付何戡（五二），調翻《穆護》（五三）。《安公子》閒歌一曲，《小秦王》高唱三章（五四）。金柔玉輭[一一]，青蛾[一二]閒譜其聲情；斗轉星[一三]横，白髮暗傳其點拍（五五）。信陵君醇酒婦人而外，他何知乎（五六）？盧思道白擲劇飲之風，君其是矣（五七）。

僕也老而失學，雅好填詞；壯不如人，僅專顧曲（五八）。慨自鄒[一四]董[一五]既亡之後（五九），淚滿蟬鈿，況復曹吴（六〇）[一六]久别以來，心灰兔管。見吾友之一編，動鄙人之三歎。啼成紺碧（六一），不讓江潭紅豆之思（六二）；泣化瓊瑰（六三），何殊風雨蒼梧之恨（六四）。永傳樂府，長播詞林（六五）。

【箋注】

（一）見《琴怨序》。

（二）見《少楹序》。

（三）見《琴怨序》。

（四）詳《徵萬柳啓》。

（五）秦缶，見《子厚序》。燕歌，見《九日序》。

（六）見《實[一七]庵序》。

（七）劉敬叔《異苑》：晉太康二年冬，大雪，南州人見二白鶴于橋下，曰：「今茲寒不減堯崩年。」遂飛去。

（八）《神仙傳》：王遠字方平。漢桓帝時，真人七夕與其妹麻姑降蔡京家。姑云：「接待以來，東海三爲桑田，今蓬萊水又淺矣。」方平亦曰：「聖人皆言海中行復揚塵也。」

（九）《史記》：趙襄子滅智伯。豫讓乃變姓名爲刑人，入宮塗厠，欲刺襄子。《國策》：伍子胥橐載而出昭關，夜行晝伏。見《茹惠序》。

（一〇）見《茹惠序》。

（一一）屈原《九歌》：波滔滔兮來迎，魚鄰鄰兮媵予。注：媵，送也。

（一二）《子虛賦》：楚使子虛使于齊。王畋[一八]罷，子虛過詫烏有先生，亡是公存焉。李善注：虛藉此三人爲詞，以風諫。

（一三）見《良輔序》。

（一四）見《天篆序》。

（一五）詳《觀槿序》注。

〔一六〕補注。

〔一七〕《釋典》：夢幻空花，徒勞把捉。

〔一八〕見《藝圃序》。

〔一九〕《左傳》：晉蔡墨曰：古者畜龍，故國有豢龍氏，有御龍氏。董父擾畜龍，帝舜賜姓曰董，氏曰豢龍。夏時，劉累學擾龍于豢龍氏，以事孔甲，賜姓曰御龍。

〔二〇〕見《祖德賦》。

〔二一〕見《琅霞序》。

〔二二〕《淮南子》：楚王亡其猿，而林木爲之殘。

〔二三〕見《歸田序》。

〔二四〕《檀弓》。

〔二五〕《詩》。

〔二六〕詳《翼王序》。

〔二七〕見《澹庵序》注。

〔二八〕見《子厚序》。

〔二九〕詳《翼王序》。

〔三〇〕《輿志》：河南府有轘轅嶺，設關于此。《國策》：塞轘轅緱氏之口。咸陽，見《子厚序》。

（三一）傅毅《舞賦》：拉沓鵠驚。漢《鼓吹曲》：拉沓高飛慕安宿。

（三二）見《樂府序》。

（三三）見《鴻客序》。

（三四）《黄圖》：元鼎六年，破南越，于上林苑中起扶荔宫，以植所得奇草異木。《宫闕志》：漢本秦長楊舊宫，修之以備行幸。宫有垂楊，因以名。在盩厔地。

（三五）《漢書》：高帝既定天下。還，過沛宫，置酒，召故人父老子弟佐酒，發沛中兒，教之歌。帝乃起舞，慷慨傷懷，歌曰：「大風起兮雲[一九]飛揚，威加海内兮歸故鄉，安得猛士兮守四方？」

（三六）見《子厚序》。

（三七）見《天章序》。

（三八）詳《觀槿序》。

（三九）見《天章序》。

（四〇）《纂異記》：唐玄宗御案，墨曰龍香劑。一日，見墨上有小道士，如蠅而行。上叱之，對曰：「凡世人有文，其墨上皆有龍賓十二。」上神之，乃以墨分賜掌文官。

（四一）見《子厚序》。

（四二）見《憺園賦》。

（四三）見《藝圃序》。

（四四）見《藝圃序》。
（四五）見《子厚序》注。
（四六）見《楚鴻序》。
（四七）《史記・滑稽傳》：淳于髡仰天大笑，冠纓索絶。
（四八）見《琴怨序》。
（四九）見《良輔序》。
（五〇）見《樂府補序》。
（五一）補注。《樂志》：《春江花月夜》、《玉樹後庭花》，并陳後主作。《隋紀》：煬帝詠《春江花月夜》。
（五二）《詩紀》：劉禹錫《與歌者〔二〇〕何戡》詩：「舊人惟有何戡在，相與殷勤唱渭城。」
（五三）見《梧月序》。
（五四）《隋紀》：大業末，煬帝幸揚州。樂人王令言以年老不去，其子從焉。其子在家彈琵琶，令言驚問：「此曲何名？」子曰：「内裏新翻曲子，名《安公子》。」令言流涕曰：「爾不須扈從，駕必不回。」子問其故，令言曰：「此曲宮聲，往而不返。宮爲君，是以知之。」《唐書》：葉志忠曰：「隋末，時天下歌《秦王破陳樂》。」注：兆太宗之興也。唐樂府有《小秦王》題。
（五五）《漢武外傳》：宮人名麗娟者，年始二八，玉膚柔軟，吹氣如蘭。漢樂府：月没参横，北斗闌干。

（五六）《信陵君列傳》：秦數使反間，僞賀公子得立爲魏王未也。魏王聞其毁，使人代公子将。公子乃謝病不朝，飲醇酒，多近婦女。日夜爲樂飲者四歲，竟病酒而卒。

（五七）補注。《北齊書》：盧思道字子行，少不讀書，嗜飲酒，後力學。齊天保中，待詔文林館。周武帝平齊，授儀同三司。隋時爲散騎侍郎。《漢書》：引滿舉白。注：白，酒觴也。

（五八）見《良輔序》。

（五九）詳《聖期序》。

（六〇）原注：謂南耕、天石。

（六一）見《琴怨序》。

（六二）見《素伯序》。

（六三）《左傳》：初，聲伯夢涉洹，或與瓊瑰，食之，泣而爲瓊瑰，盈其懷。

（六四）見《憺園賦》。

（六五）附注：詛神駡鬼，用韓昌黎《送窮鬼文》、柳子厚《駡三尸神文》事。[二一]

【校記】

[一]題，患立堂本無「董舜民」三字。

[二]「無」，蔣刻本、患立堂本、浩然堂本并作「亡」。

[三]「常」，浩然堂本作「嘗」。

[四]「蹠」，患立堂本、浩然堂本并作「摭」。

[五]「披」，患立堂本、浩然堂本并作「批」。

[六]「階」，原作「偕」，據蔣刻本、患立堂本、浩然堂本改。

[七]「於是」，蔣刻本作「於時」，患立堂本、浩然堂本并作「時則」。

[八]「誰」，蔣刻本、患立堂本、浩然堂本并作「相」。

[九]「坐」，患立堂本、浩然堂本并作「會」。

[一〇]「生前」，患立堂本、浩然堂本并作「前生」。

[一一]「輭」，患立堂本誤作「輀」。

[一二]「蛾」，患立堂本、浩然堂本并作「娥」。

[一三]「星」，患立堂本、浩然堂本并作「參」。

[一四]「鄒」下，患立堂本、浩然堂本并有小注「訏士」二字。

[一五]「董」下，患立堂本、浩然堂本并有小注「文友」二字。

[一六]「曹吴」，患立堂本、浩然堂本并作「曹王」。又「曹吴」下，蔣刻本有夾注：「謂南耕、天石。」有美堂本、亦園本、四庫本、文瑞樓本有注：「原注：謂南耕、天石。」而患立堂本、浩然堂本，「曹」下有小注「顧庵」二字，「王」下有小注「西樵」二字。

[一七]「實」，四庫本誤作「寶」。
[一八]「畋」，四庫本誤作「敗」。
[一九]「雲」，原作「雪」，據亦園本、文瑞樓本改。
[二〇]「者」，亦園本、四庫本并作「妓」，文瑞樓本作「伎」。
[二一] 此條附注，據亦園本、四庫本、文瑞樓本補。

觀槿堂詞集序

将使三辰不黷（一），二氣無訛。鳴條破塊，不聞淳悶之年（二）；木穰金饑，罕紀睢於之世（三）。蕢桴土鼓（四），腰臘而詠《豳》詩（五）；折俎烝殽，頫聘而賡《雅》、《頌》（六）。固已五常之性，共澤和平（七）；寧惟四始之遺，獨歸敦厚（八）。即或越客關弓（九），塞翁失馬（一〇）。爨僅比於蚍蜉，忿祇緣夫睚眥（一一）。非無染指之嫌，未免掇灰之懼（一二）。假以俟[一]我，言求蠲疾之虻（一三）；迨其謂之，姑酌忘憂之酒（一四）。無如鬼既善謀（一五），天而多醉（一六）。石能言於晉國，鶴解語夫堯年（一七）。蒼鵝出地（一八），剪鶉首而何堪（一九）；青犢彌天（二〇），攀龍胡而莫逮（二一）。此則霧涌[二]張超之市，有識咸悲（二二）；濤飛徐福之船，含[三]靈共憫[四](二三)。雖復弦高賤賈，微虎小臣(二四)。汪錡不過孱童，漆室止於弱女(二五)。亦或銜酸茹苦，坐歗行謡(二六)。縱使石傾武擔(二七)，僅壘愁城(二八)；假令土捧黎陽(二九)，難填恨谷(三〇)。況復日下貂蟬，天邊蘭錡(三一)。地名祋祤(三二)[五]，邪連綉嶺之堤(三三)；縣是偃師，直對金墉之樹(三四)。徹侯外戚，既平時爾汝之交(三五)；長樂甘泉，亦疇昔經過之地(三六)。他若五陵大俠，三輔諸豪(三七)。東京趙李之家(三八)，西漢金張之族(三九)。南渠北澗，盡丐澤於銀潢(四〇)；東壁西鄰，競分光於碧落(四一)。橐筆鳴珂之地，即是枌榆(四二)；炊金饌玉之賓(四三)，咸聯肺腑(四四)[六]。既已哂南朝之江鮑，抑將邁北地之温邢(四五)。而乃讖起狐祥(四六)，妖徵蛾賊(四七)。尋三州[七]之失守(四八)，洊五帥之難歸(四九)。田單闔族，載鐵籠而[八]宵奔(五〇)；庾冰孑身，横荻船而潛渡(五一)。悲歌慷慨之士，感激何窮(五二)；烏頭馬角之言，沉吟奚極(五三)。且夫霍博陸既票[九]騎之兄(五四)，班定遠實蘭臺之弟(五五)。一則兵欄武庫(五六)，奠鰲足於人間(五七)；一則芝檢銀函，作龍頭於天上(五八)。兩環耀日，雙劍凌雲(五九)。而今則瞻望兄兮九原人去，所思伯也八陣圖空(六〇)。江流不轉，烟霾葛相之營(六一)；日瘦無光，天厭[一〇]祈連之家(六二)。風車雲馬，時聞褒鄂之弓刀(六三)；牧笛樵歌(六四)，不見滕公之寢室（六五）。遂使舊時牙將，半隨老嫗以吹篪（六六）；每令賢弟黃冠，私雜群傖而絜酒（六七）。於焉曰怨，怨何如乎？以此言悲，悲可知矣（六八）。

於是歌則不能，泣仍不可。念欲著《金陀》之史（六九），姑俟諸地老而天荒（七〇）；無如填《蘭畹》之詞（七一），猶藉以娱年而送日（七二）。爰乃借雷輥電砉之聲（七三），寫劍拔弩張之氣（七四）。或跌宕［一一］於舞女雙鬟之隊，揮毫而竹肉奮飛（七五）；或憑吊大將軍百戰之場，入破而關河劈裂（七六）。蒲牢乍吼，九邊之馬俱瘖（七七）；干鏌一揮，萬将之頭畢白（七八）。幽可匹夫《莊》、《騷》（七九），細不遺夫蟲豸（八〇）。臧文仲書詞詰屈，讔語居多（八一）；鍾［一二］儀父音節蒼凉，土風不少（八二）。觀其見事生風，依［一三］聲橫筆。銷蛟螭於腕下（八三），鱗甲之而（八四）；落蝌蚪於行間（八五），風雷發作（八六）。百靈穿鑿，擬郜鼎而逾斑（八七）；萬怪槎枒［一四］，較商盤而更駁（八八）。旁人不識，謂多郭公之缺文（八九）；神瞽何知，云是子雲之奇字（九〇）。

嗟乎！秦時毛女（九一），漢室銅仙（九二），聲作龍吟，淚如鉛水（九三）。紅綃滿眼，已憐殘帕［一五］之無多（九四）；鈿笛三聲（九五），竊喜舊人之尚在（九六）。水天閒話（九七），先生每提燕筑而來（九八）；花月新聞（九九），賤子亦挾吴簫而至（一〇〇）。岑牟單絞（一〇一），僕尚能捉搦從公〔一〇二〕；腰鼓箏琶，客幸勿俳優畜我〔一〇三〕。

【箋注】

〔一〕見《璿璣賦》。

〔二〕《鹽鐵論》：董仲舒曰：「太平之世，風不鳴條，開甲散萌而已；雨不破塊，潤葉津莖而已。」《老子》：其政悶悶，其民淳淳。

〔三〕《史記·貨殖傳》：計然曰：歲在金，穰；水，毀；木，饑；火，旱。六歲穰，六歲旱，十二歲一大饑。《列子》：楊朱南之沛，至梁而遇老子，曰：「而睢睢，而於於，而誰與居？」

〔四〕《禮》。

〔五〕《漢書》：武帝令天下大酺五日，臘五日。注：漢制[一六]，立秋出貙，因祭宗廟，曰貙膢。又祠門户，曰膢。膢臘，皆獵取禽獸以祭之名。

〔六〕《國語》：晉侯使隋會于周，定王饗之殽烝，曰：「禘郊之事，則有全烝；王公立飫，則有房烝；親戚宴饗，則有殽烝。」注：烝，升也。全烝，全其牲體而升之也。房，大俎也。房烝，半解其體，升之房也。殽烝升體解，節折之俎，謂之折俎也。頫聘，載《禮》。

〔七〕班固《白虎通》：五性者何？仁、義、禮、智、信也。按馬融有三綱五常之論。

〔八〕見《天篆序》。

（九）《孟子》。

（一〇）見《歸田序》。

（一一）《説文》：蚍蜉，大蟻。韓愈詩：蚍蜉撼大樹。《范雎傳》：一飯之德必償，睚眥之怨必報。

（一二）《左傳》：楚人獻黿于鄭靈公。公子宋與子家相見。子公之食指動，以示子家，曰：「他日我如此，必嘗異味。」及食大夫黿，召子公而弗與也。子公怒，染指于鼎，嘗之而出。《家語》：孔子厄陳、蔡。子貢犯圍而出，得米一石。炊［一七］之，有埃墨墮甑中，回取食之。子貢曰：「仁人廉士，窮改節乎？」孔子召回：「進飯，吾將祭焉。」對曰：「有埃墜甑，置之不潔，弃之可惜。回即食之，不可祭也。」見《歸田序》注。

（一三）《詩》：言采其虻。注：貝母也。主療鬱結之疾。

（一四）見《智修序》。

（一五）見《得仲序》。晉摯虞《門銘》：禄無常家，禄無定門。人謀鬼謀，道在則尊。

（一六）見《茹蕙序》。虞喜《志林［一八］》：秦穆公夢之帝所，賜以金策祚世之業。當時有謡曰：「天帝醉秦暴，金誤隕石墜。」《哀江南賦》：以鶉首而賜秦，天何爲而此醉？

（一七）見《舜民序》。

（一八）見《懸圃序》。

（一九）見《茹蕙序》。

（二〇）詳《孟太母啓》。

（二一）見《孝威序》。

（二二）謝承《後漢書》：張楷字公超，性好道術，能作五里霧。學其術者填塞，故云霧市。并見《憺園賦》。

（二三）見《天章序》。《春秋元命苞》：根生浮著，含靈盛壯。

（二四）《左傳》：秦師及滑，鄭商人弦高将市于周，遇之，以乘韋先，牛十二犒師。且使遽告于鄭。孟明曰：「鄭有備矣，不可冀也。」《左傳》：吴伐魯，次于泗上。微虎欲宵攻王舍，私屬徒七百人，三踊於幕庭。吴子聞之，一夕三遷。注：微虎，魯大夫。三遷，畏微虎也。

（二五）《左傳》：公爲與其嬖僮〔一九〕汪錡乘，皆死，皆殯。孔子曰：「能執干戈以衛社稷，可無殤也。」《列女傳》：戰國時，魯漆室女倚柱而嘯。鄰婦曰：「欲嫁乎？」曰：「吾憂魯君老，而太子少也。」

（二六）《恨賦》：含酸茹歎，銷落烟沉。《詩》：我歌且謡。

（二七）見《庭表序》。

（二八）庾信《愁賦》：攻許愁城終不破。

（二九）見《實庵序》。

（三〇）補注。

（三一）見《半繭賦》。

（三二）見《天章序》。

（三三）見《子厚序》。

（三四）《河南志》：偃師縣，即湯居西亳地。陸機《洛陽記》：金墉城，在總章宫西北，魏故宫人在其中。

（三五）《漢書注》：凡賜爵關内侯者，謂之徹侯，以避諱爲通侯。相如《巴蜀檄》：位爲通侯，列居東第。《史記》有《外戚世家傳》。《禰衡傳》：衡與孔融作爾汝交。《魏書》：武帝謂孫皓曰：「聞南人好作爾汝歌，能否？」皓曰：「昔與汝爲鄰，今與汝爲臣。上汝一杯酒，令汝萬壽春。」

（三六）長樂，見《滕王賦》。《漢宫闕疏》：甘泉、林光宫，秦二世造。漢武以仙人好樓臺，令甘泉宫作延壽館、通天臺。

（三七）見《渭仁序》。

（三八）阮籍《詠懷詩》：西游咸陽中，趙李相經過。王維詩：城中相識盡繁華，日夜經過趙李家。注：趙飛燕、李夫人并以善歌舞幸。

（三九）見《滕王賦》。

（四〇）魏曹固表：王孫公子，疏派天潢。注：天河也。若天河之分疏，喻其尊也。

（四一）《度人經注》：東方第一天有碧霞遍滿，是名碧落。此喻天家也。

（四二）橐筆，見《玉巖序》。鳴珂，見《祖德賦》。《漢書》：高帝置枌榆社於新豐，後同里之人皆謂枌榆。

（四三）見《少楹序》。

（四四）《史記·武安傳》：建元六年，田蚡以肺腑爲丞相，天下士益附武安。曰：「天下幸無事，蚡得爲肺腑。」

（四五）見《園次序》。

（四六）見《懸圃序》。

（四七）見《素伯序》。

（四八）《唐書》：大[二〇]中二年，吐蕃以秦、原、樂三州，石門、驛藏、木[二一]峽、制勝。乾元後，隴右、劍南、西山三州七關，軍皆失之。《舊書·地理志》：忠武軍管許、陳、蔡三州，河陽軍管孟、懷、衛三州。

（四九）見《臞庵序》。

（五〇）見《雪持序》。

（五一）《晉書》：蘇峻之亂，諸庾逃散。冰時爲吴郡，一郡卒獨以小船載冰出錢塘口，蘧篨覆之。時峻賞募覓冰，甚急。卒舍船市渚，因飲酒醉還，舞棹向船曰：「何處覓庾吴郡？此中便是。」冰大惶怖，然不敢動。監司見船小裝狹，謂卒狂醉，不疑。乃自送過浙江，陰魏家得免。

（五二）見《九日序》注。

（五三）《燕丹傳》：燕太子丹質于秦，欲歸，秦王不聽，謬言曰：「令烏頭白、馬生角乃可。」丹仰天歎息，烏即頭白，馬即生角。秦王不得已，乃遣之。曹植《精微論》：子丹西質秦，烏白馬角生。

（五四）詳《徐母序》。

（五五）《後漢書》：班超字仲升，爲人傭[二二]書，後投筆立功西域，封定遠侯。班固字孟堅，九歲能屬文。顯宗時，除爲蘭臺令史，乃上《两都賦》。

（五六）兵欄，見《素伯序》。武庫，見《懸圃序》。

（五七）見《佳山序》。

（五八）《春秋運斗樞》：黄龍五采，負圖而出舜前，白玉檢，黄金繩，芝爲封泥。并見《佳山序》。《宋書》：置龍圖[二三]閣學士。

（五九）見《園次序》。

（六〇）見《懸圃序》。

（六一）劉禹錫《嘉話録》：夔州西市俯臨江沙，下有八陣圖，聚石分布，各高丈餘。峽水大時，湏[二四]涌滉瀁。及水落，萬物皆失故態。亮小石之堆，標聚行列，依然如故。杜詩：江流石不轉。

（六二）梁吴均詩：隴西飛狐口，白日盡無光。《前漢書》：霍去病至祁連山，捕首虜甚多。

及薨，武帝悼之，發蜀國玄甲，自長安至茂陵，爲大冢，像祁連山。師古曰：祁連山，即天山。匈奴呼天爲祁連。《十道志》：焉支、祁連二山皆美草木，匈奴失之，歌曰：「失我焉支山，令我婦女無顔色。失我祁連山，使我六畜不蕃息。」

（六三）傅玄《吴楚歌》：雲爲車兮風爲馬，玉在山兮蘭在野。《唐書》：太宗封段志玄爲褒公，尉遲敬德爲鄂公。杜甫題畫詩：褒公鄂公毛髮動。

（六四）見《井叔序》注。

（六五）見《瑞木賦》。

（六六）牙將，見《皇士序》。《王琛傳》：琛爲秦州刺史，討諸羌不下。有婢朝雲，善吹篪。琛令假爲貧嫗，吹篪而泣。諸羌聞之，流涕曰：「何爲弃墳井，在山谷爲寇？」遂來降秦。民曰：「快馬健兒，不如老嫗吹篪。」

（六七）《記》：野夫黄冠，野服。《唐書》：李淳風父播，弃官爲道士，自號黄冠。《徐稚傳》：人有死喪，稚以絮漬酒暴乾，裹炙鷄至葬家。

（六八）《家語》：孔子謂哀公曰：「君以此思哀，哀可知矣。」

（六九）見《樂府補序》。

（七〇）見《琴怨序》。

（七一）見《桐初序》。

（七二）《列子》：穆王駕八駿，西觀日所入。《恨賦》：巡海右[二五]以送日。

（七三）《淮南子》：日行月動，電奔雷駭。《考工》：望其轂，欲其輥。《六書故》：輥，轉之速也。《莊子·養生主》：砉然響然，奏刀騞然。

（七四）見《藝圃序》。

（七五）跌宕，詳《初明序》。《孟嘉傳》：桓温問：「聽妓絲不如竹，竹不如肉，何謂[二六]也？」嘉曰：「漸近使之然。」

（七六）《樂書》：明皇樂章多以名曲，如《伊州》、《甘州》之類。曲終繁聲爲入破。南唐李煜樂有《念家山破》。

（七七）蒲牢，見《璿璣賦》注。古賦：振鬣一鳴，萬馬皆[二七]瘖。注：瘖，失聲也。《九邊志》：曰遼東，曰薊鎮，曰山西鎮，曰大同，曰宣府，曰延綏，曰榆林，曰固原，曰寧夏。

（七八）見《懸圃序》。

（七九）《進學解》：下逮《莊》、《騷》，太史所録。

（八〇）見《園次序》。

（八一）見《天篆序》。

（八二）見《無忝序》。

（八三）見《祖德賦》。

（八四）《考工記》：其鱗之而。注：而，語助。又頬毛曰而。

（八五）見《憺園賦》。

（八六）見《懸圃序》。

（八七）《抱朴子》：黄帝生而能言，役使百靈。《春秋》：桓公二年，取郜大鼎于宋。

（八八）《魯靈光殿賦》：枝掌楼丫而斜據。

（八九）《春秋》：郭公。《傳》：先儒以爲郭亡。郭公蓋闕文。

（九〇）見《昭華序》。

（九一）見《貞女序》。

（九二）見《滕王賦》。

（九三）馬融《長笛賦》：近世雙笛從羌起，羌人截竹未及已。龙鳴水中不見已，截竹吹之聲相似。太白詩：笛奏龍吟水。李賀《金銅人》詩：空将漢月出宮門，憶君清淚如鉛水。

（九四）《二儀實録》：禹會塗山之夕，大風雷震，有甲步卒千餘人。其不被甲者，紅綃帕抹其頭，自此遂爲軍容之服。韓愈詩：以錦纏服，以紅帕首。注：非僅軍容也。

（九五）見《楚鴻序》。

（九六）見《舜民序》注。

（九七）李義山《别録》：義山爲《水天閒話舊事》。

（九八）見《智修序》。

（九九）見《舜民序》。

（一〇〇）見《雪持序》。

（一〇一）《禰衡傳》：曹操召衡爲鼓吏，衡着岑牟單絞之服。注：岑牟，鼓角士之服。絞，蒼黄色。

（一〇二）見《楚鴻序》。

（一〇三）《廣雅》：腰鼓者，廣首纖腹，两頭擊之。《漢書》：東方朔、枚皋好詼諧，武帝以俳優畜之。《上林賦》：俳優侏儒。韓文公《答崔立之書》：禮部有以博學宏詞選者，乃類于俳優者之詞。

【校記】

〔一〕「俟」，蔣刻本、患立堂本、浩然堂本并作「欸」。

〔二〕「涌」，患立堂本、浩然堂本并作「擁」。

〔三〕「含」，原作「合」，據諸本改。

〔四〕「憫」，蔣刻本、患立堂本、浩然堂本并作「閔」。

〔五〕「祋祤」，原作「祋祤」，患立堂本、浩然堂本并同，均誤，據蔣刻本改。

〔六〕「腑」，患立堂本、浩然堂本并誤作「附」。

[七]「州」，患立堂本、浩然堂本并作「川」。
[八]「而」，浩然堂本作「以」。
[九]「票」，患立堂本、浩然堂本并作「驃」。
[一〇]「厭」，患立堂本、浩然堂本并作「壓」。
[一一]「宕」，患立堂本、浩然堂本并作「蕩」。
[一二]「鍾」，患立堂本誤作「鐘」。
[一三]「依」，患立堂本、浩然堂本并作「倚」。
[一四]「枒」，患立堂本、浩然堂本并作「牙」。
[一五]「帕」，患立堂本、浩然堂本并誤作「拍」。
[一六]「制」，四庫本作「朝」。
[一七]「炊」，四庫本作「飲」。
[一八]「林」，四庫本誤作「傳」。
[一九]「僮」，四庫本作「童」。
[二〇]「大」，原作「太」，徑改。
[二一]「木」，亦園本、文瑞樓本并誤作「水」。
[二二]「傭」，四庫本誤作「慵」。

〔二三〕「圖」，原作「頭」，徑改。
〔二四〕「湏」，文瑞樓本作「瀕」。
〔二五〕「右」，四庫本作「有」。
〔二六〕「謂」，四庫本誤作「爲」。
〔二七〕「皆」，四庫本作「凡」。

徐竹逸蔭緑軒〔一〕詞序

竹逸徐先生犀角名家（一），駒王貴裔（二）。弱齡淹博，能探岣嶁之碑（三）；綺歲通華，即辨琅琊之稻（四）。徐孝穆文成百軸，龍斕魚油（五）；顔延之詩擅五言，鏤金錯采（六）。少食貧而種學，北郭騷釁滿人間（七）；壯委質以從王，東方朔名高殿上（八）。一官繫組，則武侯流馬之鄉（九）；萬里牵絲（一〇），亦新息跕〔二〕鳶之地（一一）。句町邪連白國，五溪開莊蹻雄關（一二）；牒榆旁綰牂牁，九睒奉唐蒙一詔（一三）。蠻花樹樹，紅綿燒爨女之釵（一四）；犵鳥村村，鸀鳿勸僰僮之酒（一五）。先生則叱馭開邊（一六），褰裳〔三〕聽事（一七）。程經洱海，馳驅〔四〕於冉駹卬笮之間（一八）；路出昆明，鞅掌於樓櫓戈船之下（一九）。賓幪火毳（二〇），都成月露之形（二一）；渝舞狼歌（二二），齊叶風雲之調（二三）。固已碧鷄主簿，玩此清文（二四）；白馬氐羌，訝其麗製（二五）。竹王古廟（二六），繚墻砌夜月之吟（二七）；花面諸黎（二八），縑帊綉春燈之句（二九）。然而一上點蒼，頓深鄉思（三〇）；屢聽杜宇（三一），彌減宦情（三二）。小人有母，難忘考叔之言（三三）；行路多岐，偏下楊朱之泣（三四）。誓拂衣而終老，遂散髮以言旋（三五）。

於是宅枕銅官，潭臨玉女（三六）。陶淵明之門外，垂柳五株（三七）；盧照鄰之階前，病梨一樹（三八）。蓬蒿幾尺，儼然三徑元卿（三九）；雜果千頭，何異小園庾信（四〇）。隱夫答還，園有隙而皆紅（四一）；平仲君遷，鄰無扉而不緑（四二）。先生既散誕琴書之側，復優游巖岫之旁。客到開軒，朋來刻燭（四三）。花前挈榼，半南山賣藥之翁；樹下提壺，多北海修琴之叟（四四）。纔開芍藥，邀側帽以來觀（四五）；甫釣鱒魴，命解衣而對食（四六）。鷄豚芋栗，極歲時暇豫之歡（四七）；燈火桑麻，盡里社團圞之樂。若乃鄧尉梅花，錢塘桂子（四八）。三春日暖，聽南國之鷓鴣；八月秋晴，看西山之麋鹿（四九）。筆床茶竈，依山崦以爲家；梵磬漁筒，眷烟波而結友。浮家泛宅（五〇），醒噩夢於滄浪（五一）；醉月迷花，叙前游於杯酒。莫不詞寫《金荃》（五二），句同《錦瑟》（五三）。三千粉黛（五四），掩周柳之香柔（五五）；丈八琵琶（五六），鴛辛蘇之感激（五七）。詎若牛家給事（五八），行間描楊柳之花（五九）；寧徒張氏郎中，字裏寫鞦韆之影（六〇）。僕愧不才，托君末契。屐量花雨（六一），時陪鈴索之游（六二）；詩畫旗亭，每預箏琶之宴（六三）。

嗟乎！西鄂文人，從來失路（六四）；餘姚書記，大抵無家（六五）。君也坐愁行嘯，恒傷廉吏之難爲（六六）；僕兮望遠登高，嘗恨古人之不見（六七）。張一軍於酒旗[五]歌扇之上，誰得臣狂（六八）？問六代於殘陽暮靄之餘，詎干卿事（六九）？聊題儷句，用譜新聲（七〇）。

【箋注】

（一）見《三芝序》。

（二）見《憺園賦》。

（三）《輿地記》：禹碑在岣嶁峰。又傳在衡山縣雲密峰。宋定嘉中，蜀士因樵人引至其所，以紙蹋其碑七十二字，刻于夔門觀中，後俱亡。按岣嶁碑，載《古雜辭集》。

（四）《懶真子》云：李百藥父與友讀徐陵文，有「刈琅琊之稻」之語，歎不得其事。百藥進曰：「《春秋》『鄅子藉稻』，杜預謂在琅琊。」客大驚。

（五）《竹林詩評》：徐陵之作，如魚油龍罽，列堞明霞[六]。

（六）《宋書》：顔延之字延年，與謝靈運齊名。鮑昭曰：「謝五言如初日芙蓉，公詩如鋪錦綉,亦雕繪滿眼。」《詩品》: 湯惠休曰:「謝詩如芙蓉出水,顔詩如錯彩鏤金。」

(七)《晏子》: 北郭騷不仕,托以養母。晏子分倉粟府金遺之,騷辭金受粟。

(八)《東方朔傳》: 朔字曼倩,平原人,善詼[七]諧滑稽,待詔金馬門。

(九)《諸葛亮傳》: 武侯伐魏,屯岐山,用木牛流馬以運糧草。

(一〇) 見《歸田序》。

(一一)《馬援傳》: 援謂官屬曰:「吾在浪泊、西里間,虜未滅時,下潦上霧,毒氣熏蒸,仰視飛鳶,跕跕墮水中。」後征五溪蠻夷,因卒于軍,封新息侯。

(一二)《滇[八]中志》: 臨安府,古句町國。楚威王命莊蹻略定滇池,會秦擊道絶,因自王于此。《辰州志》: 五溪,謂雄溪、樠溪、西溪、沅溪、辰溪也。皆蠻夷雜居。

(一三)《史記·西南夷傳》: 自滇以北,邛都最大,北至牒榆。韋昭[九]注: 在益州。又《史記》: 牂牁江出番禺城下。《地理志》: 楚遣莊蹻伐夜郎,至且蘭,椓船于岸而步戰。既滅夜郎,以椓船處名牂牁。注: 擊舟杙也。今烏蒙府地,一作貴陽。《唐書》: 南詔,蒙氏置通海郡,分立六詔,而南詔最强。

(一四) 補注。按《閩嶺志》: 南方多木棉,可爲布,其花多紅色。

(一五) 羅犵,見《商尹序》。僰僮,見《浙西序》。餘補注。

(一六) 見《商尹序》。

（一七）《詩》。

（一八）《一統志》：大理府之西有海，名洱海。長卿《難蜀父老文》：朝冉從駹，定筰存邛。注：服虔曰：皆蜀郡西部。應劭曰：蜀郡岷江本冉駹也。毛穎曰：邛，今爲邛都縣。筰，今爲定筰縣。

（一九）《漢書》：西南夷越嶲、昆明國，有滇[一〇]池。武帝欲伐之，乃于長安縣西作昆明池，以習水戰。《西京雜記》：昆明池中有戈船數百艘，建戈矛其上。按樓船，亦戰艦，其巨者也。

（二〇）賨幪，詳《謝吴啓》[一一]。《後漢書·外夷傳》：火毳。注：火浣布也。

（二一）見《園次序》。

（二二）《華陽國志》：閬中有渝水賨民，多居水左右。初爲漢前鋒，鋭氣喜舞。高祖令樂人習之，今所謂巴渝舞也。《漢·樂志》：白狼王唐菆有歌三章，曰《歸德》、《慕德》、《懷德》。

（二三）見《園次序》。

（二四）《列仙傳》：赤斧者，巴戎人，爲碧鷄主簿，手掌有赤斧。庾信啓：碧鷄主簿，無由遂心。

（二五）《戰國西戎志》：有白馬氐、氐羌氏。

（二六）見《憺園賦》。

（二七）補注。《西京賦》：繚垣綿聯。

（二八）師古曰：唐[一二]時，回紇以花門自號。剺面，披其面，示誠悃[一三]也。

（二九）補注。

（三〇）《一統志》：點蒼山，在永昌府。

（三一）見《孝威序》注，并詳《孟太母啓》。

（三二）謝靈運詩序：徐幹少無宦情，有箕潁之心事，故仕世多素辭。《晉書》：阮裕曰：「吾少無宦情。」

（三三）《左傳》：潁考叔爲潁谷封人。公賜之食，食舍肉，曰：「小人有母，皆嘗小人之食矣，未嘗君之羹，請以遺之。」

（三四）《列子》：楊子鄰人亡羊，既盡率其黨，復請楊子之豎追之。問其故，曰：「多歧路。」楊子曰：「大道以多歧亡羊，學者以多方喪生。」《淮南・説林》：楊子見歧路而哭之，爲其可以南，可以北；墨子見練絲而泣之，爲其可以黄，可以黑。

（三五）楊惲《報孫會宗書》：拂衣而喜。《琴操》：許由曰：「散髪優游，所以安已不懼也。」《後漢書》：袁閎散髪絶世。鍾會《遺榮賦》：散髪抽簪，永絶一丘。

（三六）見《梧月序》。

（三七）見《海棠賦》。

（三八）《盧照鄰傳》：盧得惡疾，從孫思邈問養生之術，因作《病黎賦》以自悲。載文集後，以不愈赴潁水死。蘇軾詩：區區賦病梨。

（三九）見《梧月序》。

（四〇）見《天章序》。

（四一）相如《上林賦》：隱夫薁棣，答遝離支。張揖注：隱夫，未詳。答遝，似李，出蜀中。

（四二）左思《吴都賦》：木則平仲、君遷。劉成注：平仲之木，實如白銀。君遷之樹，子如瓠形。考平仲，其木理平，可爲棋局，故棋局曰枰。君遷子如馬妳，俗名牛妳，是柹也。今之造扇用此柹油。

（四三）見《園次序》。

（四四）見《半繭賦》。

（四五）見《憺園賦》。

（四六）《莊子》：解衣磅礴。

（四七）《國策》：優施曰：「我教君暇豫之事。」注：暇，閒也。豫，樂也。

（四八）《輿志》：吴郡鄧尉山，在玄墓之北，俗名福充山〔一四〕。梅甚盛。《杭州志》：錢塘在府城南，有靈隱山。八月十五夜，嘗有月中桂子落。白樂天《天竺寺》詩：仙花桂子落紛紛。

（四九）見《園次序》。

（五〇）見《季青序》。

（五一）《周禮》：春官占夢，有六夢，二曰噩夢。注：不祥之夢，可驚愕也。

（五二）《詩話》：温庭筠本名岐，字飛卿，爲麗句，官方山尉，有《握蘭》、《金荃》等集。

（五三）見《天篆序》。

（五四）見《銅雀賦》。

（五五）周美成，見《園次序》。柳永，見《金天石序》。張叔夏云：美成詞渾厚和雅。黄叔暘云：耆師長于纖艷之詞，時稱周柳。

（五六）補注。

（五七）《花間集》[一五]：宋辛弃疾字幼安，有《稼軒長短句》十二卷。蘇軾字子瞻，有《東坡居士詞》二卷。時號辛蘇。

（五八）見《竇汾序》。

（五九）《詞集》：牛嶠有詞云：「陌上鶯啼蝶舞，柳花飛。柳花飛，願得郎心，憶家還早歸。」

（六〇）《宋・張先傳》：先字子野，官至都官郎中。詩格清麗，尤長于樂府，有「隔墻送過鞦韆影」、「雲破月來花弄影」、「浮萍斷處見山影」之句，時號爲張三影。

（六一）補注。

（六二）《戎幕閒話》：李德裕云：「翰林院有懸鈴，以備中夜警急。文書出入，則引索以代傳呼。」韓偓[一六]詩：坐久忽聞鈴索動，玉堂西畔響丁東。

（六三）見《三芝序》。

（六四）見《園次序》。

（六五）《紹興志》：舜，姚姓，其後封此，故縣名餘姚。《後漢・酷吏傳》：蜀太守黄昌，餘姚人。妻遇賊被獲，流入蜀，爲人妻。其子犯事，母詣昌自訟。因問所由，對曰：「妾本餘姚州書佐黄昌妻也。」因相持泣，還夫婦。徐陵《與楊愔書》：夫以清河公主之貴，餘姚書佐之家，莫限高卑，皆被驅略。

（六六）《史記・滑稽傳》：楚相孫叔敖病且死。居數年，其子困窮負薪。優孟見楚莊王，因作歌，有曰：「念爲廉吏，奉法守職，竟死不敢爲非，廉吏安可爲也？」王乃召孫叔敖子，而封之寢丘。

（六七）見《臞庵序》。

（六八）《左傳》：我張吾三軍，而被吾甲兵。元微之詩：試問酒旗歌板地。《宋書》：文帝問顔延之諸子才能，對曰：「峻得臣筆，測得臣文，奂得臣義，曜得臣酒。」何尚之在側，曰：「誰得卿狂？」曰：「其狂不可及。」

（六九）見《實庵序》。

（七〇）見《皇士序》。

【校記】

［一］題，患立堂本無「蔭緑軒」三字。

［二］「跕」，原作「站」，蔣刻本同，并誤，據患立堂本、浩然堂本改。

[三]「裳」，患立堂本、浩然堂本并作「帷」。

[四]「馳驅」，蔣刻本作「驅馳」。

[五]「旗」，患立堂本、浩然堂本并作「裙」。

[六]「明霞」，四庫本作「朋龍」。

[七]「詠」，原作「恢」，據四庫本、文瑞樓本改。

[八]「滇」，原作「填」，據文瑞樓本改。

[九]「昭」，四庫本誤作「莊」。

[一〇]「滇」，原作「填」，據文瑞樓本改。

[一一]即卷十七《謝吴伯成明府賚酒米并炭啓》。

[一二]「唐」，四庫本誤作「與」。

[一三]「悃」，文瑞樓本作「謂」。

[一四]「福充山」，疑爲「光福山」。

[一五]按蘇、辛不見於《花間集》，不知此條注文出自何書。

[一六]「偓」，原作「渥」，徑改。

陳檢討集卷十一

序

宜興陳維崧其年撰　皖江程師恭叔才注

米紫來始存詞集序

臺餘此地，最善悲歌（一）；船憶君家，能裝書畫（二）。研山齋内，米顛既一字阿章（三）；《嘉陵圖》中，元暉復小名虎子（四）。紛披粉墨，本自門風；瀟［一］灑才情，實緣家學。蓋在昔而已然，顧於今而益信。則有花封仙縣（五），畫省望郎（六）；筆陣摩空（七），文瀾倒峽（八）。蛇能蟠笥，傳家則代産達人；蛟欲生毫，墮地而群呼才子（九）。旋登上第，歷尹名邦。弱齡釋褐（一〇），桃憎紅綬之光（一一）；早歲牽絲（一二），草妒青袍之色（一三）。爾其賦軼鄒枚（一四），文兼崔蔡（一五）。濯龍賜第（一六），二曲則坊在天邊（一七）；夢鳥摛箋（一八），千賦則價高日下（一九）。馳聲河北，温子昇遘此生慚（二〇）；流譽江東，王文度聞而竊歎（二一）。酷嗜臨摹，尤精皴染。蕭思話書評第一，虎跳龍拿（二二）；曹不興畫苑無雙，鳥啼花笑（二三）。鵠綾捧去（二四），揮殘萬軸之菖蒲（二五）；麝粉調來，榻出滿園之蛺蝶（二六）。分斯一藝，儘足飛騰；借彼餘波，尚然綺麗。更耽協律，旁及倚聲（二七）。斜行紅蕸（二八），托興於銀箏檀板之間；衮〔二〕撲〔三〕金蟬（二九），寄傲於酒肆倡樓之内。三千錦瑟，既擅柔情（三〇）；丈八銅琶，兼饒逸氣（三一）。嚴霜砭骨，非無望古之篇；皓月煎腸，不少臨風之作。

若夫三秋捧檄，道出鄱陽（三二）；千里之官，途經易水（三三）。黄皮縛褲（三四），斜壓赫連之刀（三五）；赤兔揮鞭，直突慕容之壘（三六）。飄零綉瓦，問分香吉利其何歸（三七）？牢落黄金（三八），弔擊筑漸離之安在（三九）？以至天低彭蠡（四〇），濤沫煎〔四〕銀（四一）；地坼碻磝（四二），土花暈紫（四三）。匡廬山下（四四），釃樽酒以横江；繻葛城頭（四五），會官僚而出獵。亦復嚄唶而歌（四六），憑陵而語（四七）。一群〔五〕蠻鼓，黄雲脱壞而群飛（四八）；幾疊邊笳，白雁徊徨而竟下（四九）。長篇間作（五〇），小令居多（五一）。井華汲處，盡唱屯田員外之詞（五二）；柳絮開時，都吟長慶才人之製（五三）。然而略有遺忘〔六〕，曾無愛惜。墨痕半濕，不知污誰氏之裙（五四）；字迹纔乾，未省上何人之帕（五五）。抄來北里，半被塵埋（五六）；録向東家，還虞簡脱（五七）。堆作叢編（五八），好事者爲之搜撮〔七〕；弃爲長物（五九），知音者代以流傳。今之始存，其大概也。

記與高門，久諳夙好。同是楊袁之苗裔，僕不如人（六〇）；俱爲顧陸之子孫，君能念我（六一）。溯百年之喬木，譜牒猶新（六二）；憶三世之芳蘭，游從如昨（六三）。㳀廬峴［八］北，還標北海之署書（六四）；舊業樊南（六五），尚寶南宫之尺牘（六六）［九］。幸重逢於燕市，獲相和以楚歌。雖太僕亭臺，已無夜火；勺園泉石，久歇春機［一〇］。而棱棱犀角（六七），知來者之多賢；縵縵龍文（六八），識曩修之克紹。祇慚賤子，有愧前人。屬題一卷之新詞，并話两人［一一］之舊事。君真詞癖，已獨步於《花間》、《蘭畹》之中（六九）；僕亦酒狂，願從游［一二］於減字偷聲之下（七〇）。

【箋注】

（一）見《九日序》。

（二）《世説》：米芾居官清潔，及歸，惟以船載書畫。

（三）《輿志》：米芾有研山園，在鎮江南。《宋·米芾傳》：芾，吴人，字元章，號海岳，稱南宫。善書，爲文必自己出。性好古，號米顛。高宗愛其字，刻于石。

（四）《周地圖》：嘉陵水，出秦州嘉陵。《名畫録》：唐吴道子于大同殿圖嘉陵江山水，一日而就。《畫繼》：山谷《贈米友仁幼時》詩曰：「虎兒筆力能扛鼎，教字元暉繼阿章。」注：芾子友仁字元暉，小名虎子，高宗甚眷注之，世稱小米。仕至敷文閣學士。

（五）見《楚鴻序》。

（六）見《園次序》。

（七）見《天章序》。

（八）見《天篆序》。

（九）見《祖德賦》。

（一〇）見《玉巖序》。

（一一）見《半繭賦》。

（一二）見《歸田序》。

（一三）見《半繭賦》。

（一四）見《滕王賦》。

（一五）沈約《宋書·傳論》：班、楊、崔、蔡之徒，異軌同奔。《柳宗元傳》：昌黎以子厚文似子長，崔蔡不足多。注：崔駰年十三善屬文。蔡邕少博學，好辭章。

（一六）詳《壽季序》。

（一七）《西安志》：樊川有韋安石別業，名韋曲。韋曲之東有杜岐公別墅。語曰：「城南韋杜，去天尺五。」

（一八）見《璿璣賦》。

（一九）《語林》：左思《三都賦》出，人人傳寫，紙爲之貴。

（二〇）見《尺牘序》。

（二一）《晉書》：王坦之字文度，弱冠與郗超齊名，時人謡曰：「盛德絶倫郗嘉賓，江東獨步王文度。」

（二二）見《天篆序》。《書評》：蕭思話書走墨連綿，字勢屈强，若鳳跳天門，虎卧鳳闕。昔人評右軍亦云。《書斷》：韋誕如龍拿虎踞。

（二三）見《天篆序》。

（二四）見《瀛臺序》。

（二五）見《瀛臺序》。

（二六）《山谷畫跋》：調麝媒作花果，殊難工。《唐書》：滕王元嬰善畫蛺蝶。劉曾嘗見其圖，有「江夏班」、「大海眼」、「小海眼」、「村裏來」、「菜花子」諸品。嗣王湛然亦善花鳥。王建《宫詞》：傳得滕王蛺蝶圖。

（二七）見《梧月詞序》。

（二八）見《懸圃序》。

（二九）韓偓詩：醉後金蟬重。注：黄金蟬，首飾也。薛逢詩：纖腰怕束金蟬斷。注：腰如蟬之細也。

（三〇）見《天篆序》。

（三一）見《竹逸序》。

（三二）見《滕王賦》。

（三三）見《智修序》。

（三四）見《天章序》。

（三五）見《天章序》。按勃勃僭帝號，自云赫赫連天，因名赫連氏。嘗造百煉剛刀，于靴中壓之。

（三六）《曹瞞傳》：吕布有駿馬，名赤兔，能馳城飛塹。語曰：「人中有吕布，馬中有赤兔。」《真定志》：北燕慕容庾地後，相傳有慕容壘。

（三七）《草木狀》：吴黄武中，江夏李侯以罪徙合浦。始入境，遇蠱毒。其奴吉利者得香草，與侯服之，遂解，吉利即遁去。侯因此濟人，遂以吉利爲名。

（三八）見《九日序》。

（三九）見《看奕賦》。

（四〇）見《滕王賦》。

（四一）見《梧月序》。

（四二）見《天章序》。

（四三）《錢塘懷古詞》：禁［一三］庭空，土花暈碧。

（四四）見《滕王賦》。

（四五）《左傳》：戰于繻葛。注：鄭地。

（四六）見《雪持序》。

（四七）見《實庵序》。

（四八）《説文》：壥埃與雲相連而黄，曰黄雲。又豐兆。《光武紀》：帝戰昆陽，晝有雲如壞，山當營而隕。杜牧詩：遥望戍樓天欲曉，滿城鼙鼓白雲飛。

（四九）見《孝威序》注。

（五〇）《兩都賦序》：時時間作。

（五一）見《鴻客序》。

（五二）見《浙西詞序》。

（五三）《唐書》：宣宗見伶官歌白學士詩，曰「永豐坊裏千條柳」，遂取豐城柳二植之禁中。按白樂天詩名《長慶集》。

（五四）《晉書》：王獻之爲吴興守。羊欣嘗着新練裙晝寢，獻之書數幅而去。

（五五）《詩話》：唐學士善賦詩者，宫女以扇、以手帕索題之。

（五六）見《梧月序》。

（五七）見《楚鴻序》。

（五八）《説苑》中有《叢篇》。

（五九）見《憺園賦》。

（六〇）《後漢書》：楊震官太尉。自震至彪，三葉宰相，四世太尉。袁安于章帝時爲司徒，子敞、孫湯、曾孫成逢，四世五公。

（六一）見《尺牘序》。

（六二）見《祖德賦》。

（六三）《宣武盛事》：戴和字弘正，每得密友，則書于簡，號金蘭簿。

（六四）峴北，見《梧月序》。按李北海精于署〔一四〕書。

（六五）詳《考功序》。

（六六）見篇上。

（六七）見《三芝序》。

（六八）《北史》：楊愔少聰慧，其叔父奇之，曰：「此兒駒齒未落，已是我家龍文。」

（六九）見《桐初序》。

（七〇）見《實庵序》。

【校記】

［一］「瀟」，患立堂本、浩然堂本并作「蕭」。

［二］「衮」，浩然堂本作「滚」。

［三］「撲」，患立堂本、浩然堂本并作「拍」。

［四］「煎」，患立堂本、浩然堂本并作「濺」。

［五］「群」，患立堂本、浩然堂本并作「聲」。

［六］「忘」，患立堂本、浩然堂本并作「亡」。

［七］「撮」，患立堂本、浩然堂本并作「蕞」。

［八］「峴」，四庫本作「覞」，誤。他本皆作「硯」。

［九］此句下，患立堂本、浩然堂本并有小字夾注：「余大父少保公，與君大父太僕公爲同年最契，寒家聯扁，多太僕署書。其先世往來尺牘，迄今猶在四弟子萬篋中。」

［一〇］此句下，患立堂本、浩然堂本并有小字夾注：「米家燈當時最擅名。太僕曾以端綺贈先大父，上織芍藥奇石。」按「芍」字，患立堂本、浩然堂本并作「勺」。

［一一］「人」，患立堂本、浩然堂本并作「家」。

［一二］「從游」，患立堂本、浩然堂本并作「相從」。

［一三］「禁」，原作「楚」，據《南村輟耕録》卷十五「錢唐懷古詞」改。

[一四]「署」，四庫本作「著」。

楊聖期竹西詞序

伯起門風，競説通明第一（一）；盈川才地，群推華妙無雙（二）。楊梅對客，代産文人；黄雀投環，世傳陰德（三）。則有罽袍公子，斑管王孫（四）。雕龍髫鬌之年（五），綉虎綺紈之歲（六）。乃者生偏遭[一]亂，幼便依人。南池驛畔，舊鄰太白之樓（七）；蘭陵縣前（八），新築渭陽之館（九）。雲横魯甸，瞻望兄兮誰來（一〇）；月冷吴關，思悲翁而不見（一一）。他鄉疇恤，幾成王粲離家（一二）；故國難歸，略比楊朱失路（一三）。備詞[二]人之辛苦，極才士之牢愁。然而性本清狂，人尤放誕。樓頭扇底，頗多托興之篇；花下樽前，大有言情之製。於是北里胭脂，人人繕寫；南朝金粉，字字流傳（一四）。菖蒲艷曲（一五），爭譜自銀箏檀板之間；芍藥新聲（一六），偏[三]織於舞帕歌裙之上。詎云小道，亦曰多能。

昔者余鄉，猗歟我友。書裝玳瑁，鄱陽則集號《麗農》；筆架珊瑚，董相則詞名《蓉渡》（一七）。誰家花月，不歌李嶠之章（一八）；是[四]處池臺，皆[五]唱元微之曲（一九）。自二子之云亡，遂百端之交集〔二〇〕。何意荒州，重借驚才於異地〔二一〕；遂令賤子，復聆妙響於餘生。喜不自勝，起而相和。今夜月明薊北，不逢臺上之黄金〔二二〕；他時花落江南，幸唱筵前之紅豆〔二三〕。

【箋注】

〔一〕見《憺園賦》。

〔二〕見《祖德賦》。

〔三〕見《素伯序》。

〔四〕斑管，見《園次序》注。

〔五〕雕龍，見《三芝序》。髫鬌，見《懸圃序》。

〔六〕綉虎，見《祖德賦》。梁張纘《離别賦》：太常劉侯，前輩宿達。余在綺紈之歲，已欽其風矣。

〔七〕《濟寧志》：賀知章觴李白于南池。

〔八〕見《琅霞序》。

〔九〕見《桐初序》。

〔一〇〕《詩》。

〔一一〕漢鼓吹曲詞《鐃歌十八曲》内有《思悲翁》題。陸機《鼓吹賦》：詠悲翁之流思。

（一二）見《滕王賦》。

（一三）見《竹逸序》。

（一四）見《琴怨序》。

（一五）見《瀛臺序》。

（一六）見《瀛臺序》。

（一七）玳瑁、珊瑚，見《天篆序》。鄴陽，見《璿璣賦》。董相，見《憺園賦》。

（一八）見《賨汾序》。

（一九）《長慶集序》：元稹與樂天詩，禁省、觀寺、郵堠、墻壁之間皆傳焉。《新唐書》：元稹長于詩，號元和體。往往播樂府。穆宗在東宮，妃嬪近習皆誦之，宫中呼元才子。

（二〇）見《滕王賦》注。

（二一）見《昭華序》。

（二二）見《九日序》。

（二三）見《素伯序》。

【校記】

［一］「遭」，患立堂本、浩然堂本并作「遇」。

［二］「詞」，患立堂本、浩然堂本并作「辭」。

［三］「偏」，患立堂本、浩然堂本并作「遍」。

［四］「是」，患立堂本、浩然堂本并作「何」。

［五］「皆」，患立堂本、浩然堂本并作「不」。

吴初明雪篷詞序

青天恨滿，天邊無不死之仙（一）；碧海愁多，海上少長圓之月（二）。倘若梅根治畔，宫闕常新（三）；竹格桁邊，市廛如故（四）。北府之精兵未散（五），南朝之狎客不來（六）。則彼都女士［一］（七），即逢枯樹以奚悲（八）；僑寓衣冠（九），便遇新蒲而不恨（一〇）。瑶壇可以鏟掃愁之竹（一一），番舶不必誇蠲忿之犀（一二）。無如蕭蕭落葉，只打空城；滚滚長江，偏圍故國（一三）。隔巷值跨坊之馬，大有新官（一四）；浹［二］江停下水之船，非無故伎（一五）。比來何闕（一六），只歌玉樹之花（一七）；生世不諧（一八），乃住金陵之縣（一九）。此則衛叔寶渡江之歲，定爾傷神（二〇）；周伯仁藉卉之時，斷然流涕者矣（二一）。然而誼夫繾綣，縱復情鍾（二二）；達士逍遥［三］，還能理遣（二三）。但使室廬略定，井竈粗安。馮敬通之跌宕，尚對孺人（二四）；東方朔之詼諧，恒携少婦（二五）。蘭成膝下，長抱荀娘；陶令門中，惟娱通子(二六)。則眷西州[四]之斷港，於我何求(二七)？訪南内之遺基(二八)，干卿甚事(二九)？或者臺城花草，最耐興亡(三〇)；建業山河[五]，惟知歌舞(三一)。亦可推《黍離》爲膜外，置《麥秀》以旁觀(三二)。東陵瓜熟(三三)，雖顑頷以何妨(三四)；下潠田成(三五)，縱棲遲而亦得(三六)。而乃飄飄社燕，慣欲依人(三七)；瑟瑟神鴉，惟思餞客(三八)。一辭牛渚，頻爲西塞之游；再上蟂磯，每有南荒之役(三九)。楚天似墨，仍然腸斷之邦；湘草如羅，依舊魂銷之地(四〇)。意者巴陵銜怨，更甚鍾陵(四一)；沔水無情，還同江水也乎(四二)？於是臺城吊古(四三)，譜以銀箏；漢口懷鄉(四四)，寫之檀板。別業結李皇城畔，小令南唐(四五)；片帆疊庾亮樓頭，清言西晉(四六)。雪氛氛以漸下，篷[六]颯颯以驚飛。觀乎止矣，斯真吴札之後人(四七)；和者誰與，只仗杜陵之野老(四八)[七]。

【箋注】

(一)《楚詞》：留不死之舊鄉。張衡《思玄賦》：登閬風之層城兮，構不死而爲床。《杜陽雜編》：隋大業九年，元藏幾爲過海使判官，風飄之洲島間，洲人云：「此滄洲，去中國已數萬里。」其洲花木常如三月，人多不死。

(二)見《井叔序》。

〔三〕見《鴻客序》。

〔四〕見《浙西序》注。

〔五〕《晉書》：劉牢之百戰百勝，號北府兵。

〔六〕見《琅霞序》。

〔七〕《詩》。

〔八〕見《天篆序》。

〔九〕《左傳注》：僑寓，即僦居也。

〔一〇〕詳《萬柳啓》。

〔一一〕見《看奕賦》。

〔一二〕見《琴怨序》。

〔一三〕杜詩：無邊落葉蕭蕭下，不盡長江滾滾來。劉禹錫《石頭城》詩：山圍故國周遭在，潮打空城寂寞回。

〔一四〕補注。

〔一五〕見《良輔序》。

〔一六〕補注。

〔一七〕見《滕王賦》。

〔一一八〕詳《壽閣序》。

〔一一九〕見《金天石序》。

〔一二〇〕見《滕王賦》。

〔一二一〕見《鴻客序》。

〔一二二〕見《海棠賦》。

〔一二三〕《晉書》：衛玠曰：「人有不及，可以情恕；非意相干，可以理遣。」

〔一二四〕見《閨秀序》。《恨賦》：敬通見抵〔八〕，罷歸田里。左對孺人，顧弄稚子。脱略公卿，跌宕文史。揚雄《自叙傳》：雄爲人跌宕。

〔一二五〕見《看奕賦》。

〔一二六〕見《貞女序》。

〔一二七〕《晉書》：羊曇爲謝太傅所知。太傅亡後，羊行不由西州路。嘗因大醉，不覺過此，羊悲感不已。

〔一二八〕見《鴻客序》。

〔一二九〕見《實庵序》。

〔一三〇〕見《鴻客序》。

〔一三一〕見《禹平序》。

（三二）見《素伯序》。

（三三）見《滕王賦》。

（三四）見《半繭賦》。

（三五）《陶淵明集》有《下潠田穫稻》詩。

（三六）《詩》。

（三七）《雜記》：燕以春社來，秋社去。

（三八）見《梧月序》。

（三九）《太平志》：府城北下有磯，曰牛渚，一名然犀浦。蕪湖大江中有蟂磯。蟂，老蛟也。磯南有石穴，甚深，即蟂所居。

（四〇）見《井叔序》。

（四一）《岳州志》：劉宋曰巴陵，梁曰巴州，隋、唐曰岳州。《金陵志》：鍾山在府東北，名鍾陵。

（四二）《輿志》：漢陽府，即唐沔州。有沔水出其南。《書》：岷山導江。

（四三）見《鴻客序》。

（四四）《武昌志》：漢口乃江、漢合流之地。

（四五）見《鴻客序》。

（四六）見《歸田序》。

（四七）《左傳》：吴季札請觀于周樂，爲之歌《韶》，曰：「觀止矣。」

（四八）《昌黎集》：吾言之，而和者誰與？杜詩：杜陵野老吞聲哭。

【校記】

［一］「女士」，患立堂本、浩然堂本并作「士女」。

［二］「浹」，患立堂本、浩然堂本并作「夾」。

［三］「逍遥」，患立堂本、浩然堂本并作「消摇」。

［四］「州」，蔣刻本、患立堂本、浩然堂本并作「洲」。

［五］「山河」，患立堂本、浩然堂本并作「河山」。

［六］「篷」，患立堂本、浩然堂本并作「蓬」。

［七］此句下，患立堂本、浩然堂本并有小注「謂茶村先生也」。

［八］「抵」，文瑞樓本作「忤」。

曹南耕吴天石［一］天篆疊韻詞序［二］

布帽彈箏，燕市有歲寒之集（一）；貂裘换酒，吴天來疊詠［三］之吟（二）。訝兩地之同心，喜一緘之遠到。鼠鬚描罷（三），數行紅豆新聲（四）；魚腹藏來（五），半幅《金荃》麗句(六)。頓令笑口，亟趁花開(七)；須付歌喉，還隨蝶撲[四](八)。夫其飛揚跋扈(九)，頓挫淋漓(一〇)。旁行側出，韻數見以彌鮮；鑿孔縋幽，押雖重而詎複。石崇王愷，競賽珊瑚(一一)；虢國秦姨，爭誇金翠(一二)。宜僚累十二而丸不墮，實寓於虚(一三)；庖丁更十九而刃若新，技歸於道(一四)。寸人豆馬，不足稱奇(一五)；楮葉棘猴，何能鬥巧(一六)。沉吟不置，賞玩實多。乃於開卷之餘，欻睹見懷之作。

僕也三年委贄，莫逢休沐之期(一七)；千里懷鄉，長負耦耕之約(一八)。年年濠上，只想觀魚(一九)；日日街頭，長愁[五]騎馬(二〇)。幸故人之見憶，雖遠道以相憐。煩謝吴均，并詢曹植(二一)。感卿愛我，願毋忘息壤之盟(二二)；惟爾知余，須一寄當歸之藥(二三)。

【箋注】

(一) 見《渭仁序》。

(二)《晉書》：阮孚爲散騎常侍，以金貂換酒。《文心雕龍》：雙聲隔字而每舛，疊韻雜句而必睽。《珊瑚鈎詩話》：雙聲疊詠，狀連駢嬉戲之態。

(三)《筆髓》：王羲之得用筆法。白雲先生遺之鼠鬚筆，筆鋒勁强。張芝、鍾繇皆用此。

(四) 見《素伯序》。

〔五〕見《尺牘序》。《史記〔六〕》：陳勝以丹帛書「勝王」字，置魚腹中。

〔六〕見《樂府補序》。按温飛卿官方山尉，有《握蘭》、《金荃》等集。

〔七〕見《三芝序》。

〔八〕見《庭表序》。

〔九〕見《藝圃序》。

〔一〇〕《書斷》：羲之觀公孫大娘舞劍渾脱，瀏漓頓挫。

〔一一〕見《憺園賦》。

〔一二〕見《海棠賦》。

〔一三〕見《尺牘序》。

〔一四〕《莊子・養生主》：庖丁爲文惠君解牛，對曰：「臣之所好者，道也，進乎技矣。今臣之刃十九年矣，所解數千牛矣，而刀刃若新發于硎。」《淮南子》：屠牛坦〔七〕一朝解十二牛，而刃游衆虚之間。

〔一五〕按豆人寸馬，畫家法也，此疑誤。

〔一六〕楮葉，見《藝圃序》。《韓子》：燕王好微巧，衛人曰：「臣能以棘刺之端爲母猴。」王悦之，養以五乘之奉。王曰：「吾試觀客爲棘刺之母猴。」衛人曰：「人主必半歲不入宫中，不飲酒食肉。霽日出，視之晏陰之間，乃可見。」燕王因養衛人，而不能觀其母猴。

（一七）見《雪持序》。
（一八）《論語》。
（一九）見《園次序》。
（二〇）詳《壽閣序》。
（二一）《吴均傳》：均字叔庠，吴興人，梁天監初爲主簿。與柳惲賦詩，士多效之，號吴均體。武帝有撰《齊春秋》，後令作《通史》，未成，卒。曹植，見《滕王賦》。
（二二）見《季青序》。
（二三）《蜀志》：姜維詣諸葛亮，得母書，令求當歸。維曰：「但有遠志，不在當歸。」《唐紀》：一行師臨卒，封一物與明皇。西幸發視之，乃蜀當歸。

【校記】

［一］「石」，原作「名」，據蔣刻本、浩然堂本改。
［二］題，患立堂本作「吴曹三子疊韻詞序」。
［三］「詠」，蔣刻本、患立堂本、浩然堂本并作「韻」。
［四］「撲」，患立堂本、浩然堂本并作「拍」。
［五］「長愁」，患立堂本、浩然堂本并作「偏逢」。
［六］「記」，原脱，徑補。

［七］「坦」，原作「垣」，據《淮南子》改。

歲寒詞小序

斗室恒關，雙扉久墐〔一〕。餳香豆軟，正當祀竈之辰〔二〕；釀熟鷄肥，恰值消寒之會〔三〕。三年執戟，急景匆匆〔四〕；五夜讎書，浮踪落落〔五〕。悵門丞之欲去，餞以粔籹〔六〕；冀如願之能來，迎之蕡燭〔七〕。端居不樂〔八〕，僵卧長［一］愁〔九〕。乃有綉虎才人〔一〇〕，乘羊猶子〔一一〕。雙捻玳管〔一二〕，倚小令以分吟；并劈［二］苔箋〔一三〕，向長宵而賭［三］寫。傳諸好事〔一四〕，目以詞豪；播在通都，資爲談助〔一五〕。屬鄙人之技癢〔一六〕，更我友之神來〔一七〕。和有數家，録成一集。

嗟乎！上陽宫外〔一八〕，雪大如鴉〔一九〕；宣曲觀前〔二〇〕，風饕似弩〔二一〕。山頭凍雀〔二二〕，覆鶴氅以難温；砌下寒蟲，藉貂褕而詎暖〔二三〕。何來數子，只欲雕冰；頗怪群賢，偏工鏤雪〔二四〕。定屬無聊之事〔二五〕，心知不急之人〔二六〕。弆之篋衍〔二七〕，且充壓歲之錢；覆彼瓶盆〔二八〕，姑貯辭年之酒。

【箋注】

（一）《詩義疏》：墐户，庶人蓽户，冬則塗之也。

（二）《玉燭寶典》：洛陽人家，臘月造脂花餲。蜡月二十五日，煮赤豆粥。《搜神記》：宣帝時，陰子方臘日晨炊。竈神見，以黄牛祀之，遂驟富。臘日祀竈始此。

（三）見《庭表序》。

（四）東方朔《客難》：位不過侍郎，官不過執戟。注：執戟者，侍郎之職。

（五）五夜，詳《顧哀辭》。

（六）《月令通考》：吴中風俗，除日先報百神，奠神，懸遺像。夕送舊神，焚松柴，謂粈盆。方宴飲，分歲或守歲，達曙或深夜，祀床祀竈，或抱鏡響卜。按門丞，即門神。粈，粗飯也。

（七）《録異志》：廬陵歐明過彭澤湖，忽見數吏來侯，云青洪君使要。明甚怖，吏曰：「青洪君有厚遺君。勿取，獨求如願耳。」如願者，青洪君婢也。明請之歸，數年大富。《雜録》：有商人見清湖君，得婢，名如願，有求悉致之。後因元旦如願晚起，商撻之，走入糞壤中，不見，後家漸貧。按正旦繫偶人投糞中，云令如願始此。《説文》：蕡，雜香草。《周禮》：司烜氏供蕡燭。注：蕡，麻屬。又大也。

（八）見《少楹序》。

（九）《漢書》：袁安字邵公，汝南人。值大雪，洛陽令行部至安門，無行迹，使人視之，見安僵卧。

〔一〇〕見《祖德賦》。

〔一一〕乘羊，見《雪持序》。猶子，詳《銀臺啓》。

〔一二〕見《天篆序》。

〔一三〕見《尺牘序》注。

〔一四〕見《憺園賦》。

〔一五〕袁崧《後漢書》：蔡邕得《論衡》，秘玩以爲談助。

〔一六〕顔之推曰：應邵《風俗通》云：「《太史公記》：『高漸離變名姓，爲人傭〔四〕保。聞宋子有客擊筑，技癢，不能無出言。』」謂懷其技而腹癢也。是以潘岳《射雉賦》「徒心煩而技癢」，今《史記》作「徬徨」，蓋俗傳寫誤耳。

〔一七〕見《藝圃序》。

〔一八〕見《萬柳啓》。

〔一九〕補注。

〔二〇〕見《修禊序》。

〔二一〕補注。

〔二二〕見《天章序》。

〔二三〕張衡《四愁詩》：美人贈我貂襜褕。

〔二四〕桓寬《鹽鐵論》：畫脂鏤冰，費日損功。《摭言》：劉夢得詩，如鏤冰雕瓊。《語林》：良匠不能琢冰。《女史》：魏文帝美人薛靈芸有神針雕冰、藝采作詩。

〔二五〕《國策》：蘇秦曰：「上下相怨，民無所聊。」

〔二六〕補注。

〔二七〕見《尺牘序》。

〔二八〕見《懸圃序》。

【校記】

［一］「常」，患立堂本、浩然堂本并作「長」。

［二］「劈」，患立堂本、浩然堂本并作「擘」。

［三］「睹」，患立堂本、浩然堂本并作「睹」。

［四］「慵」，應爲「傭」。

賀徐立齋先生新升總憲序〔一〕

蓋聞蘭臺始建，標峻秩於三司〔二〕；柏寺初開，躋巍班於九列〔三〕。聲望踞南床以上，位本司空〔四〕；勛階在東漢而前，權侔丞相〔五〕。晉室更稱臺主，詎沿宫正之名；宋時仍曰中丞，第易大夫之號（六）。絳騶赤棒，禮極尊崇；白簡青囊，資兼華貴（七）。然而地以人宜，名緣實副。必也道隆尼父，始足當方朔之褒（八）；如其人比趙堯，方可代周昌之位（九）。從來文囿，定産騶虞（一〇）；自昔唐階，偏生屈軼（一一）。

玉峰立齋徐公，物望三君（一二），家風七穆（一三）。弱齡縝栗，夙高照乘之稱（一四）；綺歲清剛，獨稟干將之氣（一五）。松纔挺幹，便已摩霄（一六）；葵始成叢，先能向日（一七）。卓爾伏鸞之目，斐然綉虎之儔。[一]況復柳遐官位，夢實先呈（一八）；羊祜[二]功名，人爲預告（一九）。畢萬之家必大，厥有明徵（二〇）；田文之户偏高，寧無定數（二一）。昔人可作，姓久署夫華堂[三]；來者多賢，神早貽之金篋[四]（二二）。爰以華年，掇兹大物。風和紫禁，受先皇特達之知；日麗彤雲，際薄海雍熙之會。公則儀觀偉甚，廷臣莫不傾心；神彩凝然，朝野[五]於焉屬目。聖人當璧（二三），雅重儒流；才子垂紳，欣逢盛世。槖筆侍螭坳之次（二四），懷鉛居虎[六]尾之中（二五）。而或天閑騕褭，躡景難攀；臣馬駸驔，追風每後（二六）。空荷九重之顧問，誰酬片刻之諮詢？按轡以思，停鞭而待。諭兹太[七]僕，妙選龍媒（二七）；俾彼詞臣，不離鸞仗（二八）。參差鹵簿，逢天笑之爲新（二九）；掩映乘輿，識聖顔之有喜（三〇）。更以萬幾鮮暇，詎事田禽（三一）；然而三孽[八]猶苞（三二），敢忘搜獮（三三）。六飛大獵，命[九]學士以旁觀（三四）；萬乘遥臨，許宫坊爲縱視。絳旓綉傘，勢欲彌空；隼罕蜂旗，光還蔽日（三五）。圍當合處，猶虞駭獸之軼群（三六）；陣欲圓時，尚怵奇毛之觸網。鬭如鴟叫（三七），雖文僚亦爲興霸之聲（三八）；矯若鷹飛，至從官盡效張遼之狀（三九）。而公則據鞍不動，立馬如常。臣惟屹若，夫豈搏熊扼兕之徒（四〇）；帝曰念哉，是真履虎執玃之士（四一）。援此一端，該夫百行。至若行己端方，居官詳慎。塤篪鼎盛（四二），恒聆持滿之言（四三）；棣蕚聯翩（四四），私厪席豐之懼（四五）。處事則當仁赴義，軒軒轢千古之前；宅衷則集木臨淵，惴惴屈萬夫之下（四六）。雅耽鉛槧（四七），酷嗜縹緗（四八）。傅鶉觚之篋裏，饒有異書（四九）；揚[一〇]子雲之室中，率多奇字（五〇）。不貪是寶，所貪者聊蒼洞歷之恢奇（五一）；平恕爲懷，難恕者亥豕烏焉之踳駁（五二）。典墳之富（五三）[一一]，逾彼劉歆（五四）；鈔撮之勤，加於荀勖（五五）。要夫至性，尤可深言。爾其彩袖仁親（五六），《白華》將母（五七）。嬰情共氣，寧氏則家有孤甥（五八）；篤念天倫，汜毓則兒無常父（五九）。孝子之牖腒[一二]滫髓，養志無方（六〇）；鮮民之祥練虞禫，臨喪中禮（六一）。倚廬卒歲（六二），夜號而每學猿啼（六三）；不内三年，晝入而恒遭犬吠（六四）。以至一諾寧諼（六五），寸長必録（六六）。蓽門圭竇之子，將[一三]以聲華（六七）；飛袿跕[一四]屣之倫，丐其膏馥（六八）。誰能無過，王輔嗣頗高不怒之風（六九）；人各有心，江應元殊得稀言之益（七〇）。揚其雅量，固蠡測以難勝；挹彼沖襟，冀管窺而莫罄（七一）。此所以孚於先帝，留之保我子孫；簡在今皇，藉爾率其僚屬也。

先是，公以内閣學士、禮部侍郎，奉監修《明史》之詔，及拜是官，仍兼厥職。於是館中壽曄，院内班張（七二）。以余鳴鳥之深交（七三），令綴雕蟲之卮語（七四）。嗟乎！與公兄弟，青松締髫齔之交；似我遭逢，白首托班聯之誼（七五）。譬諸草木，何敢差池（七六）；如彼瑟琴，正資調劑（七七）。起而爲吏（七八），詎忘將伯之呼（七九）；出以圖君（八〇），只作印[一五]須之賦（八一）。幸故人之得路，欣在位之多賢。日者巽命初頒，臺端霜肅（八二）；新綸甫涣，柱後風生（八三）。雖宫闈密勿，沉沉造膝之嘉謨（八四）；而道路流傳，嘖嘖伏蒲之讜論（八五）。敷陳五疏，全扛百斛龍文（八六）；蹇諤連晨（八七），早露一班豹采（八八）。屬承諈諉（八九），用效賡揚（九〇）。此日烏鳴[一六]府上（九一），已膺申錫之榮（九二）；他時鱣集堂前，佇應三台之瑞（九三）。

【箋注】

（一）原注：代大司馬宋夫子作。[一七]

〔二〕《官制考》：都御史所居之署，後漢名御史臺，亦名蘭臺寺。魏、晉、宋、齊仍曰蘭臺。梁名南司，亦曰南臺。所領之屬。唐仍隋制，一曰臺院，號爲臺端；二曰殿院，號爲副端；三曰察院，號爲分察。《漢官儀》：御史臺，内掌蘭臺、秘書省，外督諸州刺史。

〔三〕《漢書》：御史府，亦名御史大夫。成帝時，列柏府中，有烏數千集其上，謂之柏臺，亦謂烏臺。《韋玄成傳》注：九列，九卿也。

〔四〕唐制：臺中會聚，于坐南設横榻，曰南床。不出累月，遷南省，故稱之。又曰：癡床，言倨傲如癡。漢制：成帝更御史大夫爲大司空，秩比丞相。

〔五〕《漢書》：漢選郡守，相高第爲御史大夫，任職者爲丞相。復置两丞，一曰御史丞，一曰中丞。

〔六〕《官制考》：晉初，省御史大夫，而因漢以中丞爲臺主，即御史大夫之任。隋以國諱，省中丞，置大夫爲臺主。宋仍唐制，無大夫，以中丞爲臺長。

〔七〕《晉史》：傅玄爲御史中丞，每有奏劾，或日暮則捧白簡，整簪帶，竦踊不寐，坐以待旦。《南史》：任昉有彈劾，皆日奉白簡以聞。《宋紀》：顔延之爲中丞，何尚之與以書曰：「絳驄載道，白簡生風。」《漢官儀》：凡諫院章表，皆皂囊封事。

〔八〕下注。

〔九〕《史記·丞相列傳》：周昌爲御史大夫，爲人彊力，敢直言。高祖召昌，謂曰：「公彊爲我相趙王。吾極知其左遷，然非公無可者。」久之，高祖持御史大夫印弄之，曰：「誰可爲御史大夫者？」熟視趙堯，曰：「無以易堯。」遂拜爲御史大夫。

〔一〇〕《詩義疏》：騶虞白虎，黑文不食，生物者也。文王仁民之餘恩，形于《鵲巢》，而及于《騶虞》。

〔一一〕見《瑞木賦》。

〔一二〕《後漢書》：陳蕃、竇武、劉淑爲東漢三君。

〔一三〕見《園次序》。

〔一四〕見《歸田序》。

〔一五〕見《園次序》。

〔一六〕《漢書》：人望郭泰、李膺，渺若松喬在霄漢。

〔一七〕《説文》：黄葵，嘗傾葉向日。

〔一八〕《北史·本傳》：柳遐位大將軍、聞喜公。《梁書》：遐，梁人，仕周。幼豪邁，謝舉曰：「江漢英靈，見于此矣。」《周書》：柳遐字子升，其世父慶遠特器異之，謂遐〔一八〕曰：「昔吾逮事，伯父太尉公嘗語吾云：『昨夢汝登一樓，樓甚峻麗，吾以坐席與汝，汝後官必達。』吾今聊復晝寢，又夢將昔時座席還以賜汝，汝之官位當復及吾。宜勉勵，以應嘉祥也。」

〔一九〕《羊祜別傳》：人有相羊祜父墓，後應出受命君。祜惡其言，遂掘斷墓後，以壞其勢。相者立視之，曰：「猶應出折臂三公。」俄而，祜墜馬折臂。後位至三公。

（二〇）《左傳》：初，畢萬筮仕于晉，得公侯之卦。獻公以爲大夫，賜以魏。卜偃曰：「畢萬之後必大。」注：其後，韓、趙、魏分晉，爲諸侯。

（二一）《史記》：田嬰有子四十餘人。文以五月五日生，及長，嬰曰：「五月子者，長與户齊，將不利其父母。」文曰：「人受命于天乎？將受命于户耶？必受命于天，君何憂焉？必受命于户，則高其户耳，誰能至者？」

（二二）《寰宇記》：岱宗上有金篋玉策，能知人修短。漢武探策，得十八，因倒語曰「八十」。後果然。

（二三）見《懸圃序》。

（二四）橐筆，見《園次序》。螭坳，見《璿璣賦》。

（二五）懷鉛，見《尺牘序》。

（二六）《瑞應圖》：騕褭者，神馬也。日行萬八千里，與飛兔同。《古今注》：秦始皇有七名馬，一追風，二白兔，三躡景，四追電，五飛翮，六銅爵，七晨凫。

（二七）《周禮》：太僕掌王之服御。《漢·禮樂志》：龍之媒，天馬來。應邵云：天馬者，乃神龍之類。今天馬已來，此龍必至之效也，故曰龍之媒。

（二八）《古今注》：帝王儀衛爲鸞仗。

（二九）杜詩：每逢天一笑，復似物皆春。

（三〇）杜詩：天顔有喜近臣知。

（三一）《書》：一日二日萬幾。《易》：田有禽。

（三二）《詩》。

（三三）《左傳》：春搜，夏苗，秋獮，冬狩。

（三四）《漢書》：袁盎諫文帝曰：「今陛下騁六飛，馳下峻山。」注：六馬行疾若飛也。

（三五）蔡邕《獨斷》：前驅有九游雲罕。注：大旗也。《廣雅》：蜂，同「蜂」，衆多也。《漢書》：趙廣漢壯蜂氣。

（三六）《西都賦》：獸駭值鋒。

（三七）見《天章序》。

（三八）見《梧月序》。

（三九）《函史·魏臣志》：張遼者，雁門馬邑人。嘗赴吴軍前陷陣衝壘，入至權麾下，權大驚走。已見遼衆少，圍之數重。遼左右衝擊，竟突圍拔衆出。吴人披靡，幾獲權。後魏主行合肥戰處，歎賞者久之。《魏志》：赤壁敗還，留張遼屯合肥。

（四〇）《國語》：叔向對晉平公曰：先君唐叔，射兕于徒林殪。

（四一）《易》：履虎尾。《樂記注》：獶，與「猱」同。

（四二）《詩》：伯氏吹塤，仲氏吹篪。漢文：春秋鼎盛。

（四三）《越世家》：范蠡曰：「持滿者與天，定傾者與人。」《家語》：孔子觀欹器曰：「世焉有滿而不覆者哉？」

（四四）《詩》。

（四五）漢文：席豐履盛。

（四六）《詩》。

（四七）見《尺牘序》。

（四八）見《園次序》。

（四九）見《雪持序》。

（五〇）見《昭華序》。

（五一）《漢書》：聊蒼爲侍中，著書，號聊子。洞歷，補注。

（五二）亥豕，見《隹山序》。烏焉，見《樂府補序》。《莊子》：惠施多方，其道踳駁。《孝經序》：踳駁猶甚。

（五三）見《天篆序》。

（五四）見《尺牘序》注。

（五五）《晉・荀勖傳》：勖字公曾，爽曾孫。武帝朝領秘書監，與張華依劉向《別録》整理錯亂，又得汲冢中古人竹書，撰次以爲《中經》。

(五六)見《憺園賦》。

(五七)《詩》。

(五八)見《桐初序》。

(五九)《晉書》:汜毓字稚春,武帝召辟不就,敦睦九族,時人號其家:「兒無常母,衣無常主。」所撰有《春秋釋疑》。

(六〇)《周禮》:夏宜腒鱐。注:腒,乾雉。鱐,乾魚也。《内則》:堇、荁、枌、榆、免、薧、滫、髓以滑之。

(六一)載《喪記》。

(六二)詳《壽徐序》。

(六三)見《懸圃序》。

(六四)《齊書》:邢卲,任丘人,官太常卿,兼國子祭酒,不以位望自尊。坐卧小室,果餌皆置梁間,客至,下而共啖。未嘗内宿。自云:「嘗晝入内閣,爲犬所吠。」

(六五)詳《納姬序》。

(六六)《卜居》:鄭詹尹曰:「尺有所短,寸有所長。」

(六七)《儒行》:儒有一畝之宫,環堵之室,蓽門圭竇。注:荆竹織門,其竇小如圭形。

(六八)傅毅《舞賦》:華袿飛髾,而雜纖羅。劉熙《釋名》:婦人上服謂之袿。《史記·貨殖傳》：趙中山人鼓鳴琴，跕屣游媚。

（六九）《王弼别傳》：弼字輔嗣，少而察惠，何晏甚奇之。何云：「聖人無喜怒哀樂。」王意頗不同，以爲聖人茂于天者，神明也；同于人者，五情也。

（七〇）《晉書》：江績字仲元，弟統字應元，靜默有遠志。嘗著《徙戎論》以警朝廷，時人語曰：「嶷然稀言江應元。」

（七一）見《佳山序》。

（七二）《晉書》：陳壽字承祚，師事譙周。張華愛其才，除著作郎。撰《三國志》。范曄、班固，見《庭表序》。張衡，見《園次序》。按張華見左思賦，歎曰：「班、張之流也。」

（七三）《詩》：鳥鳴嚶嚶。

（七四）雕蟲，見《璿璣賦》。卮語，見《看奕賦》注。

（七五）《廣絶交論》：援青松以示心，指白水以旌信。《韓詩外傳》：男八歲而髫齒，女七歲而齔齒。潘安仁《楊綏誄》：曾未齔髫。

（七六）《左傳》：晉人徵朝于鄭，鄭公孫僑對曰：「謂我敝邑，邇在晉國，譬諸草木，吾臭味也，何敢差池？」

（七七）見《桐初序》。

（七八）見《二齋序》。

(七九)《詩》。

(八〇)《檀弓》。

(八一)《詩》。

(八二)《唐書》:侍御史號臺端,人稱之曰端公。

(八三)詳《田太翁啓》。

(八四)《世説》:許詢嘗詣簡文共語。簡文不覺造膝,共叉手語,達旦。

(八五)見《黄門序》。

(八六)見《佳山序》。

(八七)《易》。

(八八)《世説》:王獻之觀人奕,曰:「南風不競。」人曰:「此即所謂管中窺豹,時見一班。」

(八九)見《懸圃序》。

(九〇)《書》。

(九一)見《祖德賦》。

(九二)《詩》。

(九三)《後漢書》:楊震好學講書,有鸛雀銜三鱣魚,飛集講堂前,都講進曰:「蛇鱣者,大夫之象也。數三者,法三台也。先生自此升矣。」

（九四）附注：方朔侍武帝。帝問：「孔、顏道德何勝？」朔曰：「顏如桂馨一山，孔子如春風至，萬物生。」[一九]

【校記】

[一]此二句原脱，據蔣刻本、患立堂本、浩然堂本補。

[二]「祜」，原作「祐」，據諸本改。

[三]此句下，患立堂本、浩然堂本并有小注：「昆山百餘年前，有某公者，某科狀元也。常夢人告之曰：繼君起者，其人姓陸。某公因作懷陸堂以志之。公及第時榜姓陸。」

[四]「篋」，患立堂本、浩然堂本并作「筴」。又此句下，患立堂本、浩然堂本并有小注：「有孝廉某者，夢神以一策相授，由乙未之史，以及戊戌之孫，由孫以及公，此戊戌前事也。」

[五]「野」，患立堂本、浩然堂本并作「貴」。

[六]「虎」，患立堂本、浩然堂本并作「豹」。

[七]「太」，原作「大」，四庫本同，并誤，據蔣刻本等改。

[八]「孽」，患立堂本、浩然堂本并作「蘖」。

[九]「命」，患立堂本、浩然堂本并作「會」。

[一〇]「揚」，原作「楊」，據蔣刻本、浩然堂本改。

[一一]「富」，原作「當」，據諸本改。

[一二]「驌腒」，浩然堂本作「腒驌」。

[一三]「將」，患立堂本、浩然堂本并作「奬」。

[一四]「跕」，原作「站」，蔣刻本同，并誤，據患立堂本、浩然堂本改。

[一五]「卬」，原作「邛」，徑改。按《诗经·邶风·匏有苦叶》：「人涉卬否，卬须我友。」

[一六]「鳴」，患立堂本、浩然堂本并作「啼」。

[一七]此句原注，蔣刻本無「原注」二字，患立堂本、浩然堂本并作「代相國宋夫子作」。又按，此篇及後文《送汪考功鍾如給假省親序》，目録中在卷十二首，内文在卷十一末。考卷十一除此二文均爲詞集序，應置卷十二，然不改，僅改目録。

[一八]「遐」，原作「霞」，徑改。

[一九]此條附注，據亦園本、四庫本、文瑞樓本補。

送汪考功鍾如給假省親序

蕭蕭兮風也，燕市[一]從來餞別之區(一)；青青者柳耶[二]，《陽關》大抵送行之曲(二)。越禽戀燠，代馬懷寒(三)。潞河橋下，晝[三]舸連翩(四)；督亢城邊，輕裝絡繹（五）。爰有望郎（六），亦遵前路（七）。其人也犀角名家（八），鶴廳才子（九）。門庭蕭寂，素無諧際之心；神彩端凝，最得青[四]蒼之氣。在盛朝既頗急此賢，至吾黨益難爲斯別。斜陽祖道（一〇），瀕行而挽子之祛（一一）；長笛歌驪，半起而攬君之袂（一二）。賓徒眷戀，願紆已授之綏；親懿追攀，冀緩方遒之軫。而先生則揮手離亭，顧同官而致語；横衿[五]曠野，向我友以鳴懷。

疇昔之辰，小人有母（一三），蓋以故鄉婺歙，僑籍蘄黄（一四）。此地實當三巴百粵之衝（一五），向年屬有豨突鴟張之事（一六）。時則苴蘭賊騎，漸斥武昌（一七）；洱海戈船（一八），直浮夏口（一九）。烽火照劉郎之浦[六]（二〇），鼓聲聞樊姥之山（二一）。陶士行作鎮之地（二二），棧閣千盤；庾元規長嘯之樓（二三），波濤萬斛。倘若藏身鄉隴，誰爲君側以馳驅？如其戮力京都，疇過親闈而定省。两端莫决，終傷時事之多艱；二者交縈，尤念皇塗之未靖。

時則金牛堆畔，灑淚登舟（二四）；黄鵠磯前，束裝別母（二五）。遂攝官而承乏，爰投袂以從王（二六）。寧縻好爵，正天家有事之秋；匪慕清班，愧世上偷安之輩。白雲北望，恒切關心（二七）；錦鯉南來（二八），彌期[七]承臉。何意別離以後，屢動軍愁；羈宦[八]而來，頻叨鄉訊。故園鄣郡（二九），偏遭鐵額之燒焚（三〇）；舊業新安（三一），洊值銅脛之俘掠（三二）。紅知賊火，焰烘黃帝之丹鑪（三三）；白是刀鋒，冷逼烏聊之雪瀑（三四）。醜松怪柏，會此漂搖（三五）；雲海天都（三六），遭茲板蕩（三七）。杜陵邑井，倍牽游子之腸（三八）；庾信江關，易入征夫之夢（三九）。至若仳離甫定（四〇），即屆金妃設帨之辰（四一）；烽燧纔消，便逢寶婺稱觴之日（四二）。高堂七十，長路三千。及瓜未代[九]，私心何敢以告人（四三）；休沐方賒（四四），臣職未遑乎將母（四五）。懷中陸橘，長結想於天邊（四六）；屋後姜魚，獨含情於日下（四七）。茲者一官，俄焉六載。幸蠻荒之帖伏，南徼初[一〇]安；喜江介之承平，北堂無恙。况夫吕公灘畔（四八），大有蒓鱸（四九）；吴口村中（五〇），非無稻麥。三江鱖美，正上武昌之魚（五一）；一縣笋香，不少黃州之竹（五二）。耘[一一]瓜負米，捨此樂以何求（五三）？扇枕驅蚊，失今時而莫待（五四）。縱復邅迴仕版，甚[一二]溺時名。朝登勛府之階，夕[一三]畫選郎之諾（五五）。將恐家公致誚，説生平畏見貴人（五六）；父老興嘲，謂此君不[一四]耐官爵（五七）。吾行已決，幸故人鑒余烏哺之私（五八）；此别無多，但來年俟我鳳池之上（五九）。於是南浦霜紅，擘琵琶而促[一五]柱（六〇）；西山日紫，傾鑿落以行杯（六一）。繞朝贈策，群公既立馬以歌詩（六二）；疏廣還鄉（六三），賤子亦班荆而作序（六四）。

【箋注】

〔一〕見《智修序》。

〔二〕見《寶汾序》。

〔三〕見《無忝序》注。

〔四〕《通州志》：潞河橋，古潞縣地。《河間志》：潞河屬青縣。

〔五〕《涿州志》：昔秦兵將入燕，燕太子丹使[一六]荆軻齎督亢圖以獻，至今有督亢陂。

〔六〕見《園次序》。

〔七〕《詩》。

〔八〕見《三芝序》。

〔九〕《西京雜記》：唐考功員外郎廳事有薛稷畫鶴，宋之問爲贊，後吏部因號鶴廳。

〔一〇〕見《滕王賦》。

〔一一〕《詩》。

〔一二〕《大戴禮》：《驪駒》，逸《詩》篇名。客欲去，歌之。其詞曰：「驪駒在門，僕夫具存。驪駒在路，僕夫整駕。」

〔一三〕見《竹逸序》。

〔一四〕《新安志》：隋歙州，唐婺源，今二縣屬府。《黄州志》：北齊曰蘄州，唐曰黄州。

〔一五〕《渝州記》：春秋巴子國，閬水與白水合流，曲折三回，形如巴字，稱閬中三水。又以永寧爲巴郡，合巴東、巴西爲三巴。又以四川諸府皆巴郡地。《輿志》：廣西，古百粤地，戰國爲楚粤之交，秦屬桂林郡。

〔一六〕豨突，見《玉巖序》。鴟張，見《天章序》。《漢書》：狐假鴟張，自謂驍雄莫敵。

〔一七〕《滇池記》：莊蹻，王滇時建苴蘭城。《輿志》：漢江夏地，三國時吴曰武昌。

〔一八〕見《竹逸序》。

〔一九〕《武昌志》：夏口在荆江中，與沔口相對。

〔二〇〕《寰宇記》：劉郎浦，在荆州府石首縣。漢昭烈娶孫夫人地。

〔二一〕《武昌志》：樊山下有樊口。謝朓詩：樊山開廣宴。

〔二二〕見《滕王賦》，詳《賀周序》。

〔二三〕見《歸田序》。

〔二四〕《幽明録》：巴丘縣黄金潭，古有釣此者，獲一金鎖，引之，遂滿一船。有金牛出，釣人駭懼，牛因奮躍還潭。《元和郡國〔一七〕志》：梁州金牛縣，乃因秦伐蜀，言五石牛能糞金，故名。

〔二五〕《武昌志》：黄鵠山，其下有黄鵠磯。昔仙人黄子安騎黄鶴憩此。

〔二六〕《左傳》：齊師敗于鞌〔一八〕，韓厥執縶馬前，曰：「臣辱戎士，敢告不敏，攝官承乏。」又楚子圍宋，投袂而起。

（二七）《唐史》：狄仁杰授并州法曹。親在河陽，登太行山反顧，見白雲孤飛，曰：「吾親舍在其下。」悵望久之。
（二八）見《尺牘序》。
（二九）見《鴻客序》注。
（三〇）見《商尹序》。
（三一）《輿志》：今徽州，在唐爲歙州，在隋爲新安。
（三二）見《商尹序》。
（三三）詳下。
（三四）《新安志》：府城有烏聊山，隋末嘗遷州治于此，上有名泉。
（三五）《詩》。
（三六）雲海，見《季青序》注。《九域志》：黄山，舊名黟山，上有峰三十二，溪二十四，洞十八。浮丘公、容成子與黄帝駐天都峰，煉丹於此。今有浮丘仙壇。
（三七）《詩》。
（三八）載杜詩。
（三九）見《素伯序》注。
（四〇）《詩》。

（四一）詳《壽閻序》。

（四二）晉杜預曰：嫠女爲已嫁之女。并詳《葉母序》。

（四三）《左傳》：齊侯使連稱、管至父戍葵丘。瓜時而往，曰：「及瓜而代。」

（四四）見《雪持序》。

（四五）《詩》。

（四六）見《憺園賦》。

（四七）見《瑞木賦》。

（四八）《新安志》：歙縣水勢湍急，舟不易渡。唐刺史吕季重捐俸鑿石，遂成安流，故名吕公灘。

（四九）見《九日序》。

（五〇）補注。

（五一）張志和詞：西塞山前白鷺飛，桃花流水鱖魚肥。注：西塞，武昌山也。《吴志》有「建業水，武昌魚」之謡。

（五二）《輿志》：黄州産蘄竹。按孟宗，江夏人，與黄州接壤。

（五三）《家語》：曾子芸瓜，而誤斬其根。《家語》：子路曰：「昔由事二親之時，常食藜藿之食，爲親負米百里之外。」

（五四）《晉書》：王延事親甚孝，夏則扇枕，冬則温被。漢黄香事同，見前。《孝子傳》：羅威，番禺人，夏日撤帳而卧，曰：「吾供蚊蚋，恐蚋嘬吾母。」

（五五）《左傳》：勛在王室，藏於盟府。《官儀》：吏部謂之勛府。《後漢書》：宗資爲太守，任功曹范滂。人歌曰：「汝南太守范孟博，南陽宗資主畫諾。」并見《二齋序》。

（五六）見《歸田序》注。

（五七）《宋·向敏中傳》：敏中字常之。太平五年，試《春雨如膏賦》，及第。後真宗朝進左僕射。上使人覘之，門闌悄然，上曰：「敏中大耐官職。」

（五八）《春秋運斗[一九]樞》：飛翔羽翮爲陽，陽氣仁，故烏反哺也。成公綏《烏賦》：雛既壯而能飛兮，乃銜食而反哺。《耆舊傳》：張霸爲會稽太守，一郡慕化。童謡曰：「城上烏，哺父母，府中諸吏皆孝友。」

（五九）《晉書》：荀勖爲中書監，除尚書令。人賀之，曰：「奪我鳳皇池，何賀耶？」

（六〇）後漢侯瑾《箏賦》：急弦促柱，變調改曲。陳顧野王《箏賦》：調宫商于促柱，轉妙音于繁弦。并見《子厚序》。

（六一）白樂天詩：金屑琵琶槽，銀含鑿落盞。注：鑿落盞，笲中鐫鏤者。

（六二）《左傳》：晉士會奔秦。晉人忌秦用士會，乃使魏壽餘僞攻秦，以誘士會。秦使士會繞朝，諫不聽。會行，朝贈之以策，曰：「子無謂秦無人，吾謀適不用也。」

（六三）見《滕王賦》。

（六四）見《禹平序》。

【校記】

[一]「市」，蔣刻本、患立堂本、浩然堂本并作「地」。

[二]「耶」，患立堂本、浩然堂本并作「邪」。

[三]「畫」，蔣刻本、患立堂本、浩然堂本并作「單」。

[四]「青」，患立堂本、浩然堂本并作「清」。

[五]「衿」，患立堂本、浩然堂本并作「襟」。

[六]「浦」，患立堂本、浩然堂本并作「洑」。

[七]「期」，患立堂本作「其」。

[八]「宦」，原作「官」，據他本改。

[九]「代」，患立堂本、浩然堂本并作「迨」。

[一〇]「初」，患立堂本、浩然堂本并作「粗」。

[一一]「耘」，患立堂本、浩然堂本并作「芸」。

[一二]「甚」，患立堂本、浩然堂本并作「湛」。

[一三]「夕」，蔣刻本作「名」。

[一四]「不」，患立堂本、浩然堂本并作「大」。

［一五］「促」，患立堂本、浩然堂本并作「捉」。

［一六］「使」，原作「故」，據亦園本、文瑞樓本改。

［一七］「國」，應爲「縣」。

［一八］「窜」，原作「案」，據四庫本改。

［一九］「運斗」，原作「斗運」，誤倒，徑乙正。

陳檢討集卷十二

宜興陳維崧其年撰　皖江程師恭叔才注

序

賀周櫟園先生南還廣陵序

蓋聞庶女撫膺，赤帝見飛霜之異(一)；賤臣隕涕，白虹來貫日之奇(二)。理無渺而不通，物無微而不格(三)。矧夫名應球璜，位班岳瀆(四)。而乃拾灰惑志於尼父(五)，掇蜂悼心於伯奇(六)。忠泉遘涌溢之悲(七)，孝笋罹折摧之懼(八)。此則玉馬似[一]殷仁而出地(九)，《金縢》因姬旦以籲天者矣(一〇)。

櫟園周先生者，德挺黄中，性鄰殆庶(一一)。袁司徒之家世，名重两京；楊太尉之丰裁，望隆三事(一二)。加以石奮家風，史傳醇謹(一三)；于公門户，人頌平反(一四)。早膺華秩，軍中呼公瑾爲郎(一五)；夙懋陰功，邑内以賈彪爲父(一六)。自栽花而植柏，預篴崇班(一七)；由馴雉以乘驄，洊登華省(一八)。屬興朝之當璧，正江左之粗安。謂廣陵者，北控淮徐，衢連闤闠（一九）；南通吴會，户溢笙竽（二〇）。顧自劉濞披猖之後，盡苦灰釘（二一）；抑本高駢狂惑之餘，俱嬰糜爛（二二）。俗變魚鹽之舊，市無紈褲之家。不藉撫綏，奚由安戢？先生始以兵使者至，則投甂不聞，探丸罕警（二三）。茱萸灣上，時裝陶侃之船（二四）；楊柳堤邊，還揮［二］顧榮之扇（二五）。三年保障，十邑謳歌（二六），兼之大德曰生，至仁不殺。保全世族，不隳郤克之宗（二七）；擁護善人，獲免欒針之族（二八）。環來黄雀，識爲銜恩（二九）；珠出丹蛇，知因報德（三〇）。固已闕名邗水，居然朱邑之桐鄉（三一）；山號蜀岡，宛爾羊侯之峴首矣（三二）。

無何移節八閩，分符百粤（三三）。連天瘴癘，直暗銅標（三四）；極地戈鋋（三五），偏侵石鼓（三六）。犀船不返，猶推徐福爲仙（三七）；兕甲無憑，尚説田横有島（三八）。先生則灑涕而談，登陴而誓（三九）。温太真臨流釃酒，祇傳慷慨居多（四〇）；傅修期馳檄飛書，惟以悲哀爲主（四一）。終焉賊退，屹爾城完。天子乃嘉厥元功，膺斯重寄；賜之蟬翼（四二），掌此烏臺（四三）。爰乃賈生痛哭，願繫尉陀（四四）；徐樂直言，只憂閩越（四五）。蓋始焉以梁代之忠臣，早虞侯景（四六）；終焉以晉朝之烈士，見忌王彌（四七）。雖深當宁之思，已觸要人之怒。然而囚服還閩，猶能殺賊；赭衣出獄，尚請嬰城（四八）。藍田箭盡，徒奮［三］手以射人(四九)；河橋路窮，趣免胄而却敵(五〇)。此則射烏[四]樓上，最可驚魂(五一)；螺女江邊，堪爲動魄者也(五二)。奈何忠豈勝讒，功難止謗。師師有位，誰憐趙蓋之冤(五三)？穆穆群公，孰訟甘陳之枉(五四)？既間關而對簿(五五)，復匍匐以就臺(五六)。斯時也三千下客，盡願相從；七十老翁，爭思自剄(五七)。舉幡太學(五八)，甘栲掠以如飴；負鑕門徒，弃妻拿而不恤。俄焉覆盆漸白(五九)，見晛終消(六〇)。

當南箕織罪之時，狂沙蔽野(六一)；及北寺論功之日，澍雨彌空(六二)。路人猶以爲冤，天子遂爲之動。金鷄初唱，竟出王尊(六三)；丹鼎將成(六四)，益思李牧(六五)。攀龍髯而莫逮(六六)，憐馬角以初生(六七)。先生遇赦，實順治十八年正月初七日也。凉秋八月，南下廣陵，於是郊迎郭伋，皆爲騎馬之兒(六八)；人識叔敖，知是斬蛇之客(六九)。竹西士女，競獻壺漿(七〇)；官閣賓朋，咸摛詞賦(七一)。某以不才，適逢斯會。昔年優渥，曾陪明月之樓(七二)；今日衰遲，已作秋風之扇(七三)。當先生蒙謗之日，正賤子履險之辰。王成漸老，愧賣卜以何能(七四)；寧武終愚，恨槖饘之無力(七五)。緑[五]池不遠，望王儉以知歸(七六)；絳帳非遥，念馬融而思報(七七)。聊鳴欣慶，并序私恩[六]。(七八)

【箋注】

（一）見《貞女序》。

（二）《列士傳》：荆軻發後，燕太子自相氣，見白虹貫日不徹，曰：「吾事不成矣。」《國策》：唐雎曰：「聶政之刺韓傀也，白虹貫日。」

（三）《文賦》：理無微而不綸。

（四）《爾雅》：東岳泰山，南岳霍山，西岳華山，北岳恒山，中岳嵩山。江、河、淮、濟爲四瀆。按霍山，一作衡山。《記》：五岳視三公，四瀆視諸侯。

（五）見《觀槿序》。

（六）見《歸田序》。

（七）見《歸田序》。

（八）見《臛庵序》。

（九）《瑞應圖》：玉馬者，王者清明尊賢則至。補注。

（一〇）《書》。

（一一）《易》。

（一二）見《紫來序》。

（一三）見《歸田序》。

（一四）《漢書》：于公治獄，多所平反。不平者平之，誤之者反之，言獄平也。并見《憺園賦》。

（一五）見《鴻客序》。

（一六）見《歸田序》。

（一七）栽花，見《楚鴻序》。植柏，見《祖德賦》。

（一八）《後漢書》：魯恭爲中牟令。河南尹使掾往察[七]之，恭隨行阡陌，有雉止其傍，傍有兒童，掾曰：「何不捕之？」兒言：「雉將雛。」掾曰：「螟不犯境，化及鳥獸，童子有仁心，此三異也。」《續漢書》：桓典字公雅，爲侍御史，執政無所迴避。常乘驄馬，京都畏之，語曰：「行行且止，避驄馬御史。」

（一九）見《滕王賦》。

（二〇）左思詩：南鄰擊鐘磬，北里吹笙竽。

（二一）《史記》：吴王濞者，高帝兄劉仲之子也。高帝立爲吴王。景帝時，與七國反。初，起兵廣陵，西涉淮，因并楚兵。《陳霸先本紀》：《九錫文》云：「妖酋震懾，遽請灰釘。」注：闔棺所須也。《魏略》：王凌陰謀廢立，事覺，凌知罪重，試索灰釘。

（二二）《唐・僖宗紀》：高駢爲浙西鎮海軍節度使。乾符六年，破黄巢兵。中和二年，駢上表不遜，遂絶貢獻。都將畢士鐸討執殺之。

（二三）《唐書》：武后垂拱二年，置匭四枚。以銅鑄四面，各依方色：東曰延恩，南曰招諫，西曰伸寃，北曰通玄。并見《禹平序》。《漢書》：尹賞字子心，守長安。令長安無賴少年殺吏，探丸，得赤丸者斫武吏，黑丸者斫文吏，得赤白者主治喪。尹賞收捕，得數百人，納虎穴中。

（二一四）《揚州志》：茱萸灣，一名灣口，今名灣頭。城之東北。《晉書》：宣武伐蜀，裝船悉以作釘。《通鑒》：蘇峻之亂，温嶠軍食盡，侃分米餉之。陳敏遣陳恢寇武昌，侃禦之，以運船戰。并見《歸田序》。庾信《哀江南賦》：陶侃空裝米船。

（二一五）《隋紀》：煬帝詔民間植柳，一株賞一縑。江都有楊柳堤。《晉書》：顧榮字彦先。元帝時，廣陵陳敏反，假榮丹陽内史。榮以白羽扇揮之，其軍自潰，因號麾羽渡。楊修詩：羽扇一揮風偃草，策勛名藉顧丹陽。

（二一六）《國語》：趙簡子使尹鐸爲晉陽，曰：「繭絲乎？保障乎？」簡子曰：「保障哉！」

（二一七）《春秋》：晉殺其大夫郤錡、郤犨、郤至。《左傳》：胥童、夷羊五帥甲八百，攻三郤氏。長魚矯以戈殺之，皆尸諸朝。注：郤錡乃郤克子，郤缺孫。郤缺即冀缺。缺之父冀芮嘗欲殺文公，文公不以罪其子，以缺爲卿，復與之冀。後至厲公，以外嬖誅三郤。

（二一八）《春秋》：襄公二十三年，晉人殺欒盈。《左傳》：晉士鞅曰：「武子之德在人，猶周人之思召公焉。」欒壓死，盈之善未能及人。注：武子欒書，壓之父也。盈，壓之子也。欒氏至盈而亡。《左傳》：鄢陵之戰，郤毅御公，欒針爲右。注：針乃書之子。并詳《翼王序》。

（二一九）見《素伯序》。

（三〇）見《鷹垂序》。

（三一）《揚州志》：邗溝在廣陵城下，吴王夫差鑿。《漢書》：朱邑字仲卿，舒人。少爲桐鄉嗇夫，廉介，遷北海太守。以治行第一，拜大司農。

（三二）《揚州志》：蜀岡在府城西。相傳地脉通蜀，故名。峴首，見《梧月序》。

（三三）見《考功序》。

（三四）見《商尹序》。

（三五）《方言》：吴越間謂戈爲鋋。

（三六）補注。

（三七）見《天章序》。

（三八）《左傳》：牛則有皮，犀兕尚多。注：犀兕之皮，皆可爲甲。《孫卿子》：楚以犀兕爲甲，堅如金石。《田横傳》：横爲故齊王榮弟。漢高帝立，横與其徒五百餘人，入居海島中。

（三九）《左傳》：子太叔授兵登陴。

（四〇）《晉書》：王敦薦嶠丹陽。餞别，嶠起行酒，至錢鳳前佯醉曰：「錢鳳何人？温太真行酒，而敢不飲？」後鳳襲都下，嶠督兵夾水，戰破之。

（四一）《魏志》：傅永字修期，有氣幹。仕魏，兩月間，獻捷者再。帝歎曰：「上馬能擊賊，下馬作露布，惟有傅修期耳！」

〔四二〕見《半繭賦》。

〔四三〕見《祖德賦》。

〔四四〕賈誼《疏序》：臣竊惟事勢，可爲痛哭者一。《漢書》：尉陀姓趙，真定人。秦時爲龍川令，依南海任囂。囂死，後僭號。文帝遣陸賈賜陀，復南粤王，遂稱臣。賈誼策：行臣之計，必繫單于之頸而制其命。

〔四五〕《史記》：孝武元光中，趙人徐樂、齊人嚴安俱上書言世務，各一事。詳《翼王序》。

〔四六〕見《琅霞序》。

〔四七〕《晉書》：自惠、懷之亂，中原〔八〕雲擾。王伯根、王彌以逆臣爲寇盜。漢劉聰遷懷帝，王彌引兵會之。

〔四八〕《左傳》：取我衣冠而赭之。注：赭衣，囚服也。《國策》：黄歇説秦昭王曰：「嬰城而魏氏服矣。」注：縈也。

〔四九〕見《得仲序》。《李陵傳》：陵自請曰：「願得自當一隊，到蘭于山南。」陵未至鞮汗山，一日五十萬矢皆盡，遂降。按田，疑作「山」。

〔五〇〕《晉書》：陸機爲長沙王乂敗于河橋。庾信《連珠詞》：李都尉之風霜，上蘭山而箭盡；陸平原之意氣，登河橋而路窮。《唐紀》：高宗時，突厥寇并州，薛仁貴擊之。突厥曰：「聞仁貴流象州死矣，何以紿我仁貴？」免胄示之，敵下馬列拜，稍引去。代宗時，回紇、吐番合兵圍涇陽。郭子儀免冑釋甲而進，使人傳呼曰：「令公來。」回紇大驚，諸酋長皆下馬羅拜，吐番遂遁。

（五一）補注〔九〕。

（五二）《輿志》：螺女江，在福州府城西北。

（五三）《漢書》：趙廣漢、蓋寬饒皆不得其死。

（五四）《漢書》：元帝時，西城副校尉陳湯與都護甘延壽矯制，發兵襲擊匈奴郅支單于，於康居斬之。石顯、匡衡謂其矯制，劉向因上疏論二人功。帝尋下詔，封延壽義成侯，賜陳湯爵關內侯。

（五五）見《鴻客序》。

（五六）《詩》。

（五七）下注。

（五八）《通鑒》：鮑宣下廷尉，王咸舉幡太學下，曰：「欲救鮑司隸者會此。」

（五九）《司馬遷傳》：戴盆何以望天？李詩：願借羲皇景，甘心照覆盆。

（六〇）《詩》。

（六一）《詩》：哆兮侈兮，成是南箕。

（六二）北寺，見《黄門序》。《漢·安紀》：永初三年三月，旱。至五月，和熹鄧太后幸洛陽，省冤。未還宫，澍雨大降。《唐書》：顔真卿决獄而雨，號御史雨。

（六三）《晉・天文志》：金鷄星見，必有大赦。自後京師〔一〇〕肆赦，必立鷄竿。《漢・王尊傳》：尊字子贛，爲京兆尹，被張忠誣害免官。湖三老公乘興等上書訟冤。于是，復以尊爲徐州刺史。〔一一〕

（六四）見《孝威序》注。

（六五）《李牧傳》：牧，趙人，爲趙將，守雁門，封武安君。《漢書》：馮唐嘗對文帝及廉頗、李牧，帝拊髀思之。

（六六）見《孝威序》。

（六七）見《觀槿序》。

（六八）《循良傳》：郭伋字細侯。建武中，除潁川太守。伋前在并州，素結恩德。後行部到西河，兒童數百，騎竹馬迎拜道次。

（六九）《孫叔敖傳》：叔敖兒時，于夢澤見兩頭蛇。歸泣，白其母曰：「吾聞見此者死。」母曰：「蛇今安在？」曰：「恐後人見殺，而埋之矣。」母曰：「吾聞有陰德者，必有陽報。」後爲楚莊王相。

（七〇）《輿志》：揚州有竹西境。杜牧詩：誰知竹西路，歌吹是揚州。

（七一）杜詩：官閣疏梅動詩興，還如何遜在揚州。

（七二）見《歸田序》注。

（七三）見《海棠賦》。

（七四）《後漢·李固傳》：固下獄，門人王成得固子燮，乘江東下，變姓名爲酒家傭；而成賣卜于市，各爲異人。陰相往來，積十餘年。梁冀既誅，燮乃還鄉里。并詳《俊三誅》。

（七五）《左傳》：晉執魏侯歸于京師，置諸深室。寧子職納橐饘焉。

（七六）見《紫玄序》。

（七七）見《修禊序》。

（七八）附注：《晉書》：嵇康下獄，太學生三千人請之。時豪俊從康入獄。《史記·信陵傳》：侯嬴年七十，至晉鄙軍日，北鄉自剄。[一二]

【校記】

[一]「似」，患立堂本、浩然堂本并作「以」。

[二]「揮」，患立堂本、浩然堂本并作「麾」。

[三]「徒奮」，患立堂本、浩然堂本并作「奮徒」。

[四]「鳥」，他本皆作「烏」。

[五]「緑」，患立堂本、浩然堂本并作「渌」。

[六]此二句，有美堂本、亦園本、文瑞樓本并脱，據浩然堂本等補。

[七]「察」，原作「廉」，據亦園本、文瑞樓本改。

[八]「原」，原作「厚」，據亦園本、四庫本、文瑞樓本改。
[九]「補注」，亦園本、四庫本、文瑞樓本并作「福州城南」。
[一〇]「金鷄星見，必有大赦。自後京師」十二字，四庫本脱。
[一一]「《王尊傳》」條，四庫本脱「字子贛」、「于是」五字。
[一二] 此條附注，據亦園本、四庫本、文瑞樓本補。

贈陸翼王序[一]

粵以龍蛇之年（一），遂應魚羊之讖（二）。普天瓦解，列鎮茅靡（三）。嬴羋[二]盡作俘囚，欒郤悉班呡隸（四）。庾開府[三]傷心之賦，五福無徵；馮曲陽[四]自叙之文，三靈獲譴（五）。斯時也，齊國忠臣，猶稱王蠋（六）；楚邦義士，尚説包胥（七）。落落戈船，雨暗吴江之棹（八）；蕭蕭戰艦，烟迷歇浦之帆（九）。惟我疁城，獨推上谷（一〇），釃酒而談，登陴以誓（一一）。袁本初子弟，俱願相從（一二）；庾元規賓從，皆能自效（一三）。三日哭於都城，六軍盟於別館（一四）。當年夏馥，曾聞姻婭之親（一五）；此日黄瓊，亦有門徒之誼（一六）。共爲犄角，相與藩維（一七）。然而烏頭未白（一八），河水難清（一九），空埋地下之愁（二〇），不救天公之醉（二一）。痛龐涓之箭盡，兩曜無光（二二）；悲項籍之途窮，三川流血（二三）。一門爭死，三[五]尺無歸（二四），藐爾諸孤，行焉將及（二五）。時翼王陸氏，自稱擊筑之傭（二六），謬作賣珠之客（二七）。重關夜半，私出田文（二八）；複壁三年，深藏張儉（二九）。間關亡命，猶授《孝經》；涕泣避仇，每傳《論語》（三〇）。齊朝文士，半知袁粲之孫（三一）；晉室諸卿，漸録趙衰之後（三二）。將謂少孤不死，庶幾亡者復生。詎意遺珠（三三），又成破鏡（三四）。王規玉折，時事可知（三五）；徐悱蘭摧，天心已矣（三六）。翼王悼初心之已負，悲宿諾之無成，恨矣沾膺，潸焉承睫（三七）。於是鑿坏而遁，玩志山泉；帶索而游，肆情風月（三八）。臺孝威栖逸，息意區中（三九）；阮孝緒逍遥，游思域外（四〇）。風規彌邵，玄雅絶多，遂復采録遺文，搜揚絶學。參六經之同異，辨百氏[六]之源流，樂此寧疲，眷言終老（四一）。

嗟乎！照鄰失意，居惟《病梨》（四二）；蕭綜去國，歌成《落葉》（四三）。吊棠梨而無館，臨酸棗而無[七]臺（四四）。湘水三閭，假餐英而適志（四五）；潯陽五柳（四六），聊采秀以攄懷（四七）。仙人餌以長生，潔士因以[八]玩物（四八）。自名菊隱，志遇也。

【箋注】

（一）子雲《反騷》：君子得時則大行，不得時則龍蛇。《拾遺記》：鄭玄夢孔子告之曰：「起，起，今年歲在巳。」既寤，以讖合歲，知命當終。讖云：「歲在龍蛇賢人歎。」俄而果卒。

（二）《秦紀》：秦堅時，有人入明光殿，大呼曰：「甲申、乙酉，魚羊食人，悲哉無復遺。」堅命執之，不獲。朱彤、趙整請誅鮮卑，不聽。注：鮮卑，慕容垂也。按「魚羊」之語，并見《天篆序》注。

（三）《徐樂傳》：樂上書曰：「天下之患，在于土崩，不在瓦解。」

（四）顏延之《祭屈原文》：嬴芊遘紛。注：嬴，秦姓。芊，楚姓。《左傳》：晉叔向曰：「欒郤胥原，降在皂隸。」并見《賀周序》。

（五）庾信《傷心賦序》：余五福無徵，三靈有譴。注：《洪範》云：九五福。《漢書注》：三靈，日、月、星垂象之應也。曲陽，見《閨秀序》。

（六）《通鑒》：燕初破齊。樂毅聞蠋賢，備禮請蠋。蠋曰：「忠臣不事二君，烈女不更二夫。今國破君亡，吾何以存？」遂自經[九]死。

（七）見《仲得序》。

（八）見《天章序》注。

（九）《松江志》：上海縣有黃浦，稱歇浦。相傳春申君黃歇所鑿。

（一〇）《吴郡志》：嘉定縣南門外有畯城古迹。上谷，補注。

（一一）見《賀周序》。

（一二）《袁紹傳》：紹字本初，太尉袁安之後。初平元年，衆推盟主。愛士養名，賓客皆傾心折節，莫不爭赴其庭。建安六年，卒。術，其從弟[一〇]也。

（一三）見《歸田序》。

（一四）《通鑑》：後主劉禪以羅憲將兵，守永安。及成都敗，得禪手教，憲率所統兵臨于都亭三日。庾信《哀江南賦》：三日哭于都亭。

（一五）《漢書》：夏馥字子治，隱身修行，時名八顧。爲曹節等所憚，遂與張儉、范滂數百人并入黨中。馥乃爲冶家傭。後儉等皆出。同郡太守濮陽潛，使人以車迎馥，馥匿不就。三返，乃得馥。[一一]

（一六）《黄瓊傳》：瓊字世英，香之子也。永建中，公車徵瓊。李固以書遺之，拜議郎，歷太尉。《世説》：徐孺子嘗事江夏黄瓊。瓊没，會葬無資，齎磨鏡具自隨。

（一七）《左傳》：譬如捕鹿，晉人角之，諸戎犄之。林注：角者，當其頭。犄者，踣其足也。

（一八）見《觀槿序》。

（一九）見《仲得序》。

（二〇）見《琴怨序》。

（二一）見《觀槿序》。

（二二）《孫臏傳》：孫子使齊軍入魏地爲十萬竈，明日爲五萬竈，涓乃逐之。孫子度其至馬陵，伏兵，萬弩夾道俱發。涓乃自剄。

〔一二三〕《史記》：項籍字羽。《世説》：王肅應聲爲《悲彭城》詩曰：「悲彭城，楚歌四面起。尸積石梁亭〔一二〕，血〔一三〕流睢水裹。」《地理通釋》：秦置三川郡，今河南府地。《鄜州地理志》：華池水、黑水、洛水爲三川。韋昭曰：河、洛、伊爲三川。揚子《法言》：白起長平之戰，川谷流人之血。

〔一二四〕詳《松陵啓》。

〔一二五〕《左傳》：晉獻公使荀息傅奚齊。公疾，召之，曰：「以是藐諸孤，辱在大夫。」

〔一二六〕見《看弈賦》。

〔一二七〕見《素伯序》。

〔一二八〕《孟嘗列傳》：孟嘗君有客能狗盜者，取所獻秦王狐白裘以獻秦王幸姬。幸姬爲言昭王，因釋孟嘗君。夜半至函谷關，關法鷄鳴出客。客能爲鷄鳴，而鷄盡鳴，遂發傳出。秦追至關，已後孟嘗君出，乃還。

〔一二九〕《後漢書》：張儉字元節，嘗劾中常侍侯覽不軌。覽怒，誣以黨事。儉遁去，望門投止，人至破家相容。東萊李篤藏之。又亡匿魯國孔褒家。後黨禁解，乃還。

〔一三〇〕亡命、避仇，見《素伯序》。《邴原别傳》：原十一而喪父，家貧早孤。師曰：「童子苟有志，我徒相教，不求資也。」于是遂就書。一冬之間，誦《孝經》、《論語》。并見《園次序》。

〔一三一〕見《琅震序》，并詳《俊三誄》。

（三二）《左傳》：晉討趙同、趙括。武從姬氏畜于公宮。韓厥言于晉侯曰：「成季之勛，宣孟之忠，而無後，爲善者懼矣。」乃立武而反其田焉。注：成季趙衰，宣孟趙盾。武，趙朔子也。

（三三）見《璿璣賦》。《唐書》：狄仁杰爲吏誣訴，閻立本召訊，異之曰：「可謂滄海遺珠。」

（三四）見《樂府序》。

（三五）詳《俊三誄》。

（三六）見《閨秀序》。《梁書》：徐悱字敬業，勉之子也。幼聰敏，仕晉安内史，早卒。《語林》：毛伯成負其才氣，嘗稱：「寧爲蘭摧玉折，不做蕭敷艾榮。」

（三七）見《井叔序》。

（三八）見《天章序》。

（三九）見《孝威序》。

（四〇）《高士傳》：阮孝緒字士宗，屏居一室。任昉歎曰：「其室則邇，其人甚遠。」姊爲鄱陽王妃。王嘗命駕訪，鑿垣而遁。

（四一）《光武紀》：帝講論經理，夜分乃寐，曰：「我自樂此，不爲疲也。」《毛詩》：眷言顧之。《古詩》：憂傷以終老。

（四二）見《竹逸序》。

（四三）《北魏紀》：蕭宗字世謙[一四]，梁武帝第二子，封豫章王。普同四年，爲都督、南兖州刺史，鎮彭城。奔魏，歷司徒、太尉，尚壽陽公主。在魏不得志，嘗作《悲落葉》詩以申其志，有云：「悲落葉，聯翩下重疊。」

（四四）《漢書注》：師古曰：棠黎[一五]宮在甘泉苑垣外，漢武置。《晉孫楚集·韓王臺賦序》：酸棗寺門外，夾道左右，有兩故臺，訪諸故老，云：「韓王聽政觀也。」庾信《小園賦》：有棠黎[一六]而無館，足酸棗而非臺。

（四五）《史記》：屈原，三閭大夫也。《離騷》：朝飲木蘭之降[一七]墜露兮，夕餐秋菊之落英。又：欲自適而不可。

（四六）見《海棠賦》。

（四七）見《天篆序》。《西都賦》：願賓攄懷舊之蓄念。傅毅《舞賦》：攄予意以弘觀兮。注：散也。

（四八）《列仙傳》：康風子服甘菊花、柏實散得仙。朱孺子服菊草，乘雲升天。

【校記】

[一]題，患立堂本、浩然堂本并有小注：「翼王自號菊隱。」又，此篇四庫本脱。

[二]「芊」，原作「芉」，蔣刻本、患立堂本并同，據浩然堂本改。

[三]「府」後，患立堂本、浩然堂本有「著」字。

[四]「陽」後，患立堂本、浩然堂本有「製」字。

［五］「三」，蔣刻本、患立堂本、浩然堂本并作「七」。
［六］「氏」，患立堂本、浩然堂本并作「代」。
［七］「無」，患立堂本、浩然堂本并作「非」。按前句已用「無館」，此句不應重複「無」字，應爲「非」。
［八］「以」，患立堂本、浩然堂本并作「之」。按前句已用「餌以」，此句不應重複「以」字，應爲「之」。
［九］「經」，疑爲「到」。
［一〇］「弟」，原作「子」，據文瑞樓本改。
［一一］按夏馥行迹，并見於《高士傳》及《後漢書》，非《漢書》。
［一二］「亭」，文瑞樓本誤作「夢」。
［一三］「血」，文瑞樓本誤作「以」。
［一四］「謙」，文瑞樓本誤作「諫」。
［一五］「黎」，文瑞樓本作「梨」。
［一六］「黎」，文瑞樓本作「梨」。
［一七］「降」，文瑞樓本作「墜」。

南耕席上送潘蒓庵入都序

月届仲春，時維下浣（一），桃將作綬（二），草漸成茵（三）。會霽景之方妍，適故人之欲別。萋萋綿羽（四），送花縣以長征（五）；宛宛新荑（六），佇梅廬而小集。飛文散藻，客盡江蘺（七）；摇筆摛華，人皆庾鮑（八）。吹簫撥阮（九），填紅杏之新詞（一〇）；射覆藏鈎（一一），騁《碧鷄》之雄辯（一二）[一]。觥船絡繹，曉露纔晞（一三）；燭樹駢羅，參旗乍散（一四）。華堂投轄（一五），尚淋漓按拍而歌；上客更衣（一六），已慷慨登車而去。僕也河上枯魚，枝頭窮鳥（一七），無緣奮袂，言隨祖逖之鞭（一八）；有意揮毫，聊代繞朝之策（一九）。

嗟乎！人非麋鹿，志在麒麟（二〇），事尚可爲，君猶未老。泰階已正（二一），即才人杖策之秋（二二）；皇路將平，乃志士立名之日。行矣良朋，勉旃上國。金臺在望（二三），知斯行定得風雲（二四）；玉佩可要（二五），只此去難忘花月（二六）。不辭蛙黽（二七），用告驪駒（二八）。

【箋注】

（一）《事原》：周泮宮諸生，休暇浣濯之日，每月初十爲上浣，二十爲中浣，三十爲下浣。

（二）見《半繭賦》。

（三）見《璿璣賦》。

（四）見《澹庵序》。

（五）見《楚鴻序》。

（六）見《修禊序》。

（七）見《懸圃序》。

（八）見《瀛臺序》注。

（九）《事原》：古人于破冢得銅器，似琵琶，人莫辨。元行中曰：「此阮咸所作也，遂謂之阮。後人依製，以木爲之。」

（一〇）見《寶汾序》。

（一一）見《園次序》。

（一二）《廣絶交論》：騁黄馬之劇談，縱碧鷄之雄辨。注：王褒爲《碧鷄頌》。

（一三）《拾遺記》：大業中，乘船行酒，作木人于船頭擎酒。客飲訖，還杯，木人受杯。又一人捧酒鉢船，依式自行。〔二〕

（一四）燭樹，詳《祭梁文》。《甘泉賦》：駢羅列布，鱗以雜沓兮。《景〔三〕福殿賦》：參旗九旒。《周禮》：熊旗六斿，八象伐。《詩傳》：參，伐也。然伐一星，以旗象參，曰參旗。《史・天官書》：參爲白虎，其西有勾曲九星，一曰天旗。《正義》：參旗九星在參西，天旗也。

（一五）見《得仲序》。

（一六）見《藝圃序》。

（一七）《莊子·外物篇》：莊周謂鮒魚曰：「我且激西江之水而迎子，可乎？」鮒魚曰：「吾得升斗之水然活耳。君乃此言，不如早索我于枯魚之肆。」《漢樂府·古辭》：枯魚過河泣，何時悔復及？《魏氏春秋》：劉政投邴原曰：「窮鳥入懷。」《後漢·文苑傳》：趙壹恃才倨傲，不爲鄉里所容，作《窮鳥賦》以自遣，有曰：「文籍徒滿腹，不如一囊錢。」

（一八）《晉書》：劉琨聞祖逖被用勝敵，與親故書曰：「吾枕戈待旦，常恐祖生先我着鞭。」

（一九）見《考功序》。

（二〇）《楚詞》：死日將至兮，與麋鹿同坑。《孔叢子》：子高游趙。趙客有鄒文、李節爲友。及别，文、節流涕交頤，子高惟握手而已。分袂就路，其徒問之，子高曰：「人生有四方志，豈鹿豕哉，而常群聚乎？」《漢書》：宣帝圖畫功臣十一人于麒麟閣，首博陸侯霍氏，終蘇武云。按漢武以獲白麟，故作麒麟閣。

（二一）見《雪持序》。

（二二）《後漢書》：鄧禹杖策追光武于鄴。注：杖，持也。策，馬棰也。

（二三）見《九日序》。

〔二一四〕《易》。

〔二一五〕曹植《洛神賦》：解玉佩以要之。

〔二一六〕見《舜民序》。

〔二一七〕《楚詞》：蛙黽游乎華池。注：聲衆也。又齊魯間謂蛙曰蟈黽、耿黽。《魏都賦》：勾吴與蛙黽同穴。

〔二一八〕見《考功序》。

【校記】

［一］「辯」，原作「辨」，據蔣刻本、患立堂本、浩然堂本改。

［二］以上注（一）至（一三）條，四庫本脱。

［三］「景」，原作「京」，據亦園本、四庫本、文瑞樓本改。

送汪存庵廣文出都序

宮開碣石，正才人委贄之秋〔一〕；閤敞平津，尤志士乘時之日〔二〕。飯牛牧豕，爭思奮迹於風雲〔三〕；附鳳攀龍，咸願策名於日月〔四〕。於是銅街珂里之冑，盡箔雲衢〔五〕；

繩樞瓮牖之賓，半登天府〔六〕。鴻都鶴蓋，無非爲子求官〔七〕；柳市花宫〔八〕，大抵送人作郡〔九〕。緑蛇蟠肘〔一〇〕，上焉既符竹之縱横〔一一〕；銀艾垂腰，其次亦騶徒之絡繹〔一二〕。光延宅畔，爵弁熏天〔一三〕；道政坊邊，丹綅溢地〔一四〕。於斯時也，乃有人焉。一官落落，求爲噲伍以何從〔一五〕；十載栖栖，欲在王前而不得〔一六〕。陳編斷簡，仍淹伏勝之一經〔一七〕；博帶裒[一]衣，空負鄭虔之三絶〔一八〕。叢殘緺綬，未階半刺之榮〔一九〕；憔悴青衫，只壓百僚之底〔二〇〕。堆盤苜蓿〔二一〕，插架縹緗〔二二〕。在旁人或詘其迂，即自顧猶嫌其冷。然而性拙干[二]時，韻難適俗。壯而筮仕〔二三〕，終不離乎膠庠；少豈如人〔二四〕，雅習聞夫俎豆。略比抱關之禄，自混師儒；還同執籥之夫，相安冗散〔二五〕。疇縻好爵，姑策勛於翰墨之場；詎鄙卑官，聊肆業於辭章之圃。此群公出餞，共摛祖道之章〔二六〕；而賤子臨岐，爲[三]製贈行之序也。

僕語未闌，君行毋遽。憶訂尹班之契〔二七〕，頗聯袁灌之交〔二八〕。緑窗紅燭，值肥腸滿腦之秋〔二九〕；白酒黄鷄，當鬚奮鬣張之候。先生既拔旆以摩旌，賤子亦脱冠而免胄〔三〇〕。擲杯而[四]起，誰云曲逆之長貧〔三一〕；蹋臂而遨，自信買臣之必貴〔三二〕。由今溯昔，曾幾何時。談天客去，憮[五]鄒衍以悲來〔三三〕；《繁露》書成，眷江都而涕下〔三四〕。

山丘華屋，里巷宵迷(三五)；鸞畚吹簫，朋游星散(三六)。何期萬事之都非，竊幸两人之斯在。蜀鵑再到，百年悵惘以安歸(三七)；遼鶴仍還，四顧寂寥而誰與(三八)？陸平原之意氣(三九)，向子期之平生(四〇)，能無惻愴窮塵(四一)，摩挱[六]昔夢也乎(四二)？時則班馬齊鳴(四三)，華軒徐動。論心闕下，冀他日以能來；揮手風前，囑故人其姑去(四四)。

【箋注】

(一)見《九日序》。

(二)見《隹山序》。

(三)《吕氏春秋》：寧戚家貧無資，爲人挽車。至齊國，于車下飯牛，扣牛角而歌。桓公聞而異之，因授以政。《公孫弘傳》：弘家貧，牧豕海上，年四十餘乃學《春秋》雜説。武帝舉賢良對策第一。

(四)揚子《法言》：攀龍鱗，附鳳翼。《漢書》：耿純曰：「士大夫固望攀龍附鳳，以成其志耳。」策名，見《貞女序》。

(五)銅街，見《滕王賦》。珂里，見《祖德賦》。

(六)《莊子》：原憲桑以爲樞，而瓮牖二室。《秦紀》：陳涉，瓮牖繩樞之子。

(七)《後漢書》：靈帝光和元年，置鴻都門學。注：鴻都，漢門名。鶴蓋，見《祖德賦》。

《漢·明帝紀》：館陶公主爲子求郎，帝曰：「郎官上應列宿。」

（八）柳市，詳《萬柳啓》。花宫，詳《靈巖碑》。

（九）見《園次序》。

（一〇）見《祖德賦》。

（一一）詳《孟太母啓》。

（一二）《漢書》：張奂字然明，嘗曰：「吾前後仕進，十腰銀艾。」并見《憺園賦》。騶徒，見《天章序》。《魯靈賦》：縱横絡繹。

（一三）見《雪持序》。

（一四）見《茹惠序》。

（一五）《漢書》：韓信居常鞅鞅，羞與絳、灌等列。過樊將軍門，出歎曰：「生乃與噲等爲伍[七]。」

（一六）《國策》：齊宣王見顔斶，曰：「斶前。」斶亦曰：「王前。」宣王不悦，斶對曰：「夫斶前爲慕勢，王前爲趨士。使斶慕勢，不如使王趨士。」

（一七）見《昭華序》。

（一八）《唐書·列傳》：鄭虔字弱齊，善書畫。嘗自寫其詩并畫以獻，玄宗大署其尾曰：「鄭虔三絶。」

（一九）褚先生《滑稽傳》：東郭先生佩青緺。《説文》：綬紫青色曰緺。晉《庾亮集》：别駕舊與刺史别乘同流，宣王化于萬里者，其任居刺史之半，安可任非其人？

〔二一〇〕《書》：百僚師師。

〔二一一〕《唐書》：薛令之于開元初爲東宫侍講，題詩于壁曰：「朝旭上團團，照見先生盤。盤中何所有？苜蓿長闌干。」後挂冠歸隱。

〔二一二〕見《尺牘序》。

〔二一三〕見《賀徐序》注。

〔二一四〕見《鞠存啓》〔八〕注。

〔二一五〕《詩》。

〔二一六〕見《滕王賦》。

〔二一七〕見《尺牘序》。

〔二一八〕見《半繭賦》。

〔二一九〕見《懸圃序》。

〔三〇〕《左傳》：拔旆投衡。又許伯曰：「吾聞致師者，御靡旌摩壘而還。」又：郤至見楚子，必下免胄而趨風。

〔三一〕《魏志》：左慈字元放，廬江人。曹操欲殺之，爲設酒，云：「遠别願分杯。」飲，拔簪一畫，杯即中分。擲杯化爲雙燕。章〔九〕碣詩：擲下離觴指亂山。《陳平傳》：平少家貧，無與婚者。有富人張負，謂子仲曰：「豈有美如陳平，而長貧者乎？」遂以孫女嫁之。後官至丞相，封曲逆侯。

（三二）《飛燕外傳》：趙后所通宮奴燕赤鳳，連臂蹋地，歌《赤鳳來曲》。《漢宮故事》：十月五日，上靈女廟連臂踏歌。《梁書》：胡后思楊華，使宮人連臂踏足歌之。《輿志》：鍾陵西山，游者至中秋多召名姝，握臂踏歌。《買臣傳》：買臣家貧，賣薪。妻求去，買臣曰：「我五十當富貴，今已四十九矣。」後爲會稽太守。

（三三）《史記》：鄒衍迂大而宏辨，故齊人頌曰「談天衍」。并見《三芝序》。

（三四）《漢書》：董仲舒《對天人三策》，帝以爲江都相作。《春秋繁露》十七卷行于世，公孫弘嫉之。《册府元龜》：仲舒説《春秋》、《文舉》、《玉杯》、《繁露》、《清明》、《竹林》之屬。

（三五）曹子建《箜篌引》：生存華屋處，零落歸山丘。

（三六）鬻畚，見《無忝序》。吹簫，見《雪持序》。

（三七）詳《孟太母啓》。

（三八）《續搜神記》：遼東城門有華表柱，忽有一鶴飛集，言曰：「有鳥有鳥丁令威，去家千載今來歸。城郭如故人民非，何不學仙冢纍纍。」

（三九）見《孝威序》及《賀周序》。

（四〇）見《得仲序》。

（四一）見《琴怨序》。

（四二）韓愈《石鼓歌》：誰復着手更摩抄。《山谷書跋》：余一夜摩抄囊腹。[一〇]

（四三）《左傳》：晉邢伯曰：「有班馬之聲，齊師其遁。」注：班，别也。夜遁馬不相見，故作離聲。

（四四）唐詩：揮手自兹去，蕭蕭班馬鳴。

【校記】

[一]「衰」，患立堂本、浩然堂本并作「褎」。

[二]「干」，患立堂本誤作「于」。

[三]「爲」，蔣刻本、患立堂本、浩然堂本并作「亦」。

[四]「而」，患立堂本、浩然堂本并作「以」。

[五]「憮」，患立堂本、浩然堂本并作「撫」。

[六]「抄」，原作「抄」，四庫本同，并誤，據蔣刻本等改。

[七]「生乃與噲等爲伍」，原作「生乃噲伍」，據亦園本、文瑞樓本補。

[八]即卷十五《徵淮安張鞠存先生雙壽詩文啓》。

[九]「章」，四庫本誤作「草」。

[一〇]此條中二「抄」字，原皆作「抄」，據亦園本、文瑞樓本改。

毛大可新納姬人序[一]

曾聞初日，只出東南（一）；又説高樓，惟居西北（二）。是以中山少[二]女，能移趙主之心（三）；燕市美人，堪佐慶卿之酒（四）。過邯鄲之里，乃有鳴箏（五）；經淇水之濱，纔逢巧笑（六）。詎須荊國，始留神女之峰（七）；何必炎荒，方志緑珠之井（八）。然而燕瘦環肥，要緣風土（九）；越禽代馬，互有便安（一〇）。悲哉北地之高寒，邈矣中原之蒼莽（一一）。人雖善睞，秋非水以何波？女縱工顰，春無岫而奚黛？曲眉纖靨[三]，相逢識是吴娥（一二）；偉幹豐頤，不問知爲燕産。略如翁伯，史標短悍之稱（一三）；粗比薛公，人奉魁然之號（一四）。每睹賈妃之黑，輒思衛女之頎（一五）。加之俗慣呰窳，性多忼[四]急（一六）。尾箕分野（一七），婦人皆果敢相高；燕趙雄風，女子亦悲歌成習（一八）。不諳操作，闔門惟飲啖爲工（一九）；寧解柔嘉，戟手以勃溪是尚（二〇）。填書甫判，潛積猜嫌；謬篆纔將，妄思厓[五]異（二一）。於今爲烈，自昔而然。乃有一人，洵焉獨立。

張姓則天邊譜牒（二二），未是小家（二三）；吴地則江表門楣，原非傖楚（二四）。久隨賓雁，偶寄籍於燕山（二五）；差類傾葵，長近光於日下（二六）。疏籬織處，青門種樹之翁(二七)；纖籠攜來，縞袂賣花之嫗(二八)[六]。姬則生而明綺，幼即[七]輕華。鳴蟬薄鬢(二九)，齡宛宛以初笄(三〇)；墮馬斜鬟(三一)，歲盈盈而待字(三二)。陌頭脱帽，競看羅敷(三三)；國内求婚，咸貪陰麗(三四)。不意老狂，獲逢窈窕(三五)。楊還生稊[八](三六)，縱調笑以奚妨；眉若瘠饑(三七)，即蕭條而亦可。且夫梯榮慕利，人本同情；附熱增[九]炎，物之恒態。倘使拳窮猩豹(三八)，被極羅紈。南金北毳，既充牣於箱奩(三九)；煥館凉軒(四〇)，復邪延乎衢術(四一)。則子南之在鄭國，人目爲夫(四二)；城北之有徐公，衆矜其美(四三)。以觀我友，展也不然。原思筮仕，仍然環堵之家(四四)；季路居官，不離緼袍之色(四五)。我躬不閲(四六)，縱[一〇]捧檄以何歡(四七)？來日大難(四八)，較處囊而倍困(四九)。此即燕齊智士，悉效斧柯；晉楚謀臣，盡輸籌畫。樓緩播[一一]游談於後，蒯通掉口辯[一二]於前(五〇)。未足勸其登車，反以資其却幣。況乎桓家郡主，性極矜嚴(五一)；吴國夫人，理多貴倨(五二)。王茂弘將膺九錫，時多悠繆之譚(五三)；劉孝標永憾三同，屬有紛紜之論(五四)。倘陽臺之別娶，定怨連波(五五)；如犬子之他圖，應悲卓氏(五六)。或致責言之西至(五七)，或傳輕舸之南浮。凡兹風鶴之來，正在求凰[一三]之日(五八)。而乃情堅一諾，面許三生(五九)。絶無猶豫之心，早斷狐疑之志(六〇)。固已識高絡秀（六一），俠甚女嬰者矣（六二）！

於是雜弄簡編，閒親文史。畫眉樓畔（六三），即是書林；傳粉房中（六四），便成家塾。學新聲於弦上，詢難字於枕間。硬黄紙滑，竊書夫子之銜（六五）；縹碧釵輕，戲作門生之贄（六六）。正恐香山蠻柳，恧此清新（六七）；還應司馬清娛，慚斯狷巧（六八）。僕於阮婦之新婚（六九），曾學劉楨之平視（七〇）。屏前乍見，遽訝天人（七一）；燭下潛窺，已驚絶世（七二）。比值同官之被酒，屢爲愛妾以徵名。謙諉彌殷（七三），遷延未許。以姬夙悟淨因，新耽禪喜（七四）。遂旁稽夫梵夾，爰肇錫以曼殊（七五）。今日畫廊鸚鵡［一四］，已學呼小玉之名（七六）；他時綉褓於菟，還再贈阿侯之號（七七）。（七八）

【箋注】

（一）古樂府有《日出東南隅行》，亦曰《日出行》。

（二）《古詩》：西北有高樓，上與浮雲齊。

（三）《國策》：司馬喜見趙王曰：「臣未嘗見人如中山陰姬者也。其眉目准頞權衡，犀角偃月，乃帝王之后也。」趙王意移，大悦曰：「吾願請之。」

（四）《國策》：太子丹尊荊軻爲上卿。太子日造門下，供太牢，具異物，間進車騎姜女，恣荊輒所欲，以順適其意。《涿州志》：燕丹與樊將軍飲于華陽臺，出美人佐酒。

（五）詳《合肥書》。

（六）《詩》。

（七）《襄陽耆舊傳》：赤帝之女名瑶姬，未笄而亡，葬巫山之陽。巫山有十二碧峰，曰神女峰。見《良輔序》。

（八）《嶺表録異》：緑珠井在廣西白州雙角山下。昔梁氏之女有容色，石季倫以真珠三斛買之。飲此水者，誕女多美麗。

（九）燕瘦，見《昭華序》。《小名録》：楊貴妃小字玉環。唐小説：飛燕瘦，玉環肥。

（一〇）見《無忝序》。

（一一）見《渭仁序》。

（一二）《楚詞·大招》：曲眉規只。《後漢志》：元嘉中，京都婦女作愁眉，細而曲折。

（一三）見《懸圃序》。

（一四）《隋書》：薛舉，金城人，容貌魁偉。大業末，與子仁杲起兵，自號西秦霸王。〔一五〕

（一五）《晉史》：世祖欲爲太子娶衛瓘〔一六〕女。賈充妻郭槐賂楊后左右，納其女。武帝曰：「衛氏種賢而多子，美而長白；賈氏種妒而少子，醜而短黑。」后固以爲請，從之。《詩》：碩人其頎。

（一六）《漢書・食貨志》：民呰窳偷生，而亡[一七]積聚。

（一七）《天文志》：冀北，分尾箕之宿。

（一八）見《九日序》。

（一九）《説文》：噉，啖噍也，與「啖」同。

（二〇）《莊子》：室無空虛，則婦姑勃溪。

（二一）宋王愔《文[一八]志》：篆書百體，有繆篆、鳳篆、填書、魚書之類。梁庾肩吾《書品論》：填飄板上，繆起印中。餘補注。

（二二）見《祖德賦》。

（二三）見《集生序》。

（二四）見《天章序》注。按吴人罵楚人曰傖。

（二五）《月令》：鴻雁來賓。

（二六）見《賀徐序》。

（二七）詳《健松記》。

（二八）《過見因果經》：瞿夷持花七莖，善慧追呼就買。此女答言，當送内宫，欲以上佛。《大藏一覽》：賣花女者，今耶輸是。

（二九）見《琅霞序》。

〔三〇〕見《貞女序》。

〔三一〕見《皇士序》。

〔三二〕《古詩》：盈盈樓上女。崔顥《少婦》詩：十五嫁王昌，盈盈入畫堂。《易》：十年乃字。

〔三三〕《古今注》：羅敷者，邯鄲秦氏女也，嫁千乘王仁。仁爲趙王家令。羅敷采桑陌上，趙王見而悦之，欲奪焉。羅敷作《陌上桑》之歌以自明，有曰：「行者見羅敷，下擔捋髭鬚。少年見羅敷，脱帽着帩〔一九〕頭。」

〔三四〕《東觀漢紀》：上微時，過新野，聞后美，心悦之。後至長安，歎曰：「娶妻當得陰麗華。」遂納后于苑。

〔三五〕《詩》。

〔三六〕《易》。

〔三七〕《南部烟花録》：隋煬帝每視絳仙，謂諸内侍曰：「古人云：『秀色可餐。』絳仙可以療饑矣。」一作「降」。陸機樂府詩：鮮膚一何潤，秀色若可餐。

〔三八〕《六韜》：殷君必將熊蹯豹胎。《七發》：山梁之餐，豢豹之胎。

〔三九〕沈約《恩幸傳論》：南金北毳，來悉方艚。注：毳，獋貂之屬。《魏都賦》：琛幣充牣。

〔四〇〕見《憺園賦》。

（四一）邪延，見《璿璣賦》。

（四二）《左傳》：鄭徐吾犯之妹美，子晰飾服入，布幣而出。子南戎服入，左右射，超乘而出。女自房觀之，曰：「子晰信美矣，抑子南夫也。」適子南氏。

（四三）見《臞庵序》。

（四四）《莊子》：原憲居魯，環堵之室，茨以生草。

（四五）《論語》。

（四六）《詩》。

（四七）詳《潘母啓》。

（四八）《樂府·古辭》：來日大難，口燥脣乾。《樂府解題》：來日大難，即《古善哉行》，亦曰《日苦短》。曹植擬之，詞有曰：「日苦短，樂有餘。」

（四九）詳《毛太母啓》。

（五〇）《國策》：樓緩事趙王，與虞卿論秦事。高誘曰：緩，魏相也。《過秦論》：樓緩之徒通其意。《蒯通傳》：通爲楚漢時説士，有權變。武信君嘗用其策，降燕、趙三十餘城。韓信用其計，遂定齊地。自序其説，號曰《雋永》。

（五一）王子年《拾遺記》：桓温平蜀，以李勢女爲妾。妻南郡主悍妒，與數十婢拔白刃襲之。

（五二）《漢紀》：昭烈妻孫夫人，每出入，心未嘗不凜凜。

（五三）《妒記》：王導曹夫人，性甚忌。王公乃密營别館，置衆妾。一旦，夫人于臺中望見，命車駕自出尋討。王公亦飛轡出門，乃捉麈尾，以柄助御者驅牛，得先至。他日，蔡司徒聞而笑之，曰：「朝廷欲加公九錫，有短轅犢車，長柄麈尾。」王公大愧。

（五四）劉孝標《自序》：余比馮敬通，有同之者三，異之者三。其三曰：「敬通有忌妻，余有悍室。」此三同也。并見《閨秀序》。

（五五）大周帝製：竇滔有寵姬趙陽臺。蘇氏加捶辱，滔深以爲憾。蘇氏時年二十一。及滔鎮襄陽，不與偕行。乃携陽臺之任，絶蘇氏音問。蘇氏悔恨自傷，因織錦爲回文詩，寄襄陽。滔覽之，迎歸漢南。朕因述若蘭之多才，復美連波之悔過，遂製此文。

（五六）《史記》：司馬相如少時好讀書，學擊，故其親名曰犬子。卓氏，見《海棠賦》注。

（五七）《左傳》：晉獻公筮嫁伯姬于秦，遇《歸妹》之《睽》。史蘇占之曰：「不吉。其繇曰：『西鄰責言，不可償也。』」

（五八）《晉紀》：苻堅兵敗，見八公山草木，聞風聲鶴唳，皆以爲晉兵。《漢書》：卓文君新寡，相如以琴心挑之，有曰：「鳳兮鳳兮歸故鄉，遨游四海求其凰。」

（五九）楚諺：得黄金百斤，不如得季布一諾。《續西陽雜俎》：僧圖澤與李源善，約游峨眉。舟次南浦，見婦人，澤曰：「此婦孕三年遲吾爲子，今已見難逃，以一笑爲信。後十三年，天竺寺當相見。」及暮，澤亡而婦産，往顧，果一笑。後如期往天竺，井畔牧童歌有曰：「三生石上舊精魂。」後不知所之。《傳燈録》：一省郎游華寺，夢至碧巖下一老僧前，烟縷極微。僧云：「此是檀越結願，香烟存而檀越已三生矣。」注：自玄宗至憲皇時爲官，三生今省郎也。

（六〇）見《瑞木賦》。

（六一）詳《毛太母啓》。

（六二）《刺客傳》：聶政爲嚴仲子報仇，刺殺韓相俠累，遂以死。韓取聶政尸暴于市，購問莫知誰子。政姊嫈曰：「是枳深井里所謂聶政者也。妾奈何畏没身之誅，終滅賢弟之名。」卒於邑悲哀，而死政之旁。

（六三）見《少楹序》。

（六四）見《銅雀賦》。

（六五）《書訣》：硬黄紙，唐人以黄柏染之，取其辟蠹。其質如漿，光澤瑩滑。秘閣所藏二王書，皆唐人臨仿，紙皆硬黄。蘇軾詩：硬黄小字臨黄庭。

（六六）李商隱詩：釵茸翡翠輕。

（六七）見《琴怨序》。

（六八）補注。

（六九）詳《壽閣序》。

（七〇）見《良輔序》。

（七一）《國語》：越王背屏而立，夫人向屏。《墉城仙録》：杜蘭香天姿奇偉，真天人也。

（七二）見《琴怨序》注。

（七三）見《懸圃序》。

（七四）《淨名經》：清淨之因，歸清淨之果。《起世經》：無色天，并以禪悦法喜爲食。注：此土兼用禪悦爲食，法喜充滿。

（七五）《藥師經》：曼殊室利法王子。

（七六）唐蔣防《霍小玉傳》：大曆中，隴西李益稱十郎，年二十，以進士擢第。鮑十一娘具語曰：「故霍王小女字小玉，有絶色，可見之。」引入庭間，有四櫻桃樹，西北懸一鸚鵡籠。見生入來，鳥語曰：「李生來。」《宋紀》：郭小玉，乃葛沙門之妻。古詩：頻呼小玉原無事，只要檀郎認得聲。

（七七）《左傳》：鬥伯比淫于䢵子之女，生子文焉。䢵夫人使弃諸夢中，虎乳之。楚人謂乳穀，謂虎於菟，故命之曰鬥穀於菟。梁武《河中歌》：十五嫁作盧家婦，十六生兒似阿侯。并見《閨秀序》。龍輔《女紅餘志》：語曰：「欲知莫愁美，但看阿侯容。」阿侯，莫愁子也[二〇]。

（七八）附注：《群玉堂帖》：隨清娛見神于褚遂良，自稱司馬遷侍姬，褚作《墓銘》。[二一]

【校記】

[一]題，患立堂本、浩然堂本首有「賀」字。又，患立堂本、浩然堂本題下并有小注：「姬性好

佛，因字曼殊，予所命也。」

[二]「少」，患立堂本、浩然堂本并作「好」。

[三]「曲眉纖靨」，患立堂本、浩然堂本并作「纖腰秀靨」。

[四]「忼」，患立堂本、浩然堂本并作「伉」。

[五]「厓」，患立堂本、浩然堂本并作「崖」。

[六]「嫗」，患立堂本、浩然堂本并作「媪」。

[七]「即」，患立堂本、浩然堂本并作「早」。

[八]「稊」，原作「梯」，亦園本、四庫本、文瑞樓本同，皆誤，據蔣刻本等改。

[九]「增」，患立堂本、浩然堂本并作「爭」。

[一〇]「縱」，浩然堂本、亦園本、四庫本、文瑞樓本同，蔣刻本、患立堂本并作「總」。

[一一]「播」，患立堂本、浩然堂本并作「簸」。

[一二]「辯」，原作「辨」，據蔣刻本改。

[一三]「凰」，患立堂本誤作「鳳」。

[一四]「鵡」，原作「鵑」，據患立堂本、浩然堂本改。按程注引蔣防《霍小玉傳》「西北懸一鸚鵡籠」，故應作「鵡」。

[一五]此條注，亦園本、四庫本、文瑞樓本并作：「《史記》：孟嘗過趙，皆笑曰：『始以薛公

爲魁然也。今視之，乃小丈夫耳。』」

[一六]「壚」，亦園本、四庫本、文瑞樓本并作「玉」。

[一七]「亡」，文瑞樓本作「忘」。

[一八]「文」後，應有「字」。

[一九]「蛸」，原作「悄」，據亦園本、文瑞樓本改。

[二〇]「阿侯，莫愁子也」六字，亦園本、四庫本、文瑞樓本并脱。

[二一]此條附注，據亦園本、四庫本、文瑞樓本補。按「隨」，四庫本誤作「趙」。

顧亓[一]山印譜序

蓋聞六書初啓，始變蟲魚（一）；八法相生，未離蝌蚪（二）。史游《急就》，實開篆籀之金科（三）；許慎《説文》，爰定册書之玉尺（四）。莫不音由轉注（五），體係《凡將》（六）；載在蜼彝（七），勒之窴豆（八）。此則岐陽[二]獵碣（九），岣嶁殘碑（一〇）。藏之汲冢之中（一一），秘在羽陵之内（一二）。於今爲烈，自古而然。若夫韭花薤葉，用識姓名（一三）；螭紐龍文，尤尊符璽（一四）。冠軍驃騎，史著明稱（一五）；買得醜奴（一六），家鐫私印（一七）。既以珍同荆璧〔一八〕，非徒玩比隋珠〔一九〕。上自李斯〔二〇〕，下沿吾衍〔二一〕。陸龜蒙《小名》一録〔二二〕，代有雕鏤；趙明誠《金石》一〔三〕書〔二三〕，人誇楷隸。長箋俱〔四〕在，古法攸存。然而秦碑漢篆，恒殉荒陵；玉血銅斑，半歸寶庫。婆娑蒼緑〔五〕，僅留黑闥之名；捫摸丹青，難辨紅陽之姓。等玉帳以飄零〔二四〕，共金盤而嗚咽〔二五〕。龍章盡蝕，虎氣終埋〔二六〕。悼古學之失傳，慨斯〔六〕文之日謬。

吾友顧君，夙工斯體。筆將飛而欲落，秋蚓盤釵；字欲整而猶斜，彩鸞舞鏡〔二七〕。點畫作鍾繇之隸，愛此空蒼〔二八〕；波〔二九〕磔均韋誕之書，訝其遒勁〔三〇〕。嗚乎！亥豕相承〔三一〕，墨猪共誚〔三二〕，苟成絶藝，定足空群。填之翡翠，長爲鳳閣之奇觀〔三三〕；染以胭脂，永志虎頭之杰作〔三四〕。〔三五〕

【箋注】

〔一〕《古三墳》：伏羲命臣飛龍氏造六書，曰：象形、指事、會意、諧聲、假借、轉注。

〔二〕崔瑗授鍾繇《永字八法歌》：側蹲鴟而墜石，勒緩縱以藏機，努彎環而勢曲，趯峻快以如錐，策依稀而似勒，掠仿佛以宜肥，啄騰峻而速進，磔憶昔以遲移。注：點爲側，横爲勒，竪爲努，挑爲擢，左上爲策，左下爲掠，右上爲啄〔七〕，右下爲磔。乃蔡邕所書也。蝌蚪，見《憺園賦》。

〔三〕《漢書注》：史游于元帝時爲黄門令，凡書三十二章，以教童蒙。急就者，謂字之難知者，緩急可就而求焉。《書斷》：蒼頡，古文之祖。《吕氏春秋》：蒼頡造大篆，非也。周太史籀始創大篆，李斯繼作小篆。八分書，秦羽人上谷王次仲所作也。章草，史游所作。飛白，蔡邕所作。行書，漢劉德昇作。草書，漢張伯英作也。《文姬别傳》：臣父邕言：「割李斯小篆，去二分，取八分，爲八分書。」

〔四〕《許慎傳》：慎字叔重〔八〕，博學經籍，時人語曰：「五經無雙許叔重。」又作《説文解字》十四篇。漢獻帝時，舉孝廉。

〔五〕見上。

〔六〕補注。

〔七〕《爾雅》：蜼，卬鼻，長尾。《廣川書跋》：《考古圖》曰：「蜼彝，二首，及身有斑文，似虎，而岐尾如蜼。」

〔八〕補注。

〔九〕見《梧月序》。

〔一〇〕見《竹逸序》。

〔一一〕見《尺牘序》注。

〔一二〕見《無忝序》。

（一三）韭花，見《琴怨序》。王愔《文字志》：倒[九]薤書者，小篆體也。或云出扶風曹喜，蕭子良以爲仙人商務光所作。

（一四）蔡邕《獨斷》：璽以玉螭虎紐，古者尊卑共之。

（一五）《史記》：宋義爲卿子冠軍。張晏注：上將故言冠軍，若霍去病功冠三軍，因封爲冠軍侯。《漢書》：霍去病壯爲嫖姚校尉，後加驃騎大將軍。

（一六）詳《合肥書》。

（一七）《印譜》：在公者爲官印，志姓字者爲私印。

（一八）見《楚鴻序》。

（一九）見《鷹垂序》。

（二〇）見上。

（二一）《元・吾衍傳》：衍字子行，仁和人，操行高潔，隱居教授，精于篆體。

（二二）《説郛[一〇]》載陸龜蒙《小名録》一册。

（二三）見《實庵序》。

（二四）以上補注。

（二五）見《滕王賦》。

（二六）《初學記》：書法有龍虎書、龍爪書、麒麟書。梁庾元威《論書》：書有龍虎篆、鳳魚篆、雲篆、蟲篆。

〔二七〕《書斷》：唐太宗謂逸少書烟霏霧結，狀若斷而復連；鳳翥龍翔，勢如斜而反直。按書法有古釵脚。范秦《鸞鳥詩序》：昔罽賓王結置峻卯之山，獲一鸞，三年不鳴。其夫人曰：「聞鳥見其類而後鳴，何不懸鏡相映也？」王從之。鸞覩形，悲鳴哀響，中宵一奮而絶。

〔二八〕《鍾繇傳》：繇乃皓之曾孫，字元常，封武亭侯，與胡昭并師劉德升書。世傳胡肥鍾瘦。嘗曰：「用筆者天也，流美者地也。」

〔二九〕當作「啄」。

〔三〇〕啄〔一二〕磔，見上注。齊王僧虔録：韋誕字仲將，京兆人，張芝弟子，善楷書，漢魏宮館寶器皆誕手寫。魏明帝起凌雲臺，先釘榜而未題。以籠乘誕，轆轤引之，使就榜書。甚危懼，誡子絶楷法。

〔三一〕見《隹山序》。

〔三二〕《書斷》：王逸少云：字多肉少骨，謂墨猪。

〔三三〕補注。

〔三四〕《晉書》：顧愷之字長康。義熙初，爲散騎常侍。世傳有三絶：才絶、藝絶、癡絶。嘗爲虎頭將軍，人號顧虎頭。

〔三五〕附注：《漢・藝文志》：小學十家，司馬相如作《凡將》一篇。《通雅》：古器祖癸豆、

姬竇母，并皆以銅爲之。《漫録》：有人掘古冢得蒼玉，上有「黑闥」二字，疑爲劉黑闥殉物。[一二]

【校記】

[一]「亓」，原作「元」，據諸本改。

[二]「陽」，患立堂本、浩然堂本并誤作「揚」。

[三]「一」，浩然堂本作「成」。

[四]「俱」，患立堂本、浩然堂本并作「具」。

[五]「緑」，患立堂本誤作「録」。

[六]「斯」，蔣刻本、患立堂本、浩然堂本并作「新」。

[七]「啄」，原作「喙」，徑改。

[八]「叔重」，原誤倒，徑乙。

[九]「倒」，原作「例」，徑改。

[一〇]「郛」，原作「廓」，徑改。

[一一]「啄」，原作「喙」，徑改。

[一二]此條附注，據亦園本、四庫本、文瑞樓本補。按「母」，亦園本、文瑞樓本并作「窦豆」。

陳檢討集卷十三

宜興陳維崧其年撰　皖江程師恭叔才注

序

壽閻再彭先生六十一序

雕蟲末技，壯夫之所羞稱（一）；刻鵠微長，高人之所不録（二）。而崧猥以一室居貧，十年少賤。豪門戳穀，輒憑翰墨而［二］兕觥（三）；貴客添籌，聊飾文辭爲羔雁（四）。紫絲步障，半綴蕪篇（五）；青瑣華軒，恒懸鄙作（六）。然而意所不期，情難自展。平流祝嘏，專尚鋪張；薄俗祈年，惟工頌禱。語夫世德，人人皆七葉雙貂（七）；述彼家風，户户悉一門千石（八）。樓臺起處，無非阿閣之三休（九）；甲第成時，多是長廊之中宿（一〇）。金虀玉膾，薦自蓬池（一一）；冰兔霜蟾，來從桂殿（一二）。青琴擅舞，矜十五之纖腰（一三）；絳樹能彈，訝一雙之纖手（一四）。曾無故實，但涉形容。況復齒近期頤（一五），雅多猜忌；年逾不惑（一六），便學拘牵。或當搦管以成文，每慮轉喉而觸諱。中山聞樂之對，奚可施之歌舞之筵（一七）；次公仰屋之談，何堪妄預[二]賓徒之末（一八）。乃有生申吉日（一九），翻爲騎省之悼亡（二〇）；揆覽靈辰（二一），猥作子山之思舊（二二）。顧鄙人而授簡（二三），命下走以摛詞（二四）。是則欽承曠達，雖渺慮以奚辭（二五）；便縱清狂（二六），遂放言而不顧者矣。

淮安閻再彭先生者，吾友百詩徵士之府君也。譜其州里，則地入并汾（二七）；詢厥門楣，則望齊狐趙（二八）。椒偏善衍（二九），著籍關東；喬亦能遷（三〇），徙居淮右。家近劉安城下，代有神仙（三一）；宅連韓信橋頭，人多節概（三二）。先生則幼嗜縹緗（三三），長耽鉛槧（三四）。侯子瑜居貧篤學，暮即爇柴（三五）；高文通處困攻文，晝而漂麥（三六）。子雲之頗精筆札，極似相如（三七）；君山之最富典墳，何知猗頓（三八）。加以室有同心，人能偕隱。章臺走馬之暇，張敞則閒[三]事畫眉（三九）；南山種豆之餘，楊惲則還聽鼓瑟（四〇）。蓋先生德配，實惟丁太孺人云。

孺人以濟陽人地，競羨簪纓（四一）；敬禮門風，兼長文藻（四二）。《周南》穠矣，傳懿範于珩璜；韓姞爛其，播徽音于筐筥（四三）。委禽以後（四四），交推桓氏之少君（四五）；弋雁而還（四六），人説梁家之德曜（四七）。若夫眉既能齊（四八），齒尤相若。弧懸尚左[四]，剛聞蓂莢之纔周；帨設從西，復在茱萸之上浣（四九）。廷幃[五]洗斝，龐公則每展一年（五〇）；

子姓承筐，鮑母亦時逢九月（五一）。曾寒暑之幾何，乃家門之非昔。盧家之金碗，猶在人間（五二）；嬴女之瓊蕭，竟歸天上（五三）。先生則齒屆六旬，孺人已歿將三載。

斯時也，庭萱不再，籬菊猶存。甫逢絳縣之期，正躋[六]丹丘之祝（五四）。嗣君曰今無可待，願大人姑謀一日之歡；先生曰事以如生，詎阿奴竟忘疇昔之事（五五）。必也重循往例，還待來年。疇能贈我，須爲破末季之拘攣（五六）；假以貽余，毋或蹈時流之剽襲。庶其并提存没[七]，不令閫德之終湮；極序生平[八]，竊冀老懷之暫慰乎！於是祥琴乍鼓（五七），引滿何傷（五八）；莊缶纔歌（五九），舉杯亦得。此所以數高門之上客，舊有三千（六〇）；問居士之頭銜，新標六一也（六一）。斯一事也，有諸美焉。

慨自庶姬驕蟲，匹婦愚蒙，名不絓於儒林（六二），性寧諳夫古籍。以致馮敬通之僮奴，頭無釵澤；鄭康成之婢獲，人在泥中（六三）。甚而慣訴殺牛（六四），惟忻射雉（六五）。莫習蘋蘩之節，誰修翟茀之儀（六六）？此則雖享[九]同牢（六七），而曠如秦越（六八）；縱居一室，而渺若山河（六九）。何由戀德，人已去而腸迴（七〇）；孰令懷賢，迹雖遥而腹痛（七一）。今覽所天之顧慕（七二），益知淑儷之幽貞。敬頌孺人，斯美一也。

且夫新婦有言，士兼百行（七三）；古人所勖，人重五倫。若使《谷風》召怨（七四），室家抱王郎天壤之悲（七五）；皦日渝盟（七六），妻孥興生世不諧之恨（七七）。倘非守正，宋弘何以結信於君（七八）；若令虧恩，吴起必至見疑於友（七九）。今也遺簪不弃，足徵至性之純；故劍偏求，用驗天親之篤（八〇）。即小可以知大，觀往可以察來。敬頌先生，斯美二也。

更有難焉：凡爲子者，階前萊彩（八一），惟傾延壽之觴（八二）；園内潘輿（八三），徒藉長生之枕（八四）。斟酈縣菊泉之水，自許承歡（八五）；采葛洪丹井之砂，相矜愛日（八六）。未有善體親心，曲全高尚。嘗〔一〇〕聞古語，延年則惟畏貴人（八七）；以况前賢，曾晰則還生孝子（八八）。共傳我友，真得卿狂（八九）。敬頌嗣君，斯美三也。

於是侈陳三善，賤子既操觚揚觶而前（九〇）；競祝千春，衆賓爰拾級歷階而上（九一）。惜哉廡下，已無昔年舉案之人（九二）；幸矣樽中，尚存昨日登高之酒（九三）。（九四）

【箋注】

（一）見《璿璣賦》。

（二）馬援《誡兄子書》：刻鵠不成猶類鶩。

（三）《詩》。

（四）《老子》：滄海變桑田，吾以一籌記之。今籌滿屋矣。《世説》：陳實，子紀、諶并著名，世號三君。每宰府辟召，同時羔雁成群。丞掾交至，當世榮之。

（五）《晉書》：王愷作紫絲步障四十里，石崇作錦步障五十里敵之。

（六）見《憺園賦》。

（七）見《半繭賦》。

（八）見《歸田賦》。

（九）《尚書中候》：黄帝、軒轅時，鳳皇巢于阿閣。《賈子》：翟王使使者之楚，楚王欲誇之，饗客章臺，三休乃止于上。《史記》：由余本晉人，相西戎。戎使聘秦，穆公示以宫室，引之三休之臺。

（一〇）相如《上林賦》：步櫩周流，長途中宿。注：步櫩，步廊也。長途，樓閣間升道。中宿，乃至其上也。

（一一）《世説》：南人魚膾，以細縷金橙拌之，號爲金虀玉膾。隋煬帝所謂南方佳味也。《唐書》：學士初賜食，悉曰蓬池膾。

（一二）庾信詩：天香下桂殿。

（一三）相如《上林賦》：青琴宓妃之徒，絶殊離俗。伏儼注：青琴，古神女也。陸雲詩：雅步擢纖腰。

（一四）魏文帝《與繁欽書》：今之善舞者，莫妙于絳樹；清歌，莫激于宋臈。徐陵詩：絳樹新聲最可憐。

（一五）《禮》：百年曰期頤。

（一六）《論語》。

（一七）見《集生序》。

（一八）《漢書》：平恩侯許伯入第，蓋寬饒仰屋，視而歎曰：「富貴無常，忽則易人，如此傳舍，所閲多矣。」

（一九）《詩》。

（二〇）見《渭仁序》。

（二一）《離騷》：皇覽揆余初度兮。

（二二）見《臞庵序》。

（二三）見《璿璣賦》。

（二四）《史記》：太史公牛馬走。《蕭望之傳》：下走將歸延陵之臯。阮籍《奏記》：辟書始下，下走爲首。《西京賦》：走雖不敏。注：如言僕也。

（二五）陸機《文賦》：渺衆慮而爲言。

（二六）見《浙西序》。

（二七）見《雪持序》。

（二八）《左傳》：晉公子重耳之從者，狐偃、趙衰、顛頡、魏武子、司空季子。注：五人賢而有功者。

（二九）《詩》。

（三〇）《詩》。

（三一）《漢書》：淮南王安煉丹，丹成，九日上升。餘藥在鼎，庭中鷄犬舐之，皆得飛升。

（三二）《淮安志》：城西韓信橋，即信爲少年跨下所辱處。

（三三）見《園次序》。

（三四）見《尺牘序》。

（三五）謝承《後漢書》：侯瑾字子瑜，傭作爲資。暮爇柴讀書，獨處一室，如對嚴賓。作《矯世論》，以譏切當世。西河人敬其才，不敢名之，稱爲侯君。

（三六）見《懸圃序》。

（三七）《甘泉賦》：成帝時，有薦雄文似相如者。上方郊祀甘泉泰畤、汾陰后土，以求繼嗣，召雄待詔承明之庭。

（三八）見《少楹序》。

（三九）《三輔故事》：張敞罷朝會，走馬章臺街。其地在長安舊城内。庾信《謝馬啓》：張敞畫眉之暇，直走章臺。并見《少楹序》。

（四〇）見《看奕賦》。

（四一）《濟南志》：濟陽縣，周郜國地。

（四二）見《憺園賦》。

（四三）《詩》。

（四四）見《貞女序》。

（四五）《列女傳》：漢鮑宣妻桓少君，始歸，嫁貲甚厚，宣不悦。少君乃悉歸侍御，服飾更著短衣，與宣共挽鹿車歸鄉里。拜公姑畢，提瓮出汲，修行婦道。

（四六）《詩》。

（四七）詳《劉太母序》。

（四八）見《貞女序》。

（四九）《禮》：男子生，懸桑弧蓬矢六，以射天、地、四方。又：男子生，設弧于門左；女子，設帨于門右。蓂莢，見《璿璣賦》。按茱萸上浣，九月初旬也。

（五〇）《高隱傳》：龐德公，襄陽人，操冰鑒，居峴山南。後與妻偕隱鹿門，采藥不出。

（五一）詳《葉母序》。

（五二）見《琴怨序》。

（五三）見《藝圃序》。

（五四）《左傳》：晉絳縣人年長矣，曰：「臣生之歲，正月甲子朔，四百有四十五甲子矣。」師曠曰：「七十三年矣。」注：每一甲子該六十日。《楚詞》：仍羽人于丹丘兮。注：丹丘，晝夜長明之處，海上神仙也。

（五五）《世説》：周顗、周嵩并列貴位。嘗冬至置酒，其母舉觴，賜三子曰：「伯仁志大而才小，名重而識暗，非自全之道。嵩性抗直，亦不容于世。唯阿奴當在阿母目下耳。」注：阿奴，嵩弟謨小字也。

（五六）潘岳《西征賦》：陋吾人之拘攣。

（五七）見《憺園賦》。

（五八）《抱朴子》：于公引滿一石，而斷獄益明。《漢書》：引滿舉白，談笑大噱。

（五九）見《井叔序》。

（六〇）詳《劉太母序》。

（六一）《歐陽修傳》：修終老潁之西湖，自號六一居士，謂集古一千卷，藏書一萬卷，琴一張，棋一局，酒一壺，鶴一隻。

（六二）見《澹庵序》。

（六三）見《閨秀序》。

（六四）《世説》：隋時，牛弘性寬裕。弟弼嘗酗酒，射殺弘駕車牛。弘還宅，妻迎謂曰：「叔射殺牛。」弘聞之曰：「作脯。」坐定，其妻又言：「叔射殺牛，是大異事。」弘言：「已知。」

（六五）見《澹庵序》。

（六六）《詩》。

（六七）見《閨秀序》。

（六八）韓文：如秦人視越人之肥瘠，漠焉不加喜戚于其心。

（六九）《世説》：王浚冲經黄公酒壚，曰：「自嵇、阮既亡以來，今日視此雖近，邈若山河。」

（七〇）見《素伯序》。

（七一）詳篇末。[一一]漢焦氏[一二]《易林》：痛徹心腹。

（七二）見《瑞木序》。

（七三）《世説》：許允婦乃阮衛尉女，德如之妹也。奇醜。初適許，許因謂曰：「婦有四德，卿有其幾？」婦曰：「新婦所乏，惟容耳！士有百行，以德爲首。君好色不好德，何也？」允遂敬之。

（七四）《詩》。

（七五）《世説》：謝道韞既往王氏，大薄凝之。還謂太傅曰：「一門叔父，則有阿大、中郎；群從兄弟，則有封、胡、遏、末。不意天壤之中，乃有王郎。」按凝之，羲之子也。

（七六）《詩》。

（七七）應劭《漢官儀》：周澤爲太常，恒齋。其妻怜其老疲病，問之。澤大怒，以爲干齋。諺曰：「居世不諧，爲太常妻。一歲三百六十日，三百五十九日齋，一日不齋醉如泥。既作事，復低迷。」

（七八）《漢書》：宋弘威容，群臣莫及。明帝姑湖陽公主新寡，欲妻弘，難斥言。帝令公主坐屏後，從容謂弘曰：「富易妻，人情乎？」弘曰：「臣聞貧賤之交不可忘，糟糠之妻不下堂。」顧謂主曰：「事不諧矣。」

（七九）見《井叔序》。

（八〇）見《牛叟序》[一三]。

（八一）見《憺園賦》。

（八二）《漢·郊祀志》：文帝時，越人新垣平使人獻玉杯，刻曰：「人主延壽。」

（八三）見《憺園賦》。

（八四）《神仙傳》：泰山父對漢武帝曰：「有道士教臣作神枕，枕三十二竅，其二十四竅應二十四氣，其八竅應八風。臣行之，轉少生齒。」庾信《長孫夫人銘》：無延壽之杯，缺長生之枕。

（八五）見《琴怨序》。

（八六）《列仙傳》：晉葛洪字稚川，句容人，著書，號《抱朴子》。性好仙術，以勾漏多丹砂，乃求爲勾漏令。注：勾漏山，在容州普寧縣，古交趾地。巖穴多勾曲穿漏，故名。《禮》：孝子愛日。

（八七）見《歸田序》。

（八八）《孟子》。

（八九）見《竹逸序》。

（九〇）操觚，見《懸圃序》。《檀弓》：杜蕢揚觶。

（九一）《記》：拾級聚足，連步以上。《左傳》：夾谷之會，孔子歷階而升。

（九二）見《貞女序》。

（九三）見《九日序》。

（九四）附注：魏武《祭喬太尉文》：殂逝後，不以斗酒隻鷄相酬沃，腹痛勿怪，此平時嘻笑之言也。[一四]

【校記】

[一]「而」，蔣刻本、患立堂本、浩然堂本并作「爲」。

[二]「預」，患立堂本、浩然堂本并作「豫」。

[三]「閒」，患立堂本、浩然堂本并作「間」。

[四]「左」，原作「右」，蔣刻本、患立堂本、浩然堂本并同，皆誤。據亦園本、四庫本、文瑞樓本改。按程注引《禮》所載，知原文乃用「弧左」之典。

[五]「廷幃」，蔣刻本作「庭幃」，患立堂本、浩然堂本并作「庭闈」。又「廷幃」前，蔣刻本、患立

堂本、浩然堂本并有「是以」二字。

［六］「躋」，患立堂本、浩然堂本并作「踐」。

［七］「没」，患立堂本、浩然堂本并作「殁」。

［八］「生平」，蔣刻本、患立堂本、浩然堂本并作「平生」。

［九］「享」，患立堂本、浩然堂本并作「饗」。

［一〇］「嘗」，患立堂本、浩然堂本并作「常」。

［一一］「詳篇末」三字，原脱，據亦園本、四庫本、文瑞樓本補。

［一二］「漢焦氏」三字，亦園本、四庫本、文瑞樓本并脱。

［一三］即卷十《閣牛叟貫花詞序》。

［一四］此條附注，據亦園本、四庫本、文瑞樓本補。

壽徐健庵先生序

節逾亞歲，日居駿狼［一］之山（一）；律轉初陽，星紀牽牛之次（二）。五紋弱綫，晷逢南至以加長；一寸飛灰，候迫東皇而早暖（三）。則有西豪貴胄，南路華卿（四）［二］。大夫當服政之年（五），君子正懸弧之日（六）。時則彯袿飛組之輩，騶騎雍容（七）；懷文抱質之夫，儀容爾雅（八）。攝衣上座，非無北海之窮交（九）；揚觶升階（一〇），大有東都之右姓（一一）。莫不鋪張官閥，揚厲高[三]門。敷華振藻，爭誇言論之魁雄；散彩摇珠，備極文章之光麗。千篇噴涌，沫欲成河（一二）；百軸喧闐，門還類市（一三）。僕也列于燕房折俎之旁（一四），效夫鞠𦢊卷韝之事（一五）。顧諸君善禱（一六），競誇有脊而有倫（一七）；詎賤子不文，未克以《南》而以《雅》（一八）。今夫人呼麟種，派出騶王（一九）。科名烜赫，弟兄依日月之光（二〇）；族姓通明，少長挾風雲之氣（二一）。一門獨貴，五世其昌（二二）。要爲六合所習聞（二三），亦屬八紘所[四]共見（二四）。寧須辭費，盛稱海若之汪洋（二五）；曷用文繁，深贊崧高之峻極（二六）。狀雲霞之色，縱繢畫以靡工（二七）；學鐘鼓之音，即噌吰而未省（二八）。用有一言，請陳四座。

憶賤子楮冠彈鋏之秋（二九），適先生苴杖倚廬之歲（三〇）。斯時也，皋魚奉諱，泣不成聲（三一）；和嶠居憂，毁將滅性（三二）。尋而九重賜[五]賵（三三），來天上之哀榮（三四）；俄焉七日歌虞，盡人間之怛愴（三五）。亦可稍酬湩乳之恩，聊慰焄蒿之慕（三六）。乃猶心摧窆石，力瘁葴宫（三七）。量逾僕射，竟辭杯杓之沾（三八）；齋學太常，長斷房幃之入（三九）。

以致三荊田氏，樛成連理之枝（四〇）；遂令大被姜肱（四一），纔自同功之繭（四二）。檀欒孝笋（四三），觱沸忠泉（四四）。歷指[六]内行之修，足驗天休之集。

且夫叢殘古本，匪同毳罽之華；斷爛長箋，詎比象犀之貴。何來釋褐（四五），復事編摩；豈有彈冠（四六），仍需呫嗶（四七）？況又東朝僚屬，秩未[七]清通（四八）；西邸班資，理宜貴倨（四九）。温子昇不過馬坊之賤客（五〇），段干木居然駔儈之細流（五一）。欲藉子將月旦，邈若雲霄（五二）；倘求文舉揄揚（五三），曠猶秦越（五四）。掃門莫恤（五五），懷刺徒羞（五六），而先生則縑帙連雲（五七），牙籤曜日（五八）。劉孫秋南陽博士，雅志通經（五九）；黄文彊[八]江夏儒宗，勤思積學（六〇）。年經月緯，沉湎在虫魚細碎之中（六一）；輯柳編蒲，整齊於亥豕淆訛之日（六二）。文鋒隳突，颯若升峻阪以截熊羆（六三）；筆陣轟豗（六四），霍如泅絶澗而殲蛟鱷（六五）。何論杜癖，詎數劉淫（六六）。乃若掘門寒畯，寵以聲華（六七）；委巷經師，丐之譚論（六八）。班荊贈紵（六九），鹿車駢問字之人（七〇）；倒庋傾箱（七一），馬帳溢橫經之客（七二）。銅溝清沘（七三），衎我嘉賓（七四）；黛館扶疏（七五），綏余良士（七六）。鄭莊置驛（七七），游龍而駟鐵爭馳（七八）；齡石飛箋，流水則百函并發（七九）。甚而言信於心，屨及窒皇之外（八〇）；義形於色，交深杵臼之間（八一）。吹篪客到，肯緣急難以爲嫌(八二)； 纖屬人來，違假有無而自解(八三)。 其嗜書也如彼，其得士也又如此。固宜其風規朗暢，氣淩袁灌之浮沉； 義烈區明，目短原嘗之輕俠也(八四)。

抑聞借臆攄情，則啼笑猶虞其或假； 代人頌德，則情文終見[九]其多虛。 何似[一〇]脱驂越石，直陳晏子之深情(八五)； 寧如賃廡梁鴻，自寫伯通之厚誼(八六)。 僕兮凡鳥(八七)，走也窮魚(八八)，夙無結納之資，素乏風颷之望。 黥奴詬辱，人皆姍以爲愚(八九)； 路鬼揶揄，世競嗤之曰鈍(九〇)。 雀來楊館，謬托雕梁(九一)； 燕赴張巢，叨[一一]依廣厦(九二)。 是即升天入地，奚能殫厥形容； 繪影鏤空，不足窮其纖悉也。 遂逢大衍之辰，爰效華封之祝(九三)。 丹丘不遠(九四)，獻斯言請居乘韋之先(九五)； 碧海非遥(九六)，舉是觴願祝岡陵之始(九七)。(九八)

【箋注】

(一)《宋書》：冬至，受萬國稱賀，其儀亞于歲朝，故云亞歲。《淮南子》：日冬至，駿狼之山。夏至，牛首之山。 注：駿狼，南極山。 牛首，北極山。

(二)《史記》：冬至，一陰下藏，一陽上舒。《天文志》：日月五星，冬至起牽牛。

(三)《荊楚歲時記》：晉魏宫中，以紅綫量日景。 冬至後，日影添長一綫。《曆律志》：冬至，則葭管累黍一寸，貯灰于緹室，陽氣至則灰飛。杜詩：刺綉五紋添弱綫，吹葭六管動飛灰。東皇，見《澹庵序》。

（四）《後漢書》：荀氏舊里名西豪。潁陰令康以高陽氏有才子八人，荀氏亦八子，改其里爲高陽氏。古諺：南路徐，北路于。

（五）《禮》：五十曰艾，服官政。

（六）見《壽閣序》。

（七）見《九日序》。

（八）曹植《與吴質書》：偉長懷文抱質，恬淡寡欲。

（九）見《九日序》及《觀槿序》。

（一〇）見《壽閣序》。

（一一）見《天章序》。

（一二）詳《田太翁啓》。

（一三）《漢書》：哀帝問鄭崇：「卿門何以如市？」對曰：「臣門如市，臣心如水。」

（一四）見《觀槿序》。

（一五）見《璿璣賦》。

（一六）《檀弓》。

（一七）《詩》。

（一八）《詩》。

（一九）見《憺園賦》。

（二〇）《史記》：蕭何依日月之末光。

（二一）見《園次序》。

（二二）見《祖德賦》。

（二三）《吕氏春秋》：神通乎六合。高誘注：四方、上、下爲六合。

（二四）見《璿璣賦》。

（二五）《莊子·秋水篇》：秋水時至，百川灌河，于是河伯欣然自喜，以天下之美爲盡在己。行至北海，望洋向若而歎。注：若，海神名。

（二六）《詩》。

（二七）見《尺牘序》。

（二八）見《隹山序》。

（二九）楮冠，見《懸圃序》。彈鋏，見《楚鴻序》。

（三〇）《禮》：爲父苴杖竹也，爲母削杖桐也。又：親喪，居于倚廬。注：倚墻爲之，無楣柱也。

（三一）見《憺園賦》。

（三二）《晉書》：和嶠居父喪，以禮法自持，量米而食。劉毅對武帝曰：「嶠雖寢苫食粥，乃生孝耳。若王戎不拘禮制，而容貌毁悴，所謂死孝。」《禮》：毁不滅性，不以死傷生也。

（三三）《春秋》：天王使宰咺來歸仲子之賵。注：知生則賻，知死則賵。輿馬曰賵，貨財曰賻。

（三四）《論語》。

（三五）見《瑞木賦》。

（三六）《説文》：湩，乃乳汁也。徐氏説引《漢·匈奴傳》：不如重酪之美。亦作「湩」。《祭義》：焄蒿凄愴，此百物之精也。

（三七）《周禮》：及窆執斧，以莅匠師。《説文》：窆，葬下棺也。《檀弓》：天子之殯菆塗。注：用木叢棺，四面塗。按菆，通「叢」。

（三八）《世説》：周伯仁大飲酒，嘗經三日不醒，時人謂之三日僕射。陳暄《與兄子秀書》：昔周伯仁渡江，惟三日醒，吾不以爲少；鄭康成一日三百杯，吾不以爲多。《北史》：齊高祖欲用李元忠爲僕射，其子請節飲，文忠言：「我作僕射，不勝飲酒樂。」

（三九）見《壽閣序》。

（四〇）見《憺園賦》。

（四一）《漢·姜肱傳》：肱同二弟仲海、季江俱以孝聞，兄弟同被而卧。及各娶妻，兄弟相戀，不入房室。

（四二）見《雪持序》。

（四三）見《臞庵序》。

（四四）見《歸田序》。

（四五）見《玉巖序》。

（四六）見《黄門序》。

（四七）《禮》。

（四八）見《孝威序》。

（四九）隋《三禮圖》：長安街西五十四坊，多王公貴人之第。《齊書》：竟陵王子良開西邸，延才俊。自永明末，士人盛爲文章，談議者皆奏于西邸。

（五〇）見《滕王賦》。〔一二〕

（五一）《漢·郭泰傳》：段干木，晉國之大駔。注：牙儈狡捷者曰駔。

（五二）《漢書》：許邵字子將，汝南人，核論鄉黨人物，每月輒更品題，故有月旦評。初，邵拔樊子昭于市肆，出虞承賢于客舍，召李叔才于無聞，擢郭子瑜于小吏，聞者莫不飭行。司空楊彪辟舉方正，不就。

〔五三〕詳《毛太母啓》。

〔五四〕見《壽閣序》。

〔五五〕《史記》：魏勃欲見齊相曹參，貧無以通，乃常早起，掃齊相舍人門。舍人怪而問之，曰：「願見相君無因，故爲子掃。」于是舍人引見，參以爲舍人。

〔五六〕見《園次序》。

〔五七〕見《懸圃序》。

〔五八〕見《三芝序》。

〔五九〕《漢書》：劉珍字孫秋，南陽人。永初中，詔較定東觀五經、諸子傳記、百家藝術，及作《建武以來名臣傳》，後遷郎中。

〔六〇〕見《琴怨序》。

〔六一〕見《園次序》。

〔六二〕《楚國先賢傳》：孫敬在太學，編柳簡以寫經，辰夜誦習。《漢書》：路温舒少貧，牧羊澤中，截蒲爲牒，編用寫書。亥豕，見《隹山序》。

〔六三〕《廣韻》：㟴，與「毀」同。凡卒相見曰突。又觸也。

〔六四〕見《禹平序》。

〔六五〕《列子》：習于水而勇于泅。

〔六六〕見《憺園賦》。

〔六七〕《戰國策》：蘇秦特窮巷掘門、桑户棬樞之士耳。

〔六八〕《孔叢子》：子思謂宋大夫樂翔曰：「昔魯委巷，亦有似君之言者。」劉峻《絶交論》：丐其餘論。

〔六九〕班荆，見《禹平序》。贈紵，見《憺園賦》。

〔七〇〕《風俗通》：俗説鹿車窄小，裁容鹿。問字，見《昭華序》。

〔七一〕《世説》：郗夫人謂二弟曰：「王家見二謝，傾筐倒庋，汝輩則不然。」

〔七二〕見《修禊序》。

〔七三〕見《滕王賦》。

〔七四〕《詩》。

〔七五〕補注。

〔七六〕《書》。

〔七七〕見《憺園賦》。

〔七八〕袁宏《漢記》：建初二年，馬太后詔曰：「前過躍龍門上，見外家車如流水，馬如游龍。」《詩》：駟鐵孔阜。

〔七九〕《晉書》：夏王勃勃據咸陽，劉裕以朱齡石代鎮長安。齡石才資敏給，常日發八十函。

（八〇）《左傳》：宋殺楚臣申舟，楚子聞之，投袂而起，屨及于窒皇，劍及于寢門之外，車及于蒲胥之市，遂圍宋。杜注：窒皇，寢門。屨及，言其速也。

（八一）見《園次序》。

（八二）見《雪持序》。

（八三）《高士傳》：唐朱桃椎，成都人。夏則裸形，冬則樹皮自覆。每織芒屩置路旁，見者皆言朱處士屩也。易米，置其地。朱至夕取之，終不見人。

（八四）見《半繭賦》。

（八五）《史記》：越石父賢，在縲紲中。晏子解左驂贖之，載歸。弗謝，曰：「吾聞君子詘于不知己而信于知己者。知己而無禮，固不如在縲紲之中。」晏子于是延入爲上客。

（八六）見《集生序》。

（八七）見《臞庵序》。

（八八）走也，見《壽閻序》。窮魚，見《天章序》。

（八九）《酉陽雜俎》：晉法，奴子亡者，以墨涅其面，曰黥。《漢·貨殖傳》：桀黠奴，人之所患。

（九〇）見《園次序》。

（九一）見《素伯序》。

（九二）詳《銀臺啓》。

（九三）《易》：大衍之數五十。《堯紀》：帝觀于華，華封人曰：「嘻！請祝聖人，使聖人富、壽、多男子。」

（九四）見《壽閣序》。

（九五）見《觀槿序》。

（九六）見《琴怨序》。

（九七）《詩》：如岡如陵[一三]。

（九八）附注：《魏書·文苑傳》：温子昇微時，爲廣陽王深賤客，在馬坊教諸奴子書。[一四]

【校記】

[一]「駿狼」，蔣刻本、患立堂本、浩然堂本并作「狼駿」。

[二]「卿」，蔣刻本作「鄉」。

[三]「高」，患立堂本、浩然堂本并作「家」。

[四]「所」，患立堂本、浩然堂本并作「之」。

[五]「賜」，患立堂本、浩然堂本并作「錫」。

[六]「指」，患立堂本、浩然堂本并作「稽」。

[七]「未」，患立堂本、浩然堂本并作「本」。

〔八〕「疆」，原作「繮」，據蔣刻本、浩然堂本改。按，李學穎校謂「後漢黄香字文疆」。

〔九〕「見」，蔣刻本、患立堂本、浩然堂本并作「患」。

〔一〇〕「似」，蔣刻本作「以」。

〔一一〕「叨」，原作「明」，據諸本改。

〔一二〕此條注，亦園本、四庫本、文瑞樓本并作：「本篇後注。」

〔一三〕「如岡如陵」四字，亦園本、四庫本、文瑞樓本并脱。

〔一四〕此條附注，據亦園本、文瑞樓本補。

壽季太翁八十序

維揚上郡，延令名區〔一〕。扶風則鐵市三條，雒陽則銅街七里〔二〕。星躔鶉火，代産文人〔三〕；兆叶鳳繇，世鍾〔一〕右族〔四〕。巷逢驄馬，皆知鮑宣之家〔五〕；户有佩刀，盡識王祥之宅〔六〕。因翁季〔二〕老先生，瑞應乾符〔七〕，祥徵坤軸〔八〕。望齊孟叔，著季氏之勛勞〔九〕；名高僑肸，推行父之正直〔一〇〕。關西則四世公卿，實由太尉〔一一〕；琅琊則六朝閥閲，咸藉始興〔一二〕。爰是〔三〕起家，乃先作宰。循良孔奮，界是姑臧；惠愛王尊，地名安定（一三）。尋淯刔夫中臺（一四），用專膺夫吏部。毛玠當塗，名士乃稱是科（一五）；山濤典午，清流始充其選（一六）。先生九〔四〕品有章，六曹無玷（一七）。貂蟬映日（一八），惟掄東觀之英（一九）；棨戟生風（二〇），詎較西園之市（二一）。繼值興朝之改玉，早欽哲士之挂冠（二二）。陋漢季以聲名交扇，既爲黨論所莫加；嗤晉末以門第相高，復爲時賢所不忌。瞻烏握粟（二三），已覘達者之先幾；鑿坏闔〔五〕門（二四），聊志高人之早見。然而天祐〔六〕善人，世推陰德。陸家之子弟，仕北尤多（二五）；庾氏之功名，辭南益顯（二六）。两馮并起，已聞繼踵爲官（二七）；二杜齊名，寧第夾河作郡（二八）。時則給諫冠月先生，就傅知名（二九），有文在手（三〇）；服官稱職，義形於言。循循三事之中（三一），諤諤百僚之上（三二）。當階屈軼，在聖主卒白其忠（三三）；繞砌芝蘭，至慈父益稱其孝（三四）。侍御滄葦先生，早升華秩，歷簉崇階。府裏烏啼，驗班資之早貴（三五）；殿前鵠舉，訝才望之尤奇（三六）。惟耽典籍，豸冠亦暇即囊螢（三七）；酷嗜圖書，蘭臺亦坐而漂麥（三八）。惟性淡〔七〕於簪纓，時適賜其休沐（三九）。蓋勤於王事，帝極憐仲孺有兒（四〇）；而志在承歡，朝特予太公以子。况〔八〕穆王八駿，悉是家駒（四一）；孔氏四科，無非國寶（四二）。銅盤晝食，則屋列東西（四三）；金沓宵燃，則巷分南北（四四）。雕龍蠟鳳，髫齔皆對食〔九〕之兒（四五）；犀靸珠鞭，少長盡朝天之客。濯龍門畔（四六），此爲道政之坊（四七）；鬥鴨欄邊（四八），即是浣衣之里（四九）。又復王氏則金貂盈座（五〇），卑者位過郎官；楊家則棣萼同居（五一），幼者年逾七十。謝東山之女，詠絮無雙（五二）；王武子之甥，過江第一（五三）。馬援之誡兄子，夙有門風（五四）；王況之事世叔，備遵家教（五五）。姻連戚里，步陸孤輦下名姬；婚締强宗，紇豆陵天邊貴姓（五六）。至於一聲捉搦（五七），全部朝那（五八）。鸞吟鳳舞（五九），皆羊侃之侍兒（六〇）；鵲顧猿迴（六一），悉李波之小妹（六二）。析鈴周匝，複道多迷（六三）；箏板參差，曲聲無誤（六四）。亦有負城作宅，導水爲園，栝柏千章，芙蕖百畝。重岡壘嶂，衺延酸棗之臺；邃壑幽蹊，下矗棠梨之館（六五）。蓋已隱夫冬緑（六六），豈徒平仲春紅（六七）？於是候近青陽，節逢玄陸（六八）。桃結三千之實（六九），酒傾八百［一〇］之觴（七〇）。乃有四姓金張（七一），三江潘陸（七二）。天上驂鸞之輩，人間控鶴之群（七三）。以及窔［一一］廊曲厦，舍旁撲棗之鄰（七四）；錦韉雕軒，車下翳桑之客（七五）。揚子雲口多謇吃，但解著書（七六）；管公明膽未堅剛，先求酒食［一二］（七七）。無不鞠𦝫戟門（七八），承筐綺席（七九）。仿佛咽三危之露，依稀開四照之花（八〇）。僕也何人，幸逢斯會。渡江而謁卓茂，已識盛朝褒德之侯（八一）；擁篲而拜伏生，更俟［一三］他日傳經之歲（八二）。

【箋注】

（一）《揚州志》：泰州，即吴陵。一曰延陵，又曰延令。

（二）庾信《齊王憲碑文》：鐵市銅街，風飛塵起。并見《憎園賦》及《滕王賦》。

（三）補注。

（四）見《祖德賦》。

（五）《列異傳》：鮑宣生子永，永子昱，三世皆爲司隸，而乘一驄馬。京師歌曰：「鮑氏驄，三人司隸再入公，馬雖瘦，行步工。」

（六）《晉·王祥傳》：祥字休徵。初，吕虔有佩刀，工相之，以爲必登三公，可服此刀。虔謂祥曰：「苟非其人，刀或爲害。卿有公輔之量，故以相與。」

（七）班固《東都賦》：聖皇握乾符。

（八）見《天篆序》。

（九）《左傳》：成季之將生也，卜曰：「男也。間于兩社，爲公室輔。」按季友與孟叔俱桓公後，故稱三桓。

（一〇）《漢紀》：孔明見殷禮，歎曰：「今之僑、肸也。」按子産名僑，叔向名肸。《左傳》：晉人執季文子，范文子曰：「季孫行父于魯，相二君矣。妾不衣帛，馬不食粟，可不謂忠乎？」乃赦季孫。

（一一）見《憎園賦》及《素伯序》。

（一二）《王氏譜》：望出太原王子晉之後，出琅琊齊田和之後。《晉書》：王導輔相，元、明、成三世咸康。初，進位太傅，封始興云。

（一三）《循良傳》：孔奮字君魚，爲姑臧宰。姑臧稱富邑，居縣者不盈數月，輒至豐積。奮居職四年，清苦自若。有訊之者，答曰：「身處脂膏，不能自潤。」《凉州志》：姑臧，漢縣，漢武威郡，隋凉州。《漢書》：王尊舉從事，上書，擢安定守，戒屬吏貪墨，威震郡中。班彪《北征賦》：指安定以爲期。《輿志》：安定郡，武帝置，在涇渭之間，今平凉府。

（一四）《通典》：唐龍朔二年，改尚書省爲中臺。《官制考》：尚書爲中臺，御史爲憲臺，謁者爲外臺。

（一五）《魏志》：毛玠，封丘人，字孝先，爲吏部，無敢華衣美食者。魏武歎曰：「孤之法不如毛尚書。」《蜀志》：譙周問杜瓊曰：「昔周徵君群以爲當塗高者魏也。」瓊曰：「魏，闕名也。當塗言高，聖人取類言爾。」并見《三芝序》注。

（一六）《晉・山濤傳》：巨源器量不群，武帝朝爲吏部尚書，甄别人物，時稱山公啓事。典午，見《素伯序》。

（一七）《魏志》：陳群爲尚書，置九品官人之法。《漢書》：成帝置尚書四人，分四曹，有常侍曹、二千石曹、民曹、客曹。《官制》：世祖分二千石曹爲二曹，又分客曹爲南主客曹、北主客曹，凡六曹。

（一八）見《半繭賦》。

（一九）《後漢書》：張衡爲侍中，上疏，請得專事東觀，收檢遺文，畢力補綴。注：東觀，藏書之所。

（二〇）見《閨秀序》。

（二一）見《尺牘序》。

（二二）《國語》：先儒有言曰：「改玉改行。」注：玉，所以節行步也。《漢書》：逢萌見王莽謀篡，且殺子王宇，曰：「三綱絶矣。」解冠挂東都城門，遂浮海。《南史》：陶弘景挂冠神武門，上表辭禄。

（二三）《詩》。

（二四）見《天章序》注。

（二五）見《祖德賦》。

（二六）見《滕王賦》。

（二七）漢諺：馮奉世之子名立，徙西河上郡，與兄野王相代爲太守。民歌之曰：「大馮君，小馮君，兄弟繼踵相因循，聰明賢智惠吏民。」

（二八）見《祖德賦》。

（二九）見《楚鴻序》注。

（三〇）《左傳》：成季之生，有文在其手曰「友」，遂以命之。

（三一）《書》。

（三二）見《禹平序》。

（三三）見《瑞木賦》。

（三四）見《祖德賦》。

（三五）見《祖德賦》。

（三六）詳《儲太翁啓》。

（三七）《輿服志》：廌冠，即惠文冠，漢法冠也。獬廌，一角獸，觸不直者，故名。今御史服之。按其制，以纚爲展筩，其紗文輕細如蟬翼，故曰惠文。惠者，蟪也。囊螢，見《憺園賦》。

（三八）見《懸圃序》。

（三九）見《雪持序》。

（四〇）見《歸田序》。

（四一）《穆天子傳》：八駿之乘，右服驊騮，而左緑耳；右驂赤驥，而左白義。次車之乘，右服渠黄，而左逾輪；右驂盜驪，而左山子。《拾遺記》：穆王八龍之駿，一名絶地，二翻羽，三奔宵，四超景，五逾輝，六超光，七騰霧，八挾翼。《正[一四]義》：魯仲連年十二，號千里駒。《魏志》：曹休十歲，太祖曰：「吾家千里駒。」《晉書》：苻朗爲堅從兄子，爽晤。堅嘗曰：「吾家千里駒也。」《北齊書》：元文遥閲《何遜集》，一覽便誦，時年十餘，叔暉業曰：「吾家千里駒。」《宋書》：權邦彦少時，永叔奇之曰：「真名家駒。」

（四二）《後漢書》：鄭玄曰：「仲尼之門，考以四科，回、賜之徒不稱官閥。」《國語》：秦使使者往觀楚寶器。子西曰：「國之寶器在賢臣。」杜詩：塞上得國寶。

（四三）見《祖德賦》。

（四四）補注。

（四五）雕龍，見《三芝序》。蠟鳳，見《雪持序》。髫齔，見《賀徐序》。

（四六）見《壽徐序》注。

（四七）見《茹惠序》。

（四八）見《澹園賦》。

（四九）《宋書》：江湛爲吏部尚書，無兼衣。嘗爲上所召，遇浣衣，稱疾。經日衣成，然後起。

（五〇）見《半繭賦》。

（五一）《魏志》：楊遁之家，男女百口，緦服同爨，庭無間言。

（五二）見《琴怨序》。

（五三）見《滕王序》及《季青序》注。

（五四）《馬援傳》：援兄子嚴、敦，并喜譏議。援在交趾，還書誡之。

（五五）庾信《豳國公墓誌》：王况之事世叔，情深愛敬。

（五六）《庾子山集》：周譙國公夫人步陸孤氏，本姓陸，吴郡人。周趙[一五]國公夫人紇豆陵氏，本姓竇，扶風平陵人。

（五七）見《楚鴻序》。

（五八）《輿志》：安定郡[一六]有朝那縣。陝西凉州第一城曰朝那。按《凉州曲》，一名《朝那》。班彪《北征賦》：吊尉邛于朝那。

（五九）見《琴怨序》。

（六〇）《南齊書》：羊侃性喜音律。有彈筝人陸太喜，着鹿角，爪長七寸。儛人張淨琬腰圍一尺六寸，時人謂能爲掌中舞。又有孫荆玉，能反腰帖地，銜席上玉簪云。

（六一）鶻顧，補注。猿迴，見《孟母序》。

（六二）《北魏書》：廣平人李波，宗族强盛，殘掠[一七]不已。當時百姓爲之語云：「李波小妹字雍容，褰裙逐馬如卷篷。左射右射必疊雙，婦女尚如此，男子安可逢？」刺史李安世設方略誘波等，殺之。

（六三）詳《葉母序》。

（六四）見《良輔序》。

（六五）見《翼王序》。

（六六）見《海棠賦》。
（六七）見《竹逸序》。
（六八）見《澹庵序》。
（六九）詳《徐母序》。
（七〇）見《玉巖序》注。
（七一）見《滕王賦》。
（七二）見《園次序》。
（七三）見《貞女序》。
（七四）杜詩：堂前撲棗任西鄰。
（七五）《左傳》：宣子田于首山，舍于翳桑，見靈輒餓，食之。
（七六）見《天章序》。
（七七）見《藝圃序》。
（七八）見《璿璣賦》。
（七九）《詩》。
（八〇）《吕氏春秋》：水之美者，有三危之露。王巾《頭陀寺碑》：四照之花萬里。庾信啓：花開四照，惟見其榮。并見《璿璣賦》注。

（八一）《循良傳》：卓茂以儒術遷密令，教化大行。光武即位，詔拜太傅，封褒德侯。

（八二）《史記》：鄒子如燕，昭王擁篲先驅。伏生，見《昭華序》。

【校記】

［一］「鍾」，患立堂本誤作「鐘」。

［二］「季」後，患立堂本、浩然堂本并有「太」字。

［三］「是」，蔣刻本、患立堂本、浩然堂本并作「自」。

［四］「九」前，患立堂本、浩然堂本并有「則」字。

［五］「闔」，患立堂本、浩然堂本并作「閤」。

［六］「祐」，蔣刻本、文瑞樓本并作「佑」。

［七］「惟性淡」，患立堂本、浩然堂本并作「性素淡」。

［八］「况」後，蔣刻本、患立堂本、浩然堂本并有「乃」字。

［九］「食」，患立堂本、浩然堂本并作「日」。

［一〇］「百」，患立堂本、浩然堂本并作「十」。

［一一］「突」，蔣刻本作「突」，患立堂本、浩然堂本并作「宎」。

［一二］「酒食」，蔣刻本、患立堂本、浩然堂本并作「食酒」。

［一三］「俟」，患立堂本、浩然堂本并作「竢」。

〔一四〕「正」，原作「王」，據亦園本、四庫本、文瑞樓本改。
〔一五〕「趙」，亦園本、文瑞樓本作「譙」。
〔一六〕「郡」，四庫本誤作「都」。
〔一七〕「掠」，原作「涼」，據亦園本、四庫本、文瑞樓本改。

昆山盛逸齋六十壽序

蓋聞白蓮碧薤，三千鴻朗之函〔一〕；絳闕瓊霄，八百應真之位〔二〕。夜摩天上〔三〕，小紅開稱意之花〔四〕；修羅宫中〔五〕，重碧醖延齡之酒〔六〕。由來才子，籍總屬於青城〔七〕；自古高人，年盡班於絳縣〔八〕。豈獨范家一老，夙號長生〔九〕；寧徒謝氏諸郎，早呼益壽〔一〇〕。

玉峰盛逸齋先生者，吾友中書君珍示先生之介弟也〔一一〕。響答塤箎〔一二〕，枝駢蕚跗〔一三〕。雙丁兩到，名高四姓之中；七穆三明，學在一門之内〔一四〕。荆山剖玉〔一五〕，價并連城〔一六〕；合浦生珠，光俱不夜〔一七〕。瓊瑶映日，寧誇宣子之環；龍雀凌雲，詎數茂先之劍〔一八〕。無何而中書君簉羽中朝，蜚聲天室。岑之敬雅工詞筆，籍〔二〕甚南陽〔一九〕；顔之推博極文書，翩然北闕〔二〇〕。爰乃讀士衡之製作，爭問士龍〔二一〕；傳孝穆之科名，群思孝克〔二二〕。然而梗[二]楠杞梓，雖才地之皆同〔二三〕；橘柚樝梨，實遭逢之各異〔二四〕。蓋先生幼擅清羸[三]，長多疢疾。沉酣鉛槧〔二五〕，朱君固不愧五經〔二六〕；憔悴豨苓，李子則偏嘗百藥〔二七〕。攬隱侯之腰帶，息意紛華〔二八〕；循騎省之顛毛，何心仕進〔二九〕。柯亭有笛〔三〇〕，敢邀子野之知〔三一〕；爨下餘琴，難入中郎之聽〔三二〕。滕曇恭之惟敦行誼，抗迹顔曾〔三三〕；杜京産之不樂時榮，希踪臺尚〔三四〕。優焉游焉，如是而已。

若乃纏綿至性，庭集慈烏〔三五〕；惻愴人倫，園生孝笋〔三六〕。番番黄髮〔三七〕，頻翻《内則》之篇〔三八〕；濟濟青袍，群奉《少儀》之訓〔三九〕。讀《君陳》之章，友於[四]兄弟〔四〇〕；誦《周南》之什，宜爾子孫〔四一〕。萬石君之門風，刊爲庭誥〔四二〕；陳太丘之家法，肅若朝儀〔四三〕。雖以伯子爲難兄〔四四〕，猶仗次公爲家督〔四五〕。至其澤必旁流，慈能逮下，善人在難，皆言緩急。堪資窮子知歸，不以有無爲解。劉寬雅量，何妨侍女之污衣〔四六〕；杜老高情，一任鄰家之撲棗〔四七〕。傾身障簏，嗤祖約之何愚〔四八〕；握算持籌，哂王戎之已陋〔四九〕。因已寄錦[五]情於霞外，大可暢笑[六]詠於風前。於是棐几長廊，油窗砥室（五〇）。藥欄曲折（五一），半齋何妥之楊（五二）；苔坂鬖髿（五三），滿徑陶潛之菊（五四）。棕鞋桐帽，摩挲於露濃烟淡之秋；茗碗爐熏，掩映於山曉水明之候。室内都無長物（五五），門前寧有雜賓（五六）。先生則抱膝微吟（五七），搘[七]頤獨笑（五八）。鵝兒榨綠（五九），閒庭瀉下若之醅（六〇）；魚子番紅，長日拓太清之帖（六一）。漏痕釵脚（六二），缺齾行間（六三）；鹿脯羊裙，盤拿腕下（六四）。况復性[八]愛丹青，尤精皴染。深黄淺絳，掩北宋之專家；暈墨烘檀，盡南唐之能事（六五）。雲偏滃几，揮毫而螺髻爭呈；蝶欲窺人，擲筆而粉鬟猶濕。解衣盤礴，依稀弦外之琴（六六）；蘸髮淋漓，仿佛詩中之畫（六七）。凡諸妙詣，種自淨因；攬厥多能，工由禪[九]喜（六八）。蓋先生自玉弩斜芒之後，久持鹿女之經（六九）；亦珠囊匿曜而來（七〇），便禮龍華之懺（七一）。翟泉鵝[一〇]出（七二），早悟空花（七三）；洛下鵑啼（七四），長皈正果（七五）。楊枝作供，詎談鍾岏之鉏（七六）；菇米爲餐，莫剪庾郎之韭（七七）。漉囊淨饌，瓶中惟薝葡之花（七八）；禪板潮音，枝上只迦陵之鳥（七九）。此又緇白所以心傾，人天爲之眉舞者也。

時則風標日上，第五還齊驃騎之名（八〇）；栖托彌佳，安道常言家弟之樂（八一）。荀家會食，少長皆龍（八二）；薛氏行觴，兄弟[一一]俱鳳（八三）。兒扶藤杖，悉屬班香宋艷之才（八四）；孫昇藍輿，都爲竹馬羊車之秀（八五）。清門盛事，仁〔一二〕里休徵，慶花甲之初周，驗椿齡之伊始（八六）。

僕與玉臣，舊連〔一三〕蘭契。雲璈隊裏，謬充蓬島之賓（八七）；晝錦堂中，冀獻麥丘之祝（八八）。屬有華軒之授簡，悉〔一四〕憑綺席以抽毫。殽烝折俎，敢辭乘韋之先（八九）；庭實加籩，願附煇庖之末（九〇）。

【箋注】

（一）補注。

（二）《列仙傳》：天台司馬子微身居赤城，名在絳闕。《文選》：應真飛錫以躡虛。按八百應真，乃羅漢也。

（三）補注。

（四）見《琴怨序》。

（五）《法苑珠林》：兜率天雨摩尼珠，修羅天雨兵杖。

（六）見《壽閻序》。杜康《酒論》：重醞醇〔一五〕醴。

（七）《成都灌縣記》：岷山連亘千里，青城山爲第一峰。《道書》：第五洞天，乃神仙都會之府。庾信詩：綺門臨青城。

〔八〕見《壽閤序》。

〔九〕補注。

〔一〇〕《世説》：謝混字叔源，小字益壽，亦稱望蔡。美風貌，時宋武帝稱混與謝晦爲兩玉人。

〔一一〕《左傳》：楚伯州犁上其手，曰：「夫子爲王子圍，寡君之貴介弟也。」

〔一二〕《詩》。

〔一三〕見《丁香賦》。

〔一四〕見《園次序》。

〔一五〕見《楚鴻序》。

〔一六〕見《昭華序》。

〔一七〕見《素伯序》。

〔一八〕見《園次序》。

〔一九〕《陳書·列傳》：岑之敬字思禮，南陽人。五歲讀《孝經》。每焚香獨坐，親戚歎異之。十六擢高第，爲壽光學士，轉南臺侍御史，征南府諮議參軍。

〔二〇〕《顏氏家訓序》：顏協乃顏子三十四世孫。子之推字子分，博學才辨，嘗待詔文林館。齊亡，入周，爲御史上士。開皇中，召爲文學。有《文集》、《家訓》傳世。

〔二一〕見《祖德賦》。

〔二一二〕孝穆，見《滕王賦》。《南史》：徐孝克，陵弟也。并詳《韓倬啓》〔一六〕。

〔二一三〕見《滕王賦》。

〔二一四〕《莊子·人間世》：匠石之齊，至于曲轅，見櫟社樹，曰：「是散木也，是不才之木也。」後櫟社見夢曰：「若將比予文木耶？即楂梨橘柚、果蓏之屬，熟則剥，故不終天年。」

〔二一五〕見《尺牘序》。

〔二一六〕張璠《漢記》：朱穆字公叔，暉之孫。五歲好學，明五經。《南史》：朱異字彦和，遍治五經。

〔二一七〕《進學解》：猶醫師以昌陽引年，欲進其豨苓也。《唐書》：李百藥字重規。幼多疾，祖母以「百藥」名之。後年八十五。

〔二一八〕《梁書》：沈約志望台司，武帝終不用。與徐勉書陳情曰：「病已數旬，革帶常移孔。引手握臂，率計月小半分。欲謝事，求歸老之秩。」

〔二一九〕見《園次序》。

〔三〇〕見《天篆序》。

〔三一〕伏滔《長笛賦叙》：桓子野有故長笛，傳之耆老，云：「蔡邕所製也。」按桓伊字夏叔，小字子野，人稱桓野王。

〔三二〕見《佳山序》。

（三三）《孝子傳》：滕曇恭五歲知孝。母楊氏患熱，思瓜，非其時。曇恭歷訪不得，銜悲且行。遇一僧，問其故，曰：「我有一瓜相遺。」持歸奉母，舉室驚異。梁天監初，表異之，時號滕曾子。

（三四）《漢書》：杜京産不樂仕進，隱會稽日門山。建武中，徵之不出，曰：「莊生持釣，豈爲白璧所回？」齊袁彖《贈庾易》詩：白日清明，青雲遼亮。昔同巢許，今睹臺尚。注：臺，孝威。尚，子平也。尚，一作「向」。

（三五）見《憺園賦》。

（三六）見《臞庵序》。

（三七）《書》。

（三八）《禮》。

（三九）《禮》。

（四〇）《書》。

（四一）《詩》。

（四二）見《歸田序》。

（四三）見《憺園賦》。

（四四）詳《施公誄》。

（四五）《越世家》：陶朱公長男曰：「家有長子曰家督。」

（四六）《漢書》：劉寬字文饒。嘉平中，拜太尉。當朝會，夫人欲試寬令恚，使侍婢捧肉羹污其朝衣。寬神色不異，乃徐言曰：「羹爛汝手乎？」其性度如此。

（四七）見《壽季序》。

（四八）《晉書》：祖約正料財物，忽客至，屏擋不盡，餘兩小簏著背後，傾身障之。

（四九）《世説》：司徒王戎字濬沖，區宅、僮牧、膏田、水碓之屬，洛下無比。契疏鞅掌，每與夫人燭下散籌算計。

（五〇）《六帖》：王右軍嘗詣［一七］一門生家，見棐几滑淨，因書之。《招魂》：砥室翠翹。注：以石爲内卧之室，平而滑也。

（五一）見《憺園賦》。

（五二）《南史》：何妥字栖鳳，少機警，住白楊巷。蕭賫亦有雋才，住青楊巷。語曰：「白楊何妥，青楊蕭賫。」

（五三）見《瑞木賦》。

（五四）陶潛《歸去來辭》：三徑就荒，松菊猶存。

（五五）見《祖德賦》。

（五六）見《憺園賦》。

（五七）詳《劉太母序》注。

（五八）《莊子·漁父篇》：漁父左手據膝，右手支頤。

（五九）見《瀛臺序》。

（六〇）見《園次序》。

（六一）《後漢·蔡倫傳》：和帝時，倫造敝布魚網以爲紙，咸稱蔡侯紙。《事原》：密香樹紙，文如魚子，水漬之不潰爛。又：魚箋，以粉粒染之，名魚子紅。《宋紀》：大觀年中，徽宗以《淳化帖》考選數帖，重刻于太清樓下。

（六二）《書斷》：或問郭丘曹筆法，懷素以「古釵脚」對，顔魯公曰：「何如屋漏痕？」

（六三）見《樂府序》。

（六四）顔魯公《鹿脯帖》：病妻服藥思鹿脯。羊裙，見《紫來序》。

（六五）見《瀛臺序》。

（六六）《莊子·田子方篇》：宋元君將畫圖，有一史後至，解衣盤礴，君曰：「是真畫者也。」

（六七）《唐志》：張旭濡髮草書稱善。《語林》：蘇軾云：「摩詰詩中有畫，畫中有詩。」《陶潛傳》：淵明蓄素琴一張，弦徽不具，曰：「但識琴中趣，何勞弦上聲。」

（六八）見《納姬序》。

（六九）《天官書》：有四星有弧，兵弩象也。李白《大獵賦》：碎琅弧，攫玉弩。《鹿經》：菩薩爲鹿，其毛九種色，角如白雪。《珠林》：上古有二金仙，修道東西巖。其間，母鹿生鹿女，形極美，金仙養之。後佛母生于鹿女，因名鹿苑。乃佛成道初轉法輪處也。

（七〇）見《鴻客序》。

（七一）《珠林》：龍華三會，以花銜龍口中作會，以懺悔也。

（七二）見《懸圃序》。

（七三）見《舜民序》。

（七四）見《臞庵序》。

（七五）《珠林》：學道皈正果。

（七六）《北史》：佛圖澄，天竺人。石勒聞其名，召試其術。澄取鉢盛水，須臾，鉢中生青蓮花。勒愛子暴病死，澄取楊枝水，洒而咒之，復甦。《南史》：何胤侈于味，後稍欲去其甚者，猶食白魚、鮰脯、糖蟹，以爲非見生物。疑食蚶蠣，使門人議之。學生鍾岏曰：「鮰之就脯，驟于屈伸；蟹之將糖，躁擾彌甚。至于車螯蚶蠣，宜長充庖厨。」竟陵王子良見岏議，大怒。後周顒與胤書，勸令食菜[一八]，遂絶血味。

（七七）《雜記》：菇之有米者曰雕。杜詩：香舂菇米飯。蕭子顯《齊書》：庾杲之清素自業，食惟有韭。附：郭林宗見友至，冒雨剪韭。

（七八）《戒經》：佛作食取水，以絹或布幔江漉水，作食方淨。《佛經》：譬如入薝蔔林中，惟齅薝蔔，不聞餘香。《本草經》：薝蔔，即梔子花。

（七九）《叢林記》：禪院開靜止靜，一板至三板，名曰鉗鍾。《觀音經》：梵音、海潮音，勝彼世間音。《彌陀經》：迦陵頻伽、共命之鳥。二鳥同身，二首出流雅音，念佛、法、僧。

（八〇）見《祖德賦》。

（八一）《世説》：戴安道既厲操東山，而其兄欲[一九]建式遏之功。謝太傅曰：「卿兄弟志業何其太殊？」戴曰：「下官不堪其憂，家弟不改其樂。」

（八二）《荀淑傳》：淑字季和，補朗陵侯相。子八人，儉、鯤、靖、燾、汪、爽、肅、敷，號八龍。陳實詣其家，淑使叔慈應門，慈明行酒，餘六龍俱下食。

（八三）《唐史》：薛收字伯褒，與弟元敬、從兄德音齊名，世稱三鳳。

（八四）見《瀛臺序》。

（八五）《陶潛傳》：每游時，弟子與子舁以籃輿。《杜氏幽求子》：年五歲有鳩車之樂，七歲有竹馬之樂。羊車，見《雪持序》。

（八六）《雜記》：六十曰花甲。《莊子・逍遥游》：上古有大椿者，以八千歲爲春，八千歲爲秋。

（八七）《西王母傳》：王母與金闕聖君乘八景輿，同詣清虚上宮。是時，三元夫人馮雙禮彈雲璈而答歌。蓬島，詳《徐母序》。

（八八）《宋・韓琦傳》：琦有晝錦堂，歐陽爲記，蔡襄書名。麥丘，補注。

（八九）見《觀槿序》。

（九〇）《左傳》：楚子入享于鄭，庭實旅百，加籩豆六品。注：庭實，庭中所陳。《國語》：定王饗晉隨會曰：體解節折而共飲食之。于是有折俎加豆。注：既食，後所加之豆，其實芹菹、菟醢之屬。《祭統》：煇、炮、翟、閽，吏之賤者也。附注：《酉陽雜俎》：三十三天内，有夜摩天。崔鴻《蜀録》：范長生，青城山處士。成主李雄欲迎以爲君，長生不可，乃自立爲成都王。拜長生丞相，尊曰范賢。《韓詩外傳》：晏子、景公游于麥丘，其封人年八十五。公曰：「壽哉！子其祝我。」[二〇]

【校記】

[一]「籍」，原作「藉」，蔣刻本、亦園本、四庫本、文瑞樓本并同，皆誤。據患立堂本、浩然堂本改。

[二]「梗」，原作「梗」，患立堂本同，據蔣刻本、浩然堂本改。

[三]「羸」，原作「羸」，據蔣刻本、浩然堂本改。

[四]「於」，患立堂本、浩然堂本并作「于」。

[五]「錦」，患立堂本、浩然堂本并作「襟」。

[六]「笑」，患立堂本、浩然堂本并作「嘯」。

[七]「揩」，患立堂本誤作「楷」。

[八]「性」，蔣刻本、患立堂本、浩然堂本并作「癖」。

〔九〕「禪」，原作「神」，據諸本改。

〔一〇〕「鵝」，原作「而」，據諸本改。

〔一一〕「兄弟」，蔣刻本、患立堂本、浩然堂本并作「弟兄」。

〔一二〕「仁」，原作「百」，據諸本改。

〔一三〕「連」，患立堂本、浩然堂本并作「聯」。

〔一四〕「悉」，患立堂本、浩然堂本并作「爰」。

〔一五〕「醇」，四庫本誤作「重」。

〔一六〕即卷十六《徵沈韓倬太史母周太孺人八十詩啓》。

〔一七〕「詣」，四庫本誤作「請」。

〔一八〕「萊」，應爲「菜」。

〔一九〕「欲」，原作「如」，據亦園本、文瑞樓本改。

〔二〇〕此條附注，據亦園本、四庫本、文瑞樓本補。

陳檢討集卷十四

宜興陳維崧其年撰　皖江程師恭叔才注

序

贈閻梓勤二十初度序[一]

劉伶臺閣，時出酒雄(一)；韓信城孤，代生劍俠(二)。漢淮南著書之地，賓客魁豪[二](三)；枚少孺[三]作賦之鄉，才華斐亹(四)。則有并汾右姓，狐趙名宗(五)。少輩雛鳳之聲(六)，長被伏鸞之目(七)。人傳衛玠，何減佳人(八)；群説黄香，無慚才子(九)。一堂彪、固，擅門地於髫年(一〇)；两世談[四]、遷，邁家風於綺歲(一一)。爾其骨性清剛，襟期朗暢。絢爛文章之圃[五]，赭[六]若雲霞；琮琤翰墨之場，颯如風雨。臨文陷陣，目攝魋肩突鬢之夫(一二)；掣筆摩霄，氣吞摘句雕章之客。書亡三篋，補自胸中(一三)；賦駕《两京》，成于座上(一四)。况復分其餘[七]技，足了十人(一五)；量厥長才，寧無[八]一石(一六)。蘸筆作擘窠之字，虎跳龍拿(一七)；調鉛繪没骨之圖，鶯歌蝶舞(一八)。髹几則雕鐫金石，油窗而箋釋蟲魚〔一九〕。墻邊擫笛，何妨脱略之名〔二〇〕；樹下摇琴，大得清狂之譽〔二一〕。謿詠敖弄，半由漫興以淋漓；感激轟豗，聊見餘波之綺麗。較童烏之夙惠，此更堪多〔二二〕；倘犬子以同時，君應不讓〔二三〕。觥觥吾友，岳岳而翁〔二四〕。猥於京國朋游，偶説家門子姓，熟知婚媾〔二五〕，并悉干支〔二六〕。懸弧值陶令春游之日，小字斜川〔二七〕；坦腹則南容兄子爲妻〔二八〕，婦家大阮〔二九〕。言之笑噱，聽者顛狂。詎期群紀之交〔三〇〕，更屬潘揚之戚〔三一〕。爰申讕語〔三二〕，用展私親。

我所聞于[九]古人，敬以陳之執事。士先器識，誠哉長者之言；人薄輕華，允矣先民之論〔三三〕。輪囷山木，經百折而壽始千年〔三四〕；澎湃江濤，過雙崖而勢恒一束〔三五〕。相期大雅，置身千古而前；所貴英賢，折節萬夫之後。并仗左汾，爲傅右晉[一〇]。脊鴒努力〔三六〕，會看接翅于雲霄；棣萼交柯〔三七〕，佇見聯鑣于殿閣。寄聲吾子，勉旃來日之居諸〔三八〕；試問君家，住者何人之里巷〔三九〕？

【箋注】

〔一〕《淮安志》：劉伶臺，在山陽縣東北七里，其南有杜康橋。

〔二〕《輿志》：韓王莊，在淮陰縣東北，韓信實生於此。後名淮安爲韓信城。

〔三〕《淮南王傳》：劉安博雅好古，著《鴻烈》二十篇，號淮南子。并見《滕王賦》。

〔四〕《漢書》：枚皐字少孺，淮陰人，好詼諧，善賦頌，又極敏捷。

〔五〕見《壽閤序》。

〔六〕見《半繭賦》。

〔七〕見《懸圃序》。

〔八〕見《雪持序》。

〔九〕見《琴怨序》。

〔一〇〕見《庭表序》。

〔一一〕見《懸圃序》。

〔一二〕《史記》：蔡澤魋顏蹙額。

〔一三〕見《天篆序》。

〔一四〕見《天篆序》注。

〔一五〕《梁書》：柳惲材藝兼美。帝謂周檢曰：「柳惲可謂具美，分其材，足了十人。」

〔一六〕《晉書》：謝靈運言：「天下文章只一石，曹子建獨得八斗。」

〔一七〕見《楚鴻序》。

〔一八〕《圖畫見聞志》：李端愿有圖畫芍藥五本，云是公主房中物。或云太宗賜文和。其畫皆無筆墨，惟用五采布成，旁題云黄居寀等定。徐崇嗣畫「没骨圖」，以其無筆墨骨氣而名之，但取濃麗生態。《畫苑》：徐熙之子效黄筌畫，謂「没骨圖」。

（一九）《史記·貨殖傳》：木器髤者千枚。師古注：髤，髤物謂之髤。蟲魚，見《園次序》。

（二〇）見《庭表序》。

（二一）見《浙西序》。

（二二）《揚雄傳》：雄子烏稱神童，九歲而夭。子雲嘗曰：「吾家童烏，九歲預吾玄文。」

（二三）見《納姬序》。

（二四）見《祖德賦》。

（二五）《易》。

（二六）見《瀛臺序》。

（二七）懸弧，見《壽閣序》。陶潛《游斜川序》：辛丑正月五日，天氣澄和，風物閒美，與二三鄰曲同游斜川。

（二八）坦腹，見《桐初序》。南容，載《論語》。

（二九）見《祖德賦》。

（三〇）見《楚鴻序》。

（三一）見《尺牘序》。

〔三二〕見《樂府補序》。

〔三三〕《唐紀》：聞喜憲公裴行儉曰：「士之致遠者，當先器識而後文藝。王、楊、盧、駱雖有文華，而浮躁淺露，豈享爵禄之器耶？」

〔三四〕鄒陽《上梁王書》：蟠木根柢，輪囷離詭。

〔三五〕《上林賦》：洶涌澎湃。

〔三六〕《詩》。

〔三七〕《詩》。

〔三八〕《詩》。

〔三九〕原注：梓勤居淮之竹巷狀元里。

【校記】

［一］題下，患立堂本、浩然堂本并有小注：「友人百詩長君，牛叟先生孫，吾叔階六黄門孫婿也。」

［二］「魁豪」，蔣刻本、患立堂本、浩然堂本并作「豪魁」。

［三］「孺」，患立堂本誤作「儒」。

［四］「談」，患立堂本、浩然堂本并誤作「譚」。

［五］「圃」，蔣刻本、患立堂本、浩然堂本并作「囿」。

［六］「赭」，患立堂本、浩然堂本并作「赩」。

［七］「餘」，患立堂本誤作「徐」。

［八］「無」，蔣刻本、患立堂本、浩然堂本并作「惟」。

［九］「于」，患立堂本、浩然堂本并作「之」。

［一〇］此句下，患立堂本、浩然堂本并有小注：「梓勤又字左汾，弟訓慤字右晉，亦異才也。太原府城，左汾右晉，見《唐書》。」

徐母顧太夫人六十壽序［一］

蓋聞桃開千歲，知爲王母之花（一）；桂實三秋，識是姮娥之樹（二）。風名少女（三），星號夫人（四）。瑶扉璚嶺，宜春建延壽之宫（五）；丹竈瓊田，不夜築長生之館（六）。女几山上，鸞鳴［二］天姥之鄉（七）；珠母洋中（八），龍出鮑姑之井（九）。然而青天易老（一〇），碧海多濤（一一）。夸娥猶助以移山（一二），媧帝難辭夫煉石（一三）。河頭娶婦，逋十萬之緡錢；華頂投壺，負一雙之博箭（一四）。須知天上，還遜人間。彼夫九州富貴之家，奚翅［三］三島神仙之窟（一五）。則有四姓貴游（一六），五陵甲族（一七），户班魯衞，姻締譚邢（一八）。葭莩盡棨戟之宗（一九），華跗悉貂蟬之彦（二〇）。箕疇五福（二一），華祝三多（二二）。而或者人發其祥，天靳其寵。東方曼倩之婦，未見成仙(二三)；南宮敬叔之妻，不聞多福(二四)。霍驃騎齊名博陸，稽家乘者，衹稱異母之兒(二五)；班定遠接踵蘭臺(二六)，修《漢書》者，猶賴大家之女(二七)。至若蘇誇軾轍，宋美[四]郊祁(二八)，此皆雙萼交輝，未必三柯競爽。燕山五竇，詎曾并擢巍科(二九)；洛下三張，寧説咸登上第(三〇)。設云有是，定疑史册之多夸；藉曰其然，翻笑文人之善謔。何圖今日，身親見之，如我徐世母顧太夫人者。

太夫人德懋珩璜，職優組紃(三一)。幽蘭紉佩，幼已奉爲女師(三二)；香茗[五]裁篇，長不煩夫姆教(三三)。爰以鹿邑之名閨(三四)，歸我駒王之貴胄(三五)。恪遵《内則》，洲既詠[六]夫雎鳩；克相外庭，弋又加於鳧雁(三六)。有無黽勉(三七)，鴻妻宛宛以如賓(三八)；旨畜辛勤(三九)，陶母殷殷而召客(四〇)。遂以德門之瑞，蔚爲盛世之榮[七]。剪虬龍之片甲，徑欲成雲；分鸑鷟之一毛，便思映日(四一)。三株[八]玉樹，盡拂青霄(四二)；滿穴丹雛，齊騫碧漢(四三)。彤墀策對，群推杏苑之無雙(四四)；紫禁臚傳，共羨瓊花之有二(四五)。龍樓接武(四六)，不異趨庭[九](四七)；鳳沼群栖(四八)，有如家塾(四九)。矧乃乘龍快婿，復首攀南國之花(五〇)；至於綉虎諸孫(五一)，又人擅西園之賦(五二)。太夫人受斯茀禄，匣爾罄宜(五三)。

和風襲襲，翼此軨軒；旭日曨曨，耀其褕翟（五四）。謝道韞解圍逾妙，郄夫人神明不衰（五五）。褒綸稠疊，逾於架上之書；榮誥駢闐，積若床頭之笏（五六）。而乃安不忘勤，貴而彌儉。春飆婉娩，愛提陌上之筐（五七）；秋景澄鮮，貪響林間之杵（五八）。兼之惠必逮人，禮恒自下。愔愔浣濯（五九），聿修女士之儀；抑抑笄珈（六〇），用著閭門之範。撲杜陵之棗，旁許鄰家；翳趙國之桑，時無餓者（六一）。律應熙春，時逢介壽。六宫喧笑，九天爭侈爲美談；百禮紛綸，千載猶欣其盛事。脂田粉碓（六二），賜出椒房（六三）；庭實椵辭（六四），充於柘館（六五）。紇豆陵京都貴女（六六），饋來芍醬千瓶〔一〇〕（六七）；侯莫陳輦轂名姬，捧到鶴綾萬匹（六八）。長欄〔一一〕短巷，繁燎熏天；北壁南榮，華鐘殷地。時則曉潤呈青，春巖獻黛。枝頭綿羽（六九），飛來戴勝之禽（七〇）；砌畔新萱（七一），長就忘憂之草（七二）。蘇臺百尺，無非織女之臺（七三）；昆玉千岡（七四），半是安妃之玉（七五）。崧以不才，歡承斯會。島間石燕，迎淑氣以爭飛（七六）；爨下焦桐，遘賞音而欲奏（七七）。今日三明七穆（七八），須知稱觥洗斝而來（七九）；詰朝十叟八公（八〇），行見控鶴驂鸞而至（八一）。

【箋注】

（一）《漢武故事》：王母出桃七枚，以五與帝，自啖其二。帝留核以種，母曰：「此桃三千年一實，非下土所植也。」

〔二〕《集仙録》：月中有丹桂。羅隱詩：定知丹桂近姮娥。

〔三〕《魏志》：管輅過清河倪太守，時大旱，輅言：「樹上已有少女微風，其雨至矣。」注：東南風也。巽爲少女，居東南，故名。

〔四〕補注。

〔五〕《上林賦》：下棠黎，息宜春。郭璞注：宜春，苑名，在渭南杜縣東。《漢宫闕疏》：長安有宜春宫、延壽宫。

〔六〕《寰宇記》：古有日夜出于東萊，故萊子立城，以不夜爲名。《長安志》：天寶六載，立殿曰長生，以備齋祀。

〔七〕《九域志》：河南府福冒縣，本宜陽縣，有女几山，曰蘭香神女上升遺几于此。《太真外傳》：玄宗登三鄉嶧，望女几山，作《霓裳曲》。《詩紀》：太白夢游天台，有《天姥吟》。

〔八〕《輿志》：合浦東南巨海中出大蚌，剖而得珠，曰珠母海。

〔九〕補注。

〔一〇〕見《實庵序》。

〔一一〕見《琴怨序》。

〔一二〕《列子》：太形、王屋二山，方千里，高萬仞。愚公年且九十，面山而居，懲山北之塞，出入之迂也。將移之。帝感其誠，命夸娥氏二子負山，一厝朔東，一厝雍南。自此冀南、漢陰無隴斷焉。注：太形，即太行。

（一三）見《憺園賦》。

（一四）見《三芝序》。

（一五）《郊祀志》：蓬萊、方丈、瀛洲三神山，在渤海中。

（一六）見《璿璣賦》。

（一七）見《渭仁序》。

（一八）《詩》。

（一九）漢中山靖王對：群臣非有葭莩之親。注：葭，蘆也。莩，白色，皮至薄。言無薄親也。

棨戟，見《看奕賦》。

（二〇）見《半繭賦》。

（二一）《書》。

（二二）見《壽徐序》。

（二三）見《閨秀序》注。

（二四）《論語》。

（二五）《漢書》：霍去病封冠軍侯，加驃騎大將軍。異母弟光字子孟，封博陸侯。

（二六）見《觀槿序》。

（二七）見《歸田序》。

（二八）《宋書》：蘇軾字子瞻，弟轍字子由，蜀人。宋郊改名庠，字公序，雍丘人，稱大宋。弟祁字子京，稱小宋。祁臚傳第一。以弟不可先兄，命庠第一。兄弟翰林。

（二九）見《憺園賦》。

（三〇）見《祖德賦》。

（三一）《禮》：女子治，織紝組紃。

（三二）見《三芝序》。

（三三）見《昭華序》。

（三四）見《半繭賦》。

（三五）見《憺園賦》。

（三六）《詩》。

（三七）《詩》。

（三八）鴻妻，見《貞女序》。如賓，見《井叔序》。

（三九）《詩》。

（四〇）《列女傳》：陶侃孤貧。范逵嘗過侃，倉卒無以待賓。母湛氏乃截髮爲二髮，易酒殽。

又撤柱爲薪，鉎薦給其馬。逵曰：「非此母，不生此兒。」

（四一）《周語》：鸑鷟鳴于岐山。注：鸑鷟，鳳屬。

（四二）《唐書》：王福時三子勔、勮、勃，皆著才名。杜易簡稱王氏三株樹。

（四三）見《祖德賦》注。

（四四）《唐紀》：進士及第，宴會于杏園。

（四五）《歲時記》：進士杏園初宴，謂之探花宴。令少俊二人爲探花使，覓園中名花。若他人先得名花，則探花使被罰。

（四六）見《滕王賦》。

（四七）《論語》。

（四八）見《考功序》。

（四九）《禮》。

（五〇）《楚國先賢傳》：黄憲爲司徒，與李元禮俱娶太尉桓焉女，時人謂桓叔元两女俱乘龍。謂婿如龍也。《後魏志》：郭瑀有女，謂劉昞曰：「吾欲覓快婿。」昞曰：「延明即其人也。」遂妻之。

（五一）見《祖德賦》。

（五二）見《尺牘序》。

（五三）《詩》。

（五四）《周禮·内司服》：褘衣、褕狄。注：褘與翬同，狄與翟同，皆雉色。《三禮圖》：褕衣，褕翟，刻青翟形，采畫雉，綴于衣是也。

（五五）《列女傳》：謝道韞，王凝之妻，謝奕女也。獻之與客談論，辭理將屈。道韞遣婢曰：「欲爲小郎解圍。」施青步帳，自蔽車前，議客不能屈。《世説》：王尚書惠詣王右軍郗夫人，問：「眼耳未覺惡不？」夫人時年九十，答曰：「髮白齒落，屬乎形骸。至于眼耳，關于神明，那可便與人隔？」

（五六）《唐書》：崔儼爲諫議大夫，群從數十人。每歲時家宴，以一榻置笏，猶重。《李穆傳》：穆拜太師，贊拜不名，一門執象笏百人。

（五七）《詩》：女執懿筐。

（五八）徐陵《碑文》：春鸝始囀，必具籠筐；秋蟀載吟，競鳴機杼。

（五九）《詩》。

（六〇）《詩》。

（六一）見《壽季序》。

（六二）詳《顧哀辭》。

（六三）《漢宫儀》：皇后稱椒房，以其實蔓延，以椒塗壁，亦取温暖。

（六四）庭實，見《逸齋序》。《家語》：祝嘏莫敢易其常法。

（六五）漢班婕妤賦：痛陽禄于柘館兮。《玉臺新詠序》：柘館陰岑。

（六六）見《壽季序》。

（六七）《史記》：醯醬千瓻，比千乘之家。枚乘《七發》：芍藥之醬。相如《子虛賦》：芍藥之和，具而後御之。

（六八）《庾信集》有《周大將軍隴東郡公侯莫陳君夫人竇氏墓誌銘》。鶴綾，見《瀛臺序》。

（六九）見《澹庵序》。

（七〇）《月令》：季春之月，戴勝降于桑。注：織紝之鳥。

（七一）見《修禊序》。

（七二）見《看奕賦》。

（七三）《吴志》：吴王破越，越進西施。吴王乃築姑蘇臺，高三百丈。《晉宫闕名》：鄴有織室臺。

（七四）見《懸圃序》。

（七五）見《天篆序》。

（七六）顧凱之《啓蒙記》：零陵郡有石燕，得風雨則飛，如真燕。

（七七）見《佳山序》。

（七八）見《園次序》。

〔七九〕《詩》。

〔八〇〕《列仙録》：邛人家有橘園，橘盡收斂，有大橘如三斗。盎巴人剖之，每橘有二叟，鬚眉皤然，肌體紅明，皆相對象戲，談笑自若。又有諸叟曰：「橘中之樂，不減商山。」又一叟于袖中出一草根，以水噀之，化爲龍，四叟乘之而去。《幽怪録》載橘中只八叟。《神仙傳》：八公詣淮南王安門，閽人難之，八公曰：「王薄吾老，今則少矣。」皆變爲童子。門吏驚報，八童復化爲老人，授王丹經，與王白日升天。

〔八一〕見《貞女序》。

〔八二〕附注：三夫人星，在紫微天皇大帝旁。〔一二〕

【校記】

〔一〕「序」，原脱，據諸本補。

〔二〕「鳴」，患立堂本、浩然堂本并作「吟」。

〔三〕「翅」，患立堂本、浩然堂本并作「啻」。

〔四〕「美」，四庫本、文瑞樓本同，蔣刻本、患立堂本、浩然堂本并作「羨」。

〔五〕「茗」，原作「名」，據諸本改。

〔六〕「詠」，患立堂本作「泳」。

〔七〕「榮」，患立堂本、浩然堂本并作「華」。

［八］「株」，患立堂本、浩然堂本并作「珠」。
［九］「趨庭」，蔣刻本、患立堂本、浩然堂本并作「庭趨」。
［一〇］「瓶」，患立堂本、浩然堂本并作「缻」。
［一一］「欄」，蔣刻本、患立堂本、浩然堂本并作「櫊」。
［一二］此條附注，據亦園本、四庫本、文瑞樓本補。

葉母李太夫人六十壽序

蓋聞玉衡散彩，天邊競説李星（一）；鳧舃升仙，世上偏誇葉縣（二）。西河女子，名已注於銀臺（三）；南岳夫人，位自班乎絳闕（四）。萱庭日麗（五），時開長樂之花（六）；柘館風輕（七），每種恒春之樹（八）。何必廖家井上，始獲尋砂（九）；詎須酈縣泉邊，纔能采菊（一〇）。

同邑葉母李太夫人者，都憲晴原公之孫，而編修集虚公之女也。蛇蟠笥裏，代識貴游（一一）；鳳吐懷中，世徵才子（一二）。千枝綉戟（一三），文通武達之門（一四）；二等金釭，學士尚書之第（一五）。夫人甫離毁齒，早譽徽柔；乍即勝衣，旋稱淑慎（一六）。名齊鍾郝，鏘雅韻於珩璜（一七）；族壓譚邢，扇芳芬於筐筥（一八）。乃以隴西之淑女，嬪彼南陽之象賢。

時則奉常香城公九列升華（一九），奕奕韋平之望（二〇）；國學侖生君六經論秀，翩翩應阮之儔（二一）。夫人爰自齊牢，洎乎降阼（二二）。太常齋日，潔爾庶羞（二三）；夫子貧時，遺其雜佩（二四）。苕苕［一］中外，欲爭［二］奉爲禮宗（二五）；濟濟姬姜，但［三］願師其閫範（二六）。兹者時逢設帨（二七），禮屬加籩（二八）。星連婺女之津（二九），海涌麻姑之宅（三〇）。幸通門能知大概，爲壽母略綴俚詞。

鋪揚疇昔，資皇娥拊瑟之歡（三一）；詮次艱難，博天姥投壺之笑（三二）。今夫穠矣王姬，多陳譜牒；爛其韓姞，每托篇章（三三）。而或者運涉優游，時非窞坎。劉綱伉儷，僅容盡室求仙（三四）；鮑靚夫妻，祇許闔門學道（三五）。吹簫樓上（三六），竹無泪以奚斑（三七）；擊缶田間（三八），鵑未啼而曷紫（三九）。假使不遭板蕩，將忠臣無建節之年（四〇）；譬諸勿［四］遇憂危，雖孝子鮮揚名之日。而夫人則結褵未久（四一），遽罹烽烟；合巹無何（四二），倏經兵燹。蒼鵝兆釁（四三），偏增蕩析之悲（四四）；青犢呈妖（四五），彌切仳離之歎（四六）。免田單之老弱，實藉沉幾（四七）；全智果之宗支，允需明哲（四八）。茹荼不少，集蓼何多（四九）。然而以此言悲，猶云未酷。

慨自蔾［五］亭之下（五〇），瓊樹恒埋（五一）；眢井之旁（五二），金刀屢折（五三）。王長史僅登强仕，已嬰玉碎於前（五四）；羊南城才過立年，復蹈蘭摧於後（五五）。蓋侖生君一中副車（五六），屢迷岐路（五七）。乍沉酣而齊物（五八），終顑頷以傷生（五九）。夫人則髽以當門（六〇），孱焉持户（六一）。劑量旱澇，躬收安邑之租（六二）；嗇縮錢刀，先辦耏門之税（六三）。入室則柝鈴周匝，疑過石慶之閭（六四）；居家而婢獲精勤，咸守王褒之約（六五）。懷清築罷，曩時之閥閲依然（六六）；石窌封來，舊日之門楣宛若（六七）。僉云有禮，衆曰惟賢。然或伯鸞内助，第勸賃舂（六八）；浚冲夫人，徒工算碓［六］（六九）。才優封殖，惟爭齊妾之桑（七〇）；術擅贏餘，但問西家之棗（七一）。雖復豐荒鮮匱，從容井臼之間（七二）；俯仰兼資，黽勉有無之際（七三）。足稱中智之才，未預上流之目。夫人則器局恢弘，機神練達。處世值亨屯之會（七四），知廢知興（七五）；置身在剥復之交（七六），不奢不儉。固類負羈之婦，聲徹諸侯（七七）；還同冀缺之妻，名聞列國（七八）。

若乃引經傳義，里中倚若長城；割宅分田，門内尊爲家督（七九）。祖分左右，持平總賴［七］夫片言（八〇）；屋列東西（八一），斷决悉歸其一諾（八二）。能持大體，不詢臧穀［八］之亡羊（八三）；最薄時榮，逞計塞翁之失馬（八四）。一門群從，官方悉稟夫阮姑（八五）；阿大中郎（八六），家訓俱由於丘嫂（八七）。以至嵇[九]康、阮籍，舉邀品藻於山妻（八八）；因而荀粲、范汪，咸俟重輕於劉母（八九）。料其才識，縱鬚眉遜[一〇]爲不如；測彼神明，尤巾幗[一一]傳爲僅事。加以夙嗜丹鉛（九〇），尤耽丘索（九一）。書籤翡翠，玩銀鴨之宵移（九二）；硯匣琉璃，聽銅蠡之晝滴（九三）。成都粉紙（九四），雙丸豆蔻之香（九五）；河北花箋（九六），百軸葡萄之錦（九七）。共羨茂漪書格（九八），早擅簪花（九九）；相誇道韞詩名，偏饒詠絮（一〇〇）。然而每至臨文，間多削稿。續斑昭之別史，無心留以示人（一〇一）；敎令嫺之雜文，何意出而問世（一〇二）。恒嗤閨閣，價懸《呂覽》之書（一〇三）；不艷釵笄，名挂蕭樓之選（一〇四）。流傳奚益，顧未亡何以文爲（一〇五）；讐勘寧疲，庶兒輩知吾[一二]意耳。

爰乃德容彌晬，遐福逾遒。會逢周甲之辰，適遘敦牂之歲（一〇六）。賈家彪怒（一〇七），揄畫錦以桊韝（一〇八）；王氏龍超（一〇九），戲斑衣而鞠𦢊[一三]（一一〇）。魚軒阮氏，佳兒遠過於許奇（一一一）；翟茀大家，哲嗣更賢於曹穀（一一二）。羲床對設（一一三），半鸞坡鶴禁之詞臣（一一四）；温鏡雙[一四]懸（一一五），多鳳窟龍[一五]洲之上客（一一六）。年均絳縣，地盡[一六]丹丘（一一七），矧此華筵，偏當淑候。千春行樂，八公跨紫府之鸞（一一八）；七日爲人，百福錫[一七]紅旛[一八]之燕(一一九)。夫人則迴環往劫(一二〇)，綉佛青鴦(一二一)；感慨前塵(一二二)，飯僧白雀(一二三)。從此雍州無量之寺，定現雙花(一二四)；嗣令石頭彌勒之碑，還來四鶴(一二五)。

僕也昔與俞生，情深謝范(一二六)；今偕庭[一九]玉，友[二〇]在紀群(一二七)。居叨孟母之鄰，門接延鄉之里(一二八)。遂含毫而製序，爰灑墨而[二一]摛詞。昔日士行宅畔，曾分銼薦之餐(一二九)；他時公瑾堂前，長效承筐之祝(一三〇)。(一三一)

【箋注】

(一)《春秋運斗樞》：玉衡星散爲桃李。

(二)見《二齋序》。

(三)《杜陽雜編》：滄洲去中國數萬里，所居或金闕銀臺，玉樓紫閣。庾信《步陸孤氏銘》：豈直西河女子，獨見銀臺；東海婦人，先逢金闕。

(四)陶弘景《真靈圖》：南岳魏夫人，西岳蔣夫人。《集仙録》：魏夫人，晉司徒魏舒之女，名華存，嫁劉幼彦，生二子。性好道，有真人授以《太上寶》等書，位爲紫虛元君、南岳夫人，升天而去。絳闕，見《逸齋序》。

(五)見《憺園賦》。

（六）見《澹庵序》。

（七）見《徐母序》。

（八）見《天章序》。

（九）《抱朴子》：臨沅有廖氏，家世多壽，疑其井水殊赤。試掘井，得丹砂數十斛。

（一〇）見《琴怨序》。

（一一）見《祖德賦》。

（一二）《漢紀》：揚雄著《太玄》，作《甘泉賦》。既成，夢口中吐白鳳。

（一三）見《看奕賦》。

（一四）《宋史》：檀珪求禄書曰：「僕一門雖謝文通，乃忝武達，而令子侄飢死。」

（一五）何宴《景福殿賦》：落帶金釭，此爲二等。《漢書》：昭陽舍，其壁帶往往爲黄金釭，函藍田璧。并見《看奕賦》。

（一六）毁齒、勝衣，見《素伯序》。《書》：徽柔懿恭。《詩》：淑慎爾止。

（一七）《賢媛傳》：王渾妻鍾氏，乃鍾琰之女，太傅繇之孫女也。王湛少無婚，自求郝普女。郝門孤陋，而女有淑德。後鍾、郝爲娣姒，雅相親重。鍾不以貴陵郝，郝不以賤下鍾。東海家内，則郝夫人之法；京陵家内，範鍾夫人之禮。《晉書》：渾初襲父爵京陵侯。王汝南娶郝氏，生東海。

（一八）《詩》。

〔一九〕見《賀徐序》。
〔二〇〕見《智修序》。
〔二一〕見《滕王賦》注。
〔二二〕見《閨秀序》。
〔二三〕見《壽閣序》。
〔二四〕《詩》：雜佩以贈之。
〔二五〕見《貞女序》注。
〔二六〕《詩》。
〔二七〕見《壽閣序》。
〔二八〕見《逸齋序》。
〔二九〕《漢書》：越地，婺女之分野。《吴都賦》：婺女寄其曜。
〔三〇〕見《舜民序》。
〔三一〕見《雪持序》。
〔三二〕見《琴怨序》。
〔三三〕《詩》。
〔三四〕《列仙傳》：劉綱居四明山，及爲上虞令，慕漢葉令王喬，乃受道于白君，飄然遠舉。

《女仙録》：樊夫人，劉綱妻也。鬢翠如雲，肌潔如雪，同仙去。伉儷，見《牛叟序》。

（三五）《漢書》：鮑靚爲南海太守，嘗遇陰長生授秘訣。一日行部入海，遇風，飢甚，取白石煮食之，後以女妻葛洪。

（三六）見《藝圃序》。

（三七）見《憺園賦》。

（三八）見《看奕賦》注。

（三九）見《天章序》。

（四〇）古詩：疾風知勁草，版蕩識忠臣。

（四一）《詩》：親結其縭。

（四二）《禮·昏義》：合巹而酳。注：以瓠分爲兩瓢，謂之巹。與[二三]婦各執一片，以爲酳。

（四三）見《懸圃序》。

（四四）《書》。

（四五）見《觀槿序》。

（四六）《詩》。

（四七）見《雪持序》。

（四八）補注。

（四九）《詩》。

（五〇）《王忳傳》：忳爲郿令，至斄亭，夜聞女子稱冤，曰：「妾夫爲涪令，此亭長殺妾家十餘口，埋樓下。」忳問亭長姓名，曰：「即今門下游激也。」明旦詣問，具服，同謀者并伏辜[一一三]。

（五一）詳《俊三誄》。

（五二）《左傳》：楚子伐蕭，還無社對申叔展曰：「目于眢井而拯之。」注：欲其視無水，廢井而拯已。

（五三）詳《俊三誄》。

（五四）《晉書》：王濛字仲祖，亦稱長史。病篤寢卧，燈下持麈尾，視之，歎曰：「如此人，曾不得四十。」《濛别傳》：濛永和初卒，年三十九。世稱王濛温潤恬和，謝尚清高令達。

（五五）詳《合肥書》[一一四]。庾信《爲齊王碑》：王武子以上將開國，未滿立年，玉碎蘭摧。見《翼王序》。

（五六）《史記》：張良擊秦皇，誤中副車。

（五七）見《竹逸序》。

（五八）見《琴怨序》。

（五九）見《半藺賦》。

（六〇）見《貞女序》。

（六一）詳《劉太母序》注。

（六二）詳《萬柳啓》注。

（六三）《左傳》：宋公以門賞耏班，使食其征，謂之耏門。注：耏班善御，公以關門之征税賞之，故即以班之姓名其門。

（六四）唐制：禁署嚴密，内夫人宣事，亦先引鈴。《西京賦》：列卒周匝。《石奮傳》：奮次子慶，元鼎中拜相，子孫至二千石者十三人。《朱子小學》：取石慶家法，爲明倫善行。

（六五）《古今文集》：王褒字子淵，以事至煎上。寡婦楊惠舍有一奴，名便了。子淵買之，乃作僮約。按僮約，即券文也。載《文集》。

（六六）《史記》：巴寡婦清得丹穴，擅利，用財自衛，人不敢犯。始皇以爲貞婦而客之，爲築女懷清臺。

（六七）《左傳》：齊侯自徐關入，辟女子。女子曰：「君免乎？」曰：「免矣。」「鋭司徒免乎？」曰：「免矣。」曰：「苟君與吾父免矣，可若何？」乃奔。既而問，辟司徒之妻也。齊侯以爲有禮，與之石窌。

（六八）見《集生序》。

（六九）見《逸齋序》。

（七〇）《左傳》：晉重耳及齊。將行，謀于桑下。蠶妾在其上，姜氏殺之。注：齊姜氏，育蠶之妾。

（七一）見《看奕賦》。

（七二）見《井叔序》。

（七三）《詩》。

（七四）《易》。

（七五）《漢書》：秦末，天下起兵。陳嬰之母謂嬰曰：「卒富貴不祥[二五]，不如以兵屬人。」項籍取王陵母，置軍中。漢使至，陵母曰：「願告吾子，善事漢王，毋以妾故持二心。」遂伏劍死。《王命論》：嬰母知廢，陵母知興。

（七六）《易》。

（七七）《左傳》：晉公子重耳之及于難也。及曹，僖負羈之妻曰：「吾觀晉公子之從者，皆足以相國。若以相夫子，必反其國，反其國，必得志于諸侯。」

（七八）見《井叔序》。

（七九）見《逸齋序》。

（八〇）《前漢書》：太尉周勃入北軍門，令曰：「爲吕氏者右袒，爲劉氏者左袒。」軍中皆左袒。

（八一）見《祖德賦》。

（八二）見《納姬序》。

（八三）《莊子·駢拇篇》：臧與穀二人相與牧羊，而俱亡其羊。問臧奚事，則挾策讀書；問穀奚事，則博簺以游。二人者事業不同，其于亡羊均也。

（八四）見《歸田序》。

（八五）見《壽閣序》。

（八六）見《壽閣序》注。

（八七）《史記》：高祖與客至，丘嫂轢釜。注：丘，空也，兄亡獨有嫂也。又大嫂稱也。見《集生序》。

（八八）《世説》：山濤與嵇、阮契若金蘭。他日二人來，山妻韓氏勸公止宿，具酒食，夜穿墉視之。公入，妻謂曰：「君才致不如，正當以識度相友耳。」公曰：「伊輩亦常以我度爲勝。」

（八九）《晉·列女傳》：劉真長小時，諸人比之袁羊。母有識鑒，謂之曰：「此非汝比，勿受之。」又有方之范汪者，劉復喜，母又不聽。後真長年德轉升，論者比之荀粲。

（九〇）見《尺牘序》。

（九一）見《天篆序》。

（九二）李賀詩：深幃金鴨冷。商隱詩：睡鴨香爐换夕薰。

（九三）見《園次序》。

（九四）見《園次序》。
（九五）見《海棠賦》。
（九六）見《尺牘序》。
（九七）見《三芝序》。
（九八）見《昭華序》。
（九九）見《茹蕙序》。
（一〇〇）見《琴怨序》。
（一〇一）見《歸田序》。
（一〇二）見《閨秀序》。
（一〇三）見《楚鴻序》。
（一〇四）見《素伯序》。
（一〇五）杜預《左傳注》：婦人既寡，自稱未亡人。
（一〇六）見《九日序》。
（一〇七）見《祖德賦[二六]》。
（一〇八）晝錦，見《逸齋序》。�江蘺，見《璿璣賦》。
（一〇九）《晉書》：王導拜司空，桓廷尉作兩髻，葛裾，策杖，路邊窺之，曰：「人言阿龍超，阿龍故自超。」

（一一〇）斑衣，見《憺園賦》。鞠䐢，見《璿璣賦》。

（一一一）《左傳》：歸夫人魚軒。杜注：夫人車以魚皮爲飾。《魏志》：許允子二人，奇字子太，猛字子豹。許允爲晉景王所誅。景王遣鍾會視其子，若才流及父，當收。允婦阮氏謂子曰：「汝等雖佳，才具不多，率胸懷與語，不須極哀。」兒從之，卒免。

（一一二）《列女傳》：曹大家子穀爲陳留長。大家隨至官，作《東征賦》。

（一一三）見《雪持賦》。

（一一四）見《澹庵序》。

（一一五）《温嶠别傳》：嶠姑有女，屬嶠覓婿，答曰：「佳婿難得，如嶠者何如？」因下玉鏡臺一枚聘之。《世説》：劉聰爲玉鏡臺。温嶠爲劉越石長史，北征得之，以聘姑女。

（一一六）詳《銀臺啓》。

（一一七）見《壽閣序》。

（一一八）八公，見《徐母序》。紫府，見《丁香賦》。跨鸞，見《貞女序》。

（一一九）東方朔《占書》：七日爲人，八日爲穀。《歲時記》：立春日剪彩爲燕，戴之，帖「宜春」字于門。并見《澹庵序》。

（一二〇）見《琴怨序》。

（一二一）見《半繭賦》。

（一二二）見《琴怨序》。

（一二三）《珠林》：梁皇齋僧白雀寺中。

（一二四）《白帖》：梁劉孝儀作《雍州金象寺無量壽佛像碑文》，有銘曰：「葉産梵童，花開釋子。玉蓮交映，銀河遞起。」《虚空藏經》：寶手菩薩手中出無量花，香瓔珞。

（一二五）《類涵》：梁劉勰《剡縣石城寺彌勒石像碑銘》有曰：「梵王四鶴，徘徊而不去；帝釋千馬，躑躅而忘歸。」

（一二六）見《雪持序》。

（一二七）見《楚鴻序》。

（一二八）《列女傳》：孟母舍近墓。孟子少，好游爲墓間之事。孟母曰：「此非所以居吾子也。」乃去，舍市旁，其嬉游乃賈人衒賣之事。又曰：「此非所以居吾子也。」復徙舍學宫之旁，其嬉游乃設俎豆，揖讓進退，遂居之。《陳留風俗傳》：高祖與項氏戰，厄于延鄉。有翟母者免其難，故以延鄉爲封丘縣，以封翟母。

（一二九）見《徐母序》。

（一三〇）見《良輔序》。《吴志》：周瑜與孫策同年，友善。瑜推道南大宅舍策，升堂拜母，有無通共。《詩》：承筐是將。

（一三一）附注：《國策》：智果知智伯之將亡，乃別族于太史爲輔氏。[二七]

【校記】

[一]「苕苕」，患立堂本、浩然堂本并作「迢迢」。

[二]「欲爭」，患立堂本、浩然堂本并作「爭欲」。

[三]「但」，患立堂本、浩然堂本并作「俱」。

[四]「勿」，患立堂本、浩然堂本并作「弗」。

[五]「蒃」，蔣刻本、患立堂本、浩然堂本并作「蒃」。按李學穎校徑改爲「蒃」，謂：「蒃，一作『蒃』，古部國地。」

[六]「碓」，原作「確」，亦園本、文瑞樓本同，浩然堂本作「榷」，皆誤。據蔣刻本、患立堂本改。

[七]「賴」，患立堂本誤作「類」。

[八]「穀」，原作「谷」，徑改。按程注引《莊子》原文乃「穀」。

[九]「嵇」，患立堂本作「稽」。

[一〇]「遜」前，患立堂本、浩然堂本并有「應」字。

[一一]「尤巾幗」，患立堂本、浩然堂本并作「在巾幗尤」。

[一二]「吾」，患立堂本、浩然堂本并作「我」。

[一三]「膯」，患立堂本作「[illegible]」。

［一四］「雙」，患立堂本并作「雙」。
［一五］「龍」，患立堂本、浩然堂本并作「麟」。
［一六］「盡」，患立堂本、浩然堂本并作「是」。
［一七］「錫」，患立堂本、浩然堂本并作「揚」。
［一八］「旛」，患立堂本、浩然堂本并作「幡」。
［一九］「庭」，患立堂本、浩然堂本并作「廷」。
［二〇］「友」，患立堂本、浩然堂本并作「交」。
［二一］「而」，患立堂本、浩然堂本并作「以」。
［二二］「與」前，四庫本有「婿」字。
［二三］「辜」，應爲「臯」。
［二四］「書」，原作「啓」，徑改。下同。
［二五］「祥」，原作「詳」，據亦園本、文瑞樓本改。
［二六］「賦」，原作「序」，徑改。
［二七］此條附注，據亦園本、四庫本、文瑞樓本補。

壽劉太母韓恭人九十序

蓋聞鳳凰六管，聲必應夫雌雄（一）；龍雀雙環，形定鐫夫子母（二）。丹青所載，齊姜與戴嬀同編（三）；典册所書，季芈[一]與孟嬴并録（四）。至若賜來黄玉，識是仙姬（五）；望去赤城（六），知爲天姥（七）。洗頭盆上（八），却寒之帳千重（九）；擣藥臼旁，辟惡之香四兩（一〇）。皇娥泛瑟（一一），春風響穆滿之謡（一二）；玉女投壺，夜月起[二]井公之粲（一三）。緋羅天上，首册真妃（一四）；白玉堂前（一五），尤尊壽母（一六）。則有西王少女，身居昴畢之間（一七）；南岳夫人（一八），位列恒華之右（一九）。

如吾劉太母韓恭人者，恭人海陵上族（二〇），江表名家。水汲鮑姑之井，世享大年（二一）；杏栽董奉之林，人多陰德（二二）。幼即敦詩，長而習禮（二三）。詢余伯姊（二四），共遵陌上之桑（二五）；問我諸姑（二六），自織盤中之素（二七）。窗名朱鳥（二八），祇議脯漿（二九）；帳號青牛（三〇），恒勤組紃（三一）。加以蘭英姓氏，藉甚行間（三二）；《香茗》才情（三三），翩然林下（三四）。掃眉才子（三五），續成班固之書（三六）；不櫛書生（三七），載入殷淳之集（三八）。無何人頌春椒（三九），時當穠李（四〇）。遥遥華胄（四一），妙揀高門；奕奕韓侯（四二），親求快婿（四三）。韓康弱女，才雅稱夫描鸞；劉向佳兒，人無慚於奠雁（四四）。翳[三]誰比玉（四五），實係[四]卯金（四六）。

是時忠孕先生，弱冠鋤經，頻年種學。不矜細咳，私肴核乎藝林；頗好大言（四七），獨畋漁夫文圃（四八）。張安世則博窮七篋（四九），朱齡石則才涌百函（五〇）。然而長貧高鳳，非無憔悴之言（五一）；少賤王章（五二），大有幽憂之疾（五三）。易衣而出，居賴賢妻（五四）；椎髻而前，出成健婦（五五）。寒機軋軋（五六），相聞袁[五]相之園（五七）；鄰火熒熒，共鑿匡衡之壁（五八）。先生既身綰銀黄（五九），恭人亦躬膺翟茀（六〇）。尋階藩轄，洊歷參知。高車駟馬，人誇蜀郡之夫（六一）；象笏金蟬[六]（六二），帝念鮑宣之婦（六三）。

往昔有言，婦隨夫貴；人情不免，氣以居移。曠觀夫東京紆紫之倫，逖稽夫西洛拖珠[七]之客。晨轅萬騎，胥盡室以南征；暮幰千車，悉舉宗而北指。騶軒挈婦，第舍相望；魚服隨夫，輪蹄不斷。恭人獨以家有舅姑，鄰無强近（六四）。一官就道，輒辭夫子以家居；數載闔門，恒相高堂而里食。戹匜觿韘（六五），手自屏當（六六）；緘管枲麻（六七），親爲操作（六八）。况復庭有廉泉（六九），階生慈竹（七〇）。一門以内，每聞自教其兒（七一）；三尺之童，未嘗[八]笑見其齒。又復下陳能充(七二)，小星善逮(七三)。《家人》、《歸妹》(七四)，色以次而能升；《樛木》、《葛覃》，恩雖微而必及。洎[九]乎地隕珠囊(七五)，天傾金鏡(七六)。參知則忠以騎箕(七七)，恭人則貞能矢日(七八)。生而不愧，何殊荀息之君臣(七九)；隱矣焉文，大類介推之母子(八〇)。

時則令子孝廉愚公先生者，王家誓墓，永日思親(八一)；袁氏鑿坏，彌年將母(八二)。吟成《梁父》，漢丞相雅好栽桑(八三)；家本潯陽，晉徵君差堪插柳(八四)。恭人復念累葉簪纓，傳家墳索(八五)。雖機雲兄弟，何必同行(八六)；然王謝子孫，無妨一出。爰乃和熊教子(八七)，絶[一〇]髢留賓(八八)。閉門而躬受[一一]生徒，畫荻而口傳章句(八九)。於是僧彌爲弟，繼薦賢書(九〇)；太傅諸兒，群稱國器(九一)。鳴鐘而食(九二)，階前之玉樹駢枝(九三)；結駟以游，市上則璧人并轡(九四)。凡諸子姓，矯若龍駒；維彼曾玄，劣猶虎豹。

乃今歲孟冬之月，正恭人大耋[一二]之辰。郄[一三]夫人行年九十，神明不衰(九五)；齊田文有客三千，衣冠畢會(九六)。橘中十叟(九七)，并擊雲璈(九八)；竹裏雙妃，齊翻寶瑟(九九)。麻姑獻壽(一〇〇)，采來新息之珠(一〇一)；月姊稱觴(一〇二)，織就扶風之錦(一〇三)。唱天上無愁之曲，婁女意錢(一〇四)；賦人間行樂之篇，羿妻蹴鞠(一〇五)。夫人城上，夜已三更〔一〇六〕；少女風前，人將百歲〔一〇七〕。則有刈琅琊之稻〔一〇八〕，酒釀玻璃〔一〇九〕；餐度索之桃，筵張玳瑁〔一一〇〕。爰抽毫而作賦，佇拜母以登堂〔一一一〕。〔一一二〕

【箋注】

〔一〕《黄帝紀》：帝使伶倫采嶰谷之竹，吹之爲黄鐘之音。于是制十二管，以聽鳳凰之鳴。其雄鳴爲六律，雌鳴爲六吕，謂之律本。《抱朴子》：軒轅聽鳳凰而調律。注：軒轅，黄帝諱。

〔二〕見《園次序》。

〔三〕見《滕王賦》。

〔四〕見《翼王序》。

〔五〕見《天篆序》。

〔六〕見《尺牘序》。

〔七〕見《徐母序》。

〔八〕《三峰記》：華山雲臺上有石臼，可容水數斛，明瑩如玉。中有碧水，未嘗增減。俗呼爲玉女洗頭盆。

〔九〕補注。

〔一〇〕傅玄《擬天問》：月中何有？白兔擣藥。秦嘉《與婦書》：今奉麝香一觔，可辟惡氣。

《十洲記》：武帝幸安定。西胡月支國王遣使獻香四兩，大如雀卵，黑于桑椹，香氣聞數百里。死者在地，未三月者皆活。庾信《鴛鴦賦》：辟惡生香寄韓壽。

〔一一〕見《雪持序》。

〔一二〕見《素伯序》。

〔一三〕見《琴怨序》。

〔一四〕補注。

〔一五〕見《昭華〔一四〕序》。

〔一六〕《詩》。

〔一七〕《列仙傳》：太真夫人，王母小女也，諱婉羅，字勃遂。又南極王夫人，王母第四女，名林，字容真。又紫微夫人名青娥，字愈音，王母第二十女。雲林右英夫人名媚蘭，字申林，王母第十二女。《誠齋雜記》：有書生遇神女，胡僧指之曰：「此西王母第三女玉卮娘也。」《天文志》：昴日度，畢月度，二十八宿之二。

〔一八〕見《葉母序》。

〔一九〕詳《銀臺啓》。

〔二〇〕見《紫玄序》。

〔二一〕見《徐母序》。

（二二）《晉·董奉傳》：奉字君異，居廬山，有道術，爲人治病不取錢。病重而愈者，令栽杏五株；輕者一株。數年，杏成林。

（二三）《洛神賦》：嗟佳人之信修，羌習禮而明詩。

（二四）《詩》。

（二五）見《閨秀序》。

（二六）《詩》。

（二七）見《閨秀序》。

（二八）見《三芝序》。

（二九）《禮》。

（三〇）見《尺牘序》。

（三一）見《顧母序》。

（三二）《詩品》：韓蘭英綺密，甚有名篇，又善談笑。齊武帝謂韓媛云：「使生于上葉，則玉階之賦，紈素之辭，不足多也。」

（三三）見《昭華序》。

（三四）見《閨秀序》。

（三五）《妝臺記》：漢武帝令宮人掃八字眉。杜牧詩：掃眉才子于今少，管領春風總不如。

（三六）見《歸田序》。
（三七）《南部新書》：關逢之娣好博經典，逢曰：「吾家有一女進士，惟恨不櫛耳。」
（三八）見《昭華序》。
（三九）見《瑞木賦》。
（四〇）《詩》。
（四一）見《得仲序》。
（四二）《詩》。
（四三）見《徐母序》。
（四四）《昏義》：婿執雁入，揖讓升堂，再拜奠雁。
（四五）《禮》：君子比德于玉。
（四六）見《素伯序》。
（四七）見《天章序》。
（四八）見《黄門序》。
（四九）見《天篆序》。
（五〇）見《壽徐序》。
（五一）見《懸圃序》。

（五二）見《天章序》。

（五三）見《海棠賦》。

（五四）《儒行》：易衣而出，并日而食。《篤行傳》：李充兄弟六人，易衣而出。

（五五）范曄《後漢書》：孟氏始以裝飾，入門七日，而鴻不答。妻曰：「以觀夫子之志耳。」乃更爲椎髻，著布衣，操作而前。鴻大喜，曰：「此真梁鴻妻也。」字之曰德曜，名孟光。古樂府：健婦持門户，猶勝一丈夫。

（五六）《古詩》：札札弄機杼。

（五七）補注。

（五八）見《素伯序》。

（五九）見《二齋序》。

（六〇）《詩》。

（六一）《相如別傳》：成都有升仙橋，相如將東行，題柱曰：「不乘駟馬車，不復過此橋。」後奉使至蜀，太守以下郊迎，縣令負弩矢先驅。

（六二）象笏，見《徐母序》。金蟬，見《紫來序》。

（六三）見《壽閻序》。

（六四）李密《陳情表》：無期功强近之親。

（六五）《内則》：敦牟卮匜，非餕不敢用。婦事舅姑，左佩刀、礪、小觽。

（六六）見《庭表序》。

（六七）《内則》：婦右佩箴管。又：執麻枲。

（六八）見上注。

（六九）《南史》：范柏年初見宋明帝，因言及廣州有貪泉。帝問：「卿州有此否？」對曰：「臣梁州惟有文川、武鄉、廉泉、讓水。」又問：「卿宅何處？」曰：「臣所居在廉讓之間。」帝善之，授梁州刺史。《方輿勝覽》：宋元嘉時，報恩寺中一夕霹靂，涌地爲泉。時歸功太守，名曰廉泉。

（七〇）見《臞庵序》。

（七一）《世説》：謝公夫人教兒，問太傅：「那得初不見君教兒？」答曰：「我常自教兒。」

（七二）《晏子》：有二女，願得入身于下陳。注：猶後列也。李斯書：飾後宮，充下陳。

（七三）《詩》。

（七四）《易》。

（七五）見《鴻客序》。

（七六）《春秋孔録法》：有人卯金刀，握金鏡。《雒書》：秦失金鏡，魚目入珠。鄭玄注：金鏡，喻道明也。

（七七）見《藝圃序》。

（七八）《詩》：有如皎日。

（七九）《公羊傳》：獻公謂荀息曰：「士何如，則可謂不食其言矣？」曰：「使死者反生，生者不愧乎其言，則可謂不食其言矣。」

（八〇）《左傳》：晉侯賞從亡者，介子推不言禄，禄亦弗及。子推曰：「身將隱，焉用文之？」母曰：「能如是乎？與女偕隱。」晉侯求之不獲，以綿上爲之田。

（八一）見《黄門序》。

（八二）《漢書》：袁閎字夏甫，居父賀喪，至孝。後桓帝以安車徵之。及朋黨事作，閎乃築土室，潛身十八年，旦暮向母禮拜。范滂美之曰：「隱不違親，貞不絶俗，可謂至賢矣！」

（八三）《秦紀》：始皇封泰山，禪梁父。注：梁父，泰山下小山。《琴操》：曾子耕泰山之下，天雨雪凍，旬月不得歸，思其父母，作《梁父歌》。《諸葛本傳》：亮卧南陽，躬耕隴畝，抱膝好爲《梁父吟》。見《歸田序》。栽桑，見《看奕賦》。

（八四）見《海棠賦》。

（八五）見《天篆序》。

（八六）見《祖德賦》。

（八七）詳《潘母啓》。

（八八）見《徐母序》。

（八九）《北史》：苻堅幸太學，博士盧壺曰：「《周官禮注》未有其師。太常韋逞母宋氏，世傳父躬業，自非此母，無可授傳。」于是就其家立講堂，置生徒百三十人，隔絳紗帳受業，號宣文君。《列女傳》：歐陽修四歲而孤，母鄭氏守節教育之。家貧，以荻畫地學書。

（九〇）見《皇士序》。

（九一）見《滕王賦》。附：隋末，高孝基見房玄齡曰：「當爲國器。」

（九二）詳《合肥書》。

（九三）見《祖德賦》。

（九四）見《雪持序》。

（九五）見《徐母序》。

（九六）《史記》：田文相齊，招致賢士、食客，嘗數千人。

（九七）見《徐母序》。

（九八）見《逸齋序》。

（九九）見《憺園賦》。《離騷[一五]·遠游》：使湘靈鼓瑟兮，令海若舞。

（一〇〇）詳《韓倬啓》。

（一〇一）《輿志》：交趾出明珠。按馬援討交趾，封新息侯，載薏苡歸。譖者以爲明珠，即此地。

（一〇二）見《憺園賦》。

（一〇三）見《璿璣賦》。

（一〇四）《北齊書》：後主好自彈琵琶，自爲《無愁》之曲。民間謂之無愁天子。嫈女，見《雪持序》。《資暇録》：錢戲，有每以四文爲一列者，即史傳所云意錢，俗謂之攤錢。張仲素詩：席上意錢來。

（一〇五）漢楊惲詩：人生行樂耳，須富貴何時？羿妻，見《琴怨序》。《鹽鐵論》：蹋鞠以革爲圓囊，實以毛髮，蹴蹋爲戲。劉向《别録》：寒食蹋鞠，黄帝所造。

（一〇六）《晉史》：朱序鎮襄陽，苻堅攻之。序母韓氏見城西北角當先壞，領百餘婢并女丁，斜築城二十餘丈。賊攻西北角，果潰。衆守新城，號爲夫人城。按《漢·匈奴傳》：至范夫人城。非此城。

（一〇七）見《徐母序》。

（一〇八）見《竹逸序》。

（一〇九）唐樂史有：玻璃七寶杯、西凉葡萄酒。

（一一〇）《十洲記》：東海度索山，大桃樹盤屈三千里。劉楨《瓜賦》：熏玳瑁之筵。

（一一一）見《葉母序》。

（一一二）附注：《貴妃外傳》：妃坐便殿，有青鸞銜書，皆緑字丹文，言太真係緋羅天上侍

女。《齊書》：王僧虔誡子云：「王家門中，優者鸞鳳，劣猶虎豹。」[一六]

【校記】

[一]「芈」，原作「芊」，徑改。

[二]「起」，患立堂本、浩然堂本并作「啓」。

[三]「翳」，患立堂本、浩然堂本并作「繄」。

[四]「係」，患立堂本、浩然堂本并作「繫」。

[五]「袁」，患立堂本、浩然堂本并作「董」。

[六]「蟬」，患立堂本、浩然堂本并作「貂」。

[七]「西洛拖珠」，患立堂本、浩然堂本并作「西邸拖朱」。

[八]「嘗」，患立堂本、浩然堂本并作「常」。

[九]「洎」，患立堂本誤作「泊」。

[一〇]「絶」，患立堂本、浩然堂本并作「截」。

[一一]「受」，患立堂本、浩然堂本并作「授」。

[一二]「鲞」，患立堂本誤作「鬓」。

[一三]「郄」，浩然堂作「郗」。

[一四]「昭華」，亦園本、文瑞樓本并作「茹惠」，四庫本作「茹蓮」，并誤。應爲「茹蕙」。按《茹

蕙集序》有「白玉爲堂，乃盧家之少婦」，程注亦引「古樂府《相逢行》：黄金爲君門，白玉爲君堂。」此處「白玉堂前」，顯係用《茹蕙集序》之「白玉堂」。

［一五］「離騷」，應爲「楚辭」。

［一六］此條附注，據亦園本、四庫本、文瑞樓本補。

清代别集叢刊

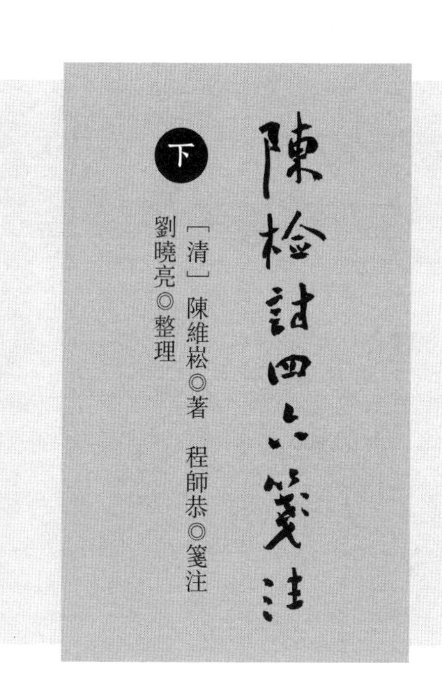

華東師範大學出版社
·上海·

陳檢討集卷十五

宜興陳維崧其年撰　皖江程師恭叔才注

啓

徵浙江總督李鄴園先生詩[一]啓

蓋聞鯨波起陸，倍資作乂之臣[一]；鶉火焚輪，彌仗廓清之佐[二]。夸父逐鄧林之杖[三]，忠可回天[四]；貳師飛疏勒之泉，誠能動地[五]。從來陰雨，盡藎臣拮据之秋[六]；在昔雲雷，正誼士經綸之會[七]。太常論定，鐫以鐘鏞[八]；幕府功成[九]，宣之鐃吹[一〇]。鄴園李老先生，名叶瑶樞[一一]，光分絳斗。派從函谷[一二]，韜鈐工《玉帳》之書[一三]；郡入平原，人物禀金精之氣[一四]。策名上第，釋褐華年[一五]。甫由李郡之司[一六]，便簉望郎之署[一七]。風飄綉豸[一八]，莅此臺端[一九]；霜冷啼烏，陟於卿貳[二〇]。粤以班僚之貴，膺夫簡畀之崇，遂隸雄藩，爰申新命。勛階屢擢，服官騰俊烈之聲；歔歷頻經，率屬擅清剛之譽。然而弓開似月，必逢貫虱以稱奇[二一]；劍淬成花，恒爲專犀而耀彩（二二）。假若歷陽未叛，末由彰陶侃之忠（二三）；如其并土無危，奚自表劉琨之節（二四）。藥以獨摇而倍苦（二五），路因九折而偏難（二六）。乃者八州作督之年，竟遭三孽〔二〕方苞之事（二七）。群陰肆狡，謬效連鷄（二八）；諸鎮潛謀，妄營犄角（二九）。王审知張于海國，變起須臾（三〇）；陳弘進豕突於蠻天，釁生呼吸（三一）。波將漸及（三二），蔓恐難圖（三三）。遍南戒以倉皇（三四），屬西鄰以鮠鮠（三五）。

斯時也，七閩關隘，首説仙霞（三六）；全浙門庭，惟憑太末（三七）。桓桓策府，率虎旅以嬰城（三八）；仡仡元臣，奉蠟丸而建節（三九）。扼諸境上，躬在行間。崎嶇陷陣，高搴〔三〕姑蔑之旗（四〇）；慷〔四〕慨鼓儳，硬挽錢塘之弩（四一）。固已六千君子（四二），共明填海之本懷（四三）；百二山河（四四），咸喻補天之壯志矣（四五）。顧猶人各有心，時方多難。飆當起處，間生鳴鏑之心（四六）；草欲枯時，競作彎弧之狀（四七）。瀫水桐溪之界（四八），青犢彌山（四九）；甬東於越之區（五〇），蒼鵝蔽日（五一）。公乃宵携别隊，鋭頭突鬢之夫（五二）；間挈輕軍，扛鼎翹關之輩（五三）。爬斯癬疥，烹宋萬於軍中（五四）；潰厥癰疽，縛陳豨于帳後（五五）。倏王師之直下，俄宗子之遄征。浙土全收，閩疆再造。七年擐甲，力竭於飛箋草檄之中（五六）；五夜援枹，恩深於伐畔侮亡之外（五七）。遂使無諸城上（五八），依然荔子之紅（五九）；頓令仙鯉洲邊（六〇），不改檳榔之緑（六一）。蓋力支大厦，總天家之籌畫居多；而手障狂瀾，實閫外之勤勞最著也（六二）。

所愧吴人，原非越鳥（六三）。公也門高元禮，尚阻登龍（六四）；僕兮員綴微班，猶慳執雉（六五）。而乃濡毫頌德，將毋越境之嫌（六六）；削柿鳴情（六七），詎免隔垣之誚（六八）。不知方事之殷（六九），有鄰將堅（七〇）。向也三江浪涌（七一），疑漂壽夢之墟（七二）；五嶺烽横，幾達專諸之巷（七三）。公如暇豫，疇免阽危。迢迢厚德，高于迴雁之峰（七四）；烈烈豐功，訖彼無龍之國（七五）。凡茲覆載，并囿生成。何况牛女同星（七六），粤郴接柝（七七），夙有輔車之勢（七八），原非牛馬之風（七九）。則今日[五]興言偉伐，豈徒爲鄰室之歌呼？眷念成勞，本不僅越人之肥瘠（八〇）。賡謡詎僭，揚扢非誣。猥逢降岳之辰，先效躋堂之祝（八一）。伏冀鴻都學士（八二），虎觀詞宗（八三），分題翡翠之箋（八四），爭捧珊瑚之筆（八五）。庶幾人同召穆（八六），四詩賡分陝之勛（八七）；還期文駕昌黎，百尺勒《平淮》之頌（八八）。

【箋注】

（一）《左傳》：古者，明王伐不敬，取其鯨鯢而封之，以爲大戮。崔豹《古今注》：鯨魚，大者長千里。杜詩：溟漲鯨波動。

（二）《左傳》：晉史趙曰：「陳，顓頊之族也。歲在鶉火，是以卒滅。」注：鶉火，南方柳星，午位。

（三）《列子》：夸父逐日而死，弃其杖，尸膏肉所浸，生鄧林。并見《天篆序》。

（四）詳《銀臺啓》。

（五）見《歸田序》。

（六）《詩》。

（七）《易》。

（八）《君牙》：紀于太常。注：太常，王之旌旗也，有功者書焉。《後漢書·崔駰傳》：達旨詞曰：「乃將鏤元圭，册顯功，銘昆吾之冶，勒景、襄之鐘。」

（九）見《滕王賦》。

（一〇）漢樂府曲有《短簫》、《鐃歌》，凡軍中所吹，謂之《鐃歌鼓吹》。

（一一）見《璿璣賦》。

（一二）見《天篆序》注。

（一三）《抱朴子》：兵在太乙玉帳之中，不可攻也。注：將星所坐前一位，謂玉帳。《唐·藝文志》：兵家[六]有《玉帳經》一卷，其法出于黄帝《遁甲》。

（一四）《李白傳》：賀知章見白《蜀道難》詩，曰：「公豈天上星精耶？」注：白稟長庚，金精而生。

（一五）見《玉巖序》。

（一六）詳《映碧啓》。

（一七）見《園次序》。

（一八）見《祖德賦》。

（一九）見《賀徐序》。

（二〇）見《祖德賦》。

（二一）《列子》：紀昌學射于飛衛，曰：「視小如大，視微如著，而後可告。」昌以牦懸虱于牖，南面而望之。旬日之間，浸大也。三年之後，如車輪焉。貫虱之心，而懸不絶。

（二二）見《園次序》。

（二三）《晉書》：蘇峻，歷陽内史。成帝咸和二年，舉兵入朝，陷京師。陶侃、温嶠合兵，追斬之。

（二四）見《歸田序》。按劉琨爲幽、并、冀三州都督。

（二五）見《丁香賦》。

（二六）見《半繭賦》及《商尹序》注。

（二七）《詩》。

（二八）《左傳》：申公謂莒子曰：「狡焉思啓封疆。」《國策》：秦惠王曰：「諸侯不可一，猶連鷄之不能止于栖。」

（二九）見《翼王序》。

（三〇）見《玉巖序》。

（三一）補注。

（三二）《左傳》。

（三三）《左傳》：祭仲曰：「毋使滋蔓，蔓難圖也。」

（三四）見《天章序》。

（三五）見《納姬序》注。

（三六）《衢州志》：仙霞關爲入閩之界。《宋史》：浩帥閩過仙霞嶺，以石甃路，凡三百六十級。在衢州江山縣。

（三七）《衢州志》：春秋爲越西鄙姑蔑地，秦曰太末，唐曰衢州。

（三八）《書》：尚桓桓，如虎如貔。嬰城，見《賀周序》。

（三九）《麈史》：軍中密疏，以蠟丸封之。

（四〇）見上注。

（四一）《左傳》：宋公、楚人戰于泓。子魚曰：「聲盛致志，鼓儳可也。」《唐書》：錢鏐封吴越王。嘗築捍海塘，適江濤怒嚙，鏐命强弩數百射之，濤爲斂却。

（四二）見《懸圃序》。

（四三）見《無忝序》。

（四四）詳《孟太母啓》。

（四五）見《憺園賦》。

（四六）《漢書》：冒頓乃作爲鳴鏑，習勒騎射。左思詩：邊城苦鳴鏑。注：嚆矢也。

（四七）見《素伯序》注。

（四八）《衢州志》：龍游縣，唐穀州地，有穀水。《嚴州志》：桐廬縣，有桐君山，下瞰桐溪。有異人來采藥，問其姓，指桐以示，因名。

（四九）詳《孟太母啓》。

（五〇）《左傳》：越滅吴，使吴王居甬東。《寧波府志》：越曰甬東，有甬江樓。《紹興志》：禹會諸侯，計功于此，曰會稽。少康封少子無餘于會稽，因名於越。

（五一）見《懸圃序》。

（五二）《史記》：武安君小頭而鋭。突鬢，見前序。

（五三）《漢書》：項羽力能扛鼎。《列子》：孔子勁能招國門之關，而不肯以力聞。注：招，與「翹」同。《吴都賦》：翹關扛鼎。

（五四）鮮卑著邊陲之患，手足之疥搔。《左傳》：宋萬弑閔公，奔陳。宋人請南宫萬于陳醢之。

（五五）《史記·陳豨傳》：陳豨，宛朐人也。高祖封爲列侯。後豨反。十二年冬，樊噲軍卒追斬豨于靈丘。

（五六）《左傳》：文公躬擐甲胄。

（五七）《左傳》：右援枹而鼓。林注：枹，鼓槌也。《書》：取亂侮亡。

（五八）見《玉巖序》。

（五九）詳《鞠存啓》注。

（六〇）見《玉巖序》。

（六一）見《孝威序》。

（六二）《漢書》：大厦將傾，非一木所能支。《進學解》：障百川而東之，迴狂瀾于既倒。《馮唐傳》：王者遣將曰：「閫以外，將軍制之。」

（六三）見《無忝序》。

（六四）見《九日序》。

（六五）《曲禮》：凡贄，大夫雁，士雉。注：取雉性耿介也。

（六六）《國語》：臧文仲曰：「外臣之言不越境。」注：言臣不外交也。

（六七）《語林》：宋任末年十四便勤學，編苫爲廬，削荆爲筆。一作「柹」。

（六八）見《少楹序》。

（六九）《左傳》：楚子使工尹襄曰：「方事之殷也。」注：殷，盛也。

（七〇）《孟子》。

（七一）見《樂府序》。

（七二）《左傳》：吴子壽夢名乘。

（七三）《廣州記》：大庾、始安、臨賀、桂陽、揭陽爲五嶺。《史記·刺客傳》：專諸者，吴堂邑人也。吴公子光具酒請王僚，使專諸置匕首魚炙之腹中，因刺僚。《吴志》：闔閭城内有專諸巷。

（七四）見《素伯序》。

（七五）補注。

（七六）見《玉巖序》。

（七七）見《尺牘序》。

（七八）見《園次序》。

（七九）《左傳》：齊伐楚，楚子使與師言曰：「君處北海，寡人處南海，惟是風馬牛不相及也。」

（八〇）見《壽閣序》。

（八一）《詩》。

（八二）見《存[七]庵序》。

（八三）詳《合肥書》注。

（八四）見《智修序》。

（八五）見《天篆序》。

（八六）《詩》。

（八七）四詩，見《天篆序》。分陜，見《隹山序》注。

（八八）《唐·憲宗紀》：李訴夜襲蔡州，擒吴元濟。裴度入蔡州，淮西平。昌黎《平淮西碑》：群臣請紀聖功，被之金石。皇帝以命臣愈，臣愈再拜，稽首而獻文。

【校記】

[一]「詩」，蔣刻本、患立堂本、浩然堂本并作「壽言」。按目録亦作「壽言」。

[二]「孽」，浩然堂本作「蘖」。

[三]「搴」，患立堂本、浩然堂本并作「褰」。

[四]「慷」，患立堂本、浩然堂本并作「忼」。

[五]「日」，蔣刻本、患立堂本、浩然堂本并作「者」。

[六]「兵家」，亦園本、四庫本、文瑞樓本并作「李靖」。

[七]「存」，原作「有」，據亦園本、四庫本、文瑞樓本改。

李映碧先生八十徵詩文啓[一]

縹囊緗帙（一），榮光上燭夫瑤樞（二）；玉軸牙籤（三），寶氣直通乎絳斗。訪域中之秘籍，分遣陳農（四）；藏壁内之遺經，群推伏勝（五）。於是中朝求舊，特下蒲輪（六）；大典維新，爰開芸館（七）。然而天留碩果（八），道宇嶷然；世重靈光（九），風期寂若。逢子慶之居北海，屢詔寧前（一〇）；周伯況之在東京，連徵不起（一一）。況届懸弧之日（一二），適逢杖國之辰（一三）。兕觥酌罍，誠哉宇内之完人；鳩杖扶來，展矣家邦之盛事（一四）。

恭惟映翁李老先生，根盤[二]天上（一五），姓繫星邊（一六）。枌榆則籍著昭陽（一七），瓜瓞則祚綿文定（一八）。烟籠畫戟，岧嶢宰相之門（一九）；火散沙堤，赫矣[三]公卿之後（二〇）。華年鴻漸（二一），上國鸞停（二二）。牽絲劇郡（二三），實外廷司寇之官（二四）；釋屩雄邦（二五），是越紐甬東之地（二六）。旋庸最績，晉秩梧扉（二七）；尋以高資，升華棘寺（二八）。綜其轍迹，揆厥生平。甫膺司李（二九），遂施仁於犴狴之間（三〇）；洊歷刑垣，仍種德於[四]桁楊之下（三一）。李姓實李官之裔，庭堅世祀彌長（三二）；廷平乃廷尉之司，定國門閭果大（三三）。計一生之仕宦，與折獄爲始終。至於落落昌言，棱棱正色。惟思軼掌，耻沽彊[五]直之名；祇願和衷，不設藩[六]籬之見。敢效甘陵两部，致盈廷沸穀洛之爭(三四)；所祈元祐諸賢，爲國事息玄黄之戰(三五)。是則無偏無黨(三六)，洵爲士類之楷模；不競不絿(三七)，允作清流之眉目也。

抑有甚焉，尤其難者。今夫蒼梧一去，杳杳[七]重華(三八)；《黄竹》難歸，蕭蕭穆滿(三九)。金鳧夜出，故陵則烟樹連天(四〇)；石馬晨嘶，廢隴則霜花滿地(四一)。縱興衰可念，而事已在前；即感慨[八]難忘，而責寧在我。亦可不爲越俎之謀(四二)，少輟陳根之慟(四三)。而先生又丁南風不競之時(四四)，偏深北渚愁余之慕(四五)。宫中馬鹿(四六)，驚心故劍之譚(四七)；座上貂蟬(四八)，傾耳遺簪之論(四九)。即斯一疏，足擅千秋。何况炎精作[九]熾(五〇)，厥有攀[一〇]龍瀝血之夫(五一)；亳社將移，倍多蕁螘湛身之客(五二)。孤踪滅没，誰修薄祭於風前；破碣沉霾，未易嘉名於身後(五三)。昔人所[一一]作，來者多賢，宜優逮下之經，用作勸忠之典。此請封議謚，當年之所以殷殷；而立懦廉頑[一二]，奕世亦於焉亹亹也。

自是以來，於兹而往。邵平隱矣，園内惟瓜(五四)；陶令歸兮，門前只柳(五五)。八公矍鑠，巖有桂以皆黄(五六)；四皓徜徉，岫無芝而不紫(五七)。於是沉酣六籍，穿穴諸家。

閒窗録史，旁搜蝌蚪之文〔五八〕；老眼抄書，細釋蟲魚之注〔五九〕。常璩撰《華陽》之志〔六〇〕，謝承輯《後漢》之書〔六一〕。三垣雜記，副在名山；南渡叢編，藏之石室〔六二〕。固已斐然作述〔一三〕，聲稱蔽霄壤之間；邈矣襟期，志節轢雲霞而上矣。雖復名已上聞，人祈一出。然而老夫耄矣〔六三〕，自云不解著書〔六四〕；使者去乎，對曰未能應詔〔六五〕。凡兹雅尚，益表耆英〔六六〕。丹青畫矣而彌鮮〔六七〕，琬琰鐫之而不盡〔六八〕。

兹者令嗣木庵先生，金殿燃藜，玉堂視草〔六九〕。㸑燭於鳳凰池上，遷續談書〔七〇〕；揮毫於鳷鵲觀中，固成彪志〔七一〕。更謝庭之多鳳〔七二〕，矧荀里之皆龍〔七三〕。欣逢降岳〔七四〕，思邀彩筆以賡揚〔七五〕；幸值稱觴，冀擘紅箋而染寫〔七六〕。伏願鴻都貴客，虎觀名卿〔七七〕。或文或序，千篇絢緑野之堂〔七八〕；以《雅》以《南》〔七九〕，百軸艷紅綾之餅〔八〇〕。則懸之市上〔八一〕，化成一樹珊瑚〔八二〕；歌向風前，散作九天珠玉〔八三〕。惠而好我，仁者贈言〔八四〕。〔一四〕

【箋注】

（一）見《園次序》。

（二）見《璿璣賦》。

〔三〕見《三芝序》。

〔四〕《漢·成帝紀》：中秘書散亡，帝使謁者陳農求遺書于天下，詔劉向校之。

〔五〕見《昭華序》。

〔六〕《枚乘傳》：武帝以安車蒲輪徵乘。

〔七〕見《澹庵序》。

〔八〕《易》。

〔九〕見《滕王賦》。

〔一〇〕《高士傳》：逢萌，北海都昌人。王莽時，客于遼東。及光武即位，屢詔不出。

〔一一〕《後漢·周黨傳》：黨游學長安。建武初，同嚴光、王良被徵，自陳願守所志，遂隱居黽池。

〔一二〕見《壽閣序》。

〔一三〕《禮》：七十杖于國，八十杖于朝。

〔一四〕《續漢書·儀禮志》：仲秋之月，民年始七十者，授之玉杖；八十、九十有加。《禮》：玉杖長九尺，端以鳩鳥爲飾。鳩者，不噎之鳥也，欲老人不咽。

〔一五〕《唐紀》：老子之母食李，有孕，父母弃之。八十年而始生老子于李樹下，指李爲姓。後唐高祖追祖〔一五〕老子，故曰仙李蟠根。

〔一六〕見《葉母序》。

〔一七〕枌榆，見《觀槿序》。昭陽，補注〔一六〕。

〔一八〕《詩》。

〔一九〕見《閨秀商序》。

〔二〇〕見《智修序》。

〔二一〕《易》。

〔二二〕詳《儲太翁啓》。

〔二三〕見《歸田序》。

〔二四〕《書》。

〔二五〕《得賢臣頌》：離疏釋屩而享膏粱。

〔二六〕見《鄰園啓》。

〔二七〕《漢書》：倪寬爲司農都尉，奏課聯最。《漢書音義》：上功曰最，下功曰殿。杜詩：西掖梧桐樹。

〔二八〕《周官注》：王外朝之左棘，九卿所居。《周禮》：大司寇聽訟于棘木之下。按大理寺爲棘寺。

〔二九〕詳下。

〔三〇〕《韓詩外傳》：鄉亭之繫曰犴，朝廷曰獄。注：犴，犬也。性能守，故謂獄爲犴。《初學記》：狴，獄别名。《揚子》：犴狴使人多禮。

〔三一〕《莊子》：桁楊接摺。注：桁楊者，相推也。《韻會》云：大械也。

〔三二〕《廣雅》：皋陶爲李官，治刑獄。并見《祖德賦》。

〔三三〕《漢書》：張釋之曰：「廷尉，天下之平也。」《官制》：漢宣初置廷尉，左右平秩。《漢紀》：于定國爲廷尉，民自以不冤。并見《憺園賦》。

〔三四〕《通鑑》：初，桓帝爲蠡吾侯，受業于甘陵周福。及即位，擢爲尚書。時同郡房植有名當朝，鄉人謡曰：「天下規矩房伯武，因師獲印周仲進。」二家賓客相譏，遂成尤隙。甘陵南北部，黨人之議，自此興矣。《輿志》：甘陵，屬廣平府清縣。《詩》：發言盈廷〔一七〕。《國語》：周〔一八〕靈王二十二年，穀、洛鬥。注：洛水在王城南，穀水在王城北。時穀水盛，南流合洛水，而水格有似于門。

〔三五〕《宋・哲宗紀》：元祐年間，程頤、賈易、朱光庭爲洛黨，蘇軾、吕陶爲蜀黨，劉摯、王巖叟、梁燾、劉安世爲朔黨。《易》：龍戰于野，其血玄黄。

〔三六〕《書》。

〔三七〕《詩》。

〔三八〕見《憺園賦》。

（三九）見《素伯序》。

（四〇）見《半繭賦〔一九〕》。

（四一）《漢書》：武帝茂陵前石馬有聲。

（四二）《莊子》：庖人雖不治庖，尸祝不越樽俎而代之矣。

（四三）《檀弓》：曾子曰：「朋友之墓，有宿草而不哭焉。」注：草根陳宿期年外，故不哭。

（四四）見《黄門序》。

（四五）屈原《九歌》：帝子降兮北渚，目眇眇兮愁余。

（四六）《通鑒》：趙高欲專秦權，乃先設驗，持鹿獻二世，曰：「馬也。」問左右，或默，或言馬。高因陰中言鹿者以法。

（四七）見《貫花序》。

（四八）見《半繭賦〔二〇〕》。

（四九）見《貫花序》。

（五〇）見《懸圃序》。

（五一）《雜志》：瀝血以代墨。

（五二）《國語》：安陵君泣謂楚王曰：「大王萬歲千秋後，願得以身試黄泉，蓐螘蟻。」注：蓐，陳草也。延叔堅論：爲王作蓐，以御螻蟻。

（五三）《世説》：咸和中，丞相王公教曰：「衛洗馬當改葬，可修薄祭。」《禮》：公叔文子卒，其子成請謚于君，請所以易其名者。

（五四）見《滕王賦》。

（五五）見《海棠賦》。

（五六）見《滕王賦》及《徐母序》。

（五七）《高士傳》：四皓者，甪里先生姓周，名述，字元道；綺[一一]里季姓朱，名暉，字文季；夏黄公姓崔，名廓，字少通；東園公姓轅，名秉，字宣明。見秦坑黜儒術，乃逃入商洛山，作《采芝操》，有曰：「莫莫高山，深谷逶迤。曄曄紫芝，可以療飢。唐虞往矣，吾黨安歸？」

（五八）見《憺園賦》。

（五九）見《園次序》。

（六〇）見《昭華序》。

（六一）《史論》：謝承輯《後漢書》，最爲詳密。

（六二）補注。

（六三）《左傳》：石碏曰：「老夫耄矣。」

（六四）見《少楹序》。

（六五）《禮》。

（六六）《宋史》：文彦博留守西都，集洛中年德齊者爲耆英社，命閩人鄭奂繪像堂中一十三人。《唐書》：白居易稱香山居士，與胡果等高年不仕，于東都履道坊作尚齒會，繪爲《九老圖》。

（六七）見上。

（六八）見《尺牘序》。

（六九）《漢書》：劉向校書天禄閣，太乙老人燃青藜杖照之。《漢武故事》：玉堂去地十二丈，階基皆用玉。《翰林志》：太子召學士于禁中草書詔，雖宸翰所揮，亦資檢校，謂之視草。

（七〇）見《懸圃序》。

（七一）見《庭表序》。

（七二）見《三芝序》。

（七三）見《逸齋序》。

（七四）《詩》。

（七五）見《看奕賦[二二]》。

（七六）《摭言》：裴思謙及第，以紅箋名紙數十，詣平康里賦詩。

（七七）見《業園啓[二三]》。

（七八）見《楚鴻序》。

（七九）《詩》。

（八〇）見《瀛臺序》。

（八一）見《楚鴻序》。

（八二）《扶南傳》：漲海中有盤石，珊瑚生其上。初生白色，肌理軟，見風則乾硬，變赤色者爲貴，有枝無葉。

（八三）李詩：咳唾落九天，隨風生珠玉。九天，見《良輔序》。

（八四）《荀夫略》：曾子行，晏[二四]子從于郊，曰：「嬰聞之，君子贈人以言，庶人贈人以財。」

【校記】

［一］此篇，四庫本無。

［二］「盤」，患立堂本、浩然堂本并作「蟠」。

［三］「矣」，患立堂本、浩然堂本并作「奕」。

［四］「於」，患立堂本、浩然堂本并作「在」。

［五］「彊」，原作「疆」，據蔣刻本、浩然堂本改。

［六］「藩」，原作「籓」，蔣刻本、患立堂本同，據浩然堂本改。

［七］「沓沓」，蔣刻本、患立堂本、浩然堂本并作「杳杳」。

［八］「慨」，蔣刻本作「概」。

［九］「作」，患立堂本、浩然堂本并作「乍」。

[一〇]「攀」，恚立堂本作「扳」。

[一一]「所」，恚立堂本、浩然堂本并作「可」。

[一二]「廉頑」，恚立堂本、浩然堂本并作「頑廉」。

[一三]「作述」，恚立堂本、浩然堂本并作「述作」。

[一四]篇末，蔣刻本、恚立堂本、浩然堂本并有「謹啓」二字。

[一五]「祖」，文瑞樓本作「祀」。

[一六]「昭陽，補注」，亦園本、文瑞樓本并作「寶應縣，舊昭陽」。

[一七]「廷」，亦園本、文瑞樓本并作「庭」。

[一八]「周」原脱，據文瑞樓本補。有亦園本誤作「清」。

[一九]「賦」，原作「序」，徑改。

[二〇]「賦」，原作「序」，徑改。

[二一]「綺」，原作「倚」，據亦園本、文瑞樓本改。

[二二]「賦」，原作「序」，徑改。

[二三]「啓」，亦園本、文瑞樓本并誤作「序」。

[二四]「晏」，文瑞樓本誤作「宴」。

徵大銀臺柯素培先生六十壽言啓

蓋聞絳闕岧嶢（一），鳥篆著[一]桂陽之籍（二）；銀膏滴瀝，鶩漿（左爽右斗）菊井之齡（三）。《十洲賦》裏，浮瑞炁於東瀛（四）；《五岳圖》中，燭榮光於南戒（五）。彭籛歲月（六），傅説星辰（七），惟箕子之疇多（八），故于公之門大（九）。

恭惟素翁[二]柯老先生，武水名家，魏塘右族。百年喬木，代擢珠柯（一〇）；五色甘瓜，世綿丹瓞（一一）。高蟬臨鬢（一二），從來雙戟之門（一三）；吟鷺陪軒（一四），自昔三槐之里（一五）。尊公楚蘅太老先生，羽篋鵷[三]班（一六），名標雁塔（一七）。雙龍闕下，人來杏苑以看花（一八）；九鯉河邊（一九），官是榕城之司李（二〇）。釋之治獄，共號祥刑（二一）；永叔掄文，交推得士（二二）。緣兹隱德，遂兆緑蛇蟠笥之徵（二三）；惟厥高閎，爰呈彩燕投懷之瑞（二四）。先生夙譽鳳毛，長誇犀角（二五）。神姿軒異，同趙杲之在衆中（二六）；進止雍閒，類裴休之來座上（二七）。孟公則長逾八尺，顧盼非常（二八）；子山則腰帶十圍，儀觀甚偉（二九）。爾其韋平世胄，接踵巍科（三〇）；崔蔡鴻篇，騰聲上國（三一）。青袍釋褐（三二），早製錦夫棗陽（三三）；銀艾牽絲（三四），便飛凫於花縣（三五）。

斯時也，慨三尺之無人，正四郊之多事。襄陽堤上，猶事提戈；鄖口江頭[四]，還聞傳箭（三六）。將軍下瀨，黄龍青雀之船（三七）；君子習流（三八），綉鎧珠袍之隊（三九）。先生則莅此凋殘，會斯旁午（四〇）。青芻匝地，遥連陶侃之洲（四一）；紅粟如山，高并甘寧之壘（四二）。民無怨讟（四三），卒鮮嘩呼（四四）。張遼臨於赤壁，如行衽席之間（四五）；王浚下於巴丘，不改樵蘇之業（四六）。常[五]聞元結，詩紀舂陵（四七）；又見羊公，碑留峴首（四八）。時則經略洪公，奬此殊猷，緘[六]蠟丸而上表（四九）；以暨一時督撫，旌其偉績，裂雁帛而[七]陳箋（五〇）。疊承三命之褒揚（五一），屢被九重之賞歎。帶垂赤茘[八]（五二），風翻子産之衣（五三）；綬綻紅桃[九]（五四），日麗晏嬰之宅（五五）。特拜黄門之職，洊升青瑣之班（五六）。

敭歷諸垣，翱翔两省（五七）。

爾乃沉沉左掖，白簡增寒（五八）；謇謇夕郎，丹心不涅（五九）。伏蒲仗[一〇]下（六〇），恒牽已起之裾（六一）；補牘懷中，每斷將馳之靷（六二）。加以器宇端凝，風裁峻整。修篁獨挺，只欲彈蕉（六三）；温樹忘言（六四），惟圖傾藿（六五）。夕陽亭下，殊多解綬之人（六六）；宣政樓前，不少免冠之輩（六七）。况復蒿目時艱（六八），惕懷民瘼（六九）。比有松陵之客，爲言笠澤之間（七〇）。屬因水澇之頻仍，以致田廬之蕩析（七一）。伍胥潮至，一軍悉化爲沙蟲（七二）；文種濤來，三版將生夫蛙黽（七三）。先生則疾呼閶闔，慷慨陳情；曲繪閭閻，淋漓入告（七四）。誠能格主，遂蠲一歲之租；力可回天，獲請萬人之命（七五）。夫其一節，足概千端。此真[一二]全中牟之雉，未能儷此生成（七六）；除雲夢之蛇，不克方兹恩澤也（七七）。

迨積勛資，累遷卿寺；日親紫闥（七八），佇踐黄扉（七九）。而乃志切瞻雲（八〇），情深愛日（八一）。時則先生太母俞太淑人，已將八帙矣。於是斑[一三]衣奉母（八二），晝錦娱親（八三）。冬缸夏簟，聊申烏鳥之私（八四）；碧水丹山，敢托烟霞之痼（八五）。靈萱半畝，藝在堂前（八六）；孝笋千竿，森於砌下（八七）。翼版輿而登降，依子舍以邅迴（八八）。揚舲雪後，瑁湖之萬頃堆銀（八九）；著屐花前，甫里之千枝綴玉（九〇）。驥兒繞膝（九一），鴻案齊眉（九二）。趨庭是鳳，竟逾薛氏之三；會食皆龍，不羨荀家之八（九三）。人間盛事，天上昌期。乃者節届青陽（九四），筵開絳縣（九五）。屬新歲履端之候（九六），爲先生周甲之辰（九七）。在銀臺公入侍魚軒（九八），敬謝引年之斝（九九）；在内翰孝廉君輩出扶鳩杖（一〇〇），願持介壽之觴（一〇一）。某等幸列通門（一〇二），欣叨猶子（一〇三）。千春蘭譜，聿藉鳴鐘饌玉之文(一〇四)；十賫芝函(一〇五)，式逢駕鶴驂鸞之會(一〇六)。伏惟[一三]早惠瓊瑶，更望廣徵珠玉。椒觴湛碧，飛來縹碧之箋(一〇七)；火樹舒紅，唱去小紅之曲(一〇八)。[一四](一〇九)

【箋注】

(一)見《逸齋序》。

(二)《五帝紀》：皇帝臣蒼頡，觀鳥迹而制書。《名山記》：桂陽宫在終南太乙間，多諸靈異，名曰小有清虚天。《三君内傳》云：在河南，乃地仙所居。

(三)《唐説》：紫鴐漿，飲之可延壽。張衡《思玄賦》：屑瑶蕊以爲糇兮，斞白水以爲漿。注：斞，挹也。菊井，見《琴怨序》。

(四)東方朔《十洲記》：巨海之中有祖洲、瀛洲、玄洲、炎洲、長洲、元洲、流洲、生洲、鳳麟洲、聚窟洲，并是人迹稀絶之處。[一五]

(五)《梁書》：宗炳字少文，妙琴書，工圖畫。遠公結白蓮社，炳其一也。以疾還江陵，乃作《諸名山圖》于室，曰：「惟當卧游耳。」五岳，見《賀周序》。南戒，見《天章序》。

(六)見《玉巖序》。

(七)見《藝圃序》。

(八)《書》。

（九）見《憺園賦》。

（一〇）見《祖德賦》。

（一一）見《滕王閣賦》。

（一二）見《祖德賦》。

（一三）見《看奕賦》。

（一四）《鹵簿令》：白鷺鸞旗等車，并駕四馬。《白虎通》：諸侯，路車；大夫，軒車；士，飾車。庾信《吴明徹銘》：高蟬臨鬢，吟鷺陪軒。按鷺車，御史所乘。

（一五）《宋史》：王祐字景叔，手植三槐于庭，曰：「吾子孫必有爲三公者。」

（一六）《唐書》：上官儀曰：「御史供奉墀下，接武龍夔，簉羽鵷鷺，豈判佐比耶？」蔡衡曰：「凡象鳳者有五，多赤色者鳳，多青色者鸞，多黄色者鵷，多紫色者鷟，多白色者鵠。」

（一七）《西域記》：晉有比丘，見雙雁飛，忽一雁没下自隕，乃瘞雁建塔。《古今詩話》：韋肇及第，偶于慈恩寺雁塔題名，後成故事。自唐神龍來，同年中推善書者紀之，他時有將相，則朱書之。

（一八）見《徐母序》。

（一九）見《玉巖序》。

（二〇）見《映碧啓》。

（二一）《漢書》：張釋之字繼南。文帝時拜廷尉，時人語曰：「張釋之爲廷尉，天下無冤民。」

〔二二〕《宋書》：歐陽修字永叔，觀子也。爲學士，知貢舉，崇雅黜浮。

〔二三〕見《祖德賦》。

〔二四〕《明皇實録》：張説母夢玉燕自東來，投入懷中，因而有孕，生説，後爲相。

〔二五〕見《三芝序》。

〔二六〕補注。

〔二七〕《唐書》：裴休醖藉，進止雍閒。宣宗嘗曰：「休真儒者。」

〔二八〕見《得仲序》。

〔二九〕令狐德芬撰《庾信傳》：子山身長八尺，腰帶十圍，容止頽然有過人者。《晉書》：庾子嵩不滿七尺，腰帶十圍。

〔三〇〕見《智修序》。

〔三一〕見《紫來序》。

〔三二〕見《玉巖序》。

〔三三〕製錦，見《二齋序》。《襄陽志》：棗陽縣，漢蔡陽，隋棗陽。

〔三四〕銀艾，見《存庵序》。牽絲，見《歸田序》。

〔三五〕飛鳧，見《二齋序》。花縣，見《楚鴻序》。

〔三六〕《襄陽志》：周爲穀鄧地，春秋屬楚。古迹有大堤城，即郡城也。《鄖陽志》：古麇國地，春秋屬楚，爲錫穴，隋曰鄖鄉。

（三七）見《滕王賦》。

（三八）見《懸圃序》。

（三九）《吴都賦》：珠服玉饌。

（四〇）劉晏云：邀請旁午。注：縱横割牲也。《捷録》：使者旁午。注：交錯也。

（四一）詳《李母序》。

（四二）賈捐之對：粟紅腐而不可食。《吴都賦》：觀海陵之倉[一六]，則紅粟流衍。《吴志》：甘寧爲孫權將，步則陳車騎，水則連輕舟，以百餘兵禦曹兵四十萬。并見《梧月序》。

（四三）《左傳》：民不罷勞，君無怨讟。一作「黷」。

（四四）《書》。

（四五）見《賀徐序》。《武昌志》：嘉魚縣，即周瑜破曹操處，蘇軾誤爲黄州。《周禮》：衽席床第。

（四六）《晉紀》：王浚爲巴郡太守，遷益州刺史。出巴東，作大筏。又作火炬，于是戰艦無所礙。徑造建康，吴主皓詣降。《輿志》：漢巴丘，今岳州府。《左傳》：請無禁樵采者以誘之。庚信《哀江南賦》：張遼臨于赤壁，王浚下于巴州[一七]。

（四七）《唐書》：元結字次山，爲道州刺史，因安史之亂，爲民免徭役。常作《舂陵行》，其序約云：「道州不勝賦税，承諸使徵求符牒，吾將守官，靜以安人，待罪而已。」《襄陽志》：棗陽縣有春陵城。漢元帝時，望氣者曰：「鬱鬱葱葱。」及光武即位，改曰章陵。

（四八）見《梧月序》。

（四九）見《鄴園啓》。

（五〇）《漢書》：蘇武久留匈奴，常惠教漢使謂單于曰：「天子射上林中，得雁足而繫帛書『武等在某澤中』。」單于驚謝，歸武。

（五一）《易》。

（五二）見《寶汾序》。

（五三）見《憺園賦》。

（五四）見《半繭賦》。

（五五）見《憺園賦》。

（五六）詳下。

（五七）見《黄門序》注。

（五八）見《黄門序》及《賀徐序》。

（五九）衞宏《漢儀》：給事中、黄門侍郎，令日暮入對，向青瑣門拜，名曰夕郎。

（六〇）見《黄門序》。

（六一）《魏志》：文帝欲徙冀州十萬户。辛毗諫，帝不答而起，毗隨引其裾。

（六二）《後漢書》：光武自將征隗囂，光禄勛郭憲諫曰：「東方初定，車駕未可遠征。」乃當車拔佩刀，以斷車靷。帝不從。後河東兵叛，帝曰：「吾悔不用郭子横之言。」

（六三）梁沈約《修竹彈甘蕉文》：長兼淇園貞幹臣修竹稽首：臣聞芟荑藴崇，農夫之善法，無使滋蔓，剪惡之良圖。竊蘇臺前甘蕉一叢，本無芬馥之香，柯條之任。

（六四）見《良輔序》。

（六五）曹植表：葵藿之傾葉太陽，雖不回光，然向之者誠也。

（六六）見《商尹序》。

（六七）見《黄門序》注。

（六八）見《佳山序》。

（六九）《詩》。

（七〇）詳《潘母啓》。

（七一）《書》。

（七二）王充《論衡》：伍胥臨水爲濤。《錢塘志》：子胥死，浮于江中，因流揚波。或見乘白馬素車，在潮頭，因爲立廟。每歲仲秋既望，潮水極大，杭人以旗鼓迓之，弄潮之戲始此。然或有沉溺者。《穆天子傳》：穆王南征，一軍皆化，君子爲猿、爲鶴，小人爲蟲、爲沙。

（七三）《文種傳》：種字子禽。勾踐平吳，乃賜種劍，遂自殺。《水經注》：文種没後，錢塘于八月望，見有銀濤白馬，依期往來。《通鑒》：智伯圍晉陽而灌之，城不没[一八]者三版。沉竈産蛙，民無叛意。

（七四）《宋書》：鄭俠字介夫，監東京西上門，繪《流民圖》，上之神宗，越三日大雨。

（七五）《唐書》：張元素諫太宗修洛陽宫，魏徵曰：「張公論事，有回天之力。」

（七六）見《賀周序》。

（七七）詳後。

（七八）見《瀛臺序》。

（七九）見《佳山序》。

（八〇）見《考功序》。

（八一）見《壽閣序》。

（八二）見《澹園賦》。

（八三）見《逸齋序》。

（八四）見《梧月序》及《考功序》。

（八五）《梁書》：江淹爲建安令。嘗言：「碧水丹山，生平酷好，何嫌僻遠？」《唐書[一九]》：田游巖隱箕山。高宗幸嵩山，親至其門。游巖野服出拜，帝曰：「先生此佳否？」對曰：「臣所謂泉石膏肓，烟霞痼疾者。」

（八六）見《憺園賦》。

（八七）見《臞庵序》。

（八八）見《憺園賦》。

（八九）《松江志》：瑁湖，爲三湖之一。

（九〇）甫里，見《臞庵序》。

（九一）見《祖德賦》。

（九二）見《貞女序》。

（九三）見《逸齋序》。

（九四）見《壽季序》。

（九五）見《壽閻序》。

（九六）《左傳》：先王之正時也，履端于始，舉正于中，歸餘于終。

（九七）見《逸齋序》。

（九八）《官制》：唐立銀臺司，即今通政司也。魚軒，見《葉母序》。

（九九）《詩》。

（一〇〇）見《映碧序》。

（一〇一）《詩》。

（一〇二）詳《鞠存啓》。

（一〇三）《記》曰：兄弟之子猶子也，蓋引而進之。

（一〇四）見《少楹序》。

（一〇五）《高士傳》：陶弘景作《雲林十賚》，賚其子弟。

（一〇六）見《貞女序》。

（一〇七）崔寔《四民月令》：椒爲玉衡之精，服之令人却老。正月朔，列先祖前子姓，各上椒柏酒于家長。碧箋，見《璿璣賦》注。

（一〇八）蘇味道詩：火樹銀花合。小紅，補注[二〇]。

（一〇九）附注：《唐書》：趙杲字大東，宛丘人，神姿軒朗而内沉厚。兄犨子翊，一家三節度。[二一]

【校記】

[一]「著」，患立堂本、浩然堂本并作「注」。

[二]「翁」，患立堂本、浩然堂本并作「培」。

[三]「鵷」，蔣刻本、患立堂本、浩然堂本并作「鴛」。

[四]「頭」，患立堂本、浩然堂本并作「邊」。

[五]「常」,患立堂本、浩然堂本并作「嘗」。

[六]「緘」,患立堂本作「械」。

[七]「而」,患立堂本、浩然堂本并作「以」。

[八]「赤荔」,患立堂本、浩然堂本并作「荔赤」。

[九]「紅桃」,患立堂本、浩然堂本并作「桃紅」。

[一〇]「仗」,原作「伏」,據諸本改。

[一一]「真」,患立堂本、浩然堂本并作「則」。

[一二]「斑」,蔣刻本、浩然堂本并作「班」。

[一三]「惟」,患立堂本、浩然堂本并作「祈」。

[一四]篇末,蔣刻本、患立堂本、浩然堂本并有「謹啓」二字。

[一五]注(一)至(四)條,四庫本脱。

[一六]「倉」,原作「食」,據四庫本改。

[一七]「州」,四庫本作「丘」。

[一八]「没」,原作「設」,據四庫本、文瑞樓本改。

[一九]「書」,文瑞樓本誤作「詩」。

[二〇]「補注」,亦園本、四庫本、文瑞樓本并作:「姜夔詞:小紅低唱我吹簫。」

[二一]此條附注，據亦園本、四庫本、文瑞樓本補。

儲太翁九十徵詩啓

陽羨儲孔恢先生(一)，門第高華，家聲通顯。庭施棨戟(二)，埒河北之崔盧(三)；座滿貂蟬(四)，駕江東之顧陸(五)。甲第則彯纓戛轂(六)，清門望重夫衣冠；人文則削素含毫(七)，才子名標於翰墨。先生幼則[一]岐嶷，長而豪俊。雍容鶴蓋(八)，不矜紈綺之風(九)；淹雅鷄林(一〇)，大得風雲之氣。蓋萬石諸郎，俱擅無雙之譽(一一)；而燕山五桂(一二)，此爲第一之枝(一三)。維時參藩公既藉甚朝班，先生復翩然藝苑。韋家有子，群識玄成(一四)；劉氏諸賢，尤推孝綽(一五)。於是映雪傳經(一六)，歌風見志(一七)。志[二]亡書之三篋(一八)，搜逸史于百家。西園結客(一九)，屏間泛鸚鵡之杯(二〇)；東觀論文(二一)，席上賦楠榴之枕(二二)。時論則諸生祭酒(二三)，鄉評則[三]大雅扶輪(二四)。加以井里升平，家門豐豫。吴季札延州貴胄，雅號知音(二五)；周公瑾江表英姿，偏能顧曲(二六)。時則羊侃侍兒，錦靴蹈[四]地(二七)；李波小妹，薄鬢彎弓(二八)。舞迴風之十部(二九)，歌落月以雙鬟(三〇)。柝鈴周匝(三一)，千條之紅燭薰天(三二)；箏笛參差，百丈之碧綾委地(三三)。蓋雄心欲耗，聊慷慨[五]乎絲奮肉飛(三四)；而壯志難灰，或嚄唶乎酒闌燈灺(三五)。無何而世歷滄桑(三六)，人堅松菊。舞衫歌扇，惝恍前生；酒陣文觴[六]，闌珊昔夢。先生則篝燈課子，含飴弄孫(三七)。里名通德，盡知此日之徵君(三八)；江近潯陽，共識彼中之高士(三九)。道風彌邵，至德可師(四〇)。

爰乃文孫(四一)長能賡期，軾轍連鑣，郊祁并轡(四二)。張華兩劍，同日干霄；韓起雙環，一朝辭櫝(四三)。聲傾都會，人倫俱奉爲美譚；名動公卿，戚里尤矜爲盛事。諸孫鵠峙，處姊尚未適人；群幼鸞停，此客得無[七]小異(四四)。先生則年逾耄耋，聽視[八]不衰；齒近期頤，神明自若(四五)。矍鑠晴原，尚臨風而却杖；摩娑畫閣，或負旭以鈔書。秋雨赴鷄豚之社，五兩衝泥(四六)；春燈占角抵之棚，千觴醉月(四七)。姬人入道，半已黄絁(四八)；鄰叟談禪，都成白首。洵號世間之人瑞，直[九]稱地上之行仙。

今兹上浣之辰(四九)，正啓九旬之宴。守淇澳武公之戒，敬慎威儀(五〇)；授濟南伏勝之經，表章經籍(五一)。汾陽公一門顯秩(五二)，褒德侯九帙崇班(五三)。值此光榮，可無揚扢。當世名賢[一〇]，同時先達，賜之華衮(五四)，錫以瓊瑤(五五)。或孝養賦《白華》之頌(五六)，或游仙賡紺雪之詞(五七)。庶幾橘中八叟(五八)，并下始青之軿(五九)；芝田四皓（六〇），齊鼓小紅之曲（六一）。

【箋注】

（一）《常州志》：宜興古迹有陽羡城，秦曰陽羡。

（二）見《閨秀序》。

（三）見《楚鴻序》。

（四）見《半繭賦》。

（五）見《尺牘序》。

（六）見《九日序》。

（七）見《藝圃序》及《鄴園啓》。

（八）見《祖德賦》。

（九）見《玉巖序》。

（一〇）《白居易别傳》：居易詩，人爭傳之鷄林。賈人取售異國，率篇易一金。按鷄林，海外國名。

（一一）見《歸田序》。

（一二）見《憺園賦》。

〔一三〕《晉書》：郤詵曰：「臣對策爲天下第一，猶桂林一枝，昆山片玉。」

〔一四〕《漢書》：韋賢封侯，其子玄成字少翁，讓弟嗣父爵。衆高其節，帝因召爲郎，論五經于石渠閣。父子俱以明經拜相封侯。諺云：「遺子黄金滿籯，不如教子一經。」謂玄成也。

〔一五〕《梁書》：劉孝綽族中七十人皆能文，孝綽名最重。并見《三芝序》。

〔一六〕見《茹蕙序》。

〔一七〕見《佳山序》。

〔一八〕見《天篆序》。

〔一九〕見《尺牘序》。

〔二〇〕見《鷹垂序》。

〔二一〕見《壽季序》。

〔二二〕見《季青序》。

〔二三〕《事原》：周封兄弟、同姓。成王時，彤伯爲祭酒。秦、漢因之。

〔二四〕見《得仲序》。《漢·景十三王傳》：夫惟大雅，卓爾不群。

〔二五〕見《初明序》。

〔二六〕見《良輔序》。

〔二七〕見《壽季序》。

（二八）見《壽季序》。

（二九）《漢書》：武帝宮人名麗娟者，身輕弱，不欲衣纓拂，恐體痕也。于生芝殿唱《迴風》之曲，庭樹爲之翻落。并見《昭華序》。

（三〇）補注。

（三一）見《葉母序》。

（三二）見《園次序》。

（三三）見《雪持序》。

（三四）見《觀槿序》。

（三五）見《雪持序》。

（三六）見《舜民序》。

（三七）《後漢紀》：馬太后曰：「吾但當含飴弄孫。」

（三八）見《祖德賦》。

（三九）見《園次序》。《高士傳》：周續之入廬山，事釋慧遠。彭城劉遺民遁迹匡山，與淵明爲潯陽三隱。

（四〇）《後漢書》：鍾皓以篤行齊名荀淑。李膺常歎曰：「荀君清識難尚，鍾君至德可師。」

（四一）《書》。

（四二）見《徐母序》。

（四三）見《園次序》。

（四四）韓愈撰《馬燧志》：見王于北平，猶高山深林，龍虎變化。退見少傅，翠竹碧梧，鸞停鵠峙。按馬燧，贈北平郡王。少傅，王之子。處姊，見《雪持序》。此客，見《三芝序》。

（四五）見《徐母序》。

（四六）《詩》：葛屨五兩。

（四七）《樂府雜録》：角抵之戲，六國時所造。《李斯傳》作觳抵，《張騫傳》作角氐，兩兩相當，角力相觸。并詳《田太翁啓》注。庾肩吾詩：角抵良家兒。李白序：飛羽觴而醉月。

（四八）《詩紀》有《送宮人入道》題。《説文》：絁，粗緒也。

（四九）見《壽閣序》。

（五〇）《詩》。

（五一）見《昭華序》。

（五二）《唐書》：郭子儀，華州人，爲天下兵馬副元帥。克復兩京，封汾陽郡王。八子七婿，俱顯官。

（五三）見《壽季序》。

（五四）見《懸圃序》。

（五五）《詩》。

（五六）見《瑞木賦》。

（五七）詳《任丘啓》。

（五八）見《徐母序》。

（五九）《度人經》：昔于始青天中，碧落空歌。

（六〇）見《映碧序》。

（六一）見《銀臺啓》。

【校記】

［一］「則」，患立堂本、浩然堂本并作「即」。

［二］「志」，患立堂本、浩然堂本并作「記」。

［三］「則」，患立堂本、浩然堂本并作「亦」。

［四］「蹈」，患立堂本、浩然堂本并作「踏」。

［五］「慷慨」，患立堂本、浩然堂本并作「慨慷」。

［六］「觴」，蔣刻本、患立堂本、浩然堂本、文瑞樓本并作「場」。

［七］「無」，蔣刻本、患立堂本、浩然堂本并作「毋」。

［八］「聽視」，患立堂本、浩然堂本并作「視聽」。

［九］「直」，患立堂本、浩然堂本并作「真」。

［一〇］此句首，蔣刻本有「伏乞」二字，患立堂本、浩然堂本作「伏望」。

徵田太翁八帙壽言啓

河盤九曲，出碣石而彌雄（一）；玉耀連城（二），孕藍田而更貴（三）。人言松柏，不産培塿（四）；共説山川，能生雲雨（五）。從來食福，必歸積善［一］之家；大抵成仙，原屬修身之士。華辰祝嘏（六），群公既薦幣以承筐（七）；畫錦［二］張筵（八），賤子且歷階而揚觶（九）。不辭固陋，用效賡揚。

兹啓某翁田太老先生者，系自［三］西河，郡分京兆（一〇）。門風瑰麗，漢宫題柱之聲華（一一）；才地通明，稷下懸河之苗裔（一二）。勝衣對客（一三），器自別於常兒；毁齒知名（一四），門詎書夫凡鳥（一五）。桑梓寄彌牟國内（一六），枌榆逼離石城邊（一七）。晉卿六族，此鮮其儔（一八）；齊國諸田，君真其後（一九）。然而雛方在鷇，詎使［四］摩霄（二〇）；桐甫稱孫，空思向日（二一）。子推狷介，并無綿上原田（二二）；郭泰孤貧，徒墊雨中巾角（二三）。漂摇邦國，蕭瑟鄉關。罠罠六尺之童，落落四方之志。於是長懷樂毅，只欲投燕（二四）；不效賁皇，惟知奔晉（二五）。十四齡髫年羈貫（二六），扉屨疇資（二七）；百千年[五]古道迢遥，壺餐莫給（二八）。望滹沱而莫[六]止，瞻督亢以如歸（二九）。擇地在三輔五陵之内（三〇），土厚泉甘；卜居近千門萬户之旁[七]（三一），物華天寶（三二）。人如端木，時來曹魯之間；智擬居陶，頗用計然之策（三三）。三年成聚，裒然通德之門；五世其昌，焕若集賢之里（三四）。爰乃文以情生，禮緣義起。北堂饋食，潔洗腆以娱親（三五）；東道班荆（三六），結珩璜而贈友。一門輯睦，椸無常主之衣（三七）；三黨雍和，巷有同功之火（三八）。井飛孝鯉，恒依萱草之闈；檐噪慈烏，不去荆花之館（三九）。以暨寬能逮下，王褒[八]之《僮約》寧苛（四〇）；和以與人，揚子之《客嘲》無怒（四一）。奚[九]煩馮暖，代爲市義於薛中（四二）；不類趙宣，徒願沾恩於桑下（四三）。此又洌洌氿泉，既注兹而挹彼；濃濃桃李[一〇]（四四），復自葉以流根者矣（四五）。如斯之類，懿不勝書。遂來韓起之雙環，呈於膝下；聿睹張華之两劍，騰在雲邊（四六）。此荆巖太史，才雄虎觀（四七），爭誇宋艷以班香（四八）；而某[一一]年翁，賦重鴻都（四九），群美[一二]庾清而鮑俊也（五〇）。

兹惟夏季[一三]，齒屆八旬。論甲子於桂陽，瞠乎後矣（五一）；遇老人於絳縣，公然過之（五二）。所望共譜妍詞，均摇彩筆。遐不謂矣，朱輪丹轂之賓（五三）；何以觴之，緑醥黄封之酒(五四)。按玉笙於指下,六月生涼;燒絳爓於盤間,三更若晝。丁年玉樹,跽斟延壽之杯(五五);亥字銅仙(五六),笑聽長生之曲(五七)。則魚龍曼衍,纚來雪藕之絲(五八);鸞鶴繽紛,濾就碧蓮之粉(五九)。伏祈惠我,曷任跂余[一四](六〇)。[一五]

【箋注】

(一)《河圖》:河水九曲,長者入于渤海。碣石,見《渭仁序》。

(二)見《昭華序》。

(三)《漢·地里志》:藍田縣,本秦孝公置,山出美玉。《三秦記》:玉之美者曰球,其次曰藍。《西京賦》:爰有藍田珍玉。《吴志》:諸葛恪少有名,孫權見其父瑾曰:「藍田生玉,真不虚也。」《晉書》:謝弘微子名莊。七歲時,宋公異之曰:「藍田生玉,豈虚也哉!」

(四)《左傳》:鄭子太叔曰:培塿無松柏。

(五)《禮》:天降時雨,山川出雲。

(六)見《徐母序》。

(七)《詩》。

(八)見《逸齋序》。

(九)見《壽閣序》。

〔一〇〕詳下。

〔一一〕《三輔决録》：田鳳字季宗，爲尚書郎，容儀端正。每奏事，靈帝目送之，因題柱曰：「堂堂乎張，京兆田郎。」

〔一二〕見《九日序》。《七略》：齊田駢好談論，齊人語曰：「天口駢。」《世説》：孫興公謂郭子玄吐章陳[一六]文，如懸河瀉水。

〔一三〕見《素伯序》。

〔一四〕見《素伯序》。

〔一五〕見《臞庵序》。

〔一六〕《詩》：維桑與梓。《登州志》：三面距海。春秋牟子國。

〔一七〕枌榆，見《觀槿序》。按山西永寧州，亦稱離石城。

〔一八〕《史記》：晉六卿：趙襄、范宣、智襄、韓簡、荀文、魏襄。

〔一九〕見《賀徐序》。

〔二〇〕《國語》：里革諫宣公曰：「鳥翼鷇卵。」注：生哺曰鷇。《莊子》：聖人鶉居而鷇食。

〔二一〕白居易詩：梧桐老去長孫枝。《詩》：梧桐生矣，于彼朝陽。

〔二二〕見《劉太母序》。

〔二三〕《郭泰别傳》：林宗丰儀秀偉。嘗遇雨，巾一角墊，時爭效之，故折巾一角，其見慕如此。

〔二四〕《樂毅列傳》：樂毅仕燕，下齊七十餘城。後昭王死，惠王立，遂以騎劫代毅。畏誅，乃降趙。後惠王因騎劫敗，悔失毅。毅報書往來，復通燕。燕、趙二國以爲客卿。

〔二五〕《左傳》：楚若敖之亂，伯賁之子賁皇奔晉，晉人與之苗，以爲謀主。

〔二六〕見《雪持序》。

〔二七〕《左傳》：鄭申侯見齊侯曰：「若出于陳、鄭之間，共其資糧扉屨，其可也。」

〔二八〕《左傳》：晉侯問原守于寺人勃鞮，對曰：「昔趙衰以壺餐從徑，餒而弗食。」故使處原。

〔二九〕《漢書》：光武至滹沱河，王霸曰：「冰堅可渡。」注：其地屬保定、河間之界。督亢，見《考功序》。

〔三〇〕見《渭仁序》。

〔三一〕見《藝圃序》。

〔三二〕載王勃賦。

〔三三〕《史記·貨殖列傳》：子貢既學于仲尼，退而仕于衛，鬻財于曹、魯之間。又：范蠡既雪會稽之耻，乃喟然歎曰：「計然之策七，越用其五而得意。既已施之國，吾欲用之家。」乃乘扁舟于江湖，之陶爲朱〔一七〕公。陶天下之中，貨物所交易也。按計然，勾踐臣，著有《計然子》。

〔三四〕見《祖德賦》。

（三五）《書》。

（三六）見《禹平序》。

（三七）見《賀徐序》。

（三八）《晏子》：三黨待以舉火者千人。同功，補注。

（三九）見《瑞木》及《憺園賦》。

（四〇）見《葉母序》。

（四一）見《佳山序》。

（四二）《國策》：馮暖謂孟嘗君曰：「今君有區區之薛，臣竊矯君命，以責賜諸民，因燒其券，乃臣所以爲君市義也。」

（四三）見《壽季序》。

（四四）《詩》。

（四五）《文選·張士然〈表〉》曰：臣聞春雨潤木，自葉流根；鴟恤功，愛子及室。

（四六）見《園次序》。

（四七）見《鄴園啓》。

（四八）見《瀛臺序》。

（四九）見《鄴園啓》。

（五〇）見《瀛臺序》。

（五一）見《銀臺啓》。按桂陽張碩，即遇神女杜蘭香者。

（五二）見《壽閣序》。

（五三）《漢書》：劉向諫外家封事曰：「王氏乘朱輪華轂者，二十三人。」《解嘲》：客欲朱丹吾轂。

（五四）緑醥，見《瀛臺序》。東坡詩：上尊白酒瀉黄封。

（五五）見《壽閣序》。

（五六）《左傳》：晉史趙曰：「亥有二首六身，下二如身。」林注：古亥字，二畫在上，三人在下，故以二爲首，以六爲身。下亥字上二畫，豎置身旁，始身當爲𠀀字。蓋二首爲二萬，六身爲六千六百六十日，喻絳縣老人七十三也。劉禹錫詩：午橋良吏散，亥字老人迎。

（五七）見《徐母序》。

（五八）《漢書》：武帝作魚龍、角抵、曼衍之戲。師古曰：曼衍，獸名，爲舍利之獸。先戲于庭極，畢乃激水，化成比目魚，跳躍漱水，作霧障日，化成黄龍，即《西京賦》云「海鱗變而成龍」也。李義山詩：不須看盡魚龍戲，終遣君王怒偃師。《拾遺記》：周穆王集方士春霄宫，與王母玉帳高會，進萬歲冰桃、千年碧藕。

（五九）《終南山記》：山有旱藕，餌之延年，名碧蓮，類葛粉。

〔六〇〕《詩》。

【校記】

〔一〕「善」，蔣刻本、患立堂本、浩然堂本并作「德」。

〔二〕「晝錦」，患立堂本、浩然堂本并作「錦晝」。

〔三〕「自」，患立堂本、浩然堂本并作「是」。

〔四〕「使」，患立堂本、浩然堂本并作「便」。

〔五〕「年」，蔣刻本、患立堂本、浩然堂本并作「里」。

〔六〕「莫」，患立堂本、浩然堂本并作「戾」。

〔七〕「旁」，患立堂本、浩然堂本并作「傍」。

〔八〕「褒」，原作「裒」，蔣刻本同，據患立堂本、浩然堂本改。

〔九〕「奚」，患立堂本、浩然堂本并作「爰」。

〔一〇〕「桃李」，患立堂本、浩然堂本并作「湛露」。

〔一一〕「某」，患立堂本、浩然堂本并作「某某」。

〔一二〕「美」，蔣刻本、患立堂本、浩然堂本并作「羨」。

〔一三〕「夏季」，蔣刻本、患立堂本、浩然堂本并作「季夏」。

〔一四〕「余」，患立堂本、浩然堂本并作「予」。

［一五］篇末，蔣刻本、患立堂本、浩然堂本并有「謹啓」二字。

［一六］「陳」，文瑞樓本作「成」。

［一七］「朱」，原作「宋」，據亦園本、四庫本、文瑞樓本改。

爲溧陽彭太翁太母七十雙壽徵詩啓

吴雲入越（一），國山綿亘於平陵（二）；魯柝聞邾（三），瀨水縈洄於陽羨（四）。焙茶客去，稔知彼地之高閎；斸笋人來，詳述此中之巨閥。則有門呼萬石（五），人號五經（六）。蛇能蟠綬，偏呈集慶之符（七）；雀擬銜環，洊食發祥之報（八）。如我某翁彭太老先生者，星分井絡（九），系出商賢（一〇）。修兮俊烈，夙標獨行之名（一一）；宣也淹長，早擅通經之目（一二）。門風烜赫，綉戟連雲；家學淵源，彩毫滴露。曾祖南陽公升華紫闥，罔希簪組之榮；父雅存公策俊青袍，甘蹈丘園之秀（一三）。數傳積德，詎願人知；屢世行仁，祗承家訓。先生姿稟通明，才鋒瑰異。髫年製錦［一］，名更噪於楊梅（一四）；壯歲摛文，價倍高於鸜鵒（一五）。况復政施門内（一六），爻繫《家人》（一七）。庭羅讓木（一八），紛敷而下茁忠葵（一九）；井溢廉泉（二〇），觱沸而旁飛孝鯉（二一）。陸智初幼多至性，橘常墮於懷中（二二）；吳隱之毀不勝喪，鶴爲鳴於庭下（二三）。生事則膻薌牖腒，婉以承歡（二四）；廬居則窒綷練祥，貧能中禮（二五）。以兹篤厚，足覘鳳卜之昌（二六）；緣彼恩勤，定兆駟門之大（二七）。

而乃天躓其才，物屯其遇，九鏖文戰（二八），兩中副車（二九）。朝朝爨下，燒殘蔡氏之桐（三〇）；歲歲堂前，漂去高家之麥（三一）。奏凌雲而莫惜（三二），撫流水以疇憐（三三）。是則楊朱失路，達人亦以此興懷（三四）；李廣難封，行路亦於焉致歎（三五）。繼而令嗣蕖[二]洲先生，掞藻金閨（三六），蜚英玉局（三七）。次公早貴（三八），伯兄復望重飛鳧（三九）；仲孺[三]先鳴（四〇），季弟又才高綉虎（四一）。一門鵲起（四二），三雅鴻騫（四三）。華貂插鬢（四四），雲霄則姑付諸郎；皎兔懸空，風月則長歸老子（四五）。人情不遠，亦已稍酬翰墨之勛；時論相同，謂宜早受絲綸之錫。先生則興來撫掌（四六），終愛聞弦（四七）；醉後搔頭（四八），難忘見獵（四九）。廉頗矍鑠，猶存[四]車中擊刺之形（五〇）；馬援飛揚，尚爲鞍上拍張之狀（五一）。陶謙素性，只樂幡旗（五二）；劉峻本懷，惟耽書卷（五三）。耆齒[五]七十，皇路三千，猥以來春，始賓太學。桃堪染綬（五四），肯令豎子成名（五五）；柳用裁衣（五六），不礙老夫作達（五七）。固已朱顔緑髮，無須《鴻烈》之仙方（五八）；碧柰黄精，無假喬松之秘訣矣（五九）。

加以性尚蕭疏，不爲崖異；胸惟坦率，詎設畦町(六〇)。長日赴鷄豚之會，桐帽椶鞋；晴天赴[六]櫻笋之筵，酒旗戲鼓。傾蓋而何分少長，三命逾恭(六一)；銜杯而莫問春秋，千觴[七]必醉(六二)。婆娑里閈，都忘兒是貴人(六三)；跌宕琴尊(六四)，共羨翁真健者(六五)。此又葆其純一，知上士之天已全(六六)；享此期頤(六七)，驗仁者之徵必壽也(六八)。

德配吴太夫人，鴻案相莊(六九)，鹿車對挽(七〇)。盤匜事舅(七一)，允宜夫子之家；雜佩留賓(七二)，聿起佳兒之譽。群稱閫範，交頌禮宗(七三)，際此華辰，張兹綺宴。遞進千齡之祝，同開七帙之觴。河將駕鵲(七四)，乃金妃設帨之期(七五)；嶺正舒梅(七六)，是絳縣懸弧之旦(七七)。德門盛事，嘉耦齊年(七八)，不揣秕糠(七九)，敢先乘韋(八〇)。伏願廣賡雅唱，遍惠鴻文。葡萄百軸(八一)，篇篇飛杜曲之花(八二)；翡翠千箱(八三)，字字織扶風之錦(八四)。則繽紛麗句，遥從青鳥以俱來(八五)；縹緲靈璈(八六)，遠逐彩鸞而并至矣(八七)。

【箋注】

(一) 見《園次序》。

(二) 《吴志》：吴主皓時，山頂有大石自立，皓封爲南岳，因名國山，在宜興。《溧陽縣志》：古稱平陵縣，有平陵城古迹。

（三）見《尺牘序》。

（四）瀨水，見《昭華序》。陽羡，見《儲太翁啓》。

（五）見《歸田序》。

（六）見《逸齋序》。

（七）見《祖德賦》。

（八）見《素伯序》。

（九）晉左思《蜀都賦》：岷山之精，上爲井絡。注：岷山爲東井星絡之維。李商隱詩：井絡天彭一掌中。

（一〇）見《玉巖序》。

（一一）《漢書》：彭修字子陽。年十五時，父爲盜所劫，修拔刀向盜曰：「父辱子死。」盜驚曰：「童子義士。」遂遁去。嘗作吴令，從太守討賊。賊請降曰：「自爲彭君，非爲太守也。」

（一二）《漢書》：彭宣師事張禹，受《易》。禹薦宣明經博古，有威重，可任政事。除右扶風，拜司空。王莽專政，見險而止。

（一三）陸機《連珠詞》：丘園之秀，因時則揚。

（一四）見《素伯序》。

（一五）見《少楹》及《商尹序》。

〔一一六〕《書》。
〔一一七〕《易》。
〔一一八〕見《禹平序》。
〔一一九〕見《賀徐序》。
〔一二〇〕見《劉太母序》。
〔一二一〕見《瑞木賦》。
〔一二二〕見《憺園賦》。按陸績字公紀，懷橘遺母。智初乃陸績字，誤用。
〔一二三〕見《憺園賦》。
〔一二四〕膻薌，見《瀛臺序》。膷腒，見《賀徐序》。
〔一二五〕《喪記》。
〔一二六〕見《祖德賦》。
〔一二七〕見《憺園賦》。
〔一二八〕《通典》：赴貢試院，謂鏖戰棘闈。《集韻》：鏖，戰器。
〔一二九〕見《葉母序》。
〔一三〇〕見《隹山序》。
〔一三一〕見《懸圃序》。

（三二）見《實庵序》。

（三三）見《園次序》。

（三四）見《竹逸序》。

（三五）見《素伯序》。

（三六）見《園次序》。

（三七）《翰林志》：史館爲玉局。

（三八）見《歸田序》。

（三九）見《二齋序》。

（四〇）見《歸田序》。

（四一）見《祖德賦》。

（四二）見《祖德賦》。

（四三）見《商尹序》。

（四四）見《半繭賦》。

（四五）見《歸田序》。

（四六）見《樂府補序》。

（四七）見《桐初序》。

（四八）《易林》：左手搔頭。

（四九）見《桐初序》。

（五〇）《史記》：頗出奔魏，趙王復思之，使人視頗。頗見使者，一飯斗米，肉十斤，披甲上馬，以示可用。并見《看奕賦》。

（五一）《漢·列傳》：馬文淵年八十餘，聞武陵五溪蠻反，自請行，據鞍顧盼，以示可用。帝笑曰：「矍鑠哉，是翁也！」拍張，詳《掌亭誄》。

（五二）補注。

（五三）見《憺園賦》。

（五四）見《半繭賦》。

（五五）《國策》：龐涓曰：「遂成豎子之名。」《晉書》：阮籍嘗登廣武，觀楚、漢戰處，曰：「時無英雄，遂使豎子成名耳！」

（五六）見《寶汾序》。

（五七）見《季青序》。

（五八）見《贈閻序》及《徐母序》。

（五九）《拾遺記》：昆侖山有柰，冬生子，碧色。九華真妃詩：仰掇碧柰花。《抱朴子》：黄精，一名兔絲，一名救窮，一名垂珠。《神仙傳》：尹軌字公度，常服黄精花。《聖主得賢臣頌》：

何必煦嘘吁吸[八]如喬、松，眇然絶俗離世哉！王子喬，見《滕王賦》。《列仙傳》：赤松子者，神農時雨師也。服水玉，以教神農仙術。《神異傳》：黄初平改字爲赤松子。

（六〇）《莊子·人間世》：蘧伯玉謂顔闔曰：「彼且爲無町畦，亦與之爲無町畦；彼且爲無崖，亦與之爲無崖。」注：無畔岸，無涯際也。

（六一）《家語》：孔子之剡，遭程子于道，傾蓋而語，終日甚相善焉。《左傳》：孟僖子曰：「孔丘，聖人之後也。昔正考父佐戴、武、宣，三命茲益恭。」

（六二）見《儲太翁啓》。

（六三）見《歸田序》注。

（六四）見《初明序》。

（六五）見《無忝序》。

（六六）《莊子》：其天全也。

（六七）見《壽閻序》。

（六八）《論語》。

（六九）見《貞女序》。

（七〇）見《壽閻序》。

（七一）見《瑞木賦》。

（七二）《詩》。

（七三）見《葉母序》。

（七四）見《憺園賦》。

（七五）《神異録》：木公爲東王公，金母爲西王母。男子行道名隸木公，女子行道名隸金母。《神仙傳》：西華至妙之氣，化生金母。《集仙録》：王母者，龜山金母也。居昆丘，非飆輪不可到。設帨，見《壽閻序》。

（七六）《詩注》：嶺上十月有梅。

（七七）見《壽閻序》。

（七八）《左傳》：晉師服曰：「嘉耦曰妃。」

（七九）見《黄門序》。

（八〇）見《觀槿序》。

（八一）見《三芝序》。

（八二）見《禹平序》及《紫來序》。

（八三）見《智修序》。

（八四）見《璿璣賦》。

（八五）見《瀛臺賦》注。

（八六）見《逸齋序》。

（八七）見《貞女序》。

【校記】

［一］「錦」，蔣刻本、患立堂本、浩然堂本并作「對」。

［二］「菉」，原作「菉」，據蔣刻本、患立堂本、浩然堂本改。

［三］「孺」，患立堂本誤作「儒」。

［四］「存」，患立堂本、浩然堂本并作「作」。

［五］「齒」，患立堂本、浩然堂本并作「齡」。

［六］「赴」，患立堂本、浩然堂本并作「趁」。

［七］「觴」，蔣刻本、患立堂本、浩然堂本并作「場」。

［八］「煦嘘吁吸」，四庫本作「呴嘘呼吸」。

任丘龐先生［一］七十徵詩文啓

瀛海名區，鄭［二］州沃壤（一）。一帆鴨緑，遥接蠡吾（二）；十里鵝黄（三），斜籠趙北（四）。疏汀曲沼，霏霏菱芡之鄉；雨艇烟檣，歷歷魚蝦之市。天連輦下，野因蒼莽而彌雄（五）；水似吴中，境以崢泓而倍敞。生斯地也，大有人焉。安敦以吉，殊多鳩杖之賓（六）；美秀而文（七），尤數鹿門之胄（八）。維我某翁龐老先生［三］，北路高閎，西豪望姓（九）。貂蟬溢巷（一〇），珠屨浚於璿源（一一）；棨戟臨軒（一二），玉每生於昆嶺（一三）。先生幼篤天倫，長敦獨行。分田授宅，爲兄則忍處於肥（一四）；讓棗推梨，食果則願分其小（一五）。加以居常不競，衆推涉世之含弘；性本靡爭，咸服秉心之平恕。偶談一二，足概生平。當塞翁失馬之年（一六），有楚國亡猿之事（一七）。波將洊及（一八），株乃相連（一九）。在上官原無投杼［四］之嫌（二〇），乃旁人盡抱拾灰之懼（二一）。而先生坦然義命，委以虚舟（二二）；率爾襟情，期之飄瓦（二三）。將予［五］無怒，詎鳴趙壹之冤（二四）；謂我何求，寧訟冶長之枉（二五）。斯之雅量，夫豈恒情？足知五世之其昌（二六），早信此門之必大（二七）。至若鮮芳饋母，陸橘懷深［六］；膻毳承親，江魚手進（二八）。千蟠孝笋，緣檐溜以偏生（二九）；百匝慈烏，繞庭柯而不去（三〇）。以兹貽厥，致彼刑于（三一）。

邊孺人孝先貴裔（三二），居然冀缺之妻（三三）；王孺人子晉華宗（三四），展也梁鴻之婦（三五）。一門友愛，桁無不易之衣（三六）；三族雍諧，室有同功之火（三七）。居王彦方邑屋，即細人亦畏其名（三八）；聞韓康伯風流，縱女子亦［七］知其號（三九）。况復夙耽墳史（四〇），雅愛縹緗（四一）。保兩世之芸編，屈惟嗜芰（四二）；守百年之蝨簡，董不窺園（四三）。歸亡書於兵燹之後，趙璧終完（四四）；贖遺經於闤闠之家，秦關竟出。書真足寶，彌旌貫日之誠（四五）；硯可成田（四六），遂獲凌雲之報（四七）。以故一枝擢秀（四八），先標上苑之名；而三樹駢柯，俱擅連城之譽也（四九）。

兹當降岳之期，正值生申之候（五〇）。昔君家三世之高曾，爲近代兩間之人瑞。或則年逾八帙，或則齒過百齡。朱霞紺雪，味若恒饈（五一）；閬圃瓊樓（五二），視爲珂里（五三）。宜先生之不煩金竈，已知益壽之方；無假銀房，早悟延年之訣也（五四）。伏冀鴻都上客，惠以華繒（五五）；鶴市名流，貽之麗句（五六）。則玉虚名館，便爲玄圃之臺（五七）；金字題門，即降青毛之節矣（五八）。［八］

【箋注】

（一）《河間志》：漢曰渤海曰河間，隋、唐曰瀛州，宋曰瀛海。所屬有任丘縣，乃高陽氏顓頊地。漢任丘，宋鄚州。按漢中郎將任丘繕城，遂以其名名城。

（二）《詞譜》有《鴨頭緑》題。李詩：遥觀漢水鴨頭緑。《保定志》：蠡縣，漢曰蠡吾。

（三）見《鷹垂序》。

〔四〕《任丘志》：地西北有趙北口。

〔五〕見《渭仁序》。

〔六〕見《映碧啓[九]》。

〔七〕《左傳》：子太叔美秀而文。

〔八〕見《壽閻序》。

〔九〕見《壽徐序》。

〔一〇〕見《半繭賦》。

〔一一〕詳《孟太母啓》。

〔一二〕見《看奕賦》。

〔一三〕《書》。

〔一四〕詳《施公誄》。

〔一五〕《文士傳》：孔融年四歲，與諸兄食梨，輒引小者。人問其故，答曰：「小兒當取小者。」

〔一六〕見《歸田序》。

〔一七〕見《舜民序》。

〔一八〕見《鄴園啓》。

〔一九〕詳《潘母啓》。

〔二〇〕《國策》：甘茂對秦王曰：「昔曾子處費，有與曾子同名族者而殺人，人告參之母曰：『參殺人。』母不信。告之者三，母投杼而起。」言讒者之甚也。

〔二一〕見《觀槿序》。

〔二二〕《莊子·山水〔一〇〕篇》：方舟而濟于河，有虛船來觸舟，雖有惼心之人不怒。

〔二三〕《莊子》：復仇者不折鏌、干，雖有忮心者，不怨飄瓦。注：飄瓦，無情也。

〔二四〕《漢紀》：趙壹恃才倨傲，後屢抵罪，幾至死，賴友人救得免，壹乃作《疾邪賦》。

〔二五〕《論語》。

〔二六〕見《祖德賦》。

〔二七〕見《憺園賦》。

〔二八〕見《瑞木賦》。

〔二九〕見《臞庵序》。

〔三〇〕見《憺園賦》。

〔三一〕《詩》。

〔三二〕《漢書》：邊韶字孝先，才思敏捷，嘗自言：「腹便便，五經笥。」

〔三三〕見《井叔序》。

〔三四〕見《滕王賦》。

（三五）見《貞女序》。
（三六）見《賀徐序》。
（三七）見《田太翁啓》。
（三八）《漢·王烈傳》：烈少師陳寔，以孝義稱鄉里。有盜牛者，主得之，盜請罪曰：「形戮是甘，勿使王彦方知之。」
（三九）見《無忝序》。
（四〇）見《天篆序》。
（四一）見《懸圃序》。
（四二）《國語》：屈到嗜芰，召其宗老，而屬之曰：「祭我以芰。」注：菱也。
（四三）見《憺園賦》。
（四四）見《貞女序》。
（四五）見《賀周序》。
（四六）《詩話》：唐人以硯爲良田，舌耕而筆耒。坡詩：我生無田食破硯。
（四七）見《實庵序》。
（四八）見《儲太翁啓》。
（四九）見《昭華序》。

（五〇）《詩》。

（五一）《穆天子傳》：穆王集方士春霄宮，王母進嵰山紅雪。《漢武外傳》：王母七月七日，以絳雪、三黄諸丹授帝。《列仙傳》：薛昭遇仙女，得絳雪丹。開元中，内人趙雲容問申元之乞延生藥，得絳雪丹一粒，後果再生。按仙家上藥有玄霜、绛雪。

（五二）閬圃，見《閨秀序》。瓊樓，見《瀛臺序》。

（五三）見《祖德賦》。

（五四）見《得仲序》。

（五五）見《存庵序》。

（五六）見《半繭賦》。

（五七）《集仙録》：仙人居玉虚之館。又：周穆王升昆侖于玄圃閬苑，會西王母。

（五八）《漢武外傳》：王母降帝宫，乘紫雲輦。從官執彩旄之節，以玉盤乘桃一顆，其色青。

【校記】

［一］「先生」，患立堂本作「年伯」。

［二］「鄭」，患立堂本、浩然堂本并作「鄭」。

［三］「先生」，患立堂本作「年伯」。

［四］「杼」，患立堂本誤作「抒」。

［五］「予」，患立堂本、浩然堂本并作「余」。

［六］「深」，蔣刻本、患立堂本、浩然堂本并作「探」。

［七］「亦」，患立堂本、浩然堂本并作「盡」。

［八］篇末，蔣刻本、患立堂本、浩然堂本并有「謹啓」二字。

［九］「啓」，原作「序」，徑改。

［一〇］「水」，原作「木」，據亦園本、四庫本、文瑞樓本改。

徵淮安張鞠存先生［一］雙壽詩文啓

蓋聞真府傳觴，金液瓊膏之酌（一）；弇山紀石（二），《白雲》、《黄竹》之謡（三）。瑶池［二］舒七葉之祥（四），花開四照（五）；銀漢炳雙星之瑞（六），景麗重輪（七）。鸞吟法曲（八），鏗鏘頌禱之音（九）；鶴纈宫袍（一〇），照耀縑緗之色（一一）。咸［三］資雅詠，用佐華筵。千春揚昭代之禎符，奕世紀德門之盛事。

淮山張老先生［四］，綉戟高甍（一二），銅街貴宅（一三）。姓聯翼軫，瑶天著籍之宗（一四）；號擅金張，青史書名之族（一五）。蓮開華井，夙稱關隴名家（一六）；桂滿淮墺(一七)，僑寓烟霞福地(一八)。舉宗饌玉(一九)，筐贏[五]彩虬之徵(二〇)；盡室鳴珂，笥溢緑蛇之兆(二一)。迨容部公讋蠻邦而定國本，事關宗祏之間(二二)；洎户曹公却蟻賊而斥貂璫(二三)，烈載旗常之上(二四)。生還接武，真成揚震之孫(二五)；没亦留芳，并祀欒公之社(二六)。猪肥鵠瘦(二七)，家家摩[六]虀臼之碑(二八)；荔碧蕉丹，户户賽羅池之廟(二九)。

先生幼即岐嶷(三〇)，長而清綺。揮毫早歲，既髫鬌以知名(三一)；釋褐中朝(三二)，遂馳驅而筮仕(三三)。時則督漕[七]之蜍光夜蝕(三四)，以致楚州之鵖喙宵張(三五)。群奸擇肉(三六)，細民生《萇楚》之悲(三七)；大猾磨牙(三八)，瘠土抱《黍離》之痛(三九)。先生則敷宣利弊，片言爰以回天(四〇)；捍衛鄉關，群小因而見晛(四一)。九重動色，萬姓更生。是則甫纓[八]簪組，旋爲桑梓以分憂；乍離衡茅，便爲枌榆而請命矣(四二)。尋由畫省(四三)，洊簉清通；復自薇階(四四)，陟升華要。校士則搜奇剔異，既梗楠楠杞[九]之兼收(四五)；居官則緝雅歌風，亦顧陸潘楊之咸集(四六)。人傳毛玠，此是望郎；群羨山濤，斯真吏部(四七)。

若乃鄉邦以内，人倫既[一〇]奉爲楷模(四八)；梱閾之中，天性尤徵其篤摯。閔予同氣，體《鳲鳩》專一之仁；敬厥所生，弘《葛藟》本根之誼(四九)。以至請蠲議賑，則里閭共藉其干掫（五〇）；及夫濟乏扶灾，則黨族交資爲管庫（五一）。人沐張長公之德施不少（五二），抑緣閫[一一]太君之内助居多。蓋銘椒賦菊，固伯輿棨戟之門（五三）；而習禮通詩，亦立本丹青之裔（五四）。華齡降阼（五五），徽柔不讓夫禮宗（五六）；吉日齊牢（五七），靜好無煩於[一二]姆教（五八）。當夫子食貧之歲（五九），牛衣無憔悴之容（六〇）；暨大夫服政之年（六一），象服表河山[一三]之色（六二）。慈能逮下，待澤者期功彊[一四]近之親（六三）；惠以宜家，頌義者籥翟煇庖之輩（六四）。嘘其善氣，衍作[一五]吉祥；種厥仁心，蒸爲戩穀（六五）。羹皃矐雁（六六），堂前羅三代之賓；蠟鳳騎羊（六七），門内備五宗之慶（六八）。緑韝綉褓，跳擲屏幃（六九）；犀角龍媒（七〇），嬉游奥渫。頷之而已，莫分群從之名（七一）；小者誰何，不辨諸郎之貌（七二）。其立德也如此，其食福也又如彼。

屬在今春，倏逢盛事。聖主闢翹材之館，熙朝開博學之科。枚皋枚乘（七三），共揮毫於鳷鵲樓頭（七四）；崔瑗崔駰，同獻賦於鴛鴦殿下（七五）。笑語歷雲霄而上，父子俱榮；賡歌在殿陛之間，君臣交泰。而先生則謂舒祺年小，幸充珥筆之臣（七六）；燭武精銷，應作歸田之叟（七七）。一出一處，洵哉顯晦之攸宜；爲箕爲裘（七八），展也後先之濟美。更以來年，欣聞雙壽。太君則六旬設帨，庚申度值其初；先生則九月懸弧，甲子方逾其二（七九）。班衣粲錦（八〇），遥飛千里之觴；仙醴流霞（八一），合祝萬年之嘏（八二）。某等與毅文兄[一六]，分擬荀陳（八三），情叨孔李（八四）。丹崖春霽，宜陳《朱萼》之篇（八五）；緑野秋開（八六），應賦《白華》之句（八七）。喜霄虹之并跨，筆綉江毫（八八）；欣海鶴之雙飛（八九），文舒羅鳥（九〇）。佇聆雅唱，敢告名賢。謹啓。

【箋注】

（一）《武帝外傳》：王母七月七日，有九丹金液、紫虹華英、太清紅雪之漿授帝。《老氏聖記》：吴猛純孝，後登廬山，見數人與猛語，服玉膏終日。按道人亦以咽漱津爲瓊膏。

（二）《穆天子傳》：天子驅馬升于弇山，乃紀其迹于弇山之石[一七]，而樹之槐，眉曰西王母之山。注：弇兹山，日所入也。

（三）見《素伯序》。

（四）補注。

（五）見《壽季序》。

（六）見《貞女序》。

（七）《拾遺記》：昔人皇蛇身九首，肇自開闢。于時日月重輪，山明海静。崔豹《古今注》：明帝時爲太子，樂府詞曰《日重光》、《月重輪》、《星重輝》、《海重潤》。

（八）《唐・禮樂志》：初，隋有法曲，其聲清新而近雅，玄宗酷愛之。

（九）《禮》。

（一〇）杜牧之詩：花塢團宮纈。注：纈，文繒也。

（一一）見《懸圃序》。

（一二）綉戟，見《看奕賦》。高甍，見《玉巖序》。

（一三）見《滕王賦》。

（一四）見《祖德賦》。

（一五）見《滕王賦》。

（一六）《華山記》：山頂有池，池中生千葉蓮，因名華山。韓愈詩：太華峰頭玉井蓮，花開十丈藕如船。

（一七）見《滕王賦》。《史記注》：堧，同「壖」，謂緣河邊地。

（一八）僑寓，見《初明序》。《寰宇記》：洞天福地，皆名山之稱。

（一九）見《少楹序》。

（二〇）《吕氏春秋》：有娀氏有二佚女，爲九成之臺，飲食以鼓。帝命燕往視之，二女覆以玉筐。發而視之，燕遺卵而北飛。女吞之，生契。《毛詩注》：天降玄鳥，乃鳦也。《西京雜記》：竇太后在家，有白燕銜石墮后績筐中，后剖視之，有文曰「母天地」。遂合之，不開。後爲皇后，名曰天璽。

（二一一）見《祖德賦》。

（二一二）《史記索隱》：商容爲商家禮樂之官，後以禮署稱容部。《左傳》：鄭原繁曰：「桓公命我先人典司宗祏。」注：宗廟中藏主石室曰祏。

（二一三）蟻賊，見《素伯序》。《儀制》：貂璫，侍中之飾。并見《半繭賦》。

（二一四）見《鄴園啓》。

（二一五）《漢·靈帝紀》：揚震曾孫奇爲侍中，帝問曰：「朕何如桓帝？」對曰：「陛下之于桓帝，亦猶虞舜比德唐堯。」帝不悦，曰：「卿强項，真揚震子孫，死後必復致大鳥矣。」

（二一六）見《祖德賦》。

（二一七）見《亓山序》。

（二一八）見《昭華序》。

（二一九）韓愈《羅池廟碑》：羅池廟者，故刺史柳侯廟也。作《迎享送神詩》遺柳民，俾歌以祀焉。其辭曰：「荔子丹兮蕉黄，雜肴蔬兮進侯堂。」

（二三〇）《詩》。

（二三一）見《懸圃序》。

（二三二）見《玉巖序》。

〔三三〕見《智修序》。

〔三四〕《史記·天官書》：日月薄蝕。韋昭注：氣往迫之爲薄，虧毁爲蝕。李白詩：蟾蜍薄太清，蝕此瑶臺月。并見《琴怨序》。

〔三五〕見《玉巖序》注。

〔三六〕《捷録》：擇人而食。

〔三七〕《詩》。

〔三八〕李白詩：磨牙吮〔一八〕血，殺人如麻。

〔三九〕《詩》。

〔四〇〕見《銀臺啓》。

〔四一〕《詩》。

〔四二〕見《觀槿序》。

〔四三〕見《懸圃序》。

〔四四〕見《黄門序》。

〔四五〕見《滕王賦》。

〔四六〕見《尺牘序》。

〔四七〕見《壽季序》。

（四八）見《祖德賦》。

（四九）《詩》。

（五〇）見《歸田序》。

（五一）《禮》：趙文子舉晉國管庫之士。

（五二）見《憺園賦》。

（五三）銘椒，見《瑞木賦》。《晉書》：武帝左貴嬪作《菊花賦》。《滕王閣序》：都督閻公之雅望，棨戟遥臨。注：閻嶼字伯輿，爲洪州都督。

（五四）《唐書》：太宗命閻立本圖畫十八學士像。立本素工畫。姜恪以戰功俱爲相。人曰：「左相宣威沙漠，右相馳譽丹青。」

（五五）見《閨秀序》。

（五六）見《葉母序》。

（五七）見《閨秀序》。

（五八）見《昭華序》。

（五九）《詩》。

（六〇）見《天章序》。

（六一）見《壽徐序》。

（六二）《詩》：如山如河。

（六三）見《劉太母序》。

（六四）見《逸齋序》。

（六五）《詩》。

（六六）見《瀛臺序》。

（六七）見《雪持序》。

（六八）詳《掌亭誄》。

（六九）《東方朔傳》：綠幘傳韝。蔡邕《獨斷》：董偃青綠幘。綉褠，見《納姬序》。

（七〇）犀角，見《三芝序》。龍媒，見《賀徐序》。

（七一）《郭子儀傳》：子儀八子、七婿，孫數十人。問安時不能盡辨，但點頷示之而已。壽九十餘終。

（七二）見上。

（七三）《漢·枚乘傳》：乘字叔。景帝詔其孽子賦平樂館。爲文疾，受詔輒成。帝善之，拜爲郎。并見《贈閻序》。[一一九]

（七四）見《閨季序》。

（七五）《崔駰傳》：駰字亭伯，著詩、賦、銘、頌、婚禮、酒警，合二十篇，與班固齊名。子瑗字子玉，能世父業，舉茂才。崔湜詩：草緑鴛鴦殿。

（七六）《戰國策》：趙左師觸讋見太后曰：「老臣賤息舒祺，最少，願得補黑衣之缺，以衛王宫。」《漢制》：御史珥筆以紀過。注：執也。陸機詩：珥筆華軒。

（七七）《左傳》：鄭使燭之武見秦君，辭曰：「臣之壯也，猶不如人；今老矣，無能爲也已。」《國策》：田光語太子丹曰：「太子聞光壯盛之時，不知吾精已銷亡矣。」歸田，見《三芝序》。

（七八）《禮》。

（七九）見《壽閻序》。

（八〇）見《憺園賦》。

（八一）詳《謝吴啓》。許碏《醉歌》：滔滔王母九霞觴。

（八二）見《徐母序》。

（八三）見《壽季序》注。

（八四）《孔融傳》：融十歲，隨父到洛。時李膺有盛名，詣門者皆俊才清望，及中表親戚。乃通文舉至門，自謂與李爲戚。閽者通入坐，膺問曰：「高明祖父與僕有舊恩乎？」對曰：「先君仲尼，與君先人伯陽同道而相師友，則融與君累世通家。」膺及賓客莫不異之。

（八五）疑《朱鷺篇》。

（八六）見《楚鴻序》。

（八七）見《瑞木賦》。

（八八）見《看奕賦》。

（八九）《詩話》：東坡生日，李委作《鶴南飛曲》以獻。

（九〇）見《璿璣賦》。

【校記】

［一］「先生」，患立堂本作「年伯」。

［二］「池」，患立堂本、浩然堂本并作「林」。

［三］「咸」，患立堂本作「成」。

［四］「先生」，患立堂本作「年伯」。

［五］「羸」，患立堂本誤作「羸」。

［六］「摩」，患立堂本、浩然堂本并作「摹」。

［七］「督漕」，患立堂本、浩然堂本并作「漕督」。

［八］「纓」，患立堂本、浩然堂本并作「膺」。

［九］「楩楠柟杞」，亦園本、四庫本同，蔣刻本、患立堂本、浩然堂本并作「楩柟杞梓」，文瑞樓本作「楩楠梓杞」。

［一〇］「既」，蔣刻本、患立堂本、浩然堂本并作「咸」。

［一一］「閆」，浩然堂本作「閻」。
［一二］「於」，蔣刻本、患立堂本、浩然堂本并作「夫」。
［一三］「河山」，蔣刻本、患立堂本、浩然堂本并作「山河」。
［一四］「彊」，原作「疆」，患立堂本同，據蔣刻本、浩然堂本改。
［一五］「作」，患立堂本、浩然堂本并作「此」。
［一六］「兄」前，患立堂本有「年」字。
［一七］「石」，原作「右」，據亦園本、四庫本改。
［一八］「吮」，原作「吪」，據亦園本、四庫本、文瑞樓本改。
［一九］「爲文疾……并見《贈閻序》。」四庫本省作「文受詔輒成」。

陳檢討集卷十六

宜興陳維崧其年撰　皖江程師恭叔才注

啓

徵吴太母[一]六帙詩文啓

秋生閬苑(一)，方編勝國之春秋；月冷瀛洲(二)，正輯前朝之紀載。撫昔賢之往迹，光景恒新；眷獨行之留芳，音徽未沫。下稽家乘，上覽史宬(三)。忠貞[二]殉節，半由閫德之同心；貞婦貽謀，定衍箕疇於奕世(四)。仙雛接翅，知爲西母之禽；桂子駢枝，識是嫦娥之樹(五)。於今爲烈，自古而然。

吴母徐太夫[三]人者，前壬戌進士福建巡撫謂齋公之冢婦，而前癸未庶吉士介子先生之淑配也。孺人浙水名門，語溪望族(六)。家多鳳子，寧誇薛氏河東(七)；派出駒王(八)，盡説徐公城北(九)。里名崇讓，牙幢綉戟之家(一〇)；坊號光延(一一)，粉碓銅溝之宅(一二)。而乃嬿婉明經，柔嘉習禮(一三)。髫齡賦菊(一四)，群已奉爲女宗(一五)；早歲銘椒（一六），本無關乎姆教（一七）。爰夫待字（一八），以暨初笄（一九），《風》詩詠之子於歸，《易》彖演《家人》之吉。一燈佐讀，用成夫子之名；百两宜家，善得尊嫜之志。抑有感焉，所尤難者。雖混裙笄之列，思在古人；縱居紈綺之儔，身通大義。吊屈原之[四]楚澤，便知嫛女之賢（二〇）；懷聶政於韓郊，即慕姊嫈之行（二一）。曾聞書册，娥乃移山（二二）；詎學尋恒，嫈[五]偏恤緯（二三）。固已巽爲少女，氣感風雲（二四）；城是夫人，情關家國者矣（二五）。

愧明季之不綱（二六），致鴻都之失守（二七）。文鴦匹騎，雲繞成都[六]（二八）；青犢千群，飆馳京室（二九）。時則庶常公甫筮皇途，初登仕版。鴻騫乍遘（三〇），豨突何堪（三一）？淒涼馬角（三二），誓排閶闔以呼天（三三）；縹緲龍髯（三四），矢墜虞淵而捧日（三五）。崎嶇東下，瑣尾南還（三六）。尋一旅之終摧（三七），况孤城之嗣没。五溪路阻（三八），標銅柱以何時（三九）；八陣圖空（四〇），返錦城而奚日（四一）。顧爲袁粲（四二），竊附臧洪（四三）。憤飛疏勒之泉（四四），怨塞黎陽之土（四五）。鷄陂夜夜（四六），翻爲化鶴之鄉（四七）；螢苑年年（四八），竟作啼鵑之路（四九）。愴何如乎？悲可知也。

斯時也，撫軍方解組巖疆，孺人適從親官舫。船過荔浦（五〇），忽傳庾信之難歸（五一）；幡[七]出榕城（五二），或報王琳之不返（五三）。封霽雲之斷指，聊代刀環（五四）；

慰徐淑以遺言，勉支井臼（五五）。孺人則靡笄一慟，城欲全頹（五六）；截髮長號（五七），石思立化（五八）。銀瀧雪浪，冀追伍員之忠魂（五九）；碧瀨黃泉，希蹈曹娥之孝迹（六〇）。誓爲鮫妾，訴薄命以啼珠（六一）；擬作冤禽，畢微軀于填海（六二）。寧煩再計，亦又何求？既而舅姑正色，付以諸郎；童稚牽裾，憐其尚小。遂躊躇［八］而飲血，終慷慨以旌心（六三）。是則杞梁有婦，未能踰［九］此哀離（六四）；湛母無夫，不足方斯悱惻者矣（六五）。

若乃鄉關傾覆，廬舍漂搖。盼堂前之舊燕，去向誰家（六六）；問膝下之新雛，歸于何黨（六七）？僕慚李善（六八），友乏王成（六九），并無湩乳之資（七〇），絶少餦餭之計（七一）。秋蘆詎絮（七二），疇衣任昉之兒（七三）；春筍非糧（七四），難飼［一〇］叔敖之子（七五）。而孺人則殫厥恩勤，俾其成立。機邊織作，春無歲以非秋；帳底咿唔，晝無時而非夜。以至最憐庭竹，只欲成斑（七六）；不忿園葵，居然似錦（七七）。孫鸞罷舞，永無臨鏡之期（七八）；苟鵠［一一］空温，長斷薰香之日（七九）。皈心乾竺（八〇），托命金仙（八一），可不謂書之青史，泣甚羊碑（八二）；彈入冰弦（八三），凄逾帝瑟者乎（八四）？蓋孺人之稱未亡人也（八五），纔二十六歲。其撫藐諸孤也（八六），歷三十七年，母以兼師，怙而加恃（八七）。此雙駒［一二］汗血（八八），所以并起于南天；而一樹瓊枝（八九），尤見先栽夫北闕也。

某等與青壇兄[一三]，秋風雁塔(九〇)，或附齊年；夜月龍池[一四]，或稱同館(九一)。芸閣紬書之暇(九二)，獲聆賢母之芳風；花磚珥筆之餘，略悉高門之盛事(九三)。茲當臘月小春，適遘華筵六帙。桃開蓬島，星妃設帨之辰(九四)；菊滿金屏，月姊稱觴之候(九五)。人間節孝，行看表雙闕以烏頭(九六)；天上褒嘉，佇見降九重之紫綍(九七)。伏冀彩毫才子(九八)，惠以瓊瑶；彤管文人(九九)，編之珠貝(一〇〇)。庶使赤城霞起(一〇一)，長開四照之花(一〇二)；將令絳縣春生(一〇三)，永秀萬年之草。

【箋注】

(一)見《閨秀序》。

(二)《唐紀》：太宗選房、杜等二十八人爲學士，時謂之登瀛洲。

(三)《説文》：宬，屋所容受也。

(四)《書》。

(五)見《瀛臺序》。

(六)《嘉興志》：崇德縣有語溪，一名語兒涇，又名禦兒。按崇德，以避年號，今易石門縣。

(七)見《逸齋序》。

(八)見《憺園賦》。

（九）見《臞庵序》。

（一〇）按李義山有《崇讓宅》詩。詳《孟太母啓》。牙幢，見《皇士序》。綉戟，見《看奕賦》。

（一一）見《雪持序》。

（一二）見《銅雀賦》。

（一三）《詩》。

（一四）見《鞠存啓》。

（一五）《列女傳》：宋鮑仕衛三年，而娶外妻。其妻不妒，養姑愈敬。宋公表其閭曰：「女宗。」

（一六）見《瑞木賦》。

（一七）見《昭華序》。

（一八）見《納姬序》。

（一九）見《貞女序》。

（二〇）見《雪持序》。

（二一）見《納姬序》。

（二二）見《徐母序》。

（二三）見《歸田序》。

（二四）見《徐母序》。

（二五）見《劉太母序》。

（二六）《漢·靈帝紀》：鴻圖不綱，西園成市。

（二七）見《存庵序》。

（二八）見《琴怨序》。按《魏志》：文欽子鴦嘗乘匹騎，陷陣衝突，驍勇絶倫。

（二九）詳《孟太母序》。

（三〇）見《禹平序》。

（三一）見《玉巖序》。

（三二）見《觀槿序》。

（三三）見《雪持序》。

（三四）見《孝威序》。

（三五）《淮南子》：日薄於虞泉，是謂黄昏。《魏書》：崔昱少時，夢上泰山，兩手捧日。《狄仁杰贊》：取日虞淵，洗光咸池。《魏徵傳》：徵少時夢捧日。

（三六）《詩》。

（三七）《左傳》：有衆一旅。

（三八）見《竹逸序》。

〔三九〕見《商尹序》。

〔四〇〕見《懸圃序》。

〔四一〕《成都記》：孟後主于成[一五]都城上種芙蓉如錦，因名錦宫城。一云錦官。

〔四二〕見《琅霞序》。

〔四三〕《臧洪傳》：洪字子源，仕魏[一六]，爲袁紹所執，不屈，殺之。張超嘗曰：「子源天下義士。」洪嘗復陳琳手書，其略有曰：「足下徼利于境外，臧洪投命于君親。」

〔四四〕見《歸田序》。

〔四五〕見《實庵序》。

〔四六〕見《藝圃序》。

〔四七〕見《存庵序》。

〔四八〕後補注。

〔四九〕見《孝威序》注。

〔五〇〕《平樂府志》：荔浦在修仁縣。

〔五一〕見《素伯序》。

〔五二〕見《銀臺序》。

〔五三〕見《素伯序》。

（五四）《唐書》：張巡守睢陽，尹子奇圍之。巡令南霽雲犯圍而出，乞師于賀蘭進明。見其無出兵意，因噛落一指，以示進明曰：「霽雲既不能達主將之意，請留一指以示信。」歸報座中，皆爲[一七]泣下。

（五五）見《閨秀序》。

（五六）見《貞女序》。

（五七）《列女傳》：犍爲相登妻名度，嫁登一年而寡。守令吴原欲妻之，度引刀截髮，乃止。

（五八）見《海棠賦》。

（五九）見《銀臺啓》。

（六〇）見《貞女序》。

（六一）見《茹蕙序》。

（六二）見《無忝序》。

（六三）見《佳山序》。

（六四）見《貞女序》。

（六五）《晉陽秋》曰：陶侃之父丹，娶新淦湛氏女，生侃，丹早逝。

（六六）見《玉巖序》。

（六七）見《貞女序》。

（六八）《後漢書》：李善本李元蒼頭。元家俱疫死，惟孤兒續始生數旬，而貲財千萬。諸奴欲謀殺續，分其財。善潛負續逃亡。及長，爲理舊業。光武聞其行，詔拜善及續并爲太子舍人。

（六九）見《賀周序》。

（七〇）見《壽徐序》。

（七一）詳《索餅啓》。

（七二）見《集生序》。

（七三）《梁書》：任昉素清貧，卒後，其子西華冬日著葛帔練裙。劉孝標乃著《廣絶交論》，譏其舊交。

（七四）《續晉安帝紀》：豫州刺史司馬尚之，爲桓玄將馮該所攻，倉儲稍竭。是時，蘆筍時也，尚之指筍曰：「且啖此，足解三日。」將士離心，遂敗。庾信《爲慕容寧碑》：春筍非糧。

（七五）見《竹逸序》。

（七六）見《憺園賦》。

（七七）陸游詩：錦子葵花買上原。

（七八）見《亓山序》。崔顥詩：鸞鏡埋塵罷曉妝。

（七九）補注［一八］。

（八〇）見《佳山序》。

（八一）詳《靈巖碑》。

（八二）見《梧月序》。

（八三）見《海棠賦》。

（八四）王子年《拾遺記》：黄帝使素女鼓庖犧氏之瑟，鼓五十弦，滿座悲不能已。後破爲二十五弦。注：素女，方術之女。《補史記》：神農作五弦之瑟。按五弦，十五弦，小瑟也。二十五弦，中瑟也。五十弦，大瑟也。

（八五）見《葉母序》。

（八六）見《翼王序》。

（八七）《詩》。

（八八）補注。《天馬歌》：沾赤汗兮沫流赭[一九]。

（八九）見《璿璣賦》。

（九〇）見《銀臺序》。

（九一）《内翰林志》：院内有龍池。

（九二）見《澹庵序》。

（九三）《唐·李程傳》：程字表臣。北廳前階有花磚道，冬中以日影及八磚，爲入直之候。

程性懶，日過八磚乃至，號八磚學士。

（九四）見《壽閻序》。

（九五）見《憺園賦》。

（九六）補注。

（九七）《禮》。

（九八）見《看奕賦》。

（九九）《詩》。

（一〇〇）見《璿璣賦》。

（一〇一）見《尺牘序》。

（一〇二）見《壽閻序》。

（一〇三）見《壽閻序》。

【校記】

［一］「吴太母」，患立堂本作「吴老年伯母」。

［二］「貞」，蔣刻本、患立堂本、浩然堂本并作「臣」。

［三］「夫」，患立堂本、浩然堂本并作「孺」。

［四］「之」，蔣刻本同，他本并作「於」。

[五]「嫯」，患立堂本、浩然堂本并作「嫠」。
[六]「繞成都」，患立堂本、浩然堂本并作「擾都城」。
[七]「幡」，蔣刻本、患立堂本、浩然堂本并作「帆」。
[八]「躍」，蔣刻本、亦園本、四庫本、文瑞樓本并作「躇」，患立堂本、浩然堂本并作「躕」。
[九]「踰」，蔣刻本、患立堂本、浩然堂本并作「喻」。
[一〇]「飼」，原作「銅」，據諸本改。
[一一]「鶴」，蔣刻本同，他本皆作「鴨」。
[一二]「駒」，蔣刻本、患立堂本、浩然堂本并作「驅」。
[一三]「兄」前，患立堂本、浩然堂本并有「年」字。
[一四]「池」，患立堂本、浩然堂本并作「墀」。
[一五]「成」，原作「城」，據文瑞樓本改。
[一六]「仕魏」，亦園本、四庫本、文瑞樓本作「守東郡」。
[一七]「爲」後，文瑞樓本有「之」字。
[一八]「補注」，亦園本、四庫本、文瑞樓本并作「見《天石序》」。
[一九]「赭」，文瑞樓本誤作「睹」。

徵孟太母王太夫人六十壽言啓

蓋聞蓮開華井〔一〕，峰頭留玉女之盆〔二〕；桃熟層城，瀣畔築瑶姬之館〔三〕。西池王母〔四〕，胸懸《五岳》之圖〔五〕；南極夫人〔六〕，名冠《十洲》之籍〔七〕。歷數興王之日，必資褒鄂之勛〔八〕；恒開積慶之家〔九〕，定藉釵笄之助。醴泉萬斛，匯自瓊源〔一〇〕；美玉千重，生由瓊圃。於今爲烈，自古而然。

兹啓：孟太夫人者，三韓孟聿修之[一]祖母，而川陝總督忠毅公之淑配也。巍峨甲第，系本烏衣〔一一〕；清綺門楣，支分紫塞〔一二〕。昔者齊姜宋子，家號上流〔一三〕；顧婦潘姨，人稱右族〔一四〕。烏石蘭樂陵著姓〔一五〕，步陸孤吴地名閨〔一六〕，俱不足以儷此風華，均其焜耀者矣。

太夫人之歸我忠毅公也，年[二]甫十四，蓋奉我太宗皇帝之諭旨云。乍委文禽〔一七〕，宫中助聘；纔鳴彩雁〔一八〕，天上催糚〔一九〕。時則忠毅公貳我秋官，副兹都統。亳都將建，未離負鼎之年〔二〇〕；姬籙方興，猶在釣璜之日〔二一〕。太夫人則黽勉庭除，綢繆牖户。江頭鴨緑（二二），便爲濯錦之川（二三）；峪口鴉青（二四），即是采桑之陌（二五）。聿勷駿業，克纘鴻名。洎乎真人當璧（二六），聖主膺圖（二七）。豐沛群豪，蕭相國功名第一（二八）；南陽諸將，鄧仲華謀略無雙（二九）。屬九域之初平，尚庶頑之未靖。斯時也，峨峨雪棧，遠道三千（三〇）；杳杳金城，提封百二（三一）。葭萌關内（三二），杜鵑之剩壘何多（三三）；麥積山邊（三四），陳寶之遺倉不少（三五）。公孫述正憑陵于劍閣，路梗褒斜（三六）；姚弋仲猶崛强于秦州，烽迷汧渭（三七）。公于順治初年，膺[三]川陝總督之命，爰乃慷慨陳師，糾桓鞠旅（三八）。西平回紇（三九），烟消徐福之船（四〇）；東鏟姜瓖（四一），霧散張超之市（四二）。他若銅頸[四]鐵額之輩（四三），疇能免脱于林間（四四）；以及赤眉青犢之倫，大半魚游于釜底（四五）。凡忠毅公廓清耆定之功，皆太夫人左右助[五]勷之力。屢援枹鼓（四六），以隸戎旃；罕御貂襜，而親韎韐（四七）。溉來黛碗，只用傳餐；卸得紅褠（四八），惟思立幟（四九）。城上起夫人之號（五〇），軍中得娘子之稱（五一）。既而忠毅公勩以忘身，忠偏致命；旗摧麾下，星殞營門（五二）。夫人則明駝千里，蹀躞還鄉（五三）；寡鵠一軍（五四），間關赴闕。

維時世祖章皇帝嘉其盡瘁，軫此成勞。給内帑以營喪，命太常而製謚。恩隆存没，天低驃騎之塋（五五）；詔寫丹青，日照凌烟之畫（五六）。太夫人愀愴家難[六]，悚惶朝命。由郊勞訖于錫襚（五七），慟必城頽（五八）；自卒奠以至歌虞（五九），髽而路祭（六〇）。通都歎息，咸推秉禮之女宗（六一）；闔境觀覘，群羨知書之姆教（六二）。榮哀交盡，律度靡愆。至于瞻戀鄉闕，徘徊丘壠。盧龍極望，長懷梧檟之悲（六三）；遼鶴重歸（六四），永結松楸之慕（六五）。苔纏馬鬣（六六），願留灑埽之人（六七）；雨裂牛眠，冀斷樵蘇之客（六八）。幸邀俞旨，獲遂私情。則又誠格尊親，感孚穹壤者矣。

况復儉以持家，恩能逮下。公父[七]文伯之母，克懋坤儀（六九）；南宮敬叔之妻，式彰閫範（七〇）。人傳孝友，何殊石奮之庭（七一）；祚卜享嘉，詎遜于公之户（七二）。固已宅呼崇讓（七三），非徒里字集賢（七四）。于是一門少長，綬吐文蛇（七五）；七葉箕裘（七六），印蟠銅虎（七七）。玉河夾宅（七八），翩翩顧陸之家（七九）；畫戟盈衢（八〇），奕奕崔盧之裔（八一）。伯子領諸侯之貴，坐擁朱幡（八二）；仲君居御史之尊，臺連烏府（八三）。猗歟季子，藉甚幼公。金貂蘭錡，已膺一品之崇班（八四）；帶礪山河，永保萬年之世爵（八五）。可不謂胄逾薛鳳，族邁荀[八]龍者乎（八六）？而太夫人猶以撥亂固思奮武，守成尤尚揆文（八七）。時賡清晏，詎矜馬槊之勛資；世際雍熙，莫倚弓刀之門胄。種雖猿臂（八八），敢薄雕蟲（八九）；家本龍驤（九〇），宜耽綉虎（九一）。遂以三遷之母誡，用成一代之詞宗（九二）。此我聿修所以[九]策雋春闈，名登甲榜。文孫令子，武達文通（九三）。洵哉盛世之禎符，抑亦興朝之瑞應已。

茲以嘉平之月（九四），適逢揆覽之辰（九五）。錦筵獻斝，酒泛珊瑚；綺軸徵詩，書標翡翠。願編珠貝（九六），祝[一〇]晛瓊琚（九七）。喜見金堂列女（九八），盈階開四照之花（九九）；欣逢琼笈真妃，繞砌擁萬層之璧。[一一]

【箋注】

（一）見《鞠存啓》。

（二）見《劉太母序》。

（三）桃熟，見《徐母序》。《淮南子》：昆侖山有層城九重，瑤姬玉女居之。

（四）見《素伯序》注。《穆天子傳》：王使造父爲御，西巡狩，見王母于瑤池。《十洲記》：昆侖山有瑤池、閬苑。并見《彭太翁啓》注。

（五）見《銀臺啓》。

（六）見《葉母序》。

（七）見《銀臺啓》。

〔八〕見《觀槿序》。

〔九〕《易》。

〔一〇〕《白虎通》：醴泉者，美泉，狀〔一二〕如醴。《文苑英華》鄭璘諸王詩云：璿源分正派，玉葉衍靈根。

〔一一〕見《少楹序》。

〔一二〕見《海棠賦》。

〔一三〕《詩》。

〔一四〕顧婦，見《閨秀序》。潘姨，補注。

〔一五〕《庾信集》有《周冠軍公夫人烏石蘭氏墓誌銘》。

〔一六〕見《壽季序》。

〔一七〕見《貞女序》。

〔一八〕《詩》：雍雍鳴雁。

〔一九〕見《牛叟序》。

〔二〇〕見《佳山序》。

〔二一〕《尚書大傳》：太公釣磻溪，得玉璜于魚腹中，刻曰：「姬受命，吕佐之，報在齊。」

〔二二〕《輿志》：鴨緑江，在東方朝鮮國西北。唐太宗征高麗，耀兵于此。

〔一二三〕見《園次序》。

〔一二四〕見《天章序》。

〔一二五〕見《閨秀序》。

〔一二六〕見《懸圃序》。

〔一二七〕見《素伯序》。

〔一二八〕見《歸田序》。《蕭何傳》：君位爲相國，功第一，不可復加。〔一三〕

〔一二九〕《鄧禹傳》：禹杖策追光武於鄴，進説曰：「爲今之計，莫如延攬英雄，天下不足定也。」帝由是任使諸將，多訪于禹。〔一四〕

〔一三〇〕《皇輿考》：巴西棧道，千里通于蜀漢。并詳下。

〔一三一〕《韓子》：雖有金城湯池，非粟不可。《鹽鐵論》：秦地金城千里。《漢・高帝紀》：田肯賀上曰：「秦形勢之國也，帶河阻山，懸隔千里；持戟百萬，秦得百二焉。」蘇林注：秦地險固，二萬人足當諸侯百萬也。《漢・刑法志》：提封萬井。注：舉其封内之總數也。

〔一三二〕《史記・貨殖傳》：秦破趙，遷諸〔一五〕虜處葭萌。《括地志》：葭萌關，馬謖守此。

〔一三三〕《蜀志》：昔有姓杜名宇者王蜀，號曰望帝。宇死，化爲子規鳥。蜀人聞子規鳴，曰：「是我望帝也。」許慎《説文》：望帝淫其相妻，慚，亡去，爲子巂鳥。蜀人聞之，皆起。《華陽國志》：魚鳧王後有王曰杜宇，稱帝，教民務農，更名蒲卑。會有水灾，其相開明，決玉壘山以除水患。遂禪位，隱西山。時適二月，子鵑鳥鳴，故蜀人悲焉。巴亦化其俗而力農，農時先祀杜主。

（三四）《鞏昌志》：秦州積麥山，狀如麥積，稱秦地林泉之冠。

（三五）見《天篆序》。

（三六）《後漢書》：公孫述字子陽，扶風人也。王莽時，爲導江卒正。更始立，述恃其地險，衆附，遂自立爲帝。《蜀都賦》：公孫躍馬而稱帝。劍閣，見《無忝序》。《史記》：天水、隴西，棧道千里，無所不通，惟褒斜綰轂其口。《西京賦》：右界褒斜、隴首之險。注：南口曰褒，北口曰斜。

（三七）弋仲，見《子厚序》注。秦州，見《實庵序》注。汧渭，見《子厚序》。《漢書》：伍被曰：倔强江淮間。

（三八）《詩》。

（三九）見《雪持序》。

（四〇）見《觀槿序》。

（四一）補注。

（四二）見《觀槿序》。

（四三）見《商尹序》。

（四四）《孫子》：兵始如處女，後如脱兔。

（四五）《光武紀》：鄧禹進説于帝曰：「今山東未安，赤眉、青犢之屬，動以萬數。」注：賊號。

《後漢書》：張嬰詣張綱，降曰：「某等若魚游釜中。」

（四六）見《鄴園啓》。

（四七）《詩》。

（四八）《廣雅》：江南人士，以巾構爲交際盛服。

（四九）見《懸圃序》。

（五〇）見《劉太母序》。

（五一）《唐紀》：平陽公主嫁柴紹，引兵七萬，與秦王定京師，號娘子軍。

（五二）《晉陽秋》：有星赤而芒角，自東北、西南流于諸葛營中。俄而，亮卒。

（五三）《雜記》：明駝千里脚，謂駝卧屈足，而腹不著地。爲漏明者，最能遠行也。宋樂府：蹀躞青驪馬。

（五四）見《貞女序》。

（五五）見《觀槿序》注。

（五六）《唐紀》：太宗貞觀十七年，圖贊功臣于凌烟閣。

（五七）《周禮・秋官》：小行人及郊勞、眂館、將幣，爲承而擯之。《左傳》：卿出郊勞。《公羊》：喪事，衣被曰襚。

（五八）見《貞女序》。

（五九）見《瑞木賦》。

（六〇）見《貞女序》。

（六一）見《吴母啓》。

（六二）見《昭華序》。

（六三）《永平志》：盧龍縣，古肥子國，在冀州東北。秦爲遼西、右北平二郡地，魏曰盧龍。《左傳》：伍子胥曰：樹吾墓檟。

（六四）見《存庵序》。

（六五）見《祖德賦》。

（六六）《檀弓》：孔子之喪，子夏曰：「昔夫子言曰：『吾見封之若堂者矣，見若防者矣，見若覆夏屋者矣，見若斧者矣，從若斧者焉。馬鬣封之謂也。』」注：馬鬉鬣之上，其肉薄，封形似之，儉而易就。

（六七）見《歸田序》。

（六八）《晉書》：陶侃將葬親，家中忽失牛。遇一老父，謂曰：「前崗見一牛眠山塢中，其地若葬，位極人臣矣。」言訖不見。侃尋牛得之，因葬其處。《國策》：昔者秦攻齊，令有敢去柳下季壟五十步而樵采者，死不赦。

（六九）《國語》：公父文伯退朝，朝其母。注：文伯，魯大夫。公父，穆伯之子。母，敬姜也。

（七〇）見《徐母序》。

（七一）見《歸田序》。

（七二）見《憺園賦》。

（七三）《宣室志》：崇讓里在東洛。《西溪叢語》：洛陽崇讓坊，有河陽節度使王茂元宅。

（七四）見《祖德賦》。

（七五）見《祖德賦》。

（七六）七葉，見《半繭賦》。箕裘，載《禮》。

（七七）《典彙》：漢文帝初頒銅虎符于刺史，又爲竹使符。隋造玉麟符，以代銅虎符。又唐爲銅魚符。

（七八）見《祖德賦》。

（七九）見《尺牘序》。

（八〇）見《閨秀序》。

（八一）見《楚鴻序》。

（八二）《漢書》：詔令二千石長史車朱两轓，畫輪。《續漢志》：二千石皆皂蓋朱幡。

（八三）見《祖德賦》。

（八四）見《半繭賦》。

（八五）見《孝威序》。
（八六）見《逸齋序》。
（八七）《書》。
（八八）《漢書》：李廣猿臂善射。注：猿通臂，輕捷善緣，能于空中輪轉。
（八九）見《璿璣賦》。
（九〇）班固《史述贊》：雲起龍驤，化爲侯王。《晉·羊祜傳》：吴童謡云：「阿童復阿童，銜刀游江東。不畏岸上虎，但畏水中龍。」祜知王浚字阿童，因表龍驤將軍。按苻堅、姚萇亦加此。
（九一）見《祖德賦》。
（九二）見《葉母序》。
（九三）見《葉母序》。
（九四）見《憺園序》注。《茅盈内傳》：始皇三十一年，聞巴謡歌，因改臘曰嘉平。
（九五）見《壽閻序》。
（九六）見《璿璣賦》。
（九七）《詩》。
（九八）《集仙録》：王母居金堂之苑。并見《鷹垂序》注。
（九九）見《壽季序》。

【校記】

［一］「之」前，患立堂本、浩然堂本并有「年兄」字。
［二］「年」前，患立堂本、浩然堂本并有「實」字。
［三］「膺」前，蔣刻本、患立堂本、浩然堂本并有「遂」字。
［四］「頸」，患立堂本、浩然堂本并作「脛」。
［五］「劻」，患立堂本作「匡」。
［六］「難」，患立堂本、浩然堂本并作「艱」。
［七］「父」，患立堂本、浩然堂本并作「甫」。
［八］「荀」，原作「苟」，據蔣刻本、患立堂本、浩然堂本改。
［九］「所以」前，患立堂本、浩然堂本并有「年兄」字。
［一〇］「祝」，蔣刻本、患立堂本、浩然堂本并作「祈」。
［一一］篇末，蔣刻本、患立堂本、浩然堂本并有「謹啓」二字。
［一二］「狀」，四庫本誤作「壯」。
［一三］「功」後，文瑞樓本有「名」字。又「《蕭何傳》」條注，四庫本脱。
［一四］「進説曰……訪于禹。」四庫本省作「由是爲帝任使」。
［一五］「遷諸」，原作「諸遷」，據文瑞樓本乙正。

徵松陵潘母六十壽言啓

垂虹淼淼，碧鱸紅樹之莊；笠澤茫茫，茶竈筆床之所（一）。由來此地，多產畸人；今日潘君，偏耽肥遁（二）。意者三高祠畔，人稱隱士之鄉（三）；不知十字碑前，母爲[一]讓王之胤（四）[二]。實本慈親之教，用成我友之賢；木傳貞女之名，果得隱夫之號（五）[三]。如潘母吴夫人者，尤足志焉。

夫人棨戟高門（六），簪纓上族。叙其姻婭，既椒衍人間（七）；譜厥高曾，亦履聞天上（八）。夫人幼即端莊，生而淑慎。菊花製頌（九），晨風遵柳絮之庭（一〇）；蘭葉成銘（一一），夜雨直條桑之館（一二）。若乃性解仁親，書工《内則》（一三）。笙歈《華黍》，孝娥題黄絹之碑（一四）；經授宣文，伯姊設絳紗之帳（一五）。固已德容婉孌（一六），獨擅女宗（一七）；圖象温恭（一八），無煩姆誡（一九）。且也奉異本之萱枝，情逾自出；撫旁根之荆樹，恩甚同生（二〇）。此又挽近所難能，恒流爲莫逮者矣。

迨歸我某公先生，鹿車對挽（二一），鴻案相莊（二二）。卹其絡緯（二三），焦勞洮櫛之餘（二四）；問彼有無，黽勉醪鹽之側（二五）。斯時也，遺雛弱息（二六），俱傷夫子之心；斷縷零緘，厥有前人之緒。而夫人乍詠齊牢（二七），遽爲代匱（二八）。賫來寶鏡，甫牽嬌女之烏羊（二九）；析罷珠鈿，旋奠佳兒之錦雁（三〇）。經營婚嫁，以畢晨昏；屏當資裝（三一），何分寒暑。無何而一痛離鸞（三二），長甘蓐螘（三三）。入室抱磨[四]笄之恨（三四），倚廬銜截髢之悲（三五）。次耕則年始六齡，幼子則生爲遺腹。夫人憤願損生，忠能托命。存一綫于未亡之手（三六），閫内程嬰（三七）；哺藐諸以待盡之年，女中荀息（三八）。和熊午夜，無忘爾父之辛勤（三九）；銼薦中閨，仰賴群公之訓迪（四〇）。誠堪返日（四一），志可回天（四二）。孱然膝下之孤，蔚爾區中之秀。臣力於兹竭矣，所天不既慰乎？抑在鄙人，猶餘深感。

今夫牛衣老婦（四三），艶心西舍之貂蟬（四四）；馬磨窮嫠（四五），動色東鄰之翟茀（四六）。斷機佐讀，期邀稽古之榮（四七）；畫地[五]傳書，冀食干[六]時之報（四八）。捧毛生之檄，便詡文人（四九）；絶温嶠之裾，還誇學者（五〇）。此即堂前漂麥（五一），閣上燃藜（五二）。墨穿作穴（五三），惟工温飽之圖（五四）；書積成倉（五五），僅想風雲之會（五六）。古今一致，愚智同揆。在末俗而皆然，詎達人其遂免。

夫人則絶意時名，忘情好爵。教兒學《易》，止占箕子之爻（五七）；課子攻書，不習揚雄之論(五八)。但使粗知成敗，雖蓬葆以如飴(五九)；假令略識興亡，縱饑寒其靡悔。身將隱矣，願成綿上之操(六〇)；勿以母爲，益勵黨人之節(六一)。高人數等，自古爲難。然或者徒甘淡泊，止厭紛華，將采薇以終年(六二)，願辟纑而用老(六三)。正復蕭條一室，未足深奇；隱約三時，奚容過羨。無如時值驚飆，運逢駭弩。楚國有亡猿之事(六四)，昆岡當失火之年(六五)。回思謗書之獄初興，維時賢門之禍最烈。褒方在難，株恐連融(六六)；儀既遭誣，瓜將蔓廣(六七)。群兒第解豖釘之戲，盡室彌深累卵之憂(六八)。夫人則厝火不[七]驚(六九)，餘波何惧(七〇)？原鴒急難(七一)，肯因弟瘦[八]爲辭(七二)；幕燕漂摇(七三)，寧以李僵爲恨(七四)。卒之臨危鎮定，免小[九]弱于糜爛之餘；遇變安貞，全家室于流離之頃。震雷虩虩(七五)，未見焚身(七六)；洚水湯湯(七七)，何常[一〇]滅頂(七八)。深沉之略，即偉人猶歎勿[一一]如；變化之才，雖俠士奚能遠過？凡諸卓犖，筆不勝書。

兹逢周甲之辰，適在履端之候(七九)。釵飛戴勝(八〇)，競投玉女之壺(八一)；屏轉[一二]倉庚(八二)，爭煉媧皇之石(八三)。其在夫人，桃李不言，復何心於往事(八四)；至于次耕，樵蘇不爨，詎有望于諸賢(八五)。然我同人，可無高作。拜四海潛夫于堂下(八六),不羨嗚珂戛玉之交(八七);擅千秋絶唱於行間,如聞控鶴驂鸞之曲(八八)。

【箋注】

(一)見《臞庵序》。《吴江志》:松陵江,即古笠澤江也。自太湖分派,由縣東門外垂虹橋北合龐山湖,轉入長洲界。

(二)《易》。

(三)《齊東野語》:吴江三高祠,夷子皮、張季鷹、陸魯望。有以蠡爲吴仇,不當祀。詩云:「可笑吴癡忘越憾,却誇范蠡作三高。」

(四)《江陰志》:季札墓在江陰申浦。孔子題其碑曰:「嗚呼!有吴延陵季子之墓。」

(五)見《海棠賦》。

(六)見《閨秀序》。

(七)《詩》。

(八)班固《漢書》:鄭崇字子游,擢尚書僕射。每見上,曳革履,上曰:「我識鄭尚書履聲。」

(九)見《鞠存啓》。

(一〇)見《琴怨序》。

(一一)補注。

（一二）《漢書》：孝文皇后爲太后，幸蠶館，率皇后及列侯夫人桑于郊外。《唐書》：高宗時，里有《桑條》、《韋樂》之歌。後韋后祀蠶，則奏之。
（一三）《禮》。
（一四）見《昭華序》。
（一五）見《劉太母序》。
（一六）宋玉《神女賦》：性淡清靜，其愔嫕兮。注：婉嫕，柔順貌。
（一七）見《吴太母啓》。
（一八）《洛神賦》：骨像應圖。注：應圖，畫也。庾信《步陸孤氏銘》：應圖令淑。又《趙國公夫人銘》云：夫人有象應圖。并詳《顧哀辭》。
（一九）見《昭華序》。
（二〇）見《儈園賦》。
（二一）見《壽閣序》注。
（二二）見《貞女序》。
（二三）見《歸田序》。
（二四）《禮》。
（二五）《詩》。

少之通稱也。

（二六）《漢書》：呂公重高祖狀貌，曰：「臣有弱息，願奉箕帚。」注：與「賤息舒祺」同，息乃

（二七）見《貞女序》。

（二八）《左傳》：凡百君子，莫不代匱。注：匱乏之時，須人承代。

（二九）《隱逸傳》：王敬弘以女適孔淳之之子，以烏羊繫所乘車轅，提壺爲禮，至則盡歡。

（三〇）見《貞女序》注及《劉太母序》。

（三一）見《劉太母序》。

（三二）見《貞女序》。

（三三）見《映碧啓》。

（三四）見《貞女序》。

（三五）見《吴太母序》。

（三六）見《葉母序》。

（三七）《趙世家》：趙氏孤兒已脱，程嬰、杵臼謀取他人嬰兒，負之。諸將殺杵臼與孤兒，皆喜。然趙氏真孤乃反在，程嬰卒與俱匿山中。

（三八）見《劉太母序》。

（三九）《列女傳》：唐柳仲郢母，韓氏公綽妻也。嘗粉苦參、黄連、熊膽，和爲丸。諸子夜學，

含之，以資勤苦。後牛僧孺謂仲諟有父風。

（四〇）見《徐母序》。

（四一）《淮南子》：魯陽公，楚將也，與韓遘，戰酣。日暮，援戈而揮之，日爲返三舍。《九域志》：汝州魯陽關，即揮戈返日處。

（四二）見《銀臺啓》。

（四三）見《天章序》。

（四四）見《半繭賦》。

（四五）見《懸圃序》。

（四六）《詩》。

（四七）《列女傳》：孟子既學而歸，孟母方績，問所學，自若也。孟母以刀斷其織，曰：「子之廢學，若吾斷斯織也。」孟子因勤學不息。

（四八）見《劉太母序》。

（四九）《漢史》：毛義，廬江人，家貧，以孝稱。張奉往候之府，檄適，擢爲安陽令。義捧檄而喜，奉心薄之。後親没，屢辟不起。奉歎曰：「賢者固不可測。」

（五〇）《晉書》：温嶠欲詣建康，母止之，絶裾而行。

（五一）見《懸圃序》。

（五二）見《映碧啓》。

（五三）《五代史》：桑維翰嘗鑄鐵硯，示人曰：「硯穿則改業。」

（五四）《宋・王曾傳》：曾曰：「平生之志，不在温飽。」

（五五）見《懸圃序》。

（五六）《易》。

（五七）《易》。

（五八）李充論：揚雄論秦劇，稱新之美，上封事露才，以耽寵溺，情以懷禄，素餐所刺，何以加焉！

（五九）《説文》：草叢生曰葆。

（六〇）見《劉太母序》。

（六一）《漢書》：范滂詣獄，母曰：「汝與李杜齊名，吾復何恨！」

（六二）《詩》。

（六三）《孟子》。

（六四）見《舜民序》。

（六五）見《懸圃序》。

（六六）《漢書》：孔褒與張儉有舊，匿儉事泄，褒弟融曰：「舍藏者融也。」褒曰：「彼來求我，非弟之過。」母曰：「家事任長，妾當其辜。」一門爭死。株連，後補注。

（六七）見《憺園賦》。儀廙初勸魏武立植，後文帝誅儀廙，并其男口。《明史》：文皇赤景清族，籍其鄉，轉相扳染，謂之瓜蔓抄。

（六八）《世説》：孔融被收。時融兒大者九歲，小者八歲，二兒故琢釘戲。徐進見融曰：「大人豈見覆巢之下，復有完卵乎？」并詳《掌亭誄》。《説苑》：晉靈公造九層臺，荀息諫曰：「累十二棋子，加九卵其上。」靈公曰：「危哉！」

（六九）漢賈誼疏：抱火厝之積薪之下。

（七〇）見《鄰園啓》。

（七一）《詩》。

（七二）詳《施公誄》。

（七三）見《看奕賦》。

（七四）漢樂府《鷄鳴題》：桃生露井上，李樹生桃旁。蟲來嚙桃根，李樹代桃僵。

（七五）《易》。

（七六）《左傳》：象有齒，以焚其身。

（七七）《書》。

（七八）《易》。

（七九）見《銀臺序》。

（八〇）見《徐母序》。

（八一）見《琴怨序》。

（八二）《詩》：有鳴倉庚。注：即黄鸝。

（八三）見《憺園賦》。

（八四）《史記·李廣贊》：諺曰：「桃李不言，下自成蹊。」

（八五）《韓信傳》：李左車曰：「樵蘇後爨，師不宿飽。」《文選·應璩〈書〉》云：幸有袁生，時步玉趾，樵蘇不爨，清談[一三]而已。

（八六）《王符傳》：符著《潛夫論》以譏世。

（八七）見《祖德賦》。

（八八）見《貞女序》。

【校記】

[一]「爲」，患立堂本、浩然堂本并作「是」。

[二]「胤」，浩然堂本避諱作「裔」。

[三]此二句，患立堂本、浩然堂本并缺。

[四]「磨」，浩然堂本作「摩」。

［五］「地」，患立堂本、浩然堂本并作「狄」。
［六］「干」，患立堂本誤作「千」。
［七］「不」，蔣刻本、患立堂本、浩然堂本并作「無」。
［八］「瘦」，患立堂本誤作「瘐」。
［九］「小」，患立堂本、浩然堂本并作「細」。
［一〇］「常」，浩然堂本作「嘗」。
［一一］「勿」，患立堂本、浩然堂本并作「弗」。
［一二］「轉」，蔣刻本、患立堂本、浩然堂本并作「囀」。
［一三］「談」，四庫本誤作「淡」。

徵沈韓倬太史母周太孺人八十詩啓

蓋聞南岳夫人〔一〕，玉軸履登真之籍；西池王母〔二〕，瓊扉敞介壽之觴。玫瑰之砧杵千尋，星應字女〔三〕；翡翠之窗檽十扇，月許稱妃〔四〕。是知鶴來緱氏，已占瑞叶仙靈〔五〕；况夫龍出渥洼，復見祥開風雨〔六〕。紅藥秀萬年枝上〔七〕，青鸞歌九子鈴中〔八〕。

孺人系本盤龍（九），門施行馬（一〇）。施衿結帨（一一），幼工秋菊之銘（一二）；説禮敦詩（一三），長善春椒之頌（一四）。乃以汝南之閨秀，歸我吴興之大賢。時則笏翁先生，七葉高蟬，時時臨鬢（一五）；三宫吟鷺，日日陪軒（一六）。畫省宿青綾之被，名動公卿（一七）；鳳城鳴白玉之珂，風生殿陛（一八）。洊膺駕部，預典兵機（一九）。夏卿五屬，中臺有妙選之稱（二〇）；首曹七兵，郎吏服當官之望（二一）。孺人則翟茀以偕（二二），佩環而相（二三）。機絲軋軋，洵哉女德幽貞；裙帶[一]垂垂（二四），允矣婦功儉恪。既著相夫之烈，還聞鸞子之勤。三遷母訓（二五），兒是麟膠（二六）；八詠門風（二七），人呼犀角（二八）。庭花四照（二九），群高四杰之名（三〇）；人玉雙清，共羡雙珠之號（三一）。

於是西京太學，盡重劉陶（三二）；東觀名賢（三三），交推郭泰（三四）。更羡次公之早貴，尤驚子幼之先鳴。官簾夜月，明蟾映金匱之書（三五）；御苑秋風，快馬扈玉河之獵（三六）。堂前設帳，夫人猶身自教兒（三七）；閣下傳餐，太史每歸而遺母（三八）。又若倉通驍騎，祖孫更先後同曹（三九）；然[二]船是孝廉（四〇），兄弟復[三]聯翩競爽（四一）。謝益壽風前玉樹（四二），綉轕趨風（四三）；陸子春車上璧人（四四），錦绷羅拜（四五）。孺人則含飴以弄（四六），繞膝而嬉（四七）。郗夫人年逾耆艾，神明不衰（四八）；宣文君坐有生徒，講論自若（四九）。顧一門之遏末，徧爲摩娑（五〇）；列四世之曾玄，都能省記。酡顏舞鶴，已同天上之皇娥（五一）；白髮和熊（五二），還作人間之家督（五三）。

兹以仲冬，榮登八帙。起居八座，彩箋賦劈[四]詞頭；游戲千春，寶柱箏彈曲尾（五四）。於焉張融宅後（五五），鐵市銅街之路（五六）；李膺門外（五七），朱輪丹轂之賓（五八）。莫不户奏笙竽，人持牛酒。西河女子（五九），供來九節菖蒲（六〇）；東海婦人（六一），進以三山芝草（六二）。某等潘楊密戚（六三），孔李通門（六四），蓋既爲陶侃之賓（六五），宜進拜周瑜之母（六六）。更望譜以聲詩，鐫之琬琰（六七）[五]。則筵開天姥（六八），庶能博笑以投壺（六九）；酒泛麻姑（七〇），用效爲歡於織錦（七一）。賡兹高詠，留作美譚。

【箋注】

（一）見《葉母序》。

（二）見《孟太母啓》。

（三）補注。《天文志》：女星爲二十八宿之一。[六]

（四）補注。《曆志》：日君，月妃。

（五）見《滕王賦》。

（六）《漢書》：武帝元鼎四年，天馬生渥洼水中。《輿志》：渥洼在陝西沙州，即漢肅州地。杜詩《驄馬行》：時俗造次那得致，雲霧晦冥方降精。注：天馬，龍種。龍于渥洼中，風雨大作，與馬合，方降精也。

（七）紅藥，見《紫玄序》。《景福殿賦》：綴以萬年。注：晉武帝華林園中有萬年樹二十四株，江左謂之冬青樹。《丹鉛餘録》：《草木疏》云：檍木，取檍萬之義。改名萬年樹，非冬青也。

（八）青鸞，見《銀臺啓》注。《禽經注》：天下安寧則鸞見，其音如鈴。周之法車綴以大鈴，如鸞聲也。《西京雜記》：昭陽殿設九金龍，皆銜九子金鈴，五色流蘇帶。每風日，照曜一殿，鈴鑷之聲，驚動左右。《潘妃傳》：帝爲潘貴妃起三殿，有玉九子鈴，皆取以施殿飾，乃莊嚴寺中者。

（九）《南史》：周盤龍，北蘭陵人，以軍功封晉安侯。

（一〇）《周禮·掌舍》：設梐枑再重。注：梐枑者，乃互其木，遮闌其門，謂行馬。《漢官儀》：光禄勛特施行馬，人臣用行馬始此。《魏志》：楊彪拜光禄大夫，令門施行馬，置吏，以優崇之。

（一一）《穀梁傳》：女嫁，諸母施鞶紳。皇甫謐女《怨詩》：婚禮既定，婚禮臨成。施衿結帨，三命丁寧。

（一二）見《鞠存啓》。

（一三）見《劉太母序》。《左傳》：說《禮》、《樂》而敦《詩》、《書》。

（一四）見《瑞木賦》。

（一五）見《祖德賦》。

（一六）見《銀臺啓》。

（一七）《漢官儀》：八座受成事，决于郎，下筆爲策。其入直，臺廨官供縑白綾被，或青錦緤爲之。

（一八）見《瀛臺序》。

（一九）《唐書》：天寶中，置職方駕部庫部。

（二〇）《周禮》：夏官司馬。中臺，見《壽季序》。

（二一）《官制考》：魏始置五兵尚書，謂中兵、外兵、騎兵、别兵、都兵。晉太康中，以中兵、外兵分爲左、右，置七兵尚書。

（二二）《詩》。

（二三）《列女傳》：后妃進退，必鳴玉佩環。崔顥詩：鳴環佩玉生光輝。

（二四）見《劉太母序》。

（二五）見《葉母序》。

（二六）《十洲記》：鳳麟洲，以鳳啄[七]麟角作膠，名續弦膠。《漢書》：武帝時，西海以鸞血作膠獻帝。帝射弦斷，膠續之，終不斷。

（二七）《南史》：《沈約集》有《東陽八詠》。《輿志》：婺州有八詠樓，在州南。

（二八）見《三芝序》。

（二九）見《壽季序》。

（三〇）見《祖德賦》注。

（三一）《三輔决録》：後漢韋康字元將，弟誕字仲將，俱有時名。孔融與其父端書曰：「不意雙珠，近出老蚌。」《晉書》：孟昶字彦達，與弟顗并美風姿，人謂雙珠。《晉書》：韋孝寬與獨孤信號連璧。《陸凱傳》：凱子道暉與弟恭之稱雙璧。又見《集生序》注。

（三二）《東漢爭臣傳》：劉陶，潁川人，濟北貞王勃之後也。桓帝時，以太學生屢上疏直言，後拜諫大夫，竟死職。《漢紀》：帝徵朱穆詣廷尉，劉陶等數千人上書，訟穆冤，帝乃赦之。

（三三）見《壽季序》。

（三四）《郭泰傳》：泰字林宗，博學善談論。李膺曰：「吾見人多矣，未有如林宗者也。」魏照字德公，幼時事泰曰：「經師易得，人師難遭。」

（三五）見《憺園賦》。

（三六）《順天志》：玉河自玉泉山流入大内。

（三七）見《劉太母序》。

（三八）《南史》：徐孝克性至孝，後爲國子祭酒。每侍宴，取珍果納紳帶中，以遺母。宣帝嗟歎良久，敕自後孝克前饌，并遺將還，以遺其母。

（三九）杜氏《通典》：漢有騎衛將軍，謂之雜號。武帝以李廣爲之。永平年，詔云：左右驍騎，宜通文武，文官則用腹心，武官則用功臣。

（四〇）見《祖德賦》。

（四一）詳《掌亭誄》注。

（四二）見《壽季序》。

（四三）《集韻》：韉，與「韉」、「韀」通用。杜詩：雪没錦韉鞍。

（四四）《漢書》：陸閎字子春，爲潁川守，姿容如玉，喜著越布單衣。光武見之，歎曰：「南方固多佳人。」

（四五）《説文》：束兒褓褓曰綳，或作繃。

（四六）見《儲太翁啓》。

（四七）見《看奕賦》。

（四八）見《徐母序》。

（四九）見《劉太母序》。

（五〇）見《皇士序》。

（五一）見《雪持序》。

（五二）見《潘母啓》。

（五三）見《逸齋序》。

（五四）補注。杜詩：起居八座太夫人。

（五五）見《紫玄序》注。

（五六）見《壽季序》。

（五七）見《九日序》。

（五八）見《田太翁啓》。

（五九）見《葉母序》。

（六〇）《神仙傳》：漢武上嵩，見仙人，曰：「吾九疑人也。聞中岳有石上菖蒲，一寸九節，食之可長生，故來采之。」忽不見。帝曰：「此必中岳之神，以喻朕耳。」古逸詩：石上生菖蒲，一寸八九節。仙人勸我餐，令我好顏色。

（六一）《雲笈七籤》：仙人煉食雲母。東海女子賣鹽，遂求蒙山隱居。并見《葉母序》注。

（六二）見《天篆序》。

（六三）見《尺牘序》。

（六四）見《鞠存序》。

（六五）見《徐母序》。

（六六）見《葉母序》。

（六七）見《尺牘序》。

（六八）見《徐母序》。

（六九）見《琴怨序》。

（七〇）《神仙傳》：王遠字方平，嘗過吴門蔡經家，遣使與妹麻姑相聞，俄頃即至。坐定，各進行厨，皆金盤玉杯，香氣達户外，擗麟脯而行酒。

（七一）見《璿璣賦》。

【校記】

［一］「帶」，蔣刻本、患立堂本、浩然堂本并作「布」。

［二］「然」字，患立堂本、浩然堂本并缺。

［三］「復」，患立堂本、浩然堂本并作「更」。

［四］「劈」，患立堂本、浩然堂本并作「襞」。

［五］「鐫之琬琰」，浩然堂本作「加之揚扢」。

［六］此條注，亦園本、四庫本、文瑞樓本并作：「詳《祭梁文》。按女星，爲二十八宿之一。」

［七］「啄」，四庫本誤作「嗚」。

徵李母董太宜人六十壽言啓

蓋聞勾漏丹砂，井志延齡之號（一）；南陽紫菊，泉留益壽之名（二）。恒春樹下（三），皇娥惟拊瑟爲歡（四）；長樂花前（五），玉女以投壺而笑（六）。赤芝三秀（七），人間高天姥之峰（八）；黄玉九華，雲裏秘安妃之籙（九）。正届冰桃之宴（一〇），况逢彩綫之辰（一一）。珂里昌期（一二），戟門盛事（一三）。

兹啓李母董太宜人者，觀察某[一]先生之淑配，而太史紫瀾先生之壽母也。畫雉名閨（一四），珥貂上姓（一五）。龍能就豢（一六），夙呼將相之門（一七）；杏欲成林，競目神靈之後（一八）。宜人幼即端莊，長而淑慎。縱處綺紈之冑，靡愆蘭蕙之儀（一九）；雅聞髻鬌之年（二〇），便協珩璜之節（二一）。人推鍾郝（二二），族擅譚邢（二三）。洎乎降阼，更成林下之風；爰暨齊牢（二四），彌起《房中》之譽（二五）。

時則先生海岱俊民，青齊才子。根盤[二]月窟，獨標仙李之門（二六）；名列天衢，屢宰潘花之縣（二七）。旋由茂宰，洊簉虞衡（二八）；復自臺郎（二九），出膺觀察（三〇）。故城則地連瀛海（三一），樗杜之畝必千鍾（三二）；豐邑則界錯彭城，芒碭之雲皆五色（三三）。咸因循卓，樹厥官方；俱以清廉，承夫宸眷。尋冬官之夕拜，俄水部之晨遷（三四）。一官秉憲，臺霜飛桂象之區（三五）；萬里宣猷，卿月照湘灕之岸（三六）。

凡我先生，馳驅鞅掌之勛（三七），皆太宜人左右劻勷之助。輶軒北上［三］，則服翟茀以俱來（三八）；畫舫南浮，亦著縞衣而偕下（三九）。翠翹金雀，敢言命婦之榮（四〇）；載石封鰱，交勵藎臣之志（四一）。揚其懿爍，洵堪君號義成（四二）；溯厥芳華，寧祇户封石窌（四三）。加以地是女床，盈柯皆鳳（四四）；門同合浦，拊掌成珠（四五）。龍文蹀躞（四七），人言桓馬之工（四八）；犀角璘斒（四九），兒識賈彪之怒（五〇）。長邑令先生［四］望崇仙令，績已著夫飛鳧（五一）；次太史紫蘭［五］先生文擅省元，才更誇夫綉虎（五二）。蛟生字裏（五三），燃藜在白玉之堂（五四）；鳳吐篇中（五五），授簡直黄金之殿（五六）。矧幼君之鵠峙（五七），更季子以鴻騫（五八）。鸞翔鵲顧（五九），一門皆倚馬之才（六〇）；雁塔螭坳（六一），五夜食和熊之報（六二）。其婦職也如此，其母儀也又如此。

兹當花甲之籌添（六三），恰遘黄鍾之律轉（六四）。華筵祝嘏（六五），筆花隨蓂莢以俱敷（六六）；緹室書祥，萱草并葭灰而共暖［六］（六七）。凡我金閨（六八），盡懷彤管（六九）。平日覽北堂往訓（七〇），輒咨嗟滂母之賢（七一）；居恒諷東觀遺書（七二），每太息萊妻之行（七三）。何圖斯世，有此徽柔，詎可吾賢，不爲揚扢？頌桓厘之闔德，寧徒沛國諸生（七四）；奉陶母爲女宗，遑後長沙人士（七五）。伏望廣輯瓊瑶（七六），速編珠〔七〕貝（七七）。庶幾窗窺朱鳥（七八），摛文俱五岳之圖（七九）；輪馭斑龍（八〇），捧笲悉十洲之客（八一）。〔八〕

【箋注】

（一）見《壽閻序》。

（二）見《琴怨序》。

（三）見《天章序》。

（四）見《雪持序》。

（五）見《澹庵序》。

（六）見《琴怨序》。

（七）見《天篆序》。

（八）見《徐母序》。

（九）見《天篆序》。

（一〇）見《田太翁啓》注。

〔一一〕見《壽徐序》。

〔一二〕見《祖德賦》。

〔一三〕見《看奕賦》。

〔一四〕《周禮》：皇后六服。注：翟，雉名。畫雉於衣，以爲祭服。庾信《竇氏銘》：衣留畫雉。

〔一五〕見《半繭賦》。

〔一六〕見《舜民序》。

〔一七〕《史記》：孟嘗君曰：「文聞將門必有將，相門必有相。」

〔一八〕見《劉太母序》。

〔一九〕《禮》：婦人，或賜之蘭茝，賜受，獻諸舅姑。

〔二〇〕見《懸圃序》。

〔二一〕見《徐母序》。

〔二二〕見《葉母序》。

〔二三〕《詩》。

〔二四〕見《閨秀序》。

〔二五〕《漢書》：唐山夫人製《房中曲》。韋昭注：唐山，姓也。夫人，漢高帝姬。《困〔九〕學記聞》：典平調、清調、瑟調，皆周房中之遺音。

（二六）見《映碧序》。

（二七）見《楚鴻序》。

（二八）杜詩：茂宰得材新。《周禮》：山虞林衡，澤虞川衡。虞衡作山澤之材。《明紀》：置虞衡司。

（二九）見《園次序》。

（三〇）《官制考》：漢刺史，唐十道觀察諸使，宋轉運諸使之職，後名按察。

（三一）見《任丘啓》。

（三二）見《鷹垂序》。《漢書》：武帝使吾丘壽王除宜春諸地爲苑，以便微行。東方朔謂：「酆鎬樗杜，畝價一金，不可爲苑者三。」

（三三）《徐州志》：豐邑之名始於秦。《搜神記》：籛鏗封於彭，曰彭城。《春秋》：楚圍宋彭城。注：古大彭氏國，漢曰徐州。《漢紀》：高祖微時，隱芒碭山，嘗有五色雲。吕后與人求，嘗得之。注：山在徐州。

（三四）《周禮·冬官考功記》。《唐官儀》制：工部尚書，所屬四部，一曰工部，二曰屯田，三曰虞[一〇]部，四曰水部。

（三五）《通典》：御史爲風霜之任，故曰霜臺。《九域志》：桂林、象郡，古百粤地，隸廣西。按秦桂林郡，即今桂林府。秦象郡，今廉州府地。

（三六）《書》：卿士爲月。柳開《記》：桂林全州分水嶺下，二水分南北而離，北爲湘水，南爲灕水，稱二江。

（三七）《詩》。

（三八）《詩》。

（三九）《詩》。

（四〇）《招魂》：砥室翠翹。注：翠，鷸鳥。翹，羽也。《炙轂子》：高髻多鳳髻，上有珠翠翹。《後漢·輿服志》：皇后簪上爲鳳雀。命婦，載《周禮》。

（四一）《後漢書》：陸績字公紀，爲鬱林太守，後罷去。過洞庭湖，舟輕，載黄石壓之，謂之廉石。《唐書》：張祐知南海，但載羅浮石歸。《陶侃别傳》：侃少時作魚梁吏，嘗以鮓餉母。母封鮓，責以書曰：「汝以官物見餉，非惟不益，反增吾憂也。」一作孟宗爲雷池監事，一作孟仁事。藎臣，載《詩》。

（四二）《列女傳》：漢崔篆母師氏，通經學百家之言。王莽寵以殊禮，賜號義成夫人。

（四三）見《葉母序》。

（四四）《山海經》：女床之山有鳥，其狀如翟而五彩文，名曰鸞。郭璞《贊》曰：鸞翔女床。

（四五）見《素伯序》。

（四六）見《三芝序》。

（四七）龍文，見《紫來序》。蹀躞，見《孟太母啓》。
（四八）見《賀周序》。按桓典乘驄，鮑宣馬工，乃二事，此借用。馬工，見《壽季序》。
（四九）見《三芝序》。
（五〇）見《祖德賦》。
（五一）見《二齋序》。
（五二）見《祖德賦》。
（五三）見《祖德賦》。
（五四）見《映碧啓［一一］》。
（五五）見《季母序》。
（五六）見《璿璣賦》。
（五七）見《儲太翁序》。
（五八）見《禹平序》。
（五九）見《壽季序》。
（六〇）見《閨秀序》。
（六一）雁塔，見《銀臺啓》。螭坳，見《璿璣賦》。
（六二）見《潘母啓》。

（六三）見《壽閻序》。

（六四）《樂書注》：黄鍾，十一月律也。黄，中和之色。鍾，動也。陽氣動於黄泉，而能動養萬物。

（六五）見《徐母序》。

（六六）見《璿璣賦》。

（六七）見《壽徐序》。

（六八）見《園次序》。

（六九）《詩》。

（七〇）見《憺園賦》注。

（七一）《漢書》：黨錮獄起，滂詣縣獄，母曰：「汝與李杜齊名，死亦何恨！」

（七二）見《壽季序》。

（七三）劉向《列女傳》：楚老萊子耕於蒙山之陽。楚王至其門，老萊方織畚，王曰：「願先生臨之。」萊將應之。王去，萊妻戴畚挾薪而歸。問其故，妻曰：「妾聞可授以官爵者，可隨以鈇鉞。」老萊子遂隨其妻，至江南而隱〔一二〕。

（七四）見《壽閻序》。

（七五）《陶侃傳》：母湛氏爲陶丹妾生。侃拜太尉，封長沙郡公。侃鎮武昌時，賓佐燕集，必有飲限，曰：「約時多酒失，慈親見約，故不敢逾。」并見《徐母序》。女宗，見《吴太母啓》。

（七六）《詩》。

（七七）見《璿璣賦》。

（七八）見《天篆序》。

（七九）見《銀臺啓》。

（八〇）《漢武内傳》：七月七日二更後，西王母至。或駕龍虎，或乘麟鶴。王母乘紫雲之輦，駕七色斑麟。

（八一）見《銀臺啓》。

【校記】

［一］「某」，患立堂本、浩然堂本并作「某某」。

［二］「盤」，浩然堂本作「蟠」。

［三］「上」，患立堂本、浩然堂本并作「去」。

［四］「先生」前，患立堂本有「某某」二字，浩然堂本有「某」字。

［五］「蘭」，患立堂本、浩然堂本并作「瀾」。

［六］「并葭灰而共暖」，患立堂本、浩然堂本并作「共葭灰而并暖」。

［七］「珠」，蔣刻本作「朱」。

［八］篇末，蔣刻本、患立堂本、浩然堂本并有「謹啓」二字。

［九］「困」，原作「周」，據四庫本改。

［一〇］「虞」，原作「盧」，據《唐六典》改。

［一一］「啓」，原作「序」，徑改。

［一二］「至江南而隱」，文瑞樓本作「而隱於江南」。

徵毛太母黄太孺人八十壽言啓

漢殿傳經，萇乃箋詩之客〔一〕；趙家養士，遂爲脱穎之賓〔二〕。流連碣石之宫，論心雪後；邂逅黄金之館，握手花前〔三〕。言偶及夫家門，用獲詳其鄉國。自言壯歲，疇希薦禰之榮〔四〕；祇説衰宗，莫罄報劉之志〔五〕。粗陳梗概，略叙生平。乃知遂安毛母黄太孺人者〔六〕，實某先生之生母，而友人允大之大母也。孺人族著燕都，望齊江夏〔七〕。敦詩習禮〔八〕，幼誇季女之風〔九〕；賦菊銘椒〔一〇〕，長擅大家之譽〔一一〕。弱齡就傅，便號禮宗〔一二〕；綺歲于歸，即稱家督〔一三〕。蘋蘩不匱，擬尹姞以無慚〔一四〕；榛栗相將〔一五〕，較郝鍾而何讓〔一六〕。書嫺《内則》〔一七〕，實閫裏之黄香〔一八〕；福衍箕疇〔一九〕，本仙家之毛女〔二〇〕。然而竹痕善暈，不逢涕淚以奚斑〔二一〕？劍氣嘗［一］横，匪遇沉埋而曷紫(二二)?忠臣許國,恒遭盤錯以彌伸(二三);健婦持家(二四),每遘漂摇而益厲(二五)。但使雍容井臼,未足徵其慷慨之奇;徒令黽勉虀鹽,猶難顯厥艱貞之烈也(二六)。

孺人命[二]實不猶,家偏多難(二七)。蓋司馬騎箕之歲(二八),即石麟墮地之年(二九)。經以免身(三〇),髽而就蓐(三一)。茁蘭芽於身後(三二),弱息疇憐(三三);萎梁木於生平[三](三四),藐孤奚托(三五)。况復運有平陂(三六),時更凉燠。撫門前之棨戟(三七),燕去誰家(三八);檢篋裏之貂蟬(三九),鶴歸何處[四](四〇)。梁朝才雋,將爲衣葛之人(四一);楚國公卿,竟有負薪之子(四二)。凡兹[五]大厦之傾危(四三),總驗未亡之節操(四四)。偉兹[六]巾幗,荷此門楣。錦因受濯而逾鮮(四五),玉以遭焚而倍潔(四六)。春風夜月,開殘貞女之花(四七);碧海青天,填盡帝娥之石(四八)。鼓弦聲之嘹嚦,一曲《將雛》(四九);玩藥影之葳蕤(五〇),半欄獨活(五一)。燈下則紅顔暗老,紅淚全枯;膝前則黄口將乾,黄泉可見(五二)。庶其成立,畢我劬勞(五三)。詎期噩夢之未終(五四),更遇驚飆之不定(五五)。子還生子,更加失母之憐;悲以增悲,轉觸所天之痛。舒祺哀此兒尚小(五六),范丐實童子何知(五七)。乃猶輾轉含飴(五八),咿唔課讀。和熊食蓼,用成博士之名(五九);截髮封鮭,勿墮尚書之業(六〇)。以至割邱城[七]之宅,出自釵笄(六一);築巴婦之臺,成於織紝（六二）。情通任卹，歌壽母者千家；誼篤恩勤，鞠遺雛者兩世。此誠彤管所難名，抑亦青閨之僅見矣。

比者浪涌三江，潮飛两浙（六三）。笳吹郭外，驚蟻陣之縱横（六四）；燧暗山中（六五），駭狐鳴之搶攘（六六）。惟兹蕞爾（六七），亦致焚如（六八）。火延趙禮之家，箭入薛包之室（六九）。而能鎮以安閒，處夫義命。臨危不擾，頗多達者之言；遇變能全，早著哲人之見。歷稽前媛，逖覽曩編。雖饁耕隴畔，賢哉冀缺之妻（七〇）；設饌［八］堂前，藉甚伯仁之母（七一）。烏能媲此芳華，均其憔悴者乎？

僕也夙附通門（七二），新承把袂（七三）。躋堂介壽，知八帙之旋登；上國掄英，况群賢之畢集。五十載萶菴之草心，緣屢摘而多傷（七四）；三千年松柏之枝節，以後凋而益茂（七五）。佇希編貝（七六），莫辜［九］良友之心；伏冀搖［一〇］珠（七七），遍拜仁人之賜。［一一］

【箋注】

（一）見《昭華序》。

（二）《平原君傳》：秦攻趙邯鄲，趙使平原君求救於楚。君約其門下食客與俱，毛遂自薦，君曰：「賢士譬之錐處囊中，其末立見。今先生處勝門下三年，勝未有所聞也。」遂曰：「臣乃今日請處囊中耳。若早處囊中，乃脱穎而出，非特末見而已。」

（三）見《九日序》。

（四）孔融《薦禰衡疏》有曰：弘羊潛計，安世默識。史魚厲節，任座抗行。以衡准之，誠不足怪。鷙鳥累百，不如一鶚。

（五）見《集生序》。

（六）遂安，詳《健松記》。

（七）見《琴怨序》。

（八）見《劉太母序》。

（九）《詩》：有齋季女。

（一〇）左芬《菊花頌》有云：英英麗質，秉氣靈和。春茂翠葉，秋耀金華。銘椒，見《瑞木賦》。

（一一）見《歸田序》。

（一二）見《貞女序》注。

（一三）見《逸齋序》。

（一四）《詩》。

（一五）《禮》：女贄，不過榛、栗、脯、修〔一二〕。《左傳》：榛、栗、棗、修，以告虔也。

（一六）見《葉母序》。

（一七）《禮》。

（一八）見《琴怨序》。

（一九）《書》。

（二〇）見《貞女序》。

（二一）見《憺園賦》。

（二二）見《園次序》。

（二三）《漢·虞詡傳》：鄧隲惡詡，出爲朝歌長。時朝歌多盜，故舊皆吊之，詡曰：「不遇盤根錯節，何以别利器？」

（二四）見《劉太母序》。

（二五）《詩》。

（二六）見《井叔序》。

（二七）《詩》。

（二八）見《藝圃序》。

（二九）見《憺園賦》。

（三〇）《禮》。

（三一）髽髻，見《貞女序》。就蓐，見《映碧啓》。

（三二）昌黎《馬君志》：馬燧幼子娟好静秀，瑶環瑜珥，蘭茁其芽。
（三三）見《潘母啓》。
（三四）《檀弓》：夫子病，子貢請見夫子。方負手曳杖，逍遥於門，歌曰：「泰山其頽乎？梁木其壞乎？哲人其委乎？」
（三五）見《翼王序》。
（三六）見《楚鴻序》。
（三七）見《看奕賦》。
（三八）見《玉巖序》。
（三九）見《半繭賦》。
（四〇）見《存庵序》。
（四一）見《吴太母啓》。
（四二）見《竹逸序》。
（四三）見《鄴園啓》。
（四四）見《葉母序》。
（四五）見《園次序》。
（四六）見《懸圃序》。

（四七）見《海棠賦》。

（四八）見《無忝[一三]序》。

（四九）古樂府有《鳳將雛》、《雉將雛》曲。

（五〇）見《瑞木賦》。

（五一）見《丁香賦》。

（五二）《家語》：孔子見羅雀所得，皆黄口小雀，因問之，對曰：「大雀善驚，小雀易得耳。」

（五三）《詩》。《左傳》：不及黄泉，無相見也。

（五四）見《竹逸序》。

（五五）見《潘母啓》。

（五六）見《鞠存啓》。

（五七）《左傳》：晉、楚遇於鄢陵，范丐趨進曰：「晉、楚惟天所授，何患焉？」文子執戈逐之，曰：「國之存亡，天也，童子何知焉？」

（五八）見《儲太翁啓》。

（五九）和熊，見《潘母啓》。食蓼，載《詩》。

（六〇）截髮，見《徐母序》。封鮭，見《李母啓[一四]》。

（六一）見《半繭賦》。

（六二）見《葉母序》。

（六三）見《樂府序》。

（六四）見《天章序》。

（六五）見《滕王賦》。

（六六）見《天章序》。

（六七）《左傳注》：蕞爾國，藐小如蕞也。

（六八）《易》。

（六九）詳《施公誄》。杜詩：箭入昭陽殿，笳吟[一五]細柳營。

（七〇）見《井叔序》。

（七一）《世説》：周浚爲安東將軍，行獵，值暴雨，過李氏。李有女名絡秀，作數十人飲食，事事精辦，不聞有人聲。密覘之，狀貌非常。浚因求娶，父兄不許。絡秀曰：「門户殄瘁，何惜一女？」父兄從之。遂生伯仁兄弟。浚語伯仁等曰：「我所以屈節汝家者，門户計耳。」伯仁由此與李氏世爲姻婭。

（七二）見《鞠存啓》注。

（七三）見《臞庵序》。

（七四）《南越志》：寧鄉縣草多卷施，拔心不死。一稱宿莽。《離騷》：夕攬中洲之宿莽。郭璞《贊》：卷施之草，拔心不死。屈平嘉之，諷詠以此。李詩：卷施心獨苦，抽却死還生。

（七五）《論[一六]語》。

（七六）見《璿璣賦》。

（七七）見《壽徐序》。

【校記】

[一]「嘗」，蔣刻本、患立堂本、浩然堂本并作「常」。

[二]「命」前，患立堂本、浩然堂本并有「則」字。

[三]「平」，患立堂本、浩然堂本并作「前」。

[四]「處」，患立堂本、浩然堂本并作「世」。

[五]「兹」，浩然堂本作「經」。

[六]「兹」，患立堂本作「此」。

[七]「城」，患立堂本、浩然堂本并作「成」。

[八]「饌」，患立堂本作「撰」。

[九]「辜」，浩然堂本作「孤」。

[一〇]「揺」，患立堂本作「瑶」。

［一一］篇末，蔣刻本、患立堂本、浩然堂本并有「謹啓」二字。

［一二］「修」，亦園本、四庫本、文瑞樓本并作「槖」。

［一三］「忝」，原作「泰」，徑改。

［一四］「啓」，原作「序」，徑改。

［一五］「吟」，四庫本作「吹」。

［一六］「論」，原省，徑補。

陳檢討集卷十七

宜興陳維崧其年撰　皖江程師恭叔才注

啓

徵萬柳堂詩文啓

都城海岱門之東，沙河門之内，有地一區。益都相國馮公顧而樂之，節縮其禄米所入，買以爲園，名曰萬柳園[一]。先是元廉公希憲有堂，名萬柳，距都門不三十里而近。當時趙承旨諸公爹作詩歌以詠之，其遺址在今豐臺左右。公慕廉孟子之爲人，又園中種柳，不啻以萬計，故仍以爲名。

爾其迢迢紫陌（一），衮轟戹䕫（二）；歷歷黄圖（三），遥連厓隒（四）。物豐氣盛，映龍樓鳳閣[二]之光；沙暖泥融，分蓮勺杏園之勝。扶輿蜿蜒，直衞天垣（五）；碩大蕃滋，原稱陸海（六）。百昌膴膴，地則居日月之旁；萬彙芃芃，上乃有雲霞之氣。乃復林壑澄鮮，郊坰[三]明瑟。不離闤闠，澤以秀而能矐；雖處京華，土以敦而彌壽。風喧夕碓，已無三市之笙簫；烟靄晨鐘，竟隔九衢之車馬（七）。紅墻三里，大抵僧廬；白板千家，居然村舍。川原寂歷，頓成華子之岡（八）；溪澗崢泓，不減袁家之渴（九）。野芳䆅䆅，境尚緬而先迎；室翠陰陰，路非賒而仍誤。如尋栗里，舍此安之（一〇）？若訪桃源，去人不遠（一一）。公乃體崇卑之撰（一二），積德積刑（一三）；浚仁知之胸，樂山樂水（一四）。經綸泉石，抽黄扉補衮之餘絲（一五）；揮灑烟雲，藉紫閣爲霖之巨手（一六）。

若夫纔窺鶴徑，便得清蒼；一渡虹梁，遽然空闊（一七）。紅藤百折，虚堂遥峙於林端；碧蘚[四]千盤，杰閣半浮於天際。然而長堤既窈，定須紺岫以縈迴；曲檻將斜，轉賴清湍之漱激。假使峰非峭蒨（一八），奚以顯層樓複觀之奇；如其水鮮淪漣，何能睹月榭烟廊之致。爰乃跖巨靈之掌，只擬成河（一九）；繫彭祖之腰，惟圖觀井（二〇）。黎陽有土（二一），漫勞夸父以移山（二二）；燕市無臺（二三），終想女媧之煉石（二四）。纔聞覆簣（二五），須臾而赤[五]壁騰空；乍見濫觴，俄頃而素波衝岸（二六）。穿渠决溜，翠競粘天；架壑支峰，蒼俱拔地。檐前瀌瀌，任呼白鷺之洲（二七）；窗外森森，直唤青猿之洞（二八）。嵌之臺榭，歷亂於丹崖絳嶺之中；被以房櫳，參差於雁子鳧雛之側。何期輦下，孕此仙都；不信人間，逢兹福地（二九）。此固東漢王根之宅，青瑣非華；抑亦南陽樊重之家，緑墀掩嫮者也（三〇）。

然而客起而言，人將有請。昔者永嘉太傅，墅曰東山（三一）；洛下相公，園名獨樂（三二）。未央宫外，無非蕭相之田園（三三）；晝錦堂邊，不少魏公之邸第（三四）。以及裴家緑野（三五），李氏平泉（三六）。紅薑紫芋，預營歸老之圖（三七）；白酒黄鷄，早辦引年之計（三八）。要皆不遠枌榆（三九），未逾桑梓（四〇）。南翁北叟，徜徉里社之間；西陌東阡，嘯詠鄉關之内。公則故園北海，舊業東齊。且又屢申予告之祈，頻上乞身之表（四一）。而乃結廬越境，築屋他鄉。峰雖落雁，安能挾以俱飛（四二）；石縱成羊，未必鞭之便走（四三）。所慮關梁迢遞，難[六]浮天畔之槎（四四）；還嗟樓閣虚無，徒結海中之市（四五）。情寧易喻，理或難期。莫窺君子之心，未測通人之意。不知公也捐一切而不居，弃萬緣而[七]何有？翔於寥廓，寧爲燕雀之謀（四六）；視若塵埃，不慕爽鳩之樂（四七）。付托則園丁牧豎，無非此地之主人；總管則山鳥溪花[八]，便是吾園之家督（四八）。相逢野老，竟許看花；但值高人，何妨載酒。聊成故事，敢云來者之無賢；大似閒田，竊恃故人之知我。於是栽之櫸柳，間以楓杉。永豐闌角，乞求[九]蹴地之長條（四九）；灞水橋南，借得銷魂之弱縷（五〇）。或自亞夫營裏，折取數枝（五一）；或從子夏市中，移來幾本（五二）。或憐擁腫（五三），幾同宣武之十圍（五四）；或愛蕭疏，大類泉明之五樹（五五）。或將眠而乍起（五六），曾遮何妥齋頭（五七）；或似笑以如顰（五八），夙植王恭閤後（五九）。莫不延緣坂隰，麗㲄坡陀（六〇）。倚曲水以輕狂，佇迴風而甸綫（六一）。

鶊黄乍醉（六二），已成二月之花；蛾緑方闌（六三），便作三春之雪（六四）。時則濛濛［一〇］欲下，只糝絲繮；漫漫欲［一一］飛，偏縈綉騎。游童絡繹，競投光孝之坊；貴客連翩，儳入康崇之巷（六五）。固已都下，共傳爲勝迹；奚止群公，皆奉以美談。然而揆厥由來，推其所自。僅侈游觀之美，詎是本懷；惟矜眺覽之宜，要非篤論。彼金谷銅駝以後（六六），既高臺曲館之何存（六七）；即津陽沁水諸園（六八），并細柳新蒲而不見（六九）。鴛鴦灤泠，滿湖飄墜粉之紅（七〇）；螞蟻墳空（七一），獨夜咽殘花之紫（七二）。終成昔夢，徒記前游。空存前代之亭臺，未审何年之羅綺。達人致歎，曠士增欷。公則乍橋莊裏（七三），育嬰兼以放生；奉誠園中（七四），仁民因而愛物。史譏染指，何心鼎内之黿（七五）；《易》象朵頤（七六），詎忍籃中之蛤（七七）。從此雀辭楊館，定解懷恩（七八）；便令燕别張巢，還思報德（七九）。至於生憑稟竹，亦荷矜全（八〇）；源出空桑，咸資顧復（八一）。夙依蜾裸（八二），熙熙多含哺之民（八三）；小字於菟（八四），粲粲有圜橋之彦（八五）。［一二］此皆功德之難刊，祇患揄揚之莫罄。伏冀同人，共賡雅唱。或詩或賦，千章謝朓之詠〔八六〕；爲序爲銘，滿架徐陵之筆〔八七〕。庶使楊林渡口〔八八〕，長謡君奭之甘棠〔八九〕；將期柳宿星中〔九〇〕，共指公孫之大樹〔九一〕。

【箋注】

〔一〕見《瀛臺序》注。

〔二〕衮，見《璿璣賦》。《上林賦》：崇山矗矗。注：聳上也。《説文》：厜㕒，峰頂巉崖貌。《爾雅》：崒者厜㕒。

〔三〕《廣雅》：黄圖，帝都也。

〔四〕張衡《西京賦》：設切厓隒。《説文》：切，通「砌」。山形如甑曰隒。

〔五〕韓文：中州清淑之氣，蜿蜒扶輿。天垣，見《璿璣賦》。

〔六〕《左傳》：隨季良曰：奉牲以告，謂其畜之碩大蕃滋也。《漢書》：東方朔曰：「漢興，去三河之地止灞、滻以西，都涇、渭之南，謂天下陸海之地。」《西都賦》：陸海藏珍。注：高平曰陸，萬物出于海。關中地高，物産饒富，是謂陸海。

〔七〕見《九日序》。

〔八〕《西安志》：輞川白墅有華子岡，王維有詩詠之。

（九）《方言》：楚越之間，謂水之反流者爲漍。《永州志》：袁家漍在零陵南。柳《記》云：漍中重洲小溪，澄潭淺渚，小山美石，嘉木香草，轇轕摇揚。

（一〇）《輿志》：栗里在潯陽，淵明所居處。

（一一）陶潛《桃花源記》：晉太元中，武陵人捕魚。沿溪行，忽逢桃花夾岸，遂異之。行盡水源，得一山，有小口，入，豁然。男女衣着悉如外人。見漁人，驚問，設酒食，自云先世避秦亂來此。

（一二）《易》。

（一三）《家語[一三]》：子夏曰：「商聞山書曰：『山爲積德，川爲積刑。』」

（一四）《論語》。

（一五）《詩》。

（一六）《書》：黄扉。紫閣，見《隹山序》。

（一七）見《憺園賦》。

（一八）見《瀛臺序》。

（一九）《述征記》：華山與首陽本一山，河水當此曲行。昔河神巨靈，手擘其上，足蹈其下，分爲兩，以通河流。今指掌之形在華岳上，足迹在首陽山下。《西京賦》：巨靈贔屭，高掌遠跖。

（二〇）《輿志》：徐州城北隅，祖舊宅在焉。有彭祖井，陳靖常作《觀井圖并叙》。《觀井圖序》：彭祖觀井，覆以車輪。繫腰以繩，恐墜井中。注：言其慎也。

〔二一〕見《實庵序》。

〔二二〕見《徐母序》。

〔二三〕見《九日序》。

〔二四〕見《憺園賦》。

〔二五〕《論語》。

〔二六〕《孫卿子》：子路盛服見孔子，孔子曰：「江出岷山，其始出源，可以濫觴。及其至江之津也，不方舟，不避風，不可涉也。今汝衣服既盛，顔色充盈，孰肯諫汝乎？」

〔二七〕《方言》：滮滮，激水也。《輿志》：白鷺洲，在金陵西南江中。

〔二八〕補注。

〔二九〕見《玉巖序》。

〔三〇〕見《半繭賦》。

〔三一〕見《修禊序》。

〔三二〕温公《獨樂園自記》略曰：迂叟平日讀書，志倦體疲，則逍遥徜徉，因命之曰獨樂。

〔三三〕《漢紀》：高祖至長安，蕭何建未央宫。《史記》：客説蕭相曰：「胡不多買田地，賤貰貸以自污？」

〔三四〕見《逸齋序》。

（三五）見《楚鴻序》。

（三六）見《藝圃序》。

（三七）《魏都賦》：蘁芋充茂。張衡《南都賦》：蘇蔱紫薑。唐詩：紫收岷嶺芋。

（三八）見《佳山序》。

（三九）見《觀槿序》。

（四〇）《詩》。

（四一）孟康曰：前漢律，吏二千石有予告、有賜告。予告者，在官有功最，法所當得也。賜告者，疾滿三月當免，天子優賜其告，使歸家治病。《後漢書》：三公年老，以疾乞身。

（四二）《名山志》：太華山有落雁峰，李白登此曰：「呼吸之間，想通帝座。」

（四三）見《憺園賦》。

（四四）見《孝威序》。

（四五）見《半繭賦》。

（四六）見《少楹序》。

（四七）見《臞庵序》。

（四八）見《逸齋序》。

（四九）見《紫來序》。

（五〇）《西安府志》：漢時，送行者多至霸橋，折柳相贈。鄭綮嘗曰：「詩思在霸橋風雪中、驢背上。」

（五一）見《昭華序》。《漢書》：周亞夫封條侯，屯兵細柳。慕幽《詠柳詩》：千樹低垂太尉營。

（五二）《漢書》：萬章字子夏。長安熾甚，街間各有豪俠。章在城西柳市，號曰柳市萬子夏。

（五三）見《半繭賦》。

（五四）《世説》：桓温嘗鎮金城，植柳。後北伐還，見柳已十圍，歎曰：「樹猶如此，人何以堪！」攀枝執條，凄然流涕。

（五五）見《海棠賦》。

（五六）《三輔故事》：漢苑中有柳，狀如人形，號曰人柳。一日三眠三起。

（五七）見《逸齋序》。

（五八）劉勰《新論》：春葩含日似笑，秋葉泫露如泣。唐太宗《柳詩》：半翠幾眉開。

（五九）見《得仲序》。

（六〇）見《丁香賦》及《瀛臺序》。

（六一）宋邕詩：坐對玉山難甸綫。

（六二）見《鷹垂序》。

（六三）見《昭華序》注。

（六四）韓退之詩：楊花榆莢無情思，惟解漫天作雪飛。

（六五）補注。

（六六）見《半繭賦》。

（六七）見《雪持序》。

（六八）《廣川書跋》：元嘉二十五年，改開陽門爲津陽。漢以洛陽宫爲名，而南朝效之。沁水，見《滕王賦》。

（六九）杜詩：江頭宫殿鎖千門，細柳新蒲爲誰緑。

（七〇）補注。《集韻》：濼，陂澤。山東名濼，幽州名淀。杜詩：露冷蓮房墜粉紅。

（七一）補注。

（七二）見《紫來序》。

（七三）《洛陽名園記》：唐裴晉公致仕歸，建午橋莊。嘗種文杏百株，名碎錦坊。

（七四）《長安志》：司馬兼侍中馬燧宅在安邑里，貲甲天下。燧子暢亦善殖財。貞元末，神策中尉楊志廉諷使納田里，遂獻舊第，爲奉誠園。

（七五）見《觀槿序》。

（七六）《易》。

（七七）《地理志》：廣陵龍江寺僧有夢數百人求濟者。翌早，見人擔螺蛤往市，贖，放於潭。

《續西陽》：隋帝嗜蛤，忽有蛤肉自脱，有光，現一佛、二菩薩像。帝悔，不食。

（七八）見《素伯序》。

（七九）見《銀臺啓》。

（八〇）見《憺園賦》。

（八一）《列子》：伊尹生於空桑。《吕氏春秋》：有侁氏采桑，得嬰兒於空桑之中，獻之其君。曰：「其母伊水之上，嘗夢神人告之曰：『臼出水而東走。』母明日視，臼果出水。乃走十里，而故邑盡爲水，身因化爲空桑，故命之曰伊尹。」徐陵《與楊愔書》：自非生憑廩竹，源出空桑，行路含情，猶其相愍。

（八二）《詩》。

（八三）《莊子·馬蹄篇》：夫赫胥氏之時，民含哺而熙，鼓腹而游。

（八四）見《納姬序》。

（八五）《後漢·儒林傳序》：明帝初建三雍，躬詣講學。諸儒執經問難，冠帶縉紳之士，圜橋而觀聽者，蓋億萬計。

（八六）《齊書》：謝朓字玄暉，宋僕射，景仁從孫。一作謝朓爲隋王功曹，美文章，清麗可愛。《李白傳》：白嘗登華岳落雁峰，曰：「恨不携謝朓驚人句，一問青天耳。」

（八七）見《天篆序》。

（八八）見《銅雀賦》。

〔八九〕《詩》。

〔九〇〕《天文志》：柳宿，乃二十八宿之一。

〔九一〕見《鷹垂序》。

【校記】

［一］「園」，患立堂本、浩然堂本并作「堂」。

［二］「閣」，患立堂本、浩然堂本并作「闕」。

［三］「垌」，原作「埛」，據諸本改。

［四］「薛」，患立堂本誤作「鮮」。

［五］「赤」，患立堂本、浩然堂本并作「頳」。

［六］「難」，蔣刻本作「雖」。

［七］「而」，患立堂本、浩然堂本并作「於」。

［八］「花」，浩然堂本作「猿」。

［九］「求」，患立堂本、浩然堂本并作「來」。

［一〇］「濛濛」，患立堂本、浩然堂本并作「蒙蒙」。

［一一］「欲」，患立堂本、浩然堂本并作「將」。

［一二］此句下，患立堂本、浩然堂本并有小注：「公所育嬰，有爲弟子員者。」

[一三]「語」，文瑞樓本誤作「注」。

請周翼微篆刻圖章啓

月晴紫陌，只照青衫；秋老渾河（一），漸添黃葉。荆軻一去，市中饒感慨[一]之人（二）；樂毅無歸，臺畔足飄摇之客（三）。爰有汝南才子，婁水名流。摛文則翡翠盈箱（四），織句則蒲桃竟幅（五）。固已江東僑肸（六），推以君宗（七）；河北温邢（八），呼爲祭酒（九）。爰觀石鼓（一〇），偶客金臺（一一）。劉公幹之逸氣，籍甚都[二]中（一二）；王輔嗣之清談，斐然都下（一三）。五侯接席，都爲樓護傳鯖（一四）；千里知名，競以陳蕃下榻（一五）。昨與同人，爲言剩技。周瑜顧曲之暇（一六），間涉《説文》（一七）；伯仁飲酒之餘（一八），兼摹繆篆（一九）。爛銅破玉，頻鐫[三]蝌蚪之形（二〇）；漢印秦章，屢畫蛟螭之狀（二一）。然此微長，原無足述；如斯小道，亦又何之。僕笑而言，君何不達？

今夫華章麗句，或偏知己之難逢[四]；巨製鴻裁，恒慮賞音之莫遘。若夫見蔡中郎之鳥篆，則傳觀盡訝其精（二二）；觀[五]戴安道之鷄碑，則好事群驚其妙（二三）。蓋形而下者易爲知，形而上者難爲喻也。然而[六]聊爲游戲，何妨暫揮郢客之斤（二四）；姑與周旋，何須不刻宋人之葉（二五）。嗟乎！絶技可傳，多能有屬。祇論一藝，願諸君無失此人；若問其他，恐當世竟無其亞。譬訪君平卜筮，亟趁其百錢罷肆之前（二六）；如求王宰丹青，幸需之十日一山而後（二七）。［七］

【箋注】

（一）見《九日序》。

（二）見《智修序》。

（三）見《田太翁啓》。

（四）見《智修序》。

（五）見《三芝序》。

（六）見《壽季序》。

（七）《詩》。

（八）見《園次序》。

（九）見《儲太翁啓》。

（一〇）見《梧月序》。

（一一）見《九日序》。

（一二）魏文帝《與吴質書》：公幹有逸氣，但未遒耳。《謝靈運集・詩序》：楨文最有氣，所得頗經奇。《漢書》：陸賈游公卿，名聲籍甚。《音義》：狼籍甚盛。

（一三）見《賀徐序》。

（一四）見《瀛臺序》。

（一五）《漢書》：陳蕃爲豫章守，罕所接見，惟設一榻以待徐稚，來則下之，去則懸之。郭林宗稱稚爲南州高士。

（一六）見《良輔序》。

（一七）見《亓山序》。

（一八）見《壽徐序》。

（一九）見《納姬序》。

（二〇）見《憺園賦》。

（二一）見《亓山序》。

（二二）見《憺園賦》。

（二三）見《無忝序》。

（二四）見《半繭賦》。

（二五）見《藝圃序》。

〔二六〕見《季青序》。

〔二七〕《畫斷》：王宰家于西蜀，能畫山水，意出象〔八〕外。杜甫《題王宰圖歌》：十日畫一水，五日畫一石。能事不受相促迫，王宰始肯留真迹。

【校記】

〔一〕「慨」，蔣刻本、患立堂本、浩然堂本并作「概」。

〔二〕「都」，患立堂本、浩然堂本并作「鄰」。

〔三〕「鎸」，患立堂本、浩然堂本并作「鑱」。

〔四〕「逢」，患立堂本作「迎」。

〔五〕「觀」，患立堂本、浩然堂本并作「睹」。

〔六〕「而」，患立堂本、浩然堂本并作「則」。

〔七〕篇末，蔣刻本、患立堂本、浩然堂本并有「謹啓」二字。

〔八〕「象」，文瑞樓本作「狀」。

徵刻今文選今文鈔啓

粵稽結繩邈矣，代有篇章〔一〕；斷竹斐然，人多述作〔二〕。洎於伏勝陳農之輩〔三〕，沿及王儉任昉諸人（四）。藝文之録，價重連城（五）；館庫之林，名班《七略》（六）。然而間有亡書（七），悉多善本（八）。書淫左癖（九），好古者奚翅連珠（一〇）；宋艷班香（一一），臨文者寧無[一]編貝（一二）。逸詩缺史，行是丈人（一三）；汲冢秦碑，禮先一飯（一四）。此既無藉於表章，我亦何煩夫鈔撮。

若乃勝衣所見（一五），每遇上流；總角之交（一六），恒逢才子。左家籓混（一七），借鉛槧爲畋漁（一八）；王氏巾箱（一九），以文章作衣食。斷自本朝而上，溯乎就傅以還（二〇）。曾通音譯[二]，名作居多（二一）；間奉鞭弭，高文不少（二二）。遂燃脂而瞑寫，爰弄筆[三]以晨書（二三）。不幸中更兵燹，洊歷亂離。帳中之秘（二四），與銀雁以俱飛（二五）；篋衍所藏（二六），共珠囊而不見（二七）。他若庾開府生平所作，五存五亡；杜荆州疇昔之碑，一山一谷（二八）。凡諸遁甲（二九），以及秘辛（三〇），老兵既裂以補袍（三一），里媪亦藉之覆醬（三二）。殘通惡棧，爛然四部之珠英；敗紙烟煤，宛似[四]五車之玉屑（三三）。集逢作賊，視沈約而彌慘（三四）；詩供撏扯，較義山而逾酷（三五）。能無歎息，良用酸感。

是以溝[五]彼鷄林（三六），探其象罔（三七），都爲一集，派以兩家。斅秦漢六朝者，入蕭家[六]《文選》之中（三八）；仿韓柳歐蘇者，歸茅氏《文鈔》之部（三九）。庶幾兩美（四〇），要可單行(四一)，所望高賢，共成勝事。至夫往昔篇章，古今墳索(四二)，上者作聖世之笙簧(四三)，下者代閒居之博奕(四四)。若有性喜刺譏，語工怨悱，宋玉既口多微辭(四五)，孫盛復直書時事者(四六)。鄙人恇怯，不登楊惲之歌(四七)；君子温柔，毋爲趙壹之賦(四八)。有一於此，勿付典籤；苟有他樂，敢求記室(四九)。[七]

【箋注】

(一)見《園次序》。

(二)《古彈歌》：斷竹，續竹；飛土，逐宍。劉勰云：《斷竹》、《黄歌》，乃二言之始。注：黄帝歌也。《吴祐傳》注：古人寫書以竹簡。其簡用火炙，令汗出，拭去易書，復不蠹，曰汗青。

(三)見《映碧啓》。

(四)《宋書》：王儉言論造次，必依儒者，自比謝安。《梁書》：任昉，樂安人，通經術，號五經笥，尤長載筆。

(五)見《昭華序》。

(六)見《尺牘序》。

(七)見《天篆序》。

(八)《東都事略》：世之藏書，以宋次道家爲善本，書皆校讐三五遍。住春明坊。晉昭陵時，士大夫多僦書其側，便于借觀。

（九）見《憺園賦》。

（一〇）見《尺牘序》。

（一一）見《瀛臺序》。

（一二）見《璿璣賦》。

（一三）《漢史》：單于曰：「漢天子，我丈人行。」

（一四）汲冢，見《尺牘序》。秦碑，見《歸田序》。《路史餘論》：《禮》：食必祭，祭先飯。祭乎其始，飯者也。《國語》：夫差求成於勾踐，曰：「寡人禮先一飯矣。」注：言己年稍長于越王，覺差一飯之間。

（一五）見《素伯序》。

（一六）《詩》。

（一七）見《憺園賦》。

（一八）鉛槧，見《尺牘序》。畋漁，見《臞庵序》。

（一九）見《尺牘序》。

（二〇）《禮》：十年出就外傅。

（二一）《珠林》：晉鳩摩羅什通辨夏言。舊經多有乖謬，乃考校三百餘卷，皆其所音譯。

〔二二二〕《史記》：假令晏子而在，雖爲之執鞭，所欣慕焉。《左傳》：左執鞭弭，以與君周旋。

〔二二三〕見《得仲序》。

〔二二四〕見《黄門序》。

〔二二五〕見《半繭賦》。

〔二二六〕見《尺牘序》。

〔二二七〕見《鴻客序》。

〔二二八〕見《黄門序》。

〔二二九〕《事原》：《遁甲書》，王母授黄帝。

〔二三〇〕楊慎《題辭》：《漢雜事秘辛》一卷，載桓帝懿憲梁皇后被選及六禮册立事，而「吴姁入后燕處審視」一段，最爲奇艷。載《津逮秘書》。

〔二三一〕《唐本事詩》：開元中，頒賜邊將纊衣，製于宫人。有兵士于短袍中得詩曰：「沙場征戍客，寒苦若爲眠。戰袍經手作，知落阿誰邊。」邊帥進之。玄宗命示六宫，有一宫人自言萬死。帝憫之，遂以嫁得詩者。

〔二三二〕見《懸圃序》。

〔二三三〕四部、五車，見《園次序》。王安石詩：人間榮願付苓通。注：苓，猪矢。通，馬矢。《山谷書跋》：往時士大夫罕能道宣獻書札之美者，今始于敗紙蛛絲煤尾之餘，軸以象玉。《晉書》：胡母輔之字彦回，吐佳言如鋸木屑，霏霏不絶。沈約序：笑玉屑之諫。

（三四）《三圖典略》：魏收每陋邢邵文，邵嘗云：「任昉文體本疏，收非直摹擬，亦大偷竊。」收聞之，乃曰：「邵嘗于《沈約集》中作賊，何意道我偷任語？」

（三五）《古今詩話》：李義山西昆體，後進效之，多竊取詩句。嘗内宴，優人有爲義山者，衣服敗裂，告人曰：「吾爲諸館職撏扯至此。」聞者大噱。

（三六）見《儲太翁啓》。

（三七）見《璿璣賦》。

（三八）見《素伯序》。

（三九）按茅鹿門選八家文，名《文鈔》。

（四〇）《離騷》：两美其必合兮。

（四一）補注。

（四二）見《天篆序》。

（四三）見《素伯序》。

（四四）《論語》。

（四五）見《良輔序》。

（四六）《晉書》：孫盛字安國，著《晉陽秋》，世稱良史。桓温見其書枋頭敗衄之事，怒謂盛子曰：「若此史行，自是闞君家門户。」諸子因號泣盛前。盛不從，諸子潛改之。

（四七）見《看奕賦》。

（四八）見《蒓庵序》及《任丘啓》。

（四九）《書》：有一于此，未或不亡。《左傳》：雖有他欒，弗敢請也。典籤、記室，見《尺牘序》。

【校記】

［一］「無」，患立堂本、浩然堂本并作「惟」。

［二］「譯」，患立堂本、浩然堂本并作「驛」。

［三］「筆」，患立堂本、浩然堂本并作「墨」。

［四］「似」，患立堂本、浩然堂本并作「爾」。

［五］「遘」，患立堂本、浩然堂本并作「購」。

［六］「家」，患立堂本、浩然堂本并誤作「齋」。

［七］篇末，蔣刻本、患立堂本、浩然堂本并有「謹啓」二字。

徵刻吴園次宋元詩選啓［一］

何地無愁（一），有天長醉（二）。英雄未老，藉選句以移情（三）；歲月多閒，仗鈔詩而送日（四）。維時祝融煽虐（五），鶉火揚輝（六）。流金爍[二]石，如逢十日之年（七）；望雨瞻雲，若在無龍之國（八）。乃[三]約論文之侶，同過看奕之軒。忽有微涼，濯予煩暑。繅來冰繭[四]，爽氣襲於床頭（九）；啖罷哀梨，好風生於帳裏（一〇）。迫而視之，是編斯在。

夫其語必生新，篇皆矜雋。龍編鳥篆（一一），書得之壞冢之中（一二）；禁臠侯鯖，味或[五]在庶饈[六]之外（一三）。么弦急拍，務尋歷代之遺聲（一四）；迂叟漫郎，詎録三唐之殘客（一五）。問石家之厮養，衣火浣者三千（一六）；詢趙氏之璵璠，酬名城以十五（一七）。洵他選所莫收，亦諸賢所未逮者也。然欲私之篋衍（一八），既恐令其破壁而飛（一九）；念將懸以國門（二〇），又難使彼不脛而走（二一）。不揣鄙人，質之大雅。但獲稍加畬縮，便成文苑之奇觀；儻其廣致揄揚，尤屬詩壇之嘉話。始則計卷以徵貲，後乃償書而給直。勿云刈桂炊珠，君乃爲此度越恒情之論（二二）；所賴鐘鳴谷應，世自不乏流連古曲之人（二三）。[七]

【箋注】

（一）見《琴怨序》。

（二）見《觀槿序》。

（三）見《井叔序》。

（四）見《觀楂序》。

（五）《月令》：孟夏之月，其神祝融。

（六）見《鄴園啓》。

（七）《楚詞》：十日代出，流金鑠石。《淮南子》：堯時，十日并出，焦禾稼，殺草木。堯乃使羿射之。

（八）見《鄴園啓》。

（九）《拾遺記》：東海員嶠山有冰蠶，長七寸，以霜雪覆之，然後作繭。取之織爲文錦，入水不濡，投火不燎。一作霜蚕。

（一〇）《世説》：秣陵有哀仲家，梨甚美，大如升，入口消釋。古詩：好風從東來。

（一一）龍編，見《半繭賦》。鳥篆，見《銀臺啓》。

（一二）見《尺牘序》。

（一三）見《瀛臺序》。

（一四）見《懸圃序》。

（一五）《司馬光傳》：光因論新法，忤時，居洛十五年，自號迂叟。漫郎，見《臞庵序》。《梁書》：張纘爲尚書僕射，與何敬容居，權貴賓客輻輳。有詣纘者，纘拒之曰：「我不能對敬容殘客。」三唐，見《瀛臺序》。

〔一六〕斯養，見《皇士序》。《世説》：石崇厠常有十餘婢侍列，麗服藻飾。《列子》：西戎獻周穆王火浣之布，浣之必投于火，皓然疑乎雪。

〔一七〕見《歸田序》。

〔一八〕見《尺牘序》。

〔一九〕《水衡記》：張僧繇于金陵安樂寺畫两龍，不點睛。每云：「點之即飛去。」人强點其一。須臾，雷電破壁，一龍上天，一龍不點者猶存。

〔二〇〕見《楚鴻序》。

〔二一〕《列子》：連城之璧，夜光之珠，無翼而飛，不脛而走，人之爲之也。孔融云：珠玉無脛而自至者，人好之也。

〔二二〕《國策》：蘇秦之楚，三月乃得見王，曰：「楚國食貴于玉，薪貴于桂。」王曰：「聞命矣。」

〔二三〕《方朔傳》：漢武時，未央宫殿前鐘自鳴。方朔曰：「臣聞銅者山之子，山者銅之母，子母相感。山有奔弛者，故鐘先鳴。」後南郡太守果上言山奔。《魏書》：魏殿鐘自鳴，茂先言：「此蜀郡銅山奔耳。」殷浩曰：「銅山西奔，靈鐘東應。」

【校記】

［一］題下，患立堂本、浩然堂本并有小注：「選名《移我情集》。」

［二］「爍」，患立堂本、浩然堂本并作「鑠」。

〔三〕「乃」，患立堂本、浩然堂本并作「爰」。
〔四〕「藹」，蔣刻本、患立堂本、浩然堂本并作「鼠」。
〔五〕「或」，患立堂本、浩然堂本并作「乃」。
〔六〕「鎈」，蔣刻本、患立堂本、浩然堂本并作「羞」。
〔七〕篇末，蔣刻本、患立堂本、浩然堂本并有「謹啓」二字。

謝柯翰周惠爐扇啓

裁來皎月，詠自班姬〔一〕；滃得香雲，製緣丁緩〔二〕。瘦骨截湘妃之竹〔三〕，蟬雀分行〔四〕；同心煎荀令之香〔五〕，鷓鴣成片〔六〕。睡茱萸之複帳〔七〕，有鴨皆紅〔八〕；舞翡翠之晴窗〔九〕，無鸞非彩〔一〇〕。擎諸〔一〕掌上，藏并奩中。然而九華乍御，金獸先啼〔一一〕；四和纔烘，畫羅遥妒〔一二〕。維四時之代謝，故两美之難兼。并荷蘭閨之澤〔一三〕，恨不同時；俱邀柘館之榮〔一四〕，愁難相見。今某雙承雅貺，两藉殊頒。握彼兔華之下〔一五〕，驟識春遒；擁於麝火之旁〔一六〕〔二〕，旋知秋盡。無冬無夏，咸銘逾量之施；倏燠倏寒，彌切撫時之感。〔一七〕

【箋注】

（一）見《海棠賦》。

（二）《西京雜記》：長安巧工丁緩作卧褥香爐，爲機環，轉四周，而爐體常平，可置之褥被。又作九層博山爐，鏤以奇禽怪獸。

（三）見《憺園賦》。

（四）《齊書》：何戢爲吴興太守，孝武賜蟬雀扇，顧景秀所畫，時美其巧絶。一作齊高帝好畫扇，何戢以顧所畫獻之。

（五）見《紫玄序》。

（六）《香譜》：擇香木之曲幹，以刀斫成坎，經年結斑點，名鷓鴣斑[三]。

（七）見《昭華序》。

（八）見《葉母序》。

（九）見《韓倬啓》。

（一〇）補注。

（一一）曹植《九華扇賦》：形五離而九折，蔑匣解而縷分。注：其製不圓不方，其中結成文。羅隱詩：噴香瑞獸金三尺。見上注。

（一二）補注。

〔一三〕《後漢·皇后紀贊》：頒政蘭闈。

〔一四〕見《徐母序》。

〔一五〕見《璿璣賦》。

〔一六〕見《黄門序》。

〔一七〕附注：劉禹錫《團扇歌》：上有乘鸞女。《山居清要》：用梨、棗核，柏葉、蔗查爲末，名四和香，焚之。〔四〕

【校記】

〔一〕「諸」，患立堂本、浩然堂本并作「俱」。

〔二〕「旁」，患立堂本、浩然堂本并作「傍」。

〔三〕此句中二「斑」字，原作「班」，據四庫本改。

〔四〕此條附注，據亦園本、四庫本、文瑞樓本補。

代友〔一〕謝送湖綿花褐選穎燈檠啓

七襄駝褐，桃花映水以爭鮮〔一〕；萬縷紅絲〔二〕，柳絮因風而乍起〔二〕。産於塞外，叢編載毛㲜之名〔三〕；浴自盆中〔四〕，腛史記芮温之號〔五〕。至於日之夕矣〔六〕，在旁惟一二燭奴(七)；客則[三]休乎(八)，侍側只十雙毛穎(九)。孫康則映階少雪(一〇)，祇圖續命蚖膏(一一)；江淹則入夢無花(一二)，長冀乞靈鼠尾(一三)。俱珍藝苑，并艷書幃[四]。今某東海釣魚(一四)，詎有輕肥之望(一五)；西華衣葛(一六)，敢興安襖之思(一七)。兔[五]毫禿盡，班生投矣而未遑(一八)；鳳脛燒殘(一九)，山鬼吹之而亦得(二〇)。何來高誼，逮及羈人。綸帛捧至，艷欲凌霞(二一)；紕絮貽來，柔如疊雪(二二)。曳之沃若(二三)，布何羨於賨人(二四)；纔處卷然，紅定煩夫女手(二五)。別有深情，托於[六]長物(二六)。年年鑿壁(二七)，贈伊懸火之銅釭；日日鈔書，貽爾臨池之玳管。管城子脫冠以至(二八)，一架珊瑚(二九)；不夜侯秉燭而來，兩行菡萏(三〇)。從此邪筐蠶績，頓忘范叔之寒(三一)；自茲鵝帖螢窗，益進昌黎之學(三二)。銜恩莫罄，鏤德何窮。此啓。

【箋注】

(一)《詩義疏》：織女星在漢旁，自卯至酉，當更七次，曰七襄。

(二)見《琴怨序》。

(三)《後漢·西南夷傳》：能作青頓毞毲。注：青頓，今名絲頓。毞毲，今紫毲也。乃蠻夷毛罽。叢編，見《紫來序》。

（四）見《雪持序》。

（五）《吕覽·必已篇》：不食穀實，不衣芮温。注：芮，絮也。芮取細密温煥義。脞史，見《尺牘序》。

（六）《詩》。

（七）《天寶遺事》：申[七]王宫中以龍檀木刻成童子，彩衣束帶，每夜集列，執畫燭，謂之燭奴。

（八）《莊子》：許由謂堯曰：「歸休乎君。」

（九）見《昭華序》。

（一〇）見《茹蕙序》。

（一一）《淮南子》：萬畢術取蚖脂爲燈，置水中，即見諸物。

（一二）見《園次序》。

（一三）見《疊韻序》。

（一四）《莊子》：任公爲大鈎巨緇，五十犗爲餌，蹲于會稽，投竿東海。期年得大魚，腊之。自浙河以東，莫不饜若魚者。

（一五）《論語》。

（一六）見《吴太母啓》。

（一七）《詩》。

〔一八〕《班超傳》：超傭書養母，嘗投筆歎曰：「大丈夫無他志略，猶當效傅介子、張騫立功異域，安能久事筆研間乎？」

〔一九〕補注〔八〕。

〔二〇〕《楚詞・屈原〈九歌〉》，《山鬼》其一也，有曰：若有人兮山之阿，被薜荔兮帶女蘿。杜詩：山鬼吹燈滅。

〔二一〕《説文》：緰貲，布之尤精者。注：帣，與「貲」音義通。

〔二二〕《詩》：素絲紕之。鄭注：織組也。《説文》：繰餘爲絮。杜詩：香羅疊雪輕。

〔二三〕《詩》。

〔二四〕《晉・食貨志》：南蠻歲令輸布一匹，小口二丈，謂之賨布。《晉中興書》：巴人謂賦爲賨，因名巴賨。左思《蜀都賦》：奮之則賨旅。《風俗通》：巴有賨人剽勇，漢高取之，定三秦。

〔二五〕見《憺園賦》注及《雪持序》。

〔二六〕見《憺園賦》。

〔二七〕見《素伯序》。

〔二八〕《毛穎傳》：始皇封諸管城，號管城子。後拂拭之，因免冠謝。

〔二九〕見《天篆序》。

（三〇）補注。庾信《對燭賦》：銅荷承淚蠟。按荷，即菡萏也。

（三一）《檀弓》：蠶則績，而邪有筐。《史記》：范睢入秦，拜相。須賈使秦，睢敝衣微行，見賈。賈驚曰：「范叔一寒至此哉？」乃取一綈袍與之。

（三二）《書斷》：王羲之爲右將軍，性愛鵝。山陰道士好畜鵝，羲爲寫《道德經》，籠鵝而歸。相傳有《鵝群帖》。螢窗，見《憺園賦》。《昌黎傳》：愈以正學自持，學者仰之爲泰山北斗。

【校記】

［一］「友」後，患立堂本、浩然堂本并有「人」字。

［二］「絲」，患立堂本、浩然堂本并作「綿」。

［三］「則」，患立堂本、浩然堂本并作「且」。

［四］「幃」，患立堂本、浩然堂本并作「帷」。

［五］「兔」，患立堂本、浩然堂本并作「娩」。

［六］「於」，患立堂本、浩然堂本并作「諸」。

［七］「申」，原作「由」，據亦園本、四庫本、文瑞樓本改。

［八］「補注」，亦園本、四庫本、文瑞樓本并作「見《雪持序》」。

謝友人賚安[一]石榴啓

壓檐窋咤，産自塗林（一）；隔膜胭脂，呼爲丹若（二）。張騫槎到（三），新移海外之枝（四）；李靖編成（五），夙號天漿之汁（六）。既可施之作枕，賦就張紘[二]（七）；還堪染以爲裙，詩裁武后（八）。懸焉似瘤，既標劉杙之名（九）；重可論斤，亦著離斯之國（一〇）。

某愁同平子（一一），渴類相如（一二）。幸沾珍果之頒，獲飽[三]上林之味。客[四]來筵上，纍纍不夜之珠（一三）；藏向奩中，歷歷記歌之豆（一四）。偏譏栗罅，殼冗青毛；欲鬥離支，綃籠紅肉。詎止《伽藍》作記，白馬寺之甜實直牛（一五）；須知伯起曾言，安德妃之榴房多子（一六）。飲君雅意，貺我成言。

【箋注】

（一）補注。陸機《與弟書》：張騫使外國，十八年得塗林。即安石榴也。

（二）李義山詩：榴膜輕明榴子鮮。《酉陽雜俎》：石榴，一名丹若，一名金罌。

（三）見《孝威序》。

（四）元稹詩：何年安石國，萬里貢榴花。迢遞河源道，因依漢使槎。

〔五〕補注。

〔六〕《酉陽雜俎》：石榴，甜者謂之天漿。

〔七〕見《季青序》。

〔八〕見《海棠賦》。

〔九〕補注。

〔一〇〕《續酉陽雜俎》：大食勿離斯國，石榴重五斤。

〔一一〕見《少楹序》。

〔一二〕見《智修序》。

〔一三〕張載《石榴賦》：剖之則珠散，含之則冰釋。崔湜詩：珠房折海榴。

〔一四〕見《素伯序》。

〔一五〕《洛陽伽藍記》：白馬之村出榴，大如斗，甜如蜜。語曰：「白馬甜榴，一實值牛。」

〔一六〕見《看奕賦》。

【校記】

[一]「安」，原脱，亦園本同，據蔣刻本等補。按原目録亦有「安」字。

[二]「紘」，原作「絃」，據諸本改。

[三]「飽」，患立堂本、浩然堂本并作「寶」。

[四]「客」，患立堂本作「刻」，浩然堂本作「列」。

謝園次賚衣啓

鴛鴦作匹〔一〕，扶風織錦之家〔二〕；蛺蝶爲羅，叢臺袨服之客〔三〕。今某裘類蘇秦，服來久敝〔四〕；衣同到溉，着處還〔一〕穿〔五〕。猥以班荆〔六〕，於焉贈縞〔七〕。仙園獨繭，搗須新市清砧；鄴館雙絲，濯用成都粉水〔八〕。訝獸爐之不暖〔九〕，憎鶴氅之猶寒〔一〇〕。遂使季路緼袍〔一一〕，忽現藍花之色〔一二〕；將見原思露肘，俄成綟葉之形〔一三〕。姬人裂帛〔一四〕，競詢何處紅蠶〔一五〕；嬌女挽鬟〔一六〕，預索此中紫鳳〔一七〕。

【箋注】

〔一〕見《瀛臺序》。

〔二〕見《璿璣賦》。

〔三〕杜詩：花羅封蛺蝶。《藝文志》：趙武靈王建叢臺于邯鄲。《前漢書》：全趙之時，武力勇士袨服叢臺之下，一旦成市。注：盛服也。

〔四〕《蘇秦傳》：黑貂之裘敝。

〔五〕《梁書》：到溉性率儉，不好聲色。庭室單床，旁無姬侍。冠履十年一易，朝服或至穿補。并見《園次序》。

〔六〕見《禹平序》。

〔七〕見《憺園賦》。

〔八〕《列子》：詹何，楚人也。以獨蚕絲爲綸，引盈車之魚。《列仙傳》：園客種五色香草，有五色蛾上香草末。生桑蚕。有女與客俱蚕，繭大如瓮。繅訖，莫知所之。《上林賦》：曳獨繭之褕絏。梁元帝《鴛鴦賦》：文生新市之機。李義山詩：地迥更清砧。《魏志》：舊綾機五十綜者，五十躡；六十綜者，六十躡。庾信《謝賚絲布啓》：關尹津梁之織，鄴地雙絲；扶風彩文之機，仙園獨繭。粉水，見《園次序》。

〔九〕見《謝柯啓》。

〔一〇〕見《紫玄序》。

〔一一〕《論語》。

〔一二〕見《琴怨序》注。

〔一三〕《家語》：原憲正冠則纓絶，振衣則肘見，納履則踵决。《莊子》：曾子捉衿而肘見，納履而踵决。杜詩：衣袖露兩肘。《説文》：緓帛，戾草染色也。

〔一四〕《史記》：褒姒好聞裂繒聲。《左傳》：召使者裂裳帛而與之。

（一五）補注。

（一六）見《看奕賦》。

（一七）杜甫《北征》詩：海圖折波濤，舊綉移曲折。天吴及紫鳳，顛倒在短褐。

【校記】

［一］「還」，患立堂本、浩然堂本并作「恒」。

謝劉王孫示西洋諸器詩啓

青宫愛子，曾傳如意之銘（一）；朱邸親王（二），夙擅屏風之作（三）。十層胡粉，解染妍詞（四）；百弖鑾箋，工書艷曲（五）。錦襵與蟬鬢并亂（六），金筒共麝月同飄（七）。某深愧陳琳（八），幸逢劉向（九）。賚［二］來蝌蚪（一〇），疑焚辟惡之香（一一）；躍出娵隅（一二），似被若亡之縠（一三）。光同不夜，體比宜春（一四）。假令司馬爲郎，還通卭僰（一五）；若使仲容追婢，定是鮮卑（一六）。［二］

【箋注】

（一）補注。《神異經》：東明山有宫，青石爲墻，門有銀榜，以青石鏤題，曰：「天地長男之宮。」注：太子曰青宮，震爲長男，東屬震，故主宮于東曰東宮。《金陵志》：漢時，秣陵有掘得銅匣者，開之得白如意，皆刻螭、虎、蠅、蟬等形。

（二）見《滕王賦》。

（三）《禮記注》：天子負斧扆而立。屏風，扆遺象也。《三禮圖》：屏風之名出于漢。《漢書》：梁孝王賓客有羊勝，賦屏風。按梁簡文有《謝賚屏風啓》。

（四）見《楚鴻序》。

（五）鑾箋，見《三芝序》。《東觀餘論》：小宋《太一宮詩》：仙圖幾吊開。自注：以《真誥》一吊爲一卷，不知《真誥》所謂弓即卷字，蓋從省文。《真誥》音亦爾，非吊字也。

（六）《説文》：衣襵不知。注：襵，同「褶」。蟬鬢，見《琅霞序》。

（七）金筒，補注。張正見詩：裁金作小靨，散麝起微黄。《酉陽雜俎》：近代妝尚靨，如射月，曰黄星靨。靨，鈿之名。《玉臺新詠序》：金星與婺女爭華，麝月共嫦娥競爽。

（八）見《滕王賦》注。

（九）見《映碧啓》注。按劉向字更生，以避諱，改字子政。

（一〇）見《憺園賦》。

（一一）見《劉太母序》。

（一二）《世説》：郝隆爲桓公南蠻參軍。三月三日會，作詩。隆作云：「娵隅躍清池。」桓問之，答曰：「鸞名魚爲娵隅。」

〔一三〕補注。

〔一四〕見《徐母序》。

〔一五〕見《劉太母啓》。

〔一六〕《世説》：阮仲容先幸姑家鮮卑婢。及居母喪，姑當遠移。初云當留婢，既發，仲容借客驢著重服自追之，累騎而返，曰：「人種不可失！」即遥集之母也。

【校記】

［一］「賚」，患立堂本、浩然堂本并作「賫」。

［二］篇末，患立堂本有小注：「青宫」，一作「緑池」。「十層」，一作「滿籠」。又篇末患立堂本有評語：「直是老庾之作，子山不及。周壽王評。」

謝吴伯成明府賚酒米并炭啓

條風末播〔一〕，誰貽范叔之綈〔二〕；珂雪將零〔三〕，只減［一］梁鴻之竈〔四〕。畫從馬援，豈足療饑〔五〕；噀自欒巴，何由取醉〔六〕？食惟一溢〔七〕，年年貸向監河〔八〕；量減三升（九），夜夜酤從蜀肆（一〇）。乃者辱憐臣朔之饑（一一），猥念寬饒之醒（一二）。春成精鑿，與緑蟻以偕來（一三）；刈自琅琊（一四），并玉蛆而俱至（一五）。除芒紅稻（一六），聚來作城郭之形（一七）；壓榨金漿，釀就得雲霞之氣（一八）。况須搗炭（一九），用代燃薪。貯之寶鴨（二〇），鳥無事於避風（二一）；刻作紅獅（二二），鶴奚爲而訝雪（二三）。

【箋注】

（一）《淮南子》：猶條風之時灑。

（二）見《代友啓》[二]。

（三）補注。

（四）見《天章序》。

（五）《馬援傳》：援説光武破隗囂，于帝前聚米爲山谷，指畫形勢。

（六）見《天章序》。

（七）補注。

（八）《莊子·外物篇》：莊子家貧，故往貸粟于監河侯。

（九）見《藝圃序》注。

（一〇）《成都志》：山濤治郫邑時，刳[三]大竹，采酴醿釀作酒[四]。兼旬方開，香聞百步。

蜀人傳之，爲郫筒酒。杜詩：酒憶郫筒不用沽。

（一一）《東方朔傳》：朔對上曰：「侏儒長三尺餘，俸一囊粟，錢二百四十；朔長五尺餘，亦俸一囊粟，錢二百四十。侏儒飽欲死，臣朔飢欲死。」

（一二）見《禹平序》。

（一三）張載《酒賦》：縹蟻萍布，芬香酷列。曹植《七啓》：浮蟻鼎沸。注：杯面浮花也。

（一四）見《竹逸序》。

（一五）《李白傳》：太白好飲玉浮梁。注：即浮蛆酒脂也。東坡詩：桑落初嘗艷玉蛆。

（一六）見《臞庵序》。

（一七）見上。

（一八）《抱朴子》：碩曼卿入山學仙，自言仙人以流霞一杯與我，輒不饑渴。注：天仙，酒名。

（一九）詳下。

（二〇）見《謝柯啓》。

（二一）《國語》：海鳥曰：「爰居止于魯東門之外。」展禽曰：「夫廣川之鳥獸，恒知而避其災也。」是歲也，海多大風。

（二二）《語林》：晉羊琇字雅舒，性豪侈。洛下少林木，琇乃搗小炭爲屑，以物和之，作獸形温酒。昭明《錦帶書》：温獸炭而袪透心之冷。

〔一三〕見《滕王賦》注及《舜民序》。

【校記】

[一]「減」，蔣刻本、患立堂本、浩然堂本并作「滅」。

[二] 即卷十七《代友謝送湖綿花褐選穎燈檠啓》。

[三]「刳」，原作「郛」，據亦園本、四庫本、文瑞樓本改。

[四]「采」，原脱，據亦園本、文瑞樓本補。又「釀」字重衍，據亦園本、文瑞樓本删。

戲與李渭清索餅啓

段家食品，先譜牢丸；荀氏饌經，尤推薄夜〔一〕。溲成飳餥〔二〕，易污靈寶之衣〔三〕；蒸作餢飳〔四〕，慣賣安丘之市〔五〕。《齊民要術》，競傳不托之名〔六〕；《南楚新聞》〔七〕，亦擅紅綾之號〔八〕。在六季則呼之爲餅，至两州則名以爲䭔〔九〕。詎須束晰，纔賦安乾〔一〇〕；寧假虞悰，惟誇米粣〔一一〕。

僕托處〔一〕掘門〔一二〕，栖遲藿食〔一三〕。家原吴地，夙耽鰕菜之風；游到梁園，偶習餦餭之味〔一四〕。酒壚偈傒〔二〕，偕鈴卒以加餐〔一五〕；葱肆𩯭毦，共騎奴而屬饜〔一六〕。自客都亭，長懷宛雛〔一七〕。人非雁鶩，何求〔三〕澤畔之糧〔一八〕；行類侏儒，并乏囊中之粟〔一九〕。猶憶前宵，曾蒙設食。膏環一捻，玲瓏映字以俱明〔二〇〕；粔籹千堆〔二一〕，柔弱因風而欲起〔二二〕。遍驕座客，還托〔四〕家僮。頗餘望蜀之思〔二三〕，仍作發棠之請〔二四〕。想何年歸去，細說於荒橋野店之旁；來日過從，大嚼於淡月輕烟之候。不煩牌牘〔二五〕，以恩公爲；但有寬焦〔二六〕，可遲賓至。無〔五〕嫌惡客，縱懷矣而何妨〔二七〕；倘屬戲言，即畫之而亦可〔二八〕。

【箋注】

〔一〕見《瀛臺序》。

〔二〕《方言》：陳楚之間，相謁而食，謂之餂餥。《爾雅》：餥，食也。《説文》：餱也。

〔三〕補注。《小名録》：桓玄字敬道，生而有光照室，少名靈寶。

〔四〕《齊民要術》有《餢飾篇》，云：餢飾滑而美。按餢飾，起餅也。發酵使麪輕高浮起，炊之。賈公彦以爲起膠餅也。

〔五〕見《祖德賦》。

〔六〕《後魏書》：高陽太守賈思勰撰《齊民要術》數卷。《五代史·李茂真傳》：昭宗云：「朕與宫人一日食粥，一日食不托。」注：不托乃俗語，即餅。

（七）補注。

（八）見《瀛臺序》。

（九）《南史》：郭平原感文帝。帝崩，日食麥餅一枚。又：齊衡陽王鈞生，母病，不食五色餅。注：六朝人呼餅爲餅。李蕚《饞語》詩：捻餹舐指不知休。注：蜀人呼烝餅爲餹。

（一〇）見《瀛臺序》注。

（一一）《南史》：虞悰作扁米粣。注：即今饊子。

（一二）見《壽徐序》。

（一三）《家語》：孔子厄于陳、蔡，藜羹不糝。《韓子》：粗糲之飯，藜藿之羹也。

（一四）《楚詞》：粔籹蜜餌有餦餭些。注：粔籹，環餅也。餦餭，餳也。以糵熬米爲之，亦謂之飴。此則其乾者也。

（一五）《説文》：傝傉下材，不肖之人。或作𦐇冗。《古詩》：努［六］力加餐飯。

（一六）《梁書》：吕僧珍兄子求官，僧珍曰：「汝等當速歸葱肆。」《世説》：羊祜有鶴善舞，客試之，氃氋不肯舞。《左傳》：屬饜而已。

（一七）見《憺園賦》。

（一八）《國策》：燕太后曰：「賴先王雁鶩之餘食。」《九辯》：鳧雁皆唼夫梁藻兮。《廣絶交論》：分雁鶩之稻糧。

〔一九〕見《謝吴啓》。

〔二〇〕《唐摭言》：宣帝賜韋澳孫宏銀餅餤，皆乳酪膏腴之所爲。《清異録》：金陵士大夫鼎鐺有七妙餅，可映字，其一也。

〔二一〕見上。《齊民要術》：膏環，一名粔籹。

〔二二〕見《瀛臺序》。

〔二三〕《後漢書》：光武賜岑彭等書曰：「人苦不知足，既得隴，復望蜀。」注：隗囂平，復擊公孫述也。

〔二四〕《孟子》。

〔二五〕《詩》。

〔二六〕補注。

〔二七〕《漢書》：公孫弘曰：「寧逢惡賓，莫逢故人。」懷餅，見《憺園賦》。

〔二八〕《魏志》：盧毓言：「名士如畫地作餅，不可啖食。」

【校記】

［一］「托處」，患立堂本作「樂托」。

［二］「孱」，患立堂本、浩然堂本并作「孱」。

［三］「求」，患立堂本、浩然堂本并作「來」。

［四］「托」，患立堂本、浩然堂本并作「詑」。
［五］「無」，患立堂本、浩然堂本并作「毋」。
［六］「努」，原作「弩」，據文瑞樓本改。

陳檢討集卷十八

宜興陳維崧其年撰　皖江程師恭叔才注

書　碑　頌　記　誌銘

上合肥[一]先生書

載別旌門，四更蓂莢[一]。感知慕德，泣更劇於蛇珠[二]；怨老嗟卑，身竟同於燕石[三]。馳惶無地，哽懼自天[四]。譬之越禽戀燠，終思近日之鄉；代馬銜寒，恒有淩飇之氣[五]。人之情也，能無歎乎！

粤自南陽雉雊，陳寶鷄鳴[六]。日月炳乎八紘[七]，乾坤奠其四極[八]。恩波湛濊，北通弱水之邦[九]；瑞氣昭回，東被無龍之國[一〇]。凡夫稟氣，靡不蒙慈；獨有文人，善於失職[一一]。餘姚書佐[一二]，不無拾橡之時[一三]；丹陽布衣[一四]，或類翳桑之客[一五]。而崧薄劣，猥荷帡幪[一六]，予以吹嘘，長其聲價[一七]。此則蝻毛蚊翼，悉藉生成；枯木朽株，咸歸雕飾[一八]。頌揚曷極，銘鏤奚言？自入中原，於兹三載，托貴游之後乘，厠幸舍之末行。遍歷两河，頻經八郡，百凡風緒，彌觸悲辛，聊借叢談（一九），以兹[二]撫掌（二〇）。

慨自蛾飛玉塞，蟻潰金堤（二一），既七聖之路迷（二二），亦百王之道盡（二三）。漢臺晉闕，共廢壘以縱横；伊鼎姜璜，并頹垣而蕪没（二四）。兔苑賦詩，悵鄒枚之不作（二五）；吹臺縱酒，盼高李以何從（二六）。復奚言哉，此固然矣。若乃邯鄲爲游俠之魁，朝歌乃輕華之窟（二七）。玫瑰作城（二八），東京樊重之家（二九）；玳瑁[三]爲梁（三〇），西洛石崇之宅（三一）。或奕洛瑰之所割據，或賀六渾之所攘竊（三二）。三條夜啓，游騎歌鐘；五劇晨開，販脂削脯（三三）。此皆歷代名都，累朝勝域；今則空餘風月，無復綺羅。淇泉罕巧笑之人（三四），趙國乏報恩之士（三五）。魁肩齲齒（三六），即曰洛陽女兒（三七）；葱肆餅傖（三八），便是叢臺年少（三九）。詎堪揚扢，徒滋閔嘿（四〇）。是以刻意矯除，刮磨豪習；孤行峭厲，消耗壯心。抱盎簡以終年（四一），托螢編而永日（四二）。《玉杯》一卷（四三），珠海千函，非狷非狂，如是而已（四四）。所幸學善陸沉，性甘徽纆[四]（四五）。賓從念劉楨[五]之疾（四六），主客知原憲之貧（四七）。濁酒素琴，差無患苦（四八）；宵鐘夜漏，聊用襄羊（四九）。以此自寬，毋煩相譬（五〇）。

且夫楚腰信美（五一），不登展氏之床（五二）；秦缶雖工，難悅趙王之耳（五三）。何則意吻者易爲容，而情乖者難爲洽也。是以越石抵掌於晏嬰之側（五四），於期扼腕于慶卿之前（五五）。魏齊亡命，乃客虞卿（五六）；鬷蔑不聊，爰投羊舌（五七）。無他，素蒙根柢之知，則略其疻痏；夙荷優容之雅，則假以羽毛耳（五八）。

崧之藉庇，廿餘年矣，不幸崩摧，酷遭割罰。年幾[六]知命，尚乏嗣胤[七]，漸[八]成張壯武之心疾，時類羊南城之淚流（五九）。已於商丘（六〇）擬置一媵，非云曼倩之小妻（六一），聊比樂天之粗婢（六二）。或者李家先德，尚產衮師（六三）；阮氏清門，將生遙集（六四）。蓬頭歷齒（六五），妄思以買得爲名（六六）；執傘擎箱，謬計以醜奴作氏（六七）。然而客本畏人，居尤不易（六八）。必賴汝南長者，寵以輜軿；許下群公，惠之談論（六九）。此其萍迹，或免蓬科（七〇）。倘有高軒入魏，幸言朱亥於市中（七一）；至於絳綬游吳，願述伯鸞居廡下（七二）。用茲仰瀆，伏冀台慈，更有鄙懷，統祈尊鑒。

崧以盧蒲髮短（七三），燭武精亡（七四），處處揶揄（七五），年年毷氉（七六）。正使石填武擔（七七），詎塞愁倉；土運黎陽（七八），難平恨棧。瑤姬無掃塵之竹（七九），玉女寡洗頭之盆（八〇）。將畫葉公之龍，遂牽荀息之馬（八一）。雖復井公縱博，寧能索笑於仙家（八二）；

即令鍾子刺船，詎便移情於海上（八三）。方今成均廣闢（八四），石鼓弘鳴（八五）。六館[九]之側（八六），負笈者三千（八七）；四庫之旁（八八），横經者[一〇]十九（八九）。若獲策其駑劣，竭此涓埃（九〇）。一觀太學之碑（九一），便脱諸生之籍。未知此語果合事宜，佇望台裁以爲進止。

嗟乎！來日大難（九二），獨居不樂（九三）。天上之愁萬里，人間之怨千年（九四）。困豫且之赤鯉，猶然仰沫於洪波（九五）；燒爨下之焦桐，尚爾驚魂於妙曲（九六）。辭寧叙意，書不宣心。維崧頓首。（九七）

【箋注】

（一）見《璿璣賦》。

（二）見《鷹垂序》。

（三）唐李翔賦：衆囂囂而雜處兮，咸歎老而嗟卑。《闞子》：宋之愚人，得燕石于梧臺之東，藏以爲寶。周客聞而觀焉。主人革匱十重，緹巾十襲。客見之，掩口而笑曰：「此特燕石耳！其與瓦甓不殊。」

（四）《莊子》：哽而不止。注：哽咽又悲塞也。

（五）見《無忝序》注。

（六）見《得仲序》。

（七）見《璿璣賦》。

（八）見《佳山序》。

（九）《書》。

（一〇）見《鄰園啓》。

（一一）見《園次序》。

（一二）見《竹逸序》。

（一三）《東觀漢記》：李恂餉遺無所受，居新安關下，拾橡實爲食。

（一四）補注。

（一五）見《壽季序》。

（一六）杜詩：薄劣慚真隱。《揚子》：震風凌雨，然後知厦屋之爲帡幪也。注：旁曰帡，上曰幪。

（一七）《鄭泰傳》：泰對董卓曰：「孔公緒清談高論，噓枯吹生。」李白《與韓荆州書》：一登龍門，則聲價十倍。

（一八）鄒陽《上梁王書》：有人先談，則以枯木朽株，樹功而不忘。

（一九）見《庭表序》。

（二〇）見《樂府補序》。

（二一）蛾飛，見《素伯序》。李白賦：明妃玉塞。楊巨源詩：玉塞含凄見雁行。注：張掖郡北有玉門關，故云玉塞。《韓子》：千丈之堤，以蟻穴而潰。《漢書》：王尊守東都，河水浸瓠子金堤，尊祀神，許身填之。

（二二）《莊子》：黄帝見大隗于具茨之下，七聖皆迷。《雲笈七籤》：黄帝周游以訪真道，令方明爲御，昌宇驂乘，張若、謵朋道焉，昆昏、滑稽從車，而至襄城之野，七聖皆迷。

（二三）見《滕王賦》。

（二四）伊鼎，見《隹山序》。姜璜，見《吴太母啓》。

（二五）見《璿璣賦》。

（二六）《陳留風俗傳》：浚儀有師曠、倉頡城，城上有列仙吹臺，乃王子晉吹笙處。《東京記》：吹臺側後有繁氏居之，里人呼爲繁臺。師曠建，梁孝王增築之。《孔帖》：杜甫從李白、高適過汴州，酒酣登吹臺，慷慨懷古人莫測也。

（二七）《史記》：邯鄲亦漳河之間一都會也。古詩：役使邯鄲倡。高適詩：邯鄲城南游俠子，自矜生長邯鄲裏。見《子厚序》。《水經注》：朝歌，本沬邑。紂有新聲靡樂，號邑朝歌。墨子迴車，顔淵不舍。按紂都此，漢屬河内，今衛輝府。

（二八）《西京賦》：右平左城。注：城，階齒也。玫瑰，見《滕王賦》。

（二九）見《半繭賦》。

（三〇）沈佺期詩：海燕雙棲玳瑁梁。

（三一）見《憺園賦》。

（三二）《北史》：慕容廆小字奕洛瑰，割地爲北燕。《北齊書》：魏高歡謂爾朱榮[一一]曰：「明公雄武，霸業可舉。」鞁而成此，賀六渾之意也。按賀六渾，歡小字，後篡魏爲齊。

（三三）《西京賦》：擊鐘鼎食，連騎相過。《史記·貨殖傳》：販脂，辱處也，而雍伯千金。洒削，薄技也，而郅氏鼎食。胃脯，簡微耳，濁氏連騎。馬醫，淺方耳，張里擊鐘。《漢書·食貨志》：翁伯以販脂而傾縣邑，濁氏以胃脯而連騎，質氏以洗削而鼎食，張里以馬醫而擊鐘。晉灼注：胃脯，今大官以十日作沸湯燖羊胃，以末椒姜坋之訖，曝乾使燥者也。如淳注：削洗，謂作刀劍削也。三條、五劇，見《憺園賦》。

（三四）《詩》。

（三五）詳《掌亭誄》注。

（三六）見《贈閻序》及《茹蕙序》。

（三七）見《閨秀序》注。

（三八）見《索餅啓》。

（三九）見《賚衣啓》。

（四〇）《列子·仲尼篇》：商太宰嘿然心計。《九章》：孔靜幽嘿。鬱結紆軫兮，離慜而長鞠。注：嘿，通「默」。慜，痛也。

（四一）《廣雅》：蚕，同「蠹」。見《澹庵序》注。

（四二）見《憺園賦》。

（四三）見《存庵序》注。

（四四）補注。

（四五）《莊子·則陽篇》：孔子之楚，舍于蟻丘之漿。其鄰有夫妻臣妾登極者，仲尼曰：「是陸沉者也。」注：極，屋棟也。陸沉，人中隱者，譬無水而沉。并見《看奕賦》注。揚雄《酒箴》：牵于纆徽。注：井索也。

（四六）劉楨詩：余嬰沉痼疾，竄身清漳濱。見《滕王賦》。

（四七）見《謝園次啓》［一二］。

（四八）嵇康《與山濤書》：濁酒一杯，彈琴一曲。《恨賦》：濁醪夕引，素琴晨張。

（四九）相如《上林賦》：消摇乎襄羊。郭璞注：襄羊，猶彷徉也。

（五〇）見《井叔序》。

（五一）見《梧月序》。

（五二）《家語》：展禽名獲，字季。居柳下，嘗納女懷中，國人稱其不亂。

（五三）《史記》：秦、趙會于澠池。秦王請趙王鼓瑟，秦御史書曰：「秦王令趙王鼓瑟。」藺相如曰：「請秦王奏盆缶。」秦王不許，相如曰：「五步之内，請以頸血濺大王矣。」秦王一爲擊缶。相如召趙御史，書曰：「秦王爲趙王擊缶。」

（五四）見《壽徐序》。

（五五）《史記》：秦將軍樊於期得罪，亡之燕，燕太子丹受而舍之。荆軻私見於期曰：「願得將軍首獻秦王。臣左手把其袖，右手揕其胸。」於期慨然，遂自刎。《國策》：蘇秦見趙王于華屋之下，抵掌而談。《張儀傳》：天下之士，莫不扼腕以言。《蜀都賦》：扼腕抵掌。

（五六）《史記》：魏之諸公子曰魏齊，因范雎爲相，亡走趙，匿平原君所。秦昭王遺書趙王，欲殺之。魏齊夜亡出，見趙相虞卿。虞卿解其相印，與魏齊亡。間行，欲因信陵君以走楚。亡命，見《素伯序》。

（五七）《左傳》：鬷蔑惡，欲觀叔向，立于堂下。一言而善。叔向曰：「必鬷明也。」林注：蔑即鄭然明，其貌醜。叔向聞其言，而知其賢。叔向乃羊舌職之子。

（五八）鄒陽《上梁王書》：欲忠當世之君，而素無根柢之容。《西京賦》：所好生毛羽，所惡成瘡痏。注：羽毛，言飛揚。瘡痏，言瘢痕也。

（五九）《藝文類聚》：阮光禄大兒喪，哀過，遂得失心疾。壯武，見《懸圃序》。《晉・羊祜傳》：祜封南城侯，無子，封其夫人夏侯氏萬歲鄉君。庾信《傷心賦》：張壯武之心疾，羊南城之淚流。

（六〇）《歸德府志》：陶唐遷閼伯于商丘，即今商丘縣，漢曰睢陽。

（六一）見《看奕賦》。

（六二）見《琴怨序》。

（六三）見《看奕賦》。

（六四）見《西洋啓》[一三]。《阮孚別傳》：咸與姑書曰：「胡婢遂生胡兒。」答書曰：「《魯靈光殿賦》曰：『胡人遥集于上楹。』可字曰遥集。」故孚字遥集。

（六五）見《看奕賦》注。宋玉賦：蓬頭歷齒。

（六六）《小名録》：桓冲字幼子[一四]，彝之子。兄温甚器之。初，彝亡，兄弟并小。家貧，母患，須羊以解，乃以冲爲質。羊主甚富，言欲爲質，幸爲養買得郎。注：冲小字。

（六七）補注。古詩：足下絲履五文章，平頭奴子提履箱。

（六八）杜詩：畏人成小築。《詩話》：白居易少時以詩投顧况，况戲曰：「長安物貴，居大不易。」及見《原上草篇》，曰：「有物[一五]如此，居亦何難？」

（六九）汝南，見《憺園賦》。《開封志》：許州，周曰許國，魏曰許昌。《後漢書》：袁紹賓客所歸，輜軿柴[一六]轂。《説文》：軿，車前衣。車後爲輜。《晉書》：謝朓見會稽孔闓，謂人曰：「此子聲名未立，無惜齒牙餘論。」

（七〇）潘岳《西征賦》：飄萍浮而蓬轉。

（七一）《李賀傳》：賀七歲能詩，韓愈、皇甫湜[一七]探之，作《高軒過》詩[一八]。《史記》：侯嬴謂信陵君曰：「臣有客在市屠中，願枉車騎過之。」公子引車入市，侯生下，見其客朱亥。

（七二）見《集生序》。

（七三）《左傳》：盧蒲嫳見齊侯，泣曰：「余髮如此種種，余奚能爲？」子尾欲復之，子雅曰：「不可。彼其髮短，而心甚長。」

（七四）見《鞠存序》。

（七五）見《園次序》。

（七六）《摭言》：落榜而縱飲，謂之打毻燥。一云毻毦。

（七七）見《庭表序》。

（七八）見《實庵序》。

（七九）瑶姬，見《納姬序》。鄭緝之《東陽記》：昆山去蕪城山十里，上有員池，池邊竹極大，風至垂屈掃地，恒淨潔如人掃也。《永嘉記》：卜江緣岸有仙石壇，有仙竹嬋娟，風來枝動掃石壇，壇上無塵。

（八〇）見《劉太母序》。

（八一）《莊子》：葉公子高好龍，雕文畫之，于是天龍聞而下之。葉公見之，弃而還走。是葉公非好真龍也，好夫似龍而非者也。《穀梁傳》：晉滅虞，荀息操璧牽馬而前曰：「璧則猶是，而馬齒加長矣。」

（八二）見《三芝序》。

（八三）見《井叔序》。

（八四）《周禮》。

（八五）見《梧月序》。《晉書》：武帝時，吴郡崩出一石鼓，擊之無聲。張華云：「以蜀中桐木刻作魚形，扣之，則鳴如言，聲聞數十里。」

（八六）《漢書》：何蕃居太學，六館之士不敢從亂。

（八七）見《祖德賦》。

（八八）見《園次序》。

（八九）《後漢書》：章帝會諸儒白虎觀，講五經同異。諸生横經，捧手諮問。

（九〇）《史記·李斯傳》：能薄材譾。注：淺也。杜詩：未有涓埃答聖朝。

（九一）見《憺園賦》。

（九二）見《納姬序》。

（九三）補注。

（九四）見《琴怨序》。

（九五）《吴越春秋》：吴王欲從民飲，伍子胥諫曰：「不可。昔白龍爲魚，漁者豫且有[一九]

中其目。若白龍不化，豫且不射。今萬乘而從布衣飲，臣患其有豫且之患矣。」

（九六）見《佳山序》。

（九七）附注：《劉穆之傳》：穆之布衣時，往妻兄江氏乞食，多見辱，後任丹陽尹。[一〇]

【校記】

[一]「合肥」，患立堂本作「芝麓」。又患立堂本題下有小注「辛亥」二字。

[二]「玆」，患立堂本、浩然堂本并作「資」。

[三]「瑁」，患立堂本誤作「帽」。

[四]「纆」，原作「纏」，據患立堂本、浩然堂本改。

[五]「楨」，患立堂本、浩然堂本并作「禎」。

[六]「幾」，患立堂本、浩然堂本并作「逾」。

[七]「胤」，浩然堂本避諱作「息」。

[八]「漸」，患立堂本作「已」。

[九]「館」，原作「經」，據諸本改。按程注引《漢書》：「何蕃居太學，六館之士，不敢從亂。」亦作「六館」，故原文「六經」乃刻誤。

[一〇]「横經者」前，原衍「諸生」二字，據諸本删。

[一一]「爾朱榮」，原作「朱爾榮」，據四庫本、文瑞樓本乙正。

〔一二〕即卷十七《謝園次賚衣啓》。

〔一三〕即卷十七《謝劉王孫示西洋諸器詩啓》。

〔一四〕「幼子」，原作「幼字」，據四庫本改。又文瑞樓本誤倒爲「子幼」。

〔一五〕「物」，四庫本作「才」。

〔一六〕「柴」，原作「此」，據四庫本改。

〔一七〕「韓愈、皇甫湜」，原作「李白、皇甫覽」，據四庫本改。

〔一八〕「《高軒過》詩」，原作「高軒以過」，據四庫本改。

〔一九〕「有」，亦園本、四庫本、文瑞樓本并作「射」。

〔二〇〕此條附注，據亦園本、四庫本、文瑞樓本補。

靈巖寺重建大殿碑

蓋聞須彌蘭若，即號青鴛〔一〕；洛下伽藍，原稱白馬〔二〕。永興推宅，恒鐫淨果於許〔一〕詢〔三〕；宜壽聞鐘，長托〔二〕勝因於荀勖〔四〕。絳雲成蓋，人間開舍利之城〔五〕；緑玉爲階，海上現辟支之佛〔六〕。何必蓮河葱嶺，給孤始解捐金〔七〕；豈惟鷲苑猿〔三〕江，大士方能捨室（八）。

吴郡靈巖山者，具區勝壤（九），硯石名山（一〇）。離宫標《越絶》之書（一一），張樂夸[四]《吴都》之賦（一二）。烟濤歕礴，朱長文録入圖經（一三）；川瀆紛綸，孫承祐形爲塔記（一四）。若其旁綴由姑，斜垂青嶁。峰連鄧尉，纓綺岫以攢霄（一五）；徑轉車箱（一六），冠朱峰而碍日（一七）。四百八十（一八），蒼蒼薝蔔之林（一九）；三萬六千，淼淼芰荷之所（二〇）。縈晴結暝，太湖伴佛髻以偕青；蘸水繚烟，两崦共天花而并翠（二一）。一聲谷響，疑賡講院之鐘（二二）；三闋漁歌，似亂梵窗之唄（二三）。筠籠笋箬，風送茶舲；蕙畝松寮，雨沾梅屐。展矣塵寰之淨域，洵哉欲界之仙都（二四）。

爾其沃壤眠芊，平疇奥衍。秋清獨眺，閶門之萬瓦爭流；春霽遥看，茂苑之孤城入畫（二五）。金椎匝路（二六），球門牙仗之家；鐵埒盈衢（二七），里儈市魁之窟。况夫[五]名都故址，伯[六]業遺基。兔葵燕麥，盡昔王酣宴之場（二八）；緑水丹山，半過客悲歌之地（二九）。前塵一去，館娃無響屧之廊（三〇）；舊迹猶存，宫監乏采香之港（三一）。綺羅奚代，惆愴偏多；簫鼓何年，流連曷極？魚山一曲，翻成迦葉之居（三二）；豨巷三條，難問要離之家（三三）。亦曰悴哉，吁其悕[七]矣！

假使城上高臺，不游麋[八]鹿(三四)；古來樂事，長屬爽鳩(三五)。梧宮無一夜之愁(三六)，浣女有千年之笑(三七)。闔閭無恙，山中之劍氣還騰(三八)；伍相重來，市上之簫聲未歇(三九)。則秦關錦砌，常依綉嶺宮前(四〇)；蜀地花磚，永保摩訶池上(四一)。汾河月白，年年明鸛雀之樓(四二)；淮水波紅，夜夜浴鴛鴦之殿(四三)。無如綉[九]囊慣解(四四)，金鏡能虧(四五)。蕭條棧閣，偏增望帝之悲(四六)；屑瑟關河，彌切憤王之恨(四七)。潮鳴文種(四八)，空喧塞[一〇]鼓于傳芭；谷應公孫，衹唱迎神于醉覡(四九)。銀床屈曲，徒盛玉女之漿(五〇)；石鏡晶熒，終類武擔之石(五一)。此則天親菩薩，樂施懺悔之方(五二)；香積如來，願仗皈依之力也(五三)。

於是七重闌楯，代植衹林(五四)；五色琉璃，時修蓮界(五五)。燈燃多寶，醒歷劫之沉迷(五六)；經演三車，救衆生之熱惱(五七)。架瓊梯於震旦，構紺榭以由旬(五八)。寺所由來，爰云舊矣。然而迢迢貧里(五九)，亦有平陂(六〇)；寂寂化城，非無隆替(六一)。河傾酸棗(六二)，波漂鹿女之經(六三)；焰縱咸陽(六四)，灰燼鴿王之座(六五)。岧嶤寶樹，攀少室以恒雕(六六)；杳藹慈航，渡恒河而每涸(六七)。鬼謀人社(六八)，濫及花宮(六九)；星貫天錢，償之柰[一一]苑(七〇)。不有所廢，其何以興？此千秋金刹(七一)，每苔纏蘚泐於前朝；

而六代琳宮（七二），仍矢棘翬飛於今日[一二]也（七三）。

然其始也，廬峰乍闢，豈能銀殿飛來（七四）；漢觀初成，未必玉梁自下（七五）。鵲毛徒禿，詎便成橋（七六）；蜃氣空噓，焉能結市（七七）？不藉鶱摩之願，寧還龍樹之觀（七八）。時則沙門僧鑒者，妙涌言泉，廣揮智刃（七九）。既貫花而卓錫，復插草而[一三]唱緣（八〇）。金容再焕，艱同夸父之移山（八一）；香界還新，勇比秦王之鞭石（八二）。庵羅之樹，又見華開（八三）；必鉢之林，重聞鳥囀（八四）。信屬金仙之呵護（八五），尤資善[一四]信之捐施（八六）。凡諸居士，誰非喜捨之蘭陀（八七）；維我宰官，本是再來之摩詰（八八）。於是伐彼青珉，鏤之紫篆。珊瑚七尺，春蠶織無量之碑（八九）；鸜鵒[一五]雙栖，古蠆綉頭陀之碣（九〇）。（九一）

【箋注】

（一）見《半繭賦》。《華嚴經》：願一切衆生常安居止阿蘭若處。《釋氏要覽》：梵言阿蘭若，此言空靜。

（二）見《石榴啓》[一六]。《過去因果經》：諸僧伽藍，竹園僧伽藍最爲其始。《要覽》：梵語題云僧伽藍摩，此云衆園。《漢書》：明帝遺蔡愔、張騫等往天竺取佛經，以白馬馱經，乃起白馬寺于雍門外。

（三）《建康實録》：晉許詢捨永興、山陰二宅爲寺。既成，啓奏孝宗，詔曰：「山陰舊爲祇洹寺，永興舊爲崇化寺。」造四層塔，猶欠露槃、相輪。一夕風雨，相輪自具。曰是剡縣飛來。

（四）《伽藍記》：宜壽里包信縣令段暉宅内，地下常聞鐘聲，時見光怪。暉遂掘光，所得金像一軀，并一菩薩。趺上銘曰：「晉太始二年五月十五日，中書監荀勖造。」暉遂捨宅爲光明寺。

（五）《涅槃經》：佛般涅槃荼毗既訖，一切四衆收取舍利，置七寶瓶。當于拘尸那城四衢道中，起七寶塔。注：舍利，身骨也。焚後五色如珠，光瑩堅固。古樂府有《舍利佛》題。

（六）《法華經》：羅漢得道，全繇佛教，以聲聞爲名。辟支得道，或聞因緣而解脱，或聽環佩而得悟，故以正[一七]覺爲名。《水經注》：于闐國城有利刹寺，中有石碑[一八]，石上有字[一九]迹，彼俗言是辟支佛迹。《寰宇記》：伏虎庵有辟支佛化身。

（七）蓮河，補注。唐玄奘《西游記經》：葱嶺在西域天竺國。按注有「葱河猶自雪漫漫」之句，即葱嶺之河也。[二〇]《經律異相》：須達多長者白佛，言弟子欲營精舍，請佛住，惟有祇陀太子園廣八十頃，可居。白太子，太子戲曰：「滿以金布，便當相與。」長者出金布八十頃，精舍告成，故曰祇樹給孤獨園。注：須達多常施孤貧惸獨，故曰給孤長者。

（八）《水經注》：靈鷲山，胡語云耆闍窟山。是山青石，遠望如鷲鳥形，因名。《法華經》：山形如鷲，釋迦常居此。注：即靈山。猿江，補注。《維摩經》：維摩現病，釋迦遣諸大弟子問安，各説本因，俱不敢赴，惟文殊師利至。大士頓空方丈，容八萬四千獅子之座。

（九）見《臞庵序》注。

（一〇）《吴郡志》：靈巖山，吴王館娃宫故地。其上硯石山有西施洞、采香徑、名香水溪，下瞰太湖，望洞庭两山。滴翠浮碧，在白銀世界中。

（一一）離宫，見《滕王賦》。[一一]《越絶書》：何謂越絶？越者，國之姓氏也。絶者，勾踐抑强扶弱，絶惡反之于善也。[一二]

（一二）左思《吴都賦》：幸乎館娃之宫，張女樂而娱群臣。羅金石與絲竹，若鈞天之下陳。

（一三）《宋史》：朱長文，吴縣人，著書閲古。元祐中，爲秘書郎正字。嘗著經史，有《文集》三百卷。載有靈巖勝迹。

（一四）補注。

（一五）見《竹逸序》。

（一六）補注。

（一七）《西都賦》：豐冠山之朱堂。《魏都賦》：首冠靈山。

（一八）見《鴻客序》。

（一九）見《逸齋序》。

（二〇）見《臞庵序》。

〔二一一〕《楞嚴經》：世尊座天雨百寶蓮花，青黄赤白，間雜紛糅。《維摩經》：會中有一天女，以天花散諸菩薩，皆墮落。至大弟子，便著不墮。天女曰：「結習未盡，散花著身；結習盡者，花不著身。」

〔二一二〕見《宋元詩啓》〔二一三〕。

〔二一三〕王勃賦：漁歌唱晚。《唐書》：王縉佐代宗作内道場，晝夜梵唄。《法苑》：西方有唄，猶東國有贊。贊者，從文以結草。唄者，短偈以流頌。名異實同。

〔二一四〕見《玉巖序》。

〔二一五〕《吴郡志》：夫差都闔閭，以天門通閶闔，故名閶門。《水經注》：若建瓴而倒流。李義山詩：茂苑城如畫，閶門瓦欲流。茂苑，見《孝威序》。

〔二一六〕漢文：隱以金椎。

〔二一七〕見《銅雀賦》。即金埒也。

〔二一八〕古樂府：道旁兔絲，何〔二一四〕嘗可絡；田中燕麥，何嘗可穫。《博物志》：兔葵，苗如龍芮，花白莖紫。葉燕麥草似麥，亦曰雀麥。《詩話》：劉禹錫後游玄都觀，惟見兔葵、雀麥，動摇春風。注：大菊曰燕麥、籥〔二一五〕麥。

〔二一九〕見《銀臺啓》。

〔二二〇〕見《三芝序》。

（三一）見篇上。皮日休《館娃宫》詩：響屧廊中金玉步，采香徑裏綺羅身。

（三二）《彌勒成佛經》：彌勒佛贊言：大迦葉比丘是釋迦牟尼佛大弟子，釋迦于大衆中常所贊歎頭陀第一。《傳燈録》：釋迦在靈山會上，手捻一華示衆，迦葉微笑。

（三三）《通鑑外記》：吴王僚子慶忌居衛，養士報仇。闔廬患之，子胥薦要離，離乃殺妻子奔衛。慶忌信之，遂與渡江。抽戈擊慶忌，力薄不制，慶忌捽而投之江。赦之，離曰：「臣已辱矣。」伏劍而死。一作投慶忌于水，即自殺。《高士傳》：皋伯通葬梁鴻于要離冢傍。注：冢在常熟界。

（三四）見《園次序》。

（三五）見《臞庵序》。

（三六）《述異記》：梧桐園，夫差舊園，一名琴川。梧園宫在句容縣。傳云吴王别館有楸梧成林。古樂府：梧宫秋，吴王愁。

（三七）見《園次序》。

（三八）《越絶書》：闔廬冢在吴縣閶門外，名曰虎丘。下池廣六十步，桐棺三重，澒池六尺，盤郢、魚腸之劍在焉。卒，十餘萬人取土，臨湖葬之。三日，金精上騰爲白虎，蹲踞其上。

（三九）見《雪持序》。

（四〇）見《子厚序》。

（四一）見《庭表序》。

（四二）見《天章序》。

（四三）見《鞠存啓》。

（四四）補注。

（四五）見《劉太母序》。

（四六）見《孟太母啓》。

（四七）《南史》：吴興有項羽廟，土人名爲憤王。

（四八）見《銀臺啓》。

（四九）補注。《周禮注》：事鬼神者，男曰覡，女曰巫。一作男曰巫、曰覡。女名巫，無覡。

（五〇）古樂府：淮南王，自言尊，百尺高樓與天連。後園鑿井銀作床，金瓶素綆汲寒漿。《名義考》：銀床非井欄，乃轆轤架也。

（五一）見《實庵序》。

（五二）《珠林》：彌勒、天親二大菩薩，乃昆弟，因佛説經。天藏，乃造論一藏，[illegible]謂經、律、論三藏。《傳燈録》：六祖惠能大師曰：「懺者，懺其前愆；悔者，悔其後過。」

（五三）《維摩經》：維摩居士禮佛，言願得世尊所食之餘。于是香積如來[illegible]香鉢盛飲與之。晁迥曰：本覺名如，始覺名來，本始不二，名曰如來。《佛經》：皈依佛、皈[illegible]法、歸依僧，爲三歸。

（五四）《彌陀經》：七重竹樹。《梵經》：衹陀太子施衹樹爲佛説法處。見篇上。

（五五）《觀音[二六]經》：下有金剛七寶金幢擎琉璃地。臨濟曰：龍生金鳳子，衝破碧琉璃。《傳燈録》：釋迦佛生刹利王，家放大智光明，照十方世界，涌金蓮花。《華嚴經》：佛土生五色蓮，一華一世界，一葉一如來。

（五六）《藥師本願經》：禮多寶佛塔，然七層之燈，不遭衆難。歷劫，見《琴怨序》。

（五七）《法華經》：初，長者以羊車、鹿車、牛車立門外，引誘諸子出離火宅之難。然後，但賜諸子大白牛車，而度脱之。

（五八）《傳燈録》：初祖達摩曰：「當在震旦，設大法樂。」謂中國也。成光子曰：震旦，即神州之號。震爲東方，日所出之地，故以東國爲震旦國。《法苑珠林》：須達爾時爲蠰佉國大臣，名須達多。此園地還廣，一由旬純以七寶布地。奉施如來，起爲住處。支僧載《外國事》：由旬者，晉言四十里。

（五九）補注。

（六〇）見《楚鴻序》。

（六一）《法華經》：有一導師多諸方便，于險道中化作一城。是時，疲極之衆前入大城，生已度想，生安穩想。

（六二）《漢・溝洫志》：孝文時，河決酸棗。

（六三）見《逸齋序》。

（六四）見《天篆序》。

（六五）《珠林》：昔一鴿被鷂所逐，即往舍利佛肩躲避，身猶戰悚。後飛[illegible]，安然無恙。《六度集經》：菩薩爲鴿王。

（六六）《大集經》：金多羅樹，白銀葉花。銀樹，琉璃葉花。頗黎樹，馬腦葉[illegible]馬腦樹，車渠葉花。車渠樹，真珠葉花。真珠樹，黃金葉花。《嵩山志》：旁少室山禪林，有[illegible]面壁故迹。

（六七）《珠林》：般若者，苦海之慈航。《彌陀疏抄》：恒河在西域無熱河側[illegible]

（六八）見《得仲序》。

（六九）《白帖》：佛寺曰蓮界花宮。

（七〇）補注[二七]。《西域記》[二八]：西域有樹成果，果中有女子，王收爲[illegible]以地施佛，故名柰苑。《洛陽伽藍記》：白馬寺有柰林，故寺稱柰苑。

（七一）見《半繭賦》。

（七二）《空洞靈章經》：衆聖集靈宮。

（七三）《詩》。

（七四）補注。

（七五）《玉笥山記》：漢武時，玉笥山民感山之靈異，祈禱立應，乃置觀以表靈應，構殿，缺中梁一條，將選奇材，經旬未獲。忽一夜，震雷風烈，天降白玉梁一條，因號玉梁觀。至魏武時，亭午震雷，化白龍而去。

（七六）見《憎園賦》。

（七七）見《藝圃序》。

（七八）《五燈會元》：鴦窟摩羅救産難因緣。《摩訶摩耶經》：正説衰微，有一比丘曰龍樹，善説法，燃正法炬。

（七九）《瑞應經》：太子出北城門，天帝復化作沙門。太子曰：「何謂沙門？」佛言：「舍妻子，捐弃愛欲也。」《論衡》：吾言潏淈而泉出。《文賦》：思風發于胸臆，言泉流于唇齒。《陸贄傳》：贄思如泉涌。《維摩經》：以智慧劍破煩惱賊。

（八〇）《纓絡經》：帝釋尊天以花貫諸纓絡供佛。《初學記》：梁景泰禪師居忠州[illegible]積寺，無水，師卓錫于地，泉涌數尺。《地志》：梁時，寶志公與白鶴道人同欲往鍾山之麓，志公曰：「某以卓錫處爲記。」《大智論》：菩薩用錫杖。《五燈會元》：釋迦與賢于長者過一寶坊，世尊云：「此處宜建一梵刹。」長者插草一莖，云：「建刹已竟。」僧肇論：禪典唱無緣之慈，經曰無緣生慈，以斯而唱，物無不周。

（八一）見《徐母序》。

（八二）見《憺園賦》。

（八三）《一統志》：真臘國有庵羅樹，花葉如棗，實似李。《庵羅園闡義》：[illegible]花開，生一女。園既屬女，女常守護。後以園奉佛。

（八四）《大智度論》：菩薩爲迦頻闍羅鳥，與大象、獼猴友，共在必鉢羅樹[illegible]時大象負獼猴，鳥在猴上，周游而行。《五燈會元》：摩耶夫人手攀畢鉢羅樹枝，佛從右脅降生[illegible]

（八五）《後漢書》：漢明帝夜夢金人，長丈餘，以問群臣。傅毅對曰：「臣聞[illegible]有神曰佛，其形長丈六，而黄金色。」《本行經》：忍辱修行三千二百劫，始証金仙。

（八六）見上注。

（八七）《白帖》：迦蘭陀長者，先以園施外道。後見佛逐諸外道，以園施佛，[illegible]精舍。

（八八）《普門品經》：應以宰官身得度者，即現宰官身，而爲説法。《維摩經[illegible]維摩詰是金粟如來再來。《發迹經》：淨明大士是往古金粟如來。

（八九）見《葉母序》。

（九〇）《六度集經》：菩薩爲鸚鵡王，有徒衆三千。有两鸚鵡，力勢逾衆，口[illegible]衡，以爲車乘。王集其上，飛止游戲。古蕫，見《懸圃序》。《要覽》：天竺言頭陀，此言斗藪[illegible]藪煩惱，故曰頭陀。《姓氏英賢録》：王巾爲[二九]《頭陀寺碑》，在鄂州。

（九一）附注：《呉越春秋》：夫差避越兵于陽山，三呼公孫聖，而三應。[三〇]

【校記】

[一]「許」，原作「首」，據諸本改。

[二]「托」，原作「在」，據諸本改。

[三]「猿」，患立堂本作「猴」。

[四]「夸」，患立堂本、浩然堂本并作「奓」。

[五]「夫」，患立堂本、浩然堂本并作「復」。

[六]「伯」，蔣刻本、患立堂本、浩然堂本并作「霸」。

[七]「悕」，患立堂本、浩然堂本并作「怖」。

[八]「麋」，患立堂本誤作「糜」。

[九]「綉」，患立堂本、浩然堂本并作「珠」。

[一〇]「塞」，患立堂本、浩然堂本并作「賽」。

[一一]「柰」，患立堂本、浩然堂本并作「奈」。

[一二]「日」後，蔣刻本、患立堂本、浩然堂本并有「者」字。

[一三]「而」，患立堂本、浩然堂本并作「以」。

[一四]「善」，患立堂本、浩然堂本并作「檀」。

[一五]「鵡」，患立堂本、浩然堂本并作「䳇」。

［一六］即卷十七《謝友人賚安石榴啓》。

［一七］「正」，亦園本、四庫本、文瑞樓本并作「緣」。

［一八］「碑」，亦園本、四庫本、文瑞樓本并作「韡」。

［一九］「字」，亦園本、四庫本、文瑞樓本并作「足」。

［二〇］「蓮河……蔥嶺之河也」，此段注，亦園本、四庫本、文瑞樓本并作：「[illegible]帝《阿育王像碑》：纔度蓮河，即處天冠之寺。按蔥嶺在天竺。唐詩『蔥河雪漫漫』，即蔥嶺之[illegible]。」

［二一］「離宮，見《滕王賦》」，亦園本、四庫本、文瑞樓本并作「美人宮，周五百[illegible]步，勾踐習教西施處」。

［二二］「《越絶書》……反之于善也」，此段注，亦園本、四庫本、文瑞樓本并作[illegible]越絶者，勾踐抑强扶弱，絶惡反之于善也。」

［二三］即卷十七《徵刻吴園次宋元詩選啓》。

［二四］「何」，原作「可」，據亦園本、四庫本、文瑞樓本改。

［二五］「籥」，文瑞樓本作「雀」。

［二六］「音」，原脱，據文瑞樓本補。

［二七］「補注」，亦園本、四庫本、文瑞樓本并作「見《三芝序》」。

［二八］「西域記」，亦園本、四庫本、文瑞樓本并作「按」。

〔二九〕「爲」，亦園本、四庫本、文瑞樓本并脱。

〔三〇〕此條附注，據亦園本、四庫本、文瑞樓本補。

醴泉頌〔一〕

總督三省尚書白公，宿應鈎陳（一），星躔華蓋（二）。弓刀褒鄂（三），從龍居日月之鄉；甲第崔盧（四），躍馬得風雲之氣。陶太尉門第尤高，專作八州之督（五）；郭令公班資最貴，親總九路之師（六）。籌邊而玉帳摩天（七），料武而金笳沸地（八）。於是盧龍城上，獨設雄關（九）；涿鹿州前，還開策府（一〇）。矧⿰巾玄海實神京之臂指（一一），至宛雒猶〔二〕天下之咽喉（一二）。齊宮魯殿，悉凛兵符（一三）；滎澤敖倉，咸遵節制（一四）。若恒岳，若岱岳，若嵩岳（一五），朱旗殷日，一歸統轄之中（一六）；爲冀州，爲兗州，爲豫州（一七），鐵騎嘶風，群在指麾之下（一八）。公則望重甘霖，化弘時雨，躬斟大斗以膏黍苗（一九），手挽銀河而洗兵馬（二〇）。廉泉不竭（二一），吏民沾濯溉之需；古井無波（二二），掾佐飲汪洋之度。無何而邑多眢井（二三），壓盡鹹泉，公於署旁，親加相度。畚鍤甫及，渟泓已盈。先是我公，曾徵吉夢。陽休之將登三事，夢見蓮花（二四）；達奚武正典同州，夢邀甘澍（二五）。公則天齅聖水，兆始他年；神灌香河，祥呈今日（二六）。甘同玉女[illegible]泉（二七），清比康王之谷（二八）。徘徊嘉歎，顧而樂之。夫橘井鮑姑（二九），徒誇諺誕；球[illegible]綃幹，祇益奢靡（三〇）。靡有當於休嘉，究何關於盛德。至夫張陸二宅，井以人名（三一）[illegible]琅琊兩山，泉因釀著（三二）。亦第文士之風流，詎屬名賢之感召。若乃廣利貳師，拔[illegible]而山泉自出（三三）；耿恭疏勒，正衣冠而井水橫流（三四）。忠誠動夫天地，語豈誣乎。[illegible]氣協於高深，公其是矣。爰則繞以宊廊，沓之銅甃（三五）。鏤楹鬆楯，垂鏡裏之雙虹（[illegible]）；素綆銀床（三七），舞天邊之獨鶴（三八）。時乃上日落成，群僚戾止。靴刀夜壓（三九）[illegible]碣石之雁飛（四〇）；閣道晨游，看滹沱之木落（四一）。兵欄月冷（四二），盧從事因而賦[illegible]三）；壘府星高，鮑參軍於焉命酒（四四）。欣茲盛事，廣以流傳。某忝屬員，恭爲斯頌。[illegible]曰：

於爍[三]皇清，介茲祉福。上帝命之，奠乃九服。地不愛寶（四五），天[illegible]降康（四六）。白麟萃囿（四七），朱英集房（四八）。桓桓我公，出鎮燕涿。左綰淄青（四九），南[illegible]轂洛（五〇）。我公至止，文恬武熙（五一）。含和飲德，浥我嘉師。非惟浥之，又滲漉之[illegible]。雨澤漉漉[四]（五三），復氾濩之（五四）。祁寒暑雨（五五），我公是咨。木穰金饑（五六），我[illegible]是毗（五七）。水非資車，旱非資皮（五八）[五]。我公在焉，康斯阜斯。三江既濤[六]，九河[illegible]灑[七]（五九）。

北通朱户，南暨黄腄（六〇）。溝鮮捶罌（六一），士醉而儆（六二）。城無負汲，百雉[illegible]需（六三）。瀼瀼湛露，爰降於軒。匪降於軒，有命自天。帝則爲[八]之，神爲告焉。何以[illegible]禮，冽彼氿泉（六四）。石乳遯飴，天漿失鮮（六五）。公拜而受，以祀以崇[九]。眷彼鴻[illegible]，食兹溟滓（六六）。飾以文石，緪之修綆（六七）。斟之酌之，井渫用慶（六八）。瓴甋既[illegible]，豐碑屹然（六九）。我人作頌，億萬斯年。

【箋注】

（一）見《璿璣賦》。

（二）《西京賦》：華蓋承辰。士贇曰：天皇大帝，上九星曰華蓋，所以蔽覆大帝之[illegible]也。

（三）見《觀槿序》。

（四）見《楚鴻序》。

（五）見《鄴園啓》。

（六）見《儲太翁啓》。按唐分天下爲十五道，宋分天下爲二十三路。

（七）見《鄴園啓》。

（八）見《渭仁序》。

（九）見《孟太母啓》。

〔一〇〕見《孝威序》。

〔一一〕《地里志》：㡓縣屬東萊郡，有鹽官呂忱爲㳅[一〇]令。《通考》：省作[illegible]賈誼策：令海内之勢，如身之使臂，臂之使指。

〔一二〕見《憺園賦》。

〔一三〕徐陵《九錫文》：寧秦宮之可顧，豈魯殿之猶存。

〔一四〕《晉書》：滎陽郡滎陽縣，地名敖，秦置敖倉者。《地理通釋》：敖倉，[illegible]河南，今鄭州滎澤、滎陽二縣地。滎澤在開封中牟縣北。

〔一五〕見《賀周序》。

〔一六〕《廣雅》：輨，一作錧，猶管也。轂空，裹之以金，如管也。管輨之義取[illegible]

〔一七〕《書》。

〔一八〕見《渭仁序》。

〔一九〕《詩》。

〔二〇〕杜詩：安得壯士挽天河，淨洗甲兵常不用。

〔二一〕見《劉太母序》。

〔二二〕孟郊詩：妾心古井水，波瀾誓不起。

〔二三〕見《葉母序》。

（二一四）《宋書》：陽休之字子烈，以文章擅聲。《北史》：陽休之在洛，將仕，夜夢[illegible]與河北驛道上行，從東向西。道南有一冢，極高大。休之步登冢頭，見一銅柱，迭［一一］爲蓮花形。休之從西北登一柱礎上，以手捉柱，柱遂右轉。休之咒曰：「柱轉三匝，吾至三公。」柱遂三匝而止。休之尋寤，後果驗。

（二一五）《北史》：達奚武字成興，代人，少倜儻。事周文帝，以戰功拜太傅。初，武在同州時，武帝敕武祀華岳。武于岳上藉草而宿，夢一白衣來執武手，曰：「快辛苦，甚相嘉尚。」武遂驚覺。至旦，雲霧四起，俄而澍雨，遠近沾洽。

（二一六）《順天志》：良鄉縣有琉璃河，即古聖水。又：香河縣，古武清地。

（二一七）見《靈巖碑》。

（二一八）《一統志》：廬山康王谷，秦王吞六國，楚康王隱避于此，故名。內有水簾洞，陸羽題云：「瀉從千仞石，寄逐九江船。」

（二一九）見《徐母序》。

（三〇）王廙《洛都賦》：玉井珠欄。《伽藍記》：河間王琛置玉井金幹。

（三一）見《紫玄序》。

（三二）《九域志》：晉元帝封琅琊王，因以名山。巖谷深遠，有溪自兩山夾流而下，名曰釀泉。在滁州。

（三三）《漢書》：貳師將軍李廣利破大宛，圍山絶水。廣利乃拔刀刺山，飛泉[illegible]。

（三四）見《歸田序》。

（三五）《風俗通》：甃，聚磚修井也。

（三六）《名園記》：霍仙鳴別墅開七井，雕鏤爲井盤覆之，夏月坐其上。髹[illegible]《贈閻序》。李詩：兩水夾明鏡，雙橋落彩虹。

（三七）見《靈巖碑》。

（三八）謝宣城詩：獨鶴方朝唳。

（三九）見《紫來序》。

（四〇）《地理通釋》：碣石在海旁，有雁門、鹽澤。并見《渭仁序》。《淮南子》[illegible]鴻遲，大丙之御也。過歸鴻于碣石也。

（四一）見《田太翁啓》。

（四二）見《素伯序》。

（四三）補注。

（四四）見《瀛臺序》注。

（四五）《禮》。

（四六）《詩》。

（四七）《漢紀》：武帝行幸雍，獲白麟，作《白麟之歌》。見《黄門序》注。

（四八）見《瑞木賦》。[一二]

（四九）見《歸田序》。

（五〇）見《映碧啓》。

（五一）韓愈《平淮西碑》：相臣將臣，文恬武嬉。

（五二）相如《封禪文》：頌曰：「滋液滲漉，何生不育？」

（五三）《詩》。

（五四）見《瑞木賦》。

（五五）《書》。

（五六）見《觀槿序》。

（五七）《詩》：天子是毗。注：附也。

（五八）《貨殖傳》：計然曰：「旱則資舟，水則資車，物之理也。」

（五九）《説文》：灑，滌也。亦作「洒」。

（六〇）《秦始皇紀》：東過黄腄。注：東萊郡縣名。《漢・主父偃傳》：飛芻挽粟，起[illegible]黄腄。

（六一）《廣雅》：捶，同「棰」，以杖擊泥。《漢書》：韓信以木罌[一三]度軍。《博古圖》：罌，温水器也。

（六二）《説文》：僛，醉舞貌。

（六三）《西京賦》：猛毅髬髵。《説文》：多毛鬚貌。

（六四）《毛詩注》：餴饎，以水炊米也。

（六五）《列仙傳》：卬疏者，周封史也。煮石髓而服之，謂之石鍾乳。《酉陽[illegible]俎》：石榴甜者謂之天漿。《瑞應圖》：甘露者，神靈之精。一名天乳，一名仙酒。

（六六）《莊子》：雲將東游，適遭鴻濛。注：自然元氣也。按溟涬，清貌。

（六七）《説文》：綆，汲井索也。

（六八）《易注》：井渫者泥。不停污曰渫。

（六九）《漢・高紀》：猶居高屋之上，建瓴水也。《禮》：公室視豐碑，三家視[illegible]楹。

【校記】

[一] 題下，患立堂本、浩然堂本并有小注「代」字。

[二]「猶」，蔣刻本、患立堂本、浩然堂本并作「尤」。

[三]「爍」，原作「煌」，據患立堂本、亦園本、四庫本、文瑞樓本改。浩然堂本[illegible]」，亦誤。

[四]「漉漉」，患立堂本、浩然堂本并作「瀌瀌」。

[五] 此二句中之「非」，患立堂本、浩然堂本并作「匪」。

[六]「濤」，患立堂本、浩然堂本并作「導」。

［七］「灑」，患立堂本、浩然堂本并作「釃」。

［八］「爲」，患立堂本、浩然堂本并作「甚」。

［九］「崇」，患立堂本、浩然堂本并作「禜」。

［一〇］「泫」，文瑞樓本作「帢」。

［一一］「迭」，應爲「跌」。

［一二］注（四五）至（四八）四條，四庫本脱。

［一三］「罯」，文瑞樓本誤作「捶」。

遂安方氏健松齋記

昔者關稱楊葉（一），冶字梅根（二）。高臺留酸棗之名，別館得棠梨之號（三）。將軍營裏，樹或千尋（四）；故侯陵邊，瓜皆五色（五）。紅薑繞砌，知爲馮衍之家（六）；[illegible]棗盈墀，識是潘尼之館［一］（七）。莫不載在《珠林》，録於《玉海》（八）。過其旁者，攀條而[illegible]沃若之思；生其後者，摘葉而切猗儺之感（九）。境由地顯，物以人傳。然而海易成田（一〇），陵偏作谷（一一）。淮王一去，竟無仙桂之叢（一二）；湘女重來，并少斑［二］篁之點（一三）。陶潛故里，菊已全稀（一四）；董奉空林，杏還不見（一五）。豈非霜凋楚畹（一六），則[illegible]隨蕭艾同枯（一七）；風悴鄧林（一八），則杞梓與楩楠交盡者乎（一九）？

遂安方氏，有健松齋焉，吾友方渭仁尊公先生之別業也。縣名新定（二[illegible]邪連天子障前（二一）；山曰武彊[三]，遥亘客星巖畔（二二）。林皋明瑟，代産高人；水[illegible]泓，生多隱士。先生則韋平世胄，夙厭紛華（二三）；王謝門風，惟耽簡寂（二四）。雖類[illegible]之近市，而托興丘園；即同潘岳之背城，而結情薖軸（二五）。屢引風前之嘯，時披[illegible]之襟。用構小園，爰名勺圃。

夫其涼房燠館，映以長川；粉壁青垣，繚之華薄（二六）。溯潺湲而架[illegible]七），渡界彴[四]以沿堤（二八）。籬編麂眼，野花碧碧以黄黄；浪織靴紋（二九），水蓼疏[illegible]密密。左抵蕉鄰之舍，傍翼桑園；右通竹士之軒，斜紆琴閣。丹曦染幌，群峰獻翠以[illegible]來；素魄縈窗，疊嶂排青而不去。此結廬之勝概，而築室之大凡也。

若夫倪寬隴畔，只欲荷鋤（三〇）；陶侃齋頭，雅能運甓（三一）。臺孝威之[illegible]，采藥何妨（三二）？潘安仁之平生，栽花不免（三三）。效丈人而抱瓮，命稚子以巾車（三[illegible]崎嶇[五]種樹，長愧橐駝；窈窕尋源，還憐阿段（三五）。此又逸民之勛業，而幽士之[illegible]也。無何而祠内狐鳴(三六)，郭門蛇鬥(三七)。女子抱采虹之歎，大夫嬰離黍之悲(三八)。[illegible][illegible]平林，寇瀰[六]新市(三九)。蚍蜉競起(四〇)，媳婦傳八百之稱(四一)；鸛鶴長飛(四二)，[illegible]十有六千之號(四三)。盧循萬舸(四四)，直下嚴灘(四五)；張角諸軍(四六)，分馳桐嶺(四七)。烽摇列郡(四八)，盡成糜竺之家(四九)；霧捲千村，大類張超之市(五〇)。趙威豪時，丁[illegible][illegible]母被俘囚(五一)；朱文季運，值流離恒遭略奪(五二)。

斯時也，鶴到歸時，已無城郭(五三)；燕將巢處，更少門庭(五四)。周顗[七][illegible][illegible](五五)，半供莊蹻之樵蘇(五六)；張翰[八]秋蒓(五七)，都作王彌之蒭牧(五八)。雖歷歷月[illegible]桂，而斧亦相尋(五九)；縱芒芒天上之榆(六〇)，而波還濫及(六一)。藥難獨活(六二)，米只寄生(六三)。而頻經板蕩(六四)，猶存碩果之遺(六五)；洊歷漂摇(六六)，不改[illegible][illegible][九]之舊(六七)。五株屹若，狀類秦宫(六八)；獨樹巋然，形同魯殿(六九)。杜拾遺之堂[illegible]略比人長(七〇)；王給事之門邊，何知鱗老(七一)。固已青針乍茁，賦客歎其峨峨(七二)；[illegible]紫蘚初縈，騷人歌其鬱鬱者矣(七三)。蓋松之來也，實於新安許氏之園；而樹之植也，[illegible]惟順治甲午之歲。時先生之殁[一〇]，已幾閲春秋；而令嗣之悲，乃倍逾疇曩云。

於是風高暗撫，疑如虎豹之姿(七四)；霜降閒哦，欻作蛟螭之勢(七五)。枝[illegible][illegible]鐵，落滿徑之清陰；日日吹竽，沸[一一]半檐之天籟(七六)。王右軍作字，砉若鸞[illegible]七)；桓元士[一二]掀髯，怒成猬磔(七八)。蒼皮裂處，軒皇媧后之身(七九)；翠鬣張餘[illegible]偃畢宏之畫(八〇)。脂千齡而孕珀，根萬載以蟠苓(八一)。仿佛張良廟後，永晝亭亭(八[illegible])；依稀弘景院中，嚴飆謖謖(八三)。

嗟乎！恒河剥蝕(八四)，百卉俱腓(八五)；塵劫蒼茫，群芳并歇(八六)。而[illegible]過王家之舊宅，尚有庭槐(八七)；問劉尹之當年，非無故樹(八八)。火燒斷節(八[illegible])，恒換鶡紅(九〇)；月挂枯枝，定開華白。爰修墻屋，頓還童冠之前游；聊固垣墉，用[illegible]高曾之手澤(九一)。并成記叙，用識歲年。登斯堂也，或婆娑而賦松耶(九二)？後有人[illegible]應俯仰而思健者(九三)。

【箋注】

(一)庾信《枯樹賦》：北陸以楊葉爲關，南陵以梅根作冶。

(二)見《鴻客序》。

(三)見《翼王序》。

(四)見《鷹垂序》。

（五）見《滕王賦》。

（六）見《天章序》。

（七）潘尼賦：飛甘瓜於浚水，投素柰于清渠。并見《天章序》。

（八）釋書有《法苑珠林》。《梁書》：朱異猶玉海千尋，窺映不測。《南史》：宋[illegible]有集名《玉海》。

（九）《詩》。

（一〇）見《舜民序》。

（一一）《詩》。

（一二）見《滕王賦》。

（一三）見《憎園賦》。

（一四）見《翼王序》。《歸去來詞》：松菊猶存。

（一五）見《劉太母序》。

（一六）見《海棠賦》注。

（一七）見《翼王序》注。《淮南子》：巫山之上，從風縱火，紫芝與蕭艾俱死。

（一八）見《鄰園啓》。

（一九）見《滕王賦》。劉峻《辨命論》：火炎昆岳，礫石與碗琰俱焚；嚴霜夜零，[illegible]與芝蘭共盡。

〔二〇〕《嚴州志》：孫吴新定縣，晉曰遂安，後因之。

〔二一〕補注。

〔二二〕《嚴州志》：遂安縣有武彊山，甚險峻，盜不能攻，故名。又桐廬縣富春[illegible]，一名嚴陵山。前臨桐江，即釣臺。臺下有客星閣。按餘姚爲子陵故里，亦有客星山。

〔二三〕見《智修序》。

〔二四〕見《少楹序》。

〔二五〕見《紫玄序》。薖軸，載《詩》。

〔二六〕見《合肥書》注。

〔二七〕見《懸圃序》。

〔二八〕見《憺園賦》。

〔二九〕梁簡文詩：風吹鳳皇袖，日映織成靴。注：同「韡」。

〔三〇〕見《海棠賦》。

〔三一〕見《紫玄序》。

〔三二〕見《孝威序》。

〔三三〕見《楚鴻序》。

（三四）《莊子·天地篇》：子貢南游于楚，反于晉。過漢陰，見一丈人方將爲圃畦，鑿隧而入井，抱瓮而出灌。《左傳》：巾車脂轄。《歸去來詞》：稚子候門。又：或命巾車。

（三五）柳文《郭橐駝傳》云：橐駝病僂傴，善種樹。《風土記》：獠國無姓名，惟以長幼次第叫之。丈夫稱阿謩[一三]、阿段，婦人稱阿姨、阿等。杜甫《示獠奴阿段》詩：郡人入夜爭餘瀝，稚子尋源獨不聞。病渴三更迴白首，傳聲一注濕青雲。《歸去來詞》：既窈窕而尋壑，亦崎嶇而經丘。

（三六）見《天章序》。

（三七）見《懸圃序》。

（三八）《诗》。

（三九）《光武紀》：招新市平林兵。注：新市縣屬江夏郡，今郢州。并見《滕王賦》注。

（四〇）見《素伯序》。即蟻賊也。

（四一）《雲南建置沿革》：世傳土酋有妻八百，各領一寨，因名八百媳婦。元初，征之，道路不通而返。

（四二）《左傳》：公子城與華氏戰于赭丘。鄭偏[一四]願爲鸛，其御願爲鵝。

（四三）見《懸圃序》。

（四四）見《隹山序》。

（四五）見上。《後漢書》：嚴光，餘姚人，光武除爲諫議大夫。不屈，乃耕富春[illegible]，後人名其釣處爲嚴陵瀨，一名七里灘。

（四六）見《素伯序》注。《漢書》：靈帝時，張角聚三十六萬衆，皆著黄巾。

（四七）見《鄴園啓》。

（四八）見《滕王賦》。

（四九）《蜀志》：糜竺字子仲，東海人，資累巨億。從洛還家，行未到數十里，路[illegible]逢一婦人，求車寄載。行二十里，婦人謝去，曰：「天使我燒糜竺家，感君義，故相告。」竺懇請[illegible]，曰：「快去，我緩行。」竺急歸，盡出財。日中，果火發。按竺進妹爲先主夫人，出金銀貨幣以[illegible]軍。

（五〇）見《觀槿序》。

（五一）《後漢書》：趙苞字威豪，爲遼西守。遣吏迎母及妻子，爲鮮卑寇鈔載[illegible]賊出母示苞，苞涕泣謂曰：「昔爲母子，今爲君臣。」苞即破賊，母、妻皆死，苞殯葬。靈帝策[illegible]封侯，既而曰：「食禄避難，非忠；殺母全義，非孝。」遂嘔血死。

（五二）《東觀漢紀》：朱暉字文季，南陽宛人。年十三，與舅母家屬入宛城。道[illegible]賊，欲奪婦女衣，暉拔刀向賊曰：「錢物可得，諸母衣不可得。」賊義之，遂放遣。

（五三）見《存庵序》。

（五四）見《玉巖序》。

（五五）《五代史》：周顒字彥倫，隱鍾山，後爲海鹽令。嘗慕春初早韭，秋暮晚菘。

（五六）見《竹逸序》。

（五七）見《九日序》。

（五八）見《賀周序》。

（五九）《列仙傳》：吴剛學道有過，謫伐月桂。桂高五百丈，斫之，而斧痕隨合。

（六〇）古樂府：天上何所有，歷歷種白榆。

（六一）見《鄰園啓》。

（六二）見《丁香賦》。

（六三）《本草圖經》：桑寄生，出弘農山谷桑上，今處處皆有之。《樂府遺聲》有山人《樹中草》。注：謂桑寄生也。

（六四）《詩》。

（六五）《易》。

（六六）《詩》。

（六七）《論語》。

（六八）《秦記》：始皇上太山，風雨暴至，休于松下，因封爲五大夫。

（六九）見《滕王賦》。

（七〇）杜甫《草堂四松》詩：四松初移時，大抵三尺强。别來忽三歲，離立如[illegible]。按甫爲左拾遺。

（七一）杜詩：何謂西庄王給事，柴門空閉鎖松筠。注：王維于開元中擢左拾[illegible]給事。王維詩：種松皆作老龍鱗。

（七二）《世説》：有人哭長輿曰：「峨峨若千丈松崩。」一云「峨峨若泰岱松」。[illegible]：松針穿破嶺頭雲。

（七三）左思詩：鬱鬱澗底松。

（七四）《歸去來辭》：撫孤松而盤桓。杜甫《雙松》詩：白摧朽骨龍虎死。

（七五）《昌黎文集》：崔斯立爲藍田丞，日對二松，吟哦其間。蛟螭，見《璿璣[illegible]

（七六）杜甫《雙松歌》：屈鐵交錯迴高枝。《魏都賦》：鐵條悲鳴，聲化竽籟。[illegible]：松風類笙竽。《莊子·齊物論》：南郭子綦謂顔成子游曰：「汝聞人籟，而未聞地籟；汝[illegible]籟，而未聞天籟。」

（七七）見《紫來序》。

（七八）見《天章序》。

（七九）《雙松歌》：兩株慘裂苔蘚皮。《五帝紀》：黄帝諱軒轅，生而日角龍[illegible]《列子》：伏羲、女媧，蛇身而人面，有大聖之德。

（八〇）《名畫記》：韋偃，京兆人，寓于蜀，作老松異石，筆力勁健。人知其善畫馬，不知松石更上也。《畫斷》：畢宏，大曆年間爲給事中，畫石于左省廳壁，好事者皆詩詠之。杜詩：天下幾人畫古松，畢宏已老韋偃少。

（八一）《博物志》：松脂淪入地中，千歲爲茯苓。茯苓千年化爲琥珀。

（八二）《張良傳》：願弃人間事，從赤松子游。劉公幹詩：亭亭山上松。

（八三）《梁書》：陶弘景時愛松風，庭院皆植松，每聞其響，歡然爲樂。《世説》：世目李元禮，謖謖如勁松下風。

（八四）見《靈巖碑》。

（八五）《詩》。

（八六）見《琴怨序》。

（八七）見《銀臺序》。

（八八）吴均《齊春秋》：劉瓛字子圭，晉丹陽尹，惔六世孫也。袁粲在郡，嘗于後堂夜集，劉爲祭酒在坐。袁指庭中柳樹，謂劉曰：「人謂此是劉尹時樹，每想高風；今復見卿，可謂清德不衰。」

（八九）《抱朴子》：山中夜見火光者，皆古枯木所作，勿怪也。《枯樹賦》：火入空心，膏流斷節。薛能詩：幾處松�燒後死。

（九〇）見《天章序》。

（九一）見《祖德賦》。

（九二）《戰國策》：秦使陳馳誘齊王建入秦，遷之共，處之松柏之間，餓而死。齊[illegible]怨建聽奸人賓客，不早與諸侯合從，以亡其國。歌曰：「松耶？柏耶？建共者客耶？」

（九三）見《無忝序》。

【校記】

［一］「館」，蔣刻本、患立堂本、浩然堂本并作「宅」。

［二］「斑」，患立堂本誤作「班」。

［三］「彊」，原作「疆」，據蔣刻本改。按李學穎校謂：「武彊山在遂安西北六十[illegible]

［四］「界礿」，患立堂本、浩然堂本并作「略礿」，亦園本、四庫本、文瑞樓本并作[illegible]略」。

［五］「嶇」，原作「崎」，據諸本改。

［六］「瀰」，浩然堂本作「彌」。

［七］「周顒」，浩然堂本作「鍾山」。

［八］「張翰」，浩然堂本作「淞泖」。

［九］「凋」，患立堂本、浩然堂本并作「彫」。

［一〇］「殁」，患立堂本、浩然堂本并作「没」。

［一一］「沸」，患立堂本、浩然堂本并作「拂」。

［一二］「士」，患立堂本、浩然堂本并作「子」。

［一三］「謩」，四庫本誤作「暮」。

［一四］「偏」，四庫本作「翩」。

王母張宜人墓誌銘

宜人姓張氏，山東濟南府鄒平縣人。曾祖仁軒公，諱一元，前巡撫河南都御史。祖華東公，諱延登，前都察院左都御史，謚忠定公［一］。父扣之公，諱萬鍾，前江南鎮江府推官。母李孺人。生母景碩人。譜其氏牒，則張姓連天（一）；叙厥門楣，則州姜右族（二）。三條貴里（三），銅街鐵市之衢（四）；七葉高軒，蘭錡金貂之第（五）。宜人幼即端莊，生而敏淑，言爲典誥，象應画［二］圖（六）。纔［三］逾毁齒（七），遂工秋菊之銘（八）；甫届勝衣（九），便涉春蚕［四］之館（一〇）。誨誠無煩於師氏，幽閒有合於風人。數歲，許字新城翰林侍讀王阮亭先生，蓋先生伯兄吏部亦娶于張，即宜人從姊也。門内機雲（一三），仍呼僚婿［五］（一二）；棞中姊［六］姒，原屬同生。用爲秦晉之美談，允作朱陳之勝事（一四）。然而時會前明，運丁末造。扣之公一官羈絆，百口飄蓬。田單之值亂離，全宗人以鐵寵（一四）；杜林之免細弱，載妻子于鹿車（一五）。宜人轉徙江淮，崎嶇京峴。[illegible]髻亂之辰（一六），洊抱《蓼莪》之痛（一七）。

爰乃弱不勝喪，哀能備禮。鋭司徒之弱息，流涕何窮（一八）；許穆公之[illegible]人，銜悲曷[七]已（一九）。屬興朝定鼎之日，爲闔門出坎之秋（二〇）。馬角歸鄉，時惟丙[illegible]）；雀屏諏吉，歲紀庚寅（二二）。蓋是年宜人實生甫十四云。兩姓高門，百年嘉[illegible]絲羅既托（二三），東諸侯之閥閱歸然；喬木斯存（二四），內夫人之纓裾秩若。孌彼諸[illegible]爛其韓姞（二五）。高曾在上，操箕帚以前（二六）；舅姑在旁，鳴珮環而相（二七）。婆娑[illegible]，方伯公之笑口常瑳（二八）；婉娩鸞雛，兩尊人之歡頤欲解（二九）。眷言顧之，樂可知[illegible]。乃其聲高宋子，德懋邢姨（三〇）。溯夫廟見之初，暨彼入官而後。始終一致，榮悴[illegible]觀。攬厥生平，洵資揚扢。

當侍讀文禽初委之時（三一），正鳳翮將翔之日。宜人則鬻釵佐讀，剪髮[illegible]餐（三二）。短布垂垂（三三），影亂青袍之色；寒機軋軋（三四），韻諧洛誦之聲。勉成夫子之[illegible]，用纘前人之緒。及夫一行釋褐（三五），盡室之官。鞠衣耀日，駕文駟以北來（三六）；[illegible]呼風，泛緑[九]波而南下（三七）。而宜人受寵不驚，處膏彌潔。山河被服，何心翟茀之[illegible]風雨綢繆，不改裙笄之素（三八）。摻摻筐筥，用芼蘋蘩（三九）；肅肅袿襹（四〇），爰將榛栗（四一）。施衿設帨（四二），承顔在視聽之先；宿肉異粻，養志居口腹之外（四三）。衣經再浣，雖熏省内之香；室倚一燈，不傅署中之粉。賜來纖縞，祇獻高堂；製得釵璫，爲遺太母。婉容愉色（四四），得諸姑伯姊之歡（四五）；布惠流慈，逮籥翟煇庖之賤（四六）。

至若侍讀公者，東都有道（四七），西邸名賢（四八）。閤鈴未掣（四九），騶[illegible]夫當關（五〇）；巷柝將闌，賓尚窮於投轄（五一）。而宜人則黽勉有無（五二），所當鮭菜[一〇]（五三）。鵝肪鷄跖，既朐末之咸宜（五四）；緑糈紅粳，亦咄嗟而立辦。以五一雙跳[一一]脱（五五），時供計吏之租車；幾緉絇絲（五六），恒代良人爲贈縞（五七）。相奩飲助（五八），歡逾京兆之畫眉（五九）；梯几喧豗（六〇），快比如皋之射雉（六一）。其淑慎也如此，其任卹也又如此。固宜其祥鍾五福（六二），邑以延鄉（六三）；瑞叶三休（六四），甘之石窌也（六五）。

維崧間嘗[一二]逖稽枯菀，歷有明徵（六六）；悉數平陂，非無左驗（六七）。古來憔悴之姬姜（六八），多是文人之伉儷（六九）。是故高才失職（七〇），季女斯饑（七一）。伯鸞傭配，舉鴻案以增悲（七二）；仲孺賢妻，卧牛衣而隕涕（七三）。年年饁畝，傷哉冀缺之貧（七四）；日日移山，惜矣夸娥之拙（七五）。亦有齊牢嘉耦，合巹華年（七六）。領千騎於上頭[illegible]），列首行之命婦（七八）。而或者浮雲南北（七九），溝水東西（八〇）。悲纏盤裏，空[illegible]玉之詩（八一）；泣上樓頭，長寄連波之錦（八二）。甚至燕去瑤筐（八三），蘭凋錦砌（八四[illegible]床頭之綉褓（八五），只有緹縈（八六）；騎堂下之羊車（八七），何來過末（八八）。縱使媧[illegible]石，詎易填愁（八九）；即令玉女投壺，焉能博笑（九〇）？獨有宜人，殊斯遭遇。意者茫[illegible]昊，適當醉博之年（九一）；夢夢黃輿（九二），亦在滄桑之候乎（九三）？不知一歸才子，[illegible]全亨；但號上流，安能常泰？

自壬子仲秋，遘姑孫太宜人之變，宜人毀不欲生，擗而祈死。作婉孌之[illegible]（九四），鬆而泣血（九五）；效悲歌之嫈姊（九六），烈以屠腸（九七）。時則侍讀公方典試西[illegible]先是宜人又再捐愛子。傷心曷極，茹苦何多？盼刀環於萬里（九八），目斷金牛（九九）；[illegible]蘭[一三]蕙以連枝（一〇〇），神傷青雀（一〇一）。沈疴遂篤，疢疾寧多[一四]。名香四兩（[illegible]），人間無換骨之方（一〇三）；菊水一杯，天上少延齡之術（一〇四）。乃以康熙十五[illegible]九月十五[一五]日，卒於新城之里第，春秋四十。

嗚乎哀哉！千秋灑淚，長依思子之碑（一〇五）[一六]；九日登高，立[illegible]望夫之石〔一〇六〕。侍讀公以十六年某月某日，葬宜人於某鄉〔一七〕。花磚改秩〔一〇七〕，雖[illegible]分榮寵於紅奩；韭葉題旌〔一〇八〕，猶克表幽貞於彩筆。銘曰：

齊魯名家，琅琊著姓。猗歟宜人，塞淵以敬。樛木流徽，螽斯衍慶。頻摧弱息〔一〇九〕，一慟慈姑〔一一〇〕。海乾蛟蜃〔一一一〕，月蝕蟾蜍〔一一二〕。尚留玉燕〔一一三〕，墳歸寶梟〔一一四〕。樹蔓西靡〔一一五〕，風號北陸〔一一六〕。千尺喬松，幾枝斑竹。花簟留痕，琴歌輟曲。既嫺姆教〔一一七〕，亦擅女宗〔一一八〕。瑤姬館寂〔一一九〕，嬴女樓空〔一二〇〕。嗚呼令範，隧此幽宮〔一二一〕。

【箋注】

〔一〕見《祖德賦》。

〔二〕《詩》。

〔三〕見《憺園賦》。

〔四〕見《壽季序》。

〔五〕見《半繭賦》。

（六）見《潘母啓》。

（七）見《素伯序》。

（八）見《鞠存啓》。

（九）見《素伯序》。

（一〇）見《潘母啓》。《前漢書》：上林，蠶所也。元后春幸繭館。《東觀漢紀》[illegible]后置織室、蠶室于濯龍中。

（一一）見《祖德賦》。

（一二）《雜記》：江東呼同門爲僚婿。

（一三）《左傳》：晉侯使吕相絕秦曰：昔逮我獻公及穆公相好，重之以婚姻。《[illegible]》：朱陳村屬豐縣。白詩：徐州古豐縣，有村曰朱陳。去縣百餘里，桑麻青氛氲。一村惟兩姓，[illegible]爲婚姻。

（一四）見《雪持序》。

（一五）《後漢・經學行義傳》：杜林字伯山，茂陵人，杜鄴之子。王莽末，避地河[illegible]隗囂外示優容，陰令刺客于道遮殺之。客見林身推鹿車載弟，喪行千里，感歎不忍害。後建[illegible]卒。

（一六）見《賀徐序》。

（一七）見《憺園賦》。

（一八）見《葉母序》。

（一一九）見《尺牘序》。

（一二〇）《易》。

（一二一）見《觀槿序》。

（一二二）《太平廣記》：竇皇后父毅嘗謂妻曰：「此女有奇相，豈妄與人？」因畫二孔雀于屏間，請婚者射二矢，陰約中目則得之，射者皆不合。唐高祖最後射，各中一目，遂歸之。

（一二三）見《昭華序》。

（一二四）見《祖德賦》。

（一二五）《詩》。

（一二六）《國語》：諸稽郢行成于吴曰：「一介嫡女，執箕帚以晐[一八]于王宫。」

（一二七）見《韓倬序》。

（一二八）《詩》。

（一二九）見《昭華序》。

（一三〇）《詩》。

（一三一）見《貞女序》。

（一三二）見《徐母序》。

（一三三）見《壽閻序》注。

（三四）見《劉太母序》。

（三五）見《玉巖序》。

（三六）《周禮注》：外命婦孤之妻，服鞠衣，其色黄，象桑葉始生。

（三七）見《祖德賦》。

（三八）《詩》。

（三九）《詩》。

（四〇）《釋名》：袿襹，婦人服。

（四一）見《毛太母啓》。

（四二）見《韓倬啓》。

（四三）《禮》：五十異粻，六十宿肉，七十貳膳，八十常珍。

（四四）《禮》。

（四五）《詩》。

（四六）見《逸齋序》。

（四七）見《天章序》。

（四八）見《壽徐序》。

（四九）見《竹逸序》。

（五〇）《左傳》：使訓群騶知禮。注：喝聲也。當關，見《雪持序》。

（五一）見《得仲序》。

（五二）《詩》。

（五三）見《庭表序》。

（五四）《曲禮》：左朐右末。注：朐，脯也。精細者爲末。

（五五）《列仙傳》：晉穆宗時，仙女萼緑華降羊權家，致火浣布手巾，金、玉跳脱各一。注：臂飾，即釧也。一作「條脱」。

（五六）《玉藻》：童子不屨絇。注：絇，帶之屬。

（五七）見《憺園賦》。

（五八）《毛詩鄭箋》：佽，謂手指相次比也。又助也。

（五九）見《少楹序》。

（六〇）《山海經》：西王母梯几戴勝。注：梯，憑也。

（六一）見《澹庵序》。

（六二）《書》。

（六三）見《葉母序》。

（六四）見《壽閣序》。

（六五）見《葉母序》。

（六六）見《雪持序》。

（六七）見《楚鴻序》。

（六八）逸《詩》：雖有姬姜，無弃憔悴。

（六九）見《牛叟序》。

（七〇）見《園次序》。

（七一）《詩》。

（七二）見《貞女序》。

（七三）見《天章序》。

（七四）見《井叔序》。

（七五）見《徐母序》。

（七六）見《閨秀序》。

（七七）見《閨秀序》注。

（七八）見《李母啓》。

（七九）見《素伯序》。

（八〇）見《季青序》。

（八一）見《憺園賦》。《滄浪詩話》：《玉臺集》有蘇伯玉妻作，寫之盤中，屈曲成文也。

（八二）見《納姬序》。

（八三）見《鞠存啓》。

（八四）見《翼王序》。

（八五）《史記注》：綉褓，嬰兒服也。

（八六）《漢書》：太倉令淳于公有罪，當刑。少女緹縈上書，願没爲官婢，以贖父刑。天子憐其意，詔除肉刑。

（八七）見《雪持序》。

（八八）見《皇士序》。

（八九）見《憺園賦》。

（九〇）見《琴怨序》。

（九一）見《三芝序》。

（九二）《禮》：視天夢夢。并見《琴怨序》。

（九三）見《舜民序》。

（九四）見《憺園賦》。

（九五）見《貞女序》。

（九六）見《納姬序》。

（九七）見《貞女序》。

（九八）見《無忝序》。

（九九）見《考功序》。

（一〇〇）見《翼王序》。

（一〇一）見《滕王賦》。

（一〇二）見《葉母序》。

（一〇三）《漢武内傳》：王母謂帝曰：「子但愛精握固，閉氣吞液。一年易氣，二[illegible]易脉，四年易肉，五年易髓，六年易筋，七年易骨，八年易髮，九年易形。」陶弘景《雜録》：苦茶[illegible]換骨。杜詩：相哀骨可換。

（一〇四）見《琴怨序》。

（一〇五）《述異記》：中山有韓夫人愁思臺、望子陵。

（一〇六）見《海棠賦》。

（一〇七）見《吴太母啓》。

（一〇八）見《琴怨序》。

（一〇九）見《潘母啓》。

（一一〇）潘岳《哀永逝文》：慈姑兮垂矜。
（一一一）見《舜民啓》。
（一一二）見《鞠存啓》。
（一一三）見《鞠存啓》。
（一一四）見《半繭賦》。
（一一五）詳《敬哉文》。
（一一六）見《澹庵序》。
（一一七）見《昭華序》。
（一一八）見《吴太母啓》。
（一一九）見《孟太母啓》。
（一二〇）見《藝圃序》。
（一二一）《左傳注》：隧，墓道也。徐陵《與李那書》：歡此幽宫。

【校記】

[一]「公」，患立堂本、浩然堂本皆無。按謚法，當無「公」字。
[二]「画」，他本皆作「畫」。
[三]「纔」，患立堂本、浩然堂本并作「財」。

[四]「蚕」，他本皆作「蠶」。

[五]「偦」，恵立堂本、文瑞樓本并作「婿」。

[六]「姊」，恵立堂本、浩然堂本并作「娣」。

[七]「曷」，蔣刻本、恵立堂本、浩然堂本并作「何」。

[八]「矣」，恵立堂本、浩然堂本并作「已」。

[九]「緑」，恵立堂本、浩然堂本并作「渌」。

[一〇]「菜」，原作「萊」，據諸本改。

[一一]「跳」，恵立堂本、浩然堂本并作「條」。

[一二]「嘗」，蔣刻本作「常」。

[一三]「蘭」，恵立堂本、浩然堂本并作「蓮」。

[一四]「多」，恵立堂本、浩然堂本并作「支」。

[一五]「十五」，恵立堂本、浩然堂本并作「初十」。

[一六]「碑」，恵立堂本、浩然堂本并作「臺」。

[一七]「某鄉」後，蔣刻本、恵立堂本、浩然堂本并有「某原」二字。

[一八]「眩」，四庫本作「晐」。

陳檢討集卷十九

宜興陳維崧其年撰　皖江程師恭叔才[illegible]

誄　哀辭

楊俊三誄

玉樹徂春[一]，金刀掩夜（一），淑問猶宣，惠心永謝。嗚乎哀哉！君才調英奇，[illegible]章卓絶，言泉流吻，思風扇臆（二）。剖玄晰奧，纖若蟬翼；鋪文雕采，縟以[二]龍梭（[illegible]），南朝人士，眷爾清新；東第衣冠，嗟其綿麗。加以德性幽婉，標舉簡令，神鋒内斂，道[illegible]外張。雋不累理，淡不却物，故能靜表温純，動形潤栗。弱年綉虎，雅擅綺才（四）；[illegible][illegible]蠟鳳，頓饒妍慮（五）。雄辨驚其父客（六），高名廁於時賢。譽重南金，價侔東箭（七）。

洎乎運丁百六，世遭陽九（八），令[三]府君維斗先生忠構身危，義積家禍。[illegible][illegible]哀下（九），白下悲袁（一〇）。君時竄迹倉皇，遘會孤露（一一）。程嬰轉徙[四]，私匿其兒（[illegible]）；李燮饑寒，但依其姊（一三）。吴門乞食（一四），合浦賣珠（一五）。晨繁弦以引凄，昏促[illegible][illegible]會泣。令伯陳情之作，極此纏綿〔一六〕； 右軍誓墓之文，彌爲悲惋〔一七〕。 無何軍書[illegible]舛，戎馬暫寧，親串稍通，音問間嗣。 會丹輪于城郭，時有唱酬〔一八〕； 修輕苔於几闥[illegible]無贈答〔一九〕。 時則金聲逾振，玉色罕渝。 朱齡石百函并發〔二〇〕，劉穆之五官互用[illegible]。巧心所浚，酌而不竭〔二二〕； 惠匠所琢，劚而益麗。 樵蘇不爨，終焉而已〔二三〕。 將謂[illegible]疏道親〔二四〕，身阻意泰［五］〔二五〕。 保幽貞於物表，栖軒冕於塵區，永爲藜藿之夫〔二六〕[illegible]作丘園之秀〔二七〕。 而人惡其潔，天墜其芳，猥以虎豹之姿，竟際龍蛇之歲〔二八〕。 情[illegible]撤瑟，慟擬登床〔二九〕。 春秋二十有三，禰衡臨歿［六］之年，尚虚其一〔三〇〕； 終軍奄逝[illegible]紀，祇過其三〔三一〕。 夫人乃松陵吳茲受先生淑女，而吾友弘人、聞夏、漢槎賢妹也。[illegible]氏祭夫，手調薑橘〔三二〕； 徐姬答外，情綢鏡釵〔三三〕。 嗚乎哀哉！爰爲誄曰：

兩儀肇始，皇降分區。 乾坤盤礴，氣數昭甦。 靈鍾牛斗〔三四〕，寶産勾吳〔三五〕[illegible]頑艷靡均，清濁鮮符。

猗歟是人，洵邦之彥〔三六〕。 秀外惠中〔三七〕，曰温曰善。 學圃增泓，文峰日[illegible]〔三八〕。宅心簡栖，措躬澄練。

既稱第一，亦曰無雙。 藻媲陸海，麗甚潘江〔三九〕。 文明映物，經緯華邦。[illegible]瑟聿拊，洪鐘既樅。

命之不猶，國家多難。袁有愍孫，顧惟元歎（四〇）。申志悲凉，遣言哀斷（四一）。雜作豫廁（四二），浮沉嵇鍛（四三）。

術〔七〕衰齒盛，道蹇業隆。雕鎪群象，染綴化工。明詩習禮，誦雅歌風。[illegible]雀辭金（四四），漢盤泣銅（四五）。

豈其王頍（四六），不如沈勁（四七）。柰何伊人，不永其命。大火流輝（四八）〔八〕，[illegible]俱移柄（四九）。巷軫絶弦（五〇），衢凝分鏡（五一）。

南皮曩侶（五二），北府名流〔九〕（五三）。今悲雨散，昔溯風流（五四）。九京可作，出横難求（五五）。青松郭外（五六），紅粉樓頭（五七）。

【箋注】

（一）《晉書》：庾亮卒，何充歎曰：「埋玉樹于土中，使人情何能已已。」《南史》：王規，字威明，尚書騫之子，幼稱孝童。年十二，通五經，爲昭明太子所禮。亡後，簡文《與湘東王繹書》曰：「威明實俊人也。一爾過隙，永歸長夜。金刀掩鞋，長淮絶涸。」

（二）見《靈巖碑》。

（三）見《半繭賦》。

（四）見《祖德賦》。

（五）見《雪持序》。

（六）見《素伯序》注。

（七）《晉書》：薛兼入洛，張華見而奇之，曰：「此南金也。」虞翻以所注《易》示孔[illegible]融曰：「乃知東南之美者，非獨竹箭也。」《晉書·贊》：顧衆、虞潭并起兵討峻，贊曰：「顧實[illegible]，虞惟東箭。」

（八）王湜《太乙肘後備檢》：凡四百五十六年而一陽九，二百八十八年而一百六[illegible]九，奇數也，乃陽數之窮。百六，偶數也，乃陰數之窮。皆所爲厄會也。《漢書音義》：元之[illegible]九厄，陽厄五，陰厄四。陽爲旱，陰爲水。運初入元，百六歲有陽厄，故曰百六之會。《漢·[illegible]志》：《易·無妄》曰：「一元之中，四千六百一十七歲，各以數至陽厄，故云百六。」按四千五[illegible]歲爲一元。《吴都賦》：世濟陽九。《魏都賦》：運距陽九。

（九）石城，見《皇士序》。哀下，詳《掌亭》注。

（一〇）《金陵志》：府西北有白下城古迹，唐立縣于此，以白石壘之，故名。悲袁，見[illegible]序》。

（一一）見《集生序》。

（一二）見《潘母啓》。

（一三）《漢書》：李固下獄死，有子名燮。燮姊［一〇］文姬謀預匿之，告父門生王成曰：「李氏存滅，其在君矣。」并見《賀周序》。

（一四）見《雪持序》。

（一五）見《素伯序》。

（一六）見《集生序》。

（一七）見《黄門序》。

（一八）見《田太翁啓》。

（一九）見《尺牘序》注。

（二〇）見《壽徐序》。

（二一）《宋書》：劉穆之内總朝政，外供軍旅，目覽詞訟，手答箋書，耳行聽受，口并應酬，悉皆贍舉。

（二二）《頭陀寺碑》：遥源浚波，酌而不竭。

（二三）見《潘母啓》。

（二四）任彦升《薦士表》：室邇人曠，物疏道親。

（二五）見《閨秀序》。

（二六）見《索餅啓》。

（二七）見《彭太翁啓》。

（二八）見《翼王序》。

（二九）《禮》：士無故不撤琴瑟。《世説》：顧彥先喪，家人常以琴置靈床上。張季鷹往哭之，不勝其慟，遂徑上床鼓琴，作數曲竟，因又大慟。《晉書》：王子猷、子敬俱病篤，而子敬先亡。子猷不哭，知子敬素好琴，便徑入坐靈床上，取子敬琴彈，弦既不調，擲地云：「人琴俱亡。」因慟絶良久。

（三〇）見《雪持序》。

（三一）見《黄門序》。

（三二）見《閨秀序》。劉氏《祭夫徐敬業文》：敢遵先好，手調薑橘。素俎空乾，奠觴徒溢。

（三三）見《丁香賦》及《尺牘序》。

（三四）《天文志》：斗牛，《禹貢》揚州之域。

（三五）《吳志》：勾吳，太伯始所居地。

（三六）《詩》。

（三七）《盤谷序》：秀外而惠中。

（三八）見《懸圃序》。

（三九）見《園次序》。

（四〇）《宋書》：袁粲，太尉淑兄子也。父濯早卒，祖母哀其幼孤，名之曰愍孫。嘗慕荀奉倩，改名爲粲，字景倩。《吳志》：顧雍字元歎，從蔡邕學琴，蔡異之曰：「以吾名與卿。」[illegible]遂名雍。爲人寡言，領尚書令，封侯，而家人不知。孫權嘗曰：「顧侯在坐，令人不樂。」

（四一）徐陵《與李那書》：發言哀斷。

（四二）見《舜民序》。

（四三）見《半繭賦》。

（四四）見《銅雀賦》。

（四五）見《滕王賦》。

（四六）補注。

（四七）《晉書》：將軍沈勁以父充死于逆亂，志欲立功雪耻。后陳祐以燕兵逼洛陽，援絕無援，度不能守，乃以五百人付勁守之，勁喜曰：「吾志欲致命，今得之矣。」洛陽陷，勁被執，神色自若。

（四八）《詩》。

（四九）《天文志》：玉衡，斗柄星名。

（五〇）見《園次序》注。

（五一）見《翼王序》。

（五二）《魏志》：吴質，南皮人。魏文帝築燕友臺款質，後遺書曰：「南皮之游，不可忘也。」

梁武帝詩：總轡游南皮。沈約詩論：采南皮之高韻。按河間府有南皮縣。

（五三）見《尺牘序》。

（五四）揚雄《美新》：霧集雨散。《鸚鵡賦》：何今日以雨散。王粲詩：風流雲散，一别[illegible]雨。

（五五）《國語》：趙文子與叔向游于九京，曰：「死者如可作也，吾誰與歸？」注：九[illegible]晉墓地。一作九原。

（五六）見《祖德賦》。

（五七）見《尺牘序》。

【校記】

［一］「玉樹徂春」句前，患立堂本、浩然堂本并有三句：「維癸巳年七月某日，余友[illegible]學俊三焯卒。嗚呼哀哉！」

［二］「以」，患立堂本、浩然堂本并作「似」。

［三］「令」後，蔣刻本、患立堂本、浩然堂本并有「先」字。

［四］「徙」，患立堂本誤作「徒」。

［五］「泰」，原作「秦」，據諸本改。

［六］「殁」，患立堂本、浩然堂本并作「没」。

［七］「術」，患立堂本、浩然堂本并作「時」。

〔八〕「暉」，患立堂本、浩然堂本并作「輝」。

〔九〕「流」，蔣刻本、患立堂本、浩然堂本并作「儔」。按後有「昔溯風流」，故此處「北府[illegible]流」作「北府名儔」較勝。

〔一〇〕「娣」，四庫本作「姊」。

宣城文學施公誄

惟康熙十有八年春王正月四日，文學砥園施公卒於宣城里第，春秋七十有八[illegible]嗚乎哀哉！大道淪胥，微言放失。十室之邑，衆喙爭鳴（一）；一哄之中〔一〕，百家競作（二）。俗儒奉夸毗爲指歸（三），曲士緣辭章爲傅會，轉相剽竊，祇益波靡。推厥所由，[illegible][illegible]先撥（四）。其要〔二〕教不基之門内，則《葛藟》之誼靡敦；學不本之躬行，乃《鳲鳩》之[illegible]未渥也（五）。

施公生經文煨燼之餘，當人心陷溺之日，而能氾濩醇風（六），彌縫絶業（七），禓[illegible]以藝，彪之以文（八），源始門閭，達於鄉塾，慥慥乎抑亦光輝篤實之君子矣！天不憖遺（九），哲人其逝（一〇）。時則公之猶子愚山先生受官輦下，僦舍都亭。悵噩夢之宵徵（一一），痛訃音之旦至。遂搏膺而相告，用抆血以爲言（一二）。蓋分雖叔父，而誼篤所生；[illegible]止期年，而情隆自出。馬伏波之誡兄子，造就居多（一三）；第五倫之鞠弟姪，恩勤不[illegible]四）。聆愚山先生所叙[三]述，則公之崖略可知矣。崧也景至德之難名，緬遺徽之末沫[illegible]揄揚莫罄，敢摇筆而成郭泰[四]之碑（一五）；洄溯靡從，爰綴文而製展禽之謚（一六）。誄[illegible]

厥初生民，萬彙芸芸。權輿遂[五]古（一七），原始皇墳。剛柔攸判，仁羿爰[illegible]八）。孔學惟聃，軻乃闢荀（一九）。

嬴熸[六]典籍（二〇），群言牴牾。漢工箋疏，宋精訓詁。異派同臻，殊塗畢赴[illegible]宰我堪雕，顔回可鑄（二一）。

猗歟濂洛，發源泗洙（二二），道求實踐，爻繫《中孚》（二三）。而彼末流，相沿[illegible]趨，盱[七]江龍溪，淪玄襲虚（二四）。

薪盡思傳，文衰欲起（二五）。姑山峨峨，句溪瀰瀰（二六）。疇紹前賢，曰中名[八][illegible]，主敬存誠，致知窮理。

二子競爽（二七），述明祇園，棠華并靴，箎唱交宣（二八）。思探象罔（二九），悟絶言[illegible]，家惟[九]曾史（三〇），人企淵騫（三一）。

嗚乎述明，不幸早世。孱彼藐孤〔三二〕，疇依疇字。疇爲含哺〔三三〕，實維叔氏。如我以茶〔三四〕，沐兒以泪。

遺雛漸長，奮翮天衢。爲國名臣，爲時大儒。皋比泰岱〔三五〕，觀察鄱湖〔三六〕。服官講學，與古爲徒。

公喜而言，是兒可教。石奮家規，延之庭[一〇]誥〔三七〕。《詩》詠素絲，爾惟則效〔三八〕。

侄官於外，公偃林泉。敬宗睦族，立塾置田。欒公建社〔三九〕，原氏名阡〔四〇〕。朝曦夕魄，幌雨籬烟。

趙禮推肥，薛包讓産〔四一〕。每逢家諱，恒虔祀典。肴核維奠，豆籩有踐〔四二〕。老則[一一]兒啼〔四三〕，祭焉必泫〔四四〕。

鄰有死喪，賻之襚之〔四五〕。族多[一二]窶乏，衣之食之。有窮者鰥，若敖餒而〔四六〕。丐錢營婚，資其帨褵。

劉君伯陽，公之老友。敗屋陳編，苔纏蝸綉。殁于公殯，祔之塋[一三]右。三尺殘碑，大鐫誰某。

敦仁處義，履信懷貞。遇人急難，赴義如爭。其或負公，胠篋攘竄[一四]〔四七〕。搖首置之，流觀太清（四八）。

敬亭翠抹，琴溪雪濺（四九）。卯歲輕帆，與公一見。漉酒邀賓，剪燈張宴。[illegible]必纏綿，詩皆雅健。

謂公淳樸，定享期頤（五〇）。何圖奄謝，遽至于斯。公之猶子，適宦京師。[illegible]占度尚，恨不同時（五一）。

睹墅棋收（五二），竹林觴罷（五三）。歎鳳嗟麟（五四），傾河坼華（五五）。我觀今古[illegible]悠悠者。衆庶馮生，庸愚怛化（五六）。

而我識公，學定神全（五七）。彭殤一致，生死齊觀（五八）。中明祠內，蕉碧楓丹[illegible]）。繼志纘緒，復稱二難（六〇）。

我獨銜悲，百身難贖（六一）。國鮮典型，邦無耆宿。顏愴淵明，潘哀汧督（六二）。[illegible]撰蕪辭，冀揚芳躅[一五]。

【箋注】

（一）《莊子·秋水篇》：無所開吾喙。

（二）《法言》：一哄之市，必立之平。韓文：諸子百家。

（三）《詩》。

（四）《詩》。

（五）《詩》。

（六）見《瑞木賦》。

（七）《左傳》：彌縫其缺。相如《難蜀父老》：繼周氏之絶業。

（八）《揚子》：君子言則成文，動則成德，以其弸中而彪外也。張華詩：体之以質，彪之以文。韓文：道弸于中，而襮之以藝。

（九）《左傳》：孔丘卒，公誄之曰：「旻天不吊，不憖遺一老。」注：憖，且也。

（一〇）見《毛太母啓》。

（一一）見《竹逸序》。

（一二）《九章》：孤子吟而抆淚。《恨賦》：抆血相視。

（一三）見《壽季序》。

（一四）《通鑒》：或問第五倫：「有私乎？」曰：「兄子病，一夜十起而安寢；子有病，雖不省視，通夕不寐。」謂無私乎。

（一五）詳《掌亭序》。

（一六）見《合肥書》。《列女傳》：柳下惠死，其妻誄之，略曰：「夫子之不伐兮，夫子之不竭兮，夫子之謚宜爲惠兮。」門人從之，以爲誄。

（一七）見《天篆序》。《天問》：遂古之初，誰傳道之？注：遂，往也。

（一八）見《天篆序》。

（一九）《史記・世家》：孔子適周，問禮于老子。揚雄《法言》：古者楊墨塞路，孟子[illegible]而闢之，廓如也。韓文：孟子，醇乎醇者也。荀與楊，大醇而小疵。

（二〇）見《樂府補序》。

（二一）見《隹山序》。

（二二）《宋紀》：周茂叔、程灝，時稱濂洛。《記》：曾子謂子夏曰：「吾與汝事夫子于洙泗[illegible]間。」

（二三）《易》。

（二四）《理學録》：盱江羅汝芳號近溪。又：王畿師事王陽明，有《龍溪集》。皆主良知[illegible]學。

（二五）《莊子・養生主》：指窮于爲薪，火傳也，不知其盡也。注：薪有盡，而所傳[illegible]不盡。《韓文公廟碑》：文起八代之衰。

（二六）補注。

（二七）詳《掌亭誄》注。

（二八）《詩》。

（二九）見《璿璣賦》。

〔三〇〕《莊子·駢拇[一六]篇》：雖通如曾、史，非吾所謂臧也。注：謂曾子、史魚。

〔三一〕《論語》。

〔三二〕見《翼王序》。

〔三三〕見《徵萬柳啓》。

〔三四〕《詩》。

〔三五〕《宋書》：張載嘗坐虎皮講《易》，從游甚衆。朱熹贊曰：「勇徹皋比，一變至道。[illegible]：即虎皮也。

〔三六〕觀察，見《李母啓》。鄱陽，見《滕王賦》。

〔三七〕見《歸田序》。

〔三八〕《詩》。

〔三九〕見《祖德賦》。

〔四〇〕《漢書》：原陟自以先人墳墓儉約，非孝也，乃大治冢舍。初，武帝時，京兆曹[illegible]茂陵，民謂其道爲京兆阡。陟慕之，乃買地開道，立署曰南陵。阡人不肯從，衹謂之原氏阡。

〔四一〕《漢書》：趙禮值凶歲，爲餓賊所得。兄孝聞之，即詣賊曰：「禮瘦不如孝肥。[illegible]驚，并放還。《薛包傳》：包字孟嘗。後母憎包，逐出。包悲啼感親[illegible]還之。及諸弟求析產，包悉取朽敗者。後弟產盡，包復與之。建武中，徵拜侍中。

（四二）《詩》。

（四三）《高士傳》：老萊子七十著斑衣，取水上堂，跌仆卧地，爲小兒啼，以悦母。

（四四）見《少楹序》。

（四五）見《壽徐序》注。

（四六）見《祖德賦》。

（四七）《莊子·胠篋篇》：將爲胠篋、探囊、發匱之盜而爲守備。注：胠，開也。探，手取[illegible]。

（四八）詳《仲衡文》。

（四九）《宣城郡圖經》：敬亭山，宣城縣北十里。《輿志》：涇縣溪側有石臺，相傳琴[illegible]鯉上升處。

（五〇）見《壽閻序》。

（五一）補注。《後漢書》：度尚字博平，爲上虞長，後爲荆州刺史。平長沙賊，封侯。[illegible]尚爲八厨之一。

（五二）見《半繭賦》。

（五三）見《矄庵序》。

（五四）《拾遺記》：孔子相魯，有神鳳游集。至哀公之末，不復來翔。子曰：「鳳鳥不[illegible]可謂悲矣。」嗟麟，見《素伯序》。

（五五）《世説》：顧長康哭桓宣武，聲如震雷破山，泪如傾河注海。

（五六）《莊子·大宗師》：子來有病，喘喘然將死，其妻子環而泣之。子犁往問之，曰：「叱避無怛化。」注：怛，驚也，謂無以哭泣，驚將化之人。

（五七）《列子》：醉者之墜于車也，其神全也。

（五八）《莊子》：南郭子綦曰：「莫壽于殤子，而彭祖爲夭。」

（五九）見《鞠存啓》。

（六〇）《漢書》：陳元方子長文與季方子孝先，爭論父功德于太丘，太丘曰：「元方難其兄，季方難其弟。」

（六一）《詩》。

（六二）何法盛《晉中興書》：顏延之爲始安郡，道經尋陽，常飲淵明，自晨達昏。及淵明卒，延之爲誄，極其思致。臧榮緒《晉書》：馬敦爲汧督，立功孤城，爲州司所枉，死于囹圄。潘岳誄之。

【校記】

［一］「中」，患立堂本、浩然堂本并作「市」。

［二］「其要」，患立堂本、浩然堂本并作「要其」。

［三］「叙」，患立堂本、浩然堂本并作「序」。

［四］「泰」，蔣刻本作「李」。

［五］「遂」，患立堂本、浩然堂本并作「邃」。

［六］「燔」，患立堂本誤作「蟠」。

［七］「旴」，患立堂本、浩然堂本并誤作「盱」。

［八］「名」，患立堂本、浩然堂本并作「明」。

［九］「惟」，患立堂本、浩然堂本并作「推」。

［一〇］「庭」，患立堂本、浩然堂本并作「廷」。

［一一］「則」，浩然堂本作「尚」。

［一二］「多」，患立堂本誤作「乏」。

［一三］「塋」，患立堂本誤作「營」。

［一四］「籯」，蔣刻本、患立堂本、浩然堂本并作「籝」。

［一五］篇末，蔣刻本、患立堂本、浩然堂本并有「嗚呼哀哉」四字。

［一六］「駒」，四庫本作「拇」。

嘉定侯掌亭先生誄

某年某月某日，嘉定掌亭侯先生卒。嗚乎哀哉！慨自陳寶鷄鳴，翟泉鵝出〔一〕，君子則將成猿鶴(二)，賢人則遂值龍蛇(三)。練川百里(四)，既三户以無成(五)；上谷一門(六)，旋五宗之同盡(七)。褒融并日(八)，舉畢命於灰釘(九)；盱眕同時，并捐生於斧鑕(一〇)。雖吕錡射月，事原無補於存亡(一一)；而夸父移山，誼則總關於家國(一二)。亦曰瘁哉，於乎悕[一]矣！先生則佹也猶存，慬而獲免。晉家趙武，幾同置褲之危(一三)；楚國伍胥，頻蹈覆漿之難(一四)。亡命則秦關趙厠之内，蹤迹偏多(一五)；謀身[二]則販脂織薄之餘，生涯絶少(一六)。將軍臺上，序舊事以悲來(一七)；國士橋邊，逢故人而泣下(一八)。門前客到，盡傳元節之難歸(一九)；海上人來，或曰邠卿之尚在(二〇)。靡能有定，亦又[三]何言。既而雨不終朝(二一)，雪還見晛(二二)。值新朝之當璧，每示含弘(二三)；遇聖主之乘乾，慣存寬厚(二四)。名除北寺(二五)，終全李杜之家門(二六)；運啓南朝(二七)，免錮袁劉之子弟(二八)。弱齡去國，壯歲還鄉，荒蕪緑野之莊(二九)，憔悴黄冠之約(三〇)。乃以藐爾之王頍(三一)，竟作哀然之周黨(三二)。燕仍巢於梁上(三三)，三月樓臺(三四)；鶴乍返於人間，千年城郭(三五)。

時則赤縣升平(三六)，黄圖豐暇(三七)。庶邦卿士，非無三明七穆之儔(三八)；列國知交，屬有贈策班荆之事(三九)。西園則徐劉應阮(四〇)，南國則顧陸朱張(四一)。莅冠裳之會，子産有辭（四二）；尋玉帛之盟，苟罃是主（四三）。舟船成市，車騎如流（四四）。先生則夙號耆英（四五），群推祭酒（四六）。文章華貴，激昂四座之間（四七）[四]；冠劍雍容，籠蓋萬夫之上（四八）。騁其逸氣，譜私史於金陀（四九）；奮厥雄詞，薈高文於玉册。聲齊琬琰（五〇）[五]，言郁椒蘭（五一），然而酒不忘憂（五二），花難蠲忿（五三）。漸離擊筑，初非行樂之資（五四）；子野彈箏，詎是爲歡之用（五五）。念累世原子孝臣忠之裔，自有生平；況此身自家亡國破而還，何心人世。彼交稱袁灌，不過志士之無聊（五六）；即兒命融修，或在才人而[六]有托（五七）。高臺曲沼，半屬前塵（五八）；醇酒婦人，無非末路（五九）。誠恐海不能[七]乾，石偏易爛（六〇）。誰云善謔，陵跖無開口之期（六一）；何可無年，籛叟乏繫腰之術（六二）。於是羽服朝元，瑶簪禮醮（六三）。花深春晚，叩碧磬以琅琅；月悄秋清，吹紫簫而寂寂。瑶姬圃内（六四），惟栽益壽之花（六五）；玉女窗間（六六），祇種掃塵之竹（六七）。謂此間之甚樂（六八），嗟來日其大難（六九）。何圖金竈難成（七〇），玉棺早下（七一）。八公一去，倚桂畔以徬徨（七二）；十叟不來，望橘中而惆悵（七三）。樵人看博（七四），驚舟壑以潛移（七五）；仙子逢棋，訝鴻泥之欻滅（七六）。遂使青松鬱鬱，長遮槥里之墳（七七）；白日悠悠，不照滕公之室（七八）。怨何如乎？悲可知矣！

每覽寰區，私相歎詫，極文人之九命，慨遺恨以三端。亦有寢[八]類田蚡，小逾臧紇（七九）。形容闒冗，哀駘寧足喻其奇（八〇）；狀貌鬖毵（八一），江神或自嫌其陋（八二）。君則姿神瑰麗，儀態嵬峨[九]。長身玉立，灼如天半之朱霞；勁翮凌秋，矯若雲中之白鵠（八三）。彼兮何幸，偏工不死之方；此也何冤，未識長生之訣。斯其未喻一也。

又有學昧蹲（八四），人譏疥駱（八五）。王家敬則，但曉拍張（八六）；高貴鄉公，不知反語（八七）。此皆高軒綉戟（八八），秀齒龐眉（八九）。君則對成孔雀，幼已霸於詞場（九〇）；賦就楠榴，壯益雄其筆陣（九一）。三長互擅（九二），直登班范之堂（九三）；五采相宣（九四），竟奪庾徐之壘（九五）。而乃王濛不禄（九六），謝朏無年（九七）。何來天上，頻葬神仙（九八）；豈料冢中，只埋賢達（九九）。斯其未喻二也。

抑有惑焉，尤其甚者。清河獄吏，乃聞安世之於湯（一〇〇）；江表叛宗，詎意沈充之有勁（一〇一）。大抵狂呆之胄（一〇二），間出佳兒（一〇三）；私疑回遹之家（一〇四），每邀庸福（一〇五）。君則三世清忠[一〇]，一門義烈。闔户受屠腸之酷（一〇六），瓜蔓期功（一〇七）；舉宗罹破卵之傷，株連細弱（一〇八）。乃復鬼不憐才，天寧悔禍（一〇九）。風吹琪樹（一一〇），不留若木之一枝（一一一）；火烈昆岡（一一二），詎剩荆山之片玉（一一三）。斯其未喻三也。

嗟乎！向子期之鄰家，笛聲斯在(一一四)；稽叔夜之柳下，鍜迹猶存(一一五)。千春[一一]毅魄，長依杜氏階前(一一六)；三尺桓碑(一一七)，永勒羅池廟後(一一八)。爰爲斯誄，以告哀詞[一二]。詞[一三]曰：

余方羈貫(一一九)，文籍是搜。或示一編，詞條最遒[一四]。作者誰歟？嘐城六侯(一二〇)。英裁綺合，壯采葩流(一二一)。

余本清狂，幼而逋峭。腦滿腸肥(一二二)，翩然城鷂。手把是編，獨身而跳。扣角狂謳(一二三)，擊壺大叫(一二四)。

日中則昃(一二五)，月滿而虧(一二六)。惜彼文中，蘭凋蕙萎(一二七)。黄巾載亂(一二八)，青蓋旋飛(一二九)。靈旗[一五]幾道，白骨同歸(一三〇)。

煢煢智含，又弱一個(一三一)。秬園掌亭，相逢飯顆(一三二)。并泣牛衣(一三三)，雙悲馬磨(一三四)。琴已罷彈(一三五)，篪還寡和(一三六)。

掌亭才健，颯若犀蛟。與余握手，壬癸之交。僧廬酒舫，月墅烟郊。風荷百頃，露竹千梢。

我讀我書，葑溪之涘(一三七)。同舍三人，維侯與計。計子其龍，視人若蟻。所不如吾[一六]，唾猶泥滓（一三八）。

謿詠盆[一七]涌（一三九），口語瀾翻（一四〇）。而君屹若，更復凝然。朗如列屋（一四一），嶷如斷山。當時介我，狂狷之間。

鄧尉山頭（一四二），白公堤上（一四三），蘋葉初齊（一四四），苕華大放（一四五）。君弄輕航，時摇細浪，畫轂半奩，緑蓑一桁。

晚而聞道，老筆紛披，絳園作賦[一八]，石鼎聯詩（一四六）。文鐫碑版，句勒盤匜，風雷淩厲，鱗爪之而（一四七）。

所極難忘，小人失母。馬鬣雖封（一四八），鷄碑曷有（一四九）。君惠大文，畀之不朽。已矣何言，悲哉竟負。

自君殁[一九]後，萍梗飛翻，一悲甫草，再慟秬園。追維疇曩，流想生存，雨零宿草，雪擁[二〇]陳根（一五〇）。

君之哲嗣，家駒國寶（一五一），祖德是遵，先疇是保。葺君年譜，編君文稿，命余排次，屬余搜討。

余才已盡，君誼難酬，空銘郭泰，徒誄黔婁（一五二）。山陽舊雨（一五三），河渚前游，昔陪歡宴，今斷風流。嗚乎哀哉！

【箋注】

（一）見《天篆序》。

（二）見《銀臺啓》。

（三）見《翼王序》。

（四）《地志》：練川屬嘉定。昔人稱練川楮陸之平。

（五）見《尺牘序》。

（六）見《翼王序》。

（七）《漢書》：徐自爲曰：「古有三族，而王温舒罪至同時而五族乎？」陳琳檄：所愛光五宗，所惡滅三族。注：宗，亦族也。

（八）見《松陵啓[二二]》。

（九）見《賀周序》。

（一〇）《晉・成帝紀》：卞壺督軍討蘇峻，苦戰而死。二子眕、盱隨之，亦赴敵死。其母撫尸而哭曰：「父爲忠臣，子爲孝子，夫何恨乎？」《國策》：樂毅《報燕王書》曰：「恐抵斧鑕之罪。」

（一一）《左傳》：晉、楚遇于鄢陵。晉呂錡夢射月，中之，退入于泥。占之曰：「姬姓，日也。

異姓，月也，必楚王也。射而中之，退入于泥，亦必死矣。」

（一二）見《徐母序》。

（一三）見《禹平序》。

（一四）《吴越春秋》：伍員渡江，漁父爲持麥飯、鮑魚羹、盎漿餉之。子胥誡曰：「掩子之盎漿，勿令其露。」漁父諾。胥行數步，漁者自沉于江。并見《昭華序》。

（一五）亡命，見《素伯序》。秦關，見《翼王序》。趙厠，見《舜民序》。

（一六）販脂，見《合肥書》。《史記》：周勃以織薄爲生。注：薄，簾也。《南宋書》：沈麟士居貧織簾，號織簾先生。《説文》：木曰林，草曰薄。

（一七）《薊州志》：將軍臺管四十關塞。

（一八）《國策》：趙襄子〔二二〕將出，豫讓伏以遇〔二三〕橋下。襄子面數之，豫讓曰：「智伯國士遇臣，臣故國士報之。」《輿志》：豫讓橋，在平陽府。

（一九）見《翼王序》注。

（二〇）見《祖德賦》。

（二一）《語林》：驟雨不終朝。

（二二）《詩》。

（二三）見《懸圃序》。

〔二四〕見《懸圃序》。

〔二五〕見《黄門序》。〔二四〕

〔二六〕見《禹平序》。

〔二七〕見《楚鴻序》。

〔二八〕《魏志》：袁紹愛少子尚，後譚、熙、尚三子舉兵，相攻而亡。劉表愛少子琮，後長子琦與琮舉兵，遂傾覆。

〔二九〕見《楚鴻序》。

〔三〇〕見《觀槿序》。

〔三一〕見《俊三誄》。

〔三二〕見《映碧啓》。

〔三三〕見《玉叢序》。

〔三四〕見《天篆序》注。

〔三五〕見《存庵序》。

〔三六〕《古今通論》：崑崙東南方五千里，謂之神州赤縣。

〔三七〕見《萬柳啓》。

〔三八〕見《園次序》。

（三九）贈策，見《考功序》。班荆，見《禹平序》。
（四〇）見《滕王賦》。
（四一）見《尺牘序》。
（四二）《左傳》：鄭子産壞晉館垣，叔向曰：「子産有辭，諸侯賴之。」
（四三）《左傳》：知武子謂獻子曰：「非禮，何以主盟？姑盟而退。」注：知武子，即荀罃，一稱知罃。
（四四）見《壽徐序》注。
（四五）見《映碧啓[二五]》。
（四六）見《儲太翁啓》。
（四七）見《禹平序》。
（四八）見《懸圃序》。
（四九）見《樂府[二六]補序》。
（五〇）見《尺牘序》。
（五一）《孫卿子》：好我芬椒蘭。《漢·五刑志》：鄰國望我，芬若椒蘭。劉峻《絶交論》：言鬱郁于蘭茝[二七]。
（五二）見《智修序》。

（五三）見《看奕賦》。

（五四）見《智修序》。

（五五）《晉書》：王國寶構謝太傅于孝武，太傅患之。一日，帝召桓子野，桓請以箏歌，便歌曹子建《怨詩》曰：「爲君既不易，爲臣良獨難。忠信事不顯，乃有見疑患。」聲節慷慨，太傅泣下，捋其鬚曰：「使君於此處不凡。」帝有慚色。按子野名伊。

（五六）見《半繭賦》。

（五七）《禰衡別傳》：衡與孔融、楊修善，常曰：「大兒孔文舉，小兒楊德祖，餘子碌碌莫足數。」

（五八）見《雪持序》。

（五九）見《舜民序》。

（六〇）見《庭表序》。

（六一）《莊子·盜跖篇》：孔子説跖，跖怒曰：「人生上壽百歲，中壽八十，下壽六十。除病瘐、死喪、憂患，其中開口而笑者，一月之間，不過四五日而已。」

（六二）見《萬柳啓》。

（六三）《王子年拾遺記》：周昭王晝而假寐，夢白雲中一人衣服皆羽毛。王求上仙之術，因名羽人。《老子内傳》：受元君神圖寶章變化之方，及還丹伏火水汞〔二八〕液金之術。《雍録》：天寶七載，玄元皇帝見于朝元閣。瑶篸，見《滕王賦》。

（六四）見《徐母序》。

（六五）《本草》：甘菊，一名益壽花。見《冀王序》注。

（六六）見《貞女序》。

（六七）見《合肥書》。

（六八）《晉書》：帝問後主曰：「頗思蜀否？」曰：「此間樂，不思蜀也。」

（六九）見《納姬序》。

（七〇）見《得仲序》。

（七一）《風俗通》：王喬令葉縣，天下一玉棺于廳事前，喬曰：「天帝召吾。」沐浴，寢其中，蓋便自覆之。宿葬城東，土自成墳。

（七二）見《滕王賦》。

（七三）見《徐母序》。

（七四）見《看奕賦》。

（七五）《莊子·大宗師》：夫藏舟于壑，藏山于澤，謂之固矣。然而夜半有力者，負之而走，昧者不知也。

（七六）東坡詩：人生到處知何事，應似飛鴻踏雪泥。

（七七）《史記·樗里子傳》：樗里子名疾，秦惠王之弟也，時號智囊。將卒，葬于渭南章臺之東，曰：「後百歲，當有天子之宫夾我墓。」漢興，長樂宫在其東，未央宫在其西，武庫正在其北。

（七八）見《瑞木賦》。

（七九）《史記·武安傳》：武安侯田蚡貌寢，生貴甚，以孝景皇后之弟爲相。《左傳》：臧紇救鄫，侵邾，敗于狐駘。國人誦之曰：「朱儒朱儒，使我敗于邾。」杜注：臧紇短小，故曰朱儒。

（八〇）《莊子·德充符篇》：哀駘它，衛人，貌惡。魯哀公召而觀之，果以惡駭天下。欲授以國政，孔子曰：「是必才全而德不形者也。」

（八一）見《索餅啓》。

（八二）見《懸圃序》。

（八三）《世説》：劉訏與從兄歊各履高操，族祖孝標曰：「訏超超越俗，如天半朱霞；歊矯矯出塵，如雲中白鶴。」《魏書》：公孫度目邴原爲雲中白鶴，非燕雀之網所能羅也。

（八四）《顔氏家[二九]訓》：《蜀都賦》注蹲鴟爲芋。江南有一權貴，誤以爲「羊」字。人饋羊肉，答書云：「饋蹲鴟。」《青棠集》：張九齡送芋與蕭炅，書稱蹲。炅不學，答曰：「損惠芋拜嘉，惟蹲鴟未至耳。」按芋頭類鴟鳥之居。蹲，坐也，居也，故《貨殖傳》名之。

（八五）補注。

（八六）《南史》：王敬則，臨淮射陽人，好刀劍。元徽初，歸誠高帝，侍宴華林，使各效伎。敬則脱朝服，奮臂拍張曰：「臣以拍張得三公，不可忘拍張。」

（八七）補注。《魏志》：高貴鄉公諱髦，文帝孫。初封郯縣高貴鄉公，群臣迎之。即帝位後，攻司馬昭，賈充令成濟弑之。賈充與朝士宴，庾純曰：「高貴鄉公何在？」充慚怒。

（八八）高軒，見《合肥書》。綉戟，見《閨秀序》。

（八九）《漢書》：顏駟龐眉皓齒。

（九〇）見《素伯序》。

（九一）見《季青序》。

（九二）《通鑒》：劉知幾曰：「史才須有三長，才、學、識也。」

（九三）見《庭表序》。

（九四）《書》。

（九五）見《園次序》。

（九六）見《葉母序》。

（九七）《梁史》：謝朏字敬冲，謝莊子。幼聰慧，十歲能屬文。初，與何點受徵，不至。後朏一旦詣闕，梁武帝以爲司徒。朏素憚煩，不省職事，早卒。

（九八）見上注。

（九九）見《後三誄》。

（一〇〇）《史記·酷吏傳》：張湯磔鼠，文如老獄吏。後爲長安吏，稍遷大中大夫。後三長史陷之，湯曰：「湯無尺寸功，起刀筆吏，陛下幸致爲三公，無以塞責。」遂自殺。《漢書》：湯子安世字孺，少以父任爲郎。見《園次序》。

（一〇一）見《俊三詠》。

（一〇二）《廣雅》：童昏曰胄。

（一〇三）見《素伯序》。

（一〇四）《詩》。

（一〇五）古諺：庸庸多厚福。

（一〇六）見《貞女序》。

（一〇七）見《潘母啓》。

（一〇八）并見《潘母啓》。《魏氏春秋》：孔融見收，二子方八歲、九歲。奕棋，端坐不起，左右曰：「而父見執。」二子曰：「安有巢覆，而卵不破者哉？」遂俱見殺。

（一〇九）《左傳》：鄭莊公曰：「天其以禮悔禍于許。」

（一一〇）《山海經》：昆侖之墟，北有珠樹及玉樹、琪樹、琅玕樹。

（一一一）見《璿璣賦》。

（一一二）《書》。

（一一三）見《楚鴻序》。

（一一四）向秀《思舊賦序》：余少與嵇康、吕安居止，其後各以事見法。經山陽舊廬，于時鄰人有吹笛者，發聲寥亮。追思曩昔，感音而歎，故作賦云。

（一一五）見《半繭賦》。

（一一六）屈原《九歌》：魂魄毅兮爲鬼雄。《左傳》：晉獲杜回，秦之力人也。初，魏武子妾無子，武子疾，謂顆曰：「必嫁之。」疾甚，曰：「必以爲殉。」及卒，顆嫁之，曰：「疾甚則亂，吾從其治也。」及輔氏之役[三〇]，顆見老人結草以亢杜回。杜回躓而顛，故獲之。夜夢老人曰：「爾用先人之治命，余是以報。」

（一一七）見《醴泉頌》。

（一一八）見《鞠存啓》。

（一一九）見《雪持序》。

（一二〇）見《翼王序》。

（一二一）見《天篆序》。

（一二二）見《懸圃序》。

（一二三）見《存庵序》。

（一二四）見《紫玄序》。

（一二五）《書》。

（一二六）《禮》。

（一二七）見《翼王序》。

（一二八）見《健松記》。

（一二九）《吴志》：孫皓使尚廣筮并天下，曰：「吉。丙子歲，青蓋入洛陽。」及亡，歲實在丙子。

（一三〇）《楚詞》：靈旗兮電騖。《甘泉賦》：樹靈旗。《世説》：潘岳《金谷園》詩有云「白首同所歸」。後孫秀既恨崇不與緑珠，又憾岳不遇之以禮。收崇，同日收岳，乃成其讖。

（一三一）《左傳》：齊公孫竈卒，晏子曰：「子旗不免，殆哉！二惠競爽猶可，又弱一個焉，姜其危哉！」注：二惠，子尾、子雅也。子雅即公孫竈，生子子旗。

（一三二）李詩：飯顆山頭逢杜甫。

（一三三）見《天章序》。

（一三四）見《懸圃序》。

（一三五）見《俊三誄》。

（一三六）《詩》。

（一三七）《吴志》：蘇州十三門，葑門其一也。溪有葑溪。

（一三八）李陵《與蘇武書》：言爲瑕穢，動增泥滓。《説文》：滓，澱也。

（一三九）孔融《薦禰衡表》：溢氣坌［三二］涌。

（一四〇）見《楚鴻序》。

（一四一）《世説》：朗朗在白屋間。

（一四二）見《靈巖碑》。

（一四三）《輿志》：白樂天築堤于虎丘山下，後名白公堤。

（一四四）《招魂》：緑蘋齊葉兮，白芷生寒。

（一四五）《詩》。

（一四六）《白帖》：佛寺爲紺園。昌黎詩有《石鼎聯詩》題。昌黎序：衡山道士軒轅彌明自衡山來，指爐中石鼎，謂侯喜曰：「子能賦此乎？」

（一四七）見《觀槿序》。

（一四八）見《孟太母啓》。

（一四九）見《無忝序》。

（一五〇）見《映碧啓》。

（一五一）見《壽季序》。

（一五二）《續漢書》：郭泰卒，蔡邕爲作碑曰：「吾爲人作銘，未嘗不有慚容，惟有道碑頌無愧耳。」《列女傳》：魯黔婁死，曾子曰：「先生之死，何以爲謚？」其妻曰：「以康爲謚。」曾子曰：「先生何樂于此，而謚爲康乎？」其妻曰：「先生不戚戚于貧賤，不忻忻于富貴，其謚爲康，不亦宜乎？」并見《井叔序》。

（一五三）見篇上。

【校記】

[一]「悕」，患立堂本作「怖」。

[二]「身」，患立堂本、浩然堂本并作「生」。

[三]「又」，患立堂本、浩然堂本并作「有」。

[四]「間」，蔣刻本作「門」。

[五]「琬琰」，浩然堂本避諱作「鍾吕」。

[六]「而」，患立堂本、浩然堂本并作「爲」。

[七]「能」，患立堂本、浩然堂本并作「難」。

[八]「寢」，患立堂本誤作「侵」。

[九]「嵬峨」，患立堂本、浩然堂本并作「傀俄」。

[一〇]「清忠」，蔣刻本、患立堂本、浩然堂本并作「忠清」。

[一一]「春」，浩然堂本作「秋」。

[一二]「哀詞」，患立堂本、浩然堂本并作「余哀」。

[一三]「詞」，患立堂本、浩然堂本并作「辭」。

［一四］「遒」，原作「遵」，據諸本改。
［一五］「靈旗」，患立堂本、浩然堂本并作「雲俱」。
［一六］「如吾」，蔣刻本、患立堂本并作「吾如」。
［一七］「盆」，亦園本、文瑞樓本同，他本皆作「坌」。
［一八］「賦」，蔣刻本、患立堂本、浩然堂本并作「記」。
［一九］「殁」，患立堂本、浩然堂本并作「没」。
［二〇］「擁」，患立堂本、浩然堂本并作「壅」。
［二一］「啓」，原作「序」，徑改。
［二二］「子」，原作「王」，據亦園本、四庫本、文瑞樓本改。
［二三］「以遇」，四庫本作「所過」。
［二四］注（二二）至（二五）四條，四庫本脱。
［二五］「啓」，原作「序」，徑改。
［二六］「府」，原作「序」，徑改。
［二七］「莅」，原作「涖」，據四庫本改。
［二八］「汞」，四庫本誤作「永」。
［二九］「家」，原作「學」，據文瑞樓本改。

〔三〇〕「役」，原作「殺」，據亦園本、四庫本、文瑞樓本改。
〔三一〕「坌」，原作「盆」，據四庫本改。

尤母曹孺人誄〔一〕

維康熙十有七年九月十九日，尤母曹孺人卒於家，春秋五十有八。此〔二〕吾友悔庵先生之淑儷，而孝廉珍、文學瑞之賢母也。孝廉邸中聞訃，既素韡星奔，麻衣遄返。悔庵方〔三〕金門待詔，玉几求賢，築館都亭，授餐閣〔四〕下。屢申請急之祈，未驗還鄉之夢。援琴以哭（一），淒逾巴峽之猿（二）；鼓缶而吟（三），愁甚衡陽之雁（四）。

時則燕齊魁壘之士，髟華組者三千（五）；鄒魯文學之賓，捧珠盤者十九（六）。聆斯楚曲，咸致神傷；况我良朋，尤爲心痗（七）。昔者三年未返，還吟零雨之篇；六日不儋，尚謡《采緑》之什（八）。樓前送客，界粉成痕；陌上懷人，結眉表色（九）。何况瓊田大去（一〇），碧海無歸（一一）。廖家眢井（一二），想竊藥以何年（一三）；酈縣寒泉（一四），擬煎香而無術（一五）。暫游京雒，便爲鶴返之期（一六）；小别鄉園，遽應牛眠之讖（一七）。〔五〕良云已甚，亦又何言。此則染湘江之竹，未能踰〔六〕此酸辛（一八）；彈蜀國之弦，不足宣其悱惻者矣（一九）。夫蕙叢早殞，元微之所以悲來（二〇）；遺挂猶存，潘安仁于焉泣下（二一）。此皆伉儷之恒情（二二），何况裙笄之令範，可無揚扢，用表幽貞。

嗟乎！金閶城下，遥連齊女之門（二三）；石鏡山邊，即是武擔之路（二四）。誄桓厘之行，曾[七]傳沛國諸生；稱陶母之賢，競説長沙人士（二五）。爰爲斯製，以志予哀。其辭曰：

余與悔庵，門夾葑溪（二六）。花紅户向，柳緑檐齊。俱邀戲馬（二七），并載聽鸝（二八）。橋分鵲誤（二九），巷肖鶯迷。

時過君家，約爲文社。雪霽窗融，風狂燭灺。倦或呼觴，豪偏索炙。隔帷食器，每鏘中夜。

乃知吾友，室有鴻妻（三〇），寧憂釜鑠[八]（三一），詎誚糠肥（三二）。貰來村釀，乞得鄰醢，拔釵詎惜，銼薦誰疲（三三）。

紞紞鼓聲，漏逾三下，君爲余言，婦真健者（三四）。敏既逾班（三五），慧[九]偏鑠謝（三六），手擷蘋蘩（三七），躬親桑柘（三八）。

施衿結帨（三九），習禮敦詩（四〇），猗與季女，孌彼諸姬。柔嘉維則，淑慎其儀，聲高璜瑀，譽溢盤匜。

愉色婉容，承顏堂上，婦職攸勤，女紅無曠。鞠跽而前（四一），鳴環以相（四二），私勖青雲（四三），頻褰絳帳（四四）。

君言未竟，余喜而呼，何期淑女，儷我鴻儒。問訊他人，斯寧有諸，人言不爽，君語非誣。

吴質長愁（四五），禰衡善駡（四六），我友高才，文場雄霸。猿臂難封（四七），蛾眉不嫁（四八），對酒歡呶（四九），臨風悲咤。

晚紆尺組，人喜君嗔，噲寧堪伍（五〇），龍實難馴（五一）。孺人笑歡[一〇]，一語聊陳，不聞毛義，捧檄娱親（五二）。

君顧孺人，欣然道左，月照城樓，天低箭垛（五三）。白草煎霜，紅旗掣火，爲窮塞主，亦無不可（五四）。

北平數載（五五），綦縞言歡（五六），其或尼君，鐫其一官。孺人含笑，家本吴關，非無樵笠，亦有漁竿。

椎髻歸田（五七），耘瓜劚笋，梅福雙仙（五八），龐公偕隱（五九）。酒賣相如，琴[一一]彈楊惲（六〇），弦索宮詞（六一），琵琶院本（六二）。

君舞斑衣（六三），孺人六珈（六四），君悲窆綷（六五），亦絰[一二]而麻。助君沐椁（六六），從君輓[一三]車（六七），江通孝鯉（六八），樹止慈鴉（六九）。

先是贈公，爲君析[一四]宅，舍後一區，水雲俱白。詎用高甍，底須列戟（七〇），俾請于翁，于斯偃息。

君聞是語，起舞而旋，能如是乎，與汝偕焉（七一）？編籬竹次，抱瓮花間，層廊映水，小艇尋烟。

往復循環，盈虚依倚，于門不大，古無斯理（七二）。未在其身，必於其子，果以卯秋，佳兒鵲起（七三）。

非惟鵲起，亦有鴻騫（七四），拔茅連茹（七五），爰應今年。群公薦士，天子徵賢，翹才[一五]千百（七六），君實褎[一六]然（七七）。

竹徑松門，臨行搔首，將我重來，能無恙否？孺人款語，分張詎久，白月明明，爲君治酒。

西風葉落，忽滿長安，何來惡耗，竟墮君前。發函淒哽，伸[一七]紙汍瀾（七八），身留北闕，淚寄南天。

來歲新春，凌雲賦噪(七九)，洊受重封，仍[一八]膺疊誥。而我所悲，禮宗是悼(八〇)，杳杳黃壚(八一)，飛飛丹旐。嗚呼哀哉！(八二)

【箋注】

(一)見《俊三誄》。

(二)見《懸圃序》。

(三)見《井叔序》。

(四)見《素伯序》。

(五)見《九日序》。

(六)見《園次序》。

(七)《詩》。

(八)《詩》。

(九)見《良輔序》。

(一〇)《十洲記》：祖洲有不死草，生于瓊田。張正見《雪》詩：雲夢起瓊田。

(一一)見《琴怨序》。

(一二)見《葉母序》。

〔一三〕見《琴怨序》。

〔一四〕見《琴怨序》。

〔一五〕見《劉太母序》。

〔一六〕見《蒓庵序》。

〔一七〕見《孟太母啓》。

〔一八〕見《憺園賦》。

〔一九〕左思《蜀都賦》：巴姬彈弦。注：成都雪氏善琢琴，故曰蜀琴。古樂府[一九]題有《蜀國弦歌》。

〔二〇〕《元微之墓誌銘序》：公前夫人京兆韋氏，無禄早世[二〇]。

〔二一〕見《井叔序》。

〔二二〕見《牛叟序》。

〔二三〕《吴志》：金閶亭在閶門外，梁鴻墓所。齊門者，吴聘齊女，女思齊而病，乃起望濟門，令女游其上。闔閭城，一名閶門。見《靈巖碑》。

〔二四〕見《實庵序》。

〔二五〕見《李母啓》。

〔二六〕見《掌亭誄》。

（二七）見《九日序》。

（二八）見《憺園賦》。

（二九）見《祖德賦》。

（三〇）見《貞女序》。

（三一）見《集生序》。

（三二）《漢書》：或問陳平：「何食而肥？」其嫂疾平曰：「食糠覈〔三二〕爾。」

（三三）見《徐母序》。

（三四）見《劉太母序》。

（三五）見《歸田序》。

（三六）見《琴怨序》。

（三七）《詩》。

（三八）見《潘母啓》。

（三九）見《韓倬啓》。

（四〇）見《劉太母啓》。

（四一）見《璿璣賦》。

（四二）見《韓倬啓》。

（四三）揚子《解嘲》：當塗者升青雲。

（四四）見《修禊序》。

（四五）見《澹庵序》。

（四六）見《雪持序》。

（四七）見《素伯序》及《孟太母啓》。

（四八）見《鴻客序》及《茹蕙序》注。樂府《捉搦歌》：老女不嫁只生口[二二]。

（四九）《詩》：載號載呶。注：歡聲。

（五〇）見《存庵序》。

（五一）顔延年《五君詠》其詠嵇康曰：鸞翮有時鎩，龍性誰能馴？

（五二）見《潘母啓》。

（五三）《唐六典》：兵部試用，一曰箭長垛。天寶元年，改長垛，限以十箭。

（五四）補注。

（五五）見《孟太母啓》。

（五六）《詩》。

（五七）見《劉太母序》。

（五八）見《園次序》。

（五九）見《壽閻序》。

（六〇）見《看奕賦》。

（六一）見《琅霞序》。

（六二）《輟耕録》：唐有傳奇；宋有戲曲、唱諢、詞説；金有院本、雜劇。院本，一曰副末。古謂之蒼鶻，鶻能擊禽鳥。

（六三）見《憺園賦》。

（六四）《詩》。

（六五）見《彭太翁啓》。

（六六）見《憺園賦》注。

（六七）見《壽閻序》。

（六八）見《瑞木賦》。

（六九）見《憺園賦》。

（七〇）見《閨秀序》。

（七一）見《潘母啓》。

（七二）見《憺園賦》。

（七三）見《祖德賦》。

（七四）見《商尹序》。

（七五）《易》。

（七六）見《九日序》。

（七七）《前漢書》：武帝賢良詔曰：「今子大夫褎然爲舉首，朕甚嘉之。」注：盛服貌。

（七八）見《祖德賦》。

（七九）見《實庵序》。

（八〇）見《葉母序》。

（八一）見《壽閣序》注。

（八二）附注：元微之，《本事詩紀》：妻韋氏字蕙叢。韋逝，爲《離思詩》悼之。〔一三〕

【校記】

〔一〕題下，患立堂本、浩然堂本并有小注「代宋夫子」四字。

〔二〕「此」前，患立堂本、浩然堂本并有「嗚呼」二字。

〔三〕「方」後，患立堂本、浩然堂本并有「以」字。

〔四〕「閣」，患立堂本、浩然堂本并作「闕」。

〔五〕此句下，患立堂本、浩然堂本并有夾注：「悔庵臨行時問乩仙，有牛眠之語。」

〔六〕「踰」，患立堂本、浩然堂本并作「喻」。

［七］「曾」，患立堂本、浩然堂本并作「爭」。

［八］「鑠」，患立堂本、浩然堂本并作「櫟」。按李學穎校謂：「《史記·楚元王世家》作『櫟』。」

［九］「慧」，患立堂本、浩然堂本并作「惠」。

［一〇］「歡」，蔣刻本、患立堂本、浩然堂本并作「勸」。

［一一］「琴」，蔣刻本、患立堂本、浩然堂本并作「瑟」。

［一二］「經」，原作「經」，據諸本改。

［一三］「輓」，患立堂本、浩然堂本并作「挽」。

［一四］「析」，蔣刻本、患立堂本并作「柝」。

［一五］「才」，患立堂本、浩然堂本并作「材」。

［一六］「褎」，蔣刻本、患立堂本并作「裒」。

［一七］「伸」，原脱，據諸本補。

［一八］「仍」，浩然堂本作「乃」。

［一九］「府」，原作「用」，據亦園本、四庫本、文瑞樓本改。

［二〇］「早世」，亦園本、四庫本、文瑞樓本并作「詳下注」。

［二一］「竅」，四庫本誤作「覈」。

［二二］「口」，四庫本誤作「日」。

〔一一三〕此條附注，據亦園本、四庫本、文瑞樓本補。

王母張孺人哀辭

孺人姓張氏，家世由大同徙長安，遂爲長安人。余友給事中王黄湄先生繼室也。扶風城下，夙傳織錦之鄉〔一〕；京兆街中，本是畫眉之里〔二〕。父興，官都司。《陰符》半帙〔三〕，玉帳傳來〔四〕；《遁甲》一函〔五〕，霜弧射下〔六〕。因君城守粤西柳州，故孺人從焉。天吴紫鳳〔七〕，蹁躚於明鏡湖邊〔八〕；玳轂鈿車，捉〔一〕搦在羅池廟後〔九〕。鬱林紺石〔一〇〕，慣染修蛾〔一一〕；象郡黄柑，恒熏纖手〔一二〕。既而盡室西旋，途經鄢郢〔一三〕；扁舟南下，路次沱潛〔一四〕。時則給事君居官安陸，出宰江陵〔一五〕，曾逢别鶴之辰〔一六〕，續有委禽之事〔一七〕。盈門嘉耦，迨泮華年〔一八〕。

若乃天上張星〔一九〕，應甘泉之圖畫〔二〇〕；樓頭嬴女〔二一〕，親灞岸之蠶桑〔二二〕。仰事則堊廬髽髻，毁以居喪〔二三〕；俯育而醴雪丸熊，勤能鞠子〔二四〕。鳲鳩廣惠，樛木流慈〔二五〕。洵稱巨閥之禮宗〔二六〕，僉謂高門之令婦。不幸蕣華早謝〔二七〕，蟾彩難圓〔二八〕。瑶姬鮮益壽之方〔二九〕，玉女乏長生之術〔三〇〕。遂使波衝東渭〔三一〕，長流嗚咽之聲(三二)；月挂西秦，永罷團圞之夢(三三)。銜酸曷極，流歎何窮(三四)？

給事中徬徨故劍，惻愴亡簪(三五)。人誇彩筆(三六)，彌工傷逝之篇(三七)；官是黃門(三八)，慣作悼亡之賦(三九)。緣余同病(四〇)，屬以序哀。僕也曾經此恨，甫當除服之時(四一)；何以爲情，况屆營齋之日(四二)。香餘幄裏，倍知奉倩之愁(四三)；粉剩奩間，偏悉子荆之痛(四四)。吟纏[二]楚些(四五)，響托秦箏(四六)。詎曰臨風以慟，衹關長史多愁(四七)；亦云載筆而書，莫罄桓厘至行云爾(四八)。辭曰：

鄙人逋峭(四九)，瑟居鮮歡(五〇)，惟偕給事，馥郁椒蘭(五一)。激昂藝圃(五二)，泛濫文瀾(五三)，笙必交吹，琴無隻彈。

勝業坊前(五四)，樂游原左(五五)，每值春來，穠花勝火。雨裛千枝，晴開萬朶，紫葯璘㻞，瓊葩璀瑳。

隨君花下，以敖以嬉，君獨攀條，悄焉不怡。爲言亡婦，雅好惟斯，靚服凝妝，擷而玩之。

房闥繽紛，簾櫳葱倩(五六)[三]，及其亡也，百花枯遍。君語未終，淚承於面，時一稚子，循於衣畔。

蘭芽玉茁〔五七〕，冰膚雪肌〔五八〕，君言亡者，僅育此兒。徒存末婢〔五九〕，尚留衮師〔六〇〕，如何奄忽，能不漣洏〔六一〕。

宛宛恭人，愔愔令德，巾簟飄揚，音容仿佛〔六二〕。屢易周星〔六三〕，頻更朏魄〔六四〕，腹痛之悲〔六五〕，宛同新没。

四載中間，嗟余越鄉，每摛蕪製，爲人悼亡。虞歌竟篋〔六六〕，挽唱聯箱〔六七〕，間一臨文，心疑不祥。

詎意斯悲，我躬洊及，猶有餘波〔六八〕，助君沾臆〔六九〕。隴水蒼茫〔七〇〕，秦山突兀〔七一〕，勒此哀辭，視兹鑱刻。

【箋注】

〔一〕見《璿璣賦》。

〔二〕見《少楹序》。

〔三〕《國策》：蘇秦得太公《陰符》之書。

〔四〕見《鄴園啓》。

〔五〕見《徵刻文啓》。

〔六〕見《懸圃序》。

〔七〕見《謝園次啓》。《山海經》：朝陽之谷，神爲天吴，是爲水伯。

〔八〕補注〔四〕。

〔九〕《列仙傳》：仙女杜蘭香詣張碩，玳轂鈿車青牛，飲食服玩皆備。捉搦，見《楚鴻序》。羅池，見《鞠存啓》。

〔一〇〕見《葉母序》注。

〔一一〕見《少楹序》。

〔一二〕見《李母啓》。

〔一三〕《左傳注》：鄢郢，楚地。

〔一四〕《禹貢》：沱、潛既道。注：二水，江、漢别流之，在梁州者與荆州不同。按此乃指荆州之水。

〔一五〕《輿志》：安陸州，古竟陵地。明世廟時，升爲承天府，所領潛江縣，即漢江陵地。宋曰潛江。按荆州府，唐曰江陵，今所領縣首曰江陵。又德安府有縣曰安陸。

〔一六〕見《琅霞序》。

〔一七〕見《貞女序》。

〔一八〕《詩》。

（一九）見《祖德賦》。

（二〇）《漢武外傳》：李夫人少而早卒。上思念不已，圖畫其形于甘泉宫。《漢書》：金日磾母教誨兩子，甚有法度。病死，詔圖畫于甘泉宫。

（二一）見《藝圃序》。

（二二）見《潘母啓》。

（二三）見《貞女序》。《周禮注》：大喪，疏賤者居堊室，與倚廬相對。

（二四）《説文》：䩋，沫洒面也。丸熊，見《潘母啓》。

（二五）《詩》。

（二六）見《貞女序》。

（二七）《詩》。

（二八）見《鞠存啓》。

（二九）見《納姬序》。

（三〇）見《天篆序》。

（三一）見《懸圃序》。

（三二）見《實庵序》。

（三三）見《子厚序》。

（三四）見《觀槿序》。
（三五）見《貫花序》。
（三六）見《看奕賦》。
（三七）見《琴怨序》。
（三八）《官制》：漢明帝始置小黄門，後以諫職名之。
（三九）見《渭仁序》。
（四〇）《吴越春秋》：楚白喜奔吴，子胥曰：「吾之怨與喜同。子不聞《河上歌》乎？同病相憐，同憂相救。」
（四一）見《井叔序》。
（四二）見《壽閻序》。
（四三）見《渭仁序》。
（四四）見《井叔序》。
（四五）宋玉《招魂》。
（四六）見《子厚序》。
（四七）見《滕王賦》。
（四八）見《李母啓[五]》。

（四九）見《掌亭誄》。
（五〇）見《楚鴻序》。
（五一）見《掌亭誄》。
（五二）《上林賦》：游于六藝之圃。
（五三）見《佳山序》。
（五四）補注。
（五五）《西京雜記》：漢宣帝樂游廟，一名樂游苑，亦名樂游原。其地最高，四望寬敞。李詞：樂游原上清秋節。注：西安府南。
（五六）見《滕王賦》。
（五七）見《毛太母啓》。
（五八）《莊子》：藐姑射之山有神人焉，凝肌若冰雪，綽約若處子。
（五九）《晉中興書》：末婢，謝琰小字。琰字瑗度，安少子，開率有大度。
（六〇）見《看奕賦》。
（六一）李陵詩：仰視浮雲馳，奄忽互相逾。《易》：泣血漣洳。王粲詩：中心孔悼，涕淚漣洏。
（六二）潘岳《悼亡詩》：長簟竟空床。又：仿佛睹爾容。
（六三）《禮》：星迴于天。

（六四）見《璿璣賦》。

（六五）見《壽閻序》。

（六六）見《瑞木賦》。

（六七）《漢書》：田横死，門下作歌詞，有曰「薤露何易晞」？干寶《搜神記》：挽歌者，喪家之樂，執紼者相和之聲也。《續酉陽雜俎》：據《左傳》，齊公孫夏挽[六]《虞殯》，則挽歌非始于田横也。

（六八）見《贈閻序》。

（六九）杜詩：人生有情泪沾臆。

（七〇）見《實庵序》。

（七一）見《歸田序》。

【校記】

[一]「捉」，患立堂本誤作「娖」。

[二]「纏」，浩然堂本作「愁」。

[三]「倩」，患立堂本、浩然堂本并作「蒨」。

[四]「補注」，亦園本、四庫本、文瑞樓本并作「柳州」。

[五]「啓」，原作「序」，徑改。

[六]「挽」，亦園本、四庫本、文瑞樓本并作「歌」。

顧夫人哀辭

維康熙某年某月某日，合肥龔夫人[一]顧氏卒於京邸。嗚呼哀哉！夫人城圮，天地爲之無光(一)；少女風悲，星宿於焉失色(二)。七襄機斷(三)，《五岳圖》懸(四)。家[二]纏寶婺(五)，荀奉倩所以神傷(六)；念軫瑶妃，王武子因而泣下(七)。某舊篋登龍(八)，新聞《别鶴》(九)。素縑一匹，非稱誦德之賓；繐帳三重(一〇)，或有步虚之佩(一一)。乃爲辭曰：

哀伊人之信淑，盡[三]時命之不猶(一二)，恒[四]茀衣之奄逝(一三)，駕玉軸[五]以周流。朝晞髮於層城，夕捐玦於中洲(一四)，發浩唱[六]兮[七]揚笙竽(一五)，練時日兮眷靈修(一六)。若乃幼習椒蘭(一七)，長親桑柘(一八)。三條望族(一九)，家居鐵鳳街前(二〇)；四姓良家(二一)，名著濯龍門下(二二)。既守禮以稱《詩》，亦歌《風》而肄《雅》。孫莘之子，裙飄琥珀之盂；左氏之兒，纓拂珊瑚之架(二三)。至若性多幽静，質本柔嘉，草稱蠲忿(二四)，玉號辟邪(二五)。四德秉姬姜之教，三從推尹姞[八]之家(二六)，恒銘秋菊(二七)，鮮玩春花。鏘璜琚而應節(二八)，掞藻績以披華(二九)。宛彼諸姑，以及伯姊(三〇)，爭傳道韞之芬芳（三一），競愛蘭英之清綺（三二）。訝織錦之既［九］工，羨揮毫之絶美（三三）。賦成香茗（三四），聲傳長樂之宮（三五）；畫出天仙（三六），名滿扶風之士（三七）［一〇］。

爰有東都才子（三八），西邸名卿（三九），三春迨吉，百两初迎（四〇）。斯時也，彈琴司馬，已非憔悴之年（四一）；贈婦士龍，即是風雲之日（四二）。陸子春之姿制，人士無雙（四三）；王右丞之詩歌，門風第一（四四）。於是高柔愛婦（四五），王渾賢妻（四六），并駐［一一］駁娑之側（四七），同居鄠［一二］杜之西（四八）。月騰窗而皎皎，草映砌以萋萋。紅綬多情（四九），銜來夜合（五〇）；金丸有意，彈去鸎雌（五一）。張敞退朝之餘，黛眉親畫（五二）；潘岳入直之暇，纖手同携（五三）。况復地望高華，班資赫奕。袁司徒東朝世德（五四），領袖人倫（五五）；張尚書西雒名流，交通賓客（五六）。實内助以相成，乃相夫之必力。招賢館内，勞五夜之機絲（五七）；食客堂前，散两宮［一三］之脂澤（五八）。女中班固，修十卷之《漢書》（五九）；閨裏馮驩，免萬家之收［一四］責（六〇）。

爰乃副珈婉娩（六一），褕［一五］翟輝煌（六二）。銅鋈咽而未歇（六三），銀箭耿而猶長（六四）。晝掩［一六］金屏，聽王裴之諮議（六五）；夜燃絳蠟，跋潘陸之文章（六六）。誦威儀于柏府（六七），流姓氏于椒房（六八）。至或鮑宣言事，偶觸龍鱗（六九）；竇武上章，暫辭鳳闕（七〇）。又或唐蒙奉使，遂[一七]到牂牁（七一）；馬卿馳驛，遥投巴僰（七二）。間斗帳之香寒（七三），亦蕙鑪之熏歇。思雙笑而已遐，含獨悲而難泄。生平離别，如此而已；其他形影，靡不同焉。洵《玉臺》之可紀（七四），而《錦瑟》之堪傳（七五）。柰何瓊閣摧紅，瓊閨悴緑。戟門麗日，纔彈獬豸之冠（七六）；瑶席凝塵，遽罷鳳凰之曲（七七）。日漫漫而多愁，風蕭蕭而猶哭。痛翡翠之千箱，怨胭脂之十斛。

嗟乎夫人！夫子方榮，槁砧初貴（七八），珠袍冠長信之班（七九），鈿車驟武安之樂[一八]（八〇）。滎陽郡主，擅南國之風華（八一）；尉遲夫人，推北朝之聲勢（八二）。金碗印其餘芳（八三），鈿盒鐫其私誓（八四）。

嗟乎夫人！諸姨窈窕，群從神仙，族連灞滻（八五），宅列藍田（八六）。小弟盤桃花之馬，長兄飾柳葉之韉（八七）。極繁華於斯世，宜安享於百年。胡爲乎壁存遺挂（八八），琴留斷弦（八九）？悵金蚕之永錮，傷璧月之難全（九〇）。魂斷悼亡之作（九一），音凄永逝之篇（九二）。聽回風之繞壑，流悲曲以結泉。

嗟乎！泉途已杳[一九]，鏡臺長隔（九三），紺唾甗而猶華（九四），玉魚凉而終熱（九五）。凄凉思子之臺（九六），寂寞望夫之石（九七）。黄腸給大内之錢（九八），彤管紀昭陽之筆[九九]。嗚呼哀哉！溘浮雲而上征[一〇〇]，馭瀣氣以扶輪[一〇一]，叩帝閽而陳[二一〇]詞[一〇二]，冀昭質之獲申[一〇三]。驂宓妃於天衢[一〇四]，偕洛靈於雲津[一〇五]，襲充堂之葐蒀[一〇六]，羌日暮而愁人。倚玉女之窗扉[一〇七]，盼金母之霓旌[一〇八]，眷層思以顧慕[一〇九]，聊述哀於斯文。

【箋注】

〔一〕見《劉太母序》。

〔二〕見《徐母序》。

〔三〕見《代友啓[二一一]》。

〔四〕見《銀臺啓》。

〔五〕見《葉母序》。

〔六〕見《渭仁序》。

〔七〕見《井叔序》。《晉·孫楚傳》：孫楚悼亡，王武子賢之，凄然增伉儷之重。

〔八〕見《九日序》。

〔九〕見《琅霞序》。

〔一〇〕見《銅雀賦》。

（一一）古樂府有《步虚詞》。吴競《樂府解》：《步虚》，道家所唱，備言縹渺輕舉之美。《異苑》：魏陳思王游山，忽聞空中有誦經聲，清遠遒亮。解音者則而寫之，作步虚聲。

（一二）《詩》。

（一三）《左傳》：葬敬嬴用葛茀。注：引柩繩也。又作婦人車旁蔽塵者。

（一四）層城，見《孟太母啓》。《少司命篇》：晞汝髮兮陽之阿。又：夕晞余身乎九陽。《離騷》：朝發軔于蒼梧兮，夕余至乎玄[二二]圃。《九歌》：捐余玦兮江中。

（一五）《吴都賦》：琴筑并奏，笙竽俱唱。

（一六）見《九日序》。《離騷》：夫惟靈修之故也。注：靈，神也。修，遠也。喻君也。

（一七）見《祖德賦》。

（一八）見《潘母啓》。

（一九）見《憺園賦》。

（二〇）見《園次序》。

（二一）見《璿璣賦》。

（二二）見《壽徐序》注。

（二三）補注。

（二四）見《看奕賦》。

〔二五〕見《藝圃序》。

〔二六〕《家語》：婦有四德：德、容、言、功[一三]。婦有三從：在家從父，出嫁從夫，夫死從子也。尹姞，載《詩》。

〔二七〕見《鞠存啓》。

〔二八〕《詩》。

〔二九〕見《璿璣賦》。

〔三〇〕《詩》。

〔三一〕見《琴怨序》。

〔三二〕見《劉太母啓》。

〔三三〕見《璿璣賦》。

〔三四〕見《昭華序》。

〔三五〕見《滕王賦》。《漢武故事》：建章、長樂皆輦道相屬，懸棟飛閣，不由徑路。

〔三六〕見《潘母啓》。《玉臺新詠序》：寵聞長樂，畫出天仙。《潘妃傳》：帝爲潘貴妃起殿，窗間畫神仙形。

〔三七〕見《渭仁序》。

〔三八〕見《天章序》。

（三九）見《壽徐序》。
（四〇）《詩》。
（四一）見《納姬序》。
（四二）《文選·陸雲〈爲顧彦先贈婦詩〉》有曰：悠悠君行邁，煢煢妾獨止。注：乃代婦答，誤爲贈婦。
（四三）見《韓倬啓》。
（四四）補注。
（四五）見《閨秀序》。
（四六）見《葉母序》注。
（四七）見《銅雀賦》。
（四八）見《鷹垂序》。
（四九）見《雪持序》。
（五〇）《本草》：夜合草，一名合歡，一名合昏。并見《琴怨序》。
（五一）《西京雜記》：韓嫣以金爲彈丸，一日失數十。每出，兒童隨之。長安語曰：「苦飢寒，逐彈丸。」羈雌，見《孝威序》。
（五二）見《少楹序》。

（五三）見《滕王賦》。

（五四）見《紫來序》。

（五五）孫盛《晉陽秋》：裴秀有風標，十餘歲時，人語曰：「後進領袖有裴秀。」《晉·魏舒傳》：舒字陽元，爲鍾毓長史，後拜司徒。有威望，時曰：「魏舒堂堂，人之領袖。」

（五六）見《茹蕙序》。

（五七）《漢儀》：中黄門持五夜。《顔氏家訓》：或問：「一夜五更，何訓？」答曰：「漢魏以來，謂甲、乙、丙、丁、戊。又謂五更。」機絲，見《劉太母序》。

（五八）《列子》：膚色脂澤。《晉書》：安帝九年，左丞相張項監議[二四]：「琅琊及湖熟界有皇后脂澤田四十頃，參詳以借給[二五]人。」

（五九）見《歸田序》。

（六〇）見《茹蕙序》。

（六一）《詩》。

（六二）見《徐母序》。

（六三）見《園次序》。

（六四）見《丁香賦》。

（六五）見《季青序》。

（六六）見《園次序》。
（六七）見《祖德賦》。
（六八）見《徐母序》。
（六九）見《黄門序》。
（七〇）《後漢書》：竇武字游平，扶風人也。李膺、杜密坐黨事，武上疏諫，出之。後謀誅中官，曹節等矯詔殺之。按武女爲皇后。
（七一）見《竹逸序》。
（七二）見《劉王孫啓》。
（七三）《釋名》：小帳曰斗，形如覆斗。并見《天石序》注。蕭子範《落花詩》：飛來入斗帳。
（七四）見《閨秀序》。
（七五）見《天篆序》。
（七六）見《壽季序》。
（七七）見《納姬序》。
（七八）見《皇士序》。
（七九）珠袍，見《銀臺啓》。長信，見《澮庵序》。
（八〇）鈿車，見《王母辭》[二六]。武安，見《歸田序》。

〔八一〕補注。

〔八二〕《庾信集·周儀同松滋公夫人尉遲氏墓誌銘》云：夫人洛陽人，父太師、柱國公。

〔八三〕見《琴怨序》。

〔八四〕《太真外傳》：貴妃没後，道士楊通幽以術引上皇至玉妃太真院。玉妃取金釵鈿盒拆其半授方士，方士復請當時一事不聞于他人者，驗于太上皇。玉妃曰：「昔天寶十載秋，牽牛、織女相見之夕，密相誓，心願世世爲夫婦，此獨君王知之耳。」

〔八五〕見《子厚序》。

〔八六〕見《田太翁啓》。

〔八七〕見《琅霞序》。

〔八八〕見《井叔序》。

〔八九〕《初學記》：漢武命趙后彈琴，弦忽斷，后悲曰：「凶兆也。」帝以外國所進鸞血膠續之，終日彈不斷。后竟以太子幼賜死。《後漢書》：蔡邕女年六歲。邕夜彈琴，弦絶，琰曰：「一弦斷也。」邕以爲偶中，後故折一弦，琰曰：「第四弦斷也。」

〔九〇〕見《滕王賦》注。

〔九一〕見《渭仁序》。

〔九二〕見《琴怨序》。

（九三）見《葉母序》注。

（九四）見《琴怨序》。

（九五）《西京雜記》：大明宫宣政殿初就，每夜見數騎游往。高宗敕巫祝劉明奴問其由，鬼云：「我楚王戊太子，死葬于此。」因詔改葬。鬼曰：「我死時，天子斂我玉魚一雙，今勿奪也。」及發掘，玉魚宛然。杜詩：昨日玉魚蒙葬地，早時金碗出人間。[二七]

（九六）《漢紀》：武帝憐太子無辜，作思子宫，爲歸來望思之臺。

（九七）見《海棠賦》。

（九八）《後漢·梁商傳》：賜黄腸、玉匣。注：黄腸，椁名，以柏木黄心爲椁也。

（九九）補注。[二八]

（一〇〇）《離騷》：溘埃風余上征。注：溘，猶奄也。

（一〇一）屈原《遠游》：食六氣而飲沆瀣兮。張衡《思玄賦》：湌[二九]沆瀣以爲糧。注：六氣中，冬則飲沆瀣，北方夜半氣也。扶輪，見《得仲序》。

（一〇二）《楚詞》：吾令帝閽闢開[三〇]兮。《甘泉賦》：選巫咸兮叫帝閽。并見《銀臺序》。

（一〇三）《離騷》：惟昭質其猶未虧。

（一〇四）見《庭表序》。

（一〇五）見《銅雀賦》注。

（一〇六）見《瑞木賦》。
（一〇七）見《貞女序》。
（一〇八）見《彭太翁啓》。
（一〇九）見《瑞木賦》。

【校記】

[一]「夫人」前，蔣刻本、患立堂本并有「太」字。
[二]「家」，患立堂本、浩然堂本并作「哀」。
[三]「盡」，患立堂本、浩然堂本并作「畫」。
[四]「恒」，患立堂本、浩然堂本并作「悼」。
[五]「軸」，患立堂本、浩然堂本并作「軼」。
[六]「唱」，患立堂本、浩然堂本并作「倡」。
[七]「兮」，患立堂本誤作「分」。
[八]「姑」，患立堂本誤作「吉」。
[九]「既」，患立堂本、浩然堂本并作「能」。
[一〇]「士」，患立堂本、浩然堂本并作「市」。
[一一]「駐」，患立堂本、浩然堂本并作「住」。

［一二］「鄠」，患立堂本、浩然堂本誤作「樗」。

［一三］「宫」，原作「間」，據諸本改。

［一四］「收」，他本皆作「薛」。

［一五］「褕」，蔣刻本、患立堂本并作「揄」。

［一六］「掩」，原作「列」，據諸本改。

［一七］「遂」，患立堂本、浩然堂本并作「遠」。

［一八］「樂」，患立堂本、浩然堂本并作「第」。

［一九］「杳」，他本皆作「宫」。

［二〇］「陳」，患立堂本、浩然堂本并作「陳」。

［二一］「啓」，原作「序」，徑改。

［二二］「玄」，亦園本、四庫本、文瑞樓本并作「縣」。

［二三］「言、功」，原作「功、也」，據四庫本改。

［二四］「議」，原作「郡」，據亦園本、四庫本、文瑞樓本改。

［二五］「給」，亦園本、四庫本、文瑞樓本并作「貧」。

［二六］即卷十九《王母張孺人哀辭》。

［二七］「杜詩：昨日玉魚蒙葬地，早時金碗出人間。」亦園本、四庫本、文瑞樓本并作：「《貴

妃外傳》：妃患肺熱，含玉魚以活肺。」

[二八]「補注」，亦園本、四庫本、文瑞樓本并作：「《爾雅》：癸曰昭陽。」

[二九]「飡」，亦園本、文瑞樓本誤作「食」。

[三〇]「闢開」，四庫本作「開闢」。

陳檢討集卷二十

宜興陳維崧其年撰　皖江程師恭叔才注

祭文　跋

祭王敬哉先生文

地折幽燕[一]，峰頹恒霍(一)，珠斗芒寒(二)，蒼穹氣薄。咸陽之樹西靡(三)，箕尾之星夜落(四)。百身莫贖，悼神理之芒然；萬襪[二]難追，歎儀型之闃若。臨朝罷講，九重聆訃以咨嗟；設位盈衢，百辟聞薨而震愕。蓋賢良道喪，固率土之所同悲；而師弟情深，尤[三]微忱之所獨覺。聲因激楚而不成，管以哀傷而難握。緬太夫子之遭逢，歷古今而烜爍。恩榮則位極人臣，名位則朝尊舊學。一門宗伯，先後[四]登八座之榮；兩世巍階，父子享[五]同朝之樂。入直則秩宗司馬，共聽待漏之鐘(五)；問寢而亞相仙郎(六)，群獻引年之爵(七)。箕裘則笏以[六]盈床(八)，塤篪則花皆并蒂(九)。此雖備福命之崇隆，猶未殫史書之揚摧。乃其學術醇深，文辭卓犖，汪汪千頃之波(一〇)，矯矯半天之鶴(一一)。

論事而頡頏韓歐〔一二〕，晰理而折衷濂洛〔一三〕。詩歌則陶情寫臆，歎[七]三唐兩宋之非工〔一四〕；纂録則摘奥搜奇，哂夾漈貴與之未博〔一五〕[八]。綜衆説之異同，準百家之詳略。寅清議禮〔一六〕，定郊壇祫禘之焜煌；翰苑陳書，兼雅頌典謨之渾噩〔一七〕。載於金匱之編〔一八〕，副在石渠之閣〔一九〕，固猶未足罄其心傳，抑豈遽以窮其教鐸。蓋躬行心得之際，既言有物而行有恒；至家庭屋漏之間，尤仰不愧而俯不怍。冲襟而霽月光風，粹質則金精玉璞〔二〇〕。雖履功名之盛，貴以彌温；即當耆耋之齡，老而逾恪。愧賤子之菲葑〔二一〕，荷名賢之繩削。代侍韋平之函丈，久藉熏陶〔二二〕；附窺洙泗之宫墻，深蒙袚[九]濯〔二三〕。廿年之口澤猶新〔二四〕，兩世之師門如昨。數疇昔之游從，景高山之岩崿〔二五〕。保傅而能全韋布之交，久要而不負平居之諾。挂徐君墓劍〔二六〕，曾還大阮之金〔二七〕；報劉峻遺書，記返潮州之槖〔二八〕。不忘良友之成言，足慰故人之密托。此皆親炙於睹記之頃，竊歎爲至性之肫肫；抑即遍觀於載籍之林，亦鮮此高風之岳岳〔二九〕。惟仁者壽，自應優游不死之庭；得聖之和，奚須别訪長生之藥？方共祝夫岡陵〔三〇〕，遽上征於寥廓〔三一〕。何梁木之傾摧〔三二〕，詎昊天之渺邈[一〇]。霜凄凄而入幃，霧靄靄[一一]而襲幕。鵑啼而雪縞千峰，猿嘯而風悲萬壑。彼人之哭公者，爲師臣帝佐而悲

纏；而我[一二]之哭公者，因世道人心而歎作。有蔬載搴，有酤載酌。聊一痛以陳辭，冀神靈之來格。[一三]

【箋注】

（一）見《賀周序》。

（二）見《璿璣賦》。

（三）《皇覽》：《冢墓記》：東平王冢在東平，傳言王思歸京師，其冢上松柏皆西靡。劉峻《答劉詔書》：東平之樹，望咸陽而西靡。

（四）見《藝圃序》。

（五）《宋紀》：元和初，置待漏院，王禹偁作記。

（六）《金華子》：御史大夫謂之亞相。仙郎，見《存庵序》注。

（七）見《隹山序》。

（八）見《徐母序》。

（九）《詩》。

（一〇）《漢書》：郭林宗曰：「黄叔度汪汪若千頃波，澄之不清，淆之不濁。」

（一一）見《掌亭誄》。

（一二）《宋紀》：韓琦[一四]、歐陽修皆名臣。

（一三）見《施公誄》。

（一四）見《瀛臺序》。

（一五）夾漈，見《玉巖序》。《宋書·文學列傳》：馬端臨字貴與。宋亡，隱居教授鄉里，著有《大學集傳》、《多識録》、《文獻通考》等書。

（一六）《書》。

（一七）見《隹山序》。

（一八）見《憺園賦》注。

（一九）詳《同年文》。

（二〇）《宋書》：黄庭堅云：「周茂叔人品甚高，胸次灑落，如霽月光風。」《晉書》：山濤爲吏部，王戎目之爲璞玉渾金，人但知其寶，莫能名其器。

（二一）《詩》。

（二二）見《智修序》。

（二三）見《施公誄》。

（二四）《禮》：母没而杯棬不能飲焉，口澤之氣存焉耳。

（二五）《吴都賦》：石林之岝㟧。按支道林所居山名岝㟧。

（二六）見《實庵序》。

（二七）大阮，見《祖德賦》。

（二八）補注。

（二九）見《祖德賦》。

（三〇）《詩》。

（三一）《鵩鳥賦》：寥廓忽[一五]荒。

（三二）見《毛太母啓》。

【校記】

[一]「地折幽燕」前，患立堂本、浩然堂本并有「嗚呼哀哉」四字。

[二]「襆」，患立堂本并作「驜」。

[三]「尤」，患立堂本作「猶」。

[四]「先後」，蔣刻本、患立堂本、浩然堂本并作「後先」。

[五]「享」，患立堂本作「饗」。

[六]「以」，患立堂本、浩然堂本并作「已」。

[七]「歎」，患立堂本、浩然堂本并作「笑」。

[八]「博」，患立堂本誤作「搏」。

〔九〕「祓」，原作「袚」，徑改。
〔一〇〕「邈」，浩然堂本作「藐」。
〔一一〕「靄靄」，患立堂本、浩然堂本并作「陰陰」。
〔一二〕「我」，患立堂本、浩然堂本并作「某」。
〔一三〕篇末，蔣刻本有「嗚呼哀哉尚饗」六字。
〔一四〕「琦」，原作「愈」，據四庫本改。
〔一五〕「忽」，文瑞樓本誤作「匆」。

公祭同年陳子遜文

嗚呼痛〔一〕哉！伯牙逝而賞音亡〔一〕，惠施去而微言絶〔二〕。惟友道之在人，實五倫之居一。故《大易》繫斷金之辭，風人賡《伐木》之什，存既喻馥郁於椒蘭〔三〕，殁復況纏綿於膠漆〔四〕。左桃羊角，交情倍切於死生〔五〕；蘇武李陵，友誼更深於離别〔六〕。然睹陳根而輟哭〔七〕，猶獲引達人齊物之談〔八〕；遘宿草而彌悲〔九〕，尚得援太上忘情之説〔一〇〕。未有游好方新，歡娱永畢。甫給相如之札〔一一〕，便丁賦鵩之辰〔一二〕；纔彈貢禹之冠〔一三〕，即會泣麟之日〔一四〕。是則罄安仁之誄筆〔一五〕，何能叙此酸辛；殫庾信之銘言〔一六〕，未足形兹凄惻者〔二〕矣。

慨資格之困人，緬賢豪而同歎。鸞何事而受敍〔一七〕，桐何爲而遭爨〔一八〕？問天無買賦之金〔一九〕，閲世少翹才之館〔二〇〕。鬼憎赴洛之陸機〔二一〕，客笑離家之王粲〔二二〕。惟我皇之盛德，邁漢武與周宣，既崇儒而重道，聿籲俊以招賢，頓八弦而羅屈宋〔二三〕，設四科以召淵騫〔二四〕。翡翠簾垂，殿上寫沉香之句〔二五〕；琉璃匣啓〔二六〕，宫人〔三〕分織錦之箋〔二七〕。縹緲龍樓，詞賦則午門御覽；焜煌鳳燭，姓名則乙夜親塡〔二八〕。時則紫禁啼鶯，紅墻語燕，草縝青袍〔二九〕，柳飄金綫〔三〇〕。雲移雉尾〔三一〕，詩成而兩省傳觀〔三二〕；日映螭頭〔三三〕，賦就〔四〕而九重稱善。千百國實異響以畢臻，五十人乃同時而召見。詔修天禄之書〔三四〕，日賜大官之膳。繄陳君〔五〕之卓犖，最要眇以宜修〔三五〕。綺歲騰蛟於甬上〔三六〕，弱齡綉虎於明州〔三七〕。船是孝廉〔三八〕，才調則爭誇彩筆〔三九〕；縣成仙令〔四〇〕，勤勞則具在黄流〔四一〕。慶瑶瑛之既〔六〕采，慚瓦礫之俱收。吾儕何幸，獲偕君子，并轡銅街，聯鑣金市〔四二〕。正擬花磚〔四三〕，同翻芸史〔四四〕，何連茹之彙征〔四五〕，遽一枝之先萎。依稀昔夕，仿佛同車，火城正盛〔四六〕，銀箭還賒〔四七〕。星輝輝而半吐，河耿耿以將斜。曉風吹夫南内〔四八〕，殘月曖夫東華〔四九〕。趨朝待漏，下直還家，音徽未沫，笑語猶燁。人今往矣，非耶是耶〔五〇〕？

嗟乎〔七〕！蝶化蒙莊〔五一〕，鵑迷蜀棧〔五二〕，皓月難圓，彩霞終散。三千里吴關越岫，驛路偏長；十二日金馬石渠，流光甚短〔五三〕。槐宫之蟻陣空酣〔五四〕，椒殿之鶴書恨晚〔五五〕。我聞天上，亦有嬋娟〔五六〕，葛洪貴客〔五七〕，許邁仙班〔五八〕。莫倚蛾眉，輕爲語言〔五九〕，須馴龍性〔六〇〕，善與周旋。保令名於琼笈〔六一〕，享遐祉於珠田〔六二〕。祇我同人，哀悰難剖。園内之茱萸遍插，已少斯人〔六三〕；階前之芍藥徒翻，長思我友〔六四〕。返雙流而合葬，未审何年〔六五〕；緣一慟以脱驂，定知誰某〔六六〕。冀暫駐夫靈旗〔六七〕，庶來歆夫絮酒〔六八〕。〔八〕

【箋注】

〔一〕見《園次序》。

〔二〕《淮南子》：惠施死而莊寢説，言世莫可爲語也。

〔三〕見《掌亭誄》。

〔四〕見《素伯序》。

〔五〕《關中流寓志》：羊角哀與左伯桃聞楚王賢，往歸之。道經郃陽遇雪，度不能俱生，乃并衣與角哀，伯桃入樹死。角哀至楚，爲上大夫，王備卿禮。

〔六〕庾信《趙國公序》：蘇武、李陵生于離別之世。

〔七〕見《映碧啓〔九〕》。

〔八〕見《琴怨序》。

〔九〕見《映碧啓》注。

〔一〇〕見《海棠賦》。

〔一一〕見《瀛臺序》。

〔一二〕《賈誼傳》：誼在長沙三年，有鵩飛入誼舍，自恐壽不得長，故爲賦以自廣。

〔一三〕見《黄門序》。

〔一四〕見《素伯序》。

〔一五〕《晉・潘岳傳》：安仁辭藻絶麗，尤善爲哀誄之文。

〔一六〕見《園次序》。

〔一七〕屈原《懷沙賦》：鳳凰受筊，鷄雉翔舞。

〔一八〕見《佳山序》。

〔一九〕見《天篆序》注。

〔二〇〕見《九日序》。

〔二一〕見《祖德賦》及《紫玄序》。《白帖》：二陸入洛，三張減價。

〔二二〕見《滕王賦》。《楚詞》：去鄉離家兮來遠客。庾信《哀江南賦》：逢赴洛之機雲，見離家之王粲。

〔二三〕馬融《廣成頌》：然後舉天網，頓八紘。曹植《與楊修書》：顧八紘以掩之。崔實《本論》：舉彌天之網，羅海内之雄。屈宋，見《楚鴻序》。

〔二四〕《論語》。

〔二五〕《李白傳》：天寶中，白供奉翰林。禁中初種木芍藥，移植興慶池東沉香亭。會花開，命白立進《清平調》三章。白承詔，有云「沉香亭北倚闌干」。

〔二六〕見《園次序》注。

〔二七〕見《紫來序》。

〔二八〕乙夜，見《顧哀辭》注。〔一〇〕

〔二九〕見《半藹賦》。

〔三〇〕見《萬柳啓》。

〔三一〕崔豹《古今注》：殷高宗以雉雊之徵，服章多用翟，故有雉尾扇。杜詩：雲移雉尾開宫扇。

〔三二〕見《黄門序》注。按漢丞相與御史大夫稱兩府。

〔三三〕見《璿璣賦》。

〔三四〕見《映碧啓》注。〔一一〕

〔三五〕屈原《九歌》：美要眇兮宜修。注：好貌。

〔三六〕騰蛟，見《祖德賦》。甬上，見《鄴園啓》。

〔三七〕見《祖德賦》。《寧波府志》：唐曰明州。

〔三八〕見《祖德賦》。

〔三九〕見《看奕賦》。

〔四〇〕見《二齋序》。

〔四一〕《詩》。

〔四二〕見《滕王賦》。

〔四三〕見《吴太母啓》。

〔四四〕見《澹庵序》。

〔四五〕《易》。

〔四六〕詳《祭梁田文》。

〔四七〕見《璿璣賦》。

〔四八〕見《鴻客序》。

（四九）前輩戲語：西湖風月，不如東華軟紅香土。注：東華，百官出入之門。

（五〇）見《皇士序》。

（五一）見《藝圃序》。

（五二）見《孟太母啓》。

（五三）金馬，見《園次序》。《三輔故事》：石渠閣藏秘書，漢宣帝令諸儒講五經。劉更生亦校書于此。《两都賦序》：内設金馬、石渠之署。

（五四）《唐書》：淳于棼宅南有古槐，常醉卧其下，夢入大槐安國，尚公主，守南柯。及覺，乃蟻穴。按蟻陣，見《天章序》。《淮南子》：魯陽公與韓酣戰。

（五五）椒殿，見《徐母序》。《北山移文》：鶴書赴隴。蕭子良《古今篆隸書》：鶴頭書與偃波書，俱詔版所用，在漢謂之尺一，仿佛鵠頭，故有其稱。

（五六）見《琴怨序》。《離騷》：女嬃之嬋娟兮。

（五七）見《壽閣序》。

（五八）《列仙傳》：晉許邁字叔玄。時鮑靚隱迹，邁往候，探其至要，辟穀服氣。先娶吴郡孫宏女爲妻，後爲書謝遣之，入蓋竹山爲地仙。

（五九）《離騷》：衆女嫉余之蛾眉兮。

（六〇）見《尤母誄》。

（六一）見《吳太母啓》。

（六二）見《尤母誄》。

（六三）王維詩：遥知兄弟登高處，遍插茱萸少一人。

（六四）見《紫玄序》。謝玄暉《直中書省》詩：紅藥當階翻。

（六五）庾信《步陸孤銘》：雙流返葬。按《水經注》：成都縣有二江雙流。《蜀都賦》：帶二江之雙流。此借用。

（六六）《檀弓》：孔子之衛，遇舊館人之喪，哭之哀，使子貢脱驂而賻之。

（六七）見《掌亭誄》。

（六八）見《觀槿序》。

【校記】

［一］「痛」，蔣刻本、患立堂本、浩然堂本并作「哀」。

［二］「者」，蔣刻本、患立堂本、浩然堂本并缺。

［三］「人」，患立堂本、浩然堂本并作「中」。

［四］「就」，患立堂本、浩然堂本并作「奏」。

［五］「陳君」，患立堂本、浩然堂本并作「君才」。

［六］「既」，患立堂本、浩然堂本并作「見」。

［七］「乎」，蔣刻本、患立堂本、浩然堂本并作「夫」。

［八］篇末，蔣刻本有「嗚呼哀哉尚饗」六字。

［九］「啓」，原作「序」，徑改。

［一〇］此條注，四庫本脱。

［一一］此條注，四庫本脱。又「啓」，原作「序」，徑改。

祭侯［一］仲衡先生文

丙申春暮，余客西興〔一〕，翁訪吾翁，扁舟是乘。晝溪櫓摇，銅峰屐登〔二〕，二老風流，觚飛爵騰〔三〕。吾翁見背，是年夏月，孤子流離，狂奔吴越。遇翁武丘，别翁倉猝，漬血交頤，含［二］哀刺骨。嗟嗟余弟［三］，十四稱孤，作贅睢陽〔四〕，單衣路隅。上鮮郄公，疇憐淳于〔五〕，卵翼惟公［四］〔六〕，立其户樞。自古而然，俗疵文雅，或與翁言，彼陳生者：癡王伯輿〔七〕，狂桓子野〔八〕，慎勿與通，昵生者寡。弟歸告兄，嫉彼啁啾，兄笑而言，彼其何尤。翁定知人，人言勿憂，所恨於中，關河阻修。

余到中原，實維己酉，滎澤波飛，成皋雪阻［五］〔九〕。遂踦翁閭，與翁握手，趺宕［六］詞場（一〇），激揚文藪（一一）。宋中四月，名花盛開，大者如柈（一二），霞蒸絳堆。翁曰觀乎，幸子能來，繞燧人陵，經閼伯臺（一三）。老輩誰與，徐公健在（一四），躡電追風，君家叔岱。吹竹彈絲，呼盧博簺（一五），食酒衫[七]污，拗花帽戴（一六）。聯句浹夕，喧豗噪呼，余戲謂翁，人言有諸，狂耶癡耶，夫我何居？翁曰非癡，狂應不誣。余舞蔗竿（一七），脱身而跳。翁果知余[八]，仰天大笑（一八）。桂醑重斟（一九），梨園再召（二〇），花竹幽軒，箏琶絶調。余倚酒悲，告翁倦游，擬欲從翁，卜其菟裘（二一）。翁顧徐公，叔岱是謀，茂陵小婦，爲余訪求（二二）。嗟嗟聚散，何常之有？欲別翁歸，悲難出口。餞我城東，爲余折柳（二三），顧語陳生，定能來否？余揖翁言，翁乎莫愁，人愛賢豪，鷹貪臂韝（二四），白日[九]在天，酸風射眸（二五），余所遲來，罰余酒籌。

泗水如油，淮帆若箭（二六），別翁半載，夢中常見。昨者南徐，浪花雪濺，睢州使君（二七）[一〇]，召余文宴。酒中語我，翁竟仙游，余驟而疑，詎有此不？嗣後弟書，來自商丘（二八），發函伸紙，涕泗橫流。翁之盛德，淵騫曾史（二九）；翁之精明，博聞强記（三〇）。天祐[一一]善人，豈宜有是？反覆徬徨，終無信理。所可差慰，家有璆琅（三一），鳳毛犀角（三二），巨闕干將（三三）。司成棨戟，令子文章，翁無憾矣，乘雲帝鄉（三四）。我所聞翁，殁[一二]之前夜，飲類公榮（三五），聲如興霸（三六）。歌板未收，金缸[一三]猶瀉，揮手人間，奄然而化。蟻觀八極（三七），驂鸞太清（三八），翁齊物化，我憶交情。高山不作，流水無聲，嗚呼已矣，盡此生平。

【箋注】

（一）《輿志》：西陵渡在蕭山。錢鏐忌陵字，易名西興。

（二）《湖州志》：長興縣有罨畫溪，古木夾岸，可十里許。武康縣有銅官山，吴王濞采銅于此。唐名武康山。

（三）杜甫《寄贊上人》詩：與子成二老，來往亦風流。《儀禮》：賸[一四]觚於賓。注：凡觴一升曰爵，三升曰觚。傅毅《舞賦》：賸觚爵之斟酌兮。曹植詩：賸觚飛爵闌干。

（四）《歸德府志》：漢曰睢陽。

（五）揚雄《蜀都賦》：若其漁弋郤公之徒。左思《蜀都賦》：王孫之屬，郤公之倫。注：豪俠也。《史記·滑稽傳》：淳于髡者，齊之贅婿也，滑稽多辨。

（六）《左傳》：楚子西曰：「勝如卵，余翼而長之。」注：子木之子名勝。

（七）見《滕王賦》。《世説》：王長史曰：「人言會稽王癡，真癡。」

（八）見《掌亭詠》。

（九）見《醴泉頌》。《一統志》：戰國成皋，古邑名，本東虢國地，又名虎牢。漢成皋縣，屬河南郡。今開封汜水縣有成皋阪古迹。吕氏曰：滎陽、成皋，自春秋來，爲天下重地。

（一〇）見《初明序》。

（一一）漢谷永疏：贊命之臣，靡不激揚。

（一二）見《子厚序》。

（一三）《輿志》：燧人氏陵在歸德府。《左傳》：昔高辛氏有二子，伯曰閼伯，季曰實沉，不相能也。帝遷閼伯于商丘，主辰，故辰爲商星。《歸德志》：城西南有閼伯墓，廟傍有臺。

（一四）原注：謂恭在。〔一五〕

（一五）昌黎文《代張籍書》云：未必不如聽吹竹彈絲，敲金戛石也。呼盧，見《梧月序》。博簺，見《葉母序》注。

（一六）古樂府：拗折楊柳枝。《輟耕録》：南方或謂折花曰拗花。元微之詩：今朝誰是拗花人。

（一七）見《半繭賦》。

（一八）《史記·滑稽傳》：淳于髡見齊王，仰天大笑，冠纓索絶。

（一九）見《九日序》。

（二〇）《唐紀》：玄宗選弟子三百人，按曲于驪山綉嶺下，謂之梨園子弟。

（二一）見《季青序》。

〔二二〕見《海棠賦》注。

〔二三〕見《臞庵序》。

〔二四〕《漢紀》：桓虞謂趙勤曰：「良吏如良鷹，下韝即中。」鮑昭詩：昔如韝上鷹。注：韝，臂衣也。

〔二五〕李賀詩：東關酸風射眸子。

〔二六〕《慎子》：沙下龍門，流駛竹箭，駟馬追之不及。

〔二七〕《輿志》：睢州屬歸德府。

〔二八〕見上。

〔二九〕見《施公誄》。

〔三〇〕《禮》。

〔三一〕《書》。

〔三二〕見《三芝序》。

〔三三〕《越絶書》：歐冶子五劍，曰純鈎、湛盧、豪曹、魚腸、巨闕。按干將，見《園次序》。

〔三四〕《堯紀》：華封人曰：「去而上仙，乘彼白雲，至于帝鄉。」

〔三五〕《晉書》：劉公榮飲酒，雜穢非類。或譏之，答曰：「勝公榮者，不可不與飲；不如公榮者，又不可不與飲；是公榮輩者，又不可不與飲。故終日共飲而醉。」

（三六）見《梧月序》。

（三七）《莊子・田子方篇》：揮斥八極。并見《璿璣賦》注。

（三八）見《貞女序》。《太真科》：三清之間，各有正位，聖登玉清，真登上清，仙登太清。

【校記】

[一]「侯」，原脱，據蔣刻本、患立堂本、浩然堂本補。按原目録亦作「侯仲衡」。

[二]「含」，患立堂本、浩然堂本并作「銜」。

[三] 此句下，患立堂本、浩然堂本并有注：「謂家四弟子萬。」

[四]「惟公」，蔣刻本作「惟翁」，患立堂本、浩然堂本并作「維翁」。

[五]「阻」，蔣刻本、患立堂本、浩然堂本并作「走」。

[六]「宕」，患立堂本、浩然堂本并作「蕩」。

[七]「衫」，原作「彩」，據諸本改。

[八]「余」，患立堂本、浩然堂本并作「予」。

[九]「日」，蔣刻本、患立堂本、浩然堂本并作「月」。

[一〇] 此句下，患立堂本、浩然堂本并有小注「吴公冉渠」四字。

[一一]「祐」，蔣刻本、患立堂本、浩然堂本并作「佑」。

[一二]「殁」，患立堂本、浩然堂本并作「没」。

〔一三〕「缸」，蔣刻本、患立堂本、浩然堂本并作「釭」。

〔一四〕「騰」，《儀禮》原文作「滕」，是。

〔一五〕「謂恭在」，蔣刻本附於「徐公健在」句下，作「謂恭士」，無「原注」二字。患立堂本、浩然堂本無此夾注。

祭同學董文友文

於戲〔一〕我友，去年今夜，櫟園司農，酌余館〔二〕舍。秋霖滮滮（一），街鼓礌琅〔三〕（二），子已〔四〕在焉，傫然以尫（三）。廣陵宗生〔五〕，新安汪子〔六〕，與我與君，四人而已。君時憊甚（四），覓几而憑，食一溢米，酒不半升（五）。余心怦焉（六），口與心計，念欲沮君，俾無入試。君悲久躓，誓奮文場，余言中茹，囁嚅自傷（七）。戰罷而歸，江帆若箭（八），東舫西船，曠焉不面。凉秋報罷，匿影蓬根（九），日薄虞淵（一〇），子訃在門。嗚呼天耶！痛纏心髓，重趼狂奔（一一），哭君百里。嗚呼我友，交君廿年，詞場〔七〕跳蕩（一二），文宴流連。得草而呼，聞音而喜（一三），生我者親，相知惟子。

子之文學〔八〕，蛟龍蜼螭（一四），劇怵胃腸（一五），放爲瑋詞。抉〔九〕電鞭霆，山移壑飛，岣嶁岐陽，鐫之剔之（一六）。子之績學，博聞彊〔一〇〕誦，纖窮蝌翼，細穿針孔。夾漈後先，貴與伯仲（一七），射覆發蒙〔一一〕，應弦而中（一八）。子之行誼，忠信楷模，砥行潔身，皭然不污（一九）。鼓鞴元氣（二〇），笙簧典謨（二一），英英哲人，煌煌大儒。

其或少時，婞直自遂（二二），意所齟齬（二三），唾猶泥滓（二四）。壯而折節，刮磨淬礪，人或不知，畏其鋒鋭。君少爲文，詭麗萬方，中年聞道，筆陣堂堂（二五）。刊落鉛華（二六），一歸老蒼，而彼小儒，沸猶蜩螗（二七）。疇昔之言，記〔一二〕其八九，君曾語我，人生何有。誰爲後死，托之不朽，誰知君碣，遽落吾手（二八）。一語更悲，曾顧余云，昔賢名集，《迪功》、《舍人》（二九）〔一三〕。最可懼者，百年奄忽（三〇），呼之茂才（三一），以當官閥（三二）。何知今日，果識斯言，方干羅隱，萬古同冤（三三）。而我識君，飄飄雲氣（三四），百軸龍文，扛之入地（三五）。燈闌淚盡，濺雨驚沙，百靈惶惑，萬感槎丫（三六）。空庭〔一四〕無人，明河欲斜，我之哭君，醒耶夢耶？倘余未死，息壤在彼（三七），傳君遺文，誨君幼子。苟或不然，臣力竭矣，杜絶弦摧（三八），報君僅此。

【箋注】

（一）見《萬柳啓》。

（二）左思《吴都賦》：菈擸雷硠。韓愈詩：乾坤擺雷硠。

（三）《史記》：趙武靈王廢太子章，群臣見故太子，傫然也。

（四）《公羊傳》：楚子反謂宋華元曰：「甚矣，憊！」

（五）見《謝吴啓》。

（六）宋玉《九辯》：心怦怦兮諒直。

（七）《盤谷序》：口將言而囁嚅。

（八）見《仲衡序》。

（九）見《得仲序》。

（一〇）見《吴太母啓》。向秀《思舊賦》：于時日薄虞淵，寒冰凄然。

（一一）《國策》：公輸般爲楚設機械攻宋。墨子百舍重繭往見般，以却之。《淮南子》：申包胥累繭重胝至秦庭。

（一二）見《藝圃序》。

（一三）《莊子》：夫逃虚空者，聞人足音，跫然而喜。

（一四）《周禮》：九章，虎蜼爲首。注：似獮猴而大，黄色。螭，見《璿璣賦》。

（一五）桓譚《新論》：揚雄作《甘泉賦》始成，夢腸出，收而内之，明日遂卒。《金樓子》：揚雄作賦，有夢腸之談；曹植爲文，有反胃之論。《潛確類書》：王仁裕刻腸爲文。

〔一六〕峋嶁，見《竹逸序》。岐陽，見《梧月序》。

〔一七〕見《敬哉文》。

〔一八〕《漢·東方朔傳》：上嘗使諸家射覆，置守宫盂下，射之。注：于覆器之下置諸物，令暗射之。按方朔與郭舍人射覆知蚊。《楚檮杌》：楚庭有神白猿，射莫能中。養由基射之，未發，猿擁柱而號。既發，應弦而下。

〔一九〕見《貞女序》。

〔二〇〕補注。

〔二一〕見《素伯序》。

〔二二〕《離騷》：鮌倖[一五]直以亡身兮。

〔二三〕《九辯》：圓鑿而方枘兮，知其鉏鋙而難入。

〔二四〕見《掌亭誄》。

〔二五〕《孫武子》：無擊堂堂之陣。

〔二六〕見《茹蕙序》。

〔二七〕《詩》：如蜩如螗，如沸如羹。

〔二八〕杜詩：不意青草湖，扁舟落吾手。

〔二九〕《徐昌穀集序》：昌穀，明神宗時人，負才，善屬文。不得志，位甚卑，僅爲迪功郎。因名其詩爲《迪功集》，行于世。

〔三〇〕見《王母詞》。

〔三一〕見《雪持序》。

〔三二〕見《壽季序》注。

〔三三〕《唐書》：方干字雄飛，桐廬人。羅隱字昭諫，錢塘人。貌俱寢陋。工于詩，不第。光化中，韋莊奏才人不遇者，如李賀、陸龜蒙、羅隱、羅鄴、方干、賈島、温庭筠、劉德仁十餘人，請追賜及第，以慰地下。一作宰臣張文蔚所請。

〔三四〕見《浙西詞序》。

〔三五〕見《佳山序》。

〔三六〕見《觀槿序》。

〔三七〕見《季青序》。

〔三八〕見《鷹垂序》。

【校記】

〔一〕「於戲」，患立堂本、浩然堂本并作「嗚呼」。

〔二〕「館」，患立堂本、浩然堂本并作「官」。

〔三〕「琅」，蔣刻本、患立堂本、浩然堂本并作「硠」。

[四]「已」，蔣刻本、患立堂本、浩然堂本并作「先」。
[五]「宗生」下，患立堂本、浩然堂本并有小注「梅岑」二字。
[六]「汪子」下，患立堂本、浩然堂本并有小注「舟次」二字。
[七]「埸」，蔣刻本、患立堂本、浩然堂本并作「壇」。
[八]「學」，患立堂本、浩然堂本并作「章」。
[九]「抉」，患立堂本、浩然堂本并作「扶」。
[一〇]「彊」，患立堂本誤作「疆」。
[一一]「蒙」，原作「矇」，蔣刻本同，患立堂本作「濛」，并誤。據浩然堂本改。
[一二]「記」，患立堂本、浩然堂本并作「憶」。
[一三]此句下，患立堂本、浩然堂本并有小注：「徐昌穀有《迪功集》，何仲默有《舍人集》。」
[一四]「空庭」，蔣刻本、患立堂本、浩然堂本并作「庭空」。
[一五]「倖」，四庫本作「婞」。

公祭梁老師母吴夫人文

嗚呼哀哉！竹殞湘江〔一〕，蓮凋華井〔二〕，簫愴嬴樓〔三〕，笙凄緱嶺〔四〕。麝粉千堆(五)，兔華萬頃(六)，天上春沉，人間夜冷。維予夫子，名在旗常(七)，家傳鴻案(八)，國賁[一]龍章。同牢尹姞，佐饋姬姜(九)，弦調燥濕，琯叶陰陽。萬樹梅開，六街燈罷，我儕小子，群游輦下。并屬[二]提携，俱蒙獎借，問字花朝(一〇)，執經雪夜(一一)。彩毫掞賦(一二)，錦瑟填詞(一三)，公與生徒，朝斯夕斯。值公屢日，端居不怡，微聞德曜[三](一四)，沉痾中之。我黨私憂，時還竊擬，天相夫人，勿藥定喜(一五)。何圖惡耗(一六)，遽入於耳，未遇金膏(一七)，難逢石髓(一八)。

夫人閥閱(一九)，實冠三河，一門畫戟(二〇)，七葉瑶珂(二一)。眉分恒岳(二二)，錦濯滹沱(二三)，香奩詠絮(二四)，綺歲牵蘿(二五)。鳴雁相呼(二六)，彩鸞旋嫁(二七)，歸我尚書，茜袍珠帕(二八)。四姓門楣(二九)，二姚姻婭(三〇)，法酒杯傾，宫香扇惹。尚書昔載，暫卧棠村，潭園雨歇，蕉屋烟渾。看花北郭，命酒西園(三一)，夫人克相，嬿婉琴尊(三二)。海國珠洋(三三)，渦漩雪吼(三四)，帝敕尚書，樓船疾走(三五)。手拳蛟龍(三六)，口銜星斗(三七)，夫人在家，摒擋箕帚(三八)。桄榔葉黑，荔子枝鮮(三九)，鐃歌返斾(四〇)，花鳥歸船。亞相還朝(四一)，夫人從焉，象服翟衣(四二)，犀翹爵鈿。滿院銅琶(四三)，一簾樺燭(四四)，下直餘閒，闔門休沐(四五)。粉黦鸝鵊(四六)，硯斑鸜鵒(四七)，竹脆絲清，茗香釀熟。桓妻偕老(四八)，鮑女雙仙(四九)，花名并蒂(五〇)，鶴必千年(五一)。何期玉臼[四]，便上瑶天(五二)，鸞難膠續(五三)，桂以香煎(五四)。

嗚呼夫人，蘭摧玉毀(五五)，歎[五]昔文人，亦多如是。延壽靈光，賦成早世(五六)，豪氣三千，弱齡廿四。名閨韶齒，雖與同殤[六]，然而遭遇，獨擅幃房。夫人八座(五七)，命婦頭行(五八)，榮封一品，彩舞諸郎(五九)。長信宮中(六〇)，日[七]華門左(六一)，面藥口脂(六二)，釵梁翠朵。賜出彤樓，捧歸青鎖[八](六三)，似此殊恩，仙游亦可。況徵蘭夢(六四)，早茁苗哥(六五)，犀錢綉褓(六六)，蠟鳳銀鵝(六七)。芳華不沫，金石誰磨，名分月姊，位列星娥(六八)。所未忘悲，師門誼在，坤範空存，母儀不再。蕙幄消紅(六九)，松門掩黛，敬乇芳蓀(七〇)，公陳哀誄。[九]

【箋注】

(一) 見《憺園賦》。

(二) 見《鞠存啓》。

(三) 見《藝圃序》。

(四) 見《滕王賦》。

（五）見《紫來序》。
（六）見《謝柯啓》。
（七）見《鄰園啓》。
（八）見《貞女序》。
（九）《詩》。
（一〇）見《昭華序》。
（一一）《紀善録》：游定夫、楊子立初見伊川，伊川瞑目，而二子侍立。既覺，顧謂曰：「爾輩尚在此乎？今既晚，且休矣。」乃出門，門外雪深三尺。
（一二）見《看奕賦》。
（一三）見《天篆序》。
（一四）見《劉太母序》。
（一五）《易》。
（一六）見《尤母誄》。
（一七）見《鞠存啓》。
（一八）見《半繭賦》。
（一九）見《皇士序》。

（二〇）見《閨秀序》。

（二一）見《祖德賦》及《半繭賦》。

（二二）眉分，見《閨秀序》。恒岳，見《銀臺啓》。

（二三）錦濯，見《園次序》。滹沱，見《田太翁啓》。

（二四）見《琴怨序》。

（二五）見《昭華序》。

（二六）《詩》。

（二七）見《憺園賦》注。

（二八）見《憺園賦》。

（二九）見《璿璣賦》。

（三〇）《左傳》：伍員曰：「昔少康逃奔有虞，妻之以二姚。」杜注：姚，虞姓，虞君妻以二女也。《離騷》：留有虞之二姚。

（三一）見《尺牘序》。

（三二）《詩》。

（三三）見《徐母序》。

（三四）《爾雅》：渦辨回川。注：旋流也。劉禹錫詩：八月濤聲吼地來，卷起沙堆似雪堆。

（三五）見《隹山序》。[一〇]

（三六）見《舜民序》。

（三七）《後漢書》：劉陶訟朱穆冤曰：「中官手握王爵，口銜天憲。」

（三八）摒擋，見《庭表序》。箕帚，見《王母銘》。

（三九）見《玉巖序》。

（四〇）見《鄰園啓》。

（四一）見《敬哉文》。

（四二）《詩》。

（四三）見《蒓庵序》注。

（四四）《國史補》：宋朝，京師每正旦曉漏以前，宫相使執金盤，皆以樺燭百具照之，號火城。

注：以樺木皮卷之爲燭，或裹松脂。

（四五）見《雪持序》。

（四六）補注。

（四七）歐陽修《研譜》：端溪子石，以注水不耗爲佳，有鴝鵒眼爲貴。俗以子石爲紫石。

（四八）見《壽閣序》。

（四九）見《葉母序》。

〔五〇〕見《憺園賦》。

〔五一〕見《良輔序》。

〔五二〕《李賀傳》：長吉將死，忽晝見一緋衣人曰：「帝成白玉樓，立召君爲記。天上差樂，不苦也。」

〔五三〕見《顧哀辭》。《禽經》：鸞血作膠，可以續弓、弩、琴之弦。

〔五四〕《莊子・人間世》：楚狂接輿曰：「山木自寇也，膏火自煎也。桂可食，故伐之；漆可用，故割之。」

〔五五〕見《翼王序》。

〔五六〕見《滕王賦》。

〔五七〕見《韓倬啓》。

〔五八〕見《李母啓》。

〔五九〕見《憺園賦》。

〔六〇〕見《憺庵序》。

〔六一〕《宫闕志》：日華門在左掖。杜詩：我住日華東。

〔六二〕《官儀》：臘月，宣賜口脂面藥。所以盛之者，翠管銀罌。杜詩：口脂面藥隨恩澤。

〔六三〕見《憺園賦》。

（六四）見《三芝序》。

（六五）原注：梁蒼巖先生夢人貽宋綉《松下茁五苗》，是歲生第五郎，因名苗哥。[一二]

（六六）《坡公集》有《賀人生子詞》云：犀錢玉果，利市平分沾四座。

（六七）蠟鳳，見《雪持序》。王建詩：金鳳銀鵝各一叢。

（六八）見《憺園賦》。

（六九）見《少楹序》注。

（七〇）《爾雅》：芼，搴也。郭璞曰：拔取菜也。《楚詞》：蓀橈兮蘭旌。《上林賦》：葴橙若蓀。注：蓀，香草也。

【校記】

[一]「賁」，原作「貢」，據諸本改。

[二]「屬」，患立堂本、浩然堂本并作「辱」。

[三]「曜」，蔣刻本、患立堂本、浩然堂本并作「耀」。

[四]「臼」，原作「白」，據諸本改。

[五]「歎」，蔣刻本、患立堂本、浩然堂本并作「嗟」。

[六]「殤」，患立堂本、浩然堂本并作「傷」。

[七]「日」，患立堂本、浩然堂本并作「月」。

［八］「鎖」，患立堂本、浩然堂本并作「瑣」。

［九］篇末，蔣刻本有「嗚呼哀哉尚饗」六字。

［一〇］此條注，四庫本脱。

［一一］此條注，亦園本、四庫本、文瑞樓本并作：「《列仙傳》：裴航過藍橋，渴，老嫗令雲英以漿水飲之。航得玉杵臼與嫗，後遂娶雲英。」

［一二］此條注，蔣刻本、患立堂本無。又浩然堂本注前無「原注」二字。

祭徐母顧太夫人文

嗚乎哀哉！天姥峰傾（一），皇媧石徙（二），少女風微（三），夫人城圮（四）。鵑有血而都紅（五），竹無班而不紫（六）。春凋翠水之桃（七），夜落丹丘之李（八）。盆翻玉女（九），千尋之箭笴何存（一〇）；井竭鮑姑（一一），百丈之轆轤長已（一二）。五岳則群真失位（一三），馳吊夸娥（一四）；三湘之［二］衆水驚流（一五），騰悲嬃姊（一六）。於是荀龍摽躃，薛鳳摧傷（一七），淚浮碧落（一八），哭撼瑶閶（一九）。白馬溢延秋之里（二〇），素車填通德之坊（二一）。日邊則翟茀魚軒（二二），壐而致祭（二三）；天上則朱墻碧翣（二四），賻以行喪（二五）。七日歌虞（二六），文士鏗鏘之製；千秋誄德〔二七〕，元公焜耀之章。然而頌美終賒，揚徽易剩。賦嬴芊[二]者〔二八〕，僅許其門第之華；誇尹姞者〔二九〕，祇數其遭逢之盛。雖復穹碑概日，高蟠贔屭[三]之文〔三〇〕；縱令健筆凌雲〔三一〕，麗燦蛟龍之詠。難形寸草之心，莫罄慈萱之行〔三二〕。惟太母之令善，在代匱而彌彰〔三三〕；伊早齡之處約，覘裕後之方將。

若乃時甫遭屯，家方多難，鳳既摧頹，雛猶爛熳。歲無春而匪秋，時有宵而曷旦。鬼謀孟母之鄰〔三四〕，人笑梁家之案〔三五〕。時則授[四]經膝下，課史床前，何妨雌伏，不受夔憐〔三六〕。豈有神方，隨羿妃而入月〔三七〕；非無微志，效漆室以憂天〔三八〕。是以金方處礦〔三九〕，珠已潛淵〔四〇〕。荻既書殘〔四一〕，化作行行[五]玉樹〔四二〕；薦經銼盡〔四三〕，變成院院[六]金蓮〔四四〕。訝天心之竟爾，稔人事之宜然。抑太母之艱貞，在履亨而不忒；緬盛德之持盈[七]，詎殊榮之偶獲。至乃錢皆萬選〔四五〕，萼必連枝〔四六〕。陋競爽之郊祁，參三駕兩；哂齊馳[八]之軾轍，邁耦爲奇〔四七〕。再續元燈，掇名省之巍科，群推快胥[九]〔四八〕；三喧臚唱，奪曲江之上第，定屬佳兒〔四九〕。

斯時也，看銅街[一〇]之對舞宮袍，即達者將毋色喜；見綉陌之交縈彩仗，縱高人未免情移。而太夫人則談笑無驚，神明自若。熏成蓮座，皈晚唄以生香〔五〇〕；織得花機，逐春梭而不落（五一）。貴能思儉，鮭雖旨而常封（五二）；安不忘勞，綿[一一]自溫而每却（五三）。一座[一二]盡貞觀將相，屏間識彼豪英（五四）；半堂皆濂洛生徒（五五），帳後資其酬酢（五六）。勿以吾爲致念（五七），房、杜何人（五八）；誰言善不可爲，富、歐宜學（五九）。是則白麟遜瑞（六〇），赤雁非禎（六一），既嘉祥之洊集，將純嘏其駢臻。何圖日在禺中（六二），遽返瑶池之駕（六三）；陽生嶰谷（六四），遄爲玄圃之征（六五）。閭里鮮春人之相（六六），街衢多夜哭之聲（六七）。

嗟乎！禮備榮哀（六八），名標圖畫（六九）。知神理之彌新（七〇），寧有生之怛化（七一）。然而某等，纏悲奚極，雀未酬恩（七二），蛇難報德（七三）。洛陽金盡（七四），恒分壽母之釵鐺（七五）；范叔袍寒（七六），屢費太君之刀尺（七七）。感實切於生平，遇難忘夫疇昔。今年春少，桑[一三]枯滿路之花（七八）；昨歲寒多，雪縞千山之色。藉椒醑之清芬（七九），佇靈旗於仿佛（八〇）。[一四]（八一）

【箋注】

（一）見《徐母壽序》。

（二）見《憺園賦》。

（三）見《徐母壽序》。

（四）見《劉太母序》。

（五）見《孝威序》。

（六）見《儋園賦》。

（七）補注。

（八）《真人王褒内傳》：五雲丹山上有玄雲李，食之得仙。

（九）見《劉太母序》。

（一〇）《華山記》：箭筈峰上有穴，纔見天，攀緣自穴中而上。

（一一）見《徐母序》。

（一二）見《靈巖碑》注。《名義考》：轆轤，井上圓轉木，收綆者。李涉詩：深院梧桐夾金井，上有轆轤青絲索。

（一三）見《銀臺啓》。

（一四）見《徐母壽序》。

（一五）見《看奕賦》。

（一六）見《雪持序》。

（一七）見《逸齋序》。《詩》：寤辟有摽。

（一八）見《觀槿序》。《紀聞談》：唐陽冰見有碑，篆十餘字，愛其中「碧落」二字，謂之碧落碑。

（一九）見《靈巖碑》。

（二〇）《魏都賦》：西闢延秋，東啓長春。注：俱端門外。

（二一）見《祖德賦》。

（二二）見《葉母序》。

（二三）見《貞女序》。

（二四）見《瑞木賦》。

（二五）見《壽徐序》。

（二六）見《瑞木賦》。

（二七）《玉臺新詠序》：非無誄德之詞。

（二八）見《翼王序》。

（二九）《詩》。

（三〇）見《萬柳啓》注。左思《吴都賦》：巨靈贔屭。注：大龜，蟕蠵之屬，好負重。今石碑龜趺，象其形。

（三一）杜詩：健筆凌鸚鵡。凌雲，見《浙西詞序》。

（三二）見《憺園賦》。

（三三）見《潘母啓》。

（三四）見《葉母序》。

（三五）見《貞女序》。

（三六）《世説》：後漢趙温字子柔，爲京兆郡丞，歎曰：「丈夫當雄飛，安能雌伏？」遂弃官去。《莊子·秋水篇》：夔憐蚿，蚿憐蛇，蛇憐風，風憐目，目憐心。《山海經》：夔無角，一足而行。蚿，百足蟲。注：以一足憐百足也。

（三七）見《琴怨序》。

（三八）漆室，見《觀槿序》。《列子》：杞國有人憂天地崩墜者，因往曉之曰：「天積氣耳，柰何憂崩墜乎？」

（三九）杜詩：金璞無留礦。

（四〇）《莊子·天地篇》：藏金于山，藏珠于淵。

（四一）見《劉太母序》。

（四二）見《祖德賦》注。

（四三）見《徐母序》。

（四四）《唐紀》：令狐綯字子直，吴興刺史白敏中薦之。綯承旨夜對禁中，上命以金蓮炬送歸。累官同平章。

（四五）《唐書》：張鷟字文成，號青錢萬選。以文章瑞朝廷，爲學士。

（四六）見《憺園賦》。

（四七）見《徐母序》。

（四八）見《徐母序》。

（四九）《唐書》：貞元中，羅玠及第，開宴曲江池，後遂爲故事。相如賦：臨曲江之隑洲。注：在杜陵西，漢武帝造。

（五〇）見《靈巖碑》。

（五一）庾信《謝賚白羅啓》：鳳不去而恒飛，花雖寒而不落。

（五二）見《李母序》。

（五三）《高士傳[一五]》：朱百年少[一六]貧，傷母逝，後甘飢寒。嘗就宿，友人覆以綿康。醒曰：「綿定奇温。」卒却之。

（五四）《唐書・列女傳》：王珪微時，母盧氏嘗云：「子必貴，但未見汝與游者。」珪一日引房玄齡、杜如晦過之，母曰：「汝貴無疑。」

（五五）見《施公誄》。

（五六）見《劉太母序》。

（五七）見《潘母啓》。

（五八）《唐房杜相謨》：房梁公玄齡字喬，臨淄人。杜蔡公如晦字克明，杜陵人。後俱爲相。
（五九）《唐名臣紀[一七]》有富弼、歐陽修。
（六〇）見《醴泉頌》。
（六一）見《梧月序》。
（六二）《淮南子》：日臻于衡陽，是謂禺中。對于昆吾，是謂正中。
（六三）見《孟太母啓》。
（六四）《律曆志》：黄帝使伶倫取竹于嶰谷。
（六五）見《任丘啓》。
（六六）見《憺園賦》。
（六七）《禮》。
（六八）《論語》。
（六九）見《王母辭》。
（七〇）《世説》：戴公見林法師墓曰：「德音未遠，而拱木已積。冀神理綿綿，不與氣運俱盡耳！」
（七一）見《施公誄》。
（七二）見《素伯序》。

（七三）見《鷹垂序》。

（七四）《蘇秦傳》：黄金百鎰盡。

（七五）見《徐母序》。

（七六）見《代友啓》。

（七七）張衡賦：秉刀持尺。郭泰機詩：衣工秉刀尺。

（七八）《商書》：太戊時，五日而祥，桑枯死。

（七九）見《九日序》。

（八〇）見《掌亭誄》。

（八一）附注：《西王母傳》：王母所居，左帶瑶池，右環翠水。[一八]

【校記】

[一]「之」，患立堂本、浩然堂本并作「則」。

[二]「芊」，原作「芉」，蔣刻本、患立堂本同，并誤。據浩然堂本改。

[三]「屭贔」，患立堂本、浩然堂本并作「贔屭」。

[四]「授」，患立堂本、浩然堂本并作「受」。

[五]「行行」後，患立堂本、浩然堂本并有「之」字。

[六]「院院」後，患立堂本、浩然堂本并有「之」字。

[七]「盈」，患立堂本、浩然堂本并作「衡」。
[八]「馳」，患立堂本、浩然堂本并作「驅」。
[九]「胥」，蔣刻本、患立堂本、浩然堂本并作「婿」。
[一〇]「街」，患立堂本、浩然堂本并作「樓」。
[一一]「綿」，患立堂本、浩然堂本并作「錦」。
[一二]「座」，患立堂本、浩然堂本并作「坐」。
[一三]「桑」，患立堂本、浩然堂本并作「霜」。
[一四]篇末，蔣刻本有「嗚呼哀哉尚饗」六字。
[一五]「高士傳」，亦園本、四庫本、文瑞樓本并作「南北史」。
[一六]「少」，亦園本、四庫本、文瑞樓本并脱。
[一七]書名當誤。富弼、歐陽修乃宋人，焉入《唐名臣紀》中。
[一八]此條附注，據亦園本、四庫本補。

益都馮相國壽詩跋

粵以徒維[一]敦牂之歲（一），月在玄枵（二），日纏北陸（三），益都馮夫子（四）以三台之上佐（五），躋七帙之遐齡。時則縹纓飛組之士，群集國門（六）；懷蛟夢鳥之賓，咸依闕下（七）。莫不藉鉛槧以攄忱（八），托箋繒而寫志。霞蒸綺爛，筆欲摩天（九）；玉戛金春〔二〕，聲俱擲地（一〇）。其門下士陳玉璂彙而獻之，弁以一函（一一），區爲四頁，作者凡若干人，計詩凡〔三〕若干首。絛并朱繩（一二），裝俱玉軸（一三）。琉璃滿篋（一四），還熏豆蔻之香（一五）；菡萏盈箱，仍襲葡萄之錦（一六）。傳之輦下，播在藝林，亦曰盛哉，猗歟偉矣！

在昔槐廳重相（一七），鶴禁元僚（一八），西京則爵埒蕭曹（一九），北宋則名齊韓富（二〇）。當其齒届期頤，年逾艾耊（二一）。兩宮祝哽（二二），賜几杖以入朝（二三）；五等稱觥，班臣鄰而陪位（二四）。清文燦爛，樂奏三終；麗製鏗鏘，音調六佾（二五）。九如頌嘏（二六），無非殿上之金張（二七）；五福陳疇（二八），大抵天家之岐薛（二九）。至於援据喜〔四〕祥，鋪張官閥（三〇）。彭籛斟雉，未必皆真（三一）；玉女投驍，何常盡實（三二）。頌揚典故，不過六朝綺麗之詞；役使虚無，要皆五利浮夸之術（三三）。登西洛王侯之第，便言碧柰成林（三四）；過東都將相之家，遂説青毛降節（三五）。差無事迹，略助談諧。雖昔説之所曾聞，亦達士之所不尚。

今我公之初度也，芝蘭異氣，盡欲揚芬；笙磬殊音，咸思發響。三明七穆，既歌風緝雅而來（三六）；一介單門，亦躡屩擔簦而至（三七）。甚者齊秦烈士，汾晉畸人。夙標耿介，不隨魏勃爲掃門（三八）；素秉幽貞，并乏禰衡之滅刺（三九）。亦復踴躍歸仁，激昂慕義。欣逢降岳（四〇），操楸帚而思前（四一）；幸值懸弧（四二），踵高甍而恐後（四三）。孤竹二君，亦頌大年於釣渭（四四）；商芝四叟（四五），還歌眉壽於封留（四六）。溯龍編鳥篆而後（四七），固曠百世以難儔；暨崦嵫濛汜之鄉（四八），亦渺八紘而僅見（四九）。

若乃時[五]有指歸，文多倫脊（五〇）。階前獻賦，感萬間庇士之殷懷（五一）；筵上歌詩，述三握求賢之至意（五二）。挽其在位，願黄扉紫禁以長歡（五三）；請必無歸，縱碧水丹山而奚慕（五四）。賡揚莫罄，更[六]及於丈人屋上之烏（五五）；愛戴何窮，兼詠夫劉尹當年[七]之樹（五六）。不學青牛關上，謹[八]侈諛詞（五七）；非如朱鳥窗前，徒誇摭説（五八）。

崧以菲才[九]，獲承盛事。鐘鳴谷應（五九），知感召所從來；草偃風行（六〇），識吟謡之有自。恭題數語，敢爲衆作之前驅；敬附一言，用[一〇]托群公之末簡。然而游晝錦之堂（六一），琳琅觸目（六二）；赴耆英之社（六三），卷軸連雲（六四）。長箋短幅，收之此帙而還贏；妙染高文，概以斯編而未備。人思借録，如披河間之碑（六五）；客盡傳觀，似玩秦庭之璧（六六）。儻緘篋底，蠹魚食此而長生（六七）；設在船中，蛟龍守之而不去（六八）。

【箋注】

（一）《天皇紀》：天皇氏制十干、十二支之名。十干内，己名屠維。十二支内，午爲敦牂。此疑誤。

（二）《左傳》：梓慎曰：「宋鄭其饑乎？歲在星紀，而淫于玄枵。」注：玄枵，在虛危之次。潘岳《西征賦》：歲次玄枵。注：壬子也。

（三）見《澹庵序》。

（四）《青州志》：益都縣，漢武封淄川王子胡爲益都侯，故名。

（五）見《賀徐序》。

（六）見《九日序》。

（七）懷蛟，見《祖德賦》。夢鳥，見《璿璣賦》。

（八）見《尺牘序》。

（九）見《天章序》注。

（一〇）見《鷹垂序》。

（一一）見《尺牘序》注。

（一二）見《玉巖序》。

（一三）見《三芝序》。

（一四）見《園次序》。

（一五）見《海棠賦》。

（一六）見《三芝序》。

（一七）《夢溪筆談》：學士院第三廳閣子當前有一巨槐，素號槐廳。舊傳居此間，多至入相。

（一八）見《澹庵序》。

（一九）見《壽徐序》注。

（二〇）《韓富二相謨》：韓忠獻公琦字稚圭，相州人。富文忠公弼字彦國，河南人。慶曆中，軍中稱韓范。治平中，相業稱韓富云。

（二一）《禮》。

（二二）《禮》。

（二三）《卓茂傳》：光武詔以茂爲太傅，賜几杖、車馬。《後漢書》：包咸字子良。光武時，入授太子《論語》。每進見，錫以几杖。按李充字太遜。延平中，徵爲博士。後年八十以爲國三老，賜以几杖。

（二四）《周禮》。

（二五）《樂記》。

（二六）《詩》。

（二七）見《滕王賦》。

（二八）《書》。

（二九）《唐紀》：睿宗景龍三年，岐王隆範爲左衛率、羽林大將軍，薛王隆業爲右衛率。薛逢詩：雲外笙歌岐薛醉。

（三〇）見《壽季序》注。

（三一）《天問》：彭鏗斟雉，帝何享？壽命永多，夫何長？注：彭祖好和滋味，進雉羹于帝，帝饗之，而錫以壽考至八百歲。

（三二）見《昭華序》。

（三三）《漢・武紀》：欒大言仙人可致，拜五利將軍，尚公主。

（三四）見《彭太翁啓》。

（三五）見《任丘啓》。

（三六）見《園次序》。

（三七）見《季壽序》。

（三八）見《壽徐序》。

（三九）見《園次序》。

（四〇）《詩》。

（四一）見《園次序》。

（四二）見《壽閻序》。

（四三）見《玉巖序》。

（四四）見《孟太母序》。

（四五）見《映碧啓》。

（四六）《漢紀》：高祖欲易太子，張良請四皓以爲客。按良封留侯。

（四七）龍編，見《半繭賦》。鳥篆，見《銀臺啓》。

（四八）《天問》：出于暘谷，次于蒙汜。《淮南子》：日入崦嵫，經細柳入虞泉之汜，曙于蒙谷之浦，垂景在樹端，謂之桑榆。

（四九）見《璿璣賦》。

（五〇）《詩》。

（五一）杜詩：安得廣厦千萬間？大庇天下寒士俱歡顔。

（五二）《史記·周公世家》：周公戒伯禽曰：「我一沐三握髮，一飯三吐哺，起以待士。」

（五三）見《佳山序》。

（五四）見《銀臺啓》。

（五五）《六韜》：武王登夏臺，以臨殷民。周公旦曰：「愛其人，及屋上烏；憎其人，憎其儲胥。」

（五六）見《健松記》。

（五七）見《天篆序》。

（五八）見《三芝序》。

（五九）見《詩選啓》。

（六〇）《論語》。

（六一）見《逸齋序》。

（六二）《九歌》：璆鏘鳴兮琳琅。《世説》：有人詣王太尉，遇安豐、大將軍、丞相在座，往别屋見季胤、平子。還語人曰：「今日之行，觸目皆見琳琅珠玉。」

（六三）見《映碧啓》。

（六四）見《懸圃序》。

（六五）《晉書》：張衡爲河間相，四年卒。崔瑗爲作碑文。按張衡相河間，有前、後碑。庾信《馬射賦》：階無玉璧，既異河間之碑。

（六六）見《貞女序》。

（六七）《雜録》：壁魚入經函中，食神仙字，則身有五色。人吞之，可致神仙。

（六八）見《玉巖序》。[一一]

【校記】

〔一〕「徒維」，患立堂本、浩然堂本并作「著雍」。

〔二〕「春」，原作「舂」，據諸本改。

〔三〕「凡」，患立堂本、浩然堂本并缺。

〔四〕「喜」，患立堂本、浩然堂本并作「嘉」。

〔五〕「時」，患立堂本、浩然堂本并作「辭」。

〔六〕「更」，蔣刻本、患立堂本、浩然堂本并作「并」。

〔七〕「年」，蔣刻本、患立堂本、浩然堂本并作「時」。

〔八〕「謹」，蔣刻本、患立堂本、浩然堂本并作「僅」。

〔九〕「才」，患立堂本、浩然堂本并作「材」。

〔一〇〕「用」，患立堂本、浩然堂本并作「愿」。

〔一一〕此條注，據亦園本、四庫本、文瑞樓本補。

跋〔一〕余淡心所藏龔端毅公詩卷後

此端毅公乙巳長安所贈廣霞先生詩册也。公也百僚模楷〔一〕，四海君宗〔二〕，猥於烏〔二〕帽之儔（三），彌結青松之契（四）。縱天長海闊，而魚訊恒通（五）；值肉奮絲飛（六），而鸞吟間作（七）。文無加點，筆不能休（八）。每當三爵之油油（九），便覺萬言之纚纚（一〇）。發狂言而驚座（一一），盡訝神來（一二）；押硬句以盤空（一三），何愁腕脱（一四）。此則當時驛裏（一五），未獲擬其雕華；文舉筵前（一六），無以方斯敏妙者也。

僕在京華，亦沾歡宴。西堂剪燭（一七），頗多知己之言（一八）；北渚揚舲（一九），大有消魂之賦（二〇）。情深積劫，感歷窮塵（二一）。曾昔夢之幾何，竟哲人之不作。流連烟月，惻愴關河，何意先生，視余〔三〕斯卷。

嗟乎！賈逵碑上，字字生金（二二）；庾信集中，篇篇是玉（二三）。敬告典籤，幸加藏弆（二四）。勿使蛛縈蠹蝕，負荆軻一片之心（二五）；就令紙敝墨渝（二六），存鮑叔千秋之誼（二七）。

【箋注】

（一）見《祖德賦》。

（二）《詩》。

（三）補注。

（四）見《賀徐序》。

〔五〕見《尺牘序》。

〔六〕見《觀槿序》。

〔七〕見《琴怨序》。

〔八〕見《少楹序》注。

〔九〕《禮》。

〔一〇〕見《黄門序》。

〔一一〕見《樂府序》。《陳遵傳》：時列侯有與遵同姓字者，每至門，座中震動，號曰陳驚座。《書斷》：陳遵每一書，一座皆驚。杜牧詩：忽發狂言驚四座。

〔一二〕見《藝圃序》。

〔一三〕見《佳山序》。

〔一四〕見《藝圃序》。

〔一五〕見《憺園賦》。

〔一六〕見《九日序》。

〔一七〕《温州府志》：府内有西堂，即謝靈運思詩夢弟惠連，得「池塘生春草」之句處。宋玉《九辯》：蟋蟀鳴此西堂。

〔一八〕見《尺牘序》。

（一九）北渚，見《藝圃序》。揚舲，見《半繭賦》。

（二〇）見《無忝序》。

（二一）見《琴怨序》。

（二二）王隱《晉書》：永嘉初，陳國項縣賈逵石碑之中生金。人鑿取賣，賣已復生。此江東之瑞。按《輿志》：繁昌縣授石碑亦生金，表送上。

（二三）補注。

（二四）見《尺牘序》。

（二五）見《智修序》。李賀詠劍詩：直是荆軻一片心。

（二六）見《樂府補序》。

（二七）見《園次序》。

【校記】

［一］「跋」，患立堂本、浩然堂本并作「題」。又四庫本，題目省作「跋余淡心所藏詩卷」。

［二］「烏」，患立堂本、浩然堂本并作「皂」。

［三］「余」，患立堂本、浩然堂本并作「予」。

附録 《陳檢討集》諸序

一、蔣景祁本序言

（一）余國柱序

駢儷之文，權輿於魏晉，盛於六朝，汗漫於唐，變於宋，至明而衰。楊用修、薛君采、皇甫子循之流，具體而已，求其一語之工，覽者意消，一字之艷，令人色動，殆未之有也。蓋哀樂之思，文章之大致也。昌黎氏曰：「歡娱之言難工，而哀怨之詞易好。」有明諸君子，雍容閒暇，含咀六經之華，組織廟廊之采，欲以莊詞雅調，與徐、庾爭衡，不知子山留滯之年，孝穆未歸之日，感大樹之飄零，歎彼塗之九折，凄愴動於肝脾，跌宕形於簡翰，而乃欲以大樂之和譜師涓之曲，不其然乎？殆於兩失矣！

近者行吟之士，寄慨蕭蘭；乘時之彦，掞藻黼黻。單詞吐葩，片簡稱奇，歎二陸之已遠，遜四杰之不如，而其年翰討遂爲一時獨绝。原其標新領異，頓挫毫铓，走任、沈於腕間，笑邢、温爲傖父。方其染翰命楮，欣然意得，真有耻居王後，不愧盧前者焉。蓋其年自大父少保公以伉直去位，尊人定生身號黨魁，名編北部，坎壈侘傺，失職以老。而其年少負異才，顧久不得意於諸生，盛年有摇落之感，微詞託屈、宋之遺。於是屏絶衆體，獨攻儷句，好之既專，擬之倍切，宜其軼儕輩而孤行，奏么弦於絶調也。及其名成譽起，聲實懋著，遭逢聖主之知，致身石渠之閣。於是貴游帳飲，餞贈箋詞，或借聲價於士安，或藉禱頌於張老，不得其年片言，不足爲重。而其年亦摛藻大放，焜煌馳驟，巨山有才子之稱，燕公推手筆之異。操觚之家，爭相艷羡，乃不意其僅四年而死也！是其年早不遇時而晚逢天酷，原其終始，有不撫遺文而悲悼者乎？

自其年以前，文人不遇，莫如徐先生文長，然文長生不得官，死而文幾不傳。閱数十年，而吾楚人袁吏部中郎始爲表章推述之，以有聞於後。今其年既通籍詞垣，從容侍從之列，病革又以其文詞屬蔣子京少，京少即與尊人慎齋掌科梓而行之。則其年生雖晚遇，既死而名益彰，天之於其年，殆姑厄之於始，而未嘗不大厚之於終，有非文長所敢望也。

其年儷體之外，詩有蘇長公、王半山風；詞尤精麗，殆掩玉田、花庵而上之，且多至千八百篇，古今無兩。然則其年之才，又豈僅從偶比之文足以盡之也哉？其年入爲近臣，余方自夕扉副臺端，相與申僑、札之分甚切。其年集成，而慎齋屬爲之序。對長淮之绝澗，痛金刀之掩笹，余固有不能已於言者，故不辭而序之如此。時康熙二十二年孟冬月，楚西塞余國柱撰。

（二）徐喈鳳序

吾友陳檢討其年卒於京師，蔣子京少携其所著詩詞古文歸，慨然捐貲，先梓其駢體以傳。曹子南耕序之詳矣，更屬序於徐子。徐子惻然曰：嗚呼！其年殁而其文獨存，物在人亡，潸焉涙下，亦何能爲之序乎？然其年與余莫逆交，又重以京少之命，不可無一言以序之。因思上天生才，必非偶然，於儔人中擇一人，與以沉敏奇麗之才，意甚厚也。乃久之而若薄之，不惟薄之，又加厄焉。厄之不已，甚至窘抑愁苦以死，此理之大不可解，而事之可爲長太息者也。

如吾其年，生而穎俊，讀書一目數行。成童，工詩賦，四方名人與定先生交者，靡不見而異之，以爲其年才出天縱，必繩乃祖少保公武也。孰意名雖噪於士林，而困頓支離，未獲掇科第以顯於時。迨年逾五十，大司馬宋蓼天先生乃始薦於朝，官翰林，修《明史》。嗚呼！其年之才與官相稱，可謂榮矣，其如家徒壁立何？加以子喪於未薦之前，夫人殁於得官之後，孤居邸舍，能不悲哉！壬戌春，所以忽發異疾，醫不效，至五月而卒也。

嗚呼！天生其年而縱其才，以嶽瀆之氣偉其貌，以日月之精發其心，以星雲卉木之華綉其腸腑，良非偶然者矣。乃遲其遇，嗇其財，又殤其子。子殤矣，夫人亦亡，而身抱鬱以死。嗚呼！天之生之也何心？而厄之也又何心？吾自聞訃以來，無日不仰天而歎，恨無路叩閶闔而問之。既而思天之所吝者才，而所重者名。其年取才過奢，而名又最早，天心不無忌矣。忌之則必厄之，厄以一端不已，且多端厄之。然其年日在厄中，而其才愈肆，詩詞古文不下數千首，而駢體尤極工麗，直踞徐、庾、王、駱之上。當世士大夫稱駢體者，必推其年。其年亦自喜長於駢體，以文請者，多以駢體應之。天豈以其年將竭古今之菁英，不得不靳其算，稍留才分爲後世人文地歟？嗚呼！其年因才而得名，又因才名而罹厄，人亦何樂乎有才名哉？雖然，庸庸之福在一時，而才名在千古，二者相去爲何如也？京少曰：「先生之言，可以慰其年於地下矣。」

（三）蔣景祁序

余偕南耕校定陳檢討其年先生集，計百三十篇，凡十二卷，以次就版，因爲序曰：

文章之有儷體，昔人自奏、狀、表、札、書、傳、箴、銘之屬，莫不用之。蓋晉、魏以來，去古稍遠，一時之才人杰士，懷英抱異，斐然欲發，理其精思，炳爲縟采。雖上不逮漢，而其意懇懇然，若不欲後人之過之也。然其要歸於發明事情，洞見理趣，藻艷紛屬，而未嘗不以意爲經緯，即古人之爲文如是而已。且其取材博，其徵事核，其舉類慎，自經史子集之外，奇文疑義，不以涉於筆墨，而聲律俳偶，或工，或不盡工，要不失乎太樸之遺意。即古人之不敢輕於爲文，亦如是而已。故論六朝家言，徐陵、庾信爲稱首。迨唐，一變而王、駱，再變而燕、許，風格代殊，而體製若一，未有能易此者也。

今之論文章者，睹其流不察其本，窺其緒不究其始，每遇文體類齊、梁者，輒斥不視。此第浸淫於流俗人之説，而不知沉博絶麗之文，固司馬相如、揚雄之徒所爲濫觴焉矣。且天下之士，鮮不競言古文，奉韓、柳之成調，襲歐、蘇之斷響，而不審其源流之所在，意指之所出，是言古文而古文亡矣。若夫儷體，學儉不足以供揮灑，氣縮不足以縱闔闢，苟且自好者無敢過而問焉。間涉其籓籬，亦自量不克作者之堂，乃矯語曰：「吾固不屑爲也。」是謭材薄植者不得竊，而徐、庾諸公之聲價至今在也，不猶大幸矣哉！

其年先生幼穎異，甫十齡，即代大父少保公撰《楊忠烈像贊》，娓娓可誦。長篤學，所撰散體古文最多，時散見諸名人集，皆不録，獨以是編授余，其意可知已。由是以推先生不苟傳之心，而得其不苟作之心，因知古人不戔戔相肖而自命，正復爲可傳，其道一也。先生之文具在，應制者十之一，長安贈答者十之五六，而少時流浪於旗亭酒壁者所在多有，皆缺落不可紀，存者僅十之二三耳。噫！可惜也。讀者就先生之文，識余序先生之文之意，以庶幾乎古之作者，其有合乎！至於求先生之散體古文，則有先生之詞在，揮斥八極，吐納萬有，固其所縱横馳驟而出之者，觀者勿作小詞讀可也。今别爲序。

（四）曹亮武序

陳檢討其年，余中表兄也。少穎異，好讀書，又善病。舅氏定生公隱於鄉，距城二十里，其年侍色笑焉。然讀書養病，則嘗在余家之梅廬。時余尤少，其年友愛余特甚，過其同懷。舅氏殁，其年乃入城僦屋以居，與余衡宇相望也。凡出入、宴嬉、舟輿、旅寓，無不偕者。其年有所撰述，一脱稿輒相質，余亦如之。顧余晚學，無碩師，詩古文詞之道，頗得之其年。其年固友愛余，又性喜薦寵後輩，以故推獎余尤過其分，引爲同調，實則其年不獨余兄，抑又余師。獨其爲聲律駢偶之文，余弗好，未嘗學爲之，且不喜其年之爲之也。

歲戊午，天子網羅天下博學弘詞之士，大司馬宋公首薦其年。及試，中選者五十人，其年居上第，詔皆授翰林官，修《明史》，而其年得檢討。嗟乎，其亦榮矣！其年甫弱冠，於古今圖書載籍靡不窺，縱横畋漁，鈎奥獵怪，用以雷駭輩流，鵲起名譽。既壯，稍稍謝華掇實，專精於六經、秦、漢之文，出其贏餘，奮手場屋，思繼少保公遺緒。而年逾五十，尚與余同俯首諸生中，蹉跌不振。一旦奏詩獻賦，受君相異知，起徒步，上玉堂，自司馬相如、王褒、揚雄之徒之後，遇合未有若斯者也。然其年家貧，數奇蹇。一子獅兒不三歲死；一女甫嫁死；赴召時，獨嫂夫人在耳。既官翰林，無貲挈嫂夫人。無何，嫂夫人又以疾死，而其年黯然神傷矣。其年居京師，前後五年，寓書於余不下數十札，其辭多慘愴，至於芒鞋布襪、清泉白石之言，往往重疊見也。

始其年家居時，與余無一日不聚，惟其年客游四方，結軌浮舟，抵宋，抵燕，抵趙，或抵齊、魯，抵浙，則暫離，歸則復聚。離之久者，莫若赴召居京師時。然猶冀其宦成而歸，歸必復聚，如前後書所云者。

壬戌夏，忽其年訃音至矣，已矣痛哉！天耶？人耶？胡豐其才而薄其福耶？抑天實酷余，而奪其兄且師，與不忍一日離者耶？訃至，余哭之；櫬至，余撫棺而慟；比葬，臨其穴哭之。非惟數十年骨肉知己，情不自勝，而亦悲夫古今文人豐於才而薄於福者，未有如其年者也。

其年著作甚富，諸體畢備，而詞尤工，必傳無疑也。余括其生平所爲詞，約千八百首，謀梓之，力未能也。其年疾革時，蔣子京少視疾，其年從枕上頓首云：「某二十餘年來雅好填詞，而薄長尤在儷體，甚不忍其無傳，謹以屬之子，而論定搜輯，幸呼我南耕共之。」京少揮涕應之曰：「諾！」既歸，語其事，因相與校讐，得賦、序、書、啓、頌、記、碑、銘、誄、哀辭文、跋凡一百三十篇，釐爲十二卷，顔曰《陳檢討集》。

集既成，余序而論之曰：「儷體非古也，源於東漢之季，泛濫於齊、梁，昌黎挽之，塞於唐，微於宋，至元明而涸矣。今其年之爲之也，華而不靡，博而不雜，艷而不佻，畸而不詭，出没變化於聲律駢偶之中，潤涸發微，尋源東漢，必傳無疑也。」余又悔夫前之不學爲之也。其年亡京師旅舍中，京少留京師，癸亥夏始歸，故是書之成在癸亥云。京少高才博學，善爲詩古文詞，與其年爲金石交。是集也，庀材鳩工，貲悉京少出，京少可謂不負死友矣。而其年之托，亦可謂得人矣。

（五）毛先舒序

竊聞三江雄闊，勢接荆溪；九龍嶒峻，氣通善卷。大藥得張公之洞，飛仙留玉女之潭。陽羨之城巋然，任公之臺無恙。美哉鍾靈，於斯尚已。其中篤生陳子其年焉。源本太昊之墟，支分潁川之派。金張七葉，貂珥盈門；謝氏一家，烏衣名巷。其年夙挺雋才，體周大雅。顧長康之三絶，乃去其癡；劉子翼之獨行，世高其德。尤耽儷體，獨冠當時。原夫太極，是生兩儀，由兹而來，物非無偶。日星則珠聯而璧合，華木亦并蒂而同枝。關關鏘鏘，鳴必相和；儦儦俟俟，聚斯爲友。物類且爾，况於人文者哉！是皆天壤自然之妙，非强比合而成之也。

昔者黄門夫子，振起吴松，四六之工，語妙天下。余與其年，皆及師事。悠悠擺落，僕復何言。乃其年則群推領袖，直接宗風。既吐納乎百川，亦磬控乎六馬。觀其整肅則垂紳搢笏，雄毅則劍拔弩張，綺麗則步障十層，遥裔則平楚千里。或徘徊如墮明月，或夭矯如曳晴虹；或如天姬揚袂而望所思，或如秋士餐英而思所托。余每覽之，唱歎彌日，循環在手，低徊在心。或謂三古六經，氣留淳朴；先秦西京，體并高古。焉用駢組，聿開浮華？豈知萬邦九族之語，已見諸《虺誥》；水濕火燥之句，亦載於《文言》。用澗溪以儷藴藻，左氏有之；取麗廮以匹鯤鮞，外傳所述。嚆矢權輿，引厥端矣。至若武靈王之論騎射，丞相斯之諫逐客，韓王馬邑之相難，鄒陽梁獄之上書，往覆徵引，排比頗多。《國策》、《史》、《漢》，云何損格？且夫其年之手，弄丸有餘。能於屬詞隸事之中，極其開闔；不外紬青媲白之法，自行跌宕。政如山陰楷書，而具龍跳虎卧之奇；杜陵排律，乃得歌行頓挫之致。蔚乎神筆，詎不然哉！今也華亭唳鶴，聲既邈然；楚些驚蛇，歌之如昨。周道挺挺，此心非晦。睹兹鸞龍之新作，轉抗俯仰之幽情。天地何遥，不覺百端交集；文章未墜，益信千秋在斯焉爾。

（六）毛際可序

余素不嫺駢體之文。以爲文者，性情之所發，雕刻愈工，則性情愈漓。嘗見某公《贈廣陵游子序》，炳曜鏗鏘，美言可市。適余友有西陵之行，遂戲易「廣陵」爲「西陵」，并稍更其「竹西歌吹」等語，則全篇皆可移贈。因歎此道雷同倚附，蓋千手如一律也。至若《七啓》、《七命》，古人已踞其勝，乃復取宫室游獵聲色之盛，以相踵襲，毋論其不似古人；即似古人矣，古人已往，亦何必復有我耶？遂絶筆不爲者十年。

歲戊午，國家以博學宏詞徵召天下士。其文尚臺閣，或者以爲非駢體不爲功。輦轂之間，名流雲集，皆意氣自豪。而余内顧，胸中索然，一無足恃。旁人咸咎余向者持論之過，余亦笑而不顧也。居久之，陳子其年訪余邸舍，出其全集見示，自賦、騷、書、啓，以及序、記、銘、誄，皆以四六成文。余偶披篇首，已見其稜稜露爽；繼諷詠纏綿，窮宵達晝。言情則歌泣忽生，敘事則本末皆見。至於路盡思窮，忽開一境，如鑿山，如墜壑，如鷙兕乍起，鷙鳥復擊，而神龍夭矯於雨雹交集之中也，爲之舌撟而不能下。始悟文之有駢體，猶詩之有排律也。昔杜少陵爲長律，其對句必伸縮變化，出人意表。雖俳比千百言，而與《北征》諸作一意單行者，無毛髮異。推此意以爲文，是駢體中原有真古文辭行乎其間。陳子已先我而擅場，惜余向者之貿貿不察也。

嗟乎！陳子世其家學，少負重名，今始膺不世之遇，然視其鬢間，亦蒼蒼欲改矣。若余年甫逾强仕，從此學陳子之學，更復閲十年，亦庶幾可希一日之遇，而已緩不及待也。陳子將何以策我哉？

二、患立堂本序言

（一）毛先舒序（見上蔣景祁本序言）

（二）毛際可序（見上蔣景祁本序言）

（三）陳僖序

揚雄有言：「雕蟲篆刻，壯夫不爲。」朱子亦曰：「東漢文章，漸趨對偶，其氣日卑。」此昌黎譏其衰颯，子厚以爲駢𩮀者也。然高文大册，代有偉人，而折柳寄梅，不無逸致。聲偶之學，又何可少也？今觀家兄其年所著，錦心綉口，玉佩瓊琚，思若涌泉，辭如注水。心手之調，詞意之屬，一字一句，皆别開生面。使人讀之，覺齒頰香而心目豁者。此集出，凡辭人才子，駢黄儷緑，曳玉敲金，人握靈蛇之珠，家抱荆山之玉，皆當焚筆硯矣，豈非絶技也哉？因信文不論大小，惟有一段真精神透映紙上，便是慧業，皆足以發奎璧之光，而傳之千百世也。

嗟乎！其年明德之後，清白傳家，晚拜一官，淹忽棄世。生平遺書，正恐無人無力，捃摭維艱，將與秋草落花，隨風飄没。幸四弟子萬、令尹博陵，公餘刻燭，分類彙緝，又出其清俸，梓之以傳，然後其人其文，得以不朽。《詩》曰：「凡今之人，莫如兄弟。」如子萬者，亦可謂難矣。康熙二十七年，歲在著雍執徐之仲冬上浣，愚弟僖謹撰。

三、浩然堂本序言

（一）毛際可序（見上蔣景祁本序言）

（二）毛先舒序（見上蔣景祁本序言）

（三）余國柱序（見上蔣景祁本序言）

（四）蔣景祁序（見上蔣景祁本序言）

（五）陳宗石序

宗石嘗讀汪鈍翁《説鈴》一則，載陳處士維崧排偶之文，芊綿淒惻，幾於凌徐攀庾。余致書王十一曰：「唐以前某所不知，蓋自開寶以後七百餘年，無此等作矣。」宗石十三歲，而先君子背，流離奔走，僦居梁園婦家，困苦失學，惟《孝經》、《論語》之書，略能上口而已。間歲一晤伯兄，卒卒請業，莫得其崖略。兄生平所爲文，尤擅場儷體，然尚以未能多作爲恨。康熙十八年己未，恭遇特詔，開博學鴻詞科，擢官檢討。不幸壬戌之夏，奄逝京邸。宗石從黎城來，而兄已不及見矣。

聞兄疾篤時，屢詢東海先生。計余抵京之日，蓋欲一訣，盡付生平著作爲之校梓，以卒其願矣。癸亥，宗石承乏安邑，匆匆簿書未遑謀。及至丙寅春，迎三兄至署，取伯兄儷體文相與裒輯釐正，其計一百六十餘篇，先爲鋟板，視蔣京少所選《檢討集》爲備。兄排偶之文略盡於此，亦可以無憾於九京矣。獨余鴒原之痛，其何時能釋乎哉？弟宗石。

四、四庫全書總目·《陳檢討四六》提要

《陳檢討四六》二十卷，國朝陳維崧撰，程師恭注。

國朝以四六名者，初有維崧及吴綺，次則章藻功《思綺堂集》，亦頗見稱於世。然綺才地稍弱於維崧，藻功欲以新穎勝二家，又遁爲别調。譬諸明代之詩，維崧導源於庾信，氣脉雄厚，如李夢陽之學杜；綺追步於李商隱，風格雅秀，如何景明之近中唐；藻功刻意雕鐫，純爲宋格，則三袁、鍾、譚之流亞。平心而論，要當以維崧爲冠。徒以傳誦者太廣，摹擬者太衆，論者遂以膚廓爲疑，如明代之詬北地，實則才力富健，風骨渾成，在諸家之中，獨不失六朝、四杰之舊格。要不能以撏撦玉溪，歸咎於三十六體也。

師恭此注成於康熙癸酉，王士禎《古夫于亭雜録》曰：「昔人云：『一人知己，可以不恨。』故友陽羡陳其年，諸生時老於場屋，小試亦多不利。己未博學鴻詞之舉，以詩賦入翰林，不數年病卒京師。及殁，而其鄉人蔣京少景祁刻其遺集，無隻字遺失。皖人程叔才師恭又注釋其四六文字，以行於世。此世人不能得之子孫者，而一以桑梓後進，一以平生未面之人，而收拾護惜其文章如此。」云云。其推奬師恭頗至。然師恭所注，往往失其本旨。如《銅雀瓦賦》「彈棋愛子」句，自用曹丕巾角彈棋事，而但引《藝經》注「彈棋」，引陸機《吊魏武帝文》注「愛子」。「傅粉佳兒」句，自用曹植傅粉對邯鄲淳事，而引《魏志》武帝欲以何晏爲子，及文帝疑晏傅粉事，皆近是而非。又如《述祖德賦》「況彼鯉庭」句，自用楊汝士桃李新陰在鯉庭事，而但引《論語》伯魚事。《憺園賦》「雙丁詎擬」句，自用梁武帝《賜到溉詩》「漢世重雙丁」語，而但引《文士傳》丁儀兄弟事，皆知其一，不知其二。至於《毛貞女墮樓詩序》「空空實下天之狀」句，自用李斯奏秦始皇「鑿之空空如下天狀」語，而補注引《劍俠傳》「妙手空空兒」，尤爲乖謬。如是之類，不一而足。且任淵、史容注《黄庭堅集》，於作詩本事及年月，俱一一詳核，故爲善本。師恭去維崧最近，文中事實緣起，可以考知。如《璿璣玉衡賦序》之「烏空楚幕，鵑去巴江」句，因聖祖召試博學鴻詞在己未歲，正平定湖廣、四川之後，故維崧云云。師恭不注其故，則突入此語，是何文義哉？特以四六文非注難明，而師恭捃摭故實，尚有足資考證者，故并存之，以備糸校焉。乾隆四十六年七月恭校上。

五、文瑞樓本序言

宜興陳檢討其年先生以詩文名天下，尤工偶儷之作，窮極諸體，大放厥辭，論者以爲上追徐、庾，下視王、楊，無愧色焉。顧其篇章繁富，徵引該博，讀者如望洋觀若，浩乎莫窺其源流之所自。安慶程生叔才，乃援据諸書，爲注而行之。嗚呼！生之學其可謂勤矣！

夫古之君子，其爲學也，篤實而沉深，有所未通，必廣諮博討，務求盡其説而後已。自小學既廢，士大夫高論闊議，侈然有餘，至于切實考證，句索其解，字求其故，多闊略焉。韓退之以注蟲魚謂非磊落，而陳止齋謂兒時入鄉校，能對鼠豹螪蜞，長老驚其博。由是觀之，自唐宋以來已然，而漢儒訓詁箋釋之學，苟非好古君子，莫肯盡心如生者，顧易得與？

且夫注輯之家，不過發明義理，援驗故實，二者而已。顧有作者之意，本自顯易明白，而注者務欲鈎深抉隱，穿鑿而傅會之。朱子所謂「不知何人，而妄以爲某甲某乙者」是也。昔番陽以靖節《述酒》一篇爲恭帝哀詞，分寧以少陵《杜鵑》之作爲肅宗而發，説者且有異議，况下此者乎？鄭夾漈之注《爾雅》，以爲義理人所本有，不待注釋；若言語、稱謂、宫室、器服、草木、蟲魚、鳥獸之不同，人所不能識者，故爲之訓釋。余嘗舉此以爲知言。然篇籍之繁，浩如烟海，穿穴排纂，事非獵取。颜師古之注《漢書》，杜元凱之注《左氏》，得忠臣之名矣。而先儒猶以有所不知，嘗議其短。至于四六之文，珠排王戛，宫沉羽振，其體麗以則，其詞博以贍，往往驅懸孤絶，灌溉芳潤，山厓、屋壁、金石之文，以及稗官、雜記、怪迂之説，無不据摭蒐采，則尤有難于注輯者。

檢討以文學召試闕廷，受知天子，海内所稱閎览博物君子也。生今取其書而肌剖理分，毫聯縷緝，一一窮其自來，使讀者了然于心，而暢然于口，此非其才之魁壘恢張，學之總覽羅絡，其能及此乎？夫作者、述者，嘗兩相須。離疏單庸者，既不足以語之；而淹洽多聞之士，包今統古，垂聲揚光，又未暇汲汲于此焉。予故太息樊南《金鑰》、《甲乙》諸集，使盡得如生者爲之箋疏而證明之，其流傳至今，未必若是其零落也。生今以名諸生贡在太學，行且出其學爲世用於以黼黻太平，潤色鴻業，與檢討後先輝映。余忝一日之長，有厚望焉，因爲序之如此。康熙甲戌仲春，黄山友人吴苑序。